Terres perdues

STEPHEN KING

STEPHEN KING

La tour sombre
***
Terres perdues

TRADUIT DE L'AMÉRICAIN
PAR J.-D. BREQUE ET C. POULAIN

ÉDITIONS J'AI LU

Collection créée et dirigée
par Jacques Sadoul

Le troisième volume de cette histoire est dédié
avec reconnaissance à mon fils Owen Philip
King : Khef, ka et ka-tet.

Titre original :

THE DARK TOWER
THE WASTE LANDS
Published by agreement with the author
and the author's agents, Ralph M. Vicinanza, Ltd.

Copyright © 1991 by Stephen King
First edition
Donald M. Grant, Publisher, Inc.
Hampton Falls, New Hampshire

Pour la traduction française :
© Éditions J'ai lu, 1992

SOMMAIRE

ARGUMENT

Terres perdues est le troisième tome d'un long récit, *La Tour sombre*, qui puise ses racines dans un poème narratif de Robert Browning intitulé « Le Chevalier Roland s'en vint à la Tour noire ».

Le premier volume, *Le Pistolero*, raconte comment Roland, le dernier pistolero d'un monde qui a « changé », finit par rattraper l'homme en noir, un sorcier nommé Walter qui s'était prétendu l'ami du père de Roland en ces jours où l'Entre-Deux-Mondes jouissait encore de son unité. Le but ultime de Roland n'est pas de capturer cette créature à demi humaine, qui n'est qu'une étape sur la route menant à la puissante et mystérieuse Tour sombre dressée au centre névralgique du temps.

Mais *qui* est Roland ? A quoi ressemblait son monde avant de changer ? Qu'est donc la Tour et pourquoi est-il à sa recherche ? Nous n'avons que des fragments de réponses. Roland est de toute évidence une sorte de chevalier, un homme chargé d'assurer la pérennité (et peut-être la rédemption) de ce monde « d'amour et de lumière » dont il se souvient. Quant à savoir dans quelle mesure les souvenirs de Roland reflètent la réalité, cela est une autre histoire.

Nous savons que Roland, très tôt, dut prouver qu'il était un homme, après qu'il eut découvert que sa mère était devenue la maîtresse de Marten, un sorcier infiniment plus puissant que Walter ; nous savons que Marten a orchestré la découverte par Roland de l'infidélité de sa mère, qu'il s'attend à ce qu'il échoue et soit « envoyé à l'Ouest », dans les terres perdues ; enfin, nous savons que Roland déjoua les plans de Marten en triomphant de son épreuve.

Nous savons aussi que le monde du pistolero est lié au nôtre d'une façon étrange mais fondamentale, et qu'il est parfois possible de passer d'un monde à l'autre.

Dans un relais sur la route jadis empruntée par les diligences au cœur du désert, Roland rencontre Jake, un jeune garçon qui est mort dans notre monde, poussé sous les roues d'une voiture dans une rue de Manhattan. Jake Chambers est mort sous les yeux de l'homme en noir – Walter – avant de se réveiller dans le monde de Roland.

Avant d'atteindre l'homme en noir, Jake meurt de nouveau... cette fois-ci parce que le pistolero, confronté à l'un des choix les plus douloureux de son existence – le second –, décide de sacrifier ce fils symbolique. Entre la Tour et l'enfant, Roland opte pour la Tour. Avant de plonger dans l'abîme, Jake lui lance ces dernières paroles : « Allezvous-en. Il y a d'autres mondes. »

La confrontation finale entre Roland et Walter survient dans un Golgotha poussiéreux rempli de squelettes en décomposition. L'homme en noir lit l'avenir de Roland dans un jeu de tarots. Roland accorde une attention particulière à trois cartes *très* étranges – le Prisonnier, la Dame d'Ombres et la Mort (« Mais pas pour toi, pistolero »).

Le deuxième tome, *Les Trois Cartes*, débute sur les rives de la mer Occidentale peu de temps après la fin de la confrontation entre Roland et Walter. Epuisé, le pistolero se réveille en plein milieu de la nuit pour découvrir que la marée montante a amené sur la plage une horde de créatures grouillantes et carnassières – les « homarstruosités ». Avant de pouvoir échapper aux pinces de ces créatures pourtant peu vives, Roland est grièvement blessé et perd l'index et le médius de sa main droite. Il est également empoisonné par le venin des homarstruosités, et lorsque le pistolero reprend sa route, longeant la mer Occidentale en direction du nord, son état de santé s'affaiblit... peut-être est-il mourant.

Il découvre alors trois portes dressées sur la plage. Chacune d'elles s'ouvre – mais uniquement pour lui – sur notre monde ; sur la ville où vivait Jake, en fait. Roland visite New York à trois époques différentes de notre continuum temporel, à la fois dans le but de sauver sa vie et dans celui de tirer les trois qui doivent l'accompagner dans sa quête de la Tour.

Eddie Dean est *le Prisonnier*, un héroïnomane vivant durant la fin des années 80. Roland franchit une porte sur la plage et pénètre dans l'esprit d'Eddie Dean alors que celui-ci, qui transporte de la cocaïne pour le compte d'un nommé Enrico Balazar, atterrit à l'aéroport Kennedy. A l'issue d'une série d'aventures mouvementées, Roland réussit à obtenir une petite quantité de pénicilline et à ramener Eddie Dean dans son monde. Eddie, découvrant qu'il a été conduit de force dans un monde sans came (et sans poulets à emporter, d'ailleurs) ne se montre guère enchanté.

La deuxième porte conduit Roland à *la Dame d'Ombres* – en fait *deux* femmes occupant le même corps. Cette fois-ci, Roland se retrouve dans le New York des années 60, face à une jeune activiste noire clouée dans un fauteuil roulant et répondant au nom d'Odetta Holmes. Dans son esprit se cache celui, empli de haine et de ruse, de Detta Walker. Lorsque cette femme à la double personnalité est tirée dans le monde de Roland, les résultats s'avèrent fort mouvementés pour Eddie et pour le pistolero de plus en plus malade. Odetta est persuadée que ce qui lui arrive relève du rêve ou de l'illusion ; Detta, dont l'intellect est beaucoup plus direct et brutal, décide tout simplement de faire tout son possible pour tuer Roland et Eddie, en qui elle voit des diables blancs qui la torturent.

Jack Mort, un tueur qui se cache derrière la troisième porte (le New York du milieu des années 70), mérite bien son nom. Bien que ni l'un ni l'autre n'en ait conscience, Mort a causé à deux reprises d'importants changements dans la vie d'Odetta Holmes/Detta Walker. Mort, dont le *modus operandi* consiste à pousser ses victimes ou à lancer sur elles un objet lourd depuis une hauteur élevée, a réservé ces deux traitements à Odetta au cours de sa folle (mais si prudente) carrière. Alors qu'Odetta était encore une enfant, il lui a jeté une brique sur la tête, la plongeant dans un coma profond et donnant naissance à Detta Walker, la sœur cachée d'Odetta. Plusieurs années après, en 1959, Mort rencontre de nouveau Odetta et la pousse sous une rame de métro à Greenwich Village. Odetta survit à l'attaque de Mort, mais en paie le prix : la rame lui a sectionné les deux jambes à la hauteur des genoux. Seule la présence d'un jeune interne héroïque (et peut-être l'esprit malsain mais indomptable de Detta Walker) lui sauve la vie... du moins apparemment. Aux yeux de Roland, ces connexions suggèrent l'intervention d'une puissance dépassant la simple coïncidence ; il est persuadé que les forces titanesques qui entourent la Tour sombre ont recommencé à se rassembler.

Roland apprend que Mort se trouve peut-être également au cœur d'un autre mystère, un mystère qui est aussi un paradoxe dangereux pour l'intégrité de son esprit. Car la proie que traque Mort au moment où le pistolero entre dans sa vie n'est autre que Jake, le jeune garçon que Roland avait rencontré au relais et perdu sous les montagnes. Roland n'avait aucune raison de douter du récit que Jake lui avait fait de sa mort, ni de l'identité de son assassin – c'était Walter, bien sûr. Jake l'avait aperçu, déguisé en prêtre, alors que la foule se rassemblait autour de lui, et Roland n'avait jamais mis en doute la description qu'il lui en avait faite.

Pas plus qu'il ne la met en doute à présent ; Walter était là, et bien là. *Mais si c'était Jack Mort et non Walter qui avait poussé Jake sous les roues de la Cadillac ?* Une telle chose est-elle possible ? Roland ne saurait exactement le dire, mais si *tel* est le cas, où est Jake à présent ? Mort ? Vivant ? Prisonnier des limbes du temps ? Et si Jake Chambers est toujours bien vivant dans le Manhattan du milieu des années 70, *comment se fait-il que Roland se souvienne encore de lui ?*

En dépit de la tournure déconcertante et peut-être dangereuse que prennent les événements, l'épreuve des portes – le tirage des trois cartes – se conclut par un succès. Eddie Dean, désormais amoureux de la Dame d'Ombres, accepte de demeurer dans le monde de Roland. Detta Walker et Odetta Holmes, les deux autres cartes de Roland, fusionnent pour former une troisième personnalité lorsque le pistolero parvient finalement à les contraindre à reconnaître leurs existences mutuelles. Cet hybride est capable d'accepter l'amour que lui porte Eddie et de l'aimer en retour. Odetta Susannah Holmes et Detta Susannah Walker deviennent ainsi une *troisième* femme : Susannah Dean.

Jack Mort périt sous les roues du même métro – ce fabuleux métro de la ligne A – qui avait sectionné les jambes d'Odetta quinze ou seize ans auparavant. Ce n'est pas une grande perte.

Et pour la première fois depuis un nombre incalculable

d'années, Roland de Gilead n'est plus seul dans sa quête de la Tour sombre. Cuthbert et Alain, ses compagnons des temps enfuis, ont été remplacés par Eddie et Susannah... mais le pistolero a tendance à se révéler une amère médecine pour ses amis. Très amère.

Terres perdues reprend l'histoire de ces trois pèlerins de l'Entre-Deux-Mondes quelques mois après l'ultime confrontation près de la deuxième porte. Ils ont parcouru un assez long chemin vers l'intérieur des terres. Leur période de repos a pris fin, laissant la place à une période d'instruction. Susannah apprend à tirer... Eddie apprend à tailler le bois... et le pistolero apprend ce que signifie perdre l'esprit par petits morceaux.

(*Note :* Les lecteurs connaissant bien New York constateront que j'ai pris certaines libertés avec la géographie de cette ville. J'espère qu'ils m'en excuseront.)

(...) Qu'un amas d'images brisées sur lesquelles frappe le
[soleil :
L'arbre mort n'offre aucun abri, la sauterelle aucun
[répit,
La roche sèche aucun bruit d'eau. Point d'ombre
Si ce n'est là, dessous ce rocher rouge
(Viens t'abriter à l'ombre de ce rocher rouge)
Et je te montrerai quelque chose qui n'est
Ni ton ombre au matin marchant derrière toi,
Ni ton ombre le soir surgie à ta rencontre ;
Je te montrerai ton effroi dans une poignée de poussière.

T. S. ELIOT
« La Terre vaine »
(trad. de Pierre Leyris, in *Poésie*, Ed. du Seuil)

Si un chardon dépenaillé montait plus haut
Que ses voisins, c'était sans tête – sinon l'herbe
L'envierait. Qui avait pu trouer, déchirer
La patience rude et sombre, assez meurtrie
Pour perdre tout espoir de verdir ? Seule une brute
Dut la broyer ainsi, avec un cœur de brute.

Robert BROWNING
« Le Chevalier Roland s'en vint à la Tour noire »
(trad. de Louis Cazamian, in *Hommes et Femmes*,
Ed. Aubier Montaigne)

— *Quelle rivière est-ce là ? s'enquit distraitement Milli-*
cent.
— *Ce n'est qu'un ruisseau. Enfin, peut-être un peu plus*
qu'un ruisseau. On l'appelle le Perdu.
— *Vraiment ?*
— *Oui, dit Winnifred.*

Robert AICKMAN
« Hand in Glove »

LIVRE I

Jake

L'effroi dans une poignée de poussière

TRADUIT PAR JEAN-DANIEL BREQUE

I

L'Ours et l'Os

1

C'était la troisième fois qu'elle tirait de vraies balles...
et la première fois qu'elle utilisait l'étui que lui avait fabriqué Roland.

Ils avaient des munitions en abondance ; Roland avait
rapporté plus de trois cents cartouches du monde où
Eddie et Susannah Dean avaient vécu avant qu'il ne les
tire. Mais abondance ne signifie pas gaspillage, bien au
contraire. Les dieux désapprouvent le gaspillage. C'était
ce que le père de Roland, puis Cort, son maître, lui
avaient enseigné, et il le croyait toujours. Les dieux ne
punissent pas les pécheurs sur-le-champ, mais, tôt ou
tard, il faut payer le prix de son péché... et plus l'attente
est longue, plus le châtiment est lourd.

De toute façon, ils n'avaient pas eu besoin de vraies
balles, du moins au début. Roland était un tireur d'élite
depuis plus d'années que la belle femme noire clouée à
son fauteuil roulant n'aurait pu l'imaginer. Il s'était
contenté de corriger sa visée en la regardant braquer
son arme vide sur les cibles qu'il avait installées à son
intention. Elle apprenait vite. Eddie aussi.

Comme il s'en doutait, c'étaient tous les deux des
pistoleros-nés.

Ce jour-là, Roland et Susannah s'étaient rendus dans
une clairière située à un kilomètre environ du campement qui leur servait de foyer depuis presque deux
mois. Les jours s'étaient écoulés, paisibles et semblables. Le pistolero avait guéri de ses blessures pendant
qu'Eddie et Susannah suivaient son enseignement : il

leur apprenait à tirer, à chasser, à vider et à nettoyer les bêtes qu'ils avaient tuées ; à étirer, puis à tanner et à traiter leurs peaux ; à tirer parti le plus possible de leurs prises ; à retrouver le nord grâce au Vieil Astre et l'est grâce à la Vieille Mère ; à écouter la forêt dans laquelle ils se trouvaient, une centaine de kilomètres au nord de la mer Occidentale. Ce jour-là, Eddie était resté seul au campement, et le pistolero n'en était nullement décontenancé. Roland savait que les leçons qui marquent le plus durablement sont toujours celles que l'on apprend de soi-même.

Mais la plus importante de toutes les leçons n'avait pas changé : comment tirer, comment atteindre sa cible à tous les coups. Comment tuer.

La clairière était bordée au nord par un demi-cercle grossier de sapins sombres et odorants. Au sud, le terrain se faisait chaotique et descendait sur une hauteur de cent mètres, formant un gigantesque escalier de corniches et de falaises fracturées. Un ruisseau jaillissait des bois pour traverser la clairière en son centre, bouillonnant au fond de son lit bordé de mousse et de pierre friable avant de se déverser sur une plage de roc fissuré donnant sur le vide.

L'eau dévalait les marches en cascade, donnant naissance à une multitude d'arcs-en-ciel ondoyants. La falaise dominait une vallée profonde et magnifique, peuplée de sapins au sein desquels on apercevait des ormes séculaires qui refusaient de leur céder le terrain. Ces titans aux frondaisons luxuriantes étaient peut-être déjà vieux lorsque la terre qui avait vu naître Roland était encore jeune ; la vallée semblait n'avoir jamais souffert du feu, bien qu'elle ait pu attirer la foudre à un moment ou à un autre de son existence. Et la foudre n'était pas le seul danger qui la menaçait. Cette forêt avait jadis été peuplée d'êtres humains ; Roland avait trouvé des vestiges d'occupation à plusieurs reprises lors des semaines précédentes. Il s'agissait pour la plupart d'objets fort primitifs, parmi lesquels figuraient néanmoins des morceaux de poterie qui n'avaient pu être façonnés que par le feu. Et le feu est une entité maléfique qui prend plaisir à échapper aux mains qui l'ont créée.

Au-dessus de ce paysage pittoresque s'étendait un ciel

d'un bleu sans reproche où l'on apercevait quelques corbeaux croassant de leur vieille voix rouillée. Ils semblaient agités, comme si la tempête était proche, mais Roland avait humé l'air sans y percevoir de menace de pluie.

Un rocher était planté à gauche du ruisseau. Roland y avait posé six cailloux. Ils étaient constellés de mica et brillaient comme du verre à la lumière de l'après-midi.

– C'est ta dernière chance, dit le pistolero. Si cet étui te gêne – même un petit peu –, dis-le tout de suite. Nous ne sommes pas venus ici pour gaspiller des munitions.

Susannah lui lança un regard sardonique et, l'espace d'un instant, il revit le visage de Detta Walker. Comme un rayon de soleil paresseux ricochant sur une barre d'acier.

– Que ferais-tu si l'étui me gênait et si je refusais de te le dire ? Si je ratais ces six minables cailloux ? Tu me donnerais un coup sur la tête comme le faisait ton vieux prof ?

Le pistolero sourit. Il avait plus souri pendant les cinq dernières semaines que durant les cinq années qui les avaient précédées.

– Je ne peux pas, et tu le sais bien. Tout d'abord, nous étions des enfants – des enfants qui n'avaient pas encore subi leur rite de passage. On peut gifler un enfant pour le réprimander, mais...

– Dans le monde d'où je viens, les personnes de qualité n'apprécient guère que l'on gifle un gamin, dit sèchement Susannah.

Roland haussa les épaules. Il avait peine à imaginer un tel monde – le Grand Livre ne disait-il pas : « Qui ménage sa badine gâte son enfant » ? –, mais il ne pensait pas que Susannah mentait.

– Ton monde n'a pas changé, dit-il. Nombre de choses sont différentes là-bas. Ne l'ai-je pas vu de mes yeux ?

– Sans doute.

– Quoi qu'il en soit, Eddie et toi n'êtes pas des enfants. Je n'ai pas le droit de vous traiter comme tels. Et si des épreuves étaient nécessaires, vous les avez subies tous les deux.

Il pensait sans le dire à ce qui s'était passé sur la plage, où Susannah avait pulvérisé trois homarstruosités qui se préparaient à écorcher Eddie et lui-même. Il la vit sourire et se dit qu'elle pensait sans doute à la même chose.

– Alors, qu'est-ce que tu feras si je rate mon coup ?

– Je te regarderai. Je crois que ça suffira amplement.

Elle réfléchit quelques instants avant de hocher la tête.

– Peut-être.

Elle examina de nouveau son ceinturon. Il était passé autour de son torse, un peu comme une sangle destinée à soutenir un étui placé sous l'épaule (un crampon de débardeur, aurait dit Roland), et semblait fort simple d'aspect, mais sa fabrication avait nécessité plusieurs semaines de tentatives infructueuses – ainsi que de nombreuses retouches. La ceinture et le revolver dont la crosse en bois de santal fatigué dépassait de l'étui avaient naguère appartenu au pistolero ; l'étui avait reposé sur sa hanche droite. Il avait passé la majeure partie des cinq semaines précédentes à accepter le fait qu'il ne le porterait plus jamais. Les homarstruosités avaient fait de lui un gaucher.

– Alors, qu'est-ce que ça donne ? demanda-t-il.

Cette fois-ci, elle éclata de rire.

– Roland, il est impossible de rendre ce ceinturon plus confortable qu'il ne l'est déjà. Alors, tu veux que je tire ou tu veux qu'on écoute chanter les corbeaux dans le ciel ?

Il sentit la tension nerveuse insinuer ses vrilles sous sa peau et se dit que Cort avait dû éprouver la même sensation dans de tels moments en dépit de ses airs bourrus et de son visage impassible. Il voulait qu'elle soit forte... il *avait besoin* qu'elle soit forte. Mais s'il le laissait paraître à ses yeux, cela ne pourrait conduire qu'à la catastrophe.

– Récite-moi ta leçon encore une fois, Susannah.

Elle poussa un soupir d'exaspération feinte... mais lorsqu'elle prit la parole, son sourire s'effaça et son beau visage noir se fit solennel. Et sa bouche prononça le vieux catéchisme, qui paraissait neuf émergeant de ses lèvres. Jamais il n'aurait cru entendre ces mots dans la bouche d'une femme. Comme ils lui semblaient naturels… et pourtant étranges et dangereux.

– Je ne vise pas avec ma main ; celle qui vise avec sa main a oublié le visage de son père.

« Je vise avec mon œil.

« Je ne tire pas avec ma main ; celle qui tire avec sa main a oublié le visage de son père.

« Je tire avec mon esprit.

« Je ne tue pas avec mon arme.

Elle s'interrompit et désigna les cailloux étincelants posés sur le rocher.

– De toute façon, je ne vais rien tuer – ce ne sont que de minables *cailloux*.

A en juger par son expression – mi-hautaine, mi-narquoise –, elle s'attendait à ce que Roland se montre exaspéré, voire furieux. Mais Roland était déjà passé par là ; il n'avait pas oublié que les apprentis pistoleros étaient hargneux et excités, insolents et susceptibles de mordre au mauvais moment… et il avait découvert en lui un talent insoupçonné. Il savait enseigner. Et même, il *aimait* enseigner, et il se surprenait parfois à se demander si tel avait été le cas de Cort. Sans doute que oui.

Les corbeaux qui survolaient la forêt se mirent à leur tour à croasser. Une partie de l'esprit de Roland remarqua que leurs cris étaient agités plutôt que querelleurs ; on aurait dit que quelque chose les avait effrayés et les avait forcés à fuir leur provende. Comme il avait autre chose à faire que de s'interroger sur ce qui avait pu effaroucher quelques corbeaux, il se contenta de classer l'information et se concentra sur Susannah. Agir autrement avec un apprenti signifiait inviter à une seconde morsure, bien moins amicale. Et qui serait alors en faute ? Qui d'autre à part le maître ? Car ne lui enseignait-il pas à mordre ? Ne leur enseignait-il pas à mordre, à tous les deux ? N'était-ce pas la nature même du pistolero, si l'on faisait abstraction du sévère rituel et du catéchisme de fer ? Un pistolero n'était-il pas un faucon humain entraîné à mordre sur commande ?

– Non, dit-il. Ce ne sont pas des cailloux.

Elle haussa légèrement les sourcils et esquissa un nouveau sourire. Lorsqu'elle vit qu'il n'allait pas exploser comme il le faisait parfois quand elle était trop lente ou trop hargneuse (du moins pas *encore*), elle laissa paraître dans ses yeux la lueur moqueuse qu'il associait à Detta Walker.

– Ah bon ?

Le ton de sa voix était encore gentiment taquin, mais Roland savait qu'il virerait à la méchanceté s'il n'intervenait pas. Elle était tendue, prête à bondir, les griffes déjà à moitié sorties.

– Eh non, dit-il du même ton narquois. (Il esquissa à son tour un sourire, dénué de toute trace d'humour.) Susannah, tu te rappelles les *'culés d'culs blancs* ?

Son sourire commença à s'effacer.

– Les *'culés d'culs blancs* d'Oxford Town ?

Son sourire avait disparu.

– Tu te rappelles ce que les *'culés d'culs blancs* vous ont fait, à toi et à tes amis ?

– Ce n'était pas *moi*, dit-elle. C'était une autre femme.

Ses yeux avaient un éclat terne et maussade. Il détestait cet air qu'elle prenait, tout en l'appréciant à sa juste mesure. C'était l'air qui convenait, l'air qui lui disait que le feu avait pris et allait bientôt se communiquer aux plus grosses bûches.

– Si. C'était toi. Que ça te plaise ou non, c'était Odetta Susannah Holmes, fille de Sarah Walker Holmes. Ce n'était pas celle que tu *es*, mais celle que tu *étais*. Tu te souviens des tuyaux d'arrosage, Susannah ? Tu te souviens de leurs dents en or, les dents en or que tu as vues quand ils vous ont tabassés à coups de tuyau, toi et tes amis ? Les dents en or que tu voyais luire quand ils riaient ?

Elle lui avait parlé de ces choses, et de bien d'autres, au cours de longues nuits passées près du feu de camp. Le pistolero n'avait pas tout compris, mais il avait quand même écouté avec attention. Et il n'avait pas oublié. La douleur est un outil, après tout. Parfois le meilleur de tous.

– Qu'est-ce qui te prend, Roland ? Pourquoi tu me reparles de toutes ces conneries ?

La lueur de ses yeux était à présent dangereuse ; Roland repensa aux yeux du placide Alain lorsqu'il était poussé à bout.

– Les cailloux que tu vois là sont ces hommes, dit-il doucement. Les hommes qui t'ont séquestrée dans une cellule où ils t'ont abandonnée au milieu de tes déjections. Les hommes qui jouaient de la matraque et lâchaient leurs chiens féroces. Les hommes qui t'ont traitée de connasse.

Il les désigna, l'un après l'autre.

– Celui-ci t'a pincé le sein et a éclaté de rire. Celui-ci a dit qu'il valait mieux vérifier que tu n'avais rien planqué dans ton cul. Celui-ci t'a traitée de guenon en robe à cinq cents dollars. Celui-ci n'arrêtait pas de taper sa matraque contre les barreaux jusqu'à ce que tu aies l'impression de devenir folle. Celui-ci a traité ton ami Leon de *pédé gauchiste*. Et celui-ci, Susannah, c'est Jack Mort.

« Les voilà. Ces cailloux-là. *Ces hommes-là*.

Elle avait le souffle court à présent, sa poitrine se soulevait et se rabaissait à un rythme saccadé sous le ceinturon lourdement chargé du pistolero. Elle ne le regardait plus ; ses yeux s'étaient posés sur les cailloux constellés de mica. Derrière eux, à une certaine distance de la clairière, un arbre se brisa et s'effondra. Absorbés par le jeu qui n'en était plus un, aucun d'eux n'y prêta attention.

– Ah ouais ? souffla-t-elle. Vraiment ?

– Vraiment. Maintenant, récite ta leçon, Susannah Dean, et sois sincère.

Cette fois-ci, les mots churent de ses lèvres comme autant de glaçons. Sa main droite, posée sur l'accoudoir de son fauteuil roulant, tremblait doucement comme un moteur au ralenti.

– Je ne vise pas avec ma main ; celle qui vise avec sa main a oublié le visage de son père.

« Je vise avec mon œil.

– Bien.

– Je ne tire pas avec ma main ; celle qui tire avec sa main a oublié le visage de son père.

« Je tire avec mon esprit.

– Il en a toujours été ainsi, Susannah Dean.

– Je ne tue pas avec mon arme ; celle qui tue avec son arme a oublié le visage de son père.

« Je tue avec mon cœur.

– *Alors* TUE-LES, *au nom de ton père !* hurla Roland. TUE-LES TOUS !

La main droite de Susannah parcourut à la vitesse de l'éclair la distance qui séparait l'accoudoir de la crosse du six-coups. L'arme jaillit de son étui, sa main gauche descendit vers le percuteur et le releva à six reprises, aussi vive et aussi gracieuse que l'aile d'un oiseau-mouche. Six détonations retentirent au-dessus de la vallée et cinq cailloux disparurent en autant de clins d'œil.

Durant quelques instants, aucun d'eux ne parla – aucun d'eux ne respira, sembla-t-il – et les échos des coups de feu rebondirent sur les falaises en perdant de leur intensité. Même les corbeaux étaient muets, du moins pour le moment.

Le pistolero brisa le silence d'une voix atone et pourtant étrangement emphatique.

– C'est très bien.

Susannah regarda le revolver comme si elle ne l'avait jamais vu. Une volute de fumée montait de son canon, parfaitement verticale dans l'air immobile et silencieux. Puis, lentement, elle rangea l'arme dans l'étui placé sous sa poitrine.

– C'est bien, mais ce n'est pas parfait, dit-elle finalement. J'en ai raté un.

– Tu crois ?

Roland alla jusqu'au rocher et prit l'unique caillou qui s'y trouvait. Il lui jeta un coup d'œil, puis le lança à Susannah.

Elle l'attrapa de la main gauche ; sa main droite ne s'écarta pas de la crosse du revolver, constata-t-il avec satisfaction. Elle tirait mieux, plus naturellement, qu'Eddie, mais elle avait appris cette leçon-là moins vite que lui. Si elle s'était trouvée à leurs côtés lors de la fusillade chez Balazar, peut-être aurait-elle progressé plus vite. Mais elle avait fini par apprendre. Elle examina le caillou et y vit un sillon profond d'à peine un millimètre.

– Tu n'as fait que l'effleurer, dit Roland en revenant près d'elle, mais ça suffit parfois lors d'un affrontement.

Si tu effleures un tireur, tu l'empêches de bien viser…
(Il s'interrompit.) Pourquoi me regardes-tu comme ça ?

– Tu ne le sais pas, n'est-ce pas ? Tu ne le sais vraiment pas ?

– Non. Ton esprit m'est souvent fermé, Susannah.

Il n'y avait aucune nuance d'excuse dans sa voix et Susannah secoua la tête, exaspérée. Les fluctuations soudaines de sa personnalité irritaient parfois Roland ; elle était également irritée par le fait qu'il disait toujours exactement ce qu'il pensait. C'était l'homme le plus *littéral* qu'elle ait jamais rencontré.

– D'accord, fit-elle, je vais te dire *pourquoi* je te regarde comme ça, Roland. Parce que tu m'as joué un sale tour. Tu m'as dit que tu ne me giflerais pas, que tu ne *pouvais* pas me gifler, même si je ratais complètement mon coup… mais ou bien tu m'as menti ou alors tu es un imbécile, et je *sais* que tu n'es pas un imbécile. Les gifles ne se donnent pas toujours avec la main, comme pourraient en témoigner tous les hommes et toutes les femmes de ma race. Il existe un dicton dans mon pays : « Les bâtons et les pierres me briseront les os… »

– « … mais les moqueries ne me blesseront jamais », acheva Roland.

– Ce n'est pas tout à fait ça, mais ça s'en rapproche. Peu importe, c'est quand même une connerie. Ce n'est pas pour rien qu'on dit que certaines paroles sont blessantes. Tes paroles m'ont fait *mal*, Roland – est-ce que tu vas rester planté là et prétendre que tu ne t'en doutais pas ?

Elle se redressa sur son fauteuil roulant, le regardant avec une curiosité teintée de sévérité, et Roland pensa – pour la énième fois – que les *'culés d'culs blancs* de son pays devaient être très courageux ou très stupides pour avoir osé l'affronter, fauteuil roulant ou pas. Et comme il avait visité leur monde, il ne pensait pas que le courage était la bonne réponse.

– Je n'ai pas songé au mal que je pouvais te faire, je ne m'en suis même pas soucié, dit-il patiemment. J'ai vu que tu montrais les dents et que tu avais l'intention de mordre, aussi t'ai-je placé un bâton entre les mâchoires. Et ça a marché… n'est-ce pas ?

Le visage de Susannah exprimait à présent la peine et l'étonnement.

– Espèce de *salaud* !

Au lieu de lui répondre, il s'empara du revolver glissé dans l'étui, dégagea maladroitement le barillet avec les trois doigts qui subsistaient sur sa main droite et commença à le recharger de la main gauche.

– Jamais je n'ai vu quelqu'un d'aussi arrogant que...

– Tu avais *besoin* de mordre, dit-il d'une voix toujours aussi patiente. Sinon, tu aurais raté ta cible – tu aurais tiré avec ta main et avec ton arme au lieu d'employer ton œil, ton esprit et ton cœur. Tu penses que je t'ai joué un tour ? Que je me suis montré arrogant ? Pas moi. Moi, Susannah, je pense que c'était *toi* qui avais le cœur plein d'arrogance. Je pense que c'était *toi* qui avais l'esprit plein de sales tours à jouer. Ça ne me dérange pas. Bien au contraire. Un pistolero sans dents n'est pas un pistolero.

– Je *ne* suis *pas* un pistolero, bon sang !

Il fit semblant de ne pas l'avoir entendue ; il pouvait se le permettre. Si elle n'était pas un pistolero, alors il était un bafou-bafouilleux.

– S'il s'agissait d'un jeu, je me serais conduit tout autrement. Mais ce n'est pas un jeu. C'est...

Sa main valide se posa quelques instants sur son front, les doigts en éventail sur sa tempe. Susannah vit que leurs extrémités tremblaient légèrement.

– Qu'est-ce qui te trouble, Roland ? demanda-t-elle à voix basse.

Sa main s'abaissa lentement. Il remit le barillet en place et glissa le revolver dans l'étui.

– Rien.

– Si, il y a quelque chose. Je l'ai remarqué. Et Eddie aussi. Ça a commencé juste après qu'on a quitté la plage. Il y a quelque chose qui ne va pas, et ça ne s'arrange pas.

– Tout va bien.

Elle tendit les mains vers la sienne et s'en empara. Sa colère l'avait quittée, du moins pour le moment. Elle le regarda droit dans les yeux, sans broncher.

– Eddie et moi... ce monde n'est pas le nôtre, Roland. Sans toi, nous y mourrions. Nous aurions tes armes, et nous saurions nous en servir, tu nous as bien appris à le faire, mais nous mourrions quand même. Nous... nous avons besoin de toi. Alors dis-moi ce qui ne va pas. Laisse-moi t'aider. Laisse-*nous* t'aider.

Il n'avait jamais été de ces hommes qui se soucient de comprendre leur propre personnalité ; le concept de conscience de soi (sans parler de celui d'analyse) lui était étranger. Il était avant tout soucieux d'agir – de consulter en un éclair les méandres mystérieux de son esprit, puis d'agir aussitôt. Il était le plus parfaitement accompli d'entre tous, un homme dont l'âme profondément romantique était enfermée dans une boîte aux lignes simples et violentes, faite d'instinct et de pragmatisme. Il jeta un vif coup d'œil en lui-même et décida de tout dire à Susannah. Quelque chose n'allait pas, oh oui ! Oh que oui ! Ça avait rapport avec son esprit, c'était aussi simple que sa nature et aussi étrange que cette bizarre vie d'errance que sa nature l'avait conduit à adopter.

Il ouvrit la bouche pour déclarer : *Je vais te dire ce qui ne va pas, Susannah, et il me suffira de trois mots. Je deviens fou.* Mais avant qu'il n'ait pu prononcer une syllabe, un nouvel arbre s'effondra dans la forêt – dans un vacarme énorme, assourdissant. Cet arbre était plus proche, et ils n'étaient pas en train de se livrer à un duel de volontés déguisé en leçon. Tous deux l'entendirent, tous deux entendirent les cris paniqués des corbeaux, et tous deux remarquèrent que l'arbre s'était effondré non loin de leur campement.

Susannah s'était tournée vers la source du bruit, mais ses yeux écarquillés par la panique se reposèrent sur le visage du pistolero.

– Eddie ! dit-elle.

Un cri monta de l'immensité verdoyante qui s'étendait derrière eux – un puissant cri de rage. Un nouvel arbre s'effondra, puis un autre. On aurait cru entendre des salves de mortier. Du bois sec, pensa le pistolero. Des arbres morts.

– *Eddie !* hurla Susannah. Je ne sais pas ce que c'est, mais *c'est tout près d'Eddie !*

Ses mains se posèrent sur les roues de son fauteuil et entreprirent laborieusement de lui faire faire demi-tour.

– Pas le temps.

Roland l'attrapa par les aisselles et la souleva. Il l'avait déjà portée lorsque le terrain était trop accidenté pour son fauteuil – Eddie lui avait rendu le même service –, mais elle ne cessait de s'étonner de son incroyable vivacité. A un instant donné, elle était assise sur son fauteuil, un accessoire acheté durant l'automne 1962 chez le meilleur spécialiste new-yorkais. L'instant d'après, elle était juchée en équilibre instable sur les épaules de Roland, ainsi qu'une pom-pom girl, ses cuisses musclées serrées autour du cou du pistolero, qui avait levé les bras en arrière pour lui enserrer la taille. Il se mit à courir, foulant de ses bottes le tapis d'aiguilles entre les traînées laissées par le fauteuil.

– Odetta ! cria-t-il, l'appelant sous le coup de l'émotion par le nom sous lequel il l'avait initialement connue. Ne perds pas le revolver ! Au nom de ton père !

Il sprintait à présent entre les arbres. Lorsqu'il accéléra l'allure, une mosaïque mouvante de dentelles d'ombre et de chaînes de soleil défila sur leurs corps. Ils dévalaient une pente. Susannah leva la main gauche pour écarter une branche qui menaçait de lui faire quitter son perchoir. Au même instant, elle posa la main droite sur la crosse de son antique revolver et la serra.

Un peu plus d'un kilomètre, pensa-t-elle. Combien de temps faut-il pour parcourir cette distance ? Pas très longtemps, s'il ne glisse pas sur ces foutues aiguilles de pin... mais peut-être *trop* longtemps. Faites qu'il ne lui arrive rien, mon Dieu – faites qu'il n'arrive rien à mon Eddie !

Comme pour lui répondre, la bête invisible poussa un nouveau cri. Sa voix évoquait le tonnerre. Evoquait la mort.

2

C'était la plus grande et la plus ancienne des créatures peuplant la forêt jadis connue sous le nom de Grand Bois du Couchant. La plupart des immenses ormes que Roland avait remarqués dans la vallée n'étaient que des arbustes pointant timidement du sol lorsque l'ours avait surgi des marches inconnues du Hors-Monde comme un roi vagabond et violent.

Jadis, le Vieux Peuple avait vécu dans les Bois du Couchant (c'étaient ses vestiges que Roland avait trouvés au cours des semaines précédentes) et il avait redouté l'ours colossal et immortel. Les guerriers avaient tenté de le tuer lorsqu'ils avaient découvert que leur peuple n'était pas seul dans le nouveau territoire qu'il avait revendiqué, mais si leurs flèches le mettaient en rage, elles ne lui causaient aucun dommage sérieux. Et il n'avait aucune peine à localiser la *source* de son tourment, contrairement aux autres animaux de la forêt – y compris les grands chats prédateurs qui creusaient leurs tanières dans les collines sablonneuses de l'Est. Non ; il savait d'où venaient les flèches, cet ours-là. Il le *savait*. Et pour chaque flèche qui perçait sa chair sous la masse de sa fourrure, il massacrait trois, quatre, voire une demi-douzaine de membres du Vieux Peuple. Des enfants quand il le pouvait ; des femmes quand il ne le pouvait pas. Quant aux guerriers, il les méprisait, et ils en étaient d'autant plus humiliés.

Finalement, lorsque sa véritable nature leur apparut, ils cessèrent d'essayer de le tuer. C'était, bien entendu, un démon incarné – ou l'ombre d'un dieu. Ils l'appelèrent Mir, ce qui signifiait dans la langue du Vieux Peuple : « le monde en dessous du monde ». Il mesurait plus de vingt mètres de haut et, après avoir régné plus de dix-huit siècles sur les Bois du Couchant, il se mourait. Peut-être la cause première de sa mort était-elle un micro-organisme présent dans sa provende ; peut-être était-ce la vieillesse ; il s'agissait plus probablement d'une combinaison des deux. Peu importait la cause ; le résultat – une colonie de parasites dévorants en expansion rapide dans son cerveau fabuleux – ne faisait aucun doute. Après des années de lucidité brutale et calculatrice, Mir était devenu fou.

L'ours savait qu'il y avait de nouveau des hommes dans sa forêt ; il régnait sur cette forêt et, en dépit de son immensité, rien de ce qui s'y produisait d'important n'échappait très longtemps à son attention. S'il s'était tenu à l'écart des nouveaux venus, ce n'était pas parce qu'il les craignait mais parce qu'il n'avait rien à faire avec eux, ni eux avec lui. Puis les parasites s'étaient mis à l'œuvre et, à mesure que sa folie s'accroissait, il avait acquis la certitude que le Vieux Peuple était revenu, que les poseurs de pièges, les brûleurs d'arbres, étaient revenus et allaient bientôt se livrer à leurs bonnes vieilles activités stupides et malicieuses. Gisant dans sa dernière tanière, à une cinquantaine de kilomètres du lieu où les nouveaux venus s'étaient établis, plus malade à l'aube qu'il ne l'avait été au crépuscule, il en était venu à croire que le Vieux Peuple avait enfin trouvé une arme efficace : le poison.

Cette fois-ci, il ne venait pas se venger d'une blessure bénigne, il venait les exterminer jusqu'au dernier avant que le poison n'ait raison de lui... et toute pensée déserta son esprit lorsqu'il se mit en route. Il n'avait conscience que de sa rage écarlate, du bourdonnement éraillé de la chose plantée sur sa tête – la chose qui tournait entre ses oreilles et qui avait jadis fait son travail dans un silence apaisant – et de son odorat étonnamment développé qui le conduisait droit sur le camp des trois pèlerins.

L'ours, dont le nom n'était pas Mir mais tout autre chose, s'avançait dans la forêt comme un building en marche, une tour velue aux yeux d'un brun rougeoyant. Ces yeux luisaient de fièvre et de démence. Son énorme tête, à présent ornée d'une guirlande d'aiguilles de pin et de branches cassées, ne cessait de dodeliner. De temps en temps, il éternuait dans une explosion étouffée – *AT-CHOUM !* – et des nuages de parasites blancs et grouillants se déversaient de ses narines. Ses pattes, qui se terminaient par des griffes longues d'un mètre, déchiquetaient les arbres devant lui. Il marchait droit, laissant des traces profondes dans l'humus noir. Il empestait le baumier frais et la vieille merde.

La chose plantée sur sa tête bourdonnait et couinait, couinait et bourdonnait.

La trajectoire de l'ours était presque rectiligne : une ligne droite qui le conduirait au camp de ceux qui avaient osé revenir dans sa forêt, qui avaient osé emplir son crâne d'un supplice vert sombre. Nouveau Peuple ou Vieux Peuple, ils allaient mourir. Quand il tombait sur un arbre mort, il faisait parfois un détour pour l'abattre. Le rugissement sec de sa chute l'emplissait de plaisir ; lorsque le tronc pourri de l'arbre s'était effondré sur le sol ou couché sur un de ses congénères, l'ours reprenait sa route sous les rayons obliques du soleil, que des essaims de sciure transformaient en brume dorée.

3

Deux jours plus tôt, Eddie Dean s'était remis à tailler le bois – c'était la première fois qu'il essayait de tailler quoi que ce soit depuis l'âge de douze ans. A l'époque, il aimait bien ça et il était plutôt doué. Il ne s'en souvenait pas avec certitude mais disposait d'un indice lui permettant de le croire : Henry, son frère aîné, détestait le voir tailler le bois.

Oh, regardez-moi ce petit chou ! disait Henry. *Qu'est-ce que tu fais, mon petit chou ? Une maison de poupée ? Un petit pot pour ton petit zizi ? Ohhh... c'est-y pas ADORABLE ?*

Henry ne disait jamais franchement à son frère de cesser de faire telle ou telle chose ; il ne lui déclarait jamais en face : *Ça t'embêterait d'arrêter ce que tu fabriques, frérot ? Parce que, tu vois, c'est vraiment bien, et quand tu fais quelque chose de vraiment bien, ça me rend nerveux. Parce que, tu vois, c'est* moi *qui suis censé faire des trucs bien dans cette famille.* Moi. *Henry Dean. Alors voilà ce que je vais faire, frérot : je ne vais pas arrêter de te tarabuster au sujet de ces trucs. Je ne viendrai pas te dire en face : « Ne fais pas ça, ça me rend nerveux », parce que je risquerais d'avoir l'air un peu cinglé, tu vois. Mais je peux te tarabuster en paix, parce que c'est ce que font* tous *les grands frères, pas vrai ? Ça fait partie de notre image de marque. Je vais te tarabuster, te taquiner et me moquer de toi jusqu'à ce que... tu... LAISSES... TOMBER ! O.K. ?*

Non, ce *n'*était *pas* O.K., pas vraiment, mais chez les Dean, c'était plus ou moins Henry qui faisait la loi. Et jusqu'à une date récente, ça lui avait paru correct – pas O.K., mais *correct.* A bien y réfléchir, il y avait une différence, minime mais cruciale. Si ça paraissait correct, c'était pour deux raisons. La première était évidente ; la deuxième était plus subtile.

Première raison : c'était Henry qui devait Faire Gaffe à Eddie quand Mme Dean était au boulot. Il devait Faire Gaffe tout le temps, car il y avait jadis eu une *sœur* Dean, qu'est-ce que vous dites de ça ? Si elle avait vécu, elle aurait eu quatre ans de plus qu'Eddie et quatre de moins que Henry, mais elle *n'*avait *pas* vécu, et là était le problème. Elle avait été écrasée par un chauffard ivre alors qu'Eddie avait deux ans. Elle regardait des enfants jouer à la marelle sur le trottoir quand c'était arrivé.

Lorsqu'il était plus jeune, Eddie pensait souvent à sa sœur en écoutant Mel Allen commenter les matches sur le Yankee Baseball Network. Quand un joueur faisait un lancer superbe, Mel se mettait à beugler : « Sabre de bois ! Il a envoyé valser cette balle ! À TOUT À L'HEURE ! » Eh bien, le chauffard avait envoyé valser Gloria Dean, sabre de bois, à tout à l'heure. Gloria se trouvait désormais sur le grand pont supérieur du ciel, et ce n'était pas parce qu'elle n'avait pas eu de chance, ni parce que l'Etat de New York n'avait pas décidé de retirer le permis à ce connard après sa troisième contredanse, ni même parce que Dieu s'était penché pour ramasser une cacahuète, c'était arrivé (ainsi que Mme Dean le rappelait fréquemment à ses fils) parce que personne n'était là pour Faire Gaffe à Gloria.

Henry avait pour mission de veiller à ce que rien de semblable n'arrive à Eddie. C'était son boulot, et il le faisait bien, mais ce n'était pas facile. Henry et Mme Dean étaient d'accord au moins sur ce point. Tous deux rappelaient fréquemment à Eddie les sacrifices consentis par Henry pour le protéger des chauffards, des voyous, des drogués et peut-être même des extraterrestres maléfiques qui rôdaient sans doute dans les environs immédiats du pont supérieur, des extraterrestres qui pouvaient décider de descendre de leur ovni, chaussés de skis à propulsion atomique, pour kidnapper des petits garçons comme Eddie Dean. Cette terrible responsabilité rendait déjà Henry particulièrement nerveux, et il ne fallait surtout pas accentuer sa nervosité.

Si Eddie faisait quelque chose qui rendait Henry encore *plus* nerveux, Eddie devait cesser immédiatement. C'était une façon de remercier Henry pour tout le temps qu'il consacrait à Faire Gaffe à Eddie. Quand on considérait le problème sous cet angle, on voyait bien qu'il était injuste de faire certaines choses mieux que Henry.

Puis il y avait la raison plus subtile. Cette raison-là (le monde en dessous du monde, pourrait-on dire) était d'autant plus importante qu'elle était impossible à formuler : Eddie ne pouvait pas se permettre d'être meilleur que Henry parce que Henry n'était presque bon à rien... sauf à Faire Gaffe à Eddie, bien sûr.

Henry lui avait appris à jouer au basket dans le terrain de jeu situé près de l'immeuble où ils vivaient – lui-même situé dans une banlieue bétonnée à l'horizon de laquelle se dressaient les tours de Manhattan et où les allocations chômage régnaient sans partage. Eddie était beaucoup plus petit que Henry, de huit ans son aîné, mais il était aussi beaucoup plus rapide. Il semblait être né pour jouer au basket ; dès qu'il posait le pied sur le terrain craquelé, dès qu'il avait le ballon en main, les passes les plus magiques semblaient jaillir de ses extrémités nerveuses. Il était plus rapide, mais cela ne comptait pas pour grand-chose. Voilà ce qui comptait : il était *meilleur* que Henry. S'il ne l'avait pas déduit du résultat de leurs petites séances d'entraînement, les regards furibonds de Henry et les petites tapes amicales dont il le gratifiait sur le chemin du retour auraient suffi à lui ouvrir les yeux. Ces petites tapes amicales étaient soi-disant des plaisanteries – « Tu as bronché... deux tapes ! » s'exclamait Henry, et ensuite *paf-paf !* deux petits coups dans le biceps –, mais Eddie ne les trouvait pas drôles. Elles ressemblaient davantage à des mises en garde. C'était la façon qu'avait Henry de lui dire : *T'as intérêt à ce que je n'aie pas l'air d'un con à côté de toi quand tu joues au basket, frérot ; t'as intérêt à te rappeler que je Fais Gaffe à Toi.*

Idem pour la lecture... le base-ball... le jeu de Ring-a-Levio... les maths... et même le saut à la corde, qui était pourtant un jeu de fille. C'était lui le meilleur, du moins en puissance, et ce secret devait être protégé à tout prix. Parce que Eddie était le plus jeune. Parce que Henry Faisait Gaffe à lui. Mais l'élément le plus important de cette raison subtile était aussi le plus simple : le secret devait être gardé parce que Henry était le grand frère d'Eddie et parce que Eddie l'adorait.

4

Deux jours plus tôt, alors que Susannah dépouillait un lapin et que Roland préparait le souper, Eddie était allé se promener dans la forêt au sud du campement. Il avait aperçu une drôle de bosse dépassant d'une souche. Une étrange sensation – sans doute celle que l'on appelait déjà-vu, supposa-t-il – le parcourut et il se retrouva les yeux fixés sur la bosse, qui ressemblait à un bouton de porte mal fichu. Il constata distraitement qu'il avait la bouche sèche.

Au bout de plusieurs secondes, il se rendit compte qu'il *regardait* la bosse dépassant de la souche mais qu'il *pensait* à l'arrière-cour de l'immeuble où Henry et lui avaient vécu – la chaleur du béton sous son cul, la puanteur atroce montant du conteneur de déchets au fond de la ruelle. Il voyait en esprit un bout de bois dans sa main gauche et dans sa main droite un couteau à découper prélevé dans le tiroir près de l'évier. La bosse sur la souche avait ramené à la surface de son esprit le souvenir de cette brève période où il s'était pris de passion pour le bois taillé. Ce souvenir était si profondément enfoui en lui qu'il ne l'avait pas tout de suite identifié comme tel.

Ce qu'il aimait le plus quand il taillait le bois, c'était le moment où il *voyait* le résultat de son travail avant même de l'avoir commencé. Il voyait parfois une voiture ou un camion. Parfois un chien ou un chat. Il avait même vu une fois le visage d'une idole – un de ces monolithes de l'île de Pâques qu'il avait aperçus à l'école dans le *National Geographic.* Ce bout de bois-là avait sacrément bien tourné. Le jeu consistait à extraire le maximum de choses du bout de bois sans le casser. On n'arrivait jamais à extraire la totalité de l'objet qu'on y avait vu, mais à condition d'être soigneux, on en tirait parfois une bonne partie.

Il y avait quelque chose dans la bosse qui poussait sur cette souche. Il serait sûrement capable d'en extraire pas mal à l'aide du couteau de Roland – l'outil le plus pratique et le mieux affûté qu'il ait jamais utilisé.

Au fond de ce bout de bois, quelque chose attendait patiemment que quelqu'un – quelqu'un comme lui ! – le fasse sortir. Le libère.

Oh, regardez-moi ce petit chou ! Qu'est-ce que tu fais, mon petit chou ? Une maison de poupée ? Un petit pot pour ton petit zizi ? Une fronde pour faire semblant de chasser le lapin, comme les grands ? Ohhh... c'est-y pas ADORABLE ?

Il sentit monter en lui un flot de honte, une impression de malaise ; toujours ce secret qu'il fallait protéger à tout prix, puis il se rappela – une nouvelle fois – que Henry Dean, qui était devenu au fil des ans le grand sage et éminent junkie, était mort. Cette constatation n'avait pas encore fini de le surprendre ; elle s'abattait régulièrement sur lui, éveillant en lui tantôt le chagrin, tantôt la honte et tantôt la colère. Ce jour-là, deux jours avant que l'immense ours ne surgisse des corridors verts de la forêt, elle éveilla en lui le plus surprenant des sentiments. Un soulagement mêlé d'une joie triomphante.

Il était libre.

Eddie avait emprunté le couteau de Roland. Il extirpa soigneusement la bosse de la souche, puis la rapporta avec lui et s'assit au pied d'un arbre, la tournant et la retournant dans tous les sens. Ce n'était pas exactement elle qu'il regardait ; il regardait *en* elle.

Susannah avait fini de dépouiller le lapin. Elle mit la viande dans la marmite qui chauffait déjà ; elle tendit la peau entre deux bâtons, l'attachant avec des lanières de cuir fournies par Roland. Plus tard, après le souper, Eddie commencerait à la nettoyer. Avançant sans effort sur ses bras et sur ses jambes mutilées, elle rampa jusqu'au grand pin au pied duquel s'était installé Eddie. Près du feu, Roland émiettait des fines herbes inconnues – et sans nul doute délicieuses – dans la marmite.

– Qu'est-ce que tu fais, Eddie ?

Eddie se vit contraint de réprimer une envie absurde de cacher le bout de bois dans son dos.

– Rien, dit-il. J'avais envie de tailler quelque chose. (Il marqua une pause, puis ajouta :) Mais je ne suis pas très bon.

On aurait dit qu'il tentait de la rassurer.

Susannah lui avait jeté un regard intrigué. L'espace d'un instant, elle sembla sur le point de dire quelque chose, puis se contenta de hausser les épaules et de s'éloigner. Elle ne comprenait pas pourquoi Eddie paraissait avoir honte de passer le temps en taillant un bout de bois – son père faisait ça tout le temps –, mais s'il avait besoin de lui en parler, il finirait bien par s'y résoudre.

Il savait que ce sentiment de culpabilité était stupide et sans objet, mais il savait aussi qu'il se sentirait plus à l'aise pour travailler en l'absence de Roland et de Susannah. Il est beaucoup plus difficile de triompher de son enfance que de triompher de l'héroïne.

Lorsqu'ils s'absentaient tous les deux, pour chasser, pour tirer ou pour jouer au maître et à l'élève, Eddie se mettait à la tâche avec une habileté surprenante et un plaisir sans cesse croissant. La forme était bien là ; il ne s'était pas trompé. Elle était toute simple, et le couteau de Roland la libérait de sa gangue avec une facilité déconcertante. Eddie pensa qu'il allait l'extraire presque en totalité, ce qui signifiait que la fronde serait sans doute une arme très pratique. Pas grand-chose comparée aux revolvers de Roland, peut-être, mais quelque chose qu'il aurait fait tout seul. *Lui-même*. Et cette idée lui procurait un grand plaisir.

Il n'entendit pas le premier corbeau qui s'envola brusquement en poussant des cris paniqués. Il était déjà occupé à penser – à espérer – qu'il risquait avant longtemps de voir un arbre où était emprisonnée la forme d'un arc.

5

Il entendit l'ours approcher seulement quelques instants avant Roland et Susannah, plongé dans cet état de concentration qui accompagne l'impulsion créatrice la plus douce et la plus puissante. Cela faisait longtemps qu'il avait banni cette impulsion de sa vie, et elle s'était à présent emparée de lui corps et âme. Eddie en était ravi.

Ce ne fut pas le fracas des arbres abattus qui l'en arracha, mais le tonnerre du .45 provenant du sud. Il leva les yeux, sourit et écarta une mèche de cheveux de son front avec une main poisseuse de résine. En cet instant, adossé à un immense pin bordant la clairière qui était devenue son foyer, le visage strié de lumière dorée aux nuances vertes, il paraissait bien beau – un jeune homme aux cheveux noirs indisciplinés qui menaçaient constamment de retomber en masse sur son front, un jeune homme à la bouche ferme et mobile et aux yeux noisette.

L'espace d'un instant, ses yeux se posèrent sur l'autre revolver de Roland, glissé dans son étui suspendu à une branche toute proche, et il se surprit à se demander depuis combien de temps Roland ne s'était pas déplacé sans au moins une de ses armes fabuleuses posée sur ses hanches. Cette question en engendra deux autres.

Quel *âge* avait-il, cet homme qui avait arraché Eddie et Susannah à leur monde et à leurs *quands* ? Et, ce qui était beaucoup plus important, qu'est-ce qui clochait chez lui ?

Susannah lui avait promis qu'elle aborderait ce sujet aujourd'hui... si elle se débrouillait bien et si Roland ne se mettait pas en pétard, bien sûr. Eddie ne pensait pas que Roland le lui dirait – du moins pas tout de suite –, mais il était temps que ce grand échalas sache qu'ils *savaient* que quelque chose *clochait*.

– Il y aura de l'eau si Dieu le veut, dit Eddie.

Il se remit à l'ouvrage, un petit sourire aux lèvres. Susannah et lui citaient de plus en plus souvent les petits dictons de Roland... et vice versa. On aurait presque dit qu'ils formaient les deux moitiés d'un même...

Un arbre s'effondra tout près et Eddie bondit aussitôt

sur ses pieds, la fronde ébauchée dans une main et le couteau de Roland dans l'autre. Il scruta la forêt dans la direction d'où provenait le bruit, le cœur battant, les sens enfin en alerte. Quelque chose s'approchait. Il l'entendait à présent piétiner les fourrés d'un pas impitoyable et s'étonnait amèrement d'avoir mis tant de temps à le remarquer. Au fond de son esprit, une petite voix lui déclara qu'il n'avait que ce qu'il méritait. Ça lui apprendrait à faire quelque chose mieux que Henry, à rendre Henry nerveux.

Un nouvel arbre s'effondra dans un craquement étouffé. Eddie aperçut un nuage de sciure monter dans l'air au-dessus d'un sentier grossièrement tracé entre les immenses sapins. La créature responsable de ce nuage poussa soudain un hurlement – un cri enragé à vous nouer les tripes.

Quoi que ce soit, c'était une grosse bête.

Eddie laissa choir le bout de bois, puis lança le couteau de Roland vers un arbre situé à cinq mètres sur sa gauche. Il tourna deux fois sur lui-même avant de se planter dans le tronc en frémissant. Eddie saisit le .45 de Roland et l'arma.

Je reste ici ou je fiche le camp ?

Mais il s'aperçut bien vite qu'il n'avait plus le choix. La créature était aussi *rapide* qu'elle était gigantesque et il était désormais trop tard pour fuir. Il distingua son immense silhouette au bout du sentier, une silhouette qui dominait la majorité des arbres. Elle fonçait droit sur lui de sa démarche lourde, et lorsque ses yeux se posèrent sur Eddie Dean, elle poussa un nouveau hurlement.

– Bon Dieu, je suis *foutu*, murmura Eddie.

Un nouvel arbre ploya, craqua dans un bruit de mortier, et s'effondra sur le sol dans un nuage de poussière et d'aiguilles de pin. L'animal se dirigeait à présent vers la clairière où il se trouvait, un ours aussi grand que King Kong. Le sol tremblait sous ses pas.

Que vas-tu faire, Eddie ? demanda soudain la voix de Roland. *Réfléchis ! C'est le seul avantage que tu as sur cette créature. Que vas-tu faire ?*

Il ne se croyait pas capable de tuer ce monstre. Avec un bazooka, peut-être, mais sûrement pas avec le .45

du pistolero. Il pouvait s'enfuir, mais l'animal n'aurait sans doute aucun mal à le rattraper. Il estima à cinquante pour cent ses chances de finir en gelée de groseille sous les grosses pattes de l'ours.

Alors, qu'est-ce que tu fais ? Tu restes planté là et tu lui tires dessus ou tu fous le camp comme si tu avais le feu au cul ?

Il existait une troisième possibilité, pensa-t-il. Il pouvait grimper.

Il se tourna vers l'arbre près duquel il s'était assis. C'était un immense sapin chenu, de loin le plus grand de tous les arbres de cette partie de la forêt. La première branche étendait son plumage vert deux mètres cinquante au-dessus du sol. Eddie rabaissa le percuteur du revolver et le glissa à la ceinture de son pantalon. Il sauta, agrippa la branche et se hissa à la force du poignet. Derrière lui, l'ours poussa un nouveau hurlement en pénétrant dans la clairière.

Le monstre l'aurait quand même massacré, il aurait quand même laissé ses tripes pendues aux branches comme des rubans multicolores, s'il n'avait pas été saisi à ce moment précis par une nouvelle crise d'éternuements. Il éparpilla d'un coup de patte rageur les cendres encore fumantes du feu de camp, puis se courba et posa ses énormes pattes antérieures sur ses énormes cuisses, évoquant l'image d'un vieillard vêtu d'un manteau de fourrure, un vieillard atteint d'un rhume carabiné. Il éternua à plusieurs reprises – *AT-CHOUM ! AT-CHOUM ! AT-CHOUM !* – et un essaim de parasites s'envola de son museau. Un jet d'urine chaude jaillit entre ses pattes postérieures et éteignit les braises éparpillées sur le sol.

Eddie profita des quelques instants de répit qui lui étaient ainsi accordés. Il grimpa le long de l'arbre avec l'agilité d'un singe, ne stoppant son ascension qu'une fois pour s'assurer que le revolver du pistolero se trouvait toujours passé à sa ceinture. Il était terrifié, à moitié persuadé de sa mort prochaine (à quoi s'attendait-il à présent que Henry n'était plus là pour Faire Gaffe à lui ?), mais un rire dément s'échappa néanmoins de ses lèvres. Me voilà coincé sur un arbre, pensa-t-il.

Qu'est-ce que vous dites de ça, les mecs ? Coincé par un ours aussi grand que Godzilla.

Le monstre releva la tête, la chose qui tournait entre ses oreilles accrocha un rayon de soleil, et il chargea l'arbre où s'était réfugié Eddie. Il leva une patte et l'abaissa violemment, cherchant à cueillir Eddie comme une pomme de pin. Les puissantes griffes lacérèrent la branche où il se trouvait alors qu'il bondissait vers une branche supérieure. Elles lacérèrent également une de ses chaussures, la déchirant en deux morceaux qui s'envolèrent dans les airs.

C'est pas grave, pensa Eddie. Si tu veux aussi l'autre, Gros Nounours, je te la file. De toute façon, elles étaient usées.

L'ours se mit à rugir et à attaquer l'arbre, traçant de larges sillons dans son antique écorce, des blessures d'où suinta une résine étincelante. Eddie poursuivait son ascension. Les branches se faisaient moins épaisses et, lorsqu'il jeta un bref regard sous lui, ses yeux se rivèrent aux yeux troubles de l'ours. Derrière sa tête velue, la clairière ressemblait à une cible dont le centre aurait été les restes du foyer.

– Tu m'as raté, espèce de gros sac à... commença Eddie, et l'ours, la tête toujours levée vers lui, choisit ce moment pour éternuer.

Eddie fut aussitôt aspergé par une morve tiède où grouillaient des milliers de petits vers blancs. Ils se tortillèrent frénétiquement sur sa chemise, sur ses avant-bras, sur sa gorge et sur son visage.

Il poussa un cri de surprise et d'écœurement. Il leva la main pour s'essuyer les yeux et la bouche, manqua de perdre l'équilibre et réussit de justesse à passer un bras autour d'une branche. Il s'accrocha à elle et se passa la main sur le corps, en chassant des paquets de morve et de vers. L'ours rugit et frappa l'arbre une nouvelle fois. Le sapin frémit comme le mât d'un navire en pleine tempête... mais les sillons qui venaient d'apparaître sur son écorce étaient à plus de deux mètres en dessous de la branche où s'étaient plantés les pieds d'Eddie.

Il s'aperçut que les vers étaient mourants – ils avaient dû commencer à mourir dès qu'ils avaient été expulsés des organes infectés du monstre. Cela lui remonta le moral et il se remit à grimper. Il s'arrêta trois ou quatre mètres plus haut, hésitant à poursuivre son ascension. Le diamètre du tronc, qui était d'environ deux mètres cinquante à sa base, ne mesurait pas plus de cinquante centimètres en son milieu. Eddie s'était planté sur deux branches différentes pour mieux répartir son poids, mais il les sentait néanmoins ployer toutes les deux. Il avait à présent une belle vue sur la forêt et sur les collines de l'Ouest, tapis ondoyant déroulé sous ses yeux. Dans d'autres circonstances, il se serait senti récompensé par le panorama.

Maman, je suis le maître du monde, pensa-t-il. Il baissa de nouveau les yeux vers la tête de l'ours et la stupéfaction l'envahit, chassant de son esprit toute pensée cohérente.

Il y avait quelque chose qui poussait sur la tête de l'ours, et ce quelque chose ressemblait à une antenne radar.

Le gadget tournait sur lui-même en suivant un rythme saccadé, reflétant l'éclat du soleil, et Eddie l'entendit grincer doucement. Il avait possédé quelques voitures dans le temps – le genre de tires que les vendeurs de voitures d'occasion réservent aux amateurs de bricolage – et le bruit qui émanait de ce gadget lui rappelait celui d'un roulement à billes ayant besoin d'être remplacé.

L'ours poussa un long grondement sourd. Une écume jaunâtre, grumeleuse et infestée de vers coula entre ses mâchoires. Eddie avait peut-être déjà vu la folie à l'état pur (notamment chaque fois qu'il s'était retrouvé face à face avec cette salope de Detta Walker), mais cela n'avait rien de comparable avec ce qu'exprimait ce visage... qui, heureusement, se trouvait à une dizaine de mètres de lui, les griffes de l'ours ne pouvant quant à elles parvenir qu'à cinq mètres de ses pieds. De plus, l'arbre où il s'était perché était bien vivant, contrairement à ceux sur lesquels l'ours s'était défoulé en fonçant vers la clairière.

– Impasse à la mexicaine, mon vieux, haleta Eddie.

Il essuya son front en sueur d'une main poisseuse de

résine et jeta le résidu de sa toilette sur la gueule de l'ours.

Alors, la créature que le Vieux Peuple avait baptisée Mir étreignit l'arbre de ses grosses pattes et se mit à le secouer. Eddie saisit le tronc et s'y accrocha désespérément, les yeux fermés, et le sapin se mit à osciller comme un pendule.

6

Roland fit halte à la lisière de la forêt. Susannah, perchée sur ses épaules, observa la scène qui se déroulait de l'autre côté de la clairière avec des yeux incrédules. La créature était plantée au pied de l'arbre près duquel Eddie était assis lorsque tous deux étaient partis trois quarts d'heure plus tôt. Branches et aiguilles ne lui permettaient d'apercevoir que des fragments de son corps velu. Le second ceinturon de Roland gisait aux pieds du monstre. Elle vit que l'étui était vide.

– Mon Dieu ! murmura-t-elle.

L'ours poussa un hurlement de femme terrifiée et se mit à secouer le sapin. Les branches s'agitèrent comme sous une bourrasque. Susannah leva les yeux et aperçut une silhouette sombre près de la cime. Eddie étreignait le tronc de toutes ses forces pour résister aux violentes oscillations de l'arbre. Sous ses yeux, il lâcha prise d'une main et agita frénétiquement le bras.

– *Qu'est-ce qu'on fait ?* cria-t-elle en se penchant vers Roland. *Il va le faire tomber ! Qu'est-ce qu'on fait ?*

Roland s'efforça de trouver une idée, mais une étrange sensation l'habitait à présent – une sensation qui l'habitait en permanence mais qui se faisait plus aiguë en période de stress. Il avait l'impression d'être deux hommes coexistant à l'intérieur de son crâne. Chacun d'eux avait son propre stock de souvenirs et lorsqu'ils se mettaient à se quereller, chacun affirmant que *ses* souvenirs étaient les bons, le pistolero avait l'impression d'être déchiré en deux. Il fit un effort désespéré pour réconcilier ses deux moitiés et y réussit... du moins pour le moment.

– C'est l'un des Douze ! s'écria-t-il. Un des Gardiens ! C'est *sûrement* ça ! Mais je croyais qu'ils étaient...

L'ours poussa un nouveau beuglement en direction d'Eddie. Il se mit à gifler l'arbre comme un boxeur attaquant un punching-ball. Plusieurs branches se brisèrent et tombèrent à ses pieds.

– *Quoi donc ?* hurla Susannah. *Quelle est la suite ?*

Roland ferma les yeux. Une voix se mit à crier dans son crâne : *Le garçon s'appelait Jake !* Une autre voix lui répondit : *Il N'y avait PAS de garçon ! Il N'y avait PAS de garçon, et tu le sais parfaitement !*

Allez-vous-en, tous les deux, gronda-t-il intérieurement, puis il dit à Susannah :

– Tire-lui dessus ! Tire-lui dans le cul ! Il va se retourner et charger ! A ce moment-là, tu verras quelque chose sur sa tête ! Ça...

L'ours se remit à hurler. Il renonça à frapper le pin et recommença à le secouer. On entendait à présent de sinistres craquements au niveau de sa cime.

Lorsqu'il put de nouveau se faire entendre, Roland reprit :

– Je crois que ça ressemble à un chapeau ! Un chapeau en acier ! Tire dessus, Susannah ! Et ne le rate pas !

Elle se sentit soudain envahie par la terreur – et par une autre émotion totalement inattendue : une terrible sensation d'isolement.

– *Non ! Je vais le rater ! Tire-lui dessus, Roland !*

Elle s'escrima sur le revolver, cherchant à l'extirper de son étui pour le donner au pistolero.

– Je ne peux pas ! cria celui-ci. Je n'ai pas un bon angle de tir ! C'est *toi* qui dois le faire, Susannah ! C'est ta véritable épreuve, et tu as intérêt à la réussir !

– Roland...

– *Il veut briser l'arbre pour faire tomber sa cime ! Tu ne le vois donc pas ?*

Elle regarda le revolver qu'elle tenait dans sa main. Regarda à l'autre bout de la clairière, où la gigantesque silhouette de l'ours était occultée par un nuage de poussière et d'aiguilles vertes. Regarda Eddie, qui oscillait comme un métronome. Eddie était sans doute armé du second revolver, mais il ne pouvait pas s'en servir sans courir le risque de tomber de sa branche comme un fruit trop mûr. Et il risquait de se tromper de cible.

Elle leva son arme. Son estomac était noué par l'angoisse.

– Tiens-moi bien, Roland, dit-elle. Sinon...

– Ne t'inquiète pas !

Elle tira à deux reprises, deux coups de feu rapprochés comme le lui avait appris Roland. Aussi sèches que deux coups de fouet, les détonations étouffèrent le vacarme produit par l'ours. Elle vit les deux balles se loger dans sa fesse gauche, séparées par moins de cinq centimètres.

Le monstre poussa un cri de surprise, de douleur et de protestation. Une de ses énormes pattes antérieures émergea de l'épais feuillage pour se poser sur ses blessures. Elle gouttait de sang lorsqu'elle remonta avant de disparaître. Susannah imagina l'ours en train d'examiner sa patte ensanglantée. Puis on entendit une série de froissements et de craquements, et l'ours se retourna tout en se mettant à quatre pattes afin de courir plus vite. Elle vit son visage pour la première fois et son cœur cessa de battre. Son museau était souillé d'écume ; ses grands yeux luisaient comme des lampes. Sa tête velue se tourna vers la gauche... puis vers la droite... et ses yeux se posèrent sur Roland, qui se tenait debout, les jambes écartées, tenant Susannah en équilibre sur ses épaules.

L'ours poussa un cri assourdissant et chargea.

7

Récite ta leçon, Susannah Dean, et sois sincère.

L'ours fonçait sur eux de sa démarche dandinante ; on aurait dit un tracteur d'usine emballé sur lequel on aurait jeté un énorme tapis mangé aux mites.

Ça ressemble à un chapeau ! Un chapeau en acier !

Elle vit ce dont parlait Roland... mais ça ne ressemblait pas à un chapeau à ses yeux. Ça ressemblait à une antenne radar – une version miniature des antennes qu'elle avait vues aux actualités dans un reportage sur le dispositif de défense censé protéger les Etats-Unis d'une attaque russe. Cette cible était plus grosse que les cailloux qu'elle avait pulvérisés un peu plus tôt, mais elle était aussi plus éloignée. Elle était parcourue de trompeuses taches d'ombre et de soleil.

Je ne vise pas avec ma main ; celle qui vise avec sa main a oublié le visage de son père.

Je n'y arriverai pas !

Je ne tire pas avec ma main ; celle qui tire avec sa main a oublié le visage de son père.

Je vais le rater ! Je le sais !

Je ne tue pas avec mon arme ; celle qui tue avec son arme a oublié le visage de son père.

— Descends-le ! rugit Roland. *Descends-le*, Susannah !

Avant même d'appuyer sur la détente, elle vit la balle atteindre sa cible, propulsée par le farouche désir qu'elle avait de tirer au but, ni plus, ni moins. Toute peur la déserta. Son esprit n'était plus habité que par une profonde froideur et elle eut le temps de penser : C'est ça *qu'il* ressent. Mon Dieu — comment peut-il le supporter ?

— Je tue avec mon cœur, fils de pute, dit-elle, et le revolver du pistolero rugit dans sa main.

8

L'objet argenté reposait sur une tige d'acier plantée dans le crâne de l'ours. La balle tirée par Susannah l'atteignit en plein centre et l'antenne radar explosa en une centaine de fragments étincelants. La tige fut aussitôt parcourue par une toile d'éclairs bleus qui recouvrirent l'espace d'un instant la totalité de la tête de l'ours.

Il se dressa sur ses pattes postérieures en poussant un hurlement de supplicié, boxant le vide de ses pattes antérieures. Puis il tourna maladroitement sur lui-même et agita les bras, comme pris d'une soudaine envie de s'envoler. Il essaya de pousser un nouveau rugissement, mais le son qui s'échappa de sa gueule ressemblait davantage au beuglement brouillé d'une sirène d'alerte.

— Très bien, dit Roland d'une voix épuisée. Tu as bien visé et bien tiré.

– Dois-je encore tirer ? demanda Susannah, hésitante.

L'ours continuait à décrire des cercles de sa démarche pataude, mais son corps penchait de plus en plus en avant et sur le côté. Il heurta un petit arbre, rebondit, manqua tomber à la renverse, et se remit à tourner en rond.

– C'est inutile, dit Roland.

Elle sentit ses mains l'agripper par la taille et la soulever. L'instant d'après, elle était assise par terre, les cuisses croisées. Eddie descendait lentement de son perchoir, mais elle ne le voyait pas. Elle n'arrivait pas à arracher son regard de l'ours.

Elle avait vu les baleines du Seaquarium de Mystic, dans le Connecticut, et estimait qu'elles étaient plus grandes – sans doute beaucoup plus grandes – que ce monstre, mais celui-ci était certainement le plus grand animal terrestre qu'elle ait jamais vu. Et, de toute évidence, il était mourant. Ses rugissements s'étaient transformés en gargouillis liquides et il paraissait aveugle en dépit de ses yeux grands ouverts. Il errait sans but autour du campement, renversant un râtelier de peaux en train de sécher, démolissant le petit abri qu'elle partageait avec Eddie, rebondissant sur les arbres. Elle aperçut la tige plantée dans son crâne. Des volutes de fumée en montaient, comme si la balle avait mis le feu à son cerveau.

Eddie arriva sur la branche la plus basse de l'arbre qui lui avait sauvé la vie et l'enfourcha en tremblant.

– Sainte Marie, mère de Dieu, dit-il. Je l'ai sous les yeux et je n'arrive toujours pas à croi...

L'ours se tourna vivement vers lui. Eddie descendit d'un bond et fila rejoindre Susannah et Roland. L'ours ne remarqua rien ; adoptant une démarche de poivrot, il se dirigea vers le sapin où s'était réfugié Eddie, essaya de le saisir, échoua et tomba à genoux. On entendait d'autres bruits provenant de son corps, des bruits qui évoquaient aux oreilles d'Eddie un moteur de camion ayant claqué son arbre de transmission.

Un spasme agita le monstre et il rejeta la tête en arrière. Ses griffes s'élevèrent vers son visage et le lacérèrent. Du sang grouillant de vers en jaillit, aspergeant le sol. Puis il s'effondra, faisant trembler la terre sous sa masse, et se figea. Après plusieurs siècles d'une étrange existence, l'ours que le Vieux Peuple avait baptisé Mir – le monde en dessous du monde – était mort.

9

Eddie souleva Susannah, noua ses mains poisseuses au creux de ses reins, et l'embrassa goulûment. Il sentait la sueur et la résine. Elle lui caressa les joues, lui caressa le cou ; elle passa les mains dans ses cheveux ruisselants. Elle avait une envie irrésistible de le toucher partout jusqu'à ce qu'elle soit absolument sûre de sa réalité.

— Ce monstre a failli m'avoir, dit-il. J'avais l'impression d'être sur un manège d'enfer. Quel tir ! Bon Dieu, Suzie... quel tir !

— J'espère que je n'aurai plus jamais à faire un truc pareil, dit-elle.

Mais une petite voix s'éleva en elle pour la contredire. Cette voix insinuait qu'il lui *tardait* de refaire un truc pareil. Et elle était froide, cette petite voix. Glaciale.

— Qu'est-ce que... commença Eddie en se tournant vers Roland, mais Roland n'était plus là.

Il se dirigeait lentement vers l'ours, qui gisait à présent sur le sol, les genoux levés. De ses entrailles en cours de désintégration montait une série de hoquets et de gargouillis étouffés.

Roland aperçut son couteau planté dans un arbre près du vétéran scarifié qui avait sauvé la vie d'Eddie. Il le dégagea et l'essuya sur la veste en peau de daim qui remplaçait les haillons qu'il portait lorsqu'ils avaient quitté la plage. Il fit halte près de l'ours, le contemplant avec un mélange de pitié et d'émerveillement.

Salut, l'inconnu, pensa-t-il. Salut, vieil ami. Je n'ai jamais vraiment cru en toi. Je pense qu'Alain croyait en toi, et je sais que Cuthbert croyait en toi – Cuthbert croyait en *tout* –, mais j'étais le sceptique de la bande. Je pensais que tu n'étais qu'un conte pour enfants... une des histoires qui flottaient dans la tête creuse de ma nourrice avant de franchir le seuil de ses lèvres bavardes. Mais tu as toujours été là, un réfugié de l'ancien temps, comme les pompes du relais et les vieilles machines sous les montagnes. Les Lents Mutants qui vénéraient ces vestiges fracassés sont-ils les ultimes descendants du peuple qui vivait jadis dans cette forêt et qui a fini par fuir ton courroux ? Je ne le sais pas, je ne le saurai jamais... mais cela me paraît plus que probable. Oui. Et puis je suis arrivé avec mes amis – mes nouveaux amis si dangereux qui ressemblent de plus en plus à mes anciens amis si dangereux. Nous sommes arrivés, tissant notre cercle magique autour de nous et autour de tout ce que nous touchons, le tissant de fils empoisonnés, et te voilà à présent, gisant à nos pieds. Le monde a encore changé, et cette fois-ci, mon vieil ami, c'est toi qui es resté derrière.

Une chaleur maladive rayonnait encore du corps du monstre. Des hordes de parasites jaillissaient de sa gueule et de son museau, mais ils périssaient presque aussitôt. Deux piles d'un blanc cireux poussaient de chaque côté de sa tête.

Eddie s'approcha lentement. Il avait calé Susannah contre sa hanche, la portant comme une mère porte son bébé.

– Qu'est-ce que c'était que ce monstre, Roland ? Tu le connaissais ?

– Je crois qu'il a dit que c'était un des Gardiens, dit Susannah.

– Oui. (La voix de Roland exprimait l'étonnement.) Je pensais qu'ils avaient tous disparu, qu'ils *devaient* avoir disparu... s'ils avaient jamais existé ailleurs que dans les contes de bonne femme.

– Je ne sais pas ce que c'était que ce monstre, mais en tout cas, il était fou à lier, dit Eddie.

Roland eut un petit sourire.

– Si tu avais vécu deux ou trois mille ans, tu serais fou à lier, toi aussi.

– Deux ou trois mille... Bon Dieu !

– Est-ce que c'est vraiment un ours ? demanda Susannah. Et qu'est-ce que c'est que ce truc ?

Elle désignait ce qui semblait être une plaque de métal fixée à l'une des pattes postérieures de l'ours. Elle était presque entièrement dissimulée par ses poils touffus, mais le soleil de l'après-midi se réflétait sur sa surface en acier inoxydable et la rendait ainsi visible.

Eddie s'agenouilla et tendit une main hésitante vers la plaque, conscient des étranges cliquetis étouffés qui montaient encore des entrailles du géant terrassé. Il se tourna vers Roland.

– Vas-y, lui dit le pistolero. Il est mort et bien mort.

Eddie écarta une touffe de poils et se pencha plus près. On avait composté des mots dans le métal. Ils étaient bien érodés, mais lisibles au prix d'un petit effort.

NORTH CENTRAL POSITRONICS, LTD.

Granite City

Corridor Nord-Est

Modèle 4 GARDIEN

N° de série AA 24123 CX 755431297 L 14

Type/Espèce OURS

SHARDIK

º*NR*NE PAS REMPLACER LES CELLULES SUBATOMIQUES*NRº

– Seigneur Jésus, ce truc est un *robot*, dit Eddie à voix basse.

– Ce n'est pas possible, dit Susannah. Il a *saigné* quand je lui ai tiré dessus.

– Peut-être, mais les ours normaux ne se baladent pas avec une antenne radar sur la tête. Et, pour autant que je le sache, les ours normaux ne vivent pas deux ou trois mil... (Il s'interrompit soudain pour regarder Roland. Quand il reprit la parole, ce fut d'une voix outrée.) Roland, qu'est-ce que tu fabriques ?

Roland ne lui répondit pas ; c'était inutile. Ce qu'il fabriquait était parfaitement évident : il énucléait l'ours à l'aide de son couteau. Ses gestes étaient vifs, nets et précis. Lorsque l'opération fut achevée, une boule de gelée brune resta quelques instants en équilibre sur la lame de son couteau, puis il la jeta d'un geste sec. Quelques vers sortirent de l'orbite vide, tentèrent de ramper jusqu'au museau, puis moururent.

Le pistolero se pencha sur l'orbite béante de Shardik, le grand ours gardien, et scruta l'intérieur de son crâne.

– Venez jeter un coup d'œil, tous les deux, dit-il. Je vais vous montrer une merveille des derniers jours.

– Fais-moi descendre, Eddie, demanda Susannah.

Il s'exécuta et elle rampa vivement jusqu'au pistolero, toujours penché au-dessus du large visage flasque de l'ours. Eddie les rejoignit, regardant la scène entre leurs épaules. Ils restèrent abîmés dans la contemplation du cadavre pendant une bonne minute ; on n'entendait que les croassements des corbeaux qui tournaient toujours en rond dans le ciel.

Quelques épais filets de sang coulaient de l'orbite vide. Mais ce n'était pas *seulement* du sang, vit Eddie. Il y avait aussi un fluide translucide d'où montait un parfum parfaitement identifiable – une odeur de banane. Et il vit une toile de ficelles enchâssée dans le délicat croisillon de tendons qui formait l'orbite. Au fond de celle-ci clignotait une lueur rouge. Elle éclairait une minuscule plaque carrée ornée d'excroissances qui étaient de toute évidence des points de soudure.

– Si ce n'est pas un ours, c'est un walkman Sony, marmonna-t-il.

Susannah le regarda sans comprendre.

– Hein ?

– Rien. (Eddie se tourna vers Roland.) Tu crois qu'on peut regarder là-dedans sans danger ?

Roland haussa les épaules.

– Oui, je pense. S'il y avait un démon dans cette créature, il s'est enfui.

Eddie tendit l'auriculaire vers l'orbite, prêt à l'en retirer à la moindre décharge électrique. Il palpa la chair déjà froide dans la cavité presque aussi grande qu'une balle de base-ball, puis toucha l'une des ficelles. Mais ce n'était pas une ficelle ; c'était un fil d'acier ultra-mince. Il retira son doigt et vit la lueur rouge clignoter une dernière fois avant de disparaître à jamais.

– Shardik, murmura Eddie. Je *connais* ce nom-là,

mais je n'arrive pas à le replacer. Ça te dit quelque chose, Suzie ?

Elle secoua la tête.

– Le problème... (Eddie ne put s'empêcher de rire) ...c'est que j'associe ce nom-là à un lapin. C'est dingue, non ?

Roland se redressa. Ses genoux craquèrent comme un revolver.

– Il faut établir notre camp ailleurs, dit-il. Cette terre est souillée. L'autre clairière, celle où nous allons tirer, sera...

Il fit deux pas, tremblant de tous ses membres, puis s'effondra à genoux, les mains pressées sur les tempes.

10

Eddie et Susannah échangèrent un regard terrifié, puis Eddie bondit vers Roland.

– Qu'y a-t-il ? Roland, qu'est-ce qui ne va pas ?

– Il y *avait* un garçon, dit le pistolero dans un murmure distrait. (Puis, sans reprendre son souffle :) Il *n*'y avait *pas* de garçon.

– Roland ? dit Susannah. (Elle arriva près de lui, lui passa un bras autour des épaules, sentit les tremblements qui agitaient son corps.) Qu'y a-t-il, Roland ?

– Le garçon, dit Roland en la regardant de ses yeux vitreux. C'est le garçon. *Toujours* le garçon.

– *Quel* garçon ? cria Eddie, paniqué. *Quel* garçon ?

– Allez-vous-en, dit Roland, il y a d'autres mondes.

Et il s'évanouit.

11

Cette nuit-là, ils étaient tous les trois assis autour du feu de joie confectionné par Susannah et par Eddie dans la clairière que ce dernier appelait « le stand de tir ». Le lieu aurait été mal choisi pour camper en plein hiver, exposé comme il l'était aux intempéries, mais il convenait parfaitement en cette saison. Selon les estimations d'Eddie, c'était la fin de l'été dans le monde de Roland.

La voûte noire du ciel se déployait au-dessus de leurs têtes, constellée par de véritables galaxies. Au sud, par-delà le fleuve de ténèbres que formait la vallée, Eddie apercevait la Vieille Mère en train de monter au-dessus de l'horizon invisible. Il jeta un coup d'œil à Roland, qui était emmitouflé dans trois épaisseurs de fourrure en dépit de la chaleur que dispensait le feu. Une assiette encore pleine était posée près de lui et il tenait un os dans ses mains. Eddie leva de nouveau les yeux vers le ciel et repensa à une histoire que le pistolero leur avait racontée durant le long voyage qui les avait conduits de la plage aux collines, puis des collines à la forêt profonde où ils avaient trouvé un refuge provisoire.

Avant le commencement des temps, disait Roland, le Vieil Astre et la Vieille Mère étaient de jeunes mariés unis par un amour passionné. Puis, un jour, ils avaient eu une violente querelle. La Vieille Mère (qui, en ces temps anciens, n'était connue que par son véritable nom, à savoir Lydia) avait surpris le Vieil Astre (de son vrai nom Apon) en compagnie d'une superbe jeune femme nommée Cassiopée. Ils avaient eu une véritable scène de ménage, ces deux-là : crêpage de chignon, coups de griffes et lancer d'assiettes. Un débris d'assiette était devenu la Terre ; un autre, plus petit, la Lune ; une braise provenant de leur poêle était devenue le Soleil. Finalement, les dieux étaient intervenus afin qu'Apon et Lydia, tout à leur colère, ne détruisent pas l'univers avant même qu'il ne soit ébauché. Cassiopée, la beauté aguicheuse responsable de la querelle (« Ouais, c'est ça... c'est toujours la faute de la femme », avait dit Susannah à ce moment-là), avait été bannie pour l'éternité sur un fauteuil à bascule fait d'étoiles. Mais cela n'avait pas résolu le problème pour autant. Lydia était disposée à recoller les morceaux, mais Apon était trop orgueilleux pour l'accepter (« Ouais, c'est toujours la faute de l'homme », avait grommelé Eddie à ce moment-là). Ils s'étaient donc séparés et ils se contemplaient désormais de part et d'autre des débris stellaires de leur divorce, partagés entre la haine et le remords. Apon et Lydia ont disparu depuis trois millions d'années, leur dit le pistolero ; ils sont devenus la Vieille Mère et le Vieil Astre, le nord et le sud, le chacun désirant sa chacune, trop fiers tous les deux pour quémander une réconciliation à l'autre... et Cassiopée est assise sur son fauteuil à bascule et les regarde en riant.

Eddie sursauta lorsqu'une main se posa doucement sur son bras. C'était celle de Susannah.

– Allez, dit-elle. Il faut qu'on le fasse parler.

Eddie la porta jusqu'au feu de camp et la posa doucement à droite de Roland. Il s'assit à sa gauche. Roland regarda Susannah, puis Eddie.

– Comme vous me serrez de près, remarqua-t-il. Comme des amants... ou des geôliers.

– Il est temps que tu te confies à nous. (La voix de Susannah était claire et mélodieuse.) Si nous sommes tes compagnons, Roland – et nous sommes apparemment tes compagnons, que ça nous plaise ou non –, il est temps que tu commences à nous *traiter* comme tels. Dis-nous ce qui ne va pas...

– ... et ce que nous pouvons faire pour t'aider, acheva Eddie.

Roland eut un profond soupir.

– Je ne sais pas par où commencer, dit-il. Ça fait si longtemps que je n'ai pas eu de compagnon... ni d'histoire à raconter.

– Commence par l'ours, dit Eddie.

Susannah se pencha en avant pour toucher la mâchoire que Roland tenait dans ses mains. Cet os la terrifiait, mais elle le toucha quand même.

– Et finis avec ça.

– Oui. (Roland leva l'os à ses yeux et le regarda un long moment avant de le reposer sur ses cuisses.) Il faudra bien parler de ça, n'est-ce pas ? Cet os est au centre de tout.

Mais ce fut d'abord le tour de l'ours.

12

– Voici l'histoire que l'on m'a racontée lorsque j'étais un enfant, dit Roland. Lorsque tout était neuf, les Grands Anciens – ce n'étaient pas des dieux, mais des gens dont le savoir était quasi divin – créèrent douze Gardiens pour surveiller les douze portails qui permettent d'entrer et de sortir du monde. Certains m'ont dit que ces portails étaient des phénomènes naturels, comme les constellations que nous voyons dans le ciel ou comme la crevasse sans fond que nous appelions le Tombeau du Dragon à cause des grands jets de vapeur qui s'en échappaient tous les trente ou quarante jours. Mais d'autres – parmi eux se trouvait le maître queux du château de mon père, un dénommé Hax – prétendaient qu'ils n'avaient *rien* de naturel, qu'ils avaient été créés par les Grands Anciens eux-mêmes, avant que l'orgueil ne les étrangle comme un garrot et qu'ils ne disparaissent de la surface de la terre. Hax disait que la création des douze portails était le dernier acte des Grands Anciens, une tentative pour racheter les torts qu'ils avaient les uns envers les autres et envers la Terre.

– Des portails, dit Eddie d'une voix songeuse. Des *portes*, tu veux dire. On en revient de nouveau aux portes. Est-ce que ces portes qui permettent d'entrer et de sortir du monde donnent sur le monde d'où nous venons, Suzie et moi ? Comme celles que nous avons trouvées sur la plage ?

– Je ne sais pas, dit Roland. Pour chaque chose que je sais, il y en a une centaine que j'ignore. Il faudra que vous appreniez à l'accepter. Le monde a changé, disons-nous. Quand il a changé, il est parti comme le ressac, ne laissant derrière lui que des débris... des débris qui ressemblent parfois à une carte.

– Eh bien, essaie de *deviner* ! s'exclama Eddie.

Au ton de sa voix, le pistolero comprit qu'Eddie n'avait pas encore renoncé à l'idée de regagner son propre monde – qui était aussi celui de Susannah. Pas tout à fait.

– Laisse-le tranquille, Eddie, dit Susannah. Tu sais bien que cet homme-là ne devine pas.

– Erreur – parfois, cet homme-là *devine*, dit Roland,

les surprenant tous les deux. Quand il ne peut rien faire d'autre, il lui arrive parfois de deviner. La réponse est non. Je pense – je *devine* – que ces portails ne ressemblent pas aux portes de la plage. Je *devine* qu'ils ne donnent pas sur un *où* et un *quand* que nous serions susceptibles de reconnaître. Je pense que les portes de la plage – celles qui donnaient sur le monde d'où vous venez tous les deux – ressemblent davantage au pivot d'une planche à bascule. Savez-vous ce que c'est ?

– Une balançoire ? dit Susannah, agitant la main pour illustrer son propos.

– Oui ! acquiesça Roland d'un air réjoui. Exactement. D'un côté de cette balancelle...

– Balançoire, corrigea Eddie avec un petit sourire.

– Oui. D'un côté, il y a mon *ka*. De l'autre, celui de l'homme en noir – Walter. Les portes se trouvaient au centre, créées par la tension existant entre deux destinées contraires. Ces portails sont des choses bien plus grandes que Walter, que moi, ou que la petite compagnie que nous formons tous les trois.

– Est-ce que tu veux dire, demanda Susannah d'une voix hésitante, que les portails où se trouvent les Gardiens sont *en dehors* du *ka* ? Au-delà du *ka* ?

– C'est ce que je crois. (Il eut un bref sourire, éclat de faucille à la lueur du feu.) Ce que je *devine*.

Il resta silencieux quelques instants, puis ramassa un bâton. Il écarta les aiguilles pour dégager un espace de terre et y dessina une figure.

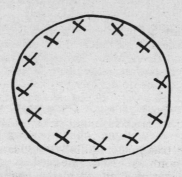

— Voici le monde tel qu'on me l'a décrit quand j'étais enfant. Les croix représentent les portails dressés en cercle le long de sa bordure éternelle. Si on dessine six lignes pour relier les croix diamétralement opposées...

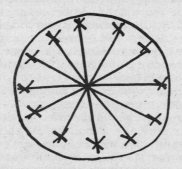

Il leva les yeux.

— Voyez-vous l'endroit où se croisent les lignes ?

Eddie sentit son échine et ses bras se couvrir de chair de poule. Il avait soudain la bouche sèche.

— Est-ce que c'est ça, Roland ? Est-ce que c'est... ?

Roland hocha la tête. Son long visage ridé était grave.

— Au centre de tout se trouve le Grand Portail, également appelé le Treizième Seuil, celui qui ne règne pas seulement sur ce monde mais sur tous les autres.

Il posa son bâton au centre du cercle.

— C'est là que se trouve la Tour sombre que j'ai cherchée durant toute ma vie.

13

— Les Grands Anciens ont posté un Gardien près de chaque petit portail, reprit le pistolero. Durant mon enfance, j'aurais pu désigner chacun d'eux par son nom grâce aux comptines que m'apprenaient ma nourrice et Hax le maître queux... mais mon enfance est bien loin. Il y avait l'Ours, bien sûr, et le Poisson... le Lion... la

Chauve-Souris. Et la Tortue – celle-ci était très importante...

Le pistolero leva les yeux vers le ciel étoilé, le front plissé, perdu dans ses pensées. Puis un sourire étonnamment lumineux se peignit sur ses traits et il récita :

Vois la TORTUE comme elle est ronde !
Sur son dos repose le monde.
Son esprit, quoique lent, est toujours très gentil ;
Il tient chacun de nous dans ses nombreux replis.
Sur son dos se prêtent tous les serments ;
Elle ne peut nous aider mais jamais elle ne ment.
Elle aime la terre, elle aime l'océan,
Et elle m'aime, moi qui ne suis qu'un enfant.

Roland eut un petit rire un peu gêné.

– C'est Hax qui m'a appris cette comptine pendant qu'il touillait une crème qu'il me faisait goûter de temps en temps à la cuillère. Etonnant, les souvenirs qui se fixent dans l'esprit, n'est-ce pas ? Quoi qu'il en soit, à mesure que j'ai grandi, j'ai fini par penser que les Gardiens n'existaient pas réellement – qu'ils tenaient du symbole plutôt que de la réalité. Apparemment, je me trompais.

– J'ai dit que c'était un robot, intervint Eddie, mais je me suis trompé, moi aussi. Susannah a raison : quand on tire sur un robot, ce n'est pas du sang qui coule mais de l'huile de machine. Je pense que cette créature était ce que l'on appelle un cyborg dans le monde d'où je viens – un être fait à la fois de machinerie et de chair et de sang. Ça me rappelle un film que j'ai vu... on t'a déjà parlé du cinéma, n'est-ce pas ?

Roland hocha la tête en souriant.

– Eh bien, ce film s'appelait *Robocop* et son héros ressemblait un peu à l'ours que Susannah a tué. Comment savais-tu qu'elle devait viser ce truc au-dessus de sa tête ?

– Grâce aux histoires que me racontait Hax. S'il n'avait tenu qu'à ma nourrice, Eddie, tu serais à présent dans le ventre de l'ours. Est-ce qu'on dit aux enfants de votre monde de mettre un bonnet de pensée quand ils ont un problème à résoudre ?

– Oui, dit Susannah. Tout le temps.

– On le dit ici aussi, et cette expression provient de la légende des Gardiens. Chacun d'eux était muni d'un cerveau supplémentaire au-dessus de sa tête. Un cerveau dans un chapeau. (Il les regarda de ses yeux hantés par l'angoisse et sourit de nouveau.) Ça ne ressemblait pas vraiment à un chapeau, hein ?

– Non, dit Eddie, mais suffisamment pour nous sauver la mise.

– Je pense à présent que je n'ai cessé de chercher un Gardien tout au long de ma quête, reprit Roland. Quand nous aurons trouvé le portail gardé par Shardik – et il nous suffit pour cela de remonter sa piste –, nous aurons enfin une route à suivre. Il nous faudra tourner le dos au portail et marcher droit devant nous, tout simplement. Au centre du cercle... la Tour.

Eddie ouvrit la bouche pour dire : *D'accord, parlons un peu de cette Tour. Parlons-en une bonne fois pour toutes – qu'est-ce que c'est, qu'est-ce que ça veut dire et, surtout, qu'est-ce qui va nous arriver quand on y parviendra ?* Mais aucun mot ne sortit de sa bouche et il la referma au bout de quelques instants. Le moment était mal choisi – Roland souffrait beaucoup trop. Et seule l'étincelle ténue de leur feu tenait la nuit à distance.

– Nous arrivons à présent à l'autre problème, dit Roland avec lassitude. J'ai enfin trouvé ma route – après toutes ces années, j'ai enfin trouvé ma route –, mais il semble également que je sois en train de perdre la raison. Je la sens s'effriter sous mes pieds, comme un quai de béton rongé par l'eau de pluie. C'est le châtiment qui m'est infligé parce que j'ai laissé mourir un garçon qui n'a jamais existé. Et c'est aussi le *ka*.

– Qui est ce garçon, Roland ? demanda Susannah.

Roland se tourna vers Eddie.

– Ne le sais-tu pas, *toi* ?

Eddie secoua la tête.

– Mais j'ai parlé de lui, reprit Roland. Il hantait mes délires lorsque l'infection m'a conduit aux portes de la mort. (La voix du pistolero monta soudain d'une octave et son imitation d'Eddie était si bonne que Susannah se sentit envahie par une terreur superstitieuse.) « Si tu n'arrêtes pas de me casser les oreilles avec ce foutu gamin, Roland, je vais te bâillonner avec ta chemise ! J'en ai marre d'entendre parler de ce gosse ! » Tu ne te rappelles pas avoir dit ça, Eddie ?

Eddie réfléchit durant quelques instants. Roland avait parlé d'un millier de choses lorsqu'ils avaient erré sur la plage entre la porte marquée LE PRISONNIER et celle marquée LA DAME D'OMBRES, et il avait apparemment mentionné un millier de noms lors de son délire – Alain, Cort, Jamie de Curry, Cuthbert (celui-ci revenant plus fréquemment que les autres), Hax, Martin (ou Marten, comme l'oiseau), Walter, Susan, même un type au patronyme improbable de Zoltan. Eddie avait fini par se lasser d'entendre parler de tous ces gens qu'il n'avait jamais rencontrés (et qu'il n'avait aucune envie de connaître), mais il avait ses propres problèmes à ce moment-là, bien sûr, parmi lesquels le manque d'héroïne et un décalage horaire d'amplitude cosmique. Et, en toute honnêteté, il pensait que Roland s'était également lassé d'entendre les Contes de Fées déglingués qu'il lui racontait – la très édifiante histoire de son frère Henry auprès duquel il avait connu les plaisirs de l'adolescence et ceux de la drogue.

Mais il ne se rappelait pas avoir menacé Roland de le bâillonner avec sa propre chemise s'il n'arrêtait pas de parler d'un quelconque gamin.

– Ça ne te dit rien ? demanda Roland. Rien du tout ?

Est-ce qu'il n'y avait pas *quelque chose* ? Une vague impression de déjà-vu comme celle qu'il avait éprouvée en voyant la fronde cachée dans la bosse de la souche ? Eddie essaya de la cerner, mais elle avait disparu. Il décida qu'elle n'avait jamais existé ; il *souhaitait* la trouver parce que Roland avait mal, voilà tout.

– Non, dit-il. Désolé.

– Mais je *t'ai* parlé de lui. (La voix de Roland était posée, mais on y percevait une nuance d'inquiétude.) Le garçon s'appelait Jake. Je l'ai sacrifié – je l'ai tué – afin de pouvoir rattraper Walter et le faire parler. Je l'ai tué sous les montagnes.

Cette fois-ci, Eddie avait quelque chose à lui répondre :

– C'est peut-être ce qui s'est passé, mais ce n'est pas

ce que tu m'as *raconté*. Tu m'as dit que tu étais tout seul quand tu es descendu sous la montagne, à bord d'une sorte de draisine. Tu n'as pas arrêté de me parler de ça quand on était sur la plage, Roland. Tu étais terrifié de te retrouver tout seul dans ces tunnels.

– Je m'en souviens. Mais je me rappelle aussi t'avoir parlé du garçon et de la façon dont il est tombé dans l'abîme. Et c'est la distance séparant ces deux souvenirs qui est en train de me déchirer l'esprit.

– Je ne comprends rien à tout cela, dit Susannah d'une voix soucieuse.

– Je pense que je commence tout juste à comprendre, dit Roland.

Il alla jeter quelques bûches dans le feu, faisant jaillir un essaim d'étincelles rouges vers le ciel nocturne, puis revint s'asseoir entre ses deux compagnons.

– Je vais vous raconter une histoire vraie, puis je vous raconterai une histoire qui ne l'est pas mais qui *devrait* l'être.

« J'avais acheté une mule à Pricetown, et quand je suis enfin arrivé à Tull, la dernière ville avant le désert, elle était encore fraîche...

14

Le pistolero entreprit donc de leur raconter le plus récent chapitre de sa longue histoire. Eddie en avait déjà entendu des fragments épars, mais il l'écouta avec autant de fascination que Susannah, pour laquelle il était complètement inédit. Il leur parla du bar dans un coin duquel se déroulait une interminable partie de cartes, il leur parla de Sheb, le pianiste, d'Allie, la femme à la cicatrice sur le front... et de Nort, le mangeur d'herbe du diable, qui était mort et que l'homme en noir avait ramené à une pseudo-vie ténébreuse. Il leur parla de Sylvia Pittston, ce parangon du fanatisme religieux, et de l'ultime massacre apocalyptique au cours duquel lui-même, Roland le pistolero, avait tué tous les hommes, toutes les femmes et tous les enfants de la ville.

– Sacré nom de Dieu ! murmura Eddie d'une voix

tremblante. Je comprends pourquoi tu étais presque à court de munitions.

— Tais-toi ! dit sèchement Susannah. Laisse-le finir !

Roland reprit le cours de son récit, aussi impassible que lorsqu'il avait traversé le désert après avoir laissé derrière lui la hutte du dernier frontalier, un jeune homme dont l'abondante chevelure rousse descendait presque jusqu'à la taille. Il leur raconta la mort de sa mule. Il leur précisa même que Zoltan, le corbeau du frontalier, lui avait dévoré les yeux.

Il leur parla des longues journées et des courtes nuits qu'il avait vécues dans le désert, des vestiges refroidis des feux de Walter qu'il avait suivis le long de son chemin, et du relais où il était enfin parvenu, sur le point de succomber à la déshydratation.

— Le relais était désert. Je pense qu'il devait être désert depuis l'époque où ce grand ours était flambant neuf. J'y ai passé une nuit avant de reprendre la route. Voici ce qui s'est passé... Mais à présent, je vais vous conter une autre histoire.

— Celle qui n'est pas vraie mais qui devrait l'être ? demanda Susannah.

Roland hocha la tête.

— Dans cette histoire inventée – dans cette fable –, un pistolero nommé Roland a rencontré au relais un jeune garçon nommé Jake. Il venait de votre monde, de votre ville de New York, et d'un *quand* situé quelque part entre le 1987 d'Eddie et le 1963 d'Odetta Holmes.

Eddie se pencha en avant, l'air excité.

— Est-ce qu'il y a une porte dans cette histoire, Roland ? Une porte où il est écrit LE GARÇON ou quelque chose dans ce genre ?

Roland secoua la tête.

— Le seuil qu'a franchi le garçon était celui de la mort. Il était en route pour l'école lorsqu'un homme – Walter, du moins le croyais-je – l'a poussé sur la chaussée, où il a été écrasé par une automobile. Il a entendu cet homme dire quelque chose comme : « Ecartez-vous, laissez-moi passer, je suis prêtre. » Jake a vu cet homme – rien qu'un instant – puis il s'est retrouvé dans *mon* monde.

Le pistolero marqua une pause et contempla les flammes.

– Maintenant, oublions une minute l'histoire du garçon qui n'a jamais été là et revenons à ce qui s'est vraiment passé. D'accord ?

Eddie et Susannah échangèrent un regard intrigué, puis Eddie fit un geste de la main pour inviter Roland à poursuivre.

– Le relais était désert, comme je vous l'ai dit. Mais il s'y trouvait néanmoins une pompe en état de marche. Elle était derrière l'étable où on abritait les chevaux des diligences. Je l'ai repérée grâce à mon ouïe, mais je l'aurais quand même localisée si elle n'avait fait aucun bruit. Je *sentais* l'eau, voyez-vous. Quand on a passé assez de temps dans le désert, quand on est sur le point de mourir de soif, on est capable de telles prouesses. J'ai bu et je me suis endormi. Quand je me suis réveillé, j'ai encore bu. Je voulais reprendre la route sans délai – ce besoin me dévorait comme une fièvre. La médecine que tu m'as rapportée de ton monde – l'*astine* – est quelque chose de merveilleux, Eddie, mais il est impossible de guérir de certaines fièvres, et celle-ci était du nombre. Je savais que mon organisme avait besoin de repos, mais j'ai dû mobiliser toutes les ressources de ma volonté pour ne passer qu'une seule nuit au relais. Le matin venu, je me sentais reposé et j'ai repris ma route. *Et je n'ai pris que de l'eau dans ce relais.* C'est l'élément le plus important de mon histoire.

Susannah prit la parole, adoptant les accents posés et mélodieux d'Odetta Holmes :

– D'accord, c'est ce qui s'est vraiment passé. Tu as rempli tes outres et tu es reparti. Maintenant, raconte-nous le reste de ce qui *ne* s'est *pas* passé, Roland.

Le pistolero posa la mâchoire sur ses genoux, serra les poings et se frotta les yeux – un geste curieusement enfantin. Puis il s'empara de nouveau de la mâchoire, comme pour reprendre courage, et poursuivit :

– J'ai hypnotisé le garçon qui n'était pas là, dit-il. Je l'ai fait à l'aide d'une de mes cartouches. Ça fait des années que je connais ce tour-là, depuis que Marten, le magicien de la cour de mon père, me l'a enseigné. Le garçon était un très bon sujet. Pendant qu'il était en état de transe, il m'a narré les circonstances de sa mort, telles que je viens de vous les exposer. Lorsque j'ai estimé que je n'en apprendrais pas davantage sans le troubler ou lui faire du mal, je lui ai ordonné d'oublier tous les détails de sa mort une fois qu'il se réveillerait.

— C'est pas le genre de souvenir qu'on souhaite chérir, marmonna Eddie.

— En effet, acquiesça Roland. Le garçon est passé directement de sa transe à un sommeil profond. Je me suis endormi à mon tour. Quand nous nous sommes réveillés, je lui ai dit que j'avais l'intention de rattraper l'homme en noir. Il savait de qui je parlais ; Walter avait également fait étape au relais. Jake avait pris peur et était resté caché. Je suis sûr que Walter savait qu'il était là, mais cela l'arrangeait de prétendre le contraire. Il a laissé le garçon sur ma route en guise de piège.

« Je lui ai demandé s'il y avait quelque chose à manger dans les parages. Cela me semblait plus que probable. Le garçon avait l'air en bonne santé et les choses se conservent merveilleusement bien dans le désert. Il avait sur lui un peu de viande séchée et il m'a dit que le relais était pourvu d'une cave. Il ne l'avait pas explorée parce qu'elle lui faisait peur. (Le pistolero les regarda d'un air sombre.) Il ne se trompait pas. Dans la cave, j'ai trouvé de la nourriture... et j'ai aussi trouvé un Démon qui Parle.

Eddie regarda la mâchoire en écarquillant les yeux. La lueur orange des flammes dansait sur ses anciennes courbes et sur ses dents pointues.

— Un Démon qui Parle ? Tu veux dire ce *truc* ?

— Non. Oui. Les deux. Ecoute et tu comprendras.

Il leur parla des gémissements inhumains qu'il avait entendus monter de la terre dans la cave ; du sable qu'il avait vu couler entre deux des vieux moellons du mur. Il leur dit comment il s'était approché du trou en formation pendant que Jake lui hurlait de remonter.

Il avait ordonné au démon de parler... et le démon s'était exécuté, prenant pour cela la voix d'Allie, la femme au front orné d'une cicatrice, la femme qui tenait le bastringue de Tull. *Va lentement, pistolero, passé les monts des Drawers. Aussi longtemps que tu voyages avec le garçon, l'homme en noir voyage avec ton âme dans sa poche.*

– Les monts des Drawers ? demanda Susannah, surprise.

– Oui. (Roland la dévisagea.) Ça veut dire quelque chose pour toi, n'est-ce pas ?

– Oui... et non.

Elle parlait avec une hésitation sensible. Cela venait sûrement de sa répugnance à parler de choses qui lui étaient douloureuses, estima Roland. Mais elle souhaitait aussi sans doute ne pas brouiller des cartes qui l'étaient déjà suffisamment. Il admirait son attitude. Il l'admirait, *elle*.

– Ne parle que de ce dont tu es sûre, dit-il. Ne dis rien de plus.

– D'accord. Les Drawers étaient un endroit que Detta Walker connaissait bien. Un endroit auquel elle *pensait*. C'est un terme d'argot, un terme qu'elle a appris en écoutant les grands quand ils s'asseyaient sur le perron pour parler du bon vieux temps. Dans leur bouche, les Drawers étaient un endroit pourri ou inutile, ou les deux. Il y avait dans les Drawers – dans l'*idée* des Drawers – quelque chose qui attirait Detta. Ne me demande pas ce que c'était ; peut-être l'ai-je su, mais je ne le sais plus. Et je ne veux pas le savoir.

« Detta a volé le plat en porcelaine de tante Bleue – celui que mes parents lui avaient offert pour son mariage – et l'a emporté aux Drawers – *ses* Drawers – pour le casser. C'était une fosse emplie d'ordures. Un dépotoir. Plus tard, elle allait parfois lever des garçons dans les bars.

Susannah baissa la tête quelques instants, les lèvres serrées à se les mordre. Puis elle leva les yeux et poursuivit :

– Des garçons *blancs*. Et quand ils l'avaient fait monter dans leur voiture garée dans le parking, elle les aguichait puis prenait la fuite... c'étaient aussi les Drawers. Ce petit jeu était dangereux, mais elle était assez jeune, assez vive et assez méchante pour y jouer jusqu'au bout et pour en jouir. Plus tard, à New York, elle partait pour des expéditions de vol à l'étalage... mais vous le savez déjà, tous les deux. Et toujours dans les grands magasins les plus huppés – Macy's, Gimbel's, Blooming-dale's –, et toujours pour y voler de la camelote. Chaque fois qu'elle était d'humeur à partir pour une telle expédition, elle se disait : *J'vais aller aux D'awers au-jou'd'hui. J'vais aller voler de la me'de aux f'omages blancs. J'vais aller voler quèqu'chose pou' les g'andes occasions et ensuite je le casse'ai en mille mo'ceaux.*

Elle marqua une pause, les lèvres tremblantes, les yeux fixés sur le feu. Lorsqu'elle redressa la tête, Roland et Eddie virent des larmes perler à ses paupières.

– Ne vous laissez pas abuser par mes larmes. Je me rappelle avoir fait ces choses et je me rappelle en avoir *joui*. Si je pleure, c'est sans doute parce que je sais que je m'empresserais de recommencer si les circonstances me le permettaient.

Roland semblait avoir en partie recouvré sa vieille sérénité, son étrange équilibre.

– Il existe un proverbe dans mon pays, Susannah : « Le voleur avisé ne manque jamais de prospérer. »

– Je ne vois pas ce qu'il y a d'avisé à voler de la camelote, répliqua-t-elle sèchement.

– Est-ce que tu t'es jamais fait prendre ?

– Non...

Il écarta les mains comme pour dire : *Et voilà.*

– Donc, pour Detta Walker, les Drawers étaient un lieu maléfique ? demanda Eddie. C'est bien ça ? Parce que ça ne me paraît pas exactement coller.

– A la fois maléfique et bénéfique. C'était un lieu *puissant*, un lieu où elle se... *réinventait*, je suppose qu'on pourrait le formuler ainsi... mais c'était aussi un lieu *désolé*. Et tout cela n'a rien à voir avec le garçon fantôme de Roland, n'est-ce pas ?

– Peut-être pas, dit Roland. Les Drawers existent aussi dans mon monde, vois-tu. C'est aussi un terme d'argot, et le sens en est très semblable.

– Qu'est-ce que ça voulait dire pour toi et tes amis ? demanda Eddie.

– Le sens variait légèrement en fonction de l'endroit et de la situation. Un dépôt d'ordures. Un bordel ou un boui-boui où l'on joue aux cartes en fumant de l'herbe du diable. Mais le sens le plus communément répandu que je connaisse est aussi le plus simple.

Il les regarda tous les deux.

– Les Drawers sont un lieu de désolation, dit-il. Les Drawers... ce sont les Terres perdues.

15

Cette fois-ci, ce fut Susannah qui jeta de nouvelles bûches dans le feu. Au sud, la Vieille Mère brillait d'un éclat fixe. Ses études lui avaient appris ce que cela signifiait : ce n'était pas une étoile mais une planète. Vénus ? se demanda-t-elle. Ou bien le système solaire dont fait partie ce monde est-il aussi différent que tout le reste ?

Une sensation d'irréalité – l'impression que tout ce qu'elle vivait n'était qu'un rêve – s'empara de nouveau d'elle.

– Continue, dit-elle. Que s'est-il passé après que la voix t'a averti au sujet des Drawers et du petit garçon ?

– J'ai enfoui une main au fond du trou d'où suintait le sable, comme on m'avait appris à le faire si jamais je venais à me trouver dans une telle situation. J'en ai retiré une mâchoire... mais pas celle-ci. La mâchoire que j'ai extraite du mur de la cave du relais était beaucoup plus grosse ; elle provenait d'un Grand Ancien, cela ne fait presque aucun doute pour moi.

– Qu'est-elle devenue ? demanda doucement Susannah.

– Une nuit, je l'ai donnée au garçon, dit Roland. (Le feu dessinait sur ses joues des éclats orangés et des ombres mouvantes.) C'était pour lui une sorte de protection – un talisman. Plus tard, lorsque j'ai estimé qu'elle avait atteint son but, je l'ai jetée.

– A qui donc appartient la mâchoire que tu tiens, Roland ? demanda Eddie.

Roland souleva l'objet en question, le contempla longuement d'un air pensif, puis le laissa choir.

– Plus tard, après que Jake... après sa mort... j'ai rattrapé l'homme que je poursuivais.

– Walter, dit Susannah.

– Oui. Nous avons tenu palabre, lui et moi... une *longue* palabre. A un moment donné, je me suis endormi, et lorsque je me suis réveillé, Walter était mort.

Mort depuis une bonne centaine d'années, et probablement davantage. Il ne restait plus de lui que des os, ce qui n'était que justice puisque nous étions dans un lieu d'os.

– Ouais, ça a dû être une palabre fichtrement longue, dit sobrement Eddie.

Susannah se renfrogna à cette remarque, mais Roland se contenta de sourire.

– Très, très longue, dit-il en contemplant le feu.

– Tu t'es réveillé le matin et tu as atteint la mer Occidentale le soir, dit Eddie. Et c'est durant la nuit que les homarstruosités sont arrivées, c'est ça ?

Roland hocha de nouveau la tête.

– Oui. Mais avant de quitter l'endroit où Walter et moi avions parlé... ou rêvé... ou fait autre chose... j'ai pris cette mâchoire à son crâne.

Il leva l'os, et la lueur orangée dansa sur les dents.

La mâchoire de Walter, pensa Eddie avec un petit frisson. La mâchoire de l'homme en noir. Rappelle-toi ce détail la prochaine fois que tu penseras que Roland n'est peut-être qu'un type ordinaire, mon vieil Eddie. Il a trimbalé ce truc avec lui pendant tout ce temps comme si c'était un... un trophée de cannibale. Bon Dieu !

– Je me souviens de ce que j'ai pensé en la prenant, dit Roland. Je m'en souviens très bien : c'est le seul souvenir de cette période qui ne se soit pas dédoublé dans mon esprit. J'ai pensé : « J'ai attiré la malchance sur moi en jetant ce que j'avais trouvé en trouvant le garçon. Ceci le remplacera. » Mais à ce moment-là, j'ai entendu le rire de Walter – son gloussement méchant. Et j'ai aussi entendu sa voix.

– Que disait-il ? demanda Susannah.

– « Trop tard, pistolero. » Voilà ce qu'il a dit. « Tu ne connaîtras désormais que la malchance jusqu'à la fin de l'éternité – tel est ton *ka*. »

16

– D'accord, dit finalement Eddie. Je comprends le paradoxe de base. Ta mémoire est divisée...

– Pas divisée. *Dédoublée.*

– D'accord ; ça revient quasiment au même, pas vrai ?

Eddie attrapa un bâton et traça à son tour un dessin sur le sol :

Il indiqua la ligne de gauche.

– Ceci représente ta mémoire de la période ayant précédé ton arrivée au relais – une seule piste.

– Oui.

Il indiqua la ligne de droite.

– Et là, c'est quand tu es arrivé sur l'autre versant des montagnes, dans le lieu d'os... là où Walter t'attendait. *Encore* une seule piste.

– Oui.

Eddie indiqua le milieu de son dessin, puis l'entoura d'un ovale grossier.

– Voici ce que tu dois faire, Roland – fermer cette piste dédoublée. Bâtir une palissade autour et l'oublier. Parce qu'elle ne veut *rien* dire, elle ne *change* rien, elle a *disparu*, c'est *fini*...

– Au contraire. (Roland brandit la mâchoire.) Si mes souvenirs de Jake sont erronés – et je sais qu'ils le sont –, *comment se fait-il que j'aie ceci sur moi ?* J'ai pris cet os pour remplacer celui que j'avais jeté... mais ce dernier provenait de la cave du relais et mes souvenirs que je sais justes me disent que *je ne suis jamais descendu dans la cave* ! Je n'ai jamais parlé au démon ! J'ai repris la route seul, avec de l'eau fraîche *et rien d'autre* !

– Roland, écoute-moi, dit Eddie avec insistance. Si la mâchoire que tu tiens provenait du relais, ça voudrait dire une chose. Mais n'est-il pas possible que tout – le relais, le gamin, le Démon qui Parle – n'ait été qu'une hallucination et que tu aies pris ensuite la mâchoire de Walter parce que...

– Ce n'était pas une hallucination, dit Roland.

Il les regarda tous les deux de ses yeux bleus de bombardier, puis fit quelque chose de totalement imprévu... quelque chose que, Eddie aurait pu en jurer, Roland ne savait même pas qu'il avait l'intention de faire.

Il jeta la mâchoire dans le feu.

17

Elle resta figée l'espace d'un instant, relique blanche formant un demi-sourire spectral à moitié torve. Puis, soudain, elle s'enflamma, éclaboussant la clairière d'une éblouissante lumière écarlate. Eddie et Susannah poussèrent un cri et levèrent les mains pour se protéger les yeux de cette forme brûlante.

L'os se mit à changer. Pas à fondre mais à *changer*. Les dents qui en saillaient comme des pierres tombales se rassemblèrent en paquets. La courbe de son arc supérieur se redressa, puis se retroussa à son extrémité.

Eddie laissa retomber ses mains sur ses cuisses et, bouche bée, émerveillé, regarda l'os qui n'était plus un os. Il avait à présent la couleur de l'acier en fusion. Les dents avaient formé trois V inversés, celui du centre étant nettement plus grand que les deux autres. Et soudain, Eddie vit ce que l'os souhaitait devenir, tout comme il avait perçu la fronde dans le bois de la souche.

Ce devait être une clé, pensa-t-il.

Tu dois te souvenir de cette forme, se dit-il, l'esprit enfiévré. Tu dois t'en souvenir.

Ses yeux la parcoururent frénétiquement – trois V, celui du centre plus grand et plus profondément enfoncé que les deux autres. Trois encoches... celle du bout s'achevant sur une arabesque, sur la vague forme d'un s minuscule...

Puis la forme en proie aux flammes changea une

nouvelle fois. L'os qui était devenu une esquisse de clé se replia sur lui-même, se concentra pour devenir un drapé de pétales aussi sombres et veloutés qu'une nuit sans lune au cœur de l'été. L'espace d'un instant, Eddie vit une rose – une rose d'un rouge triomphant qui avait dû éclore à l'aube du premier jour de ce monde, une fleur d'une beauté insondable et éternelle. Son œil vit et son cœur s'ouvrit. On aurait dit que tout l'amour du monde, toute la vie du monde, venait soudain de surgir de l'artefact mort de Roland ; il était là, au cœur des flammes, brûlant d'une lueur triomphante et d'une merveilleuse arrogance inachevée, proclamant que le désespoir n'était qu'un mirage et que la mort n'était qu'un rêve.

La rose ! pensa Eddie. D'abord la clé, ensuite la rose ! Voyez ! Voyez s'ouvrir le chemin de la Tour !

Une toux épaisse monta du feu. Un essaim d'étincelles s'envola vers le ciel. Susannah poussa un cri et roula sur elle-même, étouffant du poing les braises orange qui constellaient sa robe alors que les flammes jaillissaient vers le ciel étoilé. Eddie ne bougea pas d'un pouce. Il était figé par sa vision, reposait au creux d'un berceau de merveilles à la fois terrible et fabuleux, inconscient des étincelles qui dansaient sur sa peau. Puis les flammes s'apaisèrent.

L'os avait disparu.

La clé avait disparu.

La rose avait disparu.

Souviens-toi, pensa-t-il. Souviens-toi de la rose... et souviens-toi de la forme de la clé.

Susannah sanglotait sous l'effet du choc et de la terreur, mais il ne lui prêta aucune attention et retrouva le bâton que Roland et lui avaient utilisé pour dessiner. Et, d'une main tremblante, il traça cette forme dans la terre :

18

– Pourquoi as-tu fait ça ? demanda finalement Susannah. Pourquoi, bon Dieu… et qu'est-ce que c'était ?

Un quart d'heure s'était écoulé. Le feu avait perdu de son intensité ; les braises dispersées avaient été écrasées à coups de pied ou bien s'étaient éteintes toutes seules. Eddie était assis, les bras passés autour de sa femme : Susannah s'était adossée à son torse. Roland s'était écarté d'eux, pelotonné dans un coin, contemplant le foyer rougeoyant d'un air songeur. Pour autant qu'Eddie pût en juger, aucun d'eux n'avait vu l'os se métamorphoser. Ils l'avaient tous deux vu se mettre à luire, et Roland l'avait vu exploser (ou imploser ? Eddie penchait pour cette seconde hypothèse), mais c'était tout. Du moins le pensait-il ; Roland, quant à lui, gardait souvent son opinion pour lui-même, et quand il décidait de jouer serré, il pouvait jouer très serré. Eddie le savait d'expérience, hélas ! Il envisagea de leur dire ce qu'il avait vu – ou *pensait* avoir vu – et décida de jouer serré lui aussi, du moins pour le moment.

De la mâchoire elle-même, il n'y avait aucun signe – même pas une esquille.

– J'ai fait ça parce qu'une voix m'a parlé en esprit et m'a dit que je devais le faire, dit Roland. C'était la voix de mon père ; de *tous* mes pères. Quand on entend une telle voix, il est impensable de ne pas lui obéir – de ne pas lui obéir sur-le-champ. C'est ce qu'on m'a enseigné. Quant à ce que c'était, je ne peux pas le dire… du moins pour le moment. Je sais seulement que l'os a prononcé son dernier mot. Je l'ai porté jusqu'ici pour l'entendre.

Ou pour le voir, pensa Eddie, et il se répéta : Souviens-toi. Souviens-toi de la rose. Et souviens-toi de la forme de la clé.

– On a failli se faire rôtir ! protesta Susannah.

Elle semblait à la fois épuisée et exaspérée.

Roland secoua la tête.

– Je pense que ce que nous avons vu ressemblait davantage aux feux d'artifice que les barons lançaient parfois dans le ciel lors de leurs fêtes de fin d'année. C'était brillant, c'était saisissant, mais ce n'était pas dangereux.

Eddie eut une idée.

– Le dédoublement de ta mémoire, Roland – est-ce qu'il a disparu ? Est-ce qu'il a été levé de ton esprit quand l'os a explosé – s'il a vraiment explosé ?

Il était presque convaincu qu'une telle chose s'était produite ; au cinéma, ce genre de thérapie de choc fonctionnait tout le temps. Mais Roland secoua la tête.

Susannah s'agita entre les bras d'Eddie.

– Tu disais tout à l'heure que tu commençais à comprendre.

Roland acquiesça.

– Je le pense, en effet. Si j'ai raison, j'ai peur pour Jake. Où qu'il se trouve, *quand* qu'il se trouve, j'ai peur pour lui.

– Que veux-tu dire ? demanda Eddie.

Roland se leva, se dirigea vers son ballot de peaux enroulées et se mit à les étendre sur le sol.

– Assez d'histoires et assez d'excitation pour ce soir. Il est temps de dormir. Demain matin, nous remonterons la piste de l'ours et nous essaierons de retrouver le portail qu'il avait pour mission de garder. Je vous dirai en chemin ce que je sais et ce qui s'est passé – ce qui se passe encore – à mon avis.

Cela dit, il s'enroula dans une vieille couverture et dans une peau de daim fraîchement tannée, s'écarta du feu et se tut pour la nuit.

Eddie et Susannah s'étendirent côte à côte. Une fois sûrs que le pistolero s'était endormi, ils firent l'amour. Roland, toujours éveillé, entendit leurs caresses et leur conversation d'après l'amour. Ils parlaient surtout de lui. Il resta immobile, les yeux fixés sur les ténèbres, durant un long moment après que leurs murmures se furent tus et que leur souffle fut devenu régulier.

Comme il est agréable d'être jeune et amoureux ! pensa-t-il. *Même dans le cimetière qu'est devenu ce monde, comme c'est agréable !*

Profitez-en tant que c'est possible, car la mort nous attend encore sur la route. Nous sommes arrivés sur les berges d'un ruisseau de sang. Et ce ruisseau nous conduira à un fleuve de sang, cela ne fait aucun doute. Et ce fleuve à un océan de sang. Les tombeaux de ce monde s'entrouvrent et le repos de ses morts est troublé.

Lorsque le soleil pointa à l'est, il ferma enfin les yeux. Dormit un peu. Et rêva de Jake.

19

Eddie rêva lui aussi – il rêva qu'il était de retour à New York, qu'il marchait le long de la Deuxième Avenue, un livre à la main.

C'était le printemps dans son rêve. L'air était chaud, la ville était en éclosion, et le mal du pays lui faisait l'effet d'un hameçon planté dans son cœur. Profite de ce rêve et fais-le durer aussi longtemps que tu le pourras, pensa-t-il. Savoure-le... parce que tu ne verras plus jamais New York d'aussi près. Tu ne peux plus retourner chez toi, Eddie. Cette partie de ta vie appartient désormais au passé.

Il regarda le livre qu'il tenait à la main et ne fut nullement surpris de constater qu'il s'agissait du roman de Thomas Wolfe intitulé *Vous ne pouvez pas revenir*. Trois formes étaient embossées sur sa couverture rouge sombre : une clé, une rose et une porte. Il fit halte quelques instants, ouvrit le livre et en lut la première ligne. *L'homme en noir fuyait à travers le désert*, avait écrit Wolfe, *et le pistolero le poursuivait*.

Eddie referma le livre et reprit sa route. Il devait être 9 heures du matin, peut-être 9 h 30, et la circulation était fluide dans la Deuxième Avenue. Les taxis klaxonnaient et passaient vivement d'une file à l'autre, renvoyant les rayons du soleil qui se plantaient dans leur pare-brise ou sur leur carrosserie jaune vif. Au coin de la Deuxième Avenue et de la 52e Rue, un clochard lui quémanda une pièce et Eddie lui jeta le livre sur les genoux. Il remarqua (toujours sans la moindre surprise) que ce clodo n'était autre qu'Enrico Balazar. Il était assis en tailleur devant une boutique de magie. Les mots CHÂTEAU DE CARTES étaient peints sur sa vitrine, où était exposée une tour bâtie avec un jeu de tarots. Au sommet de la tour se trouvait un petit King Kong.

Une minuscule antenne radar était plantée sur la tête du grand singe.

Eddie poursuivit sa route d'un pas nonchalant en direction du centre-ville, laissant défiler les panneaux indiquant les noms des rues. Il reconnut sa destination dès qu'il l'aperçut : une petite boutique au coin de la Deuxième Avenue et de la 46e Rue.

Ouais, pensa-t-il. Une profonde sensation de soulagement l'envahit. C'est ici. Ici même. La vitrine regorgeait de viandes et de fromages : TOM ET GERRY – CHARCUTERIE FINE ET ARTISTIQUE, disait l'enseigne. SPÉCIALISTE EN RÉCEPTIONS.

Alors qu'il examinait la vitrine, une personne qui lui était familière apparut au coin de la rue. C'était Jack Andolini, vêtu d'un costume trois-pièces couleur crème à la vanille et tenant une canne noire de la main gauche. La moitié de son visage avait disparu, arrachée par les pinces des homarstruosités.

Vas-y, Eddie, dit Jack en passant près de lui. *Après tout, il y a d'autres mondes que ceux-ci et ce foutu train les traverse tous.*

Je ne peux pas, répondit Eddie. *La porte est fermée.* Il ne savait pas comment il le savait, mais il le savait ; le savait sans l'ombre d'un doute.

A-ce que châle, est-ce que chèque, t'inquiète pas, t'as la clé, dit Jack sans se retourner. Eddie baissa les yeux et vit qu'il avait effectivement une clé ; un truc à l'air primitif avec trois encoches en forme de V.

Le secret, c'est ce petit machin en forme de s au bout, pensa-t-il. Il s'avança sous la banne de Tom et Gerry – Charcuterie fine et artistique, et inséra la clé dans la serrure. Elle tourna sans peine. Il ouvrit la porte, entra, et se retrouva dans une immense prairie. Il jeta un regard par-dessus son épaule, vit les voitures qui roulaient à vive allure dans la Deuxième Avenue, puis la porte se referma violemment et tomba par terre. Il n'y avait rien derrière elle. Absolument rien. Il se retourna pour examiner son nouvel environnement, et ce qu'il y vit l'emplit aussitôt de terreur. La prairie était bariolée d'écarlate, comme s'il venait de s'y dérouler une bataille titanesque, comme s'il avait coulé tant de sang que la terre n'avait pas pu l'absorber en totalité.

Puis il se rendit compte que ce qu'il voyait n'était pas du sang mais des roses.

Une sensation de joie et de triomphe mêlés déferla de nouveau en lui, lui gonflant le cœur presque jusqu'à le faire exploser. Il leva les poings pour esquisser un geste de victoire... et resta figé dans cette position.

La prairie s'étendait sur plusieurs lieues en pente douce et la Tour sombre se dressait à l'horizon. C'était un pilier de pierre terne qui montait si haut dans le ciel qu'il pouvait à peine distinguer son sommet. Sa base, entourée de roses d'un rouge criard, était d'une masse et d'une taille formidables, titanesques, mais la silhouette de la Tour n'en était pas moins gracieuse. La pierre dont elle avait été bâtie n'était pas noire, contrairement à ce qu'il s'était imaginé, mais couleur de suie. D'étroites fenêtres se découpaient sur le mur, le gravissant en spirale ; sous les fenêtres grimpait un escalier de pierre apparemment infini. La Tour était un point d'exclamation sombre planté dans la terre et dominant le champ de roses rouge sang. Au-dessus d'elle, la voûte du ciel était bleue mais emplie de nuages blancs cotonneux qui ressemblaient à des trois-mâts. Leur escadre infinie voguait autour du sommet de la Tour et au-dessus de lui.

Comme c'est merveilleux ! se dit Eddic. Comme c'est étrange ! Mais sa joie triomphante l'avait déserté ; il ressentait une profonde impression de malaise et d'angoisse. Il regarda autour de lui et se rendit compte, horrifié, qu'il se tenait dans l'ombre de la Tour. Non, il ne s'y *tenait* pas ; il y était enterré vivant.

Il poussa un cri qui fut aussitôt étouffé par la sonnerie dorée d'une trompe prodigieuse. Elle descendait du sommet de la Tour et semblait emplir le monde. Alors que cette note menaçante résonnait au-dessus de la prairie, les ténèbres suintèrent des fenêtres qui ceignaient la Tour. Elles en débordèrent et se répandirent dans le ciel en lambeaux effilochés avant de s'amasser pour former une tache sans cesse croissante. Cela ne ressemblait pas à un nuage ; cela ressemblait à une tumeur flottant au-dessus de la terre. Le ciel fut occulté. Et il vit que ce n'était ni un nuage ni une tumeur mais une *forme*, une *forme* ténébreuse et cyclopéenne qui fondait sur lui. Il était inutile de fuir cette bête qui se coagulait dans le ciel au-dessus du champ de roses ; elle allait le rejoindre, l'attraper et l'emporter. Elle l'emporterait dans la Tour sombre, et il serait ravi aux yeux du monde de lumière.

Les ténèbres se déchirèrent, laissant apparaître des yeux terribles et inhumains, aussi gigantesques que l'ours Shardik dont le cadavre gisait dans la forêt, et ces yeux le scrutèrent. Ils étaient rouges – rouges comme les roses, rouges comme le sang.

La voix morte de Jack Andolini résonna à ses oreilles : *Un millier de mondes, Eddie – dix milliers ! –, et ce train les traverse tous. Si tu réussis à le faire démarrer. Et si tu y réussis, tes ennuis ne font que commencer, car il est foutrement difficile d'arrêter cette machine.*

La voix de Jack récitait son message sur un ton mécanique. *Il est foutrement difficile d'arrêter cette machine, Eddie, mon pote, t'as intérêt à le croire, cette machine est...*

– ... *EN PHASE D'INTERRUPTION ! L'INTERRUPTION SERA EFFECTIVE DANS UNE HEURE ET SIX MINUTES !*

Dans son rêve, Eddie leva les mains pour se protéger les yeux...

20

... et se réveilla, assis raide comme un piquet près du feu mourant. Il contemplait le monde à travers les interstices de ses doigts entrecroisés. Et la voix roulait encore et encore, la voix du chef d'un commando antiterroriste beuglant comme un damné dans son mégaphone.

– *IL N'Y A AUCUN DANGER ! JE RÉPÈTE : AUCUN DANGER ! CINQ CELLULES SUBATOMIQUES SONT INACTIVES, DEUX CELLULES SONT À PRÉSENT EN PHASE D'INTERRUPTION, UNE CELLULE OPÈRE À DEUX POUR CENT DE SA CAPACITÉ. CES CELLULES N'ONT AUCUNE VALEUR ! JE RÉPÈTE : CES CELLULES N'ONT AUCUNE VALEUR ! INDIQUEZ LE LIEU OÙ SE TROUVE CET APPAREIL À NORTH CENTRAL POSITRONICS, LIMITED ! APPELEZ LE 1-900-44 ! LE NOM DE*

CODE DE CET APPAREIL EST « SHARDIK ». UNE RÉCOMPENSE VOUS SERA OFFERTE. JE RÉPÈTE : UNE RÉCOMPENSE VOUS SERA OFFERTE !

La voix se tut. Eddie vit Roland debout à la lisière de la clairière, tenant Susannah au creux de son bras. Ils regardaient dans la direction d'où provenait le bruit, et lorsque le message enregistré se fit de nouveau entendre, Eddie réussit enfin à maîtriser le frisson qu'avait fait naître en lui son cauchemar. Il se leva et rejoignit Roland et Susannah, se demandant combien de siècles s'étaient écoulés depuis qu'on avait enregistré ce message programmé pour être diffusé dans le cas d'une panne totale du système.

— *CETTE MACHINE EST EN PHASE D'INTERRUPTION ! L'INTERRUPTION SERA EFFECTIVE DANS UNE HEURE ET CINQ MINUTES ! IL N'Y A AUCUN DANGER ! JE RÉPÈTE...*

Eddie posa une main sur le bras de Susannah et elle se tourna vers lui.

— Ça fait combien de temps que ça dure ?

— Environ un quart d'heure. Tu dormais comme un l... (Elle s'interrompit.) Eddie, tu as l'air lamentable ! Tu es malade ?

— Non. J'ai fait un mauvais rêve, c'est tout.

Roland l'étudiait d'une façon qui le mit mal à l'aise.

— On trouve parfois la vérité dans les rêves, Eddie. A quoi ressemblait le tien ?

Il réfléchit quelques instants, puis secoua la tête.

— Je ne m'en souviens pas.

— J'en doute fort, tu sais.

Eddie haussa les épaules et gratifia Roland d'un pauvre sourire.

— Eh bien, doute si ça te chante – je t'en prie. Et comment te sens-*tu* ce matin, Roland ?

— Comme hier, dit Roland.

Ses yeux d'un bleu délavé scrutaient toujours le visage d'Eddie.

— Arrêtez, tous les deux, dit Susannah. (Sa voix était sèche, mais Eddie y perçut une nuance de nervosité.) J'ai autre chose à faire que de vous regarder tourner l'un autour de l'autre comme des gosses jouant à chat perché. Surtout ce matin avec cet ours crevé qui essaie de gueuler plus fort que tout le monde.

Le pistolero hocha la tête sans quitter Eddie des yeux.

– D'accord... mais es-tu sûr de n'avoir rien à me dire, Eddie ?

Il réfléchit et envisagea sérieusement de tout lui dire. Ce qu'il avait vu dans le feu, ce qu'il avait vu dans son rêve. Il décida de n'en rien faire. Peut-être était-ce à cause de la rose dans le feu, et des roses qui avaient recouvert à profusion cette prairie onirique. Il savait qu'il ne pouvait pas décrire ces choses telles que ses yeux les avaient vues et telles que son cœur les avait ressenties ; il ne ferait que les flétrir. Et il voulait y réfléchir tout seul, du moins quelque temps.

Souviens-toi, se répéta-t-il... mais la voix qu'il entendait ne ressemblait guère à la sienne. Elle paraissait plus grave, plus ancienne – la voix d'un inconnu. Souviens-toi de la rose... et de la forme de la clé.

– Entendu, murmura-t-il.

– Entendu quoi ? demanda Roland.

– Je te le dirai, répondit Eddie. Si jamais il arrive quelque chose qui semble... vraiment important, je te le dirai. Je vous le dirai à tous les deux. Pour l'instant, rien ne presse. Alors, si on doit aller quelque part, Shane, mon pote, en selle !

– Shane ? Qui est ce Shane ?

– Ça aussi, je te le dirai une autre fois. En attendant, allons-y.

Ils rassemblèrent le paquetage qu'ils avaient emporté et se dirigèrent vers leur précédent campement une fois que Susannah se fut installée dans son fauteuil roulant. Eddie était d'avis qu'elle cesserait de l'utiliser avant longtemps.

21

Jadis, avant que l'intérêt qu'Eddie portait à l'héroïne n'ait étouffé en lui toute autre préoccupation, il était allé avec deux amis à Meadowlands, dans le New Jersey, pour assister à un concert donné par deux groupes de hard rock, Anthrax et Megadeth. Le volume sonore des chansons d'Anthrax était peut-être légèrement plus élevé que celui du message diffusé par le cadavre de l'ours, mais il n'en était pas sûr à cent pour cent. Roland leur fit signe de stopper alors que six cents mètres les séparaient encore de la clairière et déchira sa vieille chemise pour y prélever six morceaux de tissu. Ils les fourrèrent dans leurs oreilles et reprirent leur route. Ces tampons de fortune n'étouffaient que partiellement le vacarme préenregistré.

– *CETTE MACHINE EST EN PHASE D'INTERRUPTION !* rugit l'ours lorsqu'ils pénétrèrent dans la clairière.

Il gisait toujours dans la même position, au pied de l'arbre où Eddie s'était réfugié, colosse terrassé aux jambes écartées et aux genoux dressés, telle une gigantesque femelle velue morte en essayant d'accoucher.

– *L'INTERRUPTION SERA EFFECTIVE DANS QUARANTE-SEPT MINUTES ! IL N'Y A AUCUN DANGER...*

Oh que si, pensa Eddie tout en ramassant les peaux éparpillées que l'attaque et les convulsions de l'ours avaient épargnées. Il y a *plein* de danger. Du danger pour mes putains d'*oreilles*. Il ramassa le ceinturon de Roland et le lui tendit sans un mot. Le bout de bois qu'il avait été en train de tailler gisait non loin de là ; il l'attrapa et le glissa dans la poche installée derrière le dossier du fauteuil roulant pendant que le pistolero bouclait lentement la ceinture de cuir autour de sa taille et nouait la lanière de cuir qui maintenait l'étui plaqué contre sa cuisse.

– *... EN PHASE D'INTERRUPTION. UNE CELLULE SUBATOMIQUE OPÈRE À UN POUR CENT DE SA CAPACITÉ. CES CELLULES...*

Susannah suivait Eddie, tenant sur ses cuisses un fourre-tout qu'elle avait confectionné elle-même. Elle y entassait les peaux à mesure qu'Eddie les lui passait. Lorsqu'ils les eurent toutes récupérées, Roland tapa Eddie sur le bras et lui tendit un sac. Il contenait en majorité de la viande de cerf, salée grâce à un salègre que Roland avait trouvé cinq kilomètres plus haut en remontant le ruisseau. Le pistolero avait déjà passé un sac identique à son épaule. Sa bourse – réapprovisionnée et de nouveau bourrée de tout un bric-à-brac – était passée à l'autre.

Un étrange harnais de fortune pourvu d'un siège en

peau de cerf était suspendu à une branche. Roland le cueillit, l'étudia quelques instants, puis l'endossa et noua ses lanières en dessous de sa poitrine. Susannah fit la grimace en le voyant et Roland s'en aperçut. Il n'essaya pas de prendre la parole – même s'il avait hurlé à pleins poumons, le vacarme produit par l'ours aurait rendu ses cris inaudibles – mais haussa les épaules en signe de sympathie et écarta les bras : *Tu sais bien qu'on en aura besoin.*

Susannah lui rendit son haussement d'épaules. *Je le sais... mais ça ne veut pas dire que ça m'enchante.*

Le pistolero désigna l'autre côté de la clairière. Une paire d'épicéas tordus et lacérés matérialisait l'endroit où Shardik, jadis connu dans les parages sous le nom de Mir, avait fait irruption sur les lieux.

Eddie se pencha vers Susannah, forma un cercle avec le pouce et l'index, puis haussa les sourcils d'un air interrogateur. *O.K. ?*

Elle hocha la tête, puis se plaqua les mains sur les oreilles. *O.K. – mais fichons le camp avant que je devienne sourde.*

Les trois compagnons traversèrent la clairière, Eddie poussant Susannah qui tenait sur son giron le sac plein de peaux. La poche installée derrière le dossier du fauteuil roulant était bourrée à craquer ; le bout de bois où se cachait la fronde n'était qu'un des nombreux objets qu'elle contenait.

Derrière eux, l'ours continuait à émettre son dernier message lancé à la face du monde, rugissant que l'interruption serait effective dans quarante minutes. Eddie était impatient de parvenir à ce moment. Les épicéas étaient penchés l'un vers l'autre, formant un grossier portail, et il se dit : *C'est ici que commence la quête de la Tour sombre de Roland, du moins pour nous.*

Il repensa à son rêve – les fenêtres en spirale d'où suintaient des oriflammes de ténèbres, des oriflammes qui se répandaient comme une tache sur le champ de roses – et un frisson lui parcourut l'échine lorsqu'ils passèrent entre les deux arbres.

22

Le fauteuil leur fit de l'usage plus longtemps que Roland ne s'y était attendu. Les sapins qui peuplaient cette forêt étaient très anciens et de leurs immenses branches était tombé un profond tapis d'aiguilles qui décourageait herbes et arbustes. Les bras de Susannah étaient robustes – plus robustes que ceux d'Eddie, mais Roland ne pensait pas que cela durerait très longtemps – et elle se propulsait sans peine sur le sol plat et ombragé. Lorsqu'ils arrivèrent devant l'un des arbres que l'ours avait abattus, Roland la prit dans ses bras et Eddie s'occupa de faire franchir l'obstacle au fauteuil.

Derrière eux, à peine étouffée par la distance, la puissante voix mécanique de l'ours leur apprit que la capacité de sa dernière cellule subatomique encore en opération était à présent négligeable.

– J'espère que ce foutu harnais restera inoccupé durant toute la journée ! cria Susannah en direction du pistolero.

Roland acquiesça mais, moins d'un quart d'heure plus tard, le terrain se mit à descendre en pente douce et des arbres plus petits et plus jeunes commencèrent à envahir cette partie de la forêt : des bouleaux, des aulnes et quelques érables rabougris qui s'accrochaient désespérément à l'humus. Le tapis d'aiguilles se fit plus élimé et les roues du fauteuil commencèrent à buter sur les petits buissons résistants qui poussaient dans le sentier. Leurs branches minces s'insinuaient en grinçant entre les rayons en acier inoxydable. Eddie jeta tout son poids sur les poignées et ils réussirent à parcourir tant bien que mal quatre ou cinq cents mètres. Puis la pente devint plus raide et le sol plus spongieux.

– Il est temps de faire un tour à dada, madame, dit Roland.

– Essayons de faire encore un bout de chemin avec le fauteuil, hein ? Ça va peut-être s'améliorer...

Roland secoua la tête.

– Si tu essaies de gravir cette colline, tu vas... comment as-tu dit, Eddie ?... te prendre une casserole ?

Eddie secoua la tête en souriant.

– On appelle ça se prendre une gamelle, Roland.

Souvenir du bon vieux temps où je faisais du skate-board sur les trottoirs.

– Quoi qu'il en soit, ça revient quand même à tomber sur la tête. Allez, Susannah. A cheval.

– Ce handicap me rend folle, gronda Susannah.

Elle laissa néanmoins Eddie l'extraire de son fauteuil et aida le jeune homme à l'installer fermement dans le harnais que portait Roland. Une fois en place, elle caressa la crosse du revolver du pistolero.

– Tu veux le flingue ? demanda-t-elle à Eddie.

Il secoua la tête.

– Tu es plus rapide que moi. Et tu le sais.

Elle grogna et ajusta le ceinturon de façon à pouvoir dégainer le plus rapidement possible.

– Je vous ralentis, les amis, et je le *sais*... mais si jamais on arrive sur une bonne vieille route goudronnée, je vous jure que je vous laisserai sur place.

– Je n'en doute pas, dit Roland.

Puis il tendit l'oreille. Le silence régnait dans la forêt.

– Frère l'Ours s'est enfin éteint, dit Susannah. Dieu soit loué !

– Je croyais qu'il lui restait encore sept minutes, dit Eddie.

Roland ajusta les lanières du harnais.

– Sa pendule a dû se mettre à retarder un peu durant les cinq ou six derniers siècles.

– Tu crois vraiment qu'il était si vieux, Roland ?

Le pistolero hocha la tête.

– Largement. Et maintenant, il n'est plus... le dernier des Douze Gardiens, pour ce que nous en savons.

– Ouais, et personnellement, je n'en ai rien à foutre, répliqua Eddie, et Susannah éclata de rire.

– Est-ce que tu es à l'aise ? lui demanda Roland.

– Non. J'ai déjà mal au cul, mais continuez. Tâche simplement de ne pas me faire tomber.

Roland acquiesça et commença à descendre la pente. Eddie le suivit, poussant le fauteuil inoccupé en essayant de ne pas le cogner trop fort aux rochers qui commençaient à apparaître, tels de gros doigts blancs sortant du sol. A présent que l'ours s'était enfin tu, il trouvait la forêt beaucoup trop calme – il avait presque l'impression d'être un personnage d'un de ces vieux na-

vets se déroulant dans une jungle peuplée de cannibales
et de singes gigantesques.

23

La piste laissée par l'ours était facile à repérer mais
difficile à remonter. A sept ou huit kilomètres de la clairière, elle les conduisit dans une dépression boueuse qui
n'était pas tout à fait un marécage. Lorsque le sol dai-
gna enfin remonter et se raffermir quelque peu, le jean
délavé de Roland était trempé jusqu'aux genoux et son
souffle était rauque et saccadé. Mais il était en meilleure
forme qu'Eddie, qui avait eu du mal à pousser le fauteuil roulant dans l'eau et dans la fange.
— Il est temps de se reposer et de manger un morceau, dit Roland.
— Manger, manger, haleta Eddie.
Il aida Susannah à s'extraire du harnais et l'installa
sur un tronc abattu dont l'écorce était sillonnée de profondes griffures. Puis il s'effondra à ses côtés.
— T'as mis plein de boue sur mon fauteuil roulant,
fromage blanc, dit Susannah. Je le signalerai dans mon
rapport.
Il la regarda en arquant un sourcil.
— Dès qu'on tombe sur un lave-auto, je te pousserai
moi-même dedans. J'irai même jusqu'à simoniser cette
saleté. D'accord ?
Elle sourit.
— Marché conclu, beau brun.
Eddie avait passé autour de sa taille une des outres
de Roland. Il la tapa du doigt.
— O.K. ?
— Oui, dit Roland. Mais ne buvez pas beaucoup ;
deux ou trois gorgées pour chacun avant de repartir.
Comme ça, nous éviterons les crampes.
— Roland, le boy-scout du pays d'Oz, dit Eddie,
gloussant en défaisant l'outre.
— Qu'est-ce que c'est que ce pays d'Oz ?
— Un endroit imaginaire dans un film, dit Susannah.
— C'est beaucoup plus que ça. Mon frère Henry me

lisait parfois les romans de L. Frank Baum. Je t'en raconterai un autour du feu de camp, Roland.

– J'en serais enchanté, répondit le pistolero le plus sérieusement du monde. J'ai très envie de connaître votre monde.

– Le pays d'Oz n'a rien à voir avec notre monde. Comme l'a dit Susannah, c'est un endroit imaginaire...

Roland leur tendit des tranches de viande qu'il avait enveloppées dans des feuilles inidentifiables.

– Le moyen le plus rapide d'en apprendre sur un pays inconnu, c'est de connaître les rêves de ses habitants. J'aimerais en savoir plus sur ce pays d'Oz.

– O.K., marché conclu derechef. Suzie te parlera de Dorothy, de Toto et de l'Homme en Fer-Blanc, et je te raconterai tout le reste.

Il mordit à belles dents dans sa tranche de viande et roula les yeux pour manifester son approbation. La viande s'était imprégnée de la saveur de la feuille et elle était délicieuse. Eddie engloutit sa ration pendant que son estomac grognait de satisfaction. A présent qu'il avait repris son souffle, il se sentait mieux – il se sentait en pleine forme. Une armature solide de muscles poussait sur son corps et chaque partie de celui-ci était en paix avec les autres.

Ne t'inquiète pas, pensa-t-il. Elles recommenceront à se quereller avant ce soir. A mon avis, Roland va nous pousser à continuer jusqu'à ce que je m'effondre sur le sentier.

Susannah mangeait plus proprement, avalait un peu d'eau toutes les deux ou trois bouchées, tournait et retournait la viande dans ses mains, en croquait la croûte avant d'en savourer l'intérieur.

– Finis l'histoire que tu as commencée hier soir, dit-elle à Roland. Tu disais que tu pensais comprendre ce conflit de souvenirs dans ton esprit.

Roland acquiesça.

– Oui. Je pense que les deux jeux de souvenirs sont vrais. Le premier est un peu plus vrai que le second, mais cela *n'annule pas* la véracité de celui-ci.

– Je ne pige pas, dit Eddie. Soit le gosse était au relais, soit il n'y était pas, Roland.

– C'est un paradoxe – quelque chose qui est et qui en

même temps n'est pas. Tant que je ne l'aurai pas résolu, je continuerai d'être divisé en deux. C'est déjà assez grave, mais la fissure de mon esprit ne cesse de s'élargir. Je le sens. C'est… indicible.

– Quelle est la cause de cette fissure, à ton avis ? demanda Susannah.

– Je vous ai déjà dit que le garçon avait été poussé sous les roues d'une voiture. *Poussé*. Ne connaissons-nous pas quelqu'un qui aimait bien pousser les gens devant des véhicules ?

Susannah comprit et son visage s'éclaira.

– Jack Mort. Tu veux dire que c'est *lui* qui a poussé ce garçon sous les roues d'une voiture ?

– Oui.

– Mais tu as dit que c'était l'homme en noir, objecta Eddie. Ton pote Walter. Tu as dit que le gamin l'avait *vu* – un homme qui ressemblait à un prêtre. Est-ce que le gamin ne l'a pas entendu *dire* que c'en était un ? « Laissez-moi passer, je suis prêtre », ou quelque chose comme ça ?

– Oh, Walter était là. Ils étaient là *tous les deux*, et ils ont poussé Jake tous les deux.

– Apportez la thorazine et une camisole de force ! lança Eddie. Roland vient de perdre les pédales.

Roland ne lui accorda aucune attention ; il avait fini par comprendre que les clowneries d'Eddie lui servaient à lutter contre la tension nerveuse. Il n'était guère différent de Cuthbert à cet égard… tout comme Susannah, à sa façon, n'était guère différente d'Alain.

– Ce qui m'exaspère le plus dans cette histoire, reprit-il, c'est que j'aurais dû le *savoir*. Je me trouvais *dans* l'esprit de Jack Mort, après tout, et j'avais accès à ses pensées, tout comme j'avais eu accès aux tiennes, Eddie, et aux tiennes, Susannah. J'ai *vu* Jake pendant que j'étais en Mort. Je l'ai vu par les yeux de Mort, *et je savais que Mort avait l'intention de le pousser*. Et il y a mieux ; j'ai *empêché* Mort d'agir. Il m'a suffi de prendre possession de son corps. Il ne s'est d'ailleurs rendu compte de rien ; il se concentrait tellement sur ce qu'il voulait faire qu'il a bel et bien cru que j'étais un moustique posé sur sa nuque.

Eddie commençait à comprendre.

– Si Jake n'a pas été poussé sur la chaussée, il n'est jamais mort. Et s'il n'est jamais mort, il n'est jamais venu dans ce monde. Et s'il n'est jamais venu dans ce monde, tu ne l'as jamais rencontré au relais. Exact ?

– Exact. J'ai même pensé sur le moment que, si Jack Mort avait l'intention de tuer le garçon, je devais m'abstenir d'intervenir et le laisser faire. Afin d'éviter de créer le paradoxe qui est en train de me déchirer l'esprit. Mais je n'ai pas pu faire ça. Je... je...

– Tu n'as pu tuer ce gamin deux fois, n'est-ce pas ? demanda doucement Eddie. Chaque fois que j'en viens à penser que tu es aussi mécanique que cet ours, tu me surprends en faisant quelque chose qui semble bel et bien humain. Merde.

– Laisse tomber, Eddie, dit Susannah.

Eddie détailla le visage légèrement baissé du pistolero et grimaça.

– Excuse-moi, Roland. Ma mère avait l'habitude de dire que ma bouche réfléchissait plus vite que mon cerveau.

– Ce n'est pas grave. J'avais jadis un ami qui te ressemblait un peu.

– Cuthbert ?

Roland hocha la tête. Il regarda un long moment sa main mutilée, puis la serra pour former un poing douloureux, soupira, et se tourna de nouveau vers eux. Quelque part, au fond de la forêt, monta la douce chanson d'une alouette.

– Voici ce que je crois. Si je n'avais pas pris possession du corps de Jack Mort quand je l'ai fait, il n'aurait *quand même* pas poussé Jake ce jour-là. Pas à ce moment-là. Et pourquoi donc ? *Ka-tet*. Tout simplement. Pour la première fois depuis la mort du dernier des amis avec lesquels j'avais entrepris cette quête, je me retrouve une nouvelle fois au centre d'un *ka-tet*.

– D'un quartette ? demanda Eddie avec une moue dubitative.

Le pistolero secoua la tête.

– *Ka* – le mot qui dans ton esprit signifie « destin », bien que son sens véritable soit beaucoup plus complexe et beaucoup plus difficile à formuler, comme c'est presque toujours le cas des mots du Haut Parler. Et *tet*, un mot qui désigne un groupe de gens partageant le même but et les mêmes intérêts. Nous formons un *tet* tous les trois, par exemple. Le *ka-tet* est l'endroit où plusieurs vies sont unies par le destin.

– Comme dans *Le Pont de San Luis Rey*, murmura Susannah.

– Qu'est-ce que c'est ? demanda Roland.

– L'histoire d'un groupe de personnes qui meurent ensemble quand le pont qu'elles traversaient s'effondre sous leurs pas. Elle est très célèbre dans notre monde.

Roland hocha la tête en signe d'assentiment.

– Dans le cas présent, le *ka-tet* liait Jake, Walter, Jack Mort et moi-même. Il n'y avait aucun piège là-dessous, contrairement à ce que j'ai cru en reconnaissant la prochaine victime de Jack Mort, car le *ka-tet* ne peut ni être modifié ni se plier à la volonté de quiconque. Mais le *ka-tet* peut être *vu*, *reconnu* et *compris*. Walter l'a vu et Walter l'a reconnu. (Le pistolero se tapa sur la cuisse et s'exclama d'une voix amère :) Comme il devait rire sous cape lorsque j'ai fini par le rattraper !

– Revenons à ce qui se serait passé si tu n'avais pas contré les plans de Jack Mort le jour où il suivait Jake, dit Eddie. Tu veux dire que si *tu* n'avais pas arrêté Mort, quelqu'un ou quelque chose l'aurait fait à ta place. C'est ça ?

– Oui – parce que ce n'était pas *ce jour-là* que Jake devait mourir. Ce jour-là était *tout près*, mais ce n'était pas le bon. Je le sens en moi-même. Peut-être que Mort aurait remarqué qu'on l'observait juste avant de passer à l'action. Peut-être qu'un inconnu serait intervenu. Un inconnu ou…

– Ou un flic, dit Susannah. Il a peut-être vu un flic qui se trouvait au mauvais endroit au mauvais moment.

– Oui. Mais peu importe la raison exacte – l'agent du *ka-tet*. Je sais par expérience que Mort était rusé comme un vieux renard. S'il avait senti que quelque chose clochait, il aurait remis son crime à un autre jour.

« Et je sais autre chose. Il se déguisait toujours pour traquer ses proies. Le jour où il a lâché une brique sur la tête d'Odetta Holmes, il portait un bonnet de laine et un vieux sweat-shirt trop grand de plusieurs tailles. Il voulait ressembler à un soûlot car l'immeuble où il s'était posté servait de tanière à un grand nombre d'ivrognes. Vous voyez ?

Ils acquiescèrent.

– Plusieurs années plus tard, le jour où il t'a poussée devant le train, Susannah, il était déguisé en ouvrier du bâtiment. Il portait une fausse moustache et un grand casque jaune. Le jour où il *aurait* poussé Jake sur la chaussée, causant sa mort sous les roues d'une voiture, *il aurait été déguisé en prêtre*.

– Seigneur ! murmura Susannah. L'homme qui l'avait poussé à New York était Jack Mort et l'homme qu'il avait vu au relais était ce type que tu poursuivais – Walter.

– Oui.

– Et ce pauvre petit a cru qu'il s'agissait du même homme parce qu'ils portaient tous les deux le même genre de robe noire ?

Roland hocha la tête.

– Il y avait même une vague ressemblance physique entre Walter et Jack Mort. Ils ne se ressemblaient pas comme des frères, loin de là, mais ils avaient tous deux une haute taille, des cheveux sombres et un teint très pâle. Et vu que Jake était mourant lorsqu'il a aperçu Mort, vu qu'il se trouvait dans un lieu étrange et terrifiant lorsqu'il a aperçu Walter, je pense que son erreur était à la fois compréhensible et excusable. S'il y a un crétin dans cette histoire, c'est bien moi, qui n'ai pas plus tôt découvert la vérité.

– Mort aurait-il su qu'on l'utilisait ? demanda Eddie.

En repensant à sa propre expérience, et aux folles pensées qui avaient envahi son esprit en même temps que Roland, il ne voyait pas comment Mort aurait pu *ne pas* savoir... mais Roland secouait la tête.

– Walter se serait montré extrêmement subtil. Mort aurait cru que l'idée de son déguisement venait de lui-même... du moins je le pense. Il n'aurait pas eu conscience de la voix de l'intrus – de Walter – murmurant au fond de son esprit et lui dictant ses actes.

– Jack Mort ! s'émerveilla Eddie. Encore et toujours Jack Mort !

– Oui... avec l'aide de Walter. Et j'ai quand même fini par sauver la vie de Jake. Lorsque j'ai obligé Jack

Mort à sauter du quai du métro sous les roues de la rame, j'ai tout changé.

Susannah prit la parole.

— Si ce Walter était capable d'entrer dans notre monde au moment de son choix — peut-être grâce à sa porte privée —, n'aurait-il pas pu utiliser un autre pion pour pousser le petit garçon ? S'il pouvait suggérer à Mort de se déguiser en prêtre, alors il aurait pu le suggérer à quelqu'un d'autre... Qu'y a-t-il, Eddie ? Pourquoi secoues-tu la tête ?

— Parce que je ne pense pas que Walter souhaitait qu'une telle chose se produise. Ce que souhaitait Walter, c'est ce qui est *en train* de se produire... c'est que Roland perde l'esprit morceau par morceau. J'ai raison ?

Le pistolero hocha la tête.

— Walter n'aurait pas pu agir ainsi même s'il l'avait *voulu*, ajouta Eddie, parce qu'il était mort bien avant que Roland ne trouve les portes sur la plage. Lorsque Roland a franchi la dernière pour pénétrer dans l'esprit de Jack Mort, ce vieux Walt n'était plus en mesure de brouiller les cartes.

Susannah réfléchit quelques instants, puis hocha la tête.

— Je vois... enfin, je crois. Toutes ces histoires de voyage dans le temps sont plutôt embrouillées, non ?

Roland commença à rassembler ses affaires et à les ranger.

— Il est temps de reprendre la route.

Eddie se leva et passa son sac à ses épaules.

— Il y a au moins un détail réconfortant dans cette histoire, dit-il à Roland. Tu as réussi à sauver le gamin, après tout — toi ou le *ka-tet*.

Roland s'affairait à nouer les lanières du harnais sur sa poitrine. Il leva la tête et Eddie recula d'un pas devant la clarté aveuglante de ses yeux.

— Tu crois ? demanda sèchement le pistolero. Tu crois vraiment que j'y ai réussi ? Je m'efforce de vivre avec deux versions différentes de la même réalité et ça me rend fou petit à petit. J'ai d'abord espéré que l'une de ces deux versions finirait par s'estomper, mais c'est tout le contraire qui se produit : ces deux réalités incompatibles sont de plus en plus présentes dans mon esprit et se lancent des défis comme deux factions opposées se préparant à livrer bataille. Alors dis-moi une chose, Eddie : que se passe-t-il dans la tête de *Jake*, à ton avis ? *Quel effet ça peut faire de savoir que tu es mort dans un monde et vivant dans un autre ?*

L'alouette se remit à chanter, mais aucun d'eux ne le remarqua. Eddie fixa les yeux d'un bleu délavé plantés dans le visage pâle de Roland et ne trouva rien à lui répondre.

24

Cette nuit-là, ils campèrent une vingtaine de kilomètres à l'est de la clairière où gisait le cadavre de l'ours, dormirent du sommeil de l'épuisé sinon de celui du juste (même Roland dormit durant toute la nuit, en dépit de ses rêves cauchemardesques) et se levèrent à l'aube le lendemain. Eddie alluma un petit feu sans piper mot et jeta un regard à Susannah lorsqu'une détonation retentit tout près dans la forêt.

– C'est le petit déjeuner, dit-elle.

Roland revint trois minutes plus tard, une peau jetée sur son épaule. Sur elle gisait le corps fraîchement vidé d'un lapin. Susannah le fit cuire. Ils mangèrent et reprirent leur route.

Eddie s'efforçait d'imaginer quel effet ça ferait de se souvenir de sa mort. Il lui fut impossible d'y parvenir.

25

Peu de temps après midi, ils pénétrèrent dans une zone où la plupart des arbres avaient été abattus et les buissons piétinés – on aurait dit qu'un cyclone avait dévasté cet endroit plusieurs années auparavant, y créant une large allée de désolation lugubre.

– Nous sommes tout près de l'endroit que nous cherchons, dit Roland. Il a tout abattu pour voir arriver l'ennemi de loin. Notre ami l'ours n'aimait pas les surprises. Il était grand, mais il n'était pas aimable.

– Et est-ce qu'il a laissé des surprises à *notre* intention ? demanda Eddie.

– Peut-être bien. (Roland eut un petit sourire et posa une main sur l'épaule d'Eddie.) Mais il y a un point en notre faveur – ce seront de *vieilles* surprises.

Ils ne progressèrent que lentement à travers cette zone de destruction. La plupart des arbres abattus étaient très vieux – nombre d'entre eux s'étaient presque fondus dans le sol d'où ils avaient jailli –, mais ils étaient néanmoins suffisamment enchevêtrés pour transformer leur itinéraire en course d'obstacles. Les trois compagnons auraient déjà eu de la peine à avancer s'ils avaient été tous valides ; le handicap de Susannah, juchée sur son harnais attaché aux épaules du pistolero, mettait à rude épreuve leur patience et leur endurance.

Les arbres abattus et les fourrés particulièrement denses rendaient moins visible la piste de l'ours, et cela contribuait également à les ralentir. Jusqu'à midi, ils s'étaient guidés aux traces de griffes sur les troncs, aussi visibles que des balises. Mais la rage de l'ours avait été moins intense lorsqu'il avait quitté sa tanière et ces points de repère si pratiques avaient disparu. Roland avançait lentement, en quête d'excréments dans les herbes et de touffes de poils sur les arbres que l'ours avait enjambés. Il leur fallut tout l'après-midi pour parcourir cinq kilomètres dans cette jungle décomposée.

Eddie venait de décider que le soir allait bientôt tomber et qu'ils seraient obligés de camper dans ce coin sinistre lorsqu'ils arrivèrent devant un petit bosquet d'aulnes. Un peu plus loin résonnait le murmure d'un ruisseau courant sur un lit de cailloux. Derrière eux, le soleil couchant lançait des rayons de lumière rougeâtre sur le terrain accidenté qu'ils venaient de traverser, transformant les arbres abattus en formes noires entrecroisées évoquant des idéogrammes chinois.

Roland ordonna une halte et fit descendre Susannah de son perchoir. Il s'étira et se planta les poings sur les hanches pour faire quelques mouvements de gymnastique.

– C'est tout pour aujourd'hui ? demanda Eddie.

Roland secoua la tête.

– Donne ton arme à Eddie, Susannah.

Elle s'exécuta en le regardant d'un air interrogateur.

– Viens, Eddie. L'endroit que nous cherchons se trouve derrière ces arbres. On va y jeter un coup d'œil. Et peut-être même qu'on aura un petit travail à faire.

– Qu'est-ce qui te fait penser...

– Ouvre les oreilles.

Eddie obéit et s'aperçut qu'il entendait des bruits mécaniques. Il s'aperçut également qu'il les entendait depuis un bon moment.

– Je ne veux pas laisser Susannah toute seule.

– On ne va pas très loin et elle a une bonne voix. De plus, s'il y a du danger, il est devant nous – nous nous interposerons pour la protéger.

Eddie se tourna vers Susannah.

– Allez-y... mais ne tardez pas à revenir. (Elle regarda d'un air pensif dans la direction d'où ils venaient.) Je ne sais pas s'il y a des spectres dans ce coin, mais c'est l'impression que ça me fait.

– Nous reviendrons avant la tombée de la nuit, promit Roland.

Il se dirigea vers les aulnes et Eddie le suivit au bout de quelques instants.

26

Quinze mètres plus loin, Eddie se rendit compte qu'ils suivaient un sentier, sans doute tracé par l'ours au fil des ans. Les aulnes s'inclinaient pour former un tunnel au-dessus de leurs têtes. Les bruits avaient gagné en netteté et il commença à les distinguer les uns des autres. Il y avait parmi eux un bourdonnement sourd. Il le sentait dans ses pieds – une vibration ténue, comme celle d'une énorme machine souterraine. Plus aigus, plus proches et plus insistants, des sons entremêlés évoquant divers grattements, couinements et autres caquètements.

Roland s'approcha de lui et lui parla au creux de l'oreille.

– Je pense que nous ne courrons aucun danger si nous restons discrets.

Ils avancèrent de cinq mètres, puis Roland fit halte

une nouvelle fois. Il dégaina son revolver et écarta du canon une branche qui ployait sous le poids de ses feuilles rougies par le couchant. Eddie découvrit par cette petite ouverture la clairière où l'ours avait demeuré pendant si longtemps – la base d'opérations à partir de laquelle il avait lancé ses nombreuses expéditions de terreur et de pillage.

Il n'y poussait aucun fourré ; le sol était arasé depuis bien longtemps. Un ruisseau émergeait au pied d'une falaise haute d'environ quinze mètres et traversait la clairière en forme de flèche. Sur la rive où ils se trouvaient, adossée à la paroi rocheuse, se dressait une boîte métallique haute de près de trois mètres. Son toit était incurvé et Eddie pensa en la voyant à une bouche de métro. Sa façade était peinte de rayures obliques, noires et jaunes. Le sol de la clairière n'était pas noir comme l'humus de la forêt, mais d'un étrange gris cendré. Il était parsemé d'os et, au bout de quelques instants, Eddie comprit que ce qu'il avait pris pour le sol n'était qu'un tapis d'os, des os si anciens qu'ils retournaient en poussière.

Des choses se déplaçaient sur cette poussière – les choses qui produisaient les bruits métalliques qui les avaient attirés. Il y en avait quatre... non, cinq. De petites machines, pas plus grandes que des chiots bien développés. Eddie comprit que c'étaient des robots, ou quelque chose comme ça. Elles avaient entre elles et avec l'ours dont elles étaient de toute évidence les serviteurs un unique point commun : la petite antenne radar qui tournait au-dessus de leur crâne.

Encore des bonnets de pensée, se dit Eddie. Mon Dieu, mais qu'est-ce que c'est que ce monde ?

La plus grande de ces machines ressemblait un peu au tracteur Tonka qu'on avait offert à Eddie pour son sixième ou son septième anniversaire ; ses chenilles laissaient sur son sillage de petits nuages de poussière grise. Une autre de ces machines ressemblait à un rat en acier inox. Une troisième semblait être un serpent construit en segments d'acier – elle rampait sur le sol en suivant un rythme saccadé. Elles décrivaient un cercle grossier sur l'autre rive du ruisseau, tournant en rond dans le profond sillon qu'elles avaient creusé dans le sol. En les regardant, Eddie pensa aux dessins humoristiques qu'il avait vus dans les vieux numéros du *Saturday Evening Post* que sa mère avait conservés pour une raison inconnue dans l'entrée de leur appartement. Ces dessins montraient souvent des hommes anxieux, fumant cigarette sur cigarette et usant la moquette devant une salle d'accouchement.

A mesure que ses yeux s'accoutumaient à la topographie toute simple de la clairière, Eddie s'aperçut qu'il y avait beaucoup plus de monstres que les cinq qu'il avait repérés. Il en distinguait au moins une bonne douzaine, et il y en avait sans doute d'autres dissimulés derrière les reliefs squelettiques des repas de l'ours. La différence, c'était que ces monstres-ci ne bougeaient pas. Les membres de la suite de l'ours étaient morts un par un au fil des ans jusqu'à ce qu'il n'en reste plus que cinq... lesquels ne semblaient guère en bonne santé, vu la tonalité de leurs couinements et de leurs caquètements rauques. Le serpent, en particulier, ne semblait pas dans son assiette quand il s'avançait derrière le rat mécanique pour faire le tour du cercle. De temps en temps, la machine qui suivait le serpent – un cube d'acier qui sautillait sur ses jambes courtaudes – le rattrapait et le poussait devant lui, comme pour lui dire de se magner le cul.

Eddie se demanda quel était leur boulot. Sûrement pas de protéger l'ours ; celui-ci était conçu pour assurer sa propre protection, et si ce vieux Shardik leur était tombé dessus alors qu'il était dans sa prime jeunesse, il les aurait avalés et recrachés en deux coups de cuiller à pot. Peut-être que ces petits robots faisaient office de personnel d'entretien, ou de scouts, ou de coursiers. Ils étaient sans doute dangereux, mais seulement lorsqu'ils devaient se défendre... ou défendre leur maître. Ils ne semblaient pas belliqueux pour deux sous.

Ils avaient en fait quelque chose de pitoyable. La plupart d'entre eux étaient morts, leur maître avait disparu, et Eddie était persuadé qu'ils en avaient conscience. Ce n'était pas une impression de menace qui émanait d'eux, mais une étrange et inhumaine tristesse. Vieux, presque hors d'usage, ils tournaient en rond dans le sillon d'inquiétude qu'ils avaient creusé dans la clairière, roulant et se dandinant avec anxiété, et Eddie parvenait presque à percevoir leurs pensées agitées : *Oh, misère de misère, qu'allons-nous devenir ? A quoi servons-nous à présent qu'Il a disparu ? Et qui prendra soin de nous à présent qu'Il a disparu ? Oh, misère de misère...*

Eddie sentit quelque chose lui tirailler la jambe et il faillit pousser un cri de peur et de surprise. Il pivota sur lui-même, arma le revolver de Roland et vit Susannah lever vers lui des yeux écarquillés. Eddie poussa un soupir de soulagement et rabaissa précautionneusement le percuteur de son arme. Il se mit à genoux, posa les mains sur les épaules de Susannah, l'embrassa sur la joue et lui murmura à l'oreille :

– J'étais à deux doigts de loger une balle dans ta tête de linotte... Qu'est-ce que tu fiches ici ?

– Je voulais voir, murmura-t-elle sans se démonter. (Roland s'accroupit près d'elle et elle se tourna vers lui.) Et puis je commençais à avoir les chocottes, toute seule là-bas.

Elle s'était égratignée en rampant parmi les fourrés pour les rejoindre, mais Roland était bien obligé d'avouer qu'elle était aussi silencieuse qu'un fantôme quand elle le voulait ; il n'avait rien entendu. Il attrapa un chiffon (le dernier vestige de sa chemise) dans sa poche-revolver et nettoya ses bras de leurs quelques gouttes de sang. Il la considéra durant quelques instants, puis nettoya également une petite plaie sur son front.

– Eh bien, regarde, alors, dit-il d'une voix à peine audible. Je pense que tu l'as bien mérité.

Il écarta les branches devant elle, ménageant une ouverture dans le buisson, puis attendit pendant qu'elle examinait le spectacle de ses yeux fascinés. Puis elle se recula et Roland laissa retomber les branches.

– J'ai presque pitié d'eux, murmura-t-elle. C'est dingue, non ?

– Pas le moins du monde, répondit Roland. Ces créatures sont emplies de tristesse, à leur façon. Eddie va abréger leurs souffrances.

L'intéressé secoua aussitôt la tête.

– Si... à moins que tu ne veuilles passer la nuit dans

la jungle, comme tu dis. Vise leurs chapeaux. Les petites machines qui tournent.

– Et si je les *rate* ? siffla Eddie, furieux.

Roland se contenta de hausser les épaules.

Eddie se redressa et, à contrecœur, releva une nouvelle fois le percuteur de son revolver. Il regarda les petits servomécanismes qui tournaient en rond, suivant une orbite solitaire et insensée. J'aurais l'impression de tirer sur des chiots, pensa-t-il. Puis il vit l'un d'eux – le robot qui ressemblait à une boîte ambulante – faire jaillir de sa carcasse une pince à l'air méchant et la refermer sur le serpent pendant quelques instants. Le serpent émit un bourdonnement surpris et fit un petit bond. La boîte ambulante rangea sa pince.

Enfin... ce ne sont pas *tout à fait* des chiots, décida Eddie. Il jeta un nouveau coup d'œil à Roland. Celui-ci le regarda d'un air totalement inexpressif, les bras croisés sur sa poitrine.

Tu choisis de drôles d'horaires pour donner tes cours, mon vieux.

Eddie revit Susannah logeant deux balles dans le cul de l'ours puis pulvérisant son antenne alors qu'il fonçait sur elle et sur Roland, et il eut un peu honte de lui. Et il y avait autre chose : une partie de lui-même voulait tenter le coup, tout comme une partie de lui-même avait *voulu* affronter Balazar et ses gorilles dans la Tour penchée. Cette pulsion avait sans doute quelque chose de malsain, mais cela ne l'en rendait pas moins séduisante : *Voyons voir qui s'en sortira... oui, voyons voir.*

Ouais, c'était sacrément malsain, en effet.

Imagine que tu es devant un stand de tir à la carabine et que tu veux offrir un chien en peluche à ta petite amie, se dit-il. Ou un ours en peluche. Il visa la boîte ambulante, puis se tourna vers Roland avec irritation en sentant la main du pistolero sur son épaule.

– Récite tâ leçon, Eddie. Et sois sincère.

Eddie poussa un soupir d'impatience, troublé par cette intervention, mais comme les yeux de Roland restaient fixés sur lui, il inspira profondément et essaya de faire le vide dans son esprit : il en chassa les couinements éraillés des petits robots presque hors d'usage, les diverses douleurs qui lui tenaillaient le corps, l'idée

96

que Susannah l'observait, dressée sur les paumes de ses mains, et une autre idée bien plus troublante : elle était au niveau du sol et s'il ratait un de ces gadgets, elle fournirait à celui-ci une cible idéale en cas de représailles.

– Je ne tire pas avec ma main ; celui qui tire avec sa main a oublié le visage de son père.

Quelle blague, pensa-t-il ; il ne reconnaîtrait pas son vieux s'il venait à le croiser dans la rue. Mais il sentait les mots accomplir leur œuvre, lui éclaircir les idées et lui calmer les nerfs. Il ne savait pas s'il avait l'étoffe d'un pistolero – cette idée lui paraissait hautement improbable, en dépit du courage qu'il avait manifesté lors de la fusillade dans le night-club de Balazar –, mais il *savait* qu'une partie de lui-même goûtait la froideur glaciale qui l'envahissait chaque fois qu'il récitait le catéchisme incroyablement ancien que leur avait appris le pistolero ; la froideur qui l'envahissait et la clarté à couper le souffle avec laquelle les choses lui apparaissaient. Une autre partie de lui-même lui disait que tout cela n'était qu'une drogue meurtrière, une drogue semblable à l'héroïne qui avait tué Henry et qui avait bien failli le tuer aussi, mais cela n'altérait en rien le plaisir intense que lui inspirait cet instant. Il sentait résonner en lui un rythme pareil à celui des fils électriques vibrant sous un vent violent.

– Je ne vise pas avec ma main ; celui qui vise avec sa main a oublié le visage de son père.

« Je vise avec mon œil.

« Je ne tue pas avec mon arme ; celui qui tue avec son arme a oublié le visage de son père.

Puis, sans avoir conscience de ce qu'il faisait, il émergea des arbres et s'adressa aux robots qui tournaient en rond de l'autre côté de la clairière.

– *Je tue avec mon cœur.*

Ils interrompirent leur ronde sempiternelle. L'un d'eux poussa un bourdonnement suraigu qui était peut-être un signal d'alarme ou un avertissement. Leurs antennes radar, pas plus grosses qu'une barre de chocolat Hershey, se tournèrent vers lui à l'unisson.

Eddie se mit à tirer.

Les antennes explosèrent l'une après l'autre comme

des pigeons d'argile. Toute pitié avait disparu du cœur d'Eddie ; il n'était habité que par cette froideur glaciale et par la certitude qu'il ne s'arrêterait pas, qu'il ne pourrait pas s'arrêter, tant qu'il n'aurait pas achevé sa tâche.

Le tonnerre éclata dans la clairière obscure et rebondit sur la falaise rocheuse à son extrémité. Le serpent d'acier fit deux soubresauts dans les airs et retomba dans la poussière en tressautant. Le plus grand des mécanismes – celui qui avait évoqué à Eddie le tracteur Tonka de son enfance – tenta de s'enfuir. Eddie pulvérisa son antenne radar et il se fracassa contre la paroi du sillon. Il tomba sur le nez tandis que des flammèches bleues jaillissaient des orbites d'acier qui abritaient ses yeux de verre.

La seule antenne qu'il rata fut celle du rat en acier inox ; la balle ricocha sur sa carapace de métal en poussant un gémissement de moustique. Le rat sortit du sillon, décrivit un demi-cercle autour de la boîte ambulante qui suivait le serpent et fonça vers l'autre côté de la clairière à une vitesse étonnante. Il émettait des cliquetis furibonds et, lorsqu'il se rapprocha, Eddie vit qu'il avait une gueule pleine de longs crocs pointus. Ils ne ressemblaient pas à des dents, en fait, mais à des aiguilles de machine à coudre aux mouvements saccadés. Non, se dit-il, ces engins n'ont décidément rien à voir avec des chiots attendrissants.

– *Descends-le, Roland !* cria-t-il désespérément.

... Mais lorsqu'il jeta un vif coup d'œil derrière lui, il vit que le pistolero avait toujours les bras croisés sur sa poitrine et que son visage était empreint d'une sérénité un peu distante. Il aurait pu être en train de réfléchir à un problème d'échecs ou de repenser à de vieilles lettres d'amour.

L'antenne radar du rat s'abaissa soudain. Elle changea légèrement de direction et se pointa droit sur Susannah Dean.

Il ne me reste qu'une balle, pensa Eddie. Si je rate cette saleté, elle va lui arracher le visage.

Au lieu de tirer, il s'avança d'un pas et shoota dans le rat. Il avait remplacé ses chaussures par une paire de mocassins en peau de cerf et il sentit l'onde de douleur monter jusqu'à son genou. Le rat poussa un couinement éraillé, tomba dans la poussière et se retrouva sur le dos. Eddie vit sur son ventre ce qui ressemblait à une douzaine de pattes mécaniques s'agitant comme des pistons. Chacune d'elles se terminait par une griffe en acier acéré. Ces griffes tournaient sur des cardans gros comme des gommes à crayon.

Une tige d'acier jaillit d'un des segments du robot et le remit aussitôt sur ses pattes. Eddie abaissa le revolver de Roland, étouffant l'impulsion qui le poussait à saisir son arme des deux mains pour la stabiliser. C'était peut-être comme ça qu'on apprenait à tirer aux flics de son monde, mais ce genre de trucs n'avait pas cours ici. *Quand vous oublierez la présence de votre arme, quand vous aurez l'impression de tirer avec votre doigt*, leur avait dit Roland, *alors vous commencerez à faire quelques progrès.*

Eddie appuya sur la détente. La minuscule antenne radar, qui s'était remise à tourner pour localiser l'ennemi, disparut dans un éclair bleu. Le rat émit un bruit étouffé – *Cloop !* – et tomba raide mort.

Eddie se retourna, le cœur battant aussi furieusement qu'un marteau piqueur. Il ne s'était jamais senti aussi furieux depuis qu'il s'était rendu compte que Roland comptait le garder dans ce monde jusqu'à ce qu'il ait gagné ou perdu définitivement sa putain de Tour... en d'autres termes, probablement jusqu'à ce qu'ils servent tous de petit déjeuner aux asticots.

Il braqua son arme vide sur le cœur de Roland et prit la parole d'une voix épaisse dans laquelle il avait peine à reconnaître la sienne.

– S'il me restait une balle dans le barillet, tu pourrais cesser illico de t'inquiéter au sujet de ta satanée Tour.

– Arrête, Eddie ! dit sèchement Susannah.

Il se tourna vers elle.

– Ce machin fonçait sur *toi*, Susannah, et il avait l'intention de te transformer en hamburger.

– Mais il n'est pas arrivé jusqu'à moi. *Tu* l'as *eu*, Eddie. Tu l'as *eu*.

– Ce n'est pas grâce à lui. (Eddie fit mine de rengainer son arme, puis s'aperçut, écœuré, qu'il n'avait pas

d'étui où la glisser. C'était Susannah qui avait l'étui.)
Lui et ses leçons. Lui et ses foutues *leçons*.

L'expression vaguement intéressée qu'affichait Roland s'altéra soudain. Ses yeux se posèrent sur un point situé au-dessus de l'épaule gauche d'Eddie.

— BAISSE-TOI ! hurla-t-il.

Eddie ne perdit pas de temps à poser des questions. Rage et confusion disparurent instantanément de son esprit. Il se laissa tomber et vit simultanément la main gauche du pistolero descendre en un éclair vers son revolver. Mon Dieu, pensa-t-il dans sa chute, il NE PEUT PAS être rapide à ce point ! Je ne suis pas mauvais, mais j'ai l'air d'un balourd à côté de Susannah, et à côté de lui, Susannah ressemble à une tortue en train de gravir une vitre...

Quelque chose passa au-dessus de sa tête, quelque chose qui poussa un couinement de rage mécanique et lui arracha une touffe de cheveux. Puis le pistolero tira, le revolver calé contre sa hanche, trois détonations retentirent et les couinements cessèrent net. Une créature ressemblant à une chauve-souris mécanique s'effondra à mi-chemin d'Eddie, couché par terre, et de Susannah, agenouillée près de Roland. Une de ses ailes segmentées et constellées de rouille battit faiblement sur le sol, comme pour manifester sa colère, puis s'immobilisa.

Roland se dirigea vers Eddie, foulant souplement le sol de ses vieilles bottes. Il tendit une main. Eddie la prit et laissa Roland l'aider à se relever. Il avait le souffle coupé et s'aperçut qu'il était incapable de prononcer un mot. Ça vaut sans doute mieux, se dit-il. Chaque fois que j'ouvre la bouche, on dirait que c'est pour sortir une connerie.

— Eddie ! Ça va ?

Susannah traversait la clairière pour le rejoindre. Il avait la tête basse, les mains plantées sur les cuisses, et s'efforçait de respirer.

— Ouais. (On aurait dit un croassement. Il se redressa avec peine.) Je me suis fait couper les tifs, c'est tout.

— Il était caché dans un arbre, dit posément Roland. Je ne l'ai pas vu tout de suite, moi non plus. La lumière vous joue des tours à cette heure de la journée. (Il mar-

qua une pause, puis reprit, toujours sur le même ton :)
Elle ne courait aucun danger, Eddie.

L'intéressé hocha la tête. Roland aurait eu le temps de manger un hamburger et de boire un milk-shake avant de commencer à dégainer. Il était vraiment rapide.

– D'accord. Disons simplement que je désapprouve tes conceptions de la pédagogie, O.K. ? Mais ne compte pas sur moi pour te présenter des excuses. Si tu en attends, ne te fatigue plus, c'est inutile.

Roland se pencha, prit Susannah dans ses bras et entreprit de l'épousseter. Il agissait avec une sorte d'affection détachée, comme une mère nettoyant son bébé après qu'il s'est cassé la figure en essayant de marcher dans le jardin.

– Tes excuses ne sont ni attendues ni nécessaires, dit-il. Susannah et moi avons eu une discussion semblable à celle-ci il y a deux jours. N'est-ce pas, Susannah ?

Elle acquiesça.

– Roland est d'avis que les apprentis ont besoin d'un bon coup de pied au cul de temps en temps.

Eddie parcourut du regard les machines massacrées et commença lentement à épousseter sa chemise et son pantalon.

– Et si je te disais que je *ne* veux *pas* devenir un pistolero, Roland, mon vieux ?

– Je dirais que ce que tu veux n'a pas grande importance.

Roland contemplait le kiosque de métal qui se dressait devant la paroi rocheuse, ayant apparemment perdu tout intérêt pour la conversation. Cette scène était familière à Eddie. Chaque fois que la conversation se déroulait au conditionnel, Roland perdait toujours tout intérêt pour elle.

– Le *ka* ? demanda Eddie avec un soupçon de sa vieille amertume.

– C'est exact. Le *ka*. (Roland se dirigea vers le kiosque et passa une main sur les rayures jaunes et noires qui décoraient sa façade.) Nous avons trouvé un des douze portails qui entourent le bout du monde... une des six pistes qui mènent à la Tour sombre.

« Et ça aussi, c'est le *ka*.

27

Eddie retourna chercher le fauteuil de Susannah. Personne n'eut besoin de le lui demander ; il voulait rester seul quelque temps, reprendre le contrôle de son esprit. A présent que la fusillade était terminée, tous les muscles de son corps s'étaient lancés dans une cacophonie de frissons. Il ne souhaitait pas que ses deux compagnons le voient ainsi – pas parce qu'ils risquaient de le croire dévoré par la peur, mais parce que l'un ou l'autre risquait de deviner la vraie nature de ce qui l'habitait : une overdose d'excitation. Il avait aimé ça. Même compte tenu de la chauve-souris qui avait failli le scalper, il avait aimé ça.

C'est de la connerie, mon vieux. Et tu le sais.

Le problème, c'était qu'il *ne* le savait *pas*. Il venait de découvrir quelque chose que Susannah avait découvert après avoir abattu l'ours : il pouvait bien *affirmer* qu'il ne voulait pas devenir un pistolero, qu'il ne voulait pas errer dans ce monde de dingues où la population humaine semblait s'être réduite à leurs trois petites personnes, qu'il désirait plus que tout glander au coin de Broadway et de la 42e Rue, claquer des doigts, manger un chili-dog et écouter Creedence Clearwater Revival dans son walkman tout en regardant passer les filles, ces New-Yorkaises si sexy dont la moue boudeuse vous dit : « Va au diable ! » et dont les longues jambes et les courtes jupes vous invitent à les suivre. Il pouvait bien parler de tout cela jusqu'à en attraper une extinction de voix, mais son cœur était plus avisé que sa bouche. Son cœur savait qu'il avait éprouvé du *plaisir* en envoyant la ménagerie électronique dans un monde meilleur, du moins sur le moment, quand le revolver de Roland était son petit bâton à cracher le feu à lui. Il avait éprouvé du *plaisir* en shootant le rat-robot, même s'il s'était fait mal au pied, même s'il était mort de trouille. Et, bizarrement, sa terreur n'avait fait qu'augmenter son plaisir.

Tout cela était déjà grave, mais son cœur savait quelque chose de bien pire : si une porte donnant sur New York apparaissait subitement devant lui, il risquait de ne pas la franchir. Du moins pas avant d'avoir vu la

Tour sombre de ses propres yeux. Il commençait à croire que la maladie de Roland était contagieuse.

Tout en transportant le fauteuil de Susannah entre les aulnes entremêlés, maudissant les branches qui lui fouettaient les joues et menaçaient de lui crever les yeux, Eddie parvint à accepter certains de ses sentiments, et cette acceptation lui refroidit quelque peu les sangs. *Je veux voir si la Tour ressemble à celle que j'ai vue dans mon rêve*, se dit-il. *Voir quelque chose comme ça... ce serait vraiment fantastique.*

Et une autre voix se fit entendre dans son esprit. *Je parie que ses autres copains – ceux qui semblaient tout droit sortis des rangs des chevaliers de la Table ronde – avaient la même envie, Eddie. Et ils sont tous morts. Tous, jusqu'au dernier.*

Il reconnaissait cette voix, que ça lui plaise ou non. C'était la voix de Henry, et il avait du mal à ne pas l'entendre.

28

Roland, tenant Susannah en équilibre sur sa hanche droite, était planté devant la boîte de métal qui ressemblait à une bouche de métro fermée pour la nuit. Eddie posa le fauteuil à la lisière de la clairière et les rejoignit. En chemin, il sentit la vibration régulière du sol s'accentuer sous ses pieds. La machine qui la produisait se trouvait dans la boîte ou sous la boîte, comprit-il. Il avait l'impression de la percevoir au fond de son crâne et de ses tripes plutôt qu'avec ses oreilles.

– Voici donc un des célèbres douze portails. Où est-ce qu'il conduit, Roland ? A Disneyworld ?

Roland secoua la tête.

– Je n'en sais rien. Peut-être nulle part... ou partout. J'ignore beaucoup de choses sur mon propre monde – vous vous en êtes sûrement déjà rendu compte. Et certaines des choses que je connaissais ont changé.

– Parce que le monde a changé ?

– Oui, dit Roland en se tournant vers lui. Ici, ce n'est pas seulement une expression toute faite. Le monde *change*, et il change de plus en plus vite. Et en même

.temps, les choses se détériorent... tombent en morceaux...

Il donna un coup de pied dans le cadavre mécanique de la boîte ambulante pour illustrer son propos.

Eddie revit en esprit le diagramme des portails que Roland avait tracé sur le sol.

– Est-ce qu'on est au bout du monde ? demanda-t-il presque timidement. Je veux dire, cet endroit ne semble guère différent d'un autre. (Il eut un petit rire.) S'il y a une falaise donnant sur le vide, je ne la vois nulle part.

Roland secoua la tête.

– Il ne s'agit pas d'un endroit de ce genre. C'est ici que l'un des Rayons prend naissance. Du moins me l'a-t-on enseigné.

– Les Rayons ? demanda Susannah. Quels Rayons ?

– Les Grands Anciens n'ont pas créé le monde, mais ils l'ont *recréé*. Certains conteurs affirment que les Rayons ont sauvé le monde ; d'autres prétendent qu'ils sont les germes de sa destruction. Ce sont les Grands Anciens qui ont créé les Rayons. Ce sont des sortes de lignes... des lignes qui *lient*... et qui maintiennent...

– Est-ce que tu veux parler du magnétisme ? demanda prudemment Susannah.

Le visage de Roland s'éclaira, perdant ses méplats et ses rides pour adopter une expression nouvelle et stupéfiante, et Eddie sut à quoi ressemblerait le pistolero s'il atteignait un jour sa Tour.

– Oui ! Ce n'est pas *seulement* le magnétisme, mais le magnétisme en fait partie... ainsi que la gravité... et l'alignement correct de l'espace, du volume et de la dimension. Les Rayons sont les forces qui lient toutes ces choses ensemble.

– Et c'est parti pour un cours de physique cinoque, dit Eddie à voix basse.

Susannah l'ignora.

– Et la Tour sombre ? Est-ce une sorte de générateur ? Une centrale d'énergie pour ces Rayons ?

– Je ne sais pas.

– Mais tu *sais* qu'on se trouve au point A, dit Eddie. Si on marche assez longtemps en ligne droite, on arrivera devant un autre portail – le point C, disons – situé à l'autre bout du monde. Mais avant d'y parvenir, on tombera sur le point B. Le centre du cercle. La Tour sombre.

Le pistolero hocha la tête.

– Combien de temps durera le voyage ? Tu le sais, ça ?

– Non. Mais je sais que le but est très éloigné et que la distance qui nous en sépare grandira un peu plus chaque jour.

Eddie s'était penché pour examiner la boîte ambulante. Il se redressa et regarda fixement Roland.

– Ce n'est pas possible. (Il parlait comme un adulte essayant d'expliquer à un enfant qu'il n'y a pas de croque-mitaine dans son placard, qu'il *ne peut pas* y en avoir parce que les croque-mitaines n'existent pas.) Les mondes ne *grandissent* pas, Roland.

– Vraiment ? Quand j'étais enfant, Eddie, il existait encore des cartes. Je me souviens de l'une d'elles en particulier. Elle décrivait les Grands Royaumes de la Terre occidentale. Il y figurait mon pays, qui s'appelait Gilead. Il y figurait les Baronnies des Terres basses, où régnaient l'anarchie et la guerre civile un an après que j'eus gagné mes armes, il y figurait les collines, les déserts, les montagnes et la mer Occidentale. Une longue distance séparait Gilead de la mer Occidentale – quatre cents lieues ou plus –, *et il m'a fallu plus de vingt ans pour la parcourir.*

– C'est impossible, dit Susannah, effarée. Même si tu avais fait tout ce chemin *à pied*, il ne t'aurait pas fallu vingt ans.

– Hé, il faut bien s'arrêter de temps en temps pour boire une bière et écrire des cartes postales, dit Eddie, mais les deux autres l'ignorèrent.

– Je n'ai pas fait tout ce chemin à pied mais à cheval, dit Roland. De temps en temps, j'ai été... comment dirais-je ?... retardé, mais j'étais sur la route la plupart du temps. Je fuyais John Farson, l'homme qui conduisait la révolte qui a renversé le monde où j'ai grandi, l'homme qui voulait planter ma tête sur un pieu et en orner sa cour – je suppose qu'il avait de bonnes raisons, vu que mes compatriotes et moi-même étions responsables de la mort de nombre de ses partisans... et vu que je lui avais volé quelque chose de cher à son cœur.

– De quoi s'agissait-il, Roland ? demanda Eddie.

Roland secoua la tête.

– Cette histoire sera pour un autre jour... ou peut-être pour jamais. Pour le moment, oubliez-la et réfléchissez : j'ai parcouru *plusieurs* centaines de lieues. Parce que le monde est en train de grandir.

– Une telle chose est impossible, insista Eddie, qui était toutefois salement secoué. Il y aurait des tremblements de terre... des inondations... des raz de marée... et je ne sais quoi d'autre...

– *Regarde* ! dit Roland, furieux. Regarde autour de toi ! Que vois-tu ? Un monde qui ralentit sa course comme une toupie d'enfant alors même qu'il prend une direction qu'aucun de nous ne comprend. Regarde les créatures que tu as abattues, Eddie ! Regarde-les, au nom de ton père !

Il fit deux pas vers le ruisseau, ramassa le serpent d'acier, l'examina brièvement et le lança à Eddie, qui l'attrapa de la main gauche. Le serpent se cassa en deux lorsqu'il le saisit.

– Tu vois ? Elle est épuisée. *Toutes* les créatures que nous avons trouvées ici étaient épuisées. Si nous n'étions pas venus les tuer, elles auraient quand même péri avant longtemps. Tout comme l'ours.

– L'ours était atteint d'une sorte de maladie, intervint Susannah.

Le pistolero hocha la tête.

– Des parasites qui dévoraient ses organes naturels. Mais pourquoi ne l'ont-ils pas infecté plus tôt ?

Susannah ne trouva rien à lui répondre.

Eddie examinait le serpent. Contrairement à l'ours, il semblait entièrement artificiel, une créature façonnée de métal, de circuits et de mètres (ou peut-être de *kilomètres*) de fils ultra-minces. Mais il apercevait des taches de rouille, non seulement sur la carapace du morceau qu'il tenait dans ses mains, mais aussi sur ses tripes. Et il vit aussi une tache humide signalant une fuite d'huile ou une infiltration d'eau. Les fils les plus proches commençaient à pourrir et une substance verte semblable à la moisissure poussait sur les cartes de circuits grosses comme le pouce.

Eddie retourna le serpent. Une plaque d'acier lui indiqua que la créature était l'œuvre de North Central Positronics, Ltd. Il y figurait un numéro de série, mais pas de nom. Ce truc n'était sans doute pas assez important pour être baptisé, se dit-il. Ce n'était rien qu'un auxiliaire mécanique de Frère l'Ours, une machine conçue pour le maintenir en état de marche, pour lui injecter des lavements de temps en temps – des lavements ou quelque chose d'encore plus répugnant.

Il laissa choir le serpent et s'essuya les mains sur son pantalon.

Roland avait ramassé le gadget en forme de tracteur. Il tira sur l'une de ses chenilles. Elle se détacha aussitôt, projetant un nuage de rouille entre ses bottes. Il la jeta au loin.

– Tout dans ce monde est en train de s'éteindre ou de tomber en morceaux, dit-il d'une voix neutre. Et en même temps, les forces qui donnent à ce monde sa cohésion – dans le temps et dans la dimension tout autant que dans l'espace – deviennent de plus en plus faibles. Nous le savions même quand nous étions enfants, mais nous ignorions à quoi ressemblerait la fin. Comment aurions-nous pu le savoir ? Mais je vis à présent le crépuscule du monde et je ne pense pas que lui seul soit affecté. Le vôtre aussi est affecté ; ainsi peut-être qu'un milliard d'autres mondes. Les Rayons se détériorent. Je ne sais s'il s'agit d'une cause ou d'un simple symptôme, mais j'en suis sûr. Venez ! Approchez-vous ! Ecoutez !

Alors qu'Eddie se dirigeait vers la boîte métallique zébrée de jaune et de noir, un sinistre souvenir s'empara de lui – pour la première fois depuis des années, il se surprit à repenser à une maison victorienne en ruine située dans Dutch Hill, à un peu plus d'un kilomètre du quartier où Henry et lui avaient grandi. Cette maison, que les gamins des environs avaient baptisée le Manoir, occupait un terrain envahi par les mauvaises herbes dans Rhinehold Street. Presque tous les gosses du quartier avaient un jour ou l'autre entendu des histoires à faire peur sur le Manoir. Affaissée sous son toit pentu, la maison semblait fixer les passants à l'ombre de son avant-toit. Les vitres de ses fenêtres avaient disparu, bien sûr – on peut lancer des cailloux dans une vitre sans s'en approcher de trop près – , mais elle avait été épargnée par les tagueurs et n'était devenue ni un lieu de rendez-vous ni un stand de tir. Le plus étrange, c'était qu'elle fût toujours debout : personne n'y avait mis le feu pour toucher l'assurance ou pour le simple plaisir de la voir brûler. Les gamins affirmaient qu'elle était hantée, bien sûr, et un jour, alors qu'Eddie la contemplait en compagnie de Henry (ils avaient accompli ce pèlerinage dans le seul but de voir cet édifice fabuleux, objet de tant de rumeurs, bien que Henry eût raconté à leur mère qu'ils allaient avec des copains acheter des fusées chez Dahlberg), il avait eu l'impression qu'elle était peut-être bel et bien hantée. N'avait-il pas senti une force hostile suinter des fenêtres obscures de cette vieille maison, des fenêtres qui semblaient le fixer de leur regard de fou dangereux ? N'avait-il pas senti un vent subtil hérisser les cheveux sur sa nuque et les poils sur ses bras ? N'avait-il pas eu l'intuition que, s'il venait à pénétrer dans cet endroit, la porte se refermerait derrière lui en claquant et les murs commenceraient à se refermer sur lui, broyant les os des cadavres de souris et souhaitant également broyer *ses* os ?

Hantée. Hantise.

C'était la même sensation de danger et de mystère qui l'habitait lorsqu'il s'approcha de la boîte métallique. Ses bras et ses jambes se couvrirent de chair de poule ; sur sa nuque, ses cheveux se dressèrent pour se transformer en touffes électrisées. Il sentit le même vent subtil souffler sur lui, bien que le feuillage des arbres environnants fût parfaitement immobile.

Mais il se dirigea quand même vers la porte (car c'était une porte, bien sûr, encore une porte, même si elle était fermée à clé et le resterait toujours pour quelqu'un comme lui), ne s'arrêtant que lorsque son oreille fut collée au métal.

On aurait dit qu'il commençait tout juste à ressentir les effets d'une tablette d'acide extra-fin ingurgitée une demi-heure plus tôt. D'étranges couleurs parcouraient l'espace noir derrière ses paupières. Il avait l'impression d'entendre des voix, des murmures lointains montant de longs couloirs pareils à des gosiers de pierre, de salles éclairées par des torches électriques défaillantes. Jadis, ces flambeaux des temps modernes avaient jeté sur les lieux une lueur crue, mais il n'en subsistait plus que des globes de pénombre bleutée. Tout n'était que vide... désolation... mort.

La machine continuait à bourdonner, mais ce bruit n'occultait-il pas une sorte de contrepoint ? Un rythme syncopé, désespéré, pareil à celui d'un cœur au bout du rouleau ? N'avait-il pas l'impression que la machine produisant ce bruit, quoique bien plus sophistiquée que les engrenages de l'ours, ne battait plus en mesure avec elle-même ?

– Tout est silence dans les corridors de la mort, murmura Eddie d'une voix blanche. Tout est oubli dans les corridors de pierre de la mort. Voyez l'escalier montant dans les ténèbres ; voyez les chambres de la ruine ; ce sont les corridors de la mort, où les araignées tissent leur toile et où les grands circuits se taisent, l'un après l'autre.

Roland le tira violemment en arrière et Eddie le regarda de ses yeux vitreux.

– Ça suffit, dit Roland.

– Je ne sais pas ce qu'on a installé là-dedans, mais ça ne tourne plus très rond, pas vrai ? s'entendit demander Eddie.

Sa voix tremblante lui paraissait infiniment lointaine. Il sentait encore le pouvoir émanant de cette boîte. Le pouvoir qui l'appelait.

– Non. Rien ne tourne rond dans mon monde ces temps-ci.

– Les gars, si vous avez l'intention de camper ici cette nuit, il faudra vous passer de ma compagnie, dit Susannah. (Son visage était une tache blanche dans la pénombre qui avait suivi le crépuscule.) Je retourne là-bas. Ce truc me fait un drôle d'effet et je n'aime pas ça.

– Nous allons *tous* camper là-bas, dit Roland. Allons-y.

– Excellente idée, dit Eddie.

Alors qu'ils s'éloignaient de la boîte, le bruit de machine s'estompa peu à peu. Eddie sentit son emprise se relâcher, bien qu'il continuât de l'appeler à lui, de l'inviter à explorer les corridors sombres, les escaliers dressés, les chambres de la ruine où les araignées tissaient leur toile et où les cadrans de contrôle s'assombrissaient, l'un après l'autre.

29

Dans son rêve, cette nuit-là, Eddie marchait de nouveau le long de la Deuxième Avenue, en direction de la boutique de Tom et Gerry (Charcuterie fine et artistique) située au coin de la 46e Rue. Il passa devant un disquaire et entendit les Rolling Stones rugir dans les baffles :

Je vois une porte rouge et je veux la peindre en noir,
Plus de couleurs, je veux que tout soit noir,
Je vois passer les filles dans leurs robes d'été,
Je dois tourner la tête pour que le noir s'en aille...

Il continua sa route, passa devant une boutique baptisée Reflets de Toi entre la 49e Rue et la 48e Rue, et vit son reflet dans un des miroirs exposés en vitrine. Il avait l'air plus en forme qu'il ne l'avait été depuis des années, pensa-t-il – les cheveux un peu trop longs, certes, mais bronzé et respirant la santé. Quant à ses fringues... zéro. De la merde d'ours en bâtons. Blazer bleu, chemise blanche, cravate bordeaux, pantalon gris... jamais de sa vie il n'avait porté une tenue aussi B.C.B.G.

Quelqu'un le secouait.

Eddie tenta de s'enfoncer dans le rêve. Il ne voulait pas se réveiller. Pas avant d'être arrivé à la charcuterie fine, d'avoir ouvert la porte avec sa clé et d'avoir posé le pied dans le champ de roses. Il voulait revoir toute la scène – l'immense tapis écarlate, la voûte bleue du ciel où voguaient les grands vaisseaux-nuages blancs, et la Tour sombre. Il redoutait la ténèbre qui vivait dans ce pilier fabuleux, attendant de dévorer l'imprudent qui s'en approcherait trop près, mais il voulait quand même la revoir. Il *avait besoin* de la revoir.

Mais la main ne cessait de le secouer. Le rêve commença à s'assombrir et l'odeur des gaz d'échappement des voitures qui roulaient dans la Deuxième Avenue devint une odeur de feu de camp – une odeur ténue, le feu étant presque éteint.

C'était Susannah. Elle avait l'air terrifiée. Eddie s'assit et lui passa un bras autour de la taille. Ils avaient campé de l'autre côté du bosquet d'aulnes et on entendait le murmure du ruisseau qui traversait la clairière parsemée d'os. De l'autre côté des braises rougeoyantes de leur feu, Roland dormait. Son sommeil était plutôt agité. Il avait écarté sa couverture et remonté les genoux presque jusqu'à la poitrine. Ses pieds débottés semblaient blancs, frêles et vulnérables. Le gros orteil de son pied droit avait disparu, victime de la homarstruosité qui lui avait également dévoré le médius et l'index de la main droite.

Il répétait sans cesse la même phrase de sa voix gémissante. Au bout de quelques instants, Eddie se rendit compte que c'était la phrase qu'il avait prononcée avant de s'effondrer dans la clairière où Susannah avait abattu l'ours : *Allez-vous-en. Il y a d'autres mondes.* Puis, après quelques instants de silence, il appelait le garçon : « Jake ! Où es-tu ? *Jake !* »

Eddie fut empli d'horreur par la désolation et le désespoir qu'exprimait sa voix. Il serra Susannah dans ses bras et l'attira tout contre lui. Il la sentait frémir en dépit de la douceur de la nuit.

Le pistolero roula sur lui-même. Ses yeux grands ouverts reflétèrent la lueur des étoiles.

— *Jake, où es-tu ?* hurla-t-il dans la nuit. *Reviens !*

— Bon Dieu... ça le reprend ! Qu'est-ce qu'on doit faire, Suzie ?

— Je n'en sais rien. Tout ce que je sais, c'est que je ne pouvais pas rester toute seule à écouter ça. Il a l'air si lointain. Si loin de tout.

— Allez-vous-en, murmura le pistolero en roulant sur lui-même pour reprendre sa position initiale. Il y a d'autres mondes.

Il resta silencieux quelques instants. Puis sa poitrine se souleva et il appela le garçon dans un long cri à vous glacer le sang. Non loin de là, dans la forêt, un grand oiseau s'envola à tire-d'aile vers une partie un peu moins agitée du monde.

— Tu n'as aucune idée ? demanda Susannah. (Ses yeux écarquillés étaient mouillés de larmes.) Peut-être qu'on devrait le réveiller ?

– Je ne sais pas.

Eddie vit le revolver du pistolero, celui qu'il portait à sa hanche gauche. Reposant dans son étui, il était placé sur un carré de peau soigneusement plié, à portée de main de son propriétaire.

– Je n'oserai jamais, ajouta-t-il.

– Il va finir par devenir fou.

Eddie acquiesça.

– Qu'est-ce qu'on peut faire, Eddie ? *Qu'est-ce qu'on peut faire ?*

Eddie n'en savait rien. Les antibiotiques avaient réussi à stopper l'infection causée par la homarstruosité ; à présent, Roland brûlait de nouveau de fièvre, mais Eddie ne pensait pas qu'il existât un antibiotique capable de le guérir de l'infection dont il souffrait.

– Je ne sais pas. Viens t'étendre près de moi, Suzie.

Eddie s'enfouit avec elle sous une couverture et elle cessa de trembler au bout de quelques instants.

– S'il devient fou, il risque de s'attaquer à nous, dit-elle.

– Comme si je ne le savais pas.

Cette sinistre idée lui rappela l'ours – ses yeux rouges emplis de haine (et n'y avait-il pas aussi une lueur de confusion quelque part au fond de ces orbites rougeoyantes ?) et ses griffes meurtrières. Les yeux d'Eddie se posèrent sur le revolver, placé tout près de la main gauche du pistolero, et il se rappela la rapidité avec laquelle Roland avait abattu la chauve-souris mécanique qui fonçait sur eux. Sa main avait semblé se mouvoir plus vite que la lumière. Si le pistolero devenait fou, et s'il dirigeait sa folie contre Susannah et contre lui, ils n'auraient aucune chance. Aucune.

Il enfouit son visage au creux du cou de Susannah et ferma les yeux.

Quelque temps après, Roland cessa de délirer. Eddie leva la tête et l'examina. Le pistolero semblait de nouveau plongé dans un sommeil sans rêves. Eddie se tourna vers Susannah et vit qu'elle aussi s'était endormie. Il se rallongea à ses côtés, l'embrassa doucement sur le sein et ferma les yeux à son tour.

Pas si vite, mon vieux, se dit-il. Je parie que tu ne dormiras pas avant un *long* moment.

Mais ils avaient marché durant deux jours et Eddie était recru de fatigue. Il dériva... dériva.

Je vais retrouver mon rêve, pensa-t-il en sombrant dans le sommeil. Je veux retourner sur la Deuxième Avenue... chez Tom et Gerry. C'est ça que je veux.

Mais le rêve ne revint pas cette nuit-là.

30

Ils mangèrent un petit déjeuner sommaire au lever du soleil, refirent leur paquetage, se le répartirent, puis retournèrent dans la clairière en forme de flèche. Elle semblait bien moins sinistre à la lumière du jour, mais tous trois prirent soin de ne pas trop s'approcher de la boîte métallique zébrée de noir et de jaune. Si Roland gardait un souvenir des cauchemars qui l'avaient hanté durant la nuit, il n'en laissait rien paraître. Il avait effectué les corvées matinales comme il le faisait toujours, dans un silence pensif et obstiné.

— Comment comptes-tu t'y prendre pour ne pas perdre le cap une fois qu'on aura quitté cet endroit ? lui demanda Susannah.

— Si les légendes disent vrai, cela ne devrait nous poser aucun problème. Tu te rappelles quand tu m'as parlé de magnétisme ?

Elle acquiesça.

Il fouilla dans sa bourse et finit par en extraire un petit carré de vieux cuir souple. Une longue aiguille couleur argent y était glissée.

— Une boussole ! s'exclama Eddie. Tu es *vraiment* un boy-scout !

Roland secoua la tête.

— Tu te trompes. Je sais ce que c'est qu'une boussole, bien sûr, mais ça fait plusieurs années que je n'en ai pas vu une. Je me dirige grâce au soleil et aux étoiles, et même en ces temps troublés, ils me servent fidèlement.

— *Même* en ces temps troublés ? demanda Susannah, un peu mal à l'aise.

Il acquiesça.

— Les directions du monde vont elles aussi à la dérive.

— *Bon Dieu !* s'exclama Eddie.

Il essaya d'imaginer un monde où le nord glissait sournoisement vers l'est ou l'ouest, et y renonça presque aussitôt. Cette idée le rendait un peu malade, comme lorsqu'il regardait la rue depuis le sommet d'un gratte-ciel.

— Ceci n'est qu'une aiguille, mais elle *est* en acier et devrait nous faire le même usage qu'une boussole. Nous devons suivre la trajectoire du Rayon et cette aiguille va nous la montrer.

Il fouilla de nouveau dans sa bourse et en sortit un pot en terre cuite aux formes grossières. Une fêlure courait le long de sa paroi. Roland avait réparé avec de la résine cet artefact qu'il avait trouvé près de leur premier campement. Il se dirigea vers le ruisseau, y plongea le pot, puis revint vers Susannah. Il posa doucement le pot sur l'accoudoir du fauteuil roulant, et lorsque la surface de l'eau fut uniforme, il y laissa tomber l'aiguille. Elle coula aussitôt au fond.

— Wow ! dit Eddie. Génial ! Je me mettrais bien à genoux devant toi, Roland, mais je ne veux pas abîmer le pli de mon pantalon.

— Je n'ai pas fini. Tiens bien le pot, Susannah.

Elle s'exécuta et Roland la poussa lentement à travers la clairière. Lorsqu'elle se trouva trois ou quatre mètres devant la porte, il fit pivoter le fauteuil de façon qu'elle lui tourne le dos.

— Eddie ! s'écria-t-elle. Regarde ça !

Il se pencha au-dessus du pot, remarquant vaguement que l'eau suintait déjà par la fêlure tant bien que mal réparée par Roland. L'aiguille remontait lentement à la surface. Elle émergea et se stabilisa, aussi sereine qu'un quelconque bouchon. Elle était rigoureusement perpendiculaire à la porte et pointée vers la vieille forêt devant eux.

— Bon Dieu de merde... une aiguille flottante ! Maintenant, j'aurai *vraiment* tout vu.

— Tiens bon le pot, Susannah.

Elle le maintint en position pendant que Roland poussait le fauteuil dans la clairière après lui avoir fait faire un quart de tour. L'aiguille se mit à bouger, tourna en rond quelques instants, puis coula au fond du pot. Lorsque Roland fit regagner au fauteuil sa position initiale, l'aiguille remonta à la surface et indiqua la même direction que précédemment.

– Si nous avions de la limaille de fer et une feuille de papier, dit le pistolero, il nous suffirait de saupoudrer le papier de limaille et celle-ci formerait une ligne indiquant exactement la même direction.

– Est-ce que ton aiguille marchera encore quand on se sera éloignés du Portail ? demanda Eddie.

Roland hocha la tête en signe d'assentiment.

– Et ce n'est pas tout. Nous pouvons bel et bien *voir* le Rayon.

Susannah regarda par-dessus son épaule. Son coude heurta légèrement le pot. L'aiguille pivota lorsque les eaux s'agitèrent sous le choc... puis reprit fermement sa position initiale.

– Pas comme ça, dit Roland. Baissez les yeux, tous les deux – Eddie, regarde tes pieds, et toi, Susannah, regarde tes cuisses.

Tous deux s'exécutèrent.

– Quand je vous dirai de lever les yeux, regardez droit devant vous, dans la direction indiquée par l'aiguille. Ne fixez aucun objet ; laissez vos yeux se poser là où ils le veulent. Attention... allez-y !

Ils obéirent. Durant quelques instants, Eddie ne vit que la forêt. Il s'efforça de contraindre ses yeux à se détendre... et soudain, il vit, tout comme il avait vu la forme de la fronde dans le bout de bois, et il sut pourquoi Roland leur avait dit de ne fixer aucun objet. Le Rayon exerçait son effet tout le long de sa trajectoire, mais cet effet était subtil. Les aiguilles des pins et des épicéas indiquaient la même direction que l'aiguille de fer. Les buissons poussaient légèrement de travers, inclinés dans la direction du Rayon. Les arbres abattus par l'ours pour se dégager un espace n'étaient pas tous tombés le long de ce sentier camouflé – qui courait vers le sud-est, à en croire son sens de l'orientation –, mais c'était le cas de la majorité d'entre eux, comme si la force issue de la boîte les avait *poussés* dans cette direction, infléchissant leur chute. Les ombres qui s'étendaient sur le sol fournissaient la preuve la plus éclatante de ce phénomène. Comme le soleil se levait, elles étaient toutes orientées vers l'ouest, bien entendu, mais lorsque Eddie regarda en direction du sud-est, il distingua un fin réseau d'arêtes le long de la ligne indiquée par l'aiguille.

– Je vois vaguement *quelque chose*, dit Susannah d'une voix dubitative, mais...

– Regarde les ombres ! Les *ombres*, Suzie !

Eddie vit ses yeux s'écarquiller lorsqu'elle prit conscience du phénomène.

– Mon Dieu ! Je le vois ! *Je le vois !* On dirait une raie dans des cheveux !

A présent qu'Eddie avait perçu le Rayon, il lui était impossible de ne plus le voir ; une vague allée traversant les broussailles, une ligne droite qui matérialisait la trajectoire du Rayon. Il prit soudain conscience de la puissance de cette force qui traversait l'air (et qui le traversait également, comme des rayons X) et dut lutter contre une violente envie de faire un pas de côté.

– Hé, Roland, ce truc ne va pas me rendre stérile, au moins ?

Roland haussa les épaules et eut un petit sourire.

– C'est comme le lit d'une rivière, s'émerveilla Susannah. Un lit envahi par la végétation et presque invisible... mais quand même présent. Les ombres ne changeront pas d'aspect tant que nous resterons sur le sentier du Rayon, n'est-ce pas ?

– Non, dit Roland. Elles changeront de direction à mesure que le soleil montera dans le ciel, bien entendu, mais nous arriverons toujours à distinguer la course du Rayon. Rappelle-toi qu'il a suivi ce même sentier pendant des milliers d'années – voire des *dizaines* de milliers d'années. Regardez, regardez le ciel !

Ils levèrent la tête et virent que les cirrus étaient eux aussi affectés quand ils croisaient la trajectoire du Rayon... et qu'ils se déplaçaient plus vite lorsqu'ils étaient sous son emprise. Ils étaient détournés vers le sud-est. Poussés en direction de la Tour sombre.

– Vous voyez ? Même les nuages lui obéissent.

Un petit groupe d'oiseaux volait dans le ciel. Lorsqu'ils croisèrent la trajectoire du Rayon, ils prirent tous un instant la direction du sud-est. Eddie en croyait à peine ses yeux. Lorsque les oiseaux échappèrent à l'influence du Rayon, ils reprirent leur direction initiale.

– Eh bien, je suppose qu'il faut se mettre en route, dit-il. Même un périple de mille kilomètres commence par un premier pas, et toutes ces sortes de choses.

– Un instant, dit Susannah en se tournant vers Roland. Le voyage ne fera pas seulement mille kilomètres, n'est-ce pas ? Plus maintenant. Quelle distance allons-nous parcourir, Roland ? Cinq mille kilomètres ? Dix mille ?

– Je ne peux pas le dire. Ce sera très long.

– Alors comment va-t-on arriver au but tant que vous serez obligés de pousser ce putain de fauteuil ? On aura du pot si on fait cinq kilomètres par jour dans ces Drawers, et tu le sais parfaitement.

– La route est ouverte, dit patiemment Roland, et cela suffit pour le moment. L'heure viendra peut-être, Susannah Dean, où nous voyagerons plus vite que tu ne le crois.

– Ah ouais ? (Elle le regarda d'un air provocant et les deux hommes virent dans ses yeux une dangereuse lueur qui leur rappela Detta Walker.) T'as prévu une course de formules 1 ? Dans ce cas, ça serait sympa de sortir une route goudronnée de ta poche, bordel !

– La route et les moyens de transport que nous emprunterons finiront par changer. C'est toujours ainsi que ça se passe.

Susannah fit un geste de la main en direction du pistolero : *Tu peux toujours causer.*

– Tu parles comme ma mère : « Attendons la manne de Dieu », elle disait toujours.

– Et ne l'avons-nous pas reçue ?

Elle le regarda en silence un long moment, surprise, puis rejeta la tête en arrière et éclata de rire à la face du ciel.

– Eh bien, tout dépend du point de vue d'où on se place. Tout ce que je peux dire, Roland, c'est que s'Il nous a gratifiés de Sa manne jusqu'ici, je n'aimerais pas qu'Il décide de nous laisser mourir de faim.

– Allez, fichons le camp, dit Eddie. Je ne veux pas

rester ici une minute de plus. Cet endroit me met mal à l'aise.

C'était la vérité, mais ce n'était pas toute la vérité. Il était également impatient de fouler ce sentier caché, cette autoroute occulte. Chaque pas qu'il ferait le rapprocherait du champ de roses et de la Tour qui le dominait de sa masse. Il se rendit compte – non sans émerveillement – qu'il était résolu à voir la Tour... ou à périr à la tâche.

Félicitations, Roland, se dit-il. Tu as réussi. Je suis un converti. Que quelqu'un chante alléluia.

– Il y a un autre détail à régler avant de nous mettre en route.

Roland se pencha et dénoua la lanière passée autour de sa cuisse gauche. Puis il déboucla lentement son ceinturon.

– Qu'est-ce que tu fabriques ? demanda Eddie.

Roland ôta son ceinturon et le lui tendit.

– Tu sais très bien pourquoi je fais ça, dit-il le plus posément du monde.

– Remets ton ceinturon, mec ! (Eddie sentit un horrible grouillement d'émotions s'agiter en lui ; sentit ses doigts trembler dans ses poings serrés.) Qu'est-ce que tu as donc dans la *tête* ?

– Je suis en train de perdre l'esprit morceau par morceau. Tant que la blessure qui est en moi ne sera pas guérie – si elle guérit jamais –, je ne serai pas digne de porter ceci. Et tu le sais parfaitement.

– Prends-le, Eddie, dit doucement Susannah.

– Si tu n'avais pas porté ce putain de ceinturon hier soir, quand cette chauve-souris m'a foncé dessus, c'est moi qui aurais perdu la tête, et pour de bon !

Le pistolero resta muet et persista à lui tendre la seule arme qui lui restait. A en juger par la posture qu'il avait adoptée, il était prêt à attendre toute la journée si c'était nécessaire.

– D'accord ! s'écria Eddie. *D'accord*, bordel !

Il arracha le ceinturon de la main de Roland et le passa à la va-vite autour de sa taille. Il aurait dû se sentir soulagé, supposa-t-il – n'avait-il pas, quelques heures plus tôt, contemplé le revolver posé près de la main de Roland, se demandant ce qui arriverait si le pistolero perdait vraiment les pédales ? Susannah et lui n'en avaient-ils pas discuté ? Mais ce n'était pas du soulagement qu'il éprouvait. C'était un mélange de peur, de honte, et de tristesse au-delà des larmes.

Il avait l'air si bizarre sans ses revolvers.

Si *anormal*.

– C'est bon ? Maintenant que les connards d'apprentis sont armés et que le maître est désarmé, on peut se mettre en route, s'il vous plaît ? Si une grosse bête surgit d'un buisson pour nous sauter dessus, Roland, tu pourras toujours la descendre d'un coup de couteau.

– Oh, oui, murmura-t-il. J'ai failli oublier.

Il attrapa le couteau dans sa bourse et le tendit à Eddie.

– C'est *ridicule* ! s'écria celui-ci.

– La *vie* est ridicule.

– Ouais, écris ça sur une carte postale et envoie-la au *Reader's Digest*. (Eddie passa le couteau à sa ceinture d'un geste sec et jeta un regard de défi à Roland.) Et *maintenant*, on peut y aller ?

– Il y a *encore* une chose, dit Roland.

– Seigneur Dieu !

Les lèvres de Roland esquissèrent un sourire.

– C'était pour rire, dit-il.

Eddie en resta bouche bée. Près de lui, Susannah partit d'un nouveau rire. Le bruit monta dans le matin calme, aussi mélodieux que le chant d'un carillon.

31

Il leur fallut une bonne partie de la matinée pour sortir de la zone de destruction derrière laquelle l'ours s'était retranché, mais le sentier du Rayon leur offrait un terrain praticable, et une fois qu'ils eurent laissé derrière eux arbres abattus et fourrés inextricables, ils se retrouvèrent dans la forêt profonde et adoptèrent une allure plus convenable. Le ruisseau qui prenait sa source dans la clairière coulait à leur droite. Il avait rencontré quelques affluents en chemin et son murmure avait gagné en gravité. Les animaux étaient plus nombreux dans ce coin – ils les entendaient s'affairer derrière le rideau des arbres – et ils aperçurent des cerfs à deux reprises. L'un d'eux, un mâle aux yeux vifs et au front chargé d'andouillers, semblait peser au moins cent cinquante kilos. Le ruisseau s'écarta de leur chemin lorsque celui-ci se remit à grimper. Et lorsque l'après-midi finissant laissa la place au crépuscule, Eddie vit quelque chose.

– Est-ce qu'on peut s'arrêter ici ? Souffler une minute ?

– Qu'est-ce qu'il y a ? demanda Susannah.

– Oui, dit Roland. On peut s'arrêter.

Soudain, Eddie sentit de nouveau la présence de Henry, comme un fardeau pesant sur ses épaules. *Oh, regardez-moi ce petit chou ! Est-ce que le petit chou a vu quelque chose dans l'arbre ? Est-ce que le petit chou veut tailler quelque chose ? C'est ça ? Ohhh... c'est-y pas ADORABLE ?*

– On n'est pas *obligés* de s'arrêter. Je veux dire, c'est pas grave. J'ai seulement...

– ... vu quelque chose, acheva Roland. Quoi que ce soit, ferme ta grande gueule et va le chercher.

– Ce n'est rien.

Eddie sentit le sang monter à ses joues. Il essaya de détourner les yeux du frêne qu'il avait remarqué.

– Au contraire. C'est quelque chose dont tu as besoin, et ce n'est pas rien. Si *tu* en as besoin, Eddie, nous en avons tous besoin. Mais on n'a pas besoin d'un homme incapable de se défaire de l'encombrant fardeau de ses souvenirs.

Son sang s'échauffa encore plus. Le visage écarlate, Eddie s'abîma un long moment dans la contemplation de ses mocassins, persuadé que les yeux de bombardier de Roland avaient vu jusqu'au fond de son cœur.

– Eddie ? demanda Susannah, curieuse. Qu'est-ce que c'est, mon chéri ?

Sa voix lui donna le courage nécessaire. Il se dirigea vers le jeune frêne au tronc vertical et saisit le couteau de Roland passé à sa ceinture.

– Peut-être que ce n'est rien, marmonna-t-il, puis il se força à ajouter : Mais peut-être que c'est important. Si je ne me plante pas, peut-être que c'est foutrement important.

– Le frêne est un arbre très noble et très puissant, fit remarquer Roland.

Mais Eddie l'entendit à peine. La voix sarcastique de Henry avait disparu ; sa honte avait disparu avec elle. Il ne pensait qu'à la branche qui avait attiré son attention. Elle s'enflait légèrement à sa jonction avec le tronc. C'était ce renflement de forme étrange qui l'intéressait.

Il croyait voir enfouie en lui la forme de la clé – la clé qu'il avait entr'aperçue dans le feu avant que la mâchoire en flammes ne lui dévoile la rose. Trois V inversés, celui du centre plus grand et plus large que les deux autres. Et le petit machin en forme de s au bout. C'était ça, le secret.

Une bouffée de rêve lui revint en mémoire : *A-ce que châle, est-ce que chèque, t'inquiète pas, t'as la clé.*

Peut-être, pensa-t-il. Mais cette fois-ci, il faut que j'en extraie la totalité. Cette fois-ci, je ne dois pas me contenter d'en extraire quatre-vingt-dix pour cent.

Il scia la branche avec un soin infini, puis en découpa l'extrémité. Il se retrouva avec un gros bâton de frêne long d'une vingtaine de centimètres. Il le sentait dans sa main, lourd et vital, bien vivant et prêt à dévoiler sa forme secrète... à un homme assez talentueux pour l'extirper et la façonner, bien sûr.

Etait-il cet homme ? Et était-ce important ?

Eddie pensait que la réponse à ces deux questions était oui.

La main gauche du pistolero se posa sur la main droite d'Eddie.

– Je pense que tu connais un secret.

– Peut-être.

– Peux-tu nous le confier ?

Il secoua la tête.

– Je crois qu'il est encore trop tôt.

Roland resta pensif quelques instants, puis hocha la tête.

– D'accord. Je veux te poser une question, et ensuite nous laisserons tomber ce sujet. Aurais-tu par hasard trouvé une solution susceptible de régler mon... mon problème ?

Jamais il ne me montrera plus clairement le désespoir qui est en train de le ronger, pensa Eddie.

– Je ne sais pas. Je ne peux pas le dire pour le moment. Mais je l'espère, mon vieux. Je l'espère de tout mon cœur.

Roland hocha de nouveau la tête et lâcha la main d'Eddie.

– Je te remercie. Le soir ne tombera pas avant deux heures... pourquoi n'en profiterions-nous pas ?

– O.K. !

Ils reprirent leur route. Roland poussait Susannah, et Eddie marchait devant eux, tenant dans sa main le bout de bois où était enfouie la clé. Il semblait pulser de sa proche chaleur, secrète et puissante.

32

Ce soir-là, après le souper, Eddie prit le couteau du pistolero et se mit à tailler. La lame était extrêmement coupante et son fil ne semblait jamais s'émousser. Eddie travaillait à la lueur du feu, lentement, soigneusement, tournant et retournant le bâton de frêne dans ses mains, regardant les copeaux s'enrouler au-dessus de la lame qui s'avançait avec force et assurance.

Susannah, étendue les mains derrière la nuque, contemplait les étoiles qui tourbillonnaient dans le ciel de velours noir.

Roland, assis un peu plus loin, hors de portée de la lueur du feu, écoutait les voix de la folie monter dans son esprit en proie à la douleur et à la confusion.

Il y avait un garçon.

Il n'y avait pas de garçon.

Avait.

Avait pas.

Avait...

Il ferma les yeux, posa une main glacée sur son front brûlant, et se demanda dans combien de temps il craquerait comme une corde d'arc trop tendue.

Ô Jake ! pensa-t-il. Où es-tu ? Où es-tu ?

Et au-dessus des trois compagnons, le Vieil Astre et la Vieille Mère se levèrent, prirent leur place et se regardèrent de part et d'autre des débris stellaires de leur ancien mariage à jamais brisé.

II

La Clé et la Rose

1

John Chambers (dit Jake) passa trois semaines à lutter courageusement contre la folie qui montait en lui. Durant cette période, il se sentit dans la peau du dernier passager à bord d'un transatlantique, pompant comme un damné, s'efforçant d'empêcher le navire de couler jusqu'à ce que la tempête se calme, que le ciel s'éclaircisse, que les secours arrivent... des secours venus de quelque part. De *n'importe où*. Le 29 mai 1977, quatre jours avant les vacances d'été, il finit par accepter le fait que les secours n'arriveraient jamais. L'heure était venue de renoncer ; l'heure était venue de se laisser emporter par la tempête.

La goutte d'eau qui fit déborder le vase fut sa composition de fin d'année en anglais.

John Chambers, Jake pour les trois ou quatre garçons qui étaient presque ses amis (si son père avait eu vent de ce factoïde, il aurait sûrement piqué une crise), achevait sa sixième à l'Ecole Piper. Il avait onze ans mais était petit pour son âge et les gens qui le voyaient pour la première fois le croyaient souvent beaucoup plus jeune. En fait, on le prenait parfois pour une fille jusqu'au jour où, un ou deux ans plus tôt, il avait tellement insisté pour se faire couper les cheveux que sa mère avait fini par rendre les armes. Son père ne lui avait posé aucun problème, bien sûr. Il s'était contenté de sourire de ses dents en acier inox et de dire : *Le gosse veut ressembler à un marine, Laurie. Grand bien lui fasse.*

Son père ne l'appelait jamais Jake, l'appelait rarement John. Pour son père, il était « le gosse », un point c'est tout.

L'été précédent (c'était l'été du Bicentenaire – les rues de New York étaient pleines de drapeaux et de banderoles, le port de New York était plein de grands vaisseaux), son père lui avait expliqué que Piper était, tout simplement, La Meilleure Putain d'Ecole du Pays pour un Garçon de ton Age. Le fait que Jake ait été admis dans cet auguste établissement n'avait rien à voir avec l'argent, expliqua Elmer Chambers... presque avec insistance. Il était farouchement fier de ce fait, même si Jake, en dépit de ses dix ans, avait soupçonné ledit fait de ne pas être entièrement *véridique*, de n'être qu'une connerie que son père avait *transformée* en fait à seule fin d'alimenter la conversation lors d'un dîner ou d'un cocktail : *Mon gosse ? Oh, il est à Piper. La Meilleure Putain d'Ecole du Pays pour un Gamin de son Age. Ce n'est pas le fric qui vous permet d'y entrer, vous savez ; pour entrer à Piper, il faut en avoir dans la tête.*

Jake savait parfaitement que, dans le chaudron qui servait d'esprit à Elmer Chambers, le carbone des souhaits et des opinions donnait souvent naissance à de gros diamants qu'il appelait des faits... ou, quand il était vraiment détendu, des « factoïdes ». Son expression préférée, qu'il employait souvent et toujours avec révérence, était *Le fait est*, et il ne manquait pas une occasion de la placer dans la conversation.

Le fait est que l'argent n'a jamais aidé personne *à entrer à Piper*, lui avait dit son père durant l'été du Bicentenaire, l'été du ciel bleu, des banderoles et des grands vaisseaux, un été qui avait pris dans l'esprit de Jake des allures d'âge d'or parce qu'il n'avait pas commencé à perdre l'esprit à ce moment-là, préoccupé qu'il était à se demander s'il avait l'étoffe d'un élève de Piper, une école qui ressemblait à une pépinière de génies prépubères. *La seule chose qui te permet d'entrer dans un endroit comme Piper, c'est ce que tu as entre les oreilles.* Elmer Chambers avait tendu le bras au-dessus de son bureau et pointé sur le front de son fils un doigt jauni par la nicotine. *Pigé, le gosse ?*

Jake avait acquiescé. Il n'était pas nécessaire de répondre à son père, car celui-ci traitait tout le monde – y compris sa femme – de la même façon que les sous-fifres de sa chaîne de télé, où il était responsable des programmes et considéré comme un maître dans la discipline de la Mise à Mort. Il suffisait de l'écouter avec attention, de hocher la tête lorsque c'était nécessaire, et il finissait par vous lâcher les baskets.

Bien, avait dit son père en allumant une de ses quatre-vingts Camel quotidiennes. *Nous nous sommes compris. Tu vas devoir te tuer à la tâche pour réussir, mais tu y arriveras. Sinon, on ne nous aurait jamais envoyé ceci.* Il attrapa la lettre d'acceptation de l'Ecole Piper et l'agita dans l'air. Ce geste était empreint d'un triomphe farouche, comme si ce bout de papier était un animal sauvage qu'il venait de tuer, un animal qu'il allait maintenant écorcher et manger. *Alors travaille dur. Décroche de bonnes notes. Débrouille-toi pour que ta mère et moi soyons fiers de toi. Si tu réussis à avoir une moyenne de A à la fin de l'année, tu auras droit à un voyage à Disneyworld. Voilà qui devrait te motiver, pas vrai, le gosse ?*

Jake avait une excellente moyenne – des A dans toutes les matières (sauf durant les trois dernières semaines, bien sûr). Sa mère et son père étaient sûrement fiers de lui, mais il les voyait si rarement que c'était difficile à dire. En règle générale, il n'y avait *personne* à la maison quand il rentrait de l'école, excepté Greta Shaw – la gouvernante –, et c'était à elle qu'il avait fini par montrer ses bonnes notes. Après, il entassait ses copies dans un coin obscur de sa chambre. Il les parcourait parfois et se demandait si ses notes signifiaient quelque chose. Il l'aurait bien *voulu*, mais il entretenait de sérieux doutes à ce sujet.

Jake ne pensait pas qu'il irait en voyage à Disneyworld cet été, moyenne ou pas moyenne.

Un voyage à l'asile de fous lui semblait plus probable.

Alors qu'il franchissait les portes de l'Ecole Piper à 8 h 45 le matin du 29 mai, une horrible vision visita son esprit. Il vit son père assis dans son bureau, 70 Rockefeller Plaza, une Camel pendue au coin des lèvres, le visage perdu dans un nuage de fumée, en grande conversation avec un de ses sous-fifres. Les rues de

125

New York se déployaient derrière lui, leur vacarme étouffé par deux épaisseurs de verre Thermopane.

Le fait est que l'argent n'a jamais aidé personne *à entrer au sanatorium de Sunnyvale*, disait son père avec une sinistre satisfaction. Il tendit le bras et tapa sur le front du sous-fifre. *La seule chose qui vous permette d'entrer dans un endroit comme celui-ci, c'est quand quelque chose cloche entre vos oreilles. C'est ce qui est arrivé au gosse. Mais il se tue à la tâche pour réussir. Il tresse les plus beaux paniers d'osier de l'établissement, me dit-on. Et quand on le laissera sortir – si on le laisse sortir un jour –, il aura droit à un beau voyage. Un voyage au...*

– ... au relais, murmura Jake.

Il posa sur son front une main qui n'osait pas trembler. Les voix étaient de retour. Ces horribles voix querelleuses qui le rendaient fou.

Tu es mort, Jake. Tu as été écrasé par une voiture et tu es mort.

Ne sois pas ridicule ! Regarde – tu as vu cette affiche ? N'OUBLIEZ PAS DE VENIR AU PIQUE-NIQUE DE FIN D'ANNÉE. Tu crois qu'il y a des pique-niques dans l'au-delà ?

Je ne sais pas. Mais je sais que tu as été écrasé par une voiture.

Non !

Si. C'est arrivé le 7 mai à 8 h 25 du matin. Tu es mort moins d'une minute plus tard.

Non ! Non ! Non !

– John ?

Surpris, il regarda autour de lui. M. Bissette, son professeur de français, le considérait d'un air soucieux. Derrière lui, les autres élèves rentraient en rang dans la salle commune pour assister à l'assemblée du matin. Il n'y avait que très peu de chahut et pas de bruit du tout. Les parents de ces élèves, tout comme ceux de Jake, leur avaient sans doute dit à quel point ils étaient vernis d'aller à Piper, où les cerveaux avaient plus d'importance que l'argent (même si l'inscription annuelle s'élevait à vingt-deux mille dollars). On avait sans doute promis un beau voyage à nombre d'entre eux à condition qu'ils aient une bonne moyenne. Les parents des heureux gagnants iraient même sans doute jusqu'à tenir leur promesse. Sans doute...

— John, est-ce que ça va ? demanda M. Bissette.

— Oui, dit Jake. Ça va. Je me suis levé un peu tard ce matin. Je ne suis pas encore réveillé, sans doute.

Le visage de M. Bissette se détendit et il sourit.

— Ça arrive aux meilleurs d'entre nous.

Pas à mon papa, pensa Jake. Le Virtuose de la Mise à Mort n'a jamais de panne d'oreiller.

— Etes-vous prêt pour votre examen de français ? demanda M. Bissette. *Voulez-vous passer un examen avec moi ce midi ?* (1)

— Oui, j'crois bien, dit Jake.

A vrai dire, il ne savait pas s'il était prêt pour l'examen. Il ne se rappelait même pas avoir *étudié* son français. Rien ne semblait important à ses yeux ces temps-ci, excepté les voix dans sa tête.

— Je tiens à vous dire à quel point j'ai apprécié votre présence dans ma classe cette année, John. J'aurais voulu le dire à vos parents, mais ils ne sont pas venus à la réunion des parents d'élèves...

— Ils sont très occupés, dit Jake.

M. Bissette hocha la tête.

— Eh bien, je suis content de vous avoir connu. Je tenais à vous le dire... et j'espère vous retrouver dans ma classe l'automne prochain.

— Merci.

Jake se demanda quelle serait la réaction de M. Bissette s'il ajoutait : *Mais je ne crois pas que j'étudierai le français la rentrée prochaine, sauf si je peux suivre des cours par correspondance dans ce bon vieux sanatorium de Sunnyvale.*

Joanne Franks, la secrétaire de l'école, apparut sur le seuil de la salle commune, sa clochette plaquée argent à la main. Toutes les cloches de Piper étaient actionnées à la main. Jake supposait que c'étaient des détails comme celui-ci qui faisaient son charme aux yeux des parents d'élèves. Un souvenir de la petite école de leur enfance. Il détestait ça. Le bruit de la cloche lui taraudait le cerveau...

(1) En français dans le texte. *(N.d.T.)*

Je ne peux plus tenir très longtemps, pensa-t-il avec désespoir. Navré, mais je perds la boule. Je perds vraiment la boule.

M. Bissette avait aperçu Mme Franks. Il fit mine de s'éloigner, puis revint sur ses pas.

— Est-ce que *tout* va bien, John ? Vous m'avez paru préoccupé ces derniers temps. Troublé. Il y a quelque chose qui vous tracasse ?

Jake faillit succomber devant la gentillesse de son professeur, mais il imagina la tête que ferait M. Bissette s'il lui répondait : *Oui. Il y a quelque chose qui me tracasse. Un petit factoïde vraiment préoccupant. Je suis mort, voyez-vous, et je suis allé dans un autre monde. Et puis je suis mort une seconde fois. Vous allez me dire que ce genre de truc est impossible, et vous aurez raison, bien sûr, et une partie de moi-même* sait *que vous aurez raison, mais la majeure partie de moi-même sait que vous aurez tort. C'est* vraiment *arrivé. Je suis* vraiment *mort.*

S'il disait quelque chose dans ce genre, M. Bissette téléphonerait illico à Elmer Chambers, et le sanatorium de Sunnyvale ressemblerait à une partie de plaisir comparé à la discussion qu'il aurait avec son père au sujet des gosses qui perdent les pédales juste avant les examens de fin d'année. Les gosses qui font des trucs inaptes à alimenter la conversation lors d'un dîner ou d'un cocktail. Les gosses qui Se Laissent Aller.

Jake s'obligea à sourire à M. Bissette.

— Je me fais un peu de souci pour les examens, c'est tout.

M. Bissette lui fit un clin d'œil.

— Vous les passerez haut la main.

Mme Franks agita sa clochette pour signaler le début de l'assemblée. Le bruit poignarda les oreilles de Jake et lui traversa le cerveau de part en part comme une petite fusée.

— Venez, dit M. Bissette. Nous allons être en retard. On ne peut pas faire ça le premier jour des examens de fin d'année, n'est-ce pas ?

Ils passèrent devant Mme Franks et sa clochette. M. Bissette se dirigea vers la rangée baptisée le chœur de la faculté. Il y avait plein de noms ridicules de cet acabit à Piper ; l'auditorium s'appelait la salle commune, la pause déjeuner le raout, les élèves de quatrième et de troisième les supérieurs, et les sièges pliants placés près du piano (auquel Mme Franks réserverait bientôt un traitement analogue à celui qu'elle infligeait à sa clochette) formaient bien entendu le chœur de la faculté. Tout ça faisait partie de la tradition, supposait Jake. Un parent sachant que son rejeton participait à un raout dans la salle commune plutôt que de manger du hachis Parmentier à la cantine se voyait ainsi assuré que tout allait pour le mieux dans le meilleur des mondes de l'éducation.

Il s'assit au fond de la salle et écouta distraitement les annonces du matin. La terreur qui habitait son esprit en permanence lui donnait l'impression d'être un écureuil condamné pour l'éternité à galoper dans sa cage. Et quand il essayait de songer à un avenir meilleur, il ne voyait que des ténèbres.

Le navire de sa raison était en train de sombrer.

M. Harley, le principal, monta sur l'estrade et fit un bref discours sur l'importance de l'examen de fin d'année, affirmant que les notes qu'ils obtiendraient leur permettraient de faire un nouveau pas sur la Grande Route de la Vie. Il leur dit que l'école comptait sur eux, que *lui-même* comptait sur eux, que leurs parents comptaient sur eux. Il n'alla pas jusqu'à leur dire que le monde libre comptait sur eux mais se débrouilla pour sous-entendre que tel était le cas. Il conclut son intervention en les informant que les cloches seraient silencieuses durant la semaine des examens (la première et la seule bonne nouvelle que Jake ait apprise ce matin-là).

Mme Franks, qui avait pris place devant le piano, martela une mélodie qui se voulait évocatrice. Les élèves, soixante-dix garçons et cinquante filles, tous vêtus avec une élégance et une sobriété reflétant le goût et la stabilité financière de leurs parents, se levèrent comme un seul homme et entonnèrent l'hymne de l'école. Jake se contenta de remuer les lèvres et pensa à l'endroit où il s'était réveillé après sa mort. Il s'était tout d'abord cru en enfer... et lorsque l'homme à la robe noire était arrivé, il en avait été certain.

Ensuite, bien sûr, était arrivé l'autre homme. Un homme que Jake avait presque fini par aimer.

Mais il m'a laissé tomber dans l'abîme, pensa-t-il. Il m'a tué.

Il sentit des gouttes de sueur perler sur sa nuque et entre ses omoplates.

Saluons les murs de Piper,
Levons bien haut sa bannière ;
Salut à toi, alma mater,
J'ai réussi grâce à Piper !

Bon Dieu, quelle chanson de merde ! pensa Jake, et il s'aperçut soudain que son père l'aurait adorée.

2

La première heure de cours était consacrée à l'anglais, la seule discipline pour laquelle les élèves étaient dispensés d'examen. En guise d'épreuve de fin d'année, ils avaient dû rédiger une composition chez eux. Ils devaient rendre une copie tapée à la machine et longue de quinze cents à quatre mille mots. Le sujet imposé par Mme Avery était le suivant : *Qu'est-ce que la vérité ?* Leur note compterait pour vingt-cinq pour cent dans l'établissement de leur moyenne semestrielle.

Jake entra dans la classe et s'assit à la troisième rangée. Il n'y avait que onze élèves dans la salle. En septembre, lors de la journée d'orientation, M. Harley leur avait dit que Piper se targuait d'avoir les Classes les Moins Chargées de Toutes les Bonnes Ecoles Privées de l'Est. Il avait tapé du poing sur son lutrin pour souligner son propos. Jake n'avait guère été impressionné, mais il avait transmis cette information à son père. Il pensait bien que celui-ci *serait* impressionné, et il ne s'était pas trompé.

Il ouvrit son cartable et en sortit délicatement la chemise bleue contenant sa composition. Il la posa sur son bureau dans l'intention de la relire une dernière fois, mais son attention fut attirée par la porte située à gauche de la salle. Cette porte donnait sur le vestiaire et elle était fermée ce jour-là car il faisait plus de vingt degrés à New York et personne n'avait de manteau à y ranger. Le vestiaire ne contenait qu'une enfilade de cintres en cuivre et un tapis en caoutchouc pour y poser les bottes. Quelques cartons contenant des fournitures – craies, cahiers, etc. – étaient entreposés dans un coin.

Aucun intérêt.

Mais Jake quitta son siège, laissant la chemise fermée sur son bureau, et se dirigea vers la porte. Il entendait les murmures de ses condisciples qui relisaient une dernière fois leurs compositions en quête d'une faute d'orthographe ou de syntaxe, mais ils lui paraissaient infiniment lointains.

La porte revendiquait son entière attention.

Au cours des dix dernières journées, à mesure que les voix s'étaient mises à hurler dans son crâne, Jake était devenu de plus en plus fasciné par les portes – par toutes sortes de portes. Durant la semaine écoulée, il avait dû ouvrir celle de sa chambre cinq cents fois, et celle de la salle de bains mille fois ou plus. Chaque fois qu'il ouvrait une porte, il sentait une boule d'espoir et d'anticipation monter dans sa poitrine, comme si la réponse à tous ses problèmes se trouvait derrière telle ou telle porte, comme s'il allait la découvrir... un jour ou l'autre. Mais il ne voyait que le couloir, la salle de bains, l'entrée ou une pièce quelconque.

Le jeudi précédent, en rentrant de l'école, il s'était jeté sur son lit et s'était aussitôt endormi – le sommeil était apparemment le seul refuge dont il disposait désormais. Mais quand il s'était réveillé trois quarts d'heure plus tard, il était debout près de sa bibliothèque, occupé à dessiner une porte sur la tapisserie. Heureusement pour lui, il dessinait avec un crayon à papier et il avait réussi à gommer les traits les plus visibles.

Alors qu'il s'approchait du vestiaire, il ressentit de nouveau cet espoir irraisonné, persuadé que la porte ne donnait pas sur un placard obscur peuplé des seules senteurs persistantes de l'hiver – flanelle, gomme et fourrure mouillée –, mais sur un autre monde où il retrouverait son *intégralité*. Un faisceau de lumière éclatante transpercerait la salle de classe et il apercevrait des oiseaux volant dans un ciel bleu qui aurait la couleur

(de ses yeux)

d'un jean délavé. Le vent du désert lui ébourifferait les cheveux et sécherait la sueur qui maculait son front.

Il franchirait la porte et serait guéri.

Jake tourna le bouton et ouvrit la porte. Il ne vit que l'obscurité et une rangée de cintres étincelants. Un gant oublié depuis l'hiver dernier gisait près des piles de cahiers bleus dans le coin de la pièce.

Son cœur se serra et il eut une violente envie de se blottir dans ce placard obscur empli des senteurs amères d'hiver et de craie. Il allait pousser le gant et s'asseoir dans le coin, juste sous les cintres. Il s'assiérait sur le tapis de caoutchouc où les élèves posaient leurs bottes en hiver. Il allait s'asseoir là, s'enfoncer le pouce dans la bouche, se pelotonner, fermer les yeux et... et...

Et renoncer.

Cette idée – l'impression de *soulagement* qu'il ressentait à cette idée – était incroyablement séduisante. Elle sonnerait le glas de la terreur, de la confusion et de l'impression de dislocation qui l'avaient envahi. Car le pire, c'était bien ça ; cette impression persistante de vivre pour l'éternité dans un labyrinthe de miroirs.

Mais il y avait de l'acier dans Jake Chambers, tout comme il y en avait dans Eddie et dans Susannah. Et cet acier émit une lueur bleue qui éclaira les ténèbres de son esprit. Pas question de renoncer. La maladie qui l'affligeait risquait à plus ou moins long terme de triompher de sa raison, mais il ne lui ferait pas de quartier en attendant. Autant vendre son âme.

Jamais ! pensa-t-il farouchement. Jamais ! Jam...

– Quand vous aurez fini d'inventorier les fournitures du vestiaire, John, peut-être consentirez-vous à vous joindre à nous, dit Mme Avery de sa voix sèche et cultivée.

On entendit des gloussements lorsque Jake s'écarta de la porte du vestiaire. Mme Avery était debout derrière son bureau, ses longs doigts posés sur un buvard, et le regardait de ses yeux intelligents. Elle portait un tailleur bleu et ses cheveux étaient ramenés en chignon sur sa tête. Derrière elle, accroché au mur à sa place habituelle, Nathaniel Hawthorne lançait à Jake un regard sévère.

– Je vous demande pardon, marmonna Jake en refermant la porte.

Il fut aussitôt saisi par l'envie de la rouvrir, de vérifier une seconde fois qu'elle ne donnait pas sur un autre monde, un monde désertique écrasé par le soleil.

Au lieu de cela, il regagna sa place. Petra Jesserling lui lança un regard malicieux.

– Emmène-*moi* avec toi la prochaine fois, chuchota-t-elle. Comme *ça*, tu auras quelque chose à regarder.

Jake lui répondit par un sourire distrait et s'assit.

– Merci, John, dit Mme Avery de sa voix sempiternellement calme. A présent, avant que vous ne me rendiez vos compositions – qui, j'en suis persuadée, seront toutes excellentes, bien présentées et très *précises* –, j'aimerais vous donner la liste des livres que mes collègues et moi-même vous recommandons de lire durant l'été. J'aurais quelques mots à vous dire sur certains de ces excellents livres...

Tout en parlant, elle tendit à David Surrey une petite liasse de feuillets ronéotypés. David les distribua et Jake ouvrit sa chemise bleue pour jeter un dernier regard aux réponses qu'il avait bien pu donner à cette question essentielle : *Qu'est-ce que la vérité ?* Cela l'intéressait fort, car il ne se souvenait pas plus d'avoir rédigé sa composition qu'il ne se rappelait avoir étudié son français pour l'examen de fin d'année.

Il contempla la page de titre avec une sensation d'étonnement et de malaise mêlés. Les mots QU'EST-CE QUE LA VÉRITÉ ? *par John Chambers* étaient soigneusement tapés au centre de la page, et c'était très bien, mais pour une raison inconnue, il avait collé deux photos sous le titre. La première représentait une porte – il pensa qu'il devait s'agir de celle du 10 Downing Street à Londres –, la seconde un train Amtrak. C'étaient des photos en couleurs, de toute évidence découpées dans un magazine.

Pourquoi ai-je fait ça ? se demanda-t-il. Et *quand* ai-je fait ça ?

Il tourna la page et examina le début de sa composition, incapable de croire ou de comprendre ce qu'il voyait. Puis, à mesure que le choc laissait dans son esprit la place à une vague compréhension, l'horreur l'envahit insidieusement. C'était finalement arrivé ; il avait suffisamment perdu l'esprit pour que les *autres* puissent s'en rendre compte.

3

QU'EST-CE QUE LA VÉRITÉ ?
par John Chambers

Je te montrerai ton effroi dans une poignée de poussière.

T. S. ELIOT (dit « Butch »)

Chacune de ses paroles était un mensonge,
Telle fut ma première pensée.

Robert BROWNING (dit « le Kid »)

Le pistolero est la vérité.
Roland est la vérité.
Le Prisonnier est la vérité.
La Dame d'Ombres est la vérité.
Le Prisonnier et la Dame sont mariés. C'est la vérité.
Le relais est la vérité.
Le Démon qui Parle est la vérité.
Nous sommes allés sous les montagnes, et c'est la vérité.
Il y avait des monstres sous les montagnes. C'est la vérité.
L'un d'eux avait une pompe à essence Amoco entre les jambes et prétendait que c'était son pénis. C'est la vérité.
Roland m'a laissé mourir. C'est la vérité.
Je l'aime encore.
C'est la vérité.

— Et il est *très* important que vous lisiez tous *Sa Majesté des mouches*, disait Mme Avery de sa voix claire mais quelque peu éteinte. Et quand vous l'aurez lu, vous devrez vous poser certaines questions. Un bon roman ressemble souvent à une série de devinettes à tiroirs, et celui-ci est un *très* bon roman – un des meilleurs romans de la seconde moitié du XXᵉ siècle. Demandez-vous d'abord quelle est la signification symbolique de la conque. Deuxièmement...

Loin. Très loin. Jake tourna la première page de sa composition d'une main tremblante, y laissant une tache de sueur.

Quand est-ce qu'une porte n'est pas une porte ? Quand c'est une jarre (1), *et c'est la vérité.*

Blaine est la vérité.

Blaine est la vérité.

Qu'est-ce qui a quatre roues et un million d'ailes ? Un camion à ordures grouillant de mouches, et c'est la vérité.

Blaine est la vérité.

Il faut surveiller Blaine en permanence, Blaine est peine, et c'est la vérité.

Je suis pratiquement sûr que Blaine est dangereux, et c'est la vérité.

Qu'est-ce qui est tout noir, tout blanc et tout rouge ? Un zèbre qui rougit, et c'est la vérité.

Blaine est la vérité.

Je veux retourner là-bas, et c'est la vérité.

Je dois retourner là-bas, et c'est la vérité.

Je vais devenir fou si je ne retourne pas là-bas, et c'est la vérité.

Je ne pourrai pas rentrer chez moi tant que je n'aurai pas trouvé une pierre une rose une porte, et c'est la vérité.

Tchou-tchou, et c'est la vérité.

Tchou-tchou. Tchou-tchou.

Tchou-tchou. Tchou-tchou. Tchou-tchou.

Tchou-tchou. Tchou-tchou. Tchou-tchou. Tchou-tchou.

J'ai peur. C'est la vérité.

(1) Jeu de mots intraduisible entre *a jar* (une jarre) et *ajar* (entrouvert). *(N.d.T.)*

135

Jake leva lentement les yeux. Son cœur battait si fort qu'il voyait danser devant lui une boule incandescente, comme l'image rémanente d'une ampoule, une ampoule qui clignotait à l'unisson de son rythme cardiaque titanesque.

Il vit Mme Avery tendant sa composition à ses parents. M. Bissette se tenait près d'elle, le visage grave. Il entendit Mme Avery dire de sa voix claire et pourtant quelque peu éteinte : *Votre fils est gravement malade. Si vous avez besoin d'une preuve, jetez un coup d'œil à cette composition.*

John n'est plus lui-même depuis environ trois semaines, ajouta M. Bissette. *Il a parfois l'air terrifié et il a toujours l'air ahuri... il n'a plus sa tête à lui, si vous voyez ce que je veux dire. Je pense que John est fou... comprenez-vous ? (1)*

Au tour de Mme Avery : *Auriez-vous par hasard chez vous certaines substances hallucinogènes auxquelles John aurait pu avoir accès ?*

Jake ne savait que vaguement ce qu'étaient les substances hallucinogènes, mais il savait que son père conservait plusieurs grammes de cocaïne dans le dernier tiroir de son bureau. Son père penserait sûrement qu'il avait fouillé dedans.

– A présent, laissez-moi vous dire quelques mots sur *Catch 22*, dit Mme Avery depuis son bureau. C'est un livre très *difficile* pour des jeunes gens de votre âge, mais vous le trouverez littéralement enchanteur *si* vous ouvrez votre esprit à son *charme spécial*. Vous pouvez considérer ce roman, si vous le voulez, comme une *comédie surréaliste*.

Je n'ai pas besoin de *lire* quelque chose comme ça, pensa Jake. Je suis déjà en train de *vivre* quelque chose comme ça, et ça n'a rien d'une comédie.

Il regarda la dernière page de sa composition. Il n'y figurait aucun mot. Mais il avait de nouveau collé une image sur le papier. C'était une photographie de la tour de Pise. Il avait noirci sa silhouette avec un crayon à papier. Les lignes sombres et sinueuses décrivaient d'extravagantes arabesques.

(1) En français dans le texte. *(N.d.T.)*

136

Il n'avait aucun souvenir de cette photo triturée.

Absolument *aucun*.

Il entendit à présent son père s'adresser à M. Bissette : *Il est* fou (1). *Oui, complètement* fou. *Un gosse qui gâche toutes ses chances de réussite dans une école comme Piper est FORCÉMENT fou, n'est-ce pas ? Eh bien... je vais m'occuper de ça. C'est mon boulot, après tout. La réponse, c'est Sunnyvale. Il a besoin de passer quelque temps à Sunnyvale, il pourra tresser des paniers d'osier et remettre de l'ordre dans son crâne. Ne vous inquiétez pas pour notre gosse, les amis ; il aura beau courir, il ne nous échappera pas.*

Est-ce qu'on l'enverrait *vraiment* chez les cinoques s'il devenait apparent que son ascenseur ne montait plus au dernier étage ? Jake pensait que la réponse était un oui franc et massif. Son père n'accepterait jamais d'abriter un dingue sous son toit. L'endroit où on l'enverrait ne s'appellerait peut-être pas Sunnyvale, mais il y aurait des barreaux aux fenêtres et des couloirs pleins d'hommes en blouse blanche et en souliers à semelles de crêpe. Ces hommes auraient des yeux vigilants, des muscles puissants et des seringues chargées de sommeil artificiel.

Ils diront à tout le monde que je suis parti, pensa Jake. (Un flot de panique réduisit provisoirement au silence les voix qui se querellaient dans son esprit.) Ils diront que je suis allé passer un an à Modesto, chez mon oncle et ma tante... ou que je suis allé en Suède pour apprendre la langue... ou que je suis parti réparer des satellites dans l'espace. Ma mère n'aimera pas ça... elle pleurera un peu... mais elle ne fera rien. Elle a ses petits amis pour la consoler, et puis elle fait *toujours* ce qu'il a décidé. Elle... ils... moi...

Il sentit un hurlement monter dans sa gorge et serra les lèvres pour le contenir. Il regarda de nouveau les arabesques noires qui grouillaient sur la photo de la tour de Pise et pensa : Je dois fiche le camp d'ici. Je dois fiche le camp tout de suite.

Il leva la main.

— Oui, John, qu'y a-t-il ?

(1) En français dans le texte. *(N.d.T.)*

Mme Avery le regardait de cet air légèrement exaspéré qu'elle réservait aux élèves qui l'interrompaient au milieu d'un exposé.

– Je souhaiterais sortir quelques instants, s'il vous plaît, dit Jake.

Nouvel exemple du Piper tel qu'on le parle. Les élèves de Piper n'avaient jamais besoin d'aller « au petit coin », de « se soulager », ni – Dieu les garde ! – de « couler un bronze ». Sans doute les considérait-on comme des êtres trop parfaits pour souiller de leurs déjections la Grande Route de la Vie. De temps en temps, ils demandaient la permission de « sortir quelques instants », un point c'est tout.

Mme Avery soupira.

– Est-ce vraiment nécessaire ?

– Oui, m'dame.

– Très bien. Ne tardez pas.

– Non, m'dame.

Il ferma la chemise en se levant, la prit dans sa main, puis la reposa à contrecœur. Inutile. Mme Avery ne manquerait pas de se demander pourquoi il emportait sa composition aux toilettes. Il aurait dû sortir les pages compromettantes de la chemise et les fourrer dans sa poche avant de demander la permission de sortir. Trop tard.

Jake remonta l'allée en direction de la porte, laissant sa chemise sur le bureau et son cartable sous le bureau.

– J'espère que ça n'aura pas de mal à sortir, Chambers, murmura David Surrey en étouffant un rire.

– Fermez votre grande bouche, David, dit Mme Avery, de toute évidence complètement exaspérée, et toute la classe éclata de rire.

Jake arriva devant la porte donnant sur le couloir et sentit l'espoir l'envahir de nouveau lorsqu'il en tourna le bouton : Ça y est – cette fois-ci, ça y est. Je vais ouvrir cette porte et le soleil brillera sur le désert. Je sentirai un vent sec et brûlant sur mes joues. Je franchirai la porte et je ne reverrai plus jamais cette classe.

Il ouvrit la porte et ne vit que le couloir, mais il avait quand même raison sur un point : il ne revit plus jamais la classe de Mme Avery.

Il avança lentement le long du sombre couloir lambrissé, quelques gouttes de sueur sur le front. Il passa devant plusieurs salles, dont il se serait senti obligé d'ouvrir les portes s'il n'avait pas aperçu les élèves au travail derrière les fenêtres. Il jeta un coup d'œil sur la classe de français de M. Bissette et sur la classe de géométrie de M. Knopf. Ses condisciples étaient penchés sur leurs cahiers, un stylo à la main. Il jeta un coup d'œil sur la classe d'éloquence de M. Harley et vit Stan Dorfman – une de ses connaissances qui n'étaient pas tout à fait des amis – entamer son discours de fin d'année. Stan paraissait mort de peur, mais Jake aurait pu lui dire qu'il n'avait pas la moindre idée de ce qu'était la peur – la *vraie* peur.

Je suis mort.

Non, je ne suis pas mort.

Si.

Non.

Si.

Non.

Il arriva devant une porte où était inscrit le mot FILLES. Il l'ouvrit, s'attendant à découvrir le ciel bleu, le désert, les montagnes à l'horizon. Au lieu de cela, il vit Belinda Stevens debout devant un lavabo, les yeux fixés sur la glace, affairée à s'extraire un point noir du front.

– Bon Dieu, qu'est-ce qui te prend d'entrer ici ? demanda-t-elle.

– Excuse-moi. Je me suis trompé de porte. Je croyais que c'était celle du désert.

– *Hein ?*

Mais il avait déjà lâché la porte et elle se refermait sans bruit. Il passa devant la fontaine et ouvrit la porte marquée GARÇONS. Cette fois-ci, c'était la *bonne*, il le savait, il en était sûr, cette porte allait lui permettre de retourner dans...

Trois urinoirs impeccables luisaient à la lumière fluorescente. Un robinet gouttait solennellement dans un lavabo. Et c'était tout.

Jake laissa la porte se refermer. Il regagna le couloir, ses talons claquant énergiquement sur les carreaux. Il jeta un coup d'œil dans le bureau du principal et n'y vit que Mme Franks. Elle parlait au téléphone, se balançant doucement sur son fauteuil et triturant une mèche de ses cheveux. La clochette couleur argent était posée près du combiné. Jake attendit qu'elle disparaisse à sa vue, puis passa vivement devant la porte. Trente secondes plus tard, il émergeait à la lumière claire de ce matin de mai.

Je fais l'école buissonnière, pensa-t-il. (La confusion qui l'habitait ne l'empêcha pas de s'émerveiller de la tournure imprévue que prenaient les événements.) Dans cinq ou dix minutes, Mme Avery remarquera que je ne suis pas revenu des toilettes, elle enverra quelqu'un y jeter un coup d'œil... et tout le monde sera au courant. Tout le monde saura que je suis parti, que je fais l'école buissonnière.

Il pensa à la chemise posée sur son bureau.

Ils vont lire ma composition et ils vont penser que je suis dingue. *Fou* (1). Bien sûr. C'est normal. Je suis fou.

Puis une autre voix prit la parole. Il crut reconnaître la voix de l'homme aux yeux de bombardier, l'homme qui portait deux revolvers sur ses hanches. Cette voix était glaciale... mais néanmoins quelque peu rassurante.

Non, Jake, dit Roland. *Tu n'es pas fou. Tu es perdu et terrifié, mais tu n'es pas fou, et tu n'as rien à craindre de ton ombre au matin marchant derrière toi ni de ton ombre le soir surgie à ta rencontre. Tu dois trouver le chemin qui te reconduira chez toi, voilà tout.*

— Mais où dois-je aller ? murmura Jake.

Il était sur le trottoir de la 50ᵉ Rue, entre Park Avenue et Madison Avenue, et regardait filer les voitures. Un bus passa en crachotant un mince sillage de fumée bleue et âcre.

— Où dois-je aller ? Où est cette foutue *porte* ?

Mais la voix du pistolero s'était tue.

Jake tourna à gauche, en direction de l'East River, et avança à l'aveuglette. Il n'avait aucune idée de sa destination – pas la moindre idée. Il ne pouvait qu'espérer que ses pieds l'y conduiraient... après l'avoir tant de fois égaré.

(1) En français dans le texte. *(N.d.T.)*

140

C'était arrivé trois semaines plus tôt.

On ne peut pas dire : *Tout avait commencé trois semaines plus tôt*, car cela donnerait l'impression qu'il y avait eu une sorte de progression et ce serait inexact. Il y avait bien eu une progression dans le comportement des *voix*, qui s'étaient faites de plus en plus violentes à mesure qu'elles proclamaient la véracité de leurs réalités contradictoires, mais le reste était arrivé d'un seul coup.

Il est 8 heures du matin quand il part pour l'école – il va toujours à l'école à pied quand il fait beau, et il fait un temps superbe ce mois de mai. Son père est parti pour la Chaîne, sa mère est encore au lit, et Mme Greta Shaw est en train de lire le *New York Post* en buvant un café à la cuisine.

– Au revoir, Greta, lui dit-il. Je vais à l'école.

Elle le salue de la main sans lever les yeux de son journal.

– Bonne journée, Johnny.

Le train-train quotidien. Un jour comme les autres.

Et le train-train continue de rouler pendant les quinze cents secondes suivantes. Puis tout change de façon irrémédiable.

Il marche d'un pas nonchalant, son cartable dans une main et son déjeuner dans l'autre, s'attarde devant les vitrines. Sept cent vingt secondes avant la fin de sa vie telle qu'il l'a connue, il s'arrête devant la vitrine de Brendio's, où des mannequins vêtus de manteaux de fourrure et de tenues édouardiennes prennent des poses un peu raides. Il ne pense qu'aux parties de bowling qui l'attendent après les cours. Son score moyen est de 158, un score exceptionnel pour un gosse de onze ans. Il a pour ambition de devenir un jour un joueur professionnel (et si son père avait connaissance de *ce* petit factoïde, il piquerait une *autre* crise).

On se rapproche à présent – on se rapproche du moment où sa raison va subir une soudaine éclipse.

Il traverse la 39e Rue : plus que quatre cents secondes. Il attend le feu vert à la 41e Rue : deux cent soixante-dix secondes. Il s'arrête devant le magasin de jouets au coin de la Cinquième Avenue et de la 42ᵉ Rue : cent quatre-vingt-dix secondes. Et alors qu'il ne lui reste qu'un peu plus de trois minutes d'existence ordinaire, Jake Chambers pénètre dans l'ombre invisible de cette force que Roland appelle *ka-tet*.

Une étrange sensation de malaise l'envahit insidieusement. Tout d'abord, il a l'impression qu'on l'observe, puis il se rend compte que ce n'est pas ça... pas *exactement*. Il a l'impression d'avoir déjà vécu ce moment ; de revivre un rêve qu'il a en grande partie oublié. Il attend que ça passe, mais la sensation persiste. Et elle se fait même plus forte, s'enrichit d'un sentiment en lequel il reconnaît la terreur.

Devant lui, au coin de la Cinquième Avenue et de la 43ᵉ Rue, un Noir coiffé d'un canotier installe un stand de bretzels et de sodas.

C'est lui qui va crier : « Ô mon Dieu, il l'a tué ! » pense Jake.

Une grosse dame portant un sac Bloomingdale's s'approche du coin de la rue.

Elle va lâcher son sac. Elle va lâcher son sac, porter ses mains à sa bouche et pousser un hurlement. Le sac va se déchirer. Il y a une poupée dans le sac. Elle est enveloppée dans une serviette rouge. Je la verrai depuis la chaussée. La chaussée sur laquelle je serai allongé, le pantalon imbibé de sang, au milieu d'une mare de sang.

Derrière la grosse dame, il y a un homme de haute taille vêtu d'un costume gris anthracite. Il tient un attaché-case à la main.

C'est lui qui va vomir sur ses souliers. C'est lui qui va lâcher son attaché-case et vomir sur ses souliers. Qu'est-ce qui m'arrive ?

Mais ses pieds le conduisent vers le carrefour, vers la chaussée que les piétons traversent d'un pas vif. Quelque part derrière lui, de plus en plus près, il y a un prêtre assassin. Il le *sait*, tout comme il sait que le prêtre va bientôt tendre les mains pour le pousser... mais il est incapable de se retourner. C'est comme s'il était piégé par un cauchemar où les choses suivent leur cours inéluctable.

Plus que cinquante-trois secondes. Devant lui, le vendeur de bretzels ouvre un compartiment dans sa carriole.

Il va en sortir une bouteille de Yoo-Hoo, pense Jake. Pas une boîte, une bouteille. Il va l'agiter et la boire aussitôt.

Le vendeur de bretzels sort une bouteille de Yoo-Hoo, l'agite vigoureusement et la décapsule.

Plus que quarante secondes.

Le feu va passer au vert.

Le signal PASSEZ PIÉTONS disparaît. Le signal ATTENDEZ PIÉTONS se met à clignoter. Et quelque part, à moins de deux pâtés de maisons de là, une grosse Cadillac bleue roule vers le croisement de la Cinquième Avenue et de la 43e Rue. Jake le *sait*, tout comme il sait que son conducteur est un homme obèse coiffé d'un chapeau de la même couleur que sa voiture.

Je vais mourir !

Il veut hurler ces mots aux passants qui se bousculent autour de lui sans le voir, mais ses mâchoires sont bloquées. Ses pieds le conduisent sereinement vers le croisement. Le signal ATTENDEZ PIÉTONS cesse de clignoter et resplendit de sa couleur rouge vif. Le vendeur de bretzels jette sa bouteille de Yoo-Hoo dans une poubelle au coin de la rue. La grosse dame se plante de l'autre côté de la chaussée, face à Jake, tenant son sac par les poignées. L'homme au costume anthracite est juste derrière elle. Plus que dix-huit secondes à présent.

C'est là qu'arrive le camion de jouets, pense Jake.

Devant lui, une fourgonnette sur laquelle sont peints un diable jovial jaillissant de sa boîte et les mots TOOKER JOUETS EN GROS franchit le croisement à vive allure, rebondissant sur les nids-de-poule. Derrière lui, et Jake le sait, l'homme en noir accélère l'allure, se rapproche de lui, tend vers lui ses longues mains. Mais il est incapable de se retourner, tout comme dans ces rêves où vous êtes poursuivi par un monstre.

Cours ! Et si tu ne peux pas courir, assieds-toi et accroche-toi à un panneau de stationnement interdit ! Empêche ça d'arriver !

Mais il est incapable d'empêcher quoi que ce soit. Devant lui, au bord du trottoir, il y a une jeune femme

143

vêtue d'un sweat-shirt blanc et d'un chemisier noir. A sa gauche, un jeune Chicano avec une énorme radio collée à l'oreille. Un tube disco de Donna Summer est en train de s'achever. Il sera suivi par *Dr Love*, de Kiss, et Jake le sait.

Ils vont s'écarter...

Alors même qu'il pense ces mots, la femme fait un pas sur sa droite. Le Chicano fait un pas sur sa gauche, et un espace se crée entre eux. Les pieds de Jake, ces traîtres, l'y conduisent. Plus que neuf secondes.

En bas de la rue, le soleil éclatant de ce mois de mai se reflète sur le bouchon de radiateur d'une Cadillac. C'est une Sedan de Ville modèle 1976 et Jake le sait. Six secondes. La Cadillac accélère. Le feu va bientôt passer au rouge et son conducteur, l'homme obèse au chapeau orné d'une petite plume, a l'intention de le prendre de vitesse. Trois secondes. Derrière Jake, l'homme en noir se penche. *Love to Love You, Baby* s'achève et la radio passe à présent *Dr Love*.

Deux.

La Cadillac change de file, rasant le trottoir sur lequel Jake se tient un peu plus loin, et fonce vers le croisement, calandre rugissante.

Un.

Le souffle de Jake se bloque dans sa gorge.

Zéro.

– Oh ! s'écrie Jake lorsque les mains le poussent violemment, le poussent sur la chaussée, le poussent vers la mort...

Sauf qu'il *n'y a pas* de mains.

Il chancelle quand même, agitant les bras, la bouche ouverte sur un O de désespoir. Le Chicano à la grosse radio tend la main, l'agrippe par le bras et le tire en arrière.

– Fais gaffe, petit héros, dit-il. Ces bagnoles vont te transformer en hamburger.

La Cadillac passe lentement devant lui. Jack aperçoit l'obèse au chapeau bleu qui lui jette un coup d'œil, puis la voiture disparaît.

C'est à ce moment-là que c'est arrivé ; c'est à ce moment-là qu'il s'est déchiré en deux, qu'il est devenu deux petits garçons. Le premier agonisait sur la chaussée. Le second se tenait sur le trottoir et regardait, stupéfait, le signal ATTENDEZ PIÉTONS laisser la place au signal PASSEZ PIÉTONS, les gens traverser la rue comme si rien ne s'était passé... et rien ne s'était passé, rien du tout.

Je suis vivant ! s'écria une moitié de son esprit avec soulagement.

Je suis mort ! lui répliqua l'autre moitié. *Je suis étendu sur la chaussée et je suis mort ! Ils se rassemblent autour de moi et l'homme en noir qui m'a poussé leur dit : « Je suis prêtre. Laissez-moi passer. »*

Un flot de nausée envahit son esprit et transforma ses pensées en nuages effilochés par le vent. Il vit la grosse dame s'approcher et jeta un coup d'œil dans son sac quand elle passa près de lui. Il aperçut les yeux bleus d'une poupée enveloppée dans une serviette rouge, tout comme il s'y était attendu. Puis elle disparut. Le vendeur de bretzels ne criait pas *Ô mon Dieu, il est mort* ; il continuait à s'installer pour la journée tout en sifflotant la chanson de Donna Summer qu'avait beuglée la radio du Chicano.

Jake se retourna, les yeux fous, en quête du prêtre qui n'était pas un prêtre. Il ne le vit nulle part.

Jake gémit.

Ressaisis-toi ! Qu'est-ce qui te prend ?

Il n'en savait rien. Il ne savait qu'une chose : il aurait dû être allongé sur la chaussée, dans l'attente de la mort, pendant que la grosse dame hurlait, que le type au costume anthracite vomissait, que l'homme en noir se frayait un chemin parmi les badauds.

Et c'était apparemment ce qui se passait dans une partie de son esprit.

Il fut pris d'un étourdissement. Laissant tomber son déjeuner sur le trottoir, il se gifla violemment les joues. Une femme en route pour le bureau lui jeta un regard bizarre. Il l'ignora. Abandonnant son déjeuner, il fonça sur la chaussée, ignorant le signal ATTENDEZ PIÉTONS qui s'était remis à clignoter. Mais cela n'avait plus d'importance. La mort s'était approchée de lui... mais elle était repartie sans le toucher. Ça n'aurait pas dû se passer comme ça, et il le savait au fond de lui-même, mais c'était quand même arrivé.

Peut-être qu'il vivrait éternellement.
Cette idée lui donnait envie de hurler.

6

Il avait les idées un peu plus claires lorsqu'il arriva à l'école et son esprit s'affairait à le convaincre que tout ça n'était pas grave, pas grave du tout. Peut-être qu'il lui était arrivé un truc un peu *bizarre*, une sorte de flash psychique, un bref coup d'œil jeté sur un futur possible, mais quelle importance ? Aucune, pas vrai ? En fait, c'était même une idée un peu cool – ça ressemblait aux articles des journaux à sensation que Greta Shaw dévorait quand elle était sûre que la mère de Jake n'était pas dans les parages – des journaux comme le *National Enquirer* et l'*Inside View*. Sauf que, bien entendu, ces articles parlaient de flashes psychiques aussi décisifs qu'une attaque nucléaire tactique – une femme qui rêve d'un accident d'avion et qui annule sa réservation, un type qui rêve que son frère est retenu prisonnier dans une biscuiterie fabriquant des gâteaux chinois et qui s'avère avoir raison. Un flash psychique qui vous permet de savoir à l'avance que la radio va passer une chanson de Kiss, qu'une grosse dame a dans son sac Bloomingdale's une poupée enveloppée dans une serviette rouge, qu'un vendeur de bretzels va boire son Yoo-Hoo dans une bouteille et non dans une boîte... quelle importance ça peut avoir ?

N'y pense plus, se dit-il. C'est fini.

Excellente idée, sauf que ce n'était pas *encore* fini lors de sa troisième heure de cours. Alors qu'il regardait M. Knopf résoudre des équations algébriques élémentaires, il se rendit compte, horrifié, que tout un ensemble de souvenirs inédits montaient à la surface de son esprit. Il avait l'impression de voir d'étranges objets émergeant lentement des eaux boueuses d'un lac.

Je me trouve dans un endroit que je ne connais pas, se dit-il. Enfin, dans un endroit que je *connaîtrai* – ou que j'*aurais* connu si la Cadillac m'avait écrasé. C'est le relais – mais la partie de moi-même qui s'y trouve ne le sait pas encore. Elle sait seulement qu'elle est quelque part dans le désert et qu'il n'y a personne. J'ai pleuré parce que j'ai très peur. J'ai peur d'être en enfer.

A 3 heures de l'après-midi, lorsqu'il arriva à l'Entre-Deux-Quilles, il avait trouvé la pompe dans l'étable et bu un peu d'eau. L'eau était glaciale et avait un goût minéral très prononcé. Bientôt, il entrerait dans le relais et trouverait une petite provision de bœuf séché dans une pièce qui avait jadis été une cuisine. Il le savait avec certitude, tout comme il avait su que le vendeur de bretzels allait boire une bouteille de Yoo-Hoo et que la poupée enfouie dans le sac Bloomingdale's aurait les yeux bleus.

Ça ressemblait à des souvenirs du futur.

Il n'obtint que des scores médiocres au bowling – 96 et 87. Timmy jeta un coup d'œil à sa feuille de résultats lorsqu'il la lui tendit avant de partir et secoua la tête.

– Aujourd'hui est un jour sans, champion, dit-il.

– Tu peux le dire, répliqua Jake.

Timmy le détailla quelques instants.

– Tu te sens bien ? Tu es vraiment pâle.

– J'ai l'impression que j'ai attrapé un microbe.

Ça ne ressemblait pas à un mensonge. Il avait bel et bien attrapé *quelque chose*.

– Rentre chez toi et va te coucher, lui conseilla Timmy. Bois quelque chose de frais – du gin ou de la vodka, par exemple.

Jake se força à sourire.

– Entendu.

Il rentra lentement chez lui. Tout autour de lui, New York déployait sa séduction printanière – un musicien jouait sa sérénade à chaque coin de rue, les arbres étaient en fleurs, les passants de bonne humeur. Jake voyait tout cela, mais il voyait également *au-delà* : il se voyait tapi dans les ombres de la cuisine pendant que l'homme en noir buvait goulûment à la pompe, se voyait sangloter de soulagement lorsque l'homme – ou la créature – s'éloignait sans l'avoir découvert, se voyait plonger dans un profond sommeil lorsque le soleil se couchait et que les étoiles apparaissaient une à une, tels des fragments de glace dans le ciel pourpre du désert.

Il ouvrit la porte du duplex, entra et se dirigea vers la cuisine pour aller manger un morceau. Il n'avait pas vraiment faim, mais telle était son habitude. Il approchait du réfrigérateur lorsque son œil se posa sur la porte de l'office, et il s'immobilisa. Il comprit soudain que le relais – ainsi que tout le reste de ce monde étrange qui était désormais le sien – se trouvait derrière cette porte. Il lui suffisait de la pousser pour rejoindre le Jake qui s'y trouvait déjà. La dislocation bizarre qui affligeait son esprit cesserait d'exister ; les voix qui ne cessaient de discuter de sa mort survenue et évitée à 8 h 25 ce matin-là finiraient par se taire.

Jake poussa la porte des deux mains, un sourire éclatant au visage... et se figea lorsque Mme Shaw, debout sur un tabouret au fond de l'office, poussa un hurlement. La boîte de sauce tomate qu'elle tenait dans sa main tomba par terre. Elle vacilla sur son perchoir et Jake se précipita pour l'empêcher de rejoindre la boîte de conserve.

– Doux Jésus ! hoqueta-t-elle en posant une main tremblante sur sa poitrine. Johnny, tu m'as fichu une trouille bleue !

– Je suis navré, dit-il.

Il était bien navré, mais il était aussi amèrement déçu. Ce n'était que l'office, après tout. Il était pourtant si *sûr*...

– Qu'est-ce que tu fais à rôder comme ça dans la cuisine ? Je croyais que tu allais au bowling aujourd'hui ! Je ne t'attendais pas avant une heure ! Je ne t'ai pas encore préparé ton goûter, alors ne t'attends pas à ce que je te le serve.

– Ce n'est pas grave. De toute façon, je n'ai pas très faim.

Il se baissa pour ramasser la boîte de sauce tomate.

– On ne le croirait pas à te voir foncer tête baissée dans l'office, grommela-t-elle.

– J'ai cru entendre une souris. Sans doute que ce n'était que vous.

– Sans doute. (Elle descendit du tabouret et lui prit la boîte des mains.) On dirait que tu as attrapé la grippe, Johnny. (Elle posa une main sur son front.) Tu n'as pas l'air d'avoir de la température, mais ça ne veut pas dire grand-chose.

– Je dois être un peu fatigué, c'est tout. (Si seulement ce n'était que ça, pensa-t-il.) Je vais boire un soda et regarder la télé.

Elle grommela.

– Tu as des copies à me montrer ? Dans ce cas, dépêche-toi. Je suis en retard pour préparer le souper.

– Non, je n'ai rien aujourd'hui.

Il sortit de l'office, se servit un soda, puis alla dans la salle de séjour. Il alluma la télé et regarda *Hollywood Squares* d'un œil distrait pendant que les voix reprenaient leur querelle et que les souvenirs de l'autre monde continuaient à faire surface dans son esprit.

7

Sa mère et son père ne remarquèrent rien d'anormal – son père ne rentra du travail qu'à 21 h 30 – et ça lui convenait parfaitement. Il alla se coucher à 22 heures et resta étendu dans les ténèbres, écoutant les bruits de la ville montant à sa fenêtre : klaxons, sirènes et coups de frein.

Tu es mort.

Mais non. Tu es couché dans ton lit, bien à l'abri et bien en vie.

Aucune importance. Tu es mort, et tu le sais parfaitement.

Et le pire, c'est qu'il savait que les deux voix avaient raison.

Je ne sais pas laquelle de vous deux je dois croire, mais je sais que je ne tiendrai pas le coup longtemps si vous continuez comme ça. Alors taisez-vous, toutes les deux. Arrêtez de vous disputer et laissez-moi tranquille. D'accord ? S'il vous plaît ?

Mais les voix ne voulaient pas se taire. Ne *pouvaient* pas se taire, apparemment. Et Jake eut soudain l'idée de se lever – *tout de suite* – et d'ouvrir la porte de la salle de bains. L'autre monde se trouvait derrière elle. Il y aurait le relais et il y aurait aussi le reste de *lui-même*, blotti sous une vieille couverture dans un coin de l'étable, essayant de dormir et se demandant ce qui avait bien pu lui arriver.

Je peux le lui dire, pensa Jake, tout excité. Il rejeta

ses couvertures, soudain persuadé que la porte qui se trouvait à côté de sa bibliothèque ne donnait plus sur la salle de bains mais sur un monde qui sentait la chaleur, l'armoise et l'effroi dans une poignée de poussière, un monde qui gisait à présent à l'ombre des ailes de la nuit. *Je peux le lui dire, mais je n'en aurai pas besoin... parce que je serai EN lui... je SERAI lui !*

Il traversa en courant sa chambre obscure, si soulagé qu'il se mit presque à rire, et ouvrit la porte en grand.

Et...

Et c'était sa salle de bains. Rien que sa salle de bains, avec le poster encadré de Marvin Gaye sur le mur et sur le carrelage les lignes d'ombre et de lumière du store vénitien.

Il resta là un long moment, s'efforçant de ravaler sa déception. Elle refusa de se laisser faire. Et elle était amère.

Amère.

8

Les trois semaines suivantes s'étirèrent dans la mémoire de Jake comme une désolation brûlée par le soleil – des terres perdues de cauchemar où la paix, le calme et le répit étaient inconnus. Tel un prisonnier impuissant observant une ville mise à sac, il avait vu son esprit succomber peu à peu sous le poids des voix et des souvenirs spectraux. Il avait espéré que ses souvenirs parallèles disparaîtraient lorsque l'homme nommé Roland l'avait laissé choir dans l'abîme sous les montagnes, mais ils n'en avaient rien fait. Toute la séquence avait recommencé depuis le début, comme une bande magnétique programmée pour passer en boucle jusqu'à ce qu'elle se casse ou que quelqu'un vienne interrompre son déroulement.

Les perceptions qu'il avait de sa vie plus ou moins réelle de jeune garçon new-yorkais se firent de plus en plus éparses à mesure que le schisme s'élargissait dans son esprit. Il se rappelait être allé à l'école durant la semaine, au cinéma le week-end, et à un brunch dominical avec ses parents une semaine plus tôt (ou était-ce deux semaines plus tôt ?), mais il se souvenait de ces événements comme une personne atteinte de malaria se souvient des phases les plus dramatiques de son affection : les gens devenaient des ombres, leurs voix se superposaient, et il lui fallait lutter pour manger un sandwich ou pour prendre un Coca au distributeur du gymnase. Jake avait vécu ces journées dans une brume peuplée de voix querelleuses et de souvenirs dédoublés. L'obsession que lui inspiraient les portes – toutes sortes de portes – s'était aggravée ; l'espoir qu'il avait de trouver le monde du pistolero derrière l'une d'elles avait persisté. Ce qui n'avait rien d'étrange, car c'était le seul espoir qui lui restait.

Mais à partir d'aujourd'hui, le jeu avait pris fin. De toute façon, il n'avait jamais eu une chance de le gagner. Il avait renoncé. Il faisait l'école buissonnière. Jake s'avança dans le réseau serré des rues de New York, la tête basse, ne sachant ni où il allait ni ce qu'il ferait une fois parvenu à destination.

9

Vers 9 heures, il finit par reprendre ses esprits et par jeter un coup d'œil autour de lui. Il se trouvait au coin de Lexington Avenue et de la 54ᵉ Rue et n'avait aucune idée sur la façon dont il était arrivé là. Il remarqua pour la première fois que le temps était absolument superbe. Il faisait déjà beau le 7 mai, le jour où sa folie avait pris naissance, mais il faisait dix fois plus beau aujourd'hui – peut-être était-ce aujourd'hui que le printemps allait apercevoir derrière lui l'été prêt à lui piquer la place, un sourire éclairant son visage bronzé et sûr de lui. Le soleil se reflétait avec éclat sur les vitres des buildings ; les ombres des piétons étaient d'un noir profond. Le ciel était d'un bleu sans reproche, parsemé çà et là de gros nuages de beau temps.

Un peu plus loin, deux hommes d'affaires en costume de bonne coupe se tenaient debout devant une palissade érigée autour d'un chantier. Ils riaient aux éclats et se passaient quelque chose. Curieux, Jake se dirigea vers eux et, une fois qu'il se fut rapproché, se rendit compte que les deux hommes d'affaires jouaient au morpion sur la palissade, dessinant grilles, X et O avec un stylo Mark Cross des plus coûteux. Jake fut littéralement enchanté de ce spectacle. L'un des deux hommes inscrivit un O dans le coin supérieur droit de la grille, puis traça une diagonale sur celle-ci.

— Encore battu ! s'exclama son ami.

Puis cet homme, qui ressemblait à un cadre supérieur, à un avocat ou à un agent de change, s'empara du stylo et dessina une autre grille.

Le gagnant tourna légèrement la tête et aperçut Jake. Il lui sourit.

— Belle journée, pas vrai, gamin ?

— Oh oui, dit Jake, émerveillé de sa propre sincérité.

— Trop belle pour aller à l'école, hein ?

Cette fois-ci, Jake éclata franchement de rire. Piper, ce lieu où on assistait à un raout plutôt que d'aller à la cantoche et où on sortait parfois quelques instants mais où on ne chiait jamais, lui semblait soudain lointain et insignifiant.

— Pour ça oui !

— Tu veux faire une partie ? Ce vieux Billy n'arrivait jamais à me battre quand on allait à l'école et il n'y arrive toujours pas aujourd'hui.

— Laisse ce gamin tranquille, dit le second homme d'affaires en brandissant le stylo. Cette fois-ci, je vais t'avoir.

Il fit un clin d'œil à Jake, et celui-ci fut fort surpris de lui lancer un autre clin d'œil en réponse. Il reprit sa route, laissant les deux hommes à leur jeu. Il avait de plus en plus l'impression que quelque chose de merveilleux allait arriver – avait peut-être *déjà* commencé à arriver –, et on aurait dit que ses pieds ne touchaient plus le trottoir.

Le signal PASSEZ PIÉTONS apparut et il commença à traverser Lexington Avenue. Il s'arrêta si brutalement au milieu de la chaussée qu'un coursier à bicyclette faillit le renverser. Il faisait un temps superbe – d'accord. Mais ce n'était pas pour cette raison qu'il se sentait si bien, si conscient de tout ce qui se passait autour de lui, si certain qu'il allait se passer quelque chose de fantastique.

Les voix s'étaient tues.

Elles ne s'étaient pas tues pour de bon – il le savait confusément –, mais pour le moment, elles s'étaient *tues*. Pourquoi ?

Jake pensa soudain à deux hommes en train de se quereller dans une pièce. Ils sont assis l'un en face de l'autre et leur discussion est de plus en plus échauffée. Au bout d'un certain temps, ils se penchent l'un vers l'autre, tendent leurs visages belliqueux, s'arrosent mutuellement de postillons furibonds. Ils en viendront bientôt aux mains. Mais c'est alors qu'ils entendent un battement régulier – le bruit d'une grosse caisse –, suivi par un jaillissement de cuivres. Les deux hommes se taisent et échangent un regard intrigué.

Qu'est-ce que c'est ? demande le premier.

Je ne sais pas, répond l'autre. *On dirait un défilé.*

Ils se précipitent vers la fenêtre, et *c'est* un défilé – une fanfare en uniforme dont les membres marchent au pas tandis que le soleil fait chanter leurs trompettes et leurs cors, de jolies majorettes lançant leurs bâtons et agitant leurs longues jambes bronzées, des cabriolets couverts de fleurs et emplis de célébrités souriantes.

Les deux hommes oublient leur querelle et regardent par la fenêtre. Ils recommenceront tôt ou tard à se disputer, bien sûr, mais pour l'instant on dirait les meilleurs amis du monde ; épaule contre épaule, ils regardent passer le défilé...

10

Un coup de klaxon mit fin à la petite histoire que se racontait Jake, une petite histoire aussi vivante qu'un rêve dans son esprit. Il s'aperçut qu'il était toujours planté au milieu de Lexington Avenue et que le feu était passé au vert. Il jeta un regard terrifié autour de lui, persuadé que la Cadillac bleue allait lui foncer dessus, mais le type qui avait klaxonné était assis au volant d'une Mustang jaune et il avait un large sourire aux lèvres. On aurait dit que tous les habitants de New York avaient reçu une dose d'euphorisants ce jour-là.

Jake salua le conducteur de la Mustang et traversa en

courant. Le type posa un doigt sur sa tempe pour lui faire comprendre qu'il était cinglé, puis lui rendit son salut et s'en fut.

Jake resta quelques instants immobile sur le trottoir, le visage offert au chaud soleil de mai, souriant et appréciant le beau temps. Les prisonniers condamnés à la chaise électrique devaient ressentir le même soulagement en apprenant qu'ils venaient de bénéficier d'une remise de peine, pensa-t-il.

Les voix s'étaient tues.

Quel défilé avait bien pu les distraire, même temporairement ? Telle était la question. Etait-ce tout simplement la beauté peu ordinaire de ce matin de printemps ?

Jake ne le pensait pas. Il ne le pensait pas parce qu'il sentait monter en lui un étrange *savoir*, celui-là même qui l'avait possédé corps et âme trois semaines plus tôt, lorsqu'il était arrivé au coin de la Cinquième Avenue et de la 46ᵉ Rue. Mais le 7 mai, il avait su que sa mort était proche. Aujourd'hui, il ressentait la présence d'un rayonnement, une impression de bonheur et d'anticipation. C'était comme si... comme si...

Blanc. Tel fut le mot qui lui vint à l'esprit, et il résonna dans sa tête avec des accords chaleureux et triomphants.

– C'est le Blanc ! s'exclama-t-il. L'avènement du Blanc !

Il descendit la 54ᵉ Rue et, lorsqu'il arriva au coin de la Deuxième Avenue, il passa une nouvelle fois à l'ombre du *ka-tet.*

11

Il tourna à droite, puis s'arrêta et rebroussa chemin jusqu'au coin de la rue. Il devait descendre la Deuxième Avenue, oui, cela ne faisait aucun doute, mais il était du mauvais côté de la chaussée. Lorsque le feu passa au rouge, il traversa la rue en courant et tourna de nouveau à droite. Cette impression, cette idée de

(Blancheur)

justesse, se fit plus insistante. Il se sentait à moitié fou de joie et de soulagement. Tout irait bien. Cette fois-ci, pas d'erreur. Il était sûr qu'il allait bientôt voir des gens qu'il reconnaîtrait, tout comme il avait reconnu la grosse dame et le vendeur de bretzels, et ces gens-là feraient des choses dont il se souviendrait avant de les avoir vues.

Puis il arriva devant la librairie.

12

Les mots RESTAURANT SPIRITUEL DE MANHATTAN étaient peints sur la vitrine. Jake se dirigea vers la porte. On y avait accroché une ardoise du type de celles qu'on emploie dans les restaurants et les cantines.

MENU DU JOUR

En provenance de Floride ! John D. MacDonald grillés
Livres reliés : 3 pour $ 2,50
Livres de poche : 9 pour $ 5,00
En provenance du Mississippi !
William Faulkner poêlés
Livres reliés au prix marqué
Livres de poche (Vintage) 75 ¢ l'unité
En provenance de Californie ! Raymond Chandler rôtis
Livres reliés au prix marqué
Livres de poche : 7 pour $ 5,00

ENTREZ ET DÉVOREZ NOS LIVRES !

Jake entra, conscient du fait que, pour la première fois depuis trois semaines, il venait d'ouvrir une porte sans espérer trouver derrière un autre monde. Une clochette tinta au-dessus de sa tête. L'odeur légèrement épicée des vieux livres parvint à ses narines et lui donna l'impression de rentrer chez lui.

La librairie était bel et bien aménagée comme un restaurant. Les murs étaient couverts d'étagères croulantes de livres, mais le centre de la boutique était occupé par un long comptoir. D'un côté de celui-ci étaient placées des petites tables entourées de chaises de cafétéria. Chacune de ces tables proposait les articles figurant au menu : des romans de Travis McGee écrits par John D. MacDonald, des romans de Philip Marlowe écrits par Raymond Chandler et des romans de Snopes écrits par William Faulkner. Près de ceux-ci était placée une petite pancarte : *Editions originales disponibles – nous consulter*. Une seconde pancarte, posée sur le comptoir, disait tout simplement : *FEUILLETEZ !* C'était ce que faisaient deux ou trois clients, assis au comptoir et buvant un café. Jake pensa aussitôt que cette librairie était la plus formidable qu'il eût jamais vue.

La question était la suivante : qu'est-ce qui l'avait conduit ici ? Etait-ce la chance, ou bien était-ce l'impression persistante qu'il avait de suivre une piste – une sorte de rayon – que lui seul était destiné à trouver ?

Il jeta un coup d'œil aux livres posés sur une table toute proche et la réponse lui apparut aussitôt.

13

C'étaient des livres pour enfants. Comme la table n'était pas très grande, il n'y avait dessus qu'une douzaine de volumes – *Alice au pays des merveilles, Bilbo le Hobbit, Les Aventures de Tom Sawyer* et quelques autres du même acabit. Celui qui avait attiré l'attention de Jake était un livre d'images de toute évidence destiné à un très jeune public. Sur sa couverture d'un vert criard figurait une locomotive anthropomorphe qui gravissait une colline. Son chasse-buffles (d'une belle couleur rose) était en fait un large sourire et son phare était un œil jovial qui semblait inviter Jake Chambers à ouvrir le livre et à lire son histoire. *Charlie le Tchou-tchou*, tel était son titre, histoire et dessins de Beryl Evans. Jake revit en esprit sa composition de fin d'année, la photo d'un train Amtrak collée sur sa première page, les mots *tchou-tchou* qui y revenaient à plusieurs reprises.

Il attrapa le livre et le serra dans ses mains, comme s'il risquait de s'envoler sans crier gare. Lorsqu'il en examina la couverture, il s'aperçut qu'il se méfiait du sourire de Charlie le Tchou-tchou. Tu as l'air bien content, mais je pense que ce n'est qu'un masque, songea-t-il. Je ne pense pas que tu sois vraiment content. Et je ne pense pas non plus que tu t'appelles vraiment Charlie.

C'étaient là des pensées un peu dingues, sans aucun doute, mais elles ne lui *semblaient* pas dingues. Elles lui semblaient bien sensées. Elles lui semblaient refléter la *vérité*.

A côté de l'endroit où on avait posé *Charlie le Tchou-tchou* se trouvait un livre de poche en mauvais état. Sa couverture déchirée avait été rafistolée avec du Scotch jauni par l'âge. On y voyait un garçon et une fille, l'air très intrigué, une forêt de points d'interrogation au-dessus de leurs têtes. Ce livre s'intitulait *Devine, Devinettes*. Le nom de son auteur n'était pas mentionné.

Jake glissa *Charlie le Tchou-tchou* sous son bras et attrapa le recueil de devinettes. Il l'ouvrit au hasard et vit ceci :

Quand est-ce qu'une porte n'est pas une porte ?

– Quand c'est une jarre, murmura Jake. (Il sentit la sueur perler à son front... sur ses bras... sur tout son corps.) Quand c'est une *jarre* !

– Tu as trouvé quelque chose, fiston ? demanda une voix douce.

Jake se retourna et vit un gros homme vêtu d'une chemise blanche à col ouvert qui se tenait debout à l'extrémité du comptoir. Ses mains étaient enfouies dans les poches de son vieux pantalon de toile. Une paire de lunettes à verres en demi-lune était perchée sur le dôme brillant de son crâne chauve.

– Oui, dit Jake, tout excité. Ces deux livres. Est-ce qu'ils sont à vendre ?

– Tout ce que tu vois ici est à vendre dit l'homme. L'immeuble lui-même serait à vendre s'il m'appartenait. Hélas ! je n'en suis que le locataire.

Il tendit la main et Jake hésita un instant à lui donner les livres. Puis il se décida à contrecœur. Une partie de lui-même s'attendait à voir le gros homme s'enfuir avec les bouquins, et si cela se produisait – si le gros homme faisait seulement mine de s'enfuir –, Jake était prêt à le plaquer au sol, à lui arracher les livres et à se tirer. Il avait *besoin* de ces livres.

– Bien, regardons ça de plus près, dit le gros homme. Au fait, je m'appelle Tower. Calvin Tower.

Il tendit la main.

Les yeux de Jake s'écarquillèrent et il recula d'un pas par pur réflexe.

– *Quoi ?*

Le gros homme l'examina avec un certain intérêt.

– Calvin Tower. Lequel de ces deux mots est une injure dans ta langue, ô vagabond hyborien ?

– Hein ?

– Tu ressembles à quelqu'un à qui on vient de mettre la main au panier.

– Oh ! Excusez-moi. (Il serra la grosse patte de M. Tower, espérant que celui-ci n'insisterait pas. Son nom l'avait fait sursauter, mais il ne savait pas pourquoi.) Je m'appelle Jake Chambers.

Calvin Tower lui serra la main avec enthousiasme.

– C'est un nom qui sonne bien, partenaire. On dirait le nom d'un héros de western – l'étranger qui arrive un beau jour à Black Fork, Arizona, qui nettoie la ville et puis qui reprend sa route. Un roman de Wayne D. Overholser, peut-être. Sauf que tu ne ressembles pas à un héros, Jake. Tu ressembles à un gamin qui a décidé qu'il faisait trop beau pour aller à l'école.

– Oh... non. Les cours sont finis depuis vendredi dernier.

Tower eut un large sourire.

– Ouais. Bien sûr. Et tu veux ces deux bouquins, hein ? C'est bizarre, les trucs que les gens achètent. Toi, quand je t'ai vu faire un bond tout à l'heure, j'aurais juré que tu étais un fan de Robert E. Howard prêt à me marchander une de ces superbes éditions publiées par Donald M. Grant – celles avec les illustrations de Roy Krenkel. Epée dégoulinante de sang, cuisses musclées, Conan le Barbare se taille un chemin parmi les hordes stygiennes.

– Ça a l'air chouette. Mais je voudrais ces livres pour les offrir à... euh, à mon petit frère. C'est son anniversaire la semaine prochaine.

Calvin Tower fit descendre ses lunettes sur son nez d'un coup de pouce et examina Jake de plus près.

— Vraiment ? Tu ressembles pourtant à un fils unique. Un fils unique, oui, un gamin qui coque les cours pour profiter de la verte robe de Mlle Mai avant que n'arrive M. Juin et son canotier jaune.

— Pardon ?

— Peu importe. Je me sens toujours l'âme d'un poète quand vient le joli mois de mai. Les gens sont bizarres mais intéressants, Tex... pas vrai ?

— Sans doute, dit prudemment Jake.

Il ne savait pas s'il trouvait cet homme aimable ou irritant.

Un des lecteurs installés au comptoir pivota sur son tabouret. Il tenait une tasse de café dans une main et un exemplaire pourri de *La Peste* dans l'autre.

— Arrête de casser les pieds à ce gamin et vends-lui ces fichus bouquins, Cal, dit-il. On a encore le temps de finir cette partie d'échecs avant la fin du monde, à condition que tu te presses un peu.

— Je suis congénitalement incapable de me presser, dit Cal, mais il ouvrit *Charlie le Tchou-tchou* et scruta le prix inscrit au crayon rouge sur la page de garde. Ce n'est pas une rareté, mais il est en bon état. Les gosses ont pour habitude de massacrer les livres qu'ils aiment. Je devrais en exiger douze dollars...

— Bandit de grand chemin, dit le lecteur de *La Peste*.

L'homme assis à côté de lui éclata de rire. Calvin Tower ne leur prêta aucune attention.

— ... mais je n'ai pas le cœur à te demander une somme pareille par une telle journée. Il te coûtera sept dollars. Plus la taxe de vente, bien sûr. Quant au recueil de devinettes, je te l'offre. Un cadeau de ma part à ce jeune garçon assez sage pour seller son cheval et partir pour les territoires le dernier jour du printemps.

Jake sortit son portefeuille et l'ouvrit avec anxiété, redoutant de n'avoir que trois ou quatre dollars en poche. Mais la chance était de son côté. Il avait un billet de cinq dollars et trois billets d'un dollar. Il les tendit à Tower, qui les enfouit machinalement dans une de ses poches, sortant de l'autre de la petite monnaie.

— Ne te presse pas, Jake. Maintenant que tu es là,

viens par ici et bois un peu de café. Tes yeux vont s'ouvrir tout grands quand je réduirai à néant la minable défense de Kiev concoctée par Aaron Deepneau.

– Tu peux toujours courir, dit le lecteur de *La Peste* – Aaron Deepneau, sans aucun doute.

– J'aimerais bien, mais je ne peux pas. Je... je dois aller quelque part.

– Très bien. Tant que ce n'est pas à l'école.

Jake eut un large sourire.

– Non... pas à l'école. Là règne la folie.

Tower partit d'un rire homérique et remonta ses lunettes au sommet de son crâne.

– Pas mal ! Pas mal du tout ! Peut-être que la nouvelle génération n'est pas destinée à l'enfer, après tout. Aaron, qu'est-ce que tu en dis ?

– Oh que si, elle est destinée à l'enfer, répliqua Aaron. Ce gamin n'est que l'exception qui confirme la règle. Peut-être.

– Ne fais pas attention à ce vieux cynique, dit Calvin Tower. Reprends ta route, ô vagabond hyborien. J'aimerais bien avoir dix ou onze ans, moi aussi, avec une si belle journée devant moi.

– Merci pour les livres, dit Jake.

– Il n'y a pas de quoi. On est là pour ça. Reviens nous voir un de ces jours.

– Ça me ferait plaisir.

– Eh bien, tu sais où on est.

Oui, pensa Jake. Si seulement je savais où *je* suis.

14

Aussitôt sorti de la librairie, il ouvrit le recueil de devinettes à la première page, où se trouvait une courte introduction non signée :

« La devinette est peut-être le plus ancien de tous les jeux de société. Les dieux et les déesses de la mythologie grecque se posaient souvent des devinettes et des énigmes, et celles-ci étaient utilisées dans la Rome antique comme outils pédagogiques. On trouve plusieurs excellentes devinettes dans la Bible. Une des plus célèbres est celle que Samson posa le jour de son mariage avec Dalila :

« *De celui qui mange est sorti ce qui se mange*
« *Et du fort est sorti le doux.* (1)

« Il soumit cette devinette à plusieurs de ses jeunes invités, persuadé qu'ils seraient incapables de la résoudre. Mais ils attirèrent Dalila à l'écart et elle leur donna la réponse. Furieux, Samson fit exécuter les jeunes tricheurs – comme vous le voyez, les devinettes étaient une affaire sérieuse dans l'Antiquité !

« Au fait, la réponse de la devinette de Samson – et de toutes les devinettes contenues dans ce livre – figure en fin de volume. Mais nous vous demandons de faire un effort pour les résoudre avant de jeter un coup d'œil à la solution ! »

Jake tourna les pages, sachant ce qu'il trouverait à la fin du livre avant même d'y être parvenu. Derrière la page intitulée SOLUTIONS, il n'y avait que la trace d'un cahier déchiré. Les réponses avaient été arrachées.

Il réfléchit durant quelques instants. Puis, obéissant à une impulsion qui n'en était peut-être pas une, il fit demi-tour et rentra dans le *Restaurant spirituel* de Manhattan.

Calvin Tower leva les yeux de son échiquier.

– Tu as finalement décidé de boire un café, ô vagabond hyborien ?

– Non. Je voulais vous demander si vous connaissiez la solution d'une devinette.

– Je t'écoute, dit Tower en avançant un pion.

– C'est Samson qui l'a posée. Le costaud dans la Bible. Elle dit…

– « De celui qui mange est sorti ce qui se mange, dit Aaron Deepneau en se tournant vers Jake. Et du fort est sorti le doux. » C'est ça ?

– Oui, dit Jake. Comment la connaissez…

– Oh, j'ai pas mal roulé ma bosse. Ecoute ça.

Il rejeta la tête en arrière et chanta d'une voix mélodieuse :

---

(1) Juges, XIV, 14. Traduction œcuménique, Le Livre de Poche. *(N.d.T.)*

Un jour le grand Samson affronta un lion
Il sauta sur le dos du fauve d'un seul bond.
Les griffes du lion sont armes meurtrières,
Mais Samson s'agrippa à la bête rétive !
Il chevaucha le lion jusqu'à ce que mort s'ensuive,
Et les abeilles firent du miel dans sa crinière.

Aaron cligna des yeux, puis s'esclaffa devant l'air surpris de Jake.

– Est-ce que cela répond à ta question, mon ami ?

Jake ouvrait de grands yeux émerveillés.

– Wow ! Quelle chouette chanson ! Où l'avez-vous apprise ?

– Oh, Aaron les connaît toutes, intervint Tower. Il glandait autour de Bleecker Street avant que Bob Dylan ait appris à accorder sa guitare. Enfin, c'est ce qu'il dit.

– C'est un vieux negro spiritual, dit Aaron à Jake, puis il se tourna vers Tower : Au fait, échec au roi, mon gros.

– Pas pour longtemps, dit Tower.

Il déplaça son fou. Aaron s'empressa de le capturer. Tower marmonna quelque chose entre ses dents. Jake crut entendre le mot *enfoiré*.

– La réponse est donc un lion, dit Jake.

Aaron secoua la tête.

– Ce n'est que la *moitié* de la réponse. L'énigme de Samson est à double détente, mon ami. L'autre moitié de la réponse est le miel. Tu as compris ?

– Oui, je crois.

– D'accord, alors en voilà une autre.

Aaron ferma les yeux quelques instants, puis récita :

Qu'est-ce qui a une bouche mais ne parle point,
Qui a un lit mais ne dort point,
Qui a des bras mais pas de mains ?

– Gros malin, grommela Tower.

Jake réfléchit quelques instants, puis secoua la tête. Il aurait bien aimé chercher à résoudre cette énigme – ces devinettes étaient à la fois charmantes et fascinantes –, mais il avait l'impression qu'il ne devait pas s'attarder, qu'il avait autre chose à faire dans la Deuxième Avenue.

162

– Je donne ma langue au chat.

– Oh non, dit Aaron. On peut s'avouer vaincu par une devinette *moderne*. Mais les *vraies* devinettes ne sont pas seulement des blagues, mon petit – ce sont des énigmes. Réfléchis encore un peu à celle-ci. Si tu ne trouves pas la solution, ça te fera une excuse pour revenir nous voir. Et si tu as besoin d'une autre excuse, ce gros malin de Calvin fait un *excellent* café.

– D'accord, dit Jake. Merci. Au revoir.

Mais lorsqu'il sortit de la librairie, il acquit soudain la certitude qu'il ne remettrait jamais les pieds au *Restaurant spirituel* de Manhattan.

15

Jake descendit la Deuxième Avenue, serrant ses nouveaux achats dans sa main gauche. Il essaya d'abord de réfléchir à la devinette – qu'est-ce qui a un lit mais ne dort point ? –, mais une sensation d'anticipation chassa bientôt cette question de son esprit. Ses sens paraissaient plus aiguisés que jamais ; il voyait des millions de particules étincelantes enchâssées dans le trottoir, sentait un millier de parfums chaque fois qu'il respirait, semblait entendre des bruits secrets à moitié étouffés par le brouhaha de la rue. Il se demanda si ce n'était pas le genre d'impressions que ressentaient les chiens avant une tempête ou un tremblement de terre, et pensa que tel était certainement le cas. Mais il était également persuadé que ce qui l'attendait n'avait rien de maléfique, qu'il allait vivre un événement dont la nature compenserait l'horreur qu'il avait vécue trois semaines plus tôt.

Et à mesure qu'il s'approchait du lieu où se déciderait son destin, il voyait en esprit les choses qu'il allait faire durant les minutes suivantes.

Un clochard va me mendier un peu d'argent et je vais lui donner la monnaie que m'a rendue M. Tower. Et il y aura un magasin de disques. La porte sera ouverte pour faire entrer un peu d'air frais et j'entendrai les Rolling Stones quand je passerai devant elle. Et j'apercevrai mon reflet dans une vitrine pleine de miroirs.

La circulation était encore fluide sur la Deuxième Avenue. Les taxis jouaient du klaxon et faisaient du slalom entre les voitures et les camions trop lents à leur gré. Le soleil printanier étincelait sur leurs pare-brise et sur leurs carrosseries jaunes. Alors qu'il attendait que le feu passe au rouge, Jake vit le clochard au coin de la 52e Rue. Il était adossé au mur de brique d'un petit restaurant, et Jake vit que celui-ci s'appelait *Mama Chowchow*.

Tchou-tchou, pensa-t-il. Et c'est la vérité.

– T'as pas un peu d'fric ? demanda le clochard avec lassitude.

Jake jeta sa monnaie dans la main tendue sans même la regarder. Il entendait les Rolling Stones, comme prévu :

Je vois une porte rouge et je veux la peindre en noir,
Plus de couleurs, je veux que tout soit noir...

En passant devant le magasin de disques, il vit – sans la moindre surprise – qu'il s'appelait Tower of Power.

Les tours n'étaient pas chères aujourd'hui, semblait-il.

Jake poursuivit sa route et les panneaux indiquant les noms des rues semblèrent flotter au-dessus de lui comme dans un rêve. Entre la 49e Rue et la 48e Rue, il passa devant une boutique baptisée Reflets de Toi. Il tourna la tête et aperçut une douzaine de Jake dans les miroirs, comme prévu – une douzaine de garçons plutôt petits pour leur âge, une douzaine de garçons soigneusement vêtus : blazer bleu, chemise blanche, cravate bordeaux, pantalon gris. Il n'existait pas d'uniforme officiel à Piper, mais cette tenue était ce qui se rapprochait le plus d'un uniforme officieux.

Comme l'école lui semblait lointaine à présent.

Soudain, Jake sut quelle était sa destination. On aurait dit qu'une merveilleuse source fraîche venait de jaillir dans son esprit. C'est une charcuterie fine, pensa-t-il. Du moins en apparence. En fait, c'est tout autre chose – c'est une porte sur un autre monde. *Le* monde. *Son* monde. Le *bon* monde.

Il se mit à courir en regardant droit devant lui. Le feu

de la 47ᵉ Rue était vert, mais il l'ignora, bondit sur la chaussée et traversa les bandes blanches en jetant un vague regard sur sa gauche. Un camion de plombier pila dans un crissement de pneus pour l'éviter.

– Hé ! Ça va pas, la tête ? cria le chauffeur, mais Jake ne l'entendit pas.

Plus qu'un pâté de maisons.

Il se mit à sprinter comme un beau diable. Sa cravate flottait sur son épaule ; ses cheveux étaient rejetés en arrière ; ses tennis martelaient le trottoir. Il ignorait les regards – tantôt amusés, tantôt simplement curieux – que lui jetaient les passants, tout comme il avait ignoré les cris du plombier.

C'est ici – au coin de la rue. A côté de la papeterie.

Un livreur vêtu d'un uniforme sombre poussait un chariot empli de paquets. Jake tendit les bras et franchit l'obstacle d'un bond. Le pan de sa chemise blanche jaillit de son pantalon et flotta comme un jupon sous son blazer. Il toucha terre et faillit entrer en collision avec un landau poussé par une jeune Portoricaine. Jake le contourna comme un footballeur se jouant du pack adverse et filant à l'essai.

– Il y a le feu quelque part, mon mignon ? lui demanda la jeune femme, mais Jake l'ignora, elle aussi.

Il passa en courant devant la vitrine de la papeterie où s'amoncelaient stylos, agendas et calculettes.

La porte ! pensa-t-il, extatique. Je vais la voir ! Et est-ce que je vais rester planté devant comme un débile ? Oh que non ! Je vais la franchir sans m'arrêter, et si elle est fermée, je vais l'abattre et passer quand m...

Puis il vit ce qu'il y avait au coin de la Deuxième Avenue et de la 46ᵉ Rue et il finit par s'arrêter – il glissa sur les talons de ses tennis, en fait. Il resta immobile au milieu du trottoir, les poings serrés, le souffle court, le front couvert de cheveux poisseux de sueur.

– Non, gémit-il. *Non !*

Mais ce refus quasi frénétique était impuissant à altérer la nature de ce qu'il voyait, à savoir rien du tout. Il n'y avait rien à voir, excepté une petite palissade entourant un terrain vague empli de détritus et de mauvaises herbes.

L'immeuble qui s'était dressé sur ce terrain avait été démoli.

16

Jake resta planté devant la palissade pendant deux bonnes minutes, examinant le terrain vague de ses yeux vitreux. La commissure de ses lèvres était agitée de tics. Il sentait son espoir, sa *certitude absolue*, s'évaporer peu à peu. Elle était remplacée par le désespoir le plus profond et le plus amer qu'il ait jamais connu.

Encore une fausse alarme, se dit-il une fois que le choc se fut suffisamment dissipé pour qu'il puisse commencer à reprendre ses esprits. Encore une fausse alarme, encore une impasse, encore un puits sec. Maintenant, les voix vont se remettre à parler, et moi, je crois bien que je vais me mettre à hurler. Et c'est très bien comme ça. Parce que j'en ai marre de lutter. J'en ai marre de devenir fou. Si c'est à ça que ressemble la folie, alors qu'on en finisse, qu'on m'emmène à l'hôpital, qu'on me fasse une piqûre pour m'assommer. Je renonce. Je suis au bout du rouleau – c'est fini.

Mais les voix ne se manifestèrent pas – du moins pas encore. Et lorsqu'il commença à réfléchir à ce qu'il voyait, il se rendit compte que le terrain vague n'était pas complètement vide, après tout. Au milieu du chiendent et des détritus se dressait une pancarte :

> LES ENTREPRISES MILLS ET SOMBRA PROMOTION
> POURSUIVENT LA RÉNOVATION DE MANHATTAN !
> BIENTÔT SUR CET EMPLACEMENT :
> LA RÉSIDENCE DE LA BAIE DE LA TORTUE !
> RENSEIGNEMENTS AU 555-6712 !
> *VOUS NE REGRETTEREZ PAS*
> *DE NOUS AVOIR APPELÉS !*

Bientôt ? Peut-être... mais Jake avait des doutes. Les lettres de la pancarte avaient pâli et elle était un peu de guingois. Un tagueur du nom de BANGO SKANK avait apposé sa marque en bleu fluorescent sur le dessin censé représenter la Résidence de la Baie de la Tortue. Jake se demanda si le projet avait été retardé ou tout simplement annulé. Il se rappela une conversation téléphonique entre son père et son conseiller financier durant laquelle le premier avait fortement déconseillé au second d'investir dans l'immobilier. « Je me *fous* des avantages fiscaux ! avait-il hurlé (pour autant que Jake puisse en juger, son père adoptait toujours le même ton pour parler affaires – la cocaïne qu'il planquait dans son tiroir y était sans doute pour quelque chose). Quand on t'offre un poste de télé pour t'encourager à venir examiner des *plans*, il y a forcément anguille sous roche ! »

La palissade entourant le terrain vague lui arrivait à peine au menton. Elle était couverte d'affiches – Olivia Newton John au Radio City Music Hall, un groupe du nom de G. Gordon Liddy and the Grots dans un club de l'East Village, un film intitulé *La Guerre des zombies* qui n'avait connu qu'une brève carrière le printemps précédent. La plupart des pancartes ENTRÉE INTERDITE avaient été ainsi dissimulées par toutes sortes d'affiches et de posters. Un peu plus loin, la palissade était recouverte de graffitis dont la couleur jadis rouge vif s'était fanée, évoquant à présent celle des roses à la fin de l'été. Fasciné, les yeux grands ouverts, Jake murmura le message mural :

> *Vois la TORTUE comme elle est ronde !*
> *Sur son dos repose le monde.*
> *Tu veux des rires et des chansons ?*
> *Suis donc le sentier du RAYON.*

Jake n'avait guère de doutes sur l'origine (sinon le sens) de cet étrange petit poème. Ce quartier de Manhattan était après tout connu sous le nom de Baie de la Tortue. Mais cela n'expliquait pas la chair de poule qui lui parcourait l'échine, ni l'impression qu'il avait d'avoir trouvé un nouveau panneau sur une fabuleuse autoroute occulte.

Jake déboutonna sa chemise et glissa les deux livres contre sa peau. Puis il regarda autour de lui, vit que personne ne lui prêtait attention, se hissa à la force du poignet en haut de la palissade, l'enjamba et se laissa tomber de l'autre côté. Son pied gauche atterrit sur une pile de briques qui s'effondra sous son poids. Il sentit sa cheville se tordre et une violente douleur irradier dans sa jambe. Il tomba par terre et poussa un cri de douleur et de surprise en se recevant sur les briques, comme si on lui avait martelé les côtes à coups de poing.

Il resta allongé quelques instants, reprenant son souffle. Il ne pensait pas être grièvement blessé, mais il s'était tordu la cheville et elle allait sans doute enfler. Il rentrerait sûrement chez lui en traînant la patte. Tant pis, il ne lui restait plus qu'à serrer les dents en attendant que ça passe ; il n'avait pas de quoi se payer un taxi.

Tu n'as pas vraiment l'intention de rentrer chez toi, n'est-ce pas ? Tes parents vont te dévorer vivant.

Eh bien, peut-être que oui et peut-être que non. Pour autant qu'il pût en juger, il n'avait pas vraiment le choix. Chaque chose en son temps. Pour l'instant, il allait explorer ce terrain vague qui l'avait attiré aussi sûrement qu'un aimant attire la limaille de fer. La même sensation de pouvoir l'habitait encore, et il se rendit compte qu'elle était même plus forte que jamais. Il ne pensait pas se trouver dans un terrain vague ordinaire. Il se passait quelque chose ici, quelque chose d'important. Il sentait des vibrations agiter l'air, comme de l'électricité s'échappant de la plus grande centrale électrique du monde.

Comme il se relevait, Jake s'aperçut qu'il avait eu de la chance. Non loin de là se trouvaient des morceaux de verre éparpillés sur le sol. S'il était tombé là-dessus, il se serait sûrement coupé.

C'était la vitrine, pensa-t-il. Quand la charcuterie fine était encore ouverte, on voyait derrière elle toutes sortes de viandes et de fromages. Et ils étaient pendus à des ficelles.

Comment le savait-il, il n'en avait aucune idée, mais il le savait – le savait sans l'ombre d'un doute.

Il jeta autour de lui un regard pensif, puis s'avança vers le centre du terrain. Un nouveau panneau l'y attendait, à moitié enfoui dans les mauvaises herbes. Jake se mit à genoux, le redressa et l'épousseta. Les lettres qui y étaient inscrites étaient à moitié effacées mais néanmoins lisibles :

TOM ET GERRY – CHARCUTERIE FINE ET ARTISTIQUE SPÉCIALISTE EN RÉCEPTIONS

Et sous l'enseigne, inscrite en lettres d'un rouge fané, cette phrase énigmatique : *SON ESPRIT, QUOIQUE LENT, EST TOUJOURS TRÈS GENTIL ; IL TIENT CHACUN DE NOUS DANS SES NOMBREUX REPLIS.*

C'est bien ici, pensa Jake. Oh oui !

Il laissa retomber le panneau, se releva et s'enfonça dans le terrain vague d'un pas lent, détaillant tout ce qui l'entourait. Le pouvoir montait en lui à chaque pas. Tout ce qu'il voyait – mauvaises herbes, verre brisé, tas de briques – lui apparaissait avec une extraordinaire clarté. Même les poches de chips lui semblaient superbes, et le soleil transformait une bouteille de bière en cylindre de feu mordoré.

Jake avait conscience de son propre souffle et de la chape d'or que le soleil déposait sur toutes choses. Il comprit soudain qu'il se trouvait au seuil d'un grand mystère et il sentit un frisson de terreur et d'émerveillement le parcourir de la tête aux pieds.

Tout est ici. Tout. Tout est encore ici.

Les herbes frôlaient son pantalon ; les bardanes s'accrochaient à ses chaussettes. La brise fit voleter un emballage de Ring-Ding devant lui ; le soleil se posa sur le papier, révélant l'espace d'un instant un terrible et superbe éclat dans ses fibres.

– Tout est encore ici, répéta-t-il à haute voix, inconscient de l'éclat qui illuminait son propre visage. *Tout.*

Il entendait un bruit – il l'entendait depuis qu'il était entré dans le terrain vague, en fait. C'était un merveilleux bourdonnement suraigu, désespérément solitaire et désespérément adorable. Cela aurait pu être le bruit du vent soufflant sur le désert, mais ce bruit-là était *vivant.* C'était le chant d'un chœur de mille voix, pensa-t-il. Il baissa les yeux et s'aperçut qu'il y avait des *visages* parmi les mauvaises herbes, les buissons et les tas de briques. *Des visages.*

– Que faites-vous ici ? murmura Jake. *Qui* êtes-vous ?

Il n'obtint aucune réponse mais crut entendre au sein du chœur un bruit de sabots frappant le sol poussiéreux, des coups de feu et des anges chantant des hosannas parmi les ombres. Les visages semblaient se tourner sur son passage. Ils semblaient suivre sa progression mais n'avaient aucune intention maléfique à son égard. Il apercevait la 46ᵉ Rue et un bout de l'immeuble des Nations unies de l'autre côté de la Première Avenue, mais ces bâtiments n'avaient aucune importance – *New York* n'avait aucune importance. La ville était devenue aussi pâle que le verre.

Le bourdonnement s'amplifia. Le chœur comprenait à présent un million de voix semblant monter du puits le plus profond de l'univers. Il entendit quelques noms mais n'aurait pu les identifier. L'un d'eux était peut-être Marten. Un autre était peut-être Cuthbert. Un troisième était peut-être Roland – Roland de Gilead.

Il y avait des noms ; il y avait des bribes de conversations qui auraient pu provenir d'une dizaine de milliers d'histoires entremêlées ; mais il y avait surtout ce bourdonnement sublime, cette vibration qui voulait lui emplir la tête d'un blanc étincelant. Jake faillit succomber à une joie toute-puissante lorsqu'il se rendit compte que cette voix était la voix du *Oui* ; la voix du *Blanc* ; la voix du *Toujours*. C'était un chœur céleste proclamant une affirmation unanime ; et ce chœur chantait dans le terrain vague. Il chantait pour lui.

Puis, enfouie parmi les bardanes enchevêtrées, Jake vit la clé... et derrière la clé, la rose.

17

Ses jambes le trahirent et il tomba à genoux. Il avait vaguement conscience des larmes qui coulaient sur ses joues, des gouttes d'urine qui souillaient son pantalon. Il rampa sur ses genoux et tendit la main vers la clé enfouie parmi les bardanes. Il pensait avoir déjà vu sa forme dans un rêve :

Le petit machin en forme de s au bout, pensa-t-il. C'est ça, le secret.

Lorsqu'il referma ses doigts sur la clé, le chœur se fit triomphant. Le cri que poussa Jake se perdit dans ce déchaînement de voix. Il vit un éclair blanc jaillir de la clé serrée entre ses doigts et sentit une violente décharge d'énergie lui parcourir le bras. On aurait dit qu'il venait d'agripper une ligne à haute tension, mais il ne ressentit aucune douleur.

Il attrapa *Charlie le Tchou-tchou* et glissa la clé entre deux pages. Puis ses yeux se posèrent de nouveau sur la rose et il comprit que c'était elle la *vraie* clé – la clé de tout. Il rampa vers elle, et son visage était auréolé de lumière, ses yeux étaient deux puits de feu bleuté.

La rose poussait sur une touffe d'herbe pourpre.

Alors que Jake s'approchait de cette herbe venue d'ailleurs, la rose commença à éclore sous ses yeux. Elle lui révéla une sombre fournaise, chacun de ses pétales s'ouvrit en brûlant de sa fureur secrète. Jamais de sa vie il n'avait vu quelque chose d'aussi intensément vivant.

Et lorsqu'il tendit ses doigts sales vers cette merveille, les voix se mirent à chanter son nom... et une terreur sans nom s'insinua au centre de son cœur. Une terreur froide comme la glace et lourde comme la pierre.

Quelque chose n'allait pas. Il percevait une discordance palpitante, pareille à une déchirure sur une œuvre d'art inestimable ou à une fièvre mortelle rampant sous la peau glacée d'un invalide.

C'était quelque chose comme un ver. Un ver envahisseur. Et une forme. Une forme tapie au prochain tournant de la route.

Puis le cœur de la rose s'ouvrit à lui, révélant une lumière aveuglante, et il fut emporté par une vague d'émerveillement qui lui fit oublier tout le reste. Jake pensa un instant qu'il voyait simplement du pollen investi de la lueur surnaturelle qui imprégnait le cœur de tous les objets se trouvant en ce lieu – cela bien qu'il n'ait jamais entendu parler d'une rose à pollen. Il s'approcha un peu plus vite et vit que le disque de lumière jaune n'était pas une boule de pollen. *C'était un soleil* : une immense forge brûlant au centre de cette rose qui poussait dans l'herbe pourpre.

La terreur s'empara de nouveau de lui. Tout va bien, pensa-t-il, tout va bien ici, mais tout pourrait aller mal – et peut-être que ça a déjà commencé. On me permet de le sentir, du moins ce que je peux en supporter... mais qu'est-ce que c'est ? Et que puis-je faire ?

C'était quelque chose comme un ver.

Il le sentait pulser comme un cœur sombre et malade, luttant contre la beauté secrète de la rose, opposant ses imprécations au chœur qui l'avait apaisé et enchanté.

Il s'approcha un peu plus de la rose et vit que son cœur était fait de plusieurs soleils et non d'un seul... peut-être que ce réceptacle fragile mais précieux contenait tous les soleils.

Mais ça va mal. Elle est en danger.

Jake savait qu'il risquait presque certainement la mort en touchant ce microcosme étincelant, mais il ne put s'en empêcher et tendit la main. Son geste était dénué de terreur comme de curiosité ; il brûlait tout simplement du désir de protéger la rose.

18

Lorsqu'il reprit connaissance, il sut tout d'abord que plusieurs heures s'étaient écoulées et qu'il avait une migraine carabinée.

Que s'est-il passé ? Est-ce qu'on m'a attaqué ?

Il roula sur lui-même et s'assit. Une nouvelle onde de douleur lui parcourut le crâne. Il porta une main à sa tempe gauche et la retira poisseuse de sang. Il baissa les yeux et vit une brique pointant entre les mauvaises herbes. Son coin émoussé était écarlate.

S'il avait été plus pointu, je serais probablement mort ou dans le coma, pensa-t-il.

Il regarda son poignet et fut surpris de constater que

sa montre était encore là. C'était une Seiko relativement bon marché, mais on ne s'endort pas impunément dans un terrain vague new-yorkais. Même si votre montre ne vaut pas tripette, il se trouve toujours quelqu'un pour vous la piquer. Apparemment, il avait eu de la chance.

Il était 16 h 15. Il avait passé au moins six heures allongé sur les mauvaises herbes. Son père avait probablement lancé les flics à sa recherche, mais cela ne lui paraissait guère important. Jake avait l'impression que mille ans s'étaient écoulés depuis qu'il avait quitté Piper.

Il parcourut la moitié de la distance qui le séparait de la palissade, puis s'arrêta.

Qu'est-ce qui lui était arrivé *exactement* ?

Peu à peu, ses souvenirs lui revinrent. Il avait enjambé la palissade. Il avait glissé et s'était tordu la cheville. Il baissa la main pour la palper et grimaça. Oui – cela au moins était exact. Et ensuite ?

Quelque chose de magique.

Il chercha ce quelque chose à tâtons comme un vieillard s'avançant avec hésitation dans une pièce obscure. Tous les objets avaient rayonné de leur propre lumière. *Tous* – même les papiers de bonbons et les bouteilles de bière. Il y avait eu des voix – elles chantaient et racontaient des milliers d'histoires entremêlées.

– Et des *visages*, murmura-t-il.

Il regarda autour de lui avec appréhension. Aucun visage à l'horizon. Les tas de briques n'étaient que des tas de briques, les mauvaises herbes des mauvaises herbes. Il n'y avait pas de visages, mais...

... *mais ils étaient bien là. Ce n'était pas un effet de ton imagination.*

Il en était sûr. Incapable de capturer l'essence de son souvenir, sa beauté et sa transcendance, il était néanmoins convaincu de sa réalité. Le souvenir qu'il avait des instants ayant précédé son évanouissement ressemblait à une photo prise lors du plus beau jour de sa vie. Il se rappelait cette journée – du moins en gros –, mais la photo lui semblait terne et presque sans vie.

Jake parcourut du regard le terrain vague qu'envahissaient les ombres violettes du crépuscule et pensa :

Je veux que tu reviennes. Mon Dieu, je veux que tu reviennes comme avant.

Puis il vit la rose poussant dans sa touffe d'herbe pourpre, tout près de l'endroit où il était tombé. Son cœur fit un bond. Jake se précipita vers elle, ignorant la douleur qui irradiait dans sa cheville. Il tomba à genoux devant la rose comme devant l'autel d'un dieu. Il se pencha vers elle, les yeux écarquillés.

Ce n'est qu'une rose. Ce n'est qu'une rose, après tout. Et l'herbe...

L'herbe n'était pas pourpre, après tout. Il y avait des *taches* pourpres sur les brins, oui, mais ceux-ci étaient d'un vert tout à fait normal. Il regarda un peu plus loin et vit qu'une autre touffe était tachée de bleu. A sa droite, une bardane était piquetée de rouge et de jaune. Et un peu plus loin, il aperçut un tas de pots de peinture. *Glidden satinée*, disaient les étiquettes.

Ce n'était que ça. Des taches de peinture. Mais tu délirais tellement que tu as cru voir...

Conneries.

Il savait ce qu'il avait vu et il savait ce qu'il voyait.

– Un camouflage, murmura-t-il. C'était bien là. *Tout* était là. Et... tout est encore là.

A présent qu'il reprenait ses esprits, il percevait de nouveau le pouvoir harmonique que recelait ce lieu. Le chœur était toujours là, toujours aussi mélodieux, même s'il semblait un peu plus lointain, un peu plus diffus. Il regarda un tas de briques et de morceaux de plâtre et y aperçut un visage à peine discernable. C'était le visage d'une femme au front orné d'une cicatrice.

– Allie ? murmura Jake. Vous vous appelez Allie, n'est-ce pas ?

Aucune réponse. Le visage avait disparu. Il n'avait devant lui qu'une pile de briques et de plâtre des plus ordinaires.

Il se retourna vers la rose. Sa couleur, vit-il, n'était pas ce rouge sombre qu'on trouve au cœur d'une fournaise mais un rose poussiéreux. Elle était très belle, mais loin d'être parfaite. Certains de ses pétales s'étaient recroquevillés ; leurs contours étaient brunâtres et racornis, morts. Aucun rapport avec les fleurs cultivées qu'on voyait aux étalages des fleuristes ; ce devait être une rose sauvage, supposa-t-il.

– Tu es très belle, dit-il, et il tendit la main vers la rose pour la caresser.

En dépit de l'absence totale de brise, la fleur se pencha vers ses doigts. L'espace d'un instant, ils en touchèrent la surface, douce, veloutée, merveilleusement vivante, et le chœur sembla gagner en puissance tout autour de lui.

– Es-tu malade, belle rose ?

Il ne reçut aucune réponse, bien sûr. Lorsque ses doigts s'écartèrent des pétales rose pâle, la fleur reprit doucement sa position initiale, dressée sur sa touffe d'herbe tachée dans sa tranquille splendeur oubliée.

Est-ce que les roses fleurissent à cette époque de l'année ? se demanda Jake. Les roses sauvages ? Et que fait une rose sauvage dans un terrain vague ? Et s'il en pousse une, comment se fait-il qu'il n'en pousse pas d'autres ?

Il resta à genoux devant elle pendant quelques instants, puis se rendit compte que, même s'il restait plongé dans la contemplation de la rose pendant tout l'après-midi (voire pendant le restant de ses jours), il ne parviendrait jamais à élucider son mystère. Il l'avait vue telle qu'elle était l'espace de quelques instants, tout comme il avait vu la totalité de ce recoin négligé de la ville ; il l'avait vue démasquée, dépouillée de son camouflage. Il souhaitait la revoir ainsi mais savait que son souhait ne serait pas exaucé.

L'heure était venue de rentrer à la maison.

Il vit les deux livres qu'il avait achetés au *Restaurant spirituel* de Manhattan. Lorsqu'il les ramassa, un objet brillant tomba de *Charlie le Tchou-tchou* et atterrit dans une touffe de chiendent. Jake se pencha, veillant à ménager sa cheville, et le prit. A ce moment-là, le chœur monta un peu plus haut, puis émit de nouveau un bourdonnement quasi inaudible.

– C'était donc bien réel, ça aussi, murmura-t-il.

Il fit courir le bout de son doigt sur les encoches de la clé, ces encoches en forme de V. Il caressa la petite courbe en forme de s. Puis il enfouit la clé dans la poche de son pantalon et se dirigea vers la palissade en boitillant.

Il se préparait à l'escalader lorsqu'une pensée terrifiante s'empara soudain de son esprit.

La rose ! Et si quelqu'un venait ici pour la cueillir ?

Un petit gémissement horrifié s'échappa de ses lèvres. Il se retourna, chercha la rose du regard et l'aperçut enfin, plongée dans l'ombre d'un immeuble tout proche – minuscule forme rose dans la pénombre, vulnérable, superbe et esseulée.

Je ne peux pas l'abandonner – je dois veiller sur elle !

Mais une voix s'éleva dans son esprit, une voix qui était sûrement celle de l'homme qu'il avait rencontré au relais dans cette étrange vie parallèle. *Personne ne viendra la cueillir. Et aucun vandale ne viendra l'écraser d'un coup de botte, incapable de supporter la vision de sa beauté. Elle ne court aucun danger de cette nature. Elle est capable de s'en protéger.*

Un profond soulagement envahit Jake.

Est-ce que je pourrai revenir la voir ? demanda-t-il à la voix spectrale. Quand je serai déprimé, ou si les voix recommencent à se quereller dans ma tête ? Est-ce que je pourrai revenir la voir et connaître un peu de paix ?

La voix ne répondit pas et Jake conclut au bout de quelques instants qu'elle avait disparu. Il glissa *Charlie le Tchou-tchou* et *Devine, Devinettes* dans la ceinture de son pantalon – lequel, remarqua-t-il, était taché de boue et couvert de bardanes –, puis se retourna vers la palissade. Il se hissa à la force du poignet, passa la jambe gauche de l'autre côté, puis la droite, et se laissa choir sur le trottoir de la Deuxième Avenue, prenant soin de se recevoir sur son pied valide.

Voitures et piétons étaient plus nombreux à cette heure de la journée. Quelques passants jetèrent un regard intrigué au petit garçon lorsqu'il atterrit sur le trottoir, blazer déchiré et chemise flottant au vent, mais quelques-uns seulement. Les New-Yorkais ont l'habitude de croiser des gens bizarres dans la rue.

Il resta immobile un moment, un peu désorienté et regrettant de quitter la rose, puis il s'aperçut que quelque chose avait changé – les voix querelleuses s'étaient tues. C'était déjà ça.

Lorsqu'il jeta un coup d'œil à la palissade, les vers de mirliton qui y étaient peints à la bombe lui sautèrent aux yeux, peut-être parce que les lettres avaient la même couleur que la rose.

– « Vois la TORTUE comme elle est ronde, murmura Jake. Sur son dos repose le monde. » (Il frissonna.) Quelle journée !

Il se retourna et prit en traînant la patte la direction de sa maison.

19

Le portier avait dû prévenir Elmer Chambers dès que Jake était entré dans le hall de l'immeuble, car il guettait son arrivée devant l'ascenseur au quatrième étage. Chambers portait un jean délavé et des bottes de cow-boy qui le grandissaient de cinq bons centimètres. Ses cheveux noirs taillés en brosse se hérissaient sur son crâne ; le père de Jake ressemblait en permanence à un homme venant de subir un choc extraordinaire. Il agrippa le petit garçon par le bras dès qu'il fut sorti de la cabine.

– Regarde-toi ! (Son père le détailla de la tête aux pieds : visage et mains également crasseux, taches de sang sur la joue et la tempe, pantalon souillé, blazer déchiré, cravate ornée d'une bardane en guise d'épingle.) Rentre ici ! Où diable étais-tu passé ? Ta mère est folle d'inquiétude !

Sans donner à Jake une chance de répondre, il le traîna derrière lui à l'intérieur de l'appartement. Jake aperçut Greta Shaw dans le petit couloir séparant la cuisine de la salle à manger. Elle lui adressa un regard timide et compatissant, puis disparut avant que les yeux de « monsieur » se posent sur elle.

La mère de Jake était assise sur son fauteuil à bascule. Elle se leva en apercevant son fils, mais elle ne *bondit* pas à sa vue ; pas plus qu'elle ne se précipita vers lui pour le couvrir de baisers et d'invectives. Lorsqu'elle se dirigea vers lui d'un pas languissant, Jake examina ses yeux et estima qu'elle avait pris trois Valium depuis midi. Peut-être quatre. Ses parents étaient de grands partisans de l'industrie chimique.

– Mais tu *saignes* ! Où étais-tu passé ?

Elle prononça ces deux questions de sa voix aux accents cultivés d'ancienne étudiante de Vassar. On aurait pu la croire en train d'accueillir une vague connaissance ayant eu un accident de la route sans gravité.

– Dehors, dit Jake.

Son père le secoua sans ménagement. Jake ne s'y était pas attendu. Il trébucha et se reçut sur sa cheville blessée. La douleur qui lui tarauda la jambe le rendit soudain furieux. Il ne pensait pas que son père lui en voulait parce qu'il avait disparu de l'école en laissant derrière lui sa composition de cinoque ; son père lui en voulait parce qu'il avait eu la témérité de troubler son précieux emploi du temps.

Jusqu'à ce jour, Jake n'avait eu conscience que de trois sentiments relatifs à son père : l'incompréhension, la peur et un vague amour inexprimé. Un quatrième et un cinquième sentiment l'habitaient à présent. La colère et le dégoût. Une profonde nostalgie se mêlait à ces deux sentiments peu agréables. C'était cette nostalgie qui avait le plus d'importance pour lui, elle emplissait son esprit comme une brume subtile. Il regarda les joues cramoisies, les cheveux hérissés de son père, et souhaita retourner dans le terrain vague, contempler la rose et écouter le chœur. Ma place n'est plus ici, pensa-t-il. Plus maintenant. J'ai une tâche à accomplir. Si seulement je savais laquelle.

– Lâche-moi, dit-il.

– *Qu'est-ce* que tu dis ?

Les yeux bleus de son père s'écarquillèrent. Ils étaient injectés de sang. Il avait dû sérieusement piocher dans sa réserve de poudre magique et le moment était sans doute mal choisi pour le contrarier, mais Jake se rendit compte que c'était précisément ce qu'il avait l'intention de faire. Il refusait de se laisser traiter comme une souris dans les griffes d'un matou sadique. Pas ce soir. Peut-être plus jamais. Il comprit soudain que sa colère s'expliquait en grande partie par un fait tout simple : il ne pouvait pas leur *parler* de ce qui s'était passé – de ce qui se passait *encore*. Ils avaient fermé toutes les portes.

Mais j'ai une clé, pensa-t-il, et il la toucha à travers le tissu de son pantalon. Et deux vers de mirliton lui revinrent à l'esprit : *Tu veux des rires et des chansons ? Suis donc le sentier du RAYON.*

– J'ai dit : lâche-moi, répéta-t-il. Je me suis tordu la cheville et tu me fais mal.

– Tu n'auras pas seulement mal à la cheville si tu...

Jake sembla investi d'une force soudaine. Il saisit la main qui lui enserrait le bras juste en dessous de l'épaule et l'écarta violemment. Son père en resta bouche bée.

– Je ne *bosse* pas pour toi, dit Jake. Je suis ton *fils*, tu te rappelles ? Si tu l'as oublié, va donc jeter un coup d'œil à la photo posée sur ton bureau.

Les lèvres de son père se retroussèrent sur un rictus plombé qui exprimait la surprise plus que la colère.

– Ne me parle pas sur ce ton, mon gars... Où diable est passé ton respect ?

– Je ne sais pas. Peut-être que je l'ai perdu en chemin.

– Tu t'absentes de l'école pendant toute une journée et quand tu rentres à la maison, c'est pour parler à ton père comme si c'était...

– Arrêtez ! Arrêtez, tous les deux ! s'écria la mère de Jake.

Elle semblait au bord des larmes en dépit des tranquillisants qui imprégnaient son organisme.

Le père de Jake chercha à lui agripper le bras une nouvelle fois, puis se ravisa. La force avec laquelle son fils avait échappé à son étreinte quelques secondes plus tôt n'était sans doute pas étrangère à son hésitation. A moins que celle-ci ne soit due à l'éclat des yeux de Jake.

– Je veux savoir où tu es allé.

– Dehors. Je te l'ai déjà dit. Et c'est *tout* ce que je vais te dire.

– Nom de Dieu ! Ton principal a téléphoné, ton prof de français est *venu ici*, et ils avaient *beaucoup* (1) de

_____

(1) En français dans le texte. *(N.d.T.)*

questions à te poser, tous les deux ! Et moi aussi ! Alors j'attends tes *réponses* !

— Tu es tout sale, fit remarquer sa mère, qui ajouta timidement : Est-ce que tu as été agressé, Johnny ? Est-ce que tu t'es fait agresser dans la rue ?

— Bien sûr que non, gronda Elmer Chambers. Il a toujours sa montre, pas vrai ?

— Mais il y a du sang sur sa tête.

— Ce n'est rien, maman. Je me suis cogné.

— Mais...

— Je vais me coucher. Je suis très, très fatigué. Si vous voulez parler de tout ça demain matin, c'est d'accord. Peut-être qu'on sera tous un peu plus raisonnables. Mais pour le moment, je n'ai rien à dire.

Son père fit un pas vers lui et leva la main.

— *Non, Elmer !* glapit sa mère.

Chambers l'ignora. Il attrapa Jake par le col de son blazer.

— Tu ne vas pas t'en tirer à si bon c...

Soudain, Jake pivota sur lui-même, lui arrachant le tissu des mains. La couture de son aisselle droite, déjà bien entamée, acheva de se découdre avec un ronronnement éraillé.

Elmer Chambers recula d'un pas en voyant les yeux étincelants de son fils. Quelque chose qui ressemblait à de la terreur apparut sur son visage déformé par la rage. L'éclat des yeux de Jake n'avait rien d'une métaphore ; ses globes oculaires semblaient bel et bien enflammés. Sa mère poussa un petit cri étouffé, porta une main à sa bouche, recula de deux pas et s'affala sur son fauteuil à bascule avec un bruit sourd.

— *Laisse... moi... tranquille*, dit Jake.

— Qu'est-ce qui *t'arrive* ? demanda son père d'une voix presque plaintive. Qu'est-ce qui t'arrive, *bon sang* ? Tu fais l'école buissonnière le premier jour des examens de fin d'année, tu rentres à la maison dans un état épouvantable... et tu te conduis comme si tu étais devenu fou.

Cette fois-ci, les mots étaient prononcés – *tu te conduis comme si tu étais devenu fou.* Les mots qu'il redoutait depuis trois semaines, depuis que les voix querelleuses se faisaient entendre dans sa tête. L'Horri-

180

ble Accusation. Mais à présent qu'elle était proférée, Jake s'aperçut qu'elle ne lui faisait guère peur, peut-être parce qu'il avait fini par résoudre lui-même son conflit. Oui, il lui était arrivé quelque chose. Et ce n'était pas fini. Mais non – il *n'*était *pas* devenu fou. Du moins pas encore.

– On en reparlera demain matin, dit-il.

Il se dirigea vers la porte de la salle de séjour et, cette fois-ci, son père ne tenta pas de l'arrêter. Il était presque arrivé dans le couloir lorsqu'il se figea en entendant la voix inquiète de sa mère.

– Johnny... est-ce que tu te sens *bien* ?

Et que répondre à ça ? Oui ? Non ? Ni oui ni non ? Oui et non ? Mais les voix s'étaient tues et c'était déjà ça. C'était déjà beaucoup, en fait.

– Je me sens mieux, dit-il finalement.

Il descendit dans sa chambre et referma la porte derrière lui. Le bruit qu'elle fit en l'isolant du reste du monde était empli d'un profond soulagement.

20

Il resta quelque temps devant la porte, l'oreille tendue. La voix de sa mère n'était qu'un murmure, celle de son père était un peu plus forte.

Sa mère dit qu'il avait perdu du sang et qu'il fallait appeler un docteur.

Son père dit que le gosse allait parfaitement bien ; il avait la langue trop bien pendue, voilà tout, et c'était facile à soigner.

Sa mère dit qu'il devait se calmer.

Son père dit qu'il *était* calme.

Sa mère dit...

Il dit, elle dit, blablabla. Jake les aimait encore – du moins en était-il presque sûr –, mais il lui était arrivé quelque chose et ce quelque chose allait entraîner d'autres choses.

Pourquoi ? Parce que la rose était malade. Et peut-être parce qu'il voulait courir et jouer... et revoir *ses* yeux, ses yeux aussi bleus que le ciel au-dessus du relais.

Jake se dirigea lentement vers son bureau en ôtant son blazer. Le vêtement était pratiquement fichu – la manche était presque complètement déchirée, la doublure pendait comme un drapeau en berne. Il le suspendit au dossier de sa chaise, puis s'assit et posa les livres sur son bureau. Il avait très mal dormi durant les dix derniers jours, mais il pensait qu'il dormirait bien cette nuit. Jamais il ne s'était senti aussi fatigué. Peut-être saurait-il ce qu'il devait faire lorsqu'il se réveillerait le matin venu.

On frappa doucement à la porte et Jake se retourna, les yeux méfiants.

– C'est Mme Shaw, John. Puis-je entrer une minute ?

Il sourit. Mme Shaw – bien sûr que oui. Ses parents l'avaient mobilisée pour servir d'intermédiaire. Ou peut-être valait-il mieux dire : de traductrice.

Allez le voir, lui avait sûrement dit sa mère. *Il vous dira ce qui ne va pas. Je suis sa mère, cet homme aux yeux injectés de sang et au nez qui coule est son père, et vous n'êtes que la gouvernante, mais il vous dira ce qu'il n'a pas voulu nous dire. Parce que vous le voyez plus souvent que nous deux et parce que vous parlez peut-être son langage.*

Elle porte un plateau, pensa Jake, et il souriait lorsqu'il ouvrit la porte.

Mme Shaw portait effectivement un plateau. Il s'y trouvait deux sandwiches, une tranche de tarte aux pommes et un verre de chocolat. Elle dévisageait Jake d'un air un peu anxieux, comme si elle l'avait cru capable de la mordre. Jake regarda derrière elle, mais il n'y avait aucun signe de ses parents. Il les imagina assis dans la salle de séjour, l'oreille tendue.

– J'ai pensé que tu aimerais peut-être manger un morceau, dit Mme Shaw.

– Oui, merci.

En fait, il avait une faim de loup ; il n'avait rien avalé depuis le petit déjeuner. Il s'écarta et Mme Shaw entra (lui jetant un nouveau regard inquiet au passage) et posa le plateau sur son bureau.

– Oh ! regardez ça, dit-elle en attrapant *Charlie le Tchou-tchou*. J'avais ce livre quand j'étais toute petite. Tu l'as acheté aujourd'hui, Johnny ?

– Oui. Est-ce que mes parents vous ont demandé de vous renseigner sur ce que j'ai fait de ma journée ?

Elle acquiesça. Ni mensonge ni comédie. Pour elle, ce n'était qu'une corvée de plus. *Tu peux me le dire si tu en as envie*, semblait dire son visage, *ou tu peux te taire si ça te chante. Je t'aime bien, Johnny, mais au fond, ça m'est égal. Moi, je travaille ici, c'est tout, et ça fait déjà une heure que j'aurais dû quitter mon service.*

Il n'était nullement offusqué par ce commentaire imaginé ; au contraire, cela ne l'en apaisait que davantage. Mme Shaw faisait partie de ces connaissances qui n'étaient pas tout à fait des amis... mais elle était sans doute un peu plus proche de lui que n'importe lequel de ses camarades de classe, et beaucoup plus proche de lui que son père ou sa mère. Au moins Mme Shaw était-elle honnête. Elle ne faisait pas de chichis. Tout était comptabilisé sur son chèque de fin de mois et elle enlevait *toujours* la croûte des sandwiches.

Jake mordit à belles dents dans un de ceux qu'elle venait de lui apporter. Saucisse et fromage, son sandwich préféré. C'était une des autres qualités de Mme Shaw – elle connaissait toutes ses préférences. Sa mère était toujours persuadée qu'il aimait le maïs grillé et qu'il détestait les choux de Bruxelles.

– Dites-leur que je vais bien, s'il vous plaît, et dites à mon père que je m'excuse d'avoir été grossier avec lui.

C'était faux, bien sûr, mais son père n'attendait de lui qu'une excuse de ce type. Une fois que Mme Shaw la lui aurait transmise, il se détendrait et se raconterait son vieux mensonge habituel – il avait rempli son rôle de père et tout allait pour le mieux dans le meilleur des mondes possibles.

– J'ai beaucoup bûché pour mes examens, dit-il la bouche pleine, et je pense que j'en ai subi le contrecoup ce matin. J'étais paralysé. Il fallait que je sorte, ou alors j'allais étouffer. (Il palpa la croûte qui ornait son front.) Quant à ceci, dites à ma mère que ça n'a rien de grave. Je ne me suis pas fait agresser ; ce n'était qu'un accident stupide. Je suis entré en collision avec le chariot d'un livreur. Ce n'est qu'une égratignure. Je ne vois pas double et ma migraine a disparu.

Elle hocha la tête.

– Je comprends – une école si exigeante avec ses élèves. Tu as eu peur d'échouer. Il n'y a aucune honte à avoir, Johnny. Mais tu n'étais *vraiment* pas dans ton assiette ces derniers temps.

– Je crois que ça ira maintenant. Il faudra peut-être que je refasse ma composition de fin d'année, mais...

– Oh ! fit Mme Shaw. (Ses yeux s'écarquillèrent et elle reposa *Charlie le Tchou-tchou* sur le bureau.) J'ai failli oublier ! Ton professeur de français a laissé quelque chose pour toi. Je vais le chercher.

Elle sortit. Jake espéra qu'il n'avait pas occasionné trop de souci à M. Bissette, qui était un type plutôt sympa, mais il supposa que tel devait être le cas puisque Bissette s'était fendu d'une visite à domicile. Ce n'était sûrement pas une habitude des enseignants de l'Ecole Piper, pensa-t-il. Il se demanda ce que M. Bissette avait pu lui apporter. Sans doute une invitation à s'entretenir avec M. Hotchkiss, le psy de l'école. Cela l'aurait terrifié ce matin, mais pas ce soir.

Ce soir, seule la rose avait de l'importance à ses yeux.

Il attaqua son second sandwich. Mme Shaw avait laissé la porte ouverte et il l'entendait parler avec ses parents. Ceux-ci semblaient un peu rassurés. Jake but son chocolat, puis attrapa la tranche de tarte aux pommes. Mme Shaw revint quelques instants plus tard. Elle portait une chemise bleue que Jake connaissait bien.

Il découvrit que toute son angoisse ne l'avait pas déserté. Tout le monde était au courant à présent, les élèves comme les profs, et il était trop tard pour faire quoi que ce soit, mais ça le contrariait quand même que tout le monde sache qu'il avait perdu les pédales. Que tout le monde parle de lui.

Une petite enveloppe était attachée à la chemise par un trombone. Jake l'attrapa et se tourna vers Mme Shaw lorsqu'il l'ouvrit.

– Comment vont mes parents à présent ? demanda-t-il.

Elle s'autorisa un bref sourire.

– Ton père voulait savoir pourquoi tu ne lui as pas dit que tu avais tout simplement la fièvre des examens.

Il dit que ça lui est arrivé deux ou trois fois quand il avait ton âge.

Jake fut fort surpris de cette révélation ; son père n'était pas du genre à s'attendrir sur des souvenirs du style *Tu vois, quand j'avais ton âge...* Jake s'efforça d'imaginer son père gamin et atteint de la fièvre des examens et s'aperçut qu'il en était incapable – tout ce qu'il voyait en esprit, c'était un nain agressif vêtu d'un sweat-shirt aux armes de Piper, un nain chaussé de bottes de cow-boy, un nain aux cheveux noirs hérissés sur son crâne.

La lettre provenait de M. Bissette.

> *Cher John,*
>
> *Bonnie Avery m'a appris que vous aviez quitté l'école plus tôt que prévu. Elle est très inquiète à votre sujet, et moi aussi, même si nous avons déjà vu se produire ce genre de phénomènes, en particulier durant les examens de fin d'année. Venez donc me voir dès demain matin, d'accord ? Vos problèmes, quels qu'ils soient, ne sont pas insolubles. Si ce sont les examens qui vous tourmentent – et, je le répète, ça arrive tout le temps – nous pouvons reporter les épreuves auxquelles vous êtes soumis. Votre bonne santé est notre premier souci. Passez-moi un coup de fil ce soir si vous le souhaitez ; vous pouvez me joindre au 555-7661. Je suis à votre disposition jusqu'à minuit.*
>
> *Rappelez-vous que nous vous estimons beaucoup et que nous sommes de votre côté.*
>
> A votre santé (1),
>
> *H. Bissette*

Jake avait les larmes aux yeux. La compassion qu'exprimaient ces mots était merveilleuse, mais il lisait

(1) En français dans le texte. *(N.d.T.)*

185

des choses encore plus merveilleuses entre les lignes – de la chaleur, de l'amour et un effort sincère (quoique né d'une méprise) pour le comprendre et le consoler.

M. Bissette avait dessiné une petite flèche à la fin de sa lettre. Jake tourna la page et lut ceci :

Au fait, Bonnie m'a demandé de vous transmettre ceci – félicitations !

Félicitations ? Qu'est-ce que ça voulait dire ?

Il ouvrit la chemise bleue. Une feuille de papier était attachée à la première page de sa composition. Elle portait l'en-tête de Bonita Avery et ce fut avec une stupéfaction croissante que Jake lut les lignes suivantes, rédigées au stylo à plume d'une écriture sans fioritures.

John,

Harvey vous aura sûrement fait part du souci qui est le nôtre – il est très doué pour ça –, aussi me contenterai-je de commenter votre composition, que j'ai lue et notée durant l'interclasse. Votre travail est profondément original et nettement supérieur à toutes les compositions scolaires que j'ai pu lire ces dernières années. L'utilisation que vous faites de la répétition incrémentielle (« ... et c'est la vérité ») est très inspirée, mais il ne s'agit bien sûr que d'une ficelle d'écriture. Ce qui fait la valeur de votre texte, c'est sa qualité symbolique, telle qu'elle est initialement exposée par les images du train et de la porte sur la page de titre et telle qu'elle est développée de splendide façon dans le corps de votre travail. La conclusion logique de ce développement, à savoir l'image de la « Tour sombre », exprime à mon sens l'idée que les ambitions ordinaires sont non seulement malavisées mais de plus dangereuses.

Je ne prétends pas comprendre tout le symbolisme de votre texte (« la Dame d'Ombres », « le pistolero ») mais il me semble évident que c'est vous qui êtes « le Prisonnier » (de l'école, de la société, etc.) et que « le Démon qui Parle » n'est autre que le système éducatif. Il est possible que « Roland » et « le pistolero » représentent la même figure d'autorité – peut-être votre père ? Cette possibilité m'a tellement intriguée que j'ai cherché son prénom dans votre dossier scolaire. Il se prénomme Elmer, mais j'ai remarqué que l'initiale de son second prénom est R.

Je trouve cela extrêmement intéressant. A moins que ce nom ne soit un double symbole, inspiré à la fois par votre père et par le poème de Robert Browning, « Le Chevalier Roland s'en vint à la Tour noire » ? Ce n'est pas le genre de question que je poserais à n'importe quel élève, mais je sais quel lecteur vorace vous êtes !

Quoi qu'il en soit, je suis extrêmement impressionnée. Les jeunes élèves sont souvent attirés par ce style qu'on a baptisé « courant de conscience » mais ils sont rarement capables de le maîtriser. Vous avez parfaitement réussi la synthèse du c. de c. et du langage symbolique.

Bravo !

Venez me voir dès que vous serez de nouveau « d'attaque » – je souhaite discuter avec vous d'une éventuelle publication de votre travail dans le numéro de rentrée du magazine littéraire des élèves.

B. Avery.

P.-S. Si c'est parce que vous doutiez de mes capacités à comprendre une composition d'une richesse si surprenante que vous avez quitté l'école aujourd'hui, j'espère que cette lettre vous aura rasséréné.

Jake détacha la missive, découvrant la page de titre de sa composition profondément originale et pleine de richesse symbolique. Mme Avery y avait inscrit au feutre rouge la note A+ et l'avait enrichie de l'appréciation EXCELLENT !!!

Jake se mit à rire.

Toute la journée qu'il avait vécue – cette longue journée emplie de terreur, de confusion, d'exaltation et de mystère – était condensée dans ses éclats de rire tonitruants. Il s'affala sur sa chaise, la tête rejetée en arrière, se tenant les côtes, les joues inondées de larmes. Il rit presque à en perdre la voix. Chaque fois qu'il pensait réussir à s'arrêter, il apercevait un des commentaires laudateurs de Mme Avery, et c'était reparti pour un tour. Il ne vit pas son père lorsqu'il arriva sur le seuil de sa chambre, lui jeta un regard intrigué et hostile, puis repartit en secouant la tête.

Finalement, il prit conscience que Mme Shaw était toujours assise sur le lit et le regardait avec un détachement amical où perçait une légère curiosité. Il essaya de lui parler, mais fut de nouveau saisi par une crise de fou rire.

Il faut que je m'arrête, pensa-t-il. Il faut que je m'arrête ou ça va me tuer. Je vais avoir une attaque, une crise cardiaque ou quelque chose comme ça...

Je me demande comment elle a interprété « tchou-tchou, tchou-tchou », se dit-il, et il se remit à rire de plus belle.

Finalement, ses spasmes d'hilarité devinrent de simples gloussements. Il s'essuya les yeux avec la manche de sa chemise et dit :

— Excusez-moi, madame Shaw – c'est juste que... eh bien... j'ai eu un A plus à ma composition. Elle est très... très originale... et très riche en sym... en sym...

Mais il ne put achever sa phrase. Il se retrouva plié en deux, les mains sur ses côtes douloureuses.

Mme Shaw se leva et sourit.

— C'est très bien, John. Je suis ravie que ça se soit bien passé pour toi et je suis sûre que tes parents seront également enchantés. Je suis horriblement en retard – je crois que je vais demander au portier de m'appeler un taxi. Bonne nuit et fais de beaux rêves.

— Bonne nuit, madame Shaw, dit Jake en faisant un effort pour se contrôler. Et merci.

Dès qu'elle eut pris congé, il se mit de nouveau à rire.

21

Durant la demi-heure qui suivit, ses parents vinrent le voir à tour de rôle. Ils s'étaient effectivement calmés et la bonne note qu'il avait reçue sembla les apaiser davantage. Jake avait ouvert son manuel de français sur son bureau mais il ne l'avait pas vraiment regardé et il n'avait aucune intention de réviser pour son examen. Il attendait que ses parents aient disparu pour pouvoir étudier en paix les deux livres qu'il avait achetés. Il avait dans l'idée qu'il aurait bientôt à passer un *véritable* examen et il souhaitait désespérément le réussir.

Son père mit le nez à la porte de sa chambre vers 22 h 15, une vingtaine de minutes après la brève visite confuse de sa mère. Elmer Chambers tenait une cigarette dans une main et un verre de scotch dans l'autre. Il paraissait non seulement plus calme mais aussi un peu pété. Jake se demanda vaguement s'il n'avait pas pillé les réserves de Valium de sa mère.

— Ça va, le gosse ?

— Oui.

Il était redevenu le petit garçon propre sur lui en pleine possession de ses moyens. Les yeux qu'il tourna vers son père étaient opaques plutôt qu'étincelants.

— Je voulais te dire que je m'excuse de ce qui s'est passé tout à l'heure, lui dit son père.

Il n'était pas du genre à s'excuser et se débrouillait fort mal. Jake se surprit à avoir un peu pitié de lui.

— Ce n'est rien.

— J'ai eu une journée difficile. (Il agita son verre presque vide.) Pourquoi on ne tirerait pas un trait là-dessus ?

Il s'exprimait comme s'il venait d'avoir une idée vraiment géniale.

— C'est ce que j'ai déjà fait, dit Jake.

— Bien. (Son père semblait soulagé.) Il serait peut-être temps d'aller au lit, non ? Demain, tu auras des explications à donner et des examens à passer.

— Oui. Est-ce que maman se sent bien ?

— Ça va, ça va. Je retourne dans mon bureau. J'ai encore de la paperasse à faire.

— Papa ?

Son père le regarda d'un air méfiant.

— Quel est ton second prénom ?

Jake comprit à l'expression de son père que s'il avait bien vu sa note, il n'avait pris la peine de lire ni sa composition ni la critique rédigée par Mme Avery.

— Je n'en ai pas, dit-il. Ce n'est qu'une initiale, comme le S de Harry S. Truman. Sauf que moi, c'est un R. Pourquoi me demandes-tu ça ?

— Simple curiosité, dit Jake.

Il réussit à garder son sérieux jusqu'au départ de son père... mais dès que la porte se referma, il se précipita vers son lit et enfouit son visage dans l'oreiller pour étouffer une nouvelle crise de fou rire.

22

Une fois assuré que sa crise était passée (bien qu'un gloussement montât encore de temps en temps dans sa gorge comme une secousse résiduelle) et que son père s'était enfermé dans son bureau avec ses cigarettes, son scotch, sa paperasse et son petit flacon de poudre blanche, Jake retourna s'asseoir à son bureau, alluma la lampe et ouvrit *Charlie le Tchou-tchou*. Il jeta un bref coup d'œil aux premières pages et vit que le livre était sorti en 1952 ; il avait en sa possession un exemplaire de la quatrième édition. Il regarda en quatrième page de couverture, mais on n'y donnait aucun renseignement sur l'auteur, Beryl Evans.

Jake rouvrit le livre à sa première page, examina un dessin représentant un homme blond assis dans la cabine d'une locomotive à vapeur, s'attarda sur son sourire fier, puis se mit à lire.

Bob Brooks travaillait comme mécanicien pour la compagnie ferroviaire de l'Entre-Deux-Mondes et faisait régulièrement le trajet de Saint Louis à Topeka. Bob le Mécano était le meilleur conducteur de la compagnie ferroviaire de l'Entre-Deux-Mondes et Charlie était le meilleur train !

Charlie était une locomotive à vapeur 402 Big Boy et Bob le Mécano était le seul homme à avoir eu la permission de s'asseoir dans sa cabine et de tirer sur le cordon de son sifflet. Tout le monde connaissait le WHOOO-OOOO du sifflet de Charlie et chaque fois que les gens l'entendaient résonner sur les plaines du Kansas, ils disaient : « Voilà Charlie et Bob le Mécano, l'équipe la plus rapide de la ligne Saint Louis-Topeka ! »

Les petits garçons et les petites filles couraient dans leur jardin pour voir passer Charlie et Bob le

Mécano. Bob le Mécano leur souriait et les saluait d'un grand geste de la main. Les enfants lui rendaient son sourire et son salut.

Bob le Mécano avait un grand secret. Il était le seul à savoir que Charlie le Tchou-tchou était bel et bien vivant. Un jour, alors qu'ils allaient de Topeka à Saint Louis, Bob le Mécano entendit quelqu'un chanter à voix basse.

– Qui est dans la cabine avec moi ? dit Bob le Mécano d'une voix sévère.

– T'as besoin d'aller voir un psy, Bob le Mécano, murmura Jake en tournant la page.

Il découvrit un dessin montrant Bob le Mécano penché sous le foyer automatique de Charlie le Tchou-tchou. Jake se demanda qui conduisait le train et guettait l'apparition sur la voie d'une vache égarée (ou d'un petit garçon ou d'une petite fille) pendant que Bob cherchait un passager clandestin dans sa cabine, et conclut que Beryl Evans ne devait pas connaître grand-chose sur les trains.

– Ne t'inquiète pas, dit une petite voix bourrue. Ce n'est que moi.

– Qui ça, moi ? demanda Bob le Mécano.

Il prit sa voix la plus sévère car il pensait encore que quelqu'un lui faisait une farce.

– Charlie, dit la petite voix bourrue.

– Ha ! Ha ! Ha ! dit Bob le Mécano. Les trains ne savent pas parler ! Je ne sais pas grand-chose mais je sais au moins cela ! Si tu es vraiment Charlie, je suppose que tu es capable de faire marcher toi-même ton sifflet !

– Bien sûr, dit la petite voix bourrue, et le sifflet fit entendre son joyeux cri qui résonna sur les plaines du Missouri : WHOOO-OOOO !

– *Bonté divine ! dit Bob le Mécano. C'est vraiment toi !*

– Je te l'avais dit, dit Charlie le Tchou-tchou.

– Comment se fait-il que je n'aie jamais su que tu étais vivant ? demanda Bob le Mécano. Pourquoi ne m'as-tu jamais parlé avant aujourd'hui ?

Alors Charlie chanta sa chanson à Bob le Mécano de
sa petite voix bourrue :

> *Ne me pose pas de questions bêtes,*
> *Je ne jouerai pas à tes jeux bêtes.*
> *Je ne suis qu'un brave train tchou-tchou*
> *Qui est toujours plein d'entrain !*
>
> *Je veux courir le long des rails*
> *Sous le ciel d'un bleu d'azur,*
> *Et rester un brave train tchou-tchou*
> *Jusqu'à l'heure de ma mort.*

— Est-ce que tu me parleras encore la prochaine fois
qu'on fera le trajet ensemble ? demanda Bob le Mécano. Cela me ferait très plaisir.

— A moi aussi, dit Charlie. Je t'aime, Bob le Mécano.

— Moi aussi, je t'aime, Charlie, dit Bob le Mécano, et
il tira sur le cordon du sifflet rien que pour montrer
comme il était heureux.

WHOOO-OOOO ! C'était le coup de sifflet le plus beau
et le plus fort que Charlie ait *jamais* poussé, et tous
ceux qui l'entendirent sortirent de chez eux pour le
voir passer.

Le dessin qui illustrait cette scène était identique à
celui qui figurait en couverture du livre. Sur les illustrations précédentes (des esquisses à peine achevées qui
rappelaient à Jake celles d'un livre qu'il avait dévoré à
la maternelle, *Mike Mulligan et sa pelleteuse à vapeur*),
la locomotive n'était qu'une machine des plus ordinaires – joviale, propre à déchaîner l'enthousiasme des enfants des années 50 auxquels le livre était destiné, mais
néanmoins une locomotive comme les autres. Mais sur
cette dernière illustration, elle avait des traits de toute
évidence humains, et Jake sentit un frisson lui parcourir
l'échine en dépit du sourire de Charlie et de la gentillesse bêtifiante du récit.

Ce sourire ne lui inspirait aucune confiance.

Il attrapa sa composition et la parcourut du regard.
Je suis pratiquement sûr que Blaine est dangereux, et
c'est la vérité, lut-il.

Il referma la chemise, la tapota d'un air pensif pendant quelques secondes, puis revint à *Charlie le Tchou-tchou*.

Bob le Mécano et Charlie passèrent ensemble maintes journées de bonheur et parlèrent de maintes choses. Bob le Mécano vivait seul et Charlie était son premier véritable ami depuis que sa femme était morte à New York il y avait longtemps de cela.

Puis, un jour, alors que Charlie et Bob le Mécano revenaient à la rotonde de Saint Louis, ils trouvèrent une locomotive Diesel toute neuve sur la voie de garage réservée à Charlie. Quelle superbe locomotive Diesel c'était là ! Cinq mille chevaux-vapeur ! Un attelage en acier inoxydable ! Un moteur sorti des usines d'Utica, dans l'Etat de New York ! Et derrière le générateur, il y avait trois ventilateurs électriques jaune vif.

— Qu'est-ce que c'est que ça ? demanda Bob le Mécano d'une voix inquiète, mais Charlie se contenta de chanter sa chanson de sa voix la plus nette et la plus bourrue :

> *Ne me pose pas de questions bêtes,*
> *Je ne jouerai pas à tes jeux bêtes.*
> *Je ne suis qu'un brave train tchou-tchou*
> *Qui est toujours plein d'entrain !*
>
> *Je veux courir le long des rails*
> *Sous le ciel d'un bleu d'azur,*
> *Et rester un brave train tchou-tchou*
> *Jusqu'à l'heure de ma mort.*

M. Briggs, le directeur de la Rotonde, vint alors les voir.

— C'est une superbe locomotive Diesel, dit Bob le Mécano, mais il faut l'enlever de la voie de garage réservée à Charlie, monsieur Briggs. Charlie a besoin d'une vidange dès cet après-midi.

— Charlie n'aura plus jamais besoin de vidanges, Bob le Mécano, dit M. Briggs avec tristesse. Voici son remplaçant – une locomotive Diesel Burlington Zephyr flambant neuve. Charlie était jadis la meilleure locomotive du monde, mais il se fait vieux et sa chaudière a des fuites. L'heure de la retraite a sonné pour Charlie, j'en ai peur.

– Ridicule ! (Bob le Mécano était en colère.) Charlie est encore plein d'entrain ! Je vais télégraphier à la direction de la compagnie ferroviaire de l'Entre-Deux-Mondes ! Je vais télégraphier au président, M. Raymond Martin ! Je le connais bien, car il m'a un jour remis une médaille pour services rendus à la compagnie et Charlie et moi avons emmené sa petite fille en promenade après la cérémonie. Je l'ai laissée tirer sur le cordon et Charlie lui a offert son plus beau coup de sifflet !

– Je suis navré, Bob, dit M. Briggs, mais c'est M. Martin lui-même qui a commandé la nouvelle locomotive Diesel.

C'était la vérité. Et c'est ainsi que Charlie le Tchou-tchou fut remisé sur un tronçon de voie dans le coin le plus reculé du dépôt de Saint Louis, où il rouilla doucement parmi les mauvaises herbes. On entendait désormais le HONNNK ! HONNNK ! du Burlington Zephyr sur la ligne Saint Louis-Topeka et le sifflet de Charlie restait muet. Une famille de souris fit son nid dans le siège sur lequel Bob le Mécano s'était jadis assis avec fierté et depuis lequel il avait regardé défiler le paysage ; une famille d'hirondelles fit son nid dans la cheminée. Charlie se sentait seul et il était très triste. Comme il regrettait les rails d'acier, le ciel bleu azur et les grands espaces ! Parfois, la nuit, il y pensait et pleurait des larmes sombres et huileuses. Son beau phare Stratham s'en trouva tout rouillé, mais cela lui était égal car le phare Stratham était vieux et restait toujours éteint.

M. Martin, le président de la compagnie ferroviaire de l'Entre-Deux-Mondes, écrivit à Bob le Mécano pour lui proposer de conduire le Burlington Zephyr flambant neuf. « C'est une superbe locomotive, Bob le Mécano, une locomotive pleine d'entrain, et c'est vous qui devriez la conduire ! Vous êtes le meilleur de tous les mécaniciens de la compagnie. Et ma fille Susannah n'a jamais oublié le jour où vous lui avez laissé tirer le cordon du sifflet de ce vieux Charlie ! »

Mais Bob le Mécano déclara que s'il ne pouvait plus conduire Charlie, il ne conduirait plus aucun train. « Je ne comprendrais jamais une superbe locomotive Diesel flambant neuve, et elle ne me comprendrait jamais. »

On lui confia le soin d'entretenir les moteurs au dépôt de Saint Louis, et c'est ainsi que Bob le Mécano devint Bob le Dépanneur. Parfois, les autres mécaniciens qui conduisaient les superbes locomotives Diesel flambant neuves se moquaient de lui :

– Regardez ce vieil imbécile ! disaient-ils. Il ne peut pas comprendre que le monde a changé !

Parfois, la nuit, Bob le Mécano allait dans le coin le plus reculé du dépôt, où Charlie reposait sur les rails rouillés du tronçon qui était devenu sa maison. Les herbes poussaient dans ses roues ; son phare était tout sombre et tout rouillé. Bob le Mécano parlait encore à Charlie, mais Charlie lui répondait de moins en moins souvent. Parfois, il ne lui répondait pas du tout.

Une nuit, une horrible idée vint à l'esprit de Bob le Mécano.

– Charlie, es-tu en train de mourir ? demanda-t-il, et Charlie lui répondit de sa voix la plus petite et la plus bourrue :

> *Ne me pose pas de questions bêtes,*
> *Je ne jouerai pas à tes jeux bêtes.*
> *Je ne suis qu'un brave train tchou-tchou*
> *Qui est toujours plein d'entrain !*
>
> *Mais je ne peux plus courir*
> *Sous le ciel d'un bleu d'azur,*
> *Et je vais rester ici*
> *Jusqu'à l'heure de ma mort.*

Jake passa un long moment à contempler le dessin illustrant cette révélation prévisible. Ce n'était peut-être qu'une esquisse grossière, mais elle incitait néanmoins le lecteur à sortir son mouchoir. Charlie paraissait vieilli, fatigué, oublié de tous. Bob le Mécano ressemblait à quelqu'un qui vient de perdre son meilleur ami... ce qui était le cas, à en croire le récit. Jake imaginait sans peine tous les enfants d'Amérique en train d'éclater en sanglots en découvrant cette scène, et il lui vint soudain à l'esprit qu'il existait *plein* d'histoires pour enfants contenant des scènes de ce type, des scènes destinées à plonger le lecteur dans le désarroi le plus total. Hansel et Gretel abandonnés en pleine forêt, la maman de Bambi descendue par un chasseur, la mort d'Old Yeller, le chien fidèle. C'était si facile de faire de la peine aux enfants, si facile de les faire pleurer, et cette idée semblait éveiller un sadisme latent chez la plupart des écrivains... y compris, semblait-il, chez Beryl Evans.

Mais Jake, quant à lui, *n'était pas* attristé de voir que Charlie se retrouvait exilé dans les Terres perdues situées à la lisière du dépôt de la compagnie ferroviaire de l'Entre-Deux-Mondes. Bien au contraire. C'est bien fait, pensa-t-il. C'est ici qu'il a sa place. Parce qu'il est dangereux. Qu'il rouille donc sur son tronçon, et ne vous fiez pas à ses larmes – ce sont des larmes de crocodile.

Il acheva rapidement l'histoire. Elle avait une fin heureuse, bien entendu, mais c'était sûrement cette scène de désespoir que se rappelaient les enfants longtemps après qu'ils avaient oublié la traditionnelle happy end.

M. Martin, le président de la compagnie ferroviaire de l'Entre-Deux-Mondes, vint un beau jour à Saint Louis pour inspecter les lieux. Il avait l'intention de prendre le Burlington Zephyr pour se rendre à Topeka, où sa fille donnait son premier récital de piano l'après-midi même. Mais le Zephyr refusait de démarrer. Apparemment, il y avait de l'eau dans son gasoil.

Est-ce que c'est toi qui as mis de l'eau dans le gasoil, Bob le Mécano ? se demanda Jake. Je parie que c'est toi, espèce de sournois !

Tous les autres trains étaient partis en voyage ! Que faire ?

Quelqu'un tapa sur l'épaule de M. Martin. C'était Bob le Dépanneur, mais il ne ressemblait plus à un dépanneur. Il avait ôté son bleu de travail taché de cambouis et enfilé une combinaison toute propre. Sa vieille casquette de mécano était fichée sur son crâne.

– Charlie vous attend sur son tronçon, dit-il. Charlie

va vous conduire à Topeka, monsieur Martin. Grâce à Charlie, vous arriverez à l'heure pour le récital de piano de votre fille.

— Cette vieille ruine ! s'exclama M. Martin. Jamais Charlie n'aura fait la moitié du chemin avant la nuit !

— Charlie peut y arriver, insista Bob le Mécano. Il peut y arriver s'il n'a pas de wagons pour le retarder ! J'ai nettoyé et entretenu son moteur et sa chaudière pendant mes heures de loisirs, voyez-vous.

— Eh bien, essayons, dit M. Martin. Pour rien au monde je ne voudrais rater le premier récital de Mlle Susannah !

Charlie était prêt à partir ; Bob le Mécano avait mis du charbon frais dans son tender et son foyer était si chaud qu'il était rouge sur les bords. Il aida M. Martin à monter dans la cabine et, pour la première fois depuis plusieurs années, Charlie quitta son tronçon pour regagner la voie ferrée principale. Puis, alors qu'il prenait de la vitesse, Bob le Mécano tira sur le cordon et Charlie poussa son courageux coup de sifflet : WHOOO-OOOOO !

Tous les enfants de Saint Louis l'entendirent et sortirent dans leurs jardins pour regarder passer la vieille locomotive toute rouillée.

— Regardez ! s'écrièrent-ils. C'est Charlie ! Charlie le Tchou-tchou est revenu ! Hourra !

Ils lui firent tous des signes, et lorsque Charlie sortit de la ville à toute vapeur, il donna lui-même un coup de sifflet, comme au bon vieux temps : WHOOOO-OOOOOOO !

Clic-clac, clic-clac, faisaient les roues de Charlie !

Chouf-chouf, chouf-chouf, faisait la fumée en sortant de la cheminée de Charlie !

Brump-brump, brump-brump, faisait la chaîne qui transportait le charbon dans le foyer !

Quel entrain ! Quel entrain ! Quel formidable entrain ! Charlie n'avait jamais été aussi rapide ! Le paysage défilait autour de lui comme dans un rêve ! Ils dépassèrent les voitures de la route 41 comme si elles avaient été à l'arrêt !

— Sabre de bois ! s'exclama M. Martin en agitant son chapeau. Quelle locomotive, Bob ! Nous n'aurions jamais dû la mettre à la retraite ! Comment faites-vous pour faire tourner la chaîne aussi vite ?

Bob le Mécano se contenta de sourire, car il savait que Charlie *se nourrissait lui-même*. Et, au milieu des *clic-clac*, des *chouf-chouf* et des *brump-brump*, il entendait Charlie chanter sa vieille chanson de sa petite voix bourrue :

> *Ne me pose pas de questions bêtes,*
> *Je ne jouerai pas à tes jeux bêtes.*
> *Je ne suis qu'un brave train tchou-tchou*
> *Qui est toujours plein d'entrain !*
>
> *Je veux courir le long des rails*
> *Sous le ciel d'un bleu d'azur,*
> *Et rester un brave train tchou-tchou*
> *Jusqu'à l'heure de ma mort.*

Grâce à Charlie, M. Martin arriva à temps pour assister au récital de piano de sa fille (évidemment), et Susannah se montra ravie de revoir son vieil ami Charlie (évidemment), et tout ce petit monde regagna Saint Louis dans la vieille locomotive, Susannah tirant sur le cordon comme une folle pendant tout le trajet. M. Martin trouva du travail en Californie pour Charlie et pour Bob le Mécano : ils embarquaient des gamins pour leur faire faire le tour du tout nouveau parc d'attractions de l'Entre-Deux-Mondes, et

vous pouvez les y voir encore aujourd'hui, transportant des enfants ravis dans ce monde de lumières, de musique et d'amusements sains. Bob le Mécano a les cheveux tout blancs et Charlie parle moins souvent que par le passé, mais ils sont encore pleins d'entrain, tous les deux, et de temps en temps, les enfants entendent Charlie chanter sa vieille chanson de sa petite voix bourrue.

FIN

– Ne me pose pas de questions bêtes, Je ne jouerai pas à tes jeux bêtes, murmura Jake en contemplant la dernière illustration.

Celle-ci montrait Charlie le Tchou-tchou tractant deux petits wagons emplis d'enfants ravis qu'il conduisait des montagnes russes à la grande roue. Bob le Mécano était assis dans la cabine et tirait sur le cordon du sifflet, heureux comme un goret prenant un bain de boue. Jake supposa que le sourire de Bob était censé exprimer le bonheur suprême, mais il lui trouvait plutôt des allures de rictus de dément. Charlie et Bob le Mécano ressemblaient *tous les deux* à des déments... et plus Jake examinait leurs passagers, plus leur expression lui rappelait une grimace de terreur. *Laissez-nous descendre de ce train,* semblaient-ils implorer. *Par pitié, laissez-nous descendre vivants de ce train !*

Et rester un brave train tchou-tchou Jusqu'à l'heure de ma mort.

Jake referma le livre et le considéra d'un air pensif. Puis il le rouvrit et le feuilleta, soulignant certains mots et certaines phrases qui lui paraissaient particulièrement familiers.

La compagnie ferroviaire de l'Entre-Deux-Mondes... Bob le Mécano... une petite voix bourrue... WHOO-OOOO... son premier véritable ami depuis que sa femme était morte à New York il y avait longtemps de cela... M. Martin... le monde a changé... Susannah...

Il reposa son stylo. *Pourquoi* ces mots et ces phrases lui semblaient-ils familiers ? En ce qui concernait le passage évoquant New York, cela paraissait évident, mais que dire des autres ? Et d'ailleurs, que dire de ce *livre* ? Il était censé se le procurer, cela ne faisait aucun doute. S'il n'avait pas eu assez d'argent en poche, il l'aurait sûrement volé, il en était sûr. Mais *pourquoi* ? Il se faisait l'impression d'être l'aiguille d'une boussole. L'aiguille n'a aucune conscience du nord magnétique ; elle sait seulement qu'elle doit se pointer dans une direction donnée, que ça lui plaise ou non.

La seule chose dont Jake était persuadé, c'était qu'il était très, très fatigué, et que s'il ne se glissait pas entre les couvertures, il allait bientôt s'endormir à son bureau. Il ôta sa chemise, puis contempla une nouvelle fois la couverture de *Charlie le Tchou-tchou*.

Ce sourire. Il ne lui inspirait aucune confiance.

Aucune.

23

Le sommeil ne vint pas aussi vite que Jake l'avait espéré. Les voix recommencèrent à se quereller sur la question de sa mort et l'empêchèrent de s'endormir. Finalement, il s'assit sur son lit, les yeux clos et les poings pressés contre ses tempes.

Silence ! hurla-t-il intérieurement. Arrêtez ! Vous vous êtes tues toute la journée, alors taisez-vous maintenant !

Je suis prêt à me taire dès qu'il admettra que je suis mort, dit la première voix d'un ton maussade.

Je suis prêt à me taire dès qu'il aura regardé autour de lui et aura admis que je suis bien vivant, répliqua sèchement la seconde.

Jake était à deux doigts de pousser un hurlement. Impossible de le refouler ; il le sentait monter dans sa gorge comme un flot de vomissures. Il ouvrit les yeux, aperçut son pantalon plié sur sa chaise, et eut une idée. Il descendit du lit, se dirigea vers la chaise et plongea une main dans la poche du vêtement.

La clé d'argent était toujours là, et les voix se turent dès que ses doigts se refermèrent sur elle.

Dis-le-lui, pensa-t-il sans savoir à qui il s'adressait. Dis-lui de prendre la clé. La clé fait disparaître les voix.

Il retourna se coucher, la clé bien serrée dans sa main, et il s'endormit moins de trois minutes après avoir posé la tête sur l'oreiller.

III

La Porte et le Démon

1

Eddie était sur le point de s'endormir lorsqu'une voix résonna dans son esprit : *Dis-lui de prendre la clé. La clé fait disparaître les voix.*

Il se redressa d'un bond et jeta autour de lui un regard paniqué. Susannah dormait profondément à ses côtés ; cette voix n'était pas la sienne.

Ni celle de personne, apparemment. Cela faisait à présent huit jours qu'ils suivaient le sentier du Rayon à travers bois, et ils avaient établi leur campement la veille au soir au fond d'une minuscule vallée. A gauche d'Eddie grondait un gros ruisseau dont le cours avait la même direction que leur périple, à savoir le sud-est. A sa droite se dressaient des sapins qui recouvraient le flanc de la colline. Aucun intrus en vue ; rien que Susannah endormie et Roland bien éveillé. Il était assis près du ruisseau, enveloppé dans une couverture, les yeux fixés sur les ténèbres.

Dis-lui de prendre la clé. La clé fait disparaître les voix.

Eddie n'hésita qu'une fraction de seconde. La raison de Roland était dans la balance, la balance penchait du mauvais côté, et personne n'en était plus conscient que l'intéressé, ce qui était le plus grave. Eddie était prêt à se raccrocher au moindre fétu de paille.

Une peau de cerf pliée en quatre lui servait d'oreiller. Il glissa la main dessous et en ressortit un paquet enveloppé dans un autre bout de peau tannée. Il se dirigea vers Roland et constata avec inquiétude que le pistolero

ne remarqua sa présence que lorsqu'il se trouva à quatre pas de son dos vulnérable. Il y avait eu un temps –
pas si éloigné que cela – où Roland aurait su qu'Eddie
était réveillé avant même qu'il ne se redresse. Il aurait
perçu le changement de rythme de son souffle.

Il était plus alerte sur la plage quand il souffrait de la
morsure de la homarstruosité, pensa Eddie avec un frisson.

Finalement, Roland se retourna vers lui. Ses yeux
étaient luisants de douleur et de fatigue, mais Eddie
savait que cet éclat n'était que superficiel. Il percevait
dans le regard de son ami une confusion de plus en plus
aiguë qui se transformerait bientôt en folie si on ne la
guérissait pas. Son cœur se noua de pitié.

– Tu n'arrives pas à dormir ? demanda Roland.

Sa voix était presque aussi traînante que celle d'un
drogué.

– Je dormais, mais je me suis réveillé, dit Eddie.
Ecoute...

– Je pense que je me prépare à mourir.

Roland considéra Eddie. Tout éclat déserta ses yeux,
qui devinrent pareils à des puits de ténèbres sans fond.
Ce fut ce regard vide plutôt que la déclaration de Roland qui donna des frissons à Eddie.

– Et sais-tu ce que j'espère trouver dans la clairière
où s'achèvera le chemin, Eddie ?

– Roland...

– Le silence. (Roland exhala un soupir poussiéreux.)
Rien que le silence. Cela me suffira. La fin de... ceci.

Il pressa ses poings contre ses tempes et Eddie
pensa : J'ai vu quelqu'un d'autre faire ce geste il n'y a
pas si longtemps. Mais qui était-ce ? Et où était-ce ?

C'était ridicule, bien sûr ; cela faisait maintenant
presque deux mois qu'il n'avait vu personne d'autre
que Roland et Susannah. Mais cette impression lui paraissait néanmoins authentique.

– Je suis en train de fabriquer quelque chose, Roland, dit-il.

Roland hocha la tête. Un pauvre sourire arqua ses
lèvres.

– Je sais. Qu'est-ce que c'est ? Es-tu enfin prêt à me
le dire ?

– Je crois que ça a un rapport avec cette histoire de *ka-tet*.

Le regard de Roland perdit sa vacuité. Il considéra Eddie d'un air pensif, mais resta muet.

– Regarde.

Eddie commença à déplier le carré de peau.

Ça ne servira à rien ! brailla soudain la voix de Henry. Elle brailla si fort qu'Eddie en tiqua. *Ce n'est qu'un stupide bout de bois mal taillé ! Il va éclater de rire en le voyant ! Il va te dire : « Oh, regardez-moi ce petit chou ! Est-ce que le petit chou a taillé quelque chose ? »*

– Tais-toi, marmonna Eddie.

Le pistolero haussa les sourcils.

– Pas toi.

Roland hocha la tête, nullement surpris.

– Ton frère te rend souvent visite, n'est-ce pas, Eddie ?

Eddie le regarda sans rien dire pendant un long moment, le bout de bois toujours enveloppé dans son carré de peau. Puis il sourit. Son sourire n'était pas beau à voir.

– Moins souvent que dans le temps, Roland. Grâce en soit rendue à Dieu.

– Oui, dit Roland. Les voix du passé sont un lourd fardeau pour le cœur... Qu'est-ce que c'est, Eddie ? Montre-le-moi, s'il te plaît.

Eddie tendit le bâton de frêne. La clé, presque achevée, en jaillissait comme la tête d'une figure de proue sur un voilier... ou comme le pommeau d'une épée dans le roc. Eddie ne savait pas dans quelle mesure il avait reproduit la forme qu'il avait entr'aperçue dans le feu (et il ne le saurait pas tant qu'il n'aurait pas trouvé la serrure où glisser cette clé, supposait-il), mais il croyait y être presque parvenu. Et il était sûr d'une chose : jamais il n'avait aussi bien taillé un bout de bois. Jamais.

– Par les dieux, Eddie, elle est superbe ! (Toute apathie avait disparu de la voix de Roland ; elle exprimait une révérence empreinte de surprise qui était toute neuve aux oreilles d'Eddie.) Est-ce qu'elle est finie ? Non, elle n'est pas finie, n'est-ce pas ?

– Non... pas tout à fait. (Eddie caressa du doigt la troisième encoche, puis le petit machin en forme de s au bout.) Je dois encore travailler cette encoche et la courbe de l'extrémité n'est pas encore parfaite. Je ne sais pas comment je le sais, mais je le sais.

– C'est ton secret.

Ce n'était pas une question.

– Oui. Si seulement je savais ce qu'il signifie.

Roland tourna la tête. Eddie suivit son regard et aperçut Susannah. Il se sentit soulagé de constater que Roland l'avait entendue avant lui.

– Qu'est-ce que vous faites debout si tard, les gars ? Vous taillez une bavette ? (Elle vit la clé qu'Eddie tenait dans sa main et hocha la tête.) Je me demandais quand tu te déciderais à nous montrer ce truc. C'est très beau, tu sais. Je ne sais pas à quoi ça sert, mais c'est très beau.

– Tu ignores quelle porte cette clé pourrait ouvrir ? demanda Roland. Cela ne faisait pas partie de ton *khef* ?

– Non... mais peut-être qu'elle va servir à quelque chose, même si elle n'est pas encore finie. (Il tendit la clé à Roland.) Je veux que ce soit toi qui la gardes.

Roland ne fit pas un geste pour la prendre. Il examina attentivement Eddie.

– Pourquoi ?

– Parce que... eh bien... parce que je crois que quelqu'un m'a dit que tu devais la garder.

– Qui donc ?

Ton gamin, pensa soudain Eddie, et il sut tout aussi soudainement que c'était la vérité. C'était ton foutu gamin.

Mais il ne voulait pas le lui dire. Il ne voulait pas prononcer le nom du gamin. Cela risquait de faire perdre la boule à Roland.

– Je ne sais pas. Mais je pense que tu devrais tenter le coup.

Roland tendit lentement la main. Lorsque ses doigts touchèrent la clé, Eddie crut la voir s'illuminer sur toute sa longueur, mais cela fut si rapide qu'il ne put se fier à ses yeux. Ce n'était peut-être que la lueur des étoiles.

La main de Roland se referma sur l'ébauche de clé.

L'espace d'un instant, son visage demeura inexpressif. Puis son front se plissa et il inclina la tête, comme à l'écoute de quelque chose.

– Qu'y a-t-il ? demanda Susannah. Est-ce que tu entends...

– *Chut !*

Sur le visage de Roland, l'étonnement laissait lentement la place à l'émerveillement. Il regarda Eddie, puis Susannah, puis de nouveau Eddie. Ses yeux s'emplissaient d'une profonde émotion, telle une cruche plongée dans un frais ruisseau.

– Roland ? demanda Eddie, mal à l'aise. Est-ce que ça va ?

Roland murmura quelques mots qu'Eddie ne put distinguer.

Susannah paraissait terrifiée. Elle jeta à Eddie un regard frénétique, comme pour lui demander : *Qu'est-ce que tu lui as fait ?*

Eddie prit sa main dans les siennes.

– Tout va bien, dit-il.

La main de Roland serrait le bout de bois avec tant de force qu'Eddie crut qu'il allait le casser en deux, mais le bois était solide et il l'avait à peine entaillé. La gorge de Roland se convulsa ; sa pomme d'Adam monta et descendit, traduisant les efforts qu'il faisait pour parler. Et soudain, il se dressa face au ciel et s'exclama d'une voix claironnante :

– *DISPARU ! LES VOIX ONT DISPARU !*

Il se retourna vers ses deux compagnons et Eddie vit une chose qu'il n'aurait jamais cru voir de son vivant – même s'il avait dû vivre un millier d'années.

Roland de Gilead pleurait.

2

Cette nuit-là, le pistolero dormit d'un sommeil sans rêves pour la première fois depuis des mois, et il dormit en serrant dans sa main la clé inachevée.

3

Dans un autre monde, mais sous l'ombre du même *ka-tet*, Jake Chambers faisait le rêve le plus réaliste de sa vie.

Il marchait à travers les ruines enchevêtrées d'une antique forêt – une zone morte faite d'arbres abattus et de buissons épineux qui lui griffaient les chevilles et tentaient de lui arracher ses tennis. Il arriva devant une petite haie de jeunes arbres (des aulnes, pensa-t-il, ou peut-être des hêtres – c'était un citadin et il ne savait pas grand-chose des arbres, excepté que certains avaient des feuilles et d'autres des aiguilles) et découvrit un sentier. Il s'y avança en pressant le pas. Un peu plus loin se trouvait une sorte de clairière.

Il fit halte avant d'y arriver lorsqu'il aperçut sur sa droite une sorte de borne. Il sortit du sentier pour l'examiner. Il y avait des lettres gravées dans la pierre, mais elles étaient si érodées qu'il ne put les déchiffrer. Finalement, il ferma les yeux (jamais il n'avait agi de la sorte dans un rêve) et les caressa du bout des doigts, comme un aveugle déchiffrant un message en braille. Les lettres se dessinèrent sur l'écran noir de ses paupières, composant une phrase qui lui apparut auréolée d'une lueur bleue.

VOYAGEUR, ICI COMMENCE L'ENTRE-DEUX-MONDES.

Endormi dans son lit, Jake ramena ses genoux contre sa poitrine. La main qui tenait la clé était glissée sous l'oreiller et ses doigts raffermirent leur étreinte sur le métal.

L'Entre-Deux-Mondes, pensa-t-il. Evidemment. Saint Louis, Topeka, le pays d'Oz, le parc d'attractions et Charlie le Tchou-tchou.

Il ouvrit les yeux dans son rêve et continua sa route. Le sol de la clairière était de vieil asphalte craquelé. Un cercle jaune pâle était peint en son milieu. Jake se rendit compte que c'était un terrain de basket-ball avant même d'avoir aperçu le jeune garçon qui se tenait à l'autre bout, sur la ligne des coups francs, et lançait dans le panier un vieux ballon Wilson. Le ballon entrait dans le panier sans coup férir à chaque lancer. Le panier sans filet était suspendu à un édifice qui ressemblait à une bouche de métro fermée pour la nuit. Sa porte close était zébrée de rayures jaunes et noires. De derrière elle – ou d'en dessous – émanait la vibration régulière d'une puissante machine. Pour une raison indéterminée, ce bruit semblait troublant. Terrifiant.

Ne marche pas sur les robots, dit le jeune basketteur sans se retourner. *Je crois qu'ils sont tous morts, mais à ta place, je ne prendrais pas de risques.*

Jake regarda autour de lui et vit plusieurs bestioles mécaniques gisant sur le sol. L'une d'elles ressemblait à un rat, une autre à une chauve-souris. Tout près de ses pieds se trouvait un serpent mécanique coupé en deux.

Est-ce que tu es MOI ? demanda Jake en faisant un pas vers le joueur de basket, mais il sut tout de suite qu'il se trompait. L'autre était plus grand que lui et devait avoir au moins treize ans. Ses cheveux étaient plus sombres et, lorsqu'il se retourna, Jake vit qu'il avait les yeux noisette. Les siens étaient bleus.

A ton avis ? demanda l'inconnu en lui lançant le ballon.

Non, bien sûr que non, dit Jake. Il semblait quémander une excuse. *Mais ça fait environ trois semaines que je suis coupé en deux.* Il fit rebondir la balle et la lança. Elle décrivit une superbe parabole et retomba en silence dans le panier. Il était ravi… mais il avait également un peu peur de ce que le jeune inconnu allait lui dire.

Je sais, dit le garçon. *Ça n'a pas été rose pour toi, pas vrai ?* Il portait un short aux couleurs passées et un tee-shirt jaune proclamant : *IL SE PASSE TOUJOURS QUELQUE CHOSE DANS L'ENTRE-DEUX-MONDES.* Il avait noué un foulard vert autour de son crâne pour empêcher ses cheveux de retomber sur ses yeux. *Et ça ne va pas s'arranger de sitôt, crois-moi.*

Quel est cet endroit ? demanda Jake. *Et qui es-tu ?*

C'est le Portail de l'Ours… mais c'est aussi Brooklyn.

Cela semblait absurde, et pourtant c'était sensé. C'est toujours comme ça que ça se passe dans les rêves, se dit Jake, mais cela ne ressemblait pas *vraiment* à un rêve.

Quant à moi, je n'ai pas un rôle important dans cette histoire, reprit le jeune garçon. Le ballon passa par-dessus son épaule, s'éleva dans les airs et retomba en plein dans le panier. *Je dois te guider, c'est tout. Je dois te conduire là où tu dois aller et te montrer ce que tu dois voir, mais tu devras être prudent parce que je ne te reconnaîtrai pas. Et Henry n'aime pas les inconnus, ils le rendent nerveux. Quand il est nerveux, il devient parfois méchant, et il est plus grand que toi.*

Qui est Henry ? demanda Jake.

Aucune importance. Ne te fais pas remarquer, c'est tout. Tu n'auras qu'à glander dans le coin... puis à nous suivre. Et quand on sera partis...

L'adolescent se tourna vers Jake. La pitié et la peur se lisaient dans ses yeux. Jake s'aperçut soudain que son interlocuteur commençait à *disparaître* – il apercevait les zébrures jaunes et noires de la boîte à travers son tee-shirt jaune.

Comment te retrouverai-je ? Jake était terrifié à l'idée que le jeune garçon puisse s'évanouir avant de lui avoir dit tou: ce qu'il avait besoin d'entendre.

Pas de problème. La voix de l'adolescent avait pris une résonance bizarre. *Prends le métro jusqu'à Co-op City. Tu me retrouveras.*

Je n'y arriverai jamais ! s'exclama Jake. *Co-op City est gigantesque ! Il y a bien cent mille personnes dans ce quartier !*

L'adolescent n'était plus qu'une silhouette aux teintes laiteuses. Seuls ses yeux noisette étaient encore là, ainsi que le sourire du chat de Chester dans *Alice*. Ils regardaient Jake avec anxiété et compassion. *Pas de problème, j'te dis. Tu as trouvé la clé et la rose, pas vrai ? Tu me trouveras de la même façon. Cet après-midi, Jake. Vers 3 heures, ça devrait aller. Tu devras être prudent, et tu devras être rapide.* Il marqua une pause, spectre aux pieds transparents près desquels était posé un vieux ballon de basket. *Il faut que j'y aille maintenant... mais ça m'a fait plaisir de te voir. T'as l'air d'un gamin sympa et ça ne m'étonne pas qu'il t'aime tant. Mais il y a du danger. Sois prudent... et sois rapide.*

Attends ! hurla Jake, et il se mit à courir vers le garçon qui disparaissait. Son pied buta sur un robot fracassé qui ressemblait à un tracteur jouet. Il trébucha et tomba sur les genoux, déchirant son pantalon. Il ignora la morsure de la douleur. *Attends ! Tu dois me dire ce que tout ça signifie ! Tu dois me dire pourquoi c'est à moi que ça arrive !*

C'est à cause du Rayon, dit le garçon, qui était réduit à une paire d'yeux flottant dans l'air, *et à cause de la Tour. En fin de compte, toutes choses servent la Tour, même le Rayon. Tu croyais que ce n'était pas ton cas ?*

Jake agita les bras et se releva avec maladresse. *Est-ce que je vais le retrouver ? Est-ce que je vais retrouver le pistolero ?*

Je ne sais pas, répondit le garçon. Sa voix semblait venir d'un point situé à un million de kilomètres de là. *Je sais seulement que tu dois essayer. Et que tu n'as pas le choix.*

L'adolescent avait disparu. Le terrain de basket était vide. On n'entendait que le léger bourdonnement des machines, un bruit que Jake n'aimait guère. Il y avait quelque chose qui clochait dans cc bruit, et il se dit que ce qui affectait les machines devait affecter la rose, ou vice versa. Tout était lié.

Il ramassa le vieux ballon et le lança. Il retomba en plein dans le panier... et disparut.

Un fleuve, soupira la voix de l'adolescent. On aurait dit une légère brise. Elle venait de partout et de nulle part. *La réponse est un fleuve.*

4

Jake se réveilla aux premières lueurs d'une aube laiteuse, les yeux fixés sur le plafond de sa chambre. Il pensait au type qu'il avait rencontré au *Restaurant spirituel* de Manhattan – Aaron Deepneau, qui glandait autour de Bleecker Street avant que Bob Dylan ait appris à accorder sa guitare. Aaron Deepneau lui avait posé une devinette.

> *Qu'est-ce qui a une bouche mais ne parle point,*
> *Qui a un lit mais ne dort point,*
> *Qui a des bras mais pas de mains ?*

Il connaissait la solution à présent. Un fleuve a une bouche ; un fleuve a un lit ; un fleuve a des bras. C'était le garçon qui lui avait donné la réponse. Le garçon de son rêve.

Soudain, il pensa à ce que Deepneau lui avait dit : *Ce n'est que la moitié de la réponse. L'énigme de Samson est à double détente, mon ami.*

Jake jeta un coup d'œil à son réveil et vit qu'il était 6 h 20. Il avait intérêt à s'activer s'il voulait être parti avant le réveil de ses parents. Pas d'école pour lui aujourd'hui ; en ce qui le concernait, l'école était finie pour toujours.

Il rejeta drap et couvertures, se leva d'un bond et vit que ses deux genoux portaient des éraflures. Des éraflures toutes fraîches. La veille, il s'était égratigné le flanc en tombant sur les briques et il s'était cogné la tête quand il s'était évanoui près de la rose, mais il ne s'était pas fait mal aux genoux.

– C'est arrivé dans le rêve, murmura Jake, constatant qu'il n'était nullement surpris.

Il se hâta de s'habiller.

5

Au fond de son placard, derrière une pile de baskets sans lacets et un tas de numéros de *Spiderman*, il trouva le petit sac à dos qu'il portait du temps de l'école primaire. Aucun des élèves de Piper n'aurait accepté de porter un tel accessoire – comme c'est vulgaire, mon cher –, et lorsque Jake s'en empara, il ressentit une violente bouffée de nostalgie pour ce bon vieux temps où la vie semblait si simple.

Il y fourra une chemise propre, un jean propre, quelques chaussettes et sous-vêtements, *Charlie le Tchou-tchou* et *Devine, Devinettes*. Avant de fouiller le placard, il avait posé la clé sur son bureau et les voix étaient aussitôt revenues, mais elles étaient lointaines et presque inaudibles. En outre, il était sûr de les faire disparaître en touchant la clé et cela le rassurait.

Bien, pensa-t-il en considérant le sac à dos. Même

compte tenu des deux bouquins, il y avait encore plein de place. Quoi d'autre ?

L'espace de quelques instants, il pensa qu'il avait tout ce qu'il lui fallait... puis il sut qu'il lui manquait quelque chose.

6

Le bureau de son père sentait la cigarette et l'ambition.

La pièce était dominée par un immense secrétaire en teck. Au fond, encastrés dans un mur couvert de livres, se trouvaient trois téléviseurs Mitsubishi. Chacun d'eux était branché sur une chaîne rivale, et le soir, dès que son père arrivait à la maison, chacun d'eux diffusait un flot d'images muettes à l'heure du *prime time*.

Les rideaux étaient tirés et Jake dut allumer la lampe de bureau pour y voir quelque chose. La seule idée de se trouver dans cette pièce le rendait nerveux. Si son père se réveillait et se pointait ici (et c'était du domaine du possible ; quelle que soit l'heure où il se couchait, quel que soit son degré d'ébriété, Elmer Chambers avait le sommeil léger et se levait avec les poules), il piquerait une crise. Dans le meilleur des cas, cela risquait de retarder le départ de Jake. Plus tôt il serait parti, mieux il se sentirait.

Le secrétaire était fermé à clé mais son père n'avait jamais fait mystère de l'endroit où il cachait ladite clé. Jake glissa les doigts sous le buvard et l'attrapa. Il ouvrit le troisième tiroir, écarta les classeurs verticaux et toucha une surface de métal froid.

Une planche grinça dans le couloir et Jake se figea. Plusieurs secondes s'écoulèrent. N'entendant aucun nouveau bruit, Jake s'empara de l'arme que son père conservait dans des buts de « défense domestique » – un pistolet automatique Ruger calibre 44. Il l'avait fièrement montré à son fils le jour de son achat, deux ans auparavant, sourd aux protestations de sa femme qui l'implorait de le ranger avant de blesser quelqu'un.

Jake trouva le bouton qui éjectait le magasin. Celui-ci tomba au creux de sa main avec un bruit métallique –

snak ! – qui lui sembla résonner dans tout l'appartement. Il jeta un regard inquiet vers la porte, puis se tourna vers le magasin pour l'examiner. Il était chargé. Jake fit mine de le remettre en place, puis se ravisa. Garder un pistolet chargé dans un tiroir était une chose ; se balader dans New York avec un pistolet chargé en était une autre.

Il rangea l'automatique au fond de son sac, puis plongea de nouveau la main derrière les classeurs. Cette fois-ci, il sortit du tiroir une boîte de cartouches à moitié pleine. Il se rappela que son père était allé s'entraîner au tir à la cible dans un stand de la Première Avenue avant de perdre tout intérêt pour cette activité.

La planche grinça une nouvelle fois. Jake avait hâte de partir.

Il prit la chemise dans son sac à dos, l'étala sur le secrétaire et l'enroula autour du magasin et de la boîte de cartouches. Puis il la remit dans le sac, dont il boucla soigneusement les sangles. Il allait quitter la pièce lorsque son regard se posa sur le bloc de papier à lettres placé près des casiers à courrier de son père. Les lunettes Ray Ban que ce dernier aimait à porter étaient posées dessus. Il prit une feuille, réfléchit quelques instants, s'empara des lunettes et les glissa dans sa poche de poitrine. Puis il attrapa le stylo en or de son père et écrivit : *Cher papa, chère maman.*

Il s'interrompit et fronça les sourcils. Que rajouter ? Qu'avait-il exactement à leur dire ? Qu'il les aimait ? C'était exact, mais ce n'était pas suffisant – il existait quantité de vérités déplaisantes plantées dans celle-ci, comme des aiguilles d'acier fichées dans une pelote de laine. Qu'ils lui manqueraient ? Il ne savait pas si c'était vrai ou non, ce qui était plutôt horrible. Qu'il espérait que *lui* leur manquerait ?

Il prit soudain conscience du problème. S'il avait eu seulement l'intention de partir pour la journée, il aurait été capable de leur laisser un message quelconque. Mais il était presque certain que son absence ne durerait pas *seulement* une journée, ni une semaine, ni un mois, ni une saison. Il était certain que lorsqu'il quitterait cet appartement, ce serait pour de bon.

Il faillit déchirer la feuille de papier, puis changea

d'avis. *Prenez soin de vous. Je vous aime, Jake,* écrivit-il. C'était plutôt maigre, mais c'était au moins quelque chose.

Bien, se dit-il. Maintenant, vas-tu te décider à fiche le camp avant qu'il ne soit trop tard ?

Il sortit.

Il régnait dans l'appartement un calme presque mortel. Jake traversa la salle de séjour sur la pointe des pieds, n'entendant aucun bruit excepté le souffle de ses parents : les petits ronflements étouffés de sa mère, la respiration de son père, plus nasale et ponctuée de légers sifflements. Le réfrigérateur se mit à bourdonner lorsqu'il arriva dans l'entrée et il se figea quelques instants, le cœur battant la chamade. Puis il se retrouva devant la porte. Il l'ouvrit en faisant le moins de bruit possible, sortit et la referma doucement derrière lui.

Il se sentit le cœur plus léger lorsqu'il entendit le cliquetis de la serrure et une profonde sensation d'expectative s'empara de lui. Il ne savait pas ce qui l'attendait et il avait des raisons de croire que le danger croiserait sa route, mais il avait onze ans – il était trop jeune pour refouler le plaisir qui l'emplissait. Il allait fouler une autoroute fabuleuse, une autoroute occulte qui le conduirait dans une terre inconnue. Des secrets allaient lui être révélés s'il se montrait malin... et s'il avait de la chance. Il quitta sa maison à l'aube pour s'engager dans une grande aventure.

Si je suis courageux, si je suis sincère, je verrai la rose, pensa-t-il en appuyant sur le bouton d'appel de l'ascenseur. Je le sais... et je sais aussi que je *le* verrai.

Cette idée l'emplit d'une impatience si bouleversante qu'elle tenait presque de l'extase.

Trois minutes plus tard, il émergeait de l'ombre de la marquise qui ornait l'entrée de l'immeuble où il avait passé toute sa vie. Il s'accorda une pause, puis tourna à gauche. Cette décision ne devait rien au hasard, et il le savait. Il se dirigeait vers le sud-est, suivant le sentier du Rayon, reprenant sa quête de la Tour sombre après l'avoir interrompue.

7

Deux jours après qu'Eddie eut donné à Roland sa clé inachevée, les trois voyageurs – épuisés, en sueur et un peu déboussolés – émergèrent d'un fouillis de broussailles et d'arbustes particulièrement inextricable pour découvrir deux étroits sentiers parallèles courant sous les branches de deux rangées d'arbres antiques. Au bout de quelques secondes d'examen, Eddie conclut qu'il ne s'agissait pas de sentiers mais des vestiges d'une route depuis longtemps inutilisée. Buissons et arbustes poussaient en son milieu comme des bouquets en désordre. Les dépressions creusées de part et d'autre étaient tout simplement des ornières, et elles étaient assez larges pour laisser passer sans encombre le fauteuil roulant de Susannah.

– Alléluia ! s'exclama-t-il. Ça s'arrose !

Roland hocha la tête et dégagea l'outre gonflée d'eau qui lui ceignait la taille. Il la passa d'abord à Susannah, qui était perchée sur son harnais dorsal. La clé d'Eddie, attachée à une lanière de cuir pendue au cou de Roland, bougeait à chacun de ses mouvements. Susannah but une longue gorgée d'eau et tendit l'outre à Eddie. Il but à son tour puis entreprit de déplier le fauteuil. Il en était venu à détester cet accessoire lourd et encombrant ; on aurait dit une ancre de fer qui les retardait en permanence. Il était toujours en bon état, ne souffrant que de quelques rayons cassés. Eddie pensait certains jours que cette saleté les enterrerait tous. Et voilà qu'elle allait de nouveau se rendre utile... du moins pour un temps.

Eddie aida Susannah à descendre de son perchoir et l'installa sur le fauteuil. Elle plaqua ses mains sur ses reins, s'étira et grimaça de plaisir. Eddie et Roland entendirent craquer sa colonne vertébrale.

Un peu plus loin, un animal assez gros qui ressemblait au croisement d'une marmotte et d'un raton laveur émergea des broussailles. Il les regarda de ses grands yeux aux iris dorés, plissa son long museau moustachu comme pour dire : *Peuh ! Aucun intérêt !* puis traversa la route d'un pas nonchalant et disparut.

Eddie eut le temps de remarquer sa queue – longue et souple, elle ressemblait à un tire-bouchon velu.

– Qu'est-ce que c'était, Roland ?

– Un bafou-bafouilleux.

– Ça se mange ?

Roland secoua la tête.

– Trop coriace. Trop amer. Je préférerais manger du chien.

– Tu as déjà fait ça ? demanda Susannah. Manger du chien, je veux dire.

Roland hocha la tête sans donner d'autre précision. Eddie repensa au dialogue d'un vieux film de Paul Newman : *Eh oui, madame – j'ai mangé du chien et j'ai eu une vie de chien.*

Les oiseaux gazouillaient dans les arbres. Une douce brise soufflait sur la route. Eddie et Susannah la laissèrent caresser leur visage, puis se regardèrent et échangèrent un sourire. Eddie fut de nouveau frappé de gratitude à son égard – c'était terrifiant d'aimer quelqu'un, mais c'était aussi fort agréable.

– Qui a tracé cette route ? demanda-t-il.

– Des gens qui ont disparu depuis longtemps, répondit Roland.

– Les mêmes qui avaient fabriqué les poteries qu'on a trouvées ? demanda Susannah.

– Non. Cette route était fréquentée par les diligences, j'imagine, et si elle est encore là après tant d'années de négligence, ce devait être une grande route... peut-être même *la* Grand-Route. Si nous creusions un peu, nous trouverions sans doute du gravier et peut-être même des canalisations. Tant qu'on s'est arrêtés, mangeons donc un morceau.

– Manger ! s'exclama Eddie. Garçon ! Un poulet à la florentine ! Des crevettes à la polynésienne ! Une escalope de veau aux champignons sautés et...

Susannah lui donna un coup de coude.

– Laisse tomber, fromage blanc.

– Ce n'est pas ma faute si j'ai une imagination fertile, dit Eddie sans se démonter.

Roland laissa tomber sa bourse de ses épaules, s'accroupit et commença à préparer un déjeuner composé de tranches de viande séchée enveloppées de feuilles couleur olive. Eddie et Susannah avaient découvert que ces feuilles avaient un goût rappelant celui des épinards, en plus fort.

Eddie poussa Susannah vers Roland, qui tendit à la jeune femme ce qu'Eddie avait baptisé des « burritos à la pistolero ». Elle commença à manger.

Lorsque Eddie se retourna, Roland lui tendait trois tranches de viande... et autre chose. C'était le bâton de frêne où poussait la clé. Roland avait dénoué sa lanière, dont les deux bouts pendaient sur son torse.

– Hé, tu en as encore besoin, pas vrai ? demanda Eddie.

– Les voix reviennent quand je l'enlève, mais elles sont très lointaines, dit Roland. J'arrive à les supporter. En fait, je les entends même quand je porte la clé – comme si j'entendais deux hommes parlant à voix basse de l'autre côté d'une colline. Je pense que c'est parce que la clé est inachevée. Tu as cessé de travailler dessus depuis que tu me l'as confiée.

– Eh bien... tu la portais et je ne voulais pas...

Roland resta muet, mais ses yeux d'un bleu délavé contemplaient Eddie de leur air le plus professoral.

– D'accord, dit Eddie. J'ai peur de me planter. Tu es content ?

– Ton frère devait penser que tu te plantais tout le temps... pas vrai ? demanda Susannah.

– Susannah Dean, psychologue diplômée. Tu as raté ta vocation, ma chérie.

Susannah ne s'offusqua pas de cette saillie. Elle cala l'outre sur son coude, la souleva et but à la régalade comme une paysanne du Sud.

– Mais c'est vrai, n'est-ce pas ?

Eddie, qui venait de se rappeler qu'il n'avait pas non plus fini la fronde – du moins pas encore –, se contenta de hausser les épaules.

– Tu dois la finir, dit posément Roland. Je pense que l'heure approche où tu devras t'en servir.

Eddie fit mine de parler, puis ferma la bouche. C'était facile à dire, tout ça, mais aucun d'eux ne comprenait vraiment son problème. Son problème était le suivant : il ne pourrait pas s'estimer satisfait d'un taux de réussite de 70 %, de 80 %, ou de 98,5 %. Pas cette fois-ci. Et s'il se *plantait*, il ne pourrait pas se contenter de jeter le bout de bois et d'en chercher un autre. D'ailleurs, il n'avait pas vu un seul frêne depuis qu'il avait trouvé cette branche aux formes séduisantes. Mais ce qui le perturbait pouvait se résumer en termes très simples : c'était tout ou rien. S'il se plantait ne fût-ce que d'un iota, la clé ne tournerait pas quand ils auraient besoin qu'elle tourne. Et ce petit machin en forme de s le rendait de plus en plus nerveux. Ça avait l'air tout simple, mais impossible de le tailler à la perfection...

La clé ne fonctionnera pas dans son état présent ; tu sais au moins cela, se dit-il.

Il soupira en l'examinant. Oui, il savait au moins cela. Il fallait bien qu'il tente de la finir. Sa peur de l'échec lui rendrait la tâche plus difficile, mais il devait quand même essayer. Peut-être même qu'il pouvait réussir. Il avait réussi pas mal de choses depuis que Roland était entré dans son esprit à bord d'un avion de la Delta à destination de l'aéroport Kennedy. Le fait qu'il fût vivant et sain d'esprit était déjà une réussite.

Eddie rendit la clé à Roland.

— Garde-la pour l'instant, dit-il. Je me remettrai au travail quand on fera halte ce soir.

— Promis ?

— Ouais.

Roland hocha la tête, prit la clé et l'attacha de nouveau à la lanière qu'il portait autour du cou. Il avait des gestes lents, mais Eddie remarqua quand même avec quelle dextérité il utilisait les doigts de sa main mutilée. Décidément, cet homme s'adaptait à tout.

— Il *va* se passer quelque chose, n'est-ce pas ? demanda soudain Susannah.

Eddie leva les yeux vers elle.

— Qu'est-ce qui te fait dire ça ?

— Je dors auprès de toi, Eddie, et je sais que tu rêves désormais chaque nuit. Et il t'arrive parfois de parler. Tes rêves ne ressemblent pas exactement à des cauchemars, mais il est clair qu'il se passe *quelque chose* dans ta tête.

— Oui. Il se passe quelque chose. Mais je ne sais pas quoi.

– Les rêves sont choses puissantes, remarqua Roland. Tu n'as aucun souvenir de ceux que tu fais ?

Eddie hésita.

– Quelques-uns, mais ils sont très confus. Je suis de nouveau un gamin, ça c'est sûr. Ça se passe après l'école. Henry et moi, on joue au basket dans le vieux terrain de Markey Avenue, là où se trouve maintenant le tribunal pour mineurs. Je veux que Henry m'emmène voir un endroit situé dans Dutch Hill. Une vieille maison. Les gosses du coin l'appelaient le Manoir et prétendaient qu'elle était hantée. Peut-être bien que c'était vrai. Je me souviens qu'elle était plutôt du genre sinistre. *Très* sinistre.

Eddie secoua la tête, captivé par ses souvenirs.

– Ça faisait des années que j'avais oublié cette vieille baraque, et j'y ai repensé quand on était dans la clairière de l'ours, quand j'ai posé la tête contre cette boîte bizarre. Je ne sais pas... c'est peut-être à cause de ça que je fais ces rêves.

– Mais tu ne le crois pas, dit Susannah.

– Non. Je crois que ce qui est en train de m'arriver est beaucoup plus compliqué qu'une simple histoire de souvenirs d'enfance.

– Est-ce que vous êtes allés voir cette maison, ton frère et toi ? demanda Roland.

– Ouais... j'ai réussi à le convaincre.

– Et il vous est arrivé quelque chose ?

– Non. Mais c'était terrifiant. On est restés sur le trottoir et on a regardé la maison pendant un certain temps, puis Henry s'est mis à me taquiner – il m'a dit qu'il allait m'obliger à entrer là-dedans pour que je lui rapporte un souvenir –, mais je savais qu'il ne parlait pas sérieusement. Il était aussi terrifié que moi.

– Et c'est tout ? demanda Susannah. Tu rêves seulement que tu retournes là-bas ? Devant le Manoir ?

– Il y a autre chose. Quelqu'un arrive... et reste dans les parages. Je le remarque dans mon rêve, mais à peine... comme du coin de l'œil, tu vois ? Mais je sais aussi qu'on est censés faire semblant de ne pas se connaître.

– Y avait-il vraiment quelqu'un ce jour-là ? demanda

Roland. (Il regardait Eddie avec une attention extrême.) Ou est-ce seulement un personnage du rêve ?

– C'était il y a longtemps. Je devais avoir treize ans à peine. Comment pourrais-je me souvenir avec certitude d'un détail de ce genre ?

Roland le regarda sans rien dire.

– D'accord, dit finalement Eddie. Ouais. Je crois qu'il *était* là ce jour-là. Un gamin qui portait un sac de sport ou un sac à dos, je ne me rappelle plus exactement. Et des lunettes de soleil trop grandes pour lui. Des lunettes à verres réfléchissants.

– Qui était-ce ? demanda Roland.

Eddie resta silencieux un long moment. Il tenait dans la main le dernier de ses burritos à la pistolero, mais il avait perdu l'appétit.

– Je pense que c'est le gamin que tu as rencontré au relais, dit-il finalement. Je pense que ton vieil ami Jake était dans les parages, qu'il nous surveillait, Henry et moi, le jour où on est allés à Dutch Hill. Je pense qu'il nous a suivis. Parce qu'il entend les voix tout comme toi, Roland. Et parce qu'il partage mes rêves comme je partage les siens. Je pense que mes souvenirs correspondent à ce qui est en train de se passer pour Jake dans son *quand*. Le gamin essaie de revenir ici. Et si la clé n'est pas terminée lorsqu'il tentera de passer de l'autre côté – ou si elle est mal faite –, il va probablement mourir.

– Peut-être qu'il a sa propre clé, dit Roland. Est-ce possible ?

– Ouais, je le crois, dit Eddie, mais ça ne suffira pas. (Il soupira et enfouit le dernier burrito dans sa poche, le gardant pour plus tard.) *Et je ne pense pas qu'il le sache.*

8

Ils reprirent leur route, Roland et Eddie se relayant pour pousser le fauteuil roulant. Ils choisirent l'ornière de gauche. Le terrain était relativement accidenté et les deux hommes étaient parfois obligés de porter le fauteuil lorsque jaillissaient du sol des cailloux blancs pareils à des dents émoussées. Ils avançaient cependant

plus vite que durant la semaine précédente. Ils ga-
gnaient régulièrement de l'altitude et, quand il regardait
par-dessus son épaule, Eddie voyait la forêt se déployer
en paliers successifs. Il aperçut une cascade se déversant sur une falaise au nord-ouest. C'était le lieu qu'ils
avaient baptisé « le stand de tir », constata-t-il avec
étonnement. La clairière était désormais presque invisible, perdue dans la brume de cet après-midi de rêve.

— Halte-là, mon gars ! s'exclama Susannah.

Eddie se retourna juste à temps pour éviter la collision avec Roland. Le pistolero avait fait halte et examinait les fourrés sur le bas-côté.

— Si tu continues comme ça, je vais te retirer ton
permis, taquina Susannah.

Eddie l'ignora. Il suivit le regard de Roland.

— Qu'est-ce que c'est ?

— Il n'y a qu'une façon de le savoir. (Roland se retourna, souleva Susannah et la cala sur sa hanche.) Allons jeter un coup d'œil.

— Pose-moi par terre, mon grand — je peux me débrouiller toute seule. Et mieux que vous deux, d'ailleurs.

Pendant que Roland la déposait doucement sur l'ornière herbue, Eddie scruta les broussailles. La lumière
du crépuscule projetait sur le sol des ombres entrecroisées, mais il crut distinguer ce qui avait attiré l'attention
de Roland. Une haute pierre grise presque entièrement
dissimulée par le lierre.

Susannah rampa vers le bas-côté, aussi vive qu'un
serpent. Roland et Eddie la suivirent.

— C'est une borne, n'est-ce pas ?

Susannah, dressée sur ses bras, examinait le rocher
rectangulaire. Jadis dressé à la verticale, il penchait nettement sur la droite, comme une pierre tombale dans
un vieux cimetière.

— Oui. Passe-moi mon couteau, Eddie.

Eddie s'exécuta, puis s'accroupit près de Susannah
pendant que le pistolero taillait dans le lierre. Petit à
petit, il distingua des lettres gravées dans la pierre, et il
déchiffra leur message avant même que Roland ait
achevé de dégager l'inscription :

VOYAGEUR, ICI COMMENCE L'ENTRE-DEUX-MONDES.

– Qu'est-ce que ça veut dire ? demanda finalement Susannah.

Sa voix exprimait l'émerveillement ; elle ne cessait d'examiner la borne de pierre grise.

– Cela veut dire que nous arrivons à la fin de la première étape. (Le visage de Roland était pensif et solennel lorsqu'il rendit son couteau à Eddie.) Je pense que nous ne quitterons plus cette vieille route, désormais – ou plutôt, c'est elle qui ne nous quittera plus. Elle suit le sentier du Rayon. La forêt va bientôt s'achever. Je m'attends à un grand changement.

– Qu'est-ce que l'Entre-Deux-Mondes ? demanda Eddie.

– Un des grands royaumes qui dominaient la terre durant l'époque qui a précédé celle-ci. Un royaume d'espoir, de savoir et de lumière – le genre de choses que nous avons essayé de préserver dans mon pays avant que les ténèbres n'aient triomphé de nous. Un jour, si nous en avons le temps, je vous raconterai toutes les vieilles histoires... du moins celles que je connais. Elles forment une grande tapisserie, très belle mais très triste.

« Selon les vieux contes, il y avait jadis une grande ville à la lisière de l'Entre-Deux-Mondes – peut-être était-elle aussi grande que votre New York. Elle est sûrement en ruine aujourd'hui, si elle existe encore. Mais nous risquons d'y trouver des gens... ou des monstres... ou les deux. Il faudra être sur nos gardes.

Il tendit sa main mutilée et caressa l'inscription du bout des doigts.

– L'Entre-Deux-Mondes, dit-il à voix basse. Qui aurait cru que...

Il laissa sa phrase inachevée.

– Enfin, on ne peut rien y faire, n'est-ce pas ? demanda Eddie.

Le pistolero secoua la tête.

– Non, rien.

– Le *ka*, dit soudain Susannah, et les deux autres la regardèrent sans rien dire.

La nuit ne tomberait que dans deux heures, aussi se remirent-ils en marche. La route se dirigeait toujours vers le sud-est, suivant le sentier du Rayon, et elle fut bientôt rejointe par deux autres routes plus petites mais également mal entretenues. Au second croisement se trouvaient les ruines envahies par la végétation d'un bâtiment qui avait dû être un immense mur rocheux. Une douzaine de bafou-bafouilleux prenaient le soleil parmi les gravats, et ils suivirent les pèlerins de leurs yeux aux iris dorés. Eddie les compara mentalement à un jury prêt à voter la mort par pendaison.

La route était de plus en plus large et de mieux en mieux définie. Ils aperçurent à deux reprises des bâtiments depuis longtemps désaffectés. Le second, selon Roland, était sans doute un moulin à vent. Susannah lui trouva des airs de maison hantée.

– Cela ne me surprendrait guère, répliqua le pistolero.

Ce commentaire émis d'un ton posé donna des frissons à ses compagnons.

Lorsque le crépuscule les obligea à faire halte, les arbres se faisaient plus rares et la douce brise qui les avait accompagnés était devenue un vent tiède. Ils n'avaient cessé de gagner de l'altitude durant la journée.

– Nous arriverons au sommet de la crête dans un jour ou deux, dit Roland. A ce moment-là, nous verrons.

– Nous verrons quoi ? demanda Susannah, mais Roland se contenta de hausser les épaules.

Ce soir-là, Eddie se remit à tailler le bois, mais sans se sentir réellement inspiré. L'assurance et la joie qui avaient été siennes lorsque la clé avait pris forme l'avaient déserté. Ses doigts lui paraissaient stupides et maladroits. Pour la première fois depuis plusieurs mois, il eut envie d'une petite dose d'héroïne. Pas une grosse dose ; il était sûr que quelques grammes lui suffiraient pour tailler ce bout de bois avec brio.

– Qu'est-ce qui te fait sourire, Eddie ? demanda Roland.

Il était assis de l'autre côté du feu de camp ; agitées

par le vent, les flammes qui les séparaient dansaient comme des feux follets capricieux.

– Je souriais ?

– Oui.

– Je pensais à la stupidité des gens – tu les enfermes dans une pièce pourvue de six portes mais ils continuent de se cogner aux murs. Et ils ont encore le culot de râler.

– Si tu as peur de ce qu'il y a derrière les portes, peut-être qu'il est plus sage de rebondir contre les murs, intervint Susannah.

Eddie hocha la tête.

– Peut-être.

Il travaillait lentement, s'efforçait de voir les formes emprisonnées dans le bois – en particulier ce petit machin en forme de s. Il s'aperçut que ce dernier était devenu indistinct.

Mon Dieu, je vous en prie, faites que je ne me plante pas, pensa-t-il, mais c'était précisément ce qu'il était en train de faire, du moins le craignait-il. Il finit par renoncer, rendit au pistolero la clé qu'il avait à peine touchée et s'enveloppa dans une peau tannée. Cinq minutes plus tard, il rêvait de nouveau du gamin et du terrain de jeu de Markey Avenue.

11

Jake quitta son immeuble vers 7 h 15, ce qui lui laissait environ huit heures à tuer. Il envisagea de prendre le métro tout de suite pour se rendre à Brooklyn, puis décida que ce n'était pas une bonne idée. Un gamin errant dans les rues était davantage susceptible d'attirer l'attention dans ce coin-là, et s'il devait vraiment *chercher* l'endroit où il était censé retrouver le basketteur, il devait se montrer prudent.

Pas de problème, j'te dis, avait affirmé l'adolescent au tee-shirt jaune et au foulard vert. *Tu as trouvé la clé et la rose, pas vrai ? Tu me trouveras de la même façon.*

Sauf que Jake ne se rappelait plus *comment* il avait trouvé la clé et la rose. Il ne se rappelait que la joie et l'assurance qui lui avaient empli le cœur et l'esprit. Il ne lui restait plus qu'à espérer que le même phénomène se reproduirait. En attendant, il allait se balader. C'était le meilleur moyen de ne pas se faire remarquer à New York.

Il descendit à pied jusqu'à la Première Avenue, puis rebroussa chemin, se dirigeant lentement vers le centre-ville en suivant les signaux PASSEZ PIÉTONS (sachant peut-être au fond de lui qu'eux aussi servaient le Rayon). Vers 10 heures, il se retrouva devant le Metropolitan Museum of Art, sur la Cinquième Avenue. Il avait chaud et se sentait fatigué et un peu déprimé. Il aurait bien bu un bon soda mais ne souhaitait pas dépenser trop vite le peu d'argent qu'il avait sur lui. Il avait cassé sa tirelire mais celle-ci ne contenait qu'environ huit dollars.

Un groupe d'écoliers se mettaient en rang pour suivre une visite guidée. Ecole publique, pensa Jake – ils étaient vêtus avec aussi peu de recherche que lui-même. Aucun blazer signé Paul Stuart, aucune cravate, aucun mocassin, aucune petite jupe plissée toute simple achetée chez Miss So Pretty ou chez Tweenity pour la modique somme de cent vingt-cinq dollars. Toutes ces têtes blondes s'habillaient chez K-Mart. Obéissant à une impulsion subite, Jake se plaça en bout de queue et suivit le groupe dans le musée.

La visite dura une heure et quart. Jake la trouva fort agréable. Le musée était un endroit calme. Mieux : il était climatisé. Il fut particulièrement fasciné par les peintures de Frederick Remington et par un immense tableau de Thomas Hart Benton représentant une locomotive à vapeur traversant la prairie en direction de Chicago sous les yeux de fermiers bedonnants vêtus de salopettes et coiffés de chapeaux de paille. Ni les profs ni les élèves ne remarquèrent sa présence. Puis une jolie Noire vêtue d'un tailleur bleu de coupe sévère lui posa une main sur l'épaule et lui demanda qui il était.

Jake ne l'avait pas vue venir et son esprit se retrouva paralysé quelques instants. Sans penser à ce qu'il faisait, il plongea la main dans sa poche et la referma sur la clé argentée. Il se ressaisit aussitôt et se sentit apaisé.

– Mon groupe est en haut, dit-il avec un sourire penaud. On devait aller regarder la section « Art moderne », mais je préfère ces tableaux parce qu'ils représentent quelque chose. Alors j'ai... enfin, vous savez...

– Tu t'es défilé ? demanda la jeune femme en s'efforçant de ne pas sourire.

– Disons plutôt que je me suis déclaré en permission, comme dans la Légion.

Il prononça cette réplique sans avoir conscience de ce qu'il disait.

Les élèves qui observaient la scène le regardèrent d'un air intrigué, mais le professeur éclata de rire.

– Tu ne le sais pas ou tu l'as oublié, dit-elle, mais dans la Légion étrangère, les déserteurs étaient fusillés. Je te suggère de rejoindre ta classe tout de suite, mon garçon.

– Oui, m'dame. Merci. De toute façon, la visite est presque finie.

– Comment s'appelle ton école ?

– Markey Academy, dit Jake.

Cette fois encore, il avait prononcé ces mots sans en avoir conscience.

Il monta à l'étage, écoutant l'écho désincarné des bruits de pas et des conversations à voix basse qui résonnait dans la rotonde, et se demanda pourquoi il avait dit ça. Jamais il n'avait entendu parler d'une école nommée Markey Academy.

12

Il resta quelque temps sur le palier du premier étage, puis remarqua qu'un gardien l'observait d'un air méfiant et décida qu'il valait mieux ne pas s'attarder – restait à espérer que le groupe dans lequel il s'était infiltré avait quitté les lieux.

Il regarda sa montre, grimaça comme pour dire : *Oh ! comme le temps passe*, et redescendit en quatrième vitesse. La classe et la jeune prof noire qui lui avait fait la leçon sur la Légion étrangère étaient parties et Jake se dit que ce serait une bonne idée d'en faire autant. Il allait encore se promener un peu – sans se presser, vu la chaleur – et prendre le métro.

Il s'arrêta au coin de Broadway et de la 42ᵉ Rue, échangeant une partie de ses maigres ressources financières contre un hot dog. Il s'assit sur les marches devant une banque pour déguster son déjeuner, ce qui se révéla être une erreur catastrophique.

Un flic se dirigea lentement vers lui en faisant tourner sa matraque avec des gestes de jongleur. Il semblait uniquement occupé par sa prestation, mais lorsqu'il arriva devant Jake, il passa sa matraque à sa ceinture et se tourna vers lui.

– Eh bien, mon gars, dit-il. Pas d'école, aujourd'hui ?

Jake était en train de dévorer sa saucisse mais la dernière bouchée resta coincée dans son gosier. Quel manque de chance... s'il s'agissait bien de chance. Ils se trouvaient dans Times Square, haut lieu de l'Amérique sordide ; le coin grouillait de dealers, de junkies, de putes et de chasseurs de chair fraîche... mais ce crétin de flic ignorait la faune pour s'intéresser à *lui*.

Il déglutit à grand-peine, puis répondit :

– C'est les exams de fin d'année en ce moment. Je n'avais qu'une épreuve ce matin. Ensuite, je pouvais partir. (Il marqua une pause, peu rassuré par l'éclat inquisiteur des yeux du flic.) J'ai demandé la permission, conclut-il piteusement.

– Mouais. Je peux voir tes papiers ?

L'estomac de Jake se noua. Ses parents avaient-ils déjà alerté les flics ? Après les événements de la veille, c'était fort probable, supposa-t-il. D'ordinaire, la police de New York ne se mettait pas en quatre pour rechercher un gamin disparu, surtout s'il n'avait disparu qu'une demi-journée, mais son père était un grand ponte et il aimait se vanter de la longueur de son bras. Jake ne pensait pas que ce flic ait sa photo... mais on lui avait peut-être communiqué son nom.

– Eh bien... dit-il à contrecœur, j'ai ma carte de membre de l'Entre-Deux-Mondes, mais c'est à peu près tout.

– L'Entre-Deux-Mondes ? Jamais entendu parler. Qu'est-ce que c'est que ce truc ?

– Je veux dire : l'Entre-Deux-*Quilles*. (Bon Dieu, ça ne s'arrangeait pas.) C'est un billard. Sur la 33ᵉ Rue. Vous connaissez ?

– O.K. ! Ça ira.

Le flic tendit la main.

Un Noir dont les cheveux tressés retombaient en masse sur un complet jaune canari leur jeta un coup d'œil en passant.

– Embarquez-le, officier ! dit-il le plus jovialement du monde. En taule, le petit cul blanc ! Faites votre devoir !

– Tais-toi et dégage, Eli, dit le flic sans se retourner.

Eli éclata de rire, exhibant plusieurs dents en or, et s'éloigna.

– Pourquoi vous ne lui demandez pas ses papiers, à *lui* ? demanda Jake.

– Parce que c'est à toi que je les demande. Magnetoi, fiston.

Ou bien le flic avait connaissance de son nom ou alors il avait senti quelque chose d'anormal – ce qui n'avait rien d'étonnant, vu qu'il était le seul jeune garçon de race blanche des environs à ne pas faire le trottoir. Quoi qu'il en soit, ça revenait au même : il avait eu une idée stupide de s'asseoir ici pour déjeuner. Mais il avait mal aux pieds et il avait faim, bon sang – *faim*.

Tu ne vas pas m'arrêter, pensa Jake. Je ne peux pas te le *permettre*. Je dois rencontrer quelqu'un à Brooklyn cet après-midi... et je serai au rendez-vous.

Au lieu d'attraper son portefeuille, il plongea une main dans sa poche et en ressortit la clé. Il la brandit vers le policier ; les joues et le front de celui-ci se retrouvèrent aussitôt mouchetés de taches de lumière. Ses yeux s'écarquillèrent.

– Hé ! souffla-t-il. Qu'est-ce que tu as là, mon gars ?

Il tendit la main vers la clé, et Jake l'écarta de ses doigts. Les taches de lumière exécutèrent une danse hypnotique sur le visage du flic.

– Vous n'avez pas besoin de ça, dit Jake. Mon nom est bien lisible, n'est-ce pas ?

– Oui, bien sûr.

Le flic avait perdu son expression méfiante. Il ne voyait plus que la clé. Ses yeux étaient fixes mais pas tout à fait vides. Jake y lut de la stupéfaction et un bonheur totalement imprévu. C'est tout moi, pensa-t-il. Voilà que je répands la joie et la bonne volonté partout où je passe. Et maintenant, qu'est-ce que je fais ?

Une jeune femme (vu son pantalon moulant, son chemisier transparent et ses talons aiguilles qui relevaient de l'attentat à la pudeur, ce n'était sûrement pas une bibliothécaire) fit son apparition sur le trottoir, avançant en roulant des hanches. Elle jeta un coup d'œil au flic, puis à Jake pour voir ce qui intéressait tant ledit flic. Lorsqu'elle aperçut la clé, elle en resta bouche bée et se figea sur place. Une de ses mains monta lentement vers sa gorge. Un homme la heurta et lui dit de regarder où elle allait, nom de Dieu. La jeune femme qui n'était sûrement pas une bibliothécaire ne lui prêta aucune attention. Jake vit que quatre ou cinq autres passants s'étaient arrêtés autour de lui. Ils regardaient tous la clé. Ils se rassemblaient autour de lui comme ils se seraient rassemblés autour d'un joueur de bonneteau particulièrement doué.

Tu te débrouilles vraiment bien pour passer inaperçu, se dit-il. Il jeta un coup d'œil de l'autre côté de la rue et aperçut une enseigne. Drugstore Discount Denby.

– Je m'appelle Tom Denby, dit-il au flic. C'est écrit là, sur ma carte de membre du billard – pas vrai ?

– Oui, oui, répondit le flic.

Il avait perdu tout intérêt pour Jake ; seule la clé retenait son attention. Les taches de lumière tournoyaient sur son visage.

– Et vous ne recherchez personne du nom de Tom Denby, pas vrai ?

– Non, dit le flic. Jamais entendu parler de lui.

Plus d'une demi-douzaine de personnes étaient rassemblées autour du flic, captivées par la clé argentée que Jake tenait dans sa main.

– Je peux m'en aller, alors ?

– Hein ? Oh ! Oh, oui... va-t'en, au nom de ton père !

– Merci.

Mais Jake ne savait pas exactement *comment* s'en aller. Il était encerclé par une foule de zombies silencieux qui croissait à chaque minute. La curiosité avait détourné leurs pas, mais ceux qui voyaient la clé restaient enracinés sur place.

Jake se leva et gravit lentement les marches à reculons, brandissant la clé comme un dompteur brandit son tabouret face au lion. Lorsqu'il arriva sur la placette surélevée, il remit la clé dans sa poche, pivota et prit ses jambes à son cou.

Il ne s'arrêta qu'une fois, de l'autre côté de la placette, et regarda derrière lui. Les personnes qui s'étaient rassemblées autour de la scène revenaient lentement à la vie. Elles se regardèrent d'un air encore étonné, puis se dispersèrent. Le flic jeta un coup d'œil à gauche, un coup d'œil à droite, puis tourna son visage vers le ciel, comme s'il cherchait à se rappeler comment il était arrivé là et ce qu'il était en train de faire. Jake en avait assez vu. Il était temps de trouver une station de métro et de foncer à Brooklyn avant qu'il ne lui arrive un autre incident bizarre de ce type.

13

Il était 14 h 15 lorsqu'il émergea de la bouche de métro située au coin de Castle Avenue et de Brooklyn Avenue, devant les tours en pierre grise de Co-op City. Il attendit que l'envahisse cette sensation de certitude – cette sensation qui ressemblait à un afflux de souvenirs du futur. Mais il ne se passa rien. Il n'était qu'un petit garçon des plus ordinaires, debout à un coin de rue de Brooklyn, avec à ses pieds une petite ombre qui ressemblait à un animal fatigué.

Eh bien, m'y voilà... et *maintenant*, qu'est-ce que je fais ?

Jake s'aperçut qu'il n'en avait pas la moindre idée.

14

Roland et ses compagnons atteignirent la crête de la colline qu'ils gravissaient depuis le début de leur périple et contemplèrent le paysage qui se révélait à eux. Ils demeurèrent silencieux un long moment. Susannah ouvrit la bouche à deux reprises, puis la referma. Pour la première fois de sa vie, elle était réduite au silence.

Devant eux s'étendait une plaine presque infinie baignée par la douce lumière dorée de l'après-midi. Elle était couverte d'une herbe luxuriante couleur vert émeraude et parsemée de bosquets d'arbres aux troncs élancés et aux larges frondaisons. Susannah crut se rappeler avoir vu des arbres semblables dans un documentaire sur l'Australie.

La route qu'ils suivaient descendait doucement le flanc de la colline avant de s'enfoncer dans la prairie, ligne droite d'un blanc étincelant traversant la plaine herbeuse. A l'ouest, Susannah aperçut un troupeau d'animaux en train de brouter paisiblement. On aurait dit des bisons. A l'est, la forêt s'achevait en péninsule incurvée, forme sombre et tourmentée évoquant un poing serré au bout d'un avant-bras.

C'était dans cette direction qu'affluaient tous les ruisseaux et courants qu'ils avaient aperçus. Ils se jetaient dans le large fleuve qui émergeait de la forêt pour couler, placide et rêveur sous le soleil estival, vers le bout oriental du monde. Il était large, ce fleuve – peut-être trois kilomètres d'une rive à l'autre.

Puis elle vit la cité.

Elle se trouvait droit devant eux, assemblage de flèches et de tours dressées au-dessus de l'horizon. Ces remparts flous pouvaient se trouver à cent, à deux cents ou à quatre cents kilomètres de distance. L'air de ce monde semblait exceptionnellement pur et il était vain de tenter de jauger les distances. Elle savait seulement que la vision de ces tours à peine distinctes l'emplissait d'émerveillement... et d'une profonde nostalgie pour New York. Je serais prête à faire n'importe quoi pour revoir Manhattan depuis le Triborough Bridge, pensa-t-elle.

Puis elle sourit de ce mensonge qu'elle se faisait à elle-même. En vérité, elle n'échangerait pas le monde de Roland contre le sien. Ses grands espaces et son mystère silencieux étaient enivrants. Et son amant était ici. A New York – du moins dans le New York de son époque –, leur couple aurait été un objet de colère et de mépris, la cible de toutes sortes de plaisanteries stupides et cruelles : une femme noire âgée de vingt-six ans et son cul blanc d'amant de trois ans son cadet qui avait tendance à délirer quand il était excité. Son cul blanc d'amant qui avait transporté un singe sur son dos à peine huit mois plus tôt. Ici, il n'y avait personne pour se moquer d'eux. Personne pour les montrer du doigt. Il n'y avait que Roland, Eddie et elle, les trois derniers pistoleros du monde.

Elle prit la main d'Eddie et la sentit se refermer sur la sienne, chaude et rassurante.

– Ça doit être la Send, dit Roland à voix basse en désignant le fleuve. Je n'aurais jamais cru la voir de mon vivant... je n'étais même pas sûr de son existence, pas plus que de celle des Gardiens.

– C'est superbe, murmura Susannah.

Elle était incapable de se détacher du paysage qui se déployait devant elle, rêvant ses rêves fabuleux dans son berceau d'été. Elle suivit des yeux les ombres projetées par les arbres, démesurément allongées par le soleil qui plongeait vers l'horizon.

– Les grandes plaines de l'Ouest devaient ressembler à ceci avant d'être colonisées – avant même l'arrivée des Indiens. (Elle leva sa main libre et désigna l'endroit où la Grand-Route se rétrécissait.) C'est la cité dont tu parlais, n'est-ce pas ?

– Oui.

– Elle a l'air en bon état, dit Eddie. Est-ce possible, Roland ? Peut-elle être encore intacte ? Les Anciens étaient-ils de si bons bâtisseurs ?

– Tout est possible en ces temps troublés, dit Roland d'une voix néanmoins dubitative. Mais n'espère pas trop, Eddie.

– Hein ? Oh, non.

Mais Eddie espérait *beaucoup*. La cité entr'aperçue avait éveillé la nostalgie dans le cœur de Susannah ; dans celui d'Eddie, elle déclencha un flot soudain de suppositions. Si la cité était encore là – et c'était clairement le cas –, peut-être était-elle encore peuplée, et peut-être pas seulement par les êtres subhumains que Roland avait rencontrés sous les montagnes. Les habitants de cette cité étaient peut-être

(*américains*, murmura le subconscient d'Eddie)

intelligents et serviables ; peut-être même assureraient-ils le succès de la quête des trois pèlerins... voire tout simplement leur survie. L'esprit d'Eddie fut envahi par une vision (en grande partie inspirée de films comme *Starfighter* et *Dark Crystal*) : un conseil de sages chenus mais dignes leur offrant un repas somptueux provenant des réserves de la cité (ou de jardins enclos dans ses microbiosphères) et leur expliquant au cours du festin ce qui les attendait sur leur route et ce que signifiait leur quête. Leur cadeau d'adieu consisterait en une dernière édition du guide Michelin local sur lequel la route de la Tour sombre serait indiquée en rouge.

Eddie ignorait le concept de *deus ex machina*, mais il savait – était assez grand pour savoir – que des êtres aussi sages et aussi serviables n'existaient que dans les bandes dessinées et les films de série B. Cette idée n'en était pas moins enivrante : une enclave civilisée dans ce monde dangereux et en grande partie désert ; des vieillards sages aux allures d'elfes qui leur expliqueraient exactement ce qu'ils étaient venus faire dans cette galère. Et les formes fabuleuses et indistinctes de la cité conféraient à cette idée un soupçon de vraisemblance. Même si la cité était complètement déserte, même si sa population avait été anéantie par la maladie ou les armes chimiques, peut-être leur servirait-elle de gigantesque boîte à outils – un immense magasin de surplus de l'armée où ils pourraient s'équiper en vue des épreuves qui les attendaient sûrement. En outre, Eddie était un citadin de pure souche et il était naturel qu'il soit excité par le spectacle de ces grandes tours.

– Gé-*nial* ! dit-il en étouffant un rire. Hé-ho, hé-ho ! Sortez de votre trou, ô foutus elfes tout-puissants !

Susannah le regarda d'un air amusé et intrigué.

– Qu'est-ce qui te prend, fromage blanc ?

– Rien. Peu importe. Allez, on y va. Qu'est-ce que tu en dis, Roland ? Tu veux...

Mais lorsqu'il vit le visage de Roland – l'éclat songeur qui habitait ses yeux –, il se tut et passa un bras autour des épaules de Susannah, comme pour la protéger.

15

Après avoir jeté un bref regard machinal à la cité, Roland avait remarqué quelque chose de beaucoup plus proche de leur position actuelle, quelque chose qui l'emplissait d'inquiétude et d'angoisse. Il avait déjà vu des choses semblables, et Jake était à ses côtés la dernière fois que cela s'était produit. Il se rappela le jour où ils étaient enfin sortis du désert, la piste de l'homme en noir les conduisant à travers les collines et en direction des montagnes. Elle était dure à suivre, cette piste, mais au moins avaient-ils trouvé de l'eau. Et de l'herbe.

Une nuit, il s'était réveillé pour constater que Jake avait disparu. Il avait entendu des cris étouffés, désespérés, en provenance d'une saulaie bordant un petit ruisseau. Lorsqu'il était enfin parvenu dans la clairière au milieu de la saulaie, le garçon avait cessé de crier. Roland l'avait trouvé au centre d'un lieu identique à celui qui se trouvait dans la plaine. Un lieu de pierres ; un lieu de sacrifice ; un lieu où vivait un Oracle... qui parlait quand on l'y obligeait... et tuait chaque fois qu'il en avait l'occasion.

— Roland ? demanda Eddie. Qu'y a-t-il ? Qu'est-ce qui ne va pas ?

— Tu vois ceci ? dit Roland en désignant le lieu. C'est un anneau de parole. Les formes que tu aperçois sont des pierres dressées.

Il se surprit à dévisager Eddie, cet homme qu'il avait rencontré à bord d'une terrifiante et merveilleuse diligence du ciel dans ce monde étrange où les pistoleros portaient un uniforme bleu et où l'on disposait d'une quantité illimitée de sucre, de papier et de drogues fabuleuses comme l'*astine*. Une étrange expression – une prémonition – envahissait le visage d'Eddie. L'espoir qui avait illuminé ses yeux lorsqu'il avait découvert la ville s'évanouit, les rendant gris et mornes. C'étaient les yeux d'un homme étudiant la potence où il serait bientôt pendu.

D'abord Jake, et maintenant Eddie, pensa le pistolero. La roue qui fait tourner nos vies est sans remords ; elle s'arrête toujours au même endroit.

— Oh, merde ! (La voix d'Eddie était sèche, terrifiée.) Je crois que c'est là que le gamin va essayer de passer dans ce monde.

Le pistolero hocha la tête.

— C'est fort probable. Ce sont des lieux ténus et ce sont aussi des lieux *séduisants*. Je l'ai naguère suivi dans un lieu comme celui-ci. L'Oracle qui l'habitait a bien failli le tuer.

– Comment se fait-il que tu le *saches*, Eddie ? demanda Susannah. L'as-tu rêvé ?

Il se contenta de secouer la tête.

– Je ne sais pas. Mais dès que Roland m'a montré ce foutu endroit... (Il s'interrompit et se tourna vers le pistolero.) Nous devons aller là-bas le plus vite possible.

Eddie semblait à la fois terrifié et impatient.

– Est-ce que ça va se produire aujourd'hui ? demanda Roland. Ce soir ?

Eddie secoua la tête et s'humecta les lèvres.

– Je ne sais pas non plus. Pas avec certitude. Ce soir ? Je ne crois pas. Le temps... il n'est pas le même ici et dans le monde du gamin. Il s'écoule plus lentement dans son *où* et dans son *quand*. Peut-être demain. (La panique eut finalement raison de lui. Il se retourna et agrippa la chemise du pistolero de ses doigts glacés de sueur.) Mais je dois finir la clé et je n'y arrive pas, et je dois faire autre chose et je ne sais pas quoi. Et si le gamin meurt, ce sera *ma faute* !

Le pistolero referma ses mains sur celles d'Eddie et se dégagea.

– Maîtrise-toi.

– Roland, tu ne comprends donc pas...

– Je comprends une chose : ce n'est pas en pleurnichant que tu résoudras ton problème. Tu as oublié le visage de ton père.

– Arrête tes conneries ! s'écria Eddie d'une voix hystérique. Je n'en ai rien à *foutre* de mon père !

Roland le gifla. On aurait cru le bruit d'une branche qui casse.

La tête d'Eddie chancela sur són cou ; ses yeux s'écarquillèrent. Il regarda fixement le pistolero, puis leva lentement la main vers la trace rouge imprimée sur sa joue.

– Espèce de *salaud* ! siffla-t-il.

Sa main descendit sur la crosse du revolver qu'il portait à la hanche gauche. Susannah tenta de poser ses mains sur la sienne ; Eddie les écarta d'un geste sec.

Et voilà que je dois lui donner une nouvelle leçon,

pensa Roland, mais cette fois-ci, c'est ma vie qui est en jeu, pas seulement la sienne.

Quelque part dans le lointain, un corbeau brisa le silence de son cri rauque, et Roland pensa fugitivement à son faucon, David. A présent, c'était *Eddie* qui était son faucon... et tout comme David, il n'hésiterait pas à lui crever un œil s'il n'y prenait garde.

A lui crever un œil ou à lui trancher la gorge.

— Est-ce que tu vas m'abattre ? C'est comme ça que tu veux que ça finisse, Eddie ?

— Si tu savais à quel point j'en ai marre de tes conneries, mec.

Les yeux d'Eddie étaient luisants de larmes et de colère.

— Si tu n'as pas terminé la clé, ce n'est pas parce que tu as peur de la terminer. Tu as peur de découvrir que tu *ne peux pas* la terminer. Si tu as peur de descendre dans le lieu où se dressent les pierres, ce n'est pas parce que tu as peur de ce qui arrivera une fois que tu seras au centre du cercle. Tu as peur de ce qui risque de *ne pas* arriver. Ce n'est pas du monde extérieur que tu as peur, Eddie, mais du petit monde qui est en toi. Tu as oublié le visage de ton père. Alors vas-y. Descends-moi si tu l'oses. Je suis las de te voir pleurnicher.

— Arrête ! s'écria Susannah. Tu ne vois donc pas qu'il va le faire ? Tu ne vois donc pas que tu le *forces* à le faire ?

Roland la poignarda du regard.

— Je le force à *se décider*. (Il tourna vers Eddie son visage ridé et sévère.) Tu es sorti de l'ombre de l'héroïne et de l'ombre de ton frère, mon ami. Sors donc de l'ombre de toi-même, si tu l'oses. Sors. Sors ou descends-moi, *et finissons-en*.

L'espace d'un instant, il crut qu'Eddie allait l'abattre, que son histoire allait s'achever ici, au sommet de cette colline, sous ce ciel sans nuages à l'horizon duquel se dressaient les spectres bleutés des flèches de la cité. Puis un tic agita les joues d'Eddie. Ses lèvres pincées s'adoucirent et se mirent à trembler. Sa main s'écarta de la crosse en bois de santal du revolver de Roland. Sa poitrine se souleva... une fois... deux fois... trois fois. Sa bouche s'ouvrit, et tout son désespoir, toute sa terreur s'en échappèrent dans un gémissement tandis qu'il s'avançait d'un pas hésitant vers le pistolero.

– *J'ai* peur, *espèce de connard ! Tu ne le comprends donc pas ? Roland*, j'ai peur !

Il trébucha et tomba en avant. Roland le rattrapa et le serra contre lui, humant la sueur et la poussière qui maculaient sa peau, respirant ses larmes et sa terreur.

Le pistolero l'étreignit quelques instants, puis le tourna vers Susannah. Eddie tomba à genoux près du fauteuil roulant, la tête pendant lamentablement. Susannah posa une main sur sa nuque, lui pressa le visage contre sa cuisse, et dit à Roland d'une voix amère :

– Il y a des moments où je te déteste, grand chasseur blanc.

Roland se plaqua les mains contre le front.

– Il y a des moments où je me déteste.

– Mais ça ne t'arrête jamais, pas vrai ?

Roland ne répondit pas. Il regarda Eddie, le visage pressé contre la cuisse de Susannah, les paupières serrées. Son expression était l'essence même de la misère. Roland refoula la lassitude qui le pressait de remettre à un autre jour cette charmante conversation. Si Eddie avait raison, il *n'y* aurait *pas* d'autre jour. Jake était presque prêt à passer à l'action. Eddie avait été choisi pour lui faciliter le passage dans ce monde. S'il n'était pas prêt à accomplir sa tâche, Jake périrait au point d'entrée, aussi sûrement qu'un nouveau-né étranglé par le cordon ombilical au cours des contractions de sa mère.

– Debout, Eddie.

L'espace d'un instant, il crut qu'Eddie allait rester là, le visage enfoui au creux de la cuisse de sa femme. Tout serait alors perdu... et ça aussi, c'était le *ka*. Puis, lentement, Eddie se redressa. Lorsqu'il fut debout, toutes les parties de son corps – mains, épaules, tête, cheveux – pendaient lamentablement, mais il était debout, et c'était un début.

– Regarde-moi.

Susannah s'agita, mal à l'aise, mais resta muette.

Eddie leva lentement la tête et écarta ses cheveux d'une main tremblante.

– Ceci est à toi. J'ai eu tort de l'accepter, en dépit de mes souffrances.

Roland saisit la lanière de cuir passée autour de son cou et la cassa d'un coup sec. Il tendit la clé à Eddie. Eddie leva une main vers elle, aussi lentement que s'il vivait un rêve, mais Roland ne la lâcha pas tout de suite.

– Vas-tu essayer de faire ce qui doit être fait ?

– Oui, dit Eddie d'une voix presque inaudible.

– As-tu quelque chose à me dire ?

– Je m'excuse d'avoir peur.

Il y avait quelque chose d'horrible dans la voix d'Eddie, quelque chose qui serrait le cœur de Roland, et il croyait savoir ce que c'était : c'était l'enfance d'Eddie qui expirait dans la douleur. Elle était invisible, bien sûr, mais Roland entendait ses cris d'agonie. Il s'efforça de se boucher les oreilles.

Encore un crime que j'ai accompli au nom de la Tour, pensa-t-il. Mon ardoise s'allonge de jour en jour, comme celle d'un ivrogne dans une taverne, et le jour approche où je devrai régler mon compte. Comment pourrai-je jamais payer ?

– Je ne veux pas de tes excuses, surtout si tu t'excuses d'avoir peur. Que serions-nous sans la peur ? Des chiens enragés au museau écumant de bave et aux jarrets maculés de merde séchée.

– Qu'est-ce que tu *veux*, alors ? s'écria Eddie. Tu as pris tout le reste – tout ce que j'avais à te donner ! Non, ce n'est même pas vrai, parce qu'en fin de compte c'est moi qui t'ai tout donné ! Alors *qu'est-ce que tu veux d'autre* ?

Roland garda serrée dans son poing la clé qui représentait la moitié du salut de Jake Chambers et resta muet. Ses yeux se rivèrent à ceux d'Eddie, le soleil baigna de lumière la plaine verdoyante et le ruban bleu de la Send, et quelque part dans le lointain, le corbeau poussa un nouveau cri qui résonna à plusieurs lieues à la ronde sur le paysage doré de cet après-midi d'été.

Au bout d'un certain temps, une lueur de compréhension éclaira les yeux d'Eddie.

Roland hocha la tête.

– J'ai oublié le visage...

Eddie s'interrompit. Courba la tête. Déglutit. Regarda de nouveau le pistolero. La chose mourante avait achevé son agonie – Roland le savait. Elle avait disparu. Comme ça. Sur cette colline battue par les vents, en plein milieu de nulle part, elle avait disparu à jamais.

– J'ai oublié le visage de mon père, pistolero... et j'implore ton pardon.

Roland desserra le poing et rendit le fardeau de la clé à celui que le *ka* avait choisi pour le porter.

– Ne parle pas ainsi, pistolero, dit-il dans le Haut Parler. Ton père te voit... ton père t'aime... et moi aussi.

Eddie referma ses doigts sur la clé et se retourna, les joues encore inondées de larmes.

– Allons-y, dit-il, et ils descendirent le flanc de la colline en direction de la plaine qui s'étirait jusqu'à l'horizon.

16

Jake descendit Castle Avenue, longeant des pizzerias, des bars et des bodegas où de vieilles femmes au visage soupçonneux embrochaient des patates et pressaient des tomates. Les lanières de son sac lui irritaient la peau sous les aisselles et il avait mal aux pieds. Il passa sous un thermomètre numérique qui indiquait trente degrés. Jake avait plutôt l'impression qu'il en faisait quarante.

Une voiture de police s'engagea dans la rue. Il s'intéressa aussitôt aux outils de jardinage exposés en vitrine d'une quincaillerie. Il suivit le reflet de la voiture pie et attendit qu'il eût disparu pour se remettre en route.

Hé, Jake, mon vieux... où vas-tu exactement ?

Il n'en avait pas la moindre idée. Il était sûr que le garçon qu'il recherchait – le basketteur au foulard vert et au tee-shirt jaune proclamant IL SE PASSE TOUJOURS QUELQUE CHOSE DANS L'ENTRE-DEUX-MONDES – était quelque part dans les environs, mais où ? Autant chercher une aiguille dans la gigantesque botte de foin qu'était Brooklyn.

Jake passa devant une ruelle abondamment décorée de graffitis. La plupart d'entre eux étaient des noms – EL TIANTE 91, PRESTO GONZALES, MOTORVAN MIKE –, mais quelques devises et messages s'étaient glissés parmi eux, et les yeux de Jake se posèrent sur deux d'entre eux.

UNE ROSE EST UNE ROSE EST UNE ROSE

Les lettres de cette phrase étaient de la même couleur fanée que la rose poussant dans le terrain vague où s'était jadis trouvée la Charcuterie fine et artistique de Tom et Gerry. En dessous, quelqu'un avait inscrit en lettres d'un bleu si sombre qu'il en était presque noir cette étrange prière :

J'IMPLORE TON PARDON

Qu'est-ce que ça veut dire ? se demanda Jake. Il n'en savait rien – peut-être que ça venait de la Bible –, mais ces mots le fascinaient comme les yeux du serpent fascinent sa proie. Finalement, il se remit en marche, le pas lent et le visage pensif. Il était presque 14 h 30 et son ombre commençait à s'allonger.

Il vit un vieil homme qui se dirigeait lentement vers lui, s'efforçant de marcher à l'ombre le plus souvent possible et s'appuyant à une canne tordue. Ses yeux ressemblaient à des œufs au plat derrière les verres épais de ses lunettes.

– J'implore votre pardon, monsieur ! dit Jake sans réfléchir à ce qu'il disait et sans vraiment entendre les mots qu'il prononçait.

Le vieillard se tourna vers lui, clignant des yeux sous l'effet de la surprise et de la peur.

– Laisse-moi tranquille, mon garçon.

Il leva sa canne et la brandit maladroitement vers Jake.

– Sauriez-vous où se trouve une école du nom de Markey Academy, monsieur ?

C'était une question complètement stupide, mais c'était la seule qui lui était venue à l'esprit.

Le vieil homme abaissa lentement sa canne – de toute évidence, le *monsieur* l'avait apaisé. Il regarda Jake avec cette curiosité un peu inquiétante qui accompagne les premiers stades de la sénilité.

– Comment ça se fait que tu ne sois pas en classe, mon garçon ?

Jake sourit avec lassitude. Cette blague commençait à se faire vieille.

– C'est les examens de fin d'année. Je suis venu voir un de mes copains qui va à Markey Academy, c'est tout. Excusez-moi de vous avoir dérangé.

Il contourna le vieillard (espérant qu'il n'allait pas décider de lui donner un coup de canne sur le postérieur en guise d'adieu), et il était presque arrivé au coin de la rue lorsque l'autre hurla :

– Hé, mon garçon ! *Mon garçon !*

Jake se retourna.

– Il n'y a pas de Markey Academy dans le coin, dit le vieillard. Ça fait vingt-deux ans que j'habite le quartier, alors je suis bien placé pour le savoir. Markey *Avenue*, oui, mais Markey Academy, sûrement pas.

L'estomac de Jake se noua d'excitation. Il fit un pas vers le vieil homme, qui leva aussitôt sa canne pour se défendre contre un éventuel assaut. Jake stoppa aussitôt, laissant entre eux une zone démilitarisée d'environ six mètres de large.

– Où se trouve Markey Avenue, monsieur ? Pouvez-vous me le dire ?

– Bien *sûr*. Ça fait vingt-deux ans que j'habite le quartier, je te dis. C'est à deux rues d'ici. Tourne à gauche au cinéma Majestic. Mais, je te le répète, il n'existe pas de Markey Academy.

Jake fit demi-tour et examina Castle Avenue. Oui... il distinguait nettement la façade d'un cinéma à quelques centaines de mètres de distance. Il se mit à courir, puis adopta une démarche moins rapide de peur d'attirer l'attention sur lui.

Le vieil homme le regarda partir.

– *Monsieur !* dit-il d'une voix légèrement étonnée. *Monsieur*, qu'est-ce que vous dites de ça ?

Il gloussa et reprit sa route.

17

Roland et ses compagnons firent halte au crépuscule. Le pistolero creusa un petit trou dans le sol et prépara le feu. Ils n'en avaient pas besoin pour cuire leur dîner, mais ils en avaient quand même besoin. *Eddie* en avait besoin. S'il devait achever de tailler la clé, il aurait besoin de lumière pour travailler.

Le pistolero regarda autour de lui et aperçut Susannah, silhouette sombre découpée sur le ciel bleu marine, mais il ne vit pas Eddie.

— Où est-il ? demanda-t-il.

— Sur la route. Laisse-le tranquille, Roland... tu en as assez fait.

Roland hocha la tête, se pencha au-dessus des branches et frappa un bout de silex sur une barre d'acier. Les flammes jaillirent bientôt des brindilles. Il nourrit le foyer de plusieurs bouts de bois, l'un après l'autre, et attendit le retour d'Eddie.

18

A sept ou huit cents mètres de là, Eddie était assis en tailleur au milieu de la Grand-Route, la clé inachevée à la main, et contemplait le ciel. Il jeta un coup d'œil derrière lui, aperçut le feu de camp et comprit ce que Roland était en train de faire... et pourquoi il le faisait. Puis il leva de nouveau les yeux vers le ciel. Jamais il ne s'était senti aussi seul, aussi terrifié.

Le ciel était *immense* – jamais il n'avait vu autant d'espace, autant de vide. Il se sentait tout petit, ce qui n'avait sans doute rien d'anormal. En fin de compte, sa petite personne n'avait guère d'importance.

Le gamin était tout près. Il pensait savoir où se trouvait Jake et ce qu'il comptait faire, et cela l'emplissait d'émerveillement. Susannah venait de 1963. Eddie venait de 1987. Entre les deux... Jake. Essayant de les rejoindre. Essayant de venir au monde.

Je l'ai rencontré, pensa Eddie. Je l'ai *sûrement* rencontré, et je crois m'en souvenir... à peu près. C'était juste avant que Henry parte à l'armée, pas vrai ? Il suivait des cours de formation professionnelle à l'Institut de Brooklyn et il ne portait que du noir – jean noir, bottes de motard noires, tee-shirt noir aux manches relevées. Le look James Dean. Le poids du noir, le chic du mégot. Je le pensais souvent mais je n'osais jamais le dire de peur qu'il ne se fâche.

Il se rendit compte que ce qu'il attendait était arrivé pendant qu'il songeait ainsi : le Vieil Astre s'était levé. Dans un quart d'heure, peut-être moins, il serait rejoint par toute une galaxie de joyaux stellaires, mais pour l'instant il brillait en solitaire au sein des ténèbres opaques.

Eddie leva lentement la clé jusqu'à ce que le Vieil Astre brille au creux de son encoche centrale. Puis il récita une vieille formule originaire de son monde, celle que sa mère lui avait apprise lorsqu'ils regardaient l'étoile du soir monter dans les ténèbres au-dessus des toits de Brooklyn :

– Une étoile est montée dans le ciel, première étoile du soir. Un vœu je fais, et que se réalise ce vœu que je fais ce soir.

Le Vieil Astre étincelait dans l'encoche, diamant enchâssé dans le frêne.

– Aide-moi à trouver des tripes, dit Eddie. Tel est mon vœu. Aide-moi à trouver assez de tripes pour achever ce putain de truc.

Il resta encore assis un moment, puis se leva et rejoignit lentement le camp. Il s'assit le plus près possible du feu, prit le couteau du pistolero sans dire un mot à ses compagnons, et se mit au travail. De minuscules copeaux tombèrent du petit machin en forme de s au bout de la clé. Eddie travaillait vite, tournant et retournant la clé dans ses mains, fermant parfois les yeux pour laisser courir son pouce sur les courbes de la clé. Il s'efforça de ne pas penser à ce qui arriverait s'il se plantait – ça le paralyserait complètement.

Roland et Susannah, assis derrière lui, l'observaient avec attention. Finalement, Eddie reposa le couteau. Son visage était inondé de sueur.

– Ce fameux gamin, dit-il. Ce Jake. Il doit avoir de sacrées tripes.

– Il s'est montré courageux sous les montagnes, dit Roland. Il avait peur, mais il n'a pas reculé d'un pouce.

– J'aimerais bien être comme lui.

Roland haussa les épaules.

– Tu t'es bien battu chez Balazar, et pourtant ils t'avaient ôté tous tes vêtements. Il est très difficile de se battre nu, mais tu y as réussi.

242

Eddie essaya de se rappeler la fusillade dans le night-club, mais l'incident était brouillé dans son esprit – fumée, bruits, rais de lumière entrecroisés traversant un mur. Il crut se rappeler que ce mur avait été démoli par les armes automatiques, mais il n'en était pas sûr.

Il leva la clé pour détailler ses encoches à la lueur des flammes. Il resta immobile un long moment, s'attardant sur le petit machin en forme de s. Il était apparemment identique à celui qu'il avait aperçu dans le feu et au cours de son rêve… mais ça ne collait pas *tout à fait.* Presque, mais pas tout à fait.

Ce n'est que Henry, se dit-il. Et toutes ces années où tu n'as jamais été à la hauteur. Tu y es arrivé, mon vieux – mais ce vieux Henry est toujours en toi et il refuse de l'admettre.

Il posa la clé sur un carré de peau qu'il plia soigneusement.

– J'ai fini. Je ne sais pas si j'ai réussi ou non, mais je ne peux pas faire mieux.

Il se sentait étrangement vide à présent qu'il ne devait plus travailler sur la clé – sans but, déboussolé.

– Tu veux manger quelque chose, Eddie ? demanda doucement Susannah.

Le voilà, ton but, pensa-t-il. La voilà, ta boussole. Assise à côté de toi, les mains croisées sur les cuisses. C'est tout ce qu'il te suffit pour…

Mais quelque chose lui vint soudain à l'esprit. Ni un rêve… ni une vision…

Non, ni un rêve ni une vision, pensa-t-il. Un souvenir. Ça recommence – un souvenir du futur.

– J'ai quelque chose à faire avant, dit-il en se levant.

Roland avait entassé du bois non loin du feu. Eddie fouilla parmi les branches mortes jusqu'à ce qu'il trouve un bâton long de soixante centimètres et large de dix centimètres en son milieu. Il revint s'asseoir près du feu et récupéra le couteau de Roland. Il travailla plus vite cette fois-ci, se contentant de tailler le bâton en pointe, le transformant en succédané de piquet.

– Est-ce qu'on peut se remettre en route avant l'aube ? demanda-t-il au pistolero. Je pense qu'il faut arriver au cercle le plus vite possible.

– Oui. Nous partirons avant si possible. Je ne veux pas me déplacer de nuit – un anneau de parole est dangereux la nuit –, mais s'il le faut, nous le ferons.

– D'après la grimace que tu fais, mon grand, ça m'étonnerait que ces cercles de pierres soient sans danger durant la *journée*, dit Susannah.

Eddie reposa le couteau. En creusant le sol pour préparer le feu, Roland avait entassé un peu de terre devant lui. Eddie y dessina un point d'interrogation avec la pointe de son bâton. Le signe était clair et net.

– O.K. ! dit-il en l'effaçant. J'ai fini.

– Mange un morceau, alors, dit Susannah.

Eddie essaya, mais il n'avait pas très faim. Lorsqu'il finit par s'endormir, niché contre la chaleur de Susannah, ce fut d'un sommeil sans rêves et peu profond. Jusqu'à ce que le pistolero le réveille à 4 heures du matin, il entendit le vent souffler sur la plaine infinie, et il lui sembla qu'il volait sur ses ailes, au cœur de la nuit, loin de ses soucis, tandis que le Vieil Astre et la Vieille Mère montaient dans le ciel avec sérénité et bariolaient ses joues de givre.

19

– C'est l'heure, dit Roland.

Eddie se redressa. Susannah en fit autant, se frottant les yeux des deux mains. Aussitôt qu'il retrouva un peu de lucidité, Eddie prit conscience que le temps pressait.

– Oui, dit-il. Allons-y, et vite.

– Il est près du but, n'est-ce pas ?

– Tout près.

Eddie se leva, attrapa Susannah par la taille et la posa sur son fauteuil. Elle le regarda d'un air anxieux.

– Est-ce qu'on arrivera à temps ? demanda-t-elle.

– Tout juste, répondit Eddie.

Trois minutes plus tard, ils foulaient de nouveau la Grand-Route. Son ruban s'étirait devant eux comme un spectre. Et une heure plus tard, alors que l'aube éclairait le ciel à l'est, un bruit saccadé se fit entendre au loin.

Un bruit de tambour, pensa Roland.

Des machines, pensa Eddie. D'énormes machines.

C'est un cœur, pensa Susannah. Un immense cœur malade... et il se trouve dans cette cité, là où nous allons.

Deux heures plus tard, le bruit cessa aussi soudainement qu'il avait commencé. Des nuages blancs uniformes emplissaient le ciel au-dessus de leurs têtes, voilant le soleil avant de l'occulter tout à fait. Le cercle de pierres dressées ne se trouvait plus qu'à sept ou huit kilomètres de distance, luisant à la lumière diffuse comme les crocs d'un monstre terrassé.

20

SEMAINE SPAGHETTI AU *MAJESTIC*!
proclamait l'enseigne du cinéma au coin de Brooklyn Avenue et de Markey Avenue.

2 CLASSIQUES DE SERGIO LEONE
POUR UNE POIGNÉE DE DOLLARS
ET *LE BON, LA BRUTE ET LE TRUAND*
99 C LA SÉANCE

Une fille blonde avec des bigoudis dans les cheveux était assise à la caisse, mâchant du chewing-gum, écoutant Led Zep sur son transistor et lisant un de ces journaux à sensation tant appréciés de Mme Shaw. A sa gauche, une affiche représentant Clint Eastwood était collée au mur.

Jake savait qu'il devait se presser – il était presque 15 heures –, mais il s'arrêta quelques instants pour contempler l'affiche sous son écran de verre lézardé. Eastwood portait un poncho mexicain. Un cigarillo était planté entre ses dents. Il avait relevé le poncho sur son épaule pour dégager son revolver. Ses yeux étaient d'un bleu pâle et fané. Des yeux de bombardier.

Ce n'est pas lui, pensa Jake, mais c'est *presque* lui. C'est surtout les yeux... il a presque les mêmes yeux.

– Tu m'as laissé tomber, dit-il à l'homme sur l'affiche, l'homme qui n'était pas Roland. Tu m'as laissé mourir. Que va-t-il se passer cette fois-ci ?

– Hé, gamin, dit la caissière blonde, faisant sursauter Jake. Tu rentres ou tu restes là à parler tout seul ?

– Non, merci. J'ai déjà vu ces deux films.

Il se remit en route, tourna à gauche dans Markey Avenue.

Il attendit de nouveau d'avoir un *souvenir du futur*, mais aucun ne lui vint. Il se trouvait dans une rue inondée de soleil et bordée d'immeubles gris ressemblant à des cages à lapins. Quelques jeunes femmes erraient sur les trottoirs, poussant leurs landaus et bavardant avec lassitude, mais la rue était presque déserte. Il faisait beaucoup trop chaud pour un mois de mai – beaucoup trop chaud pour se promener.

Qu'est-ce que je cherche ici exactement ?

Un éclat de rire masculin retentit derrière lui. Il fut aussitôt suivi par un cri outragé et indiscutablement féminin.

– Rends-moi ça, Henry ! Je ne plaisante pas !

Jake se retourna et découvrit deux garçons... le premier âgé d'au moins dix-huit ans et le second beaucoup plus jeune... douze ou treize ans, pas plus. Lorsqu'il l'aperçut, Jake eut l'impression que son cœur faisait un looping dans sa poitrine. L'adolescent portait un pantalon de velours côtelé vert et non un short, mais le tee-shirt jaune était le même et il tenait un vieux ballon de basket sous son bras. Bien qu'il tournât le dos à Jake, celui-ci sut tout de suite qu'il avait retrouvé le jeune garçon de son rêve.

21

C'était la caissière aux bigoudis qui avait poussé le cri. L'aîné des deux garçons – qui était assez vieux pour qu'on l'appelle un jeune homme – tenait son journal à la main. Elle chercha à le saisir. Le jeune homme – il portait un jean noir et un tee-shirt noir aux manches relevées – le leva au-dessus de sa tête et sourit de toutes ses dents.

– Saute, Maryanne ! Allez, saute !

Elle lui lança un regard furibond.

– Rends-moi ça ! Arrête de faire l'imbécile et rends-moi mon journal ! *Salaud !*

– Ooooh, écoute donc ça, Eddie ! dit le jeune homme. Quelle grossièreté ! Ce n'est pas gentil !

Sans cesser de sourire, il agita le journal devant lui, hors de portée de la caissière blonde, et Jake comprit soudain ce qui se passait. Ces deux-là rentraient de l'école – même s'ils ne fréquentaient pas le même établissement, vu leur différence d'âge – et l'aîné s'était dirigé vers la caisse du cinéma, prétendant avoir quelque chose d'intéressant à raconter à la blonde. Puis il avait glissé une main sous l'hygiaphone et lui avait piqué son journal.

Jake avait déjà vu le visage du jeune homme ; c'était le visage d'un gamin pour lequel le comble de l'humour consiste à enduire d'essence la queue d'un chat ou à donner à un chien affamé une boule de viande contenant un hameçon. Le genre de gamin qui s'assied toujours au fond de la classe, tire sur le soutien-gorge de sa voisine et s'exclame : « Qui ça ? Moi ? » quand elle se plaint, sans jamais se départir de son sourire innocent. Il n'y avait pas beaucoup de types dans son genre à Piper, mais il y en avait quand même quelques-uns. Il devait y en avoir dans toutes les écoles, pensa Jake. Ils étaient mieux habillés à Piper, mais leur visage était le même. Dans le temps, pensa-t-il, on devait dire d'eux qu'ils étaient nés pour finir sur l'échafaud.

Maryanne chercha à attraper son journal, que le jeune homme vêtu de noir avait enroulé. Il l'écarta un instant avant qu'elle ne le saisisse, puis lui en donna un coup sur la tête, comme à un chien qui vient de pisser sur le tapis. Elle s'était mise à pleurer – des larmes d'humiliation, pensa Jake. Son visage était si rouge qu'on aurait dit une lampe.

– Eh bien, garde-le ! hurla-t-elle. Tu ne sais pas lire, mais tu peux au moins regarder les images !

Elle fit mine de se détourner.

– Allez, rends-lui son canard, dit doucement le jeune garçon – le basketteur de Jake.

Le jeune homme tendit le journal. La caissière le lui arracha des mains et Jake entendit le papier se déchirer à dix mètres de distance.

– Tu n'es qu'un tas de merde, Henry Dean ! s'écria la jeune fille. Un tas de *merde* !

– Hé, qu'est-ce qui te prend ? (Henry semblait sincèrement froissé.) C'était une blague. Et puis je l'ai à peine déchiré – tu peux encore le lire, bordel. Ne t'énerve pas comme ça.

Et ça aussi, ça collait au personnage, pensa Jake. Les types comme Henry poussaient toujours leurs plaisanteries bêtes un peu trop loin... puis prenaient un air blessé et incompris quand on les engueulait. Et c'était toujours *Qu'est-ce qui te prend ?* ou *Tu n'as aucun sens de l'humour*, ou encore *Ne t'énerve pas comme ça*.

Qu'est-ce que tu fabriques avec ce mec, mon vieux ? demanda mentalement Jake. Si tu es dans mon camp, qu'est-ce que tu fabriques avec un abruti pareil ?

Mais lorsque le cadet se retourna pour s'éloigner du cinéma, Jake comprit. Les traits de l'aîné étaient plus lourds, sa peau était criblée d'acné, mais la ressemblance entre les deux était frappante. Ces deux garçons étaient frères.

22

Jake fit demi-tour et s'avança sur le trottoir, précédant les deux frères. Il plongea une main tremblante dans sa poche, en sortit les lunettes de soleil de son père et les chaussa maladroitement.

Des voix montèrent derrière lui, comme si on réglait un poste de radio.

– Tu n'aurais pas dû l'embêter comme ça, Henry. C'était méchant.

– Elle adore ça, Eddie. (La voix de Henry exprimait la sagesse et l'indulgence.) Tu comprendras quand tu seras un peu plus grand.

– Mais elle *pleurait*.

– Elle a sans doute ses ragnagnas, dit Henry avec philosophie.

Ils étaient tout près à présent. Jake se mit à raser les murs. Il avait la tête basse, les mains enfouies dans les poches de son jean. Il ne savait pas pourquoi il était d'une importance vitale qu'il ne se fasse pas remarquer, mais il en était persuadé. Henry n'avait aucune importance dans cette histoire, mais...

Le plus jeune n'est pas censé se souvenir de moi, pensa-t-il. Je ne sais pas exactement pourquoi, mais je le sais.

Ils le dépassèrent sans lui accorder l'aumône d'un regard, Eddie marchant au bord du trottoir en faisant rebondir son ballon dans le caniveau.

– Elle avait l'air marrant, reconnais-le, disait Henry. Maryanne en train de sauter pour attraper son journal. Ouah ! Ouah !

Eddie adressa à son frère un regard qui se voulait lourd de reproche... puis il craqua et éclata de rire. Jake lut sur son visage un amour absolu et se dit qu'Eddie pardonnerait beaucoup à son grand frère avant de le considérer comme une cause perdue.

– Alors, on y va ? demanda Eddie. Tu as promis qu'on irait. Après l'école.

– J'ai dit *peut-être*. Je ne sais pas si j'ai vraiment envie de marcher jusque-là. Maman est sûrement rentrée à la maison. Peut-être qu'on devrait laisser tomber. Peut-être qu'on devrait aller regarder la télé.

Ils étaient à trois mètres devant Jake et s'éloignaient encore de lui.

– Oh ! Tu avais *promis* !

Près de l'immeuble devant lequel passaient les deux garçons se trouvait une clôture grillagée munie d'une porte. Derrière cette clôture, Jake aperçut le terrain de jeu dont il avait rêvé la nuit précédente... du moins une version légèrement différente. Il n'était pas entouré d'arbres et on n'y voyait aucune bouche de métro zébrée de rayures jaunes et noires, mais le sol de béton craquelé était le même. Ainsi que les lignes jaune pâle qui y étaient tracées.

– Ouais... peut-être. J'sais pas. (Jake se rendit compte que Henry taquinait son frère. Celui-ci n'en avait pas conscience ; il ne pensait qu'à l'endroit où il souhaitait aller.) Faisons une petite partie pendant que j'y réfléchis.

Il piqua le ballon à son petit frère, entra sur le terrain en dribblant maladroitement, et effectua un lancer totalement raté, le ballon rebondissant sur le panneau sans même effleurer le cerceau. Henry était très fort pour voler un journal à une fille, pensa Jake, mais il était nul en basket.

Eddie franchit la porte du terrain, déboutonna son pantalon de velours et le laissa glisser sur ses chevilles. Il portait en guise de sous-vêtement le short dont il était vêtu dans le rêve de Jake.

– Oh, le petit chou porte son petit short, dit Henry. C'est-y pas *adooorable* ?

Il attendit que son frère se retrouve en équilibre sur une jambe, puis lui lança le ballon. Eddie réussit à le renvoyer, évitant probablement un saignement de nez, mais il perdit l'équilibre et tomba sur le béton. Jake vit qu'il aurait pu se couper assez gravement ; une multitude de bouts de verre étincelants parsemaient le sol près de la clôture.

– Allez, Henry, arrête, dit Eddie d'une voix indulgente.

Ça faisait si longtemps que Henry lui faisait des blagues de ce genre qu'il ne devait les remarquer que lorsque Henry s'attaquait à d'autres victimes – la caissière blonde, par exemple.

– Allez, Henry, arrête, répéta son frère d'une voix moqueuse.

Eddie se releva et entra sur le terrain en trottinant. Le ballon avait rebondi sur la clôture et Henry avait réussi à l'attraper. Il essayait à présent de contourner son frère en dribblant. La main d'Eddie jaillit, vive comme l'éclair mais étrangement délicate, et s'empara de la balle. Il esquiva sans peine le bras de Henry et fonça vers le panier. Henry tenta de le suivre, le front plissé de rage, mais il aurait tout aussi bien pu faire la sieste. Eddie se ramassa sur la pointe des pieds, fit un bond et marqua un panier. Henry saisit le ballon et recula vers la bande jaune.

Tu n'aurais pas dû faire ça, Eddie, pensa Jake. Il s'était posté à l'extrémité de la clôture pour observer les deux frères. Il ne risquait pas grand-chose, du moins pour le moment. Il portait les lunettes de soleil de son père et les deux basketteurs étaient si occupés par leur jeu qu'ils n'auraient même pas fait attention au président Carter s'il était venu les regarder. Henry ne devait même pas savoir qui était le président Carter, pensa Jake.

Il s'attendait à voir Henry se venger de son frère en trichant, mais il avait sous-estimé l'astuce d'Eddie. Henry fit une feinte qui n'aurait même pas trompé la mère de Jake, mais Eddie sembla tomber dans le panneau. Henry esquiva son attaque et fonça gaiement vers le panier sans prendre la peine de dribbler. Jake était sûr qu'Eddie aurait pu l'intercepter et lui piquer le ballon, mais le cadet s'abstint d'intervenir. Henry lança le ballon avec maladresse, et il rebondit à nouveau sur le panneau. Eddie s'en empara... et le laissa échapper. Henry le récupéra, se retourna, et l'envoya dans le panier dépourvu de filet.

— Un à zéro, dit Henry en haletant. On va jusqu'à douze ?

— D'accord.

Jake en avait assez vu. Le match serait disputé, mais Henry en serait le vainqueur. Eddie y veillerait. Non seulement cela lui épargnerait une correction, mais de plus cela mettrait Henry de bonne humeur, cela le rendrait plus susceptible d'exaucer le souhait de son petit frère.

Hé, Ducon ! pensa-t-il. Je crois bien que ton frangin te mène par le bout du nez depuis longtemps et que tu ne t'en es jamais rendu compte, pas vrai ?

Il recula jusqu'à ce que les frères Dean disparaissent derrière l'immeuble adjacent au terrain de jeu, se rendant invisible à leurs yeux. Il s'adossa au mur et écouta le ballon rebondir sur le béton. Henry ne tarda pas à souffler comme Charlie le Tchou-tchou en train de gravir un raidillon. C'était un fumeur, bien sûr ; les types comme Henry étaient toujours de gros fumeurs.

Le match dura une dizaine de minutes, et lorsque Henry proclama sa victoire, la rue s'emplissait d'écoliers regagnant leur domicile. Quelques-uns d'entre eux regardèrent Jake d'un air curieux.

— Bien joué, Henry, dit Eddie.

— Pas mal, haleta Henry. Tu te laisses toujours avoir par mes feintes.

Bien sûr, pensa Jake. Il se laissera toujours avoir jusqu'au jour où il fera quarante kilos de plus. Ce jour-là, tu risques d'avoir une surprise.

– Sans doute. Hé, Henry, on peut aller là-bas, *s'il te plaît* ?

– Ouais, pourquoi pas ? Allons-y.

– Gé-*nial* ! s'écria Eddie. (On entendit un bruit qui ressemblait à celui d'une gifle ; sans doute les deux frères en train de se serrer la main.) T'es le chef !

– Monte à la maison. Dis à maman qu'on rentrera à 16 h 30, 16 h 45. Mais ne lui dis pas qu'on va au Manoir. Elle pense qu'il est hanté, elle aussi.

– Tu veux que je lui dise qu'on va chez Dewey ?

Silence : Henry réfléchissait.

– Nan. Elle risque de téléphoner à Mme Bunkowski. Dis-lui... dis-lui qu'on va acheter des pétards chez Dahlie. Elle te croira. Et demande-lui de te filer deux ou trois dollars.

– Elle ne me donnera pas d'argent. On ne la paie que dans deux jours.

– Connerie. Elle te donnera ce que tu veux. Allez, vas-y.

– O.K. ! (Mais Jake n'entendit pas Eddie partir.) Henry ?

– *Quoi ?* (Voix impatiente.)

– Tu crois que le Manoir est *vraiment* hanté ?

Jake se rapprocha du terrain de jeu. Il ne souhaitait pas se faire repérer, mais il avait l'impression qu'il devait entendre la suite.

– Nan. Les maisons hantées, ça n'existe pas – sauf dans les films.

– Oh.

On percevait un net soulagement dans la voix d'Eddie.

– Mais si jamais ça *existait*, reprit Henry (peut-être ne voulait-il pas que son frère soit *trop* soulagé, pensa Jake), le Manoir en serait une. On m'a dit qu'il y a deux ou trois ans, deux gosses de Norwood Street y sont allés pour fumer un joint et que les flics les ont retrouvés la gorge tranchée et vidés de leur sang. Mais il n'y avait pas une goutte de sang sur eux. Tu piges ? Leur sang avait *disparu*.

– Tu déconnes ? souffla Eddie.

– Non. Mais ce n'était pas le pire.

– C'était quoi ?

– Ils avaient les cheveux tout blancs, dit Henry.

La voix qui parvenait aux oreilles de Jake était solennelle. Il était sûr que Henry ne rigolait pas cette fois-ci, qu'il croyait dur comme fer à ce qu'il disait. (Il ne pensait pas non plus que Henry fût assez malin pour inventer une telle histoire.)

– Les cheveux blancs, tous les deux. Et ils avaient les yeux grands ouverts, comme s'ils avaient vu la chose la plus horrible du monde.

– Ah, tu me fais marcher, dit Eddie, mais sa voix était blanche.

– Tu veux toujours y aller ?

– Oui. Tant qu'on... enfin, tant qu'on s'approche pas de trop près.

– Alors va voir maman. Et essaie de lui soutirer deux ou trois dollars. J'ai besoin de clopes. Et va ranger ce foutu ballon.

Jake s'éloigna sur la pointe des pieds et entra dans l'immeuble le plus proche au moment précis où Eddie sortait du terrain de jeu.

Horrifié, il vit le garçon au tee-shirt jaune se diriger droit sur lui. Bon sang ! se dit-il, consterné. Et si c'est ici qu'il habite ?

Et c'était le cas. Jake eut tout juste le temps de se retourner et de scruter la liste des occupants, et il sentit Eddie Dean le frôler, passant si près de lui qu'une odeur de sueur monta à ses narines. Il sentit également le regard machinal que le garçon jeta dans sa direction. Puis Eddie pénétra dans le hall et se dirigea vers l'ascenseur, tenant d'une main son pantalon mal plié et de l'autre son vieux ballon.

Le cœur de Jake battait la chamade. La filature était un exercice beaucoup plus délicat que ne le laissaient croire les romans policiers qu'il lisait à l'occasion. Il traversa la rue et se posta entre deux immeubles à quelques dizaines de mètres de celui des frères Dean. Il pouvait ainsi observer son entrée ainsi que celle du terrain de jeu. Celui-ci était à présent rempli d'enfants, plutôt jeunes pour la plupart. Henry, adossé à la clôture, fumait une cigarette et s'efforçait de paraître empli d'angoisse adolescente. De temps en temps, il tendait le pied lorsque venait à passer un petit coureur distrait, et il réussit à en faire tomber trois avant le retour d'Eddie. La dernière de ses victimes s'étala de tout son long sur le béton et s'enfuit en pleurant, le front en sang. Henry lança son mégot vers le gamin et éclata de rire.

En voilà un gars qui sait s'amuser, pensa Jake.

Après cet incident, les enfants finirent par se tenir à l'écart de Henry. Il sortit du terrain de jeu et se dirigea vers l'immeuble où Eddie était entré cinq minutes plus tôt. Alors qu'il arrivait devant sa porte, elle s'ouvrit sur Eddie. Il avait enfilé un jean et un tee-shirt propre ; il avait également passé autour de sa tête un foulard vert, celui qu'il portait dans le rêve de Jake. Il brandissait deux billets d'un dollar d'un air triomphant. Henry s'en empara, puis lui posa une question. Eddie hocha la tête et les deux frères se mirent en route.

Jake les suivit à un demi-pâté de maisons de distance.

23

Debout dans les hautes herbes au bord de la Grand-Route, ils contemplaient l'anneau de parole.

Stonehenge, pensa Susannah en frissonnant. C'est à ça que ça ressemble. Stonehenge.

L'herbe qui recouvrait la plaine poussait dru au pied des grands monolithes gris, mais le disque qu'ils entouraient était de terre nue, parsemée çà et là de petits objets blancs.

– Qu'est-ce que c'est ? demanda-t-elle à voix basse. Des cailloux ?

– Regarde mieux, dit le pistolero.

Elle s'exécuta et vit qu'il s'agissait d'os. Des os de petits animaux, peut-être. Du moins l'espérait-elle.

Eddie fit passer son bâton de sa main droite à sa main gauche, essuya sa main droite sur sa chemise, puis y transféra le bâton. Il ouvrit la bouche mais aucun bruit n'en sortit. Il s'éclaircit la gorge avant de faire une nouvelle tentative.

– Je crois que je suis censé aller là-bas et dessiner quelque chose sur la terre.

Roland hocha la tête.

– Tout de suite ?

– Bientôt. (Eddie se tourna vers Roland.) Il y a quelque chose ici, n'est-ce pas ? Quelque chose d'invisible.

– Il n'est pas ici pour l'instant, dit Roland. Du moins je ne le *crois* pas. Mais il viendra. Notre *khef* – notre force vitale – va l'attirer. Et il garde jalousement son territoire, bien sûr. Rends-moi mon revolver, Eddie.

Eddie déboucla le ceinturon et le tendit au pistolero. Puis il se retourna vers le cercle de monolithes hauts de six mètres. Quelque chose vivait là-dedans, aucun doute. Il le reniflait, une puanteur qui lui évoquait du plâtre humide et des canapés moisis, des matelas antiques pourrissant sous des couvertures à moitié désagrégées. Cette odeur lui était familière.

Le Manoir – c'est là que je l'ai sentie. Le jour où j'ai persuadé Henry de m'emmener voir le Manoir de Rhinehold Street, dans Dutch Hill.

Roland boucla son ceinturon, puis se baissa pour attacher la lanière de l'étui. Il leva les yeux vers Susannah.

– Nous aurons peut-être besoin de Detta Walker, dit-il. Est-ce qu'elle est dans les parages ?

– Cette salope est toujours dans les parages, dit Susannah en grimaçant.

– Bien. L'un de nous devra protéger Eddie pendant qu'il fera ce qu'il est censé faire. L'autre ne servira strictement à rien. Ce lieu appartient à un démon. Les démons ne sont pas humains, mais ils sont quand même mâles ou femelles. Le sexe est à la fois leur arme et leur faiblesse. Quel que soit le sexe de ce démon, il va s'attaquer à Eddie. Pour protéger son territoire. Pour empêcher un intrus de l'utiliser. Tu comprends ?

Susannah acquiesça. Eddie ne semblait pas les écouter. Il avait glissé sous sa chemise le carré de peau abritant sa clé et il regardait fixement l'anneau de parole, comme hypnotisé.

– Je n'ai pas le temps de t'exposer ceci en termes choisis, dit Roland à Susannah. L'un de nous devra...

– L'un de nous devra baiser avec le démon pour protéger Eddie, coupa-t-elle. Ce genre de créature ne refuse *jamais* de tirer un coup. C'est ça que tu veux dire ?

Roland hocha la tête.

Les yeux de Susannah se mirent à luire. C'étaient les yeux de Detta Walker, à la fois sages et cruels, amusés et cyniques, et sa voix prenait des accents de plantation sudiste, ces accents chiqués caractéristiques de Detta Walker.

— Si c'est une démone, c'est toi qui t'y colles. Mais si c'est un démon, c'est moi qui m'y colle. C'est ça ?

Roland hocha la tête.

— Et s'il est à voile et à vapeu' ? T'as pensé à *ça*, mon g'and ?

Les lèvres de Roland esquissèrent un sourire presque imperceptible.

— Dans ce cas, on s'occupera de lui tous les deux. Mais rappelle-toi...

Derrière eux, Eddie murmura d'une voix lointaine :

— Tout n'est pas silencieux dans les corridors de la mort. Voyez, le dormeur s'éveille. (Il tourna vers Roland ses yeux terrorisés, hantés.) Il y a un monstre.

— Le démon...

— Non. *Un monstre.* Quelque chose entre les portes – entre les *mondes.* Quelque chose qui attend. *Et il ouvre les yeux.*

Susannah jeta un regard terrifié à Roland.

— Tiens-toi droit, Eddie, dit Roland. Et sois sincère.

Eddie inspira profondément.

— Je me tiendrai droit jusqu'à ce qu'il m'abatte, dit-il. Je dois y aller maintenant. Ça va commencer.

— On y va tous, dit Susannah. (Elle arqua le dos et descendit de son fauteuil roulant.) Si ce démon veut me baiser, il va baiser avec la meilleu'e baiseuse du monde. Je vais le fai'e baiser comme il a *jamais* baisé.

Alors qu'ils passaient entre deux monolithes pour pénétrer dans l'anneau de parole, il commença à pleuvoir.

24

Dès que Jake vit la maison, il comprit deux choses : premièrement, il l'avait déjà vue, dans des rêves si horribles que son esprit en avait refoulé le souvenir ; deuxièmement, c'était un lieu de mort, de meurtre et de folie. Il se trouvait au coin de Rhinehold Street et de Brooklyn Avenue, soixante-dix mètres derrière Henry et Eddie Dean, mais il sentait le Manoir tendre vers lui ses mains invisibles, ignorant les deux frères. Il lui sembla que ces mains se terminaient par des griffes. Des griffes acérées.

Elle me convoite, et je ne peux pas fuir. La mort m'attend entre ses murs... mais je ne trouverai que la folie en refusant d'y entrer. Car quelque part dans cette maison se trouve une porte fermée. J'ai la clé qui l'ouvrira et je ne pourrai espérer le salut qu'une fois de l'autre côté.

Le cœur serré, il contempla le Manoir, une maison qui exsudait l'anormalité. Elle poussait comme une tumeur au centre d'un terrain infesté de mauvaises herbes.

Les frères Dean avaient traversé Brooklyn sur une longueur de neuf pâtés de maisons, marchant lentement sous le soleil impitoyable, avant de pénétrer dans un quartier qui était sûrement Dutch Hill, vu les noms hollandais de la plupart des magasins. Ils venaient de faire halte devant le Manoir. Celui-ci semblait déserté depuis plusieurs années, mais il avait remarquablement peu souffert du vandalisme. Jadis, pensa soudain Jake, ce devait *vraiment* être un manoir – la demeure d'un riche négociant et de sa nombreuse famille. Le bâtiment devait être peint en blanc à cette époque, mais il était à présent d'un gris sale qui était presque une absence de couleur. Ses fenêtres étaient cassées et la palissade qui l'entourait était couverte de graffitis, mais la maison elle-même était encore intacte.

Affaissée sous la chaude lumière, revenant de pierre et d'ardoise surgissant d'un dépotoir désolé, elle évoquait un chien méchant faisant semblant de dormir. Son avant-toit ressemblait à un front plissé de colère. Les planches de son porche étaient rugueuses et gondolées. Des volets jadis verts pendaient de guingois de part et d'autre de ses fenêtres béantes ; d'antiques rideaux y pendouillaient encore, tels des lambeaux de peau morte. Un vieux treillis ornait son mur gauche, maintenu en place par une profusion de lierre sale et poussiéreux. Il y avait une pancarte plantée dans la pelouse et un panneau apposé à la porte. Jake ne pouvait encore déchiffrer ni l'un ni l'autre.

La maison était *vivante*. Il le savait, il sentait sa conscience monter des planches et du toit affaissé, la sentait suinter des orbites noires de ses fenêtres. L'idée d'approcher cet horrible lieu l'emplissait d'angoisse ; l'idée d'y entrer l'emplissait d'une terreur sans nom. Mais il devait le faire. Il entendit un sourd bourdonnement dans ses oreilles – le bruit d'une ruche par un beau jour d'été – et se crut un instant sur le point de tomber dans les pommes. Il ferma les yeux... et entendit *sa* voix.

Tu dois venir, Jake. C'est le sentier du Rayon, le chemin de la Tour, et c'est l'heure de ton Tirage. Sois sincère ; tiens-toi droit ; viens à moi.

Il avait toujours peur, mais cette horrible sensation de panique avait disparu. Il rouvrit les yeux et vit qu'il n'était pas le seul à avoir perçu le pouvoir et l'intelligence maligne de la maison. Eddie voulait s'éloigner de la palissade. Il se tourna vers Jake, qui aperçut ses yeux agrandis par la terreur sous son foulard vert. Son grand frère l'agrippa par les épaules et le poussa vers le portail rouillé, mais sans violence excessive ; Henry était peut-être un abruti, mais le Manoir lui inspirait autant de méfiance qu'à son frère.

Ils s'écartèrent de la palissade et restèrent quelque temps encore à contempler la maison. Jake ne pouvait pas entendre ce qu'ils se disaient, mais le ton de leurs voix trahissait leur trouble. Jake se rappela soudain ce qu'Eddie lui avait dit en rêve : *Mais il y a du danger. Sois prudent... et sois rapide.*

Soudain, le véritable Eddie éleva la voix et Jake put distinguer ses paroles :

– Est-ce qu'on peut rentrer à la maison, Henry ? supplia-t-il. S'il te plaît ? Je n'aime pas cet endroit.

– Espèce de fillette, dit Henry, mais Jake perçut une

nuance de soulagement dans sa voix bourrue. Allez, viens.

Ils s'éloignèrent de la maison en ruine tapie derrière la palissade affaissée et se dirigèrent vers la chaussée. Jake recula d'un pas, puis se tourna vers la vitrine d'une misérable échoppe baptisée Quincaillerie d'occasion de Dutch Hill. Il suivit la progression de Henry et d'Eddie, dont les reflets étaient superposés à l'image d'un antique aspirateur Hoover, lorsqu'ils traversèrent Rhinehold Street.

— Tu es *sûr* qu'elle n'est pas hantée ? demanda Eddie lorsque les deux frères arrivèrent sur le trottoir à quelques pas de Jake.

— Eh bien, je vais te dire une chose, répliqua Henry. Maintenant que je l'ai revue, je n'en suis plus si sûr.

Ils passèrent à quelques centimètres de Jake sans lui accorder la moindre attention.

— Tu serais prêt à entrer dedans ? demanda Eddie.

— Non, même pas pour un million de dollars, répondit aussitôt Henry.

Ils arrivèrent au coin de la rue. Jake s'écarta de la vitrine et les regarda s'éloigner. Ils retournaient chez eux, côte à côte sur le trottoir. Henry laissait traîner ses bottes aux talons d'acier, courbant le dos comme un vieillard prématuré, tandis qu'Eddie adoptait inconsciemment une démarche beaucoup plus gracieuse. Les ombres longilignes qui les suivaient se mêlaient amicalement.

Ils rentrent chez eux, pensa Jake, envahi par une sensation de solitude si intense qu'il se crut près d'y succomber. Ils vont manger leur soupe, faire leurs devoirs, se disputer pour choisir le programme télé de leur soirée, et ensuite ils iront au lit. Henry est peut-être un crétin et une brute, mais ils ont une vie, ces deux-là, une vie qui a un sens... et ils retournent la vivre. Je me demande s'ils ont conscience de la chance qui est la leur. Peut-être que c'est le cas d'Eddie, je suppose.

Jake fit demi-tour, ajusta les lanières de son sac à dos, et traversa Rhinehold Street.

25

Susannah sentit un mouvement dans la prairie déserte derrière le cercle de monolithes : un soupir, un froissement, un murmure.

– Y a quelque chose qui arrive, dit-elle d'une voix tendue. Et qui arrive vite.

– Sois prudente, dit Eddie, mais empêche-le de s'approcher de moi. Tu entends ? Empêche-le.

– J'ai compris, Eddie. Occupe-toi de tes oignons.

Eddie acquiesça. Il se mit à genoux au centre du cercle, leva le bâton devant lui comme pour en apprécier la pointe. Puis il l'abaissa et traça une ligne droite sur le sol.

– Veille sur elle, Roland...

– Je ferai mon possible, Eddie.

– ... mais empêche cette créature de s'approcher de moi. Jake arrive. Ce sacré gamin arrive pour de bon.

Susannah vit les hautes herbes s'écarter au nord de l'anneau de parole, dessinant un fossé noir qui se dirigeait droit sur les monolithes.

– Tiens-toi prête, dit Roland. Il va foncer sur Eddie. L'un de nous devra le prendre en embuscade.

Susannah se dressa sur ses hanches comme un serpent jaillissant du panier d'un fakir. Ses poings serrés étaient plaqués contre ses tempes. Ses yeux étincelaient.

– Je suis prête, dit-elle, puis elle s'écria : *Viens pa' ici, mon g'and ! Viens pa' ici tout de suite ! J'ai un cadeau pou' toi !*

La pluie redoubla d'intensité lorsque le démon regagna son cercle dans un coup de tonnerre. Susannah eut le temps de percevoir sa virilité impitoyable – elle l'enregistra comme une odeur de gin et de genièvre à vous donner les larmes aux yeux –, puis il fonça vers le centre de l'anneau de parole. Elle ferma les yeux et se tendit vers lui, ni avec ses bras ni avec son esprit, mais avec l'essence féminine qui se trouvait au cœur de son être : *Hé, mon g'and ! Où tu vas comme ça ? Ma chatte est pa' ici !*

Le démon pivota. Elle sentit sa surprise... puis son appétit cru, aussi palpitant qu'une artère à vif. Il bondit sur elle comme un violeur surgissant de la gueule d'une ruelle.

Susannah hurla et se convulsa, ses tendons saillirent sur sa gorge. Sa robe s'aplatit sur ses seins et son ventre, puis fut aussitôt réduite en lambeaux. Elle entendait un halètement qui venait de partout, comme si l'air lui-même avait décidé de copuler avec elle.

– Suzie ! s'écria Eddie, et il fit mine de se redresser.

– *Non !* hurla-t-elle en réponse. *Fais ton boulot ! Je tiens ce fils de pute et je ne lâche'ai pas ! Vas-y, Eddie ! Amène le gamin ! Amène-le...* (Un pieu glacé déchira les chairs tendres entre ses jambes. Elle grogna, tomba en arrière... puis s'appuya sur une main et répondit aux coups de boutoir du monstre par un coup de reins.) *Amène-le de ce côté !*

Eddie jeta un regard hésitant à Roland, qui hocha la tête. Eddie se tourna de nouveau vers Susannah, les yeux emplis d'une sombre douleur et d'une terreur plus sombre encore, puis, délibérément, il tourna le dos à ses deux compagnons et retomba à genoux. Il brandit le bâton pointu qui était devenu un crayon de fortune, ignorant la pluie glacée qui tombait sur ses bras et sa nuque. Le bâton se mit à bouger, traça des lignes et des angles, dessina une forme que Roland reconnut aussitôt.

Une porte.

26

Jake tendit une main, la posa sur le portail hérissé d'échardes, et le poussa. Il s'ouvrit lentement en grinçant de toutes ses charnières rouillées. Devant lui se déroulait une allée de brique accidentée. Plus loin, le porche. Encore plus loin, la porte. Elle était condamnée.

Il se dirigea lentement vers la maison, sentant son cœur télégraphier des points et des tirets dans sa gorge. L'herbe poussait haut entre les briques de l'allée. Il la sentait frôler son blue-jean. Tous ses sens semblaient fonctionner au-delà du maximum. *Tu ne vas pas vrai-*

ment entrer là-dedans, n'est-ce pas ? demanda une voix paniquée dans sa tête.

La réponse qu'il lui donna lui parut à la fois complètement dingue et parfaitement raisonnable : *Toutes choses servent le Rayon.*

La pancarte plantée dans la pelouse annonçait :

DÉFENSE ABSOLUE D'ENTRER
SOUS PEINE DE POURSUITES !

Le carré de papier jauni et piqueté de rouille qui était collé sur une des planches de la porte était plus succinct :

PROPRIÉTÉ CONDAMNÉE
PAR ARRÊTÉ MUNICIPAL

Jake s'arrêta en bas des marches pour examiner la porte. Il avait entendu des voix dans le terrain vague, et il les entendait de nouveau... mais c'était à présent un chœur de damnés, un salmigondis de menaces et de promesses également insanes. Il pensait cependant n'entendre qu'une seule voix. La voix de la maison ; la voix de quelque gardien monstrueux venant de se réveiller après un long sommeil agité.

Il pensa brièvement au Ruger de son père, envisagea même de le sortir de son sac à dos, mais à quoi lui servirait-il ? Derrière lui, les voitures roulaient dans Rhinehold Street et une mère hurlait à sa fille d'arrêter de faire les yeux doux à ce garçon et de rentrer la lessive, mais ici se trouvait un autre monde, un monde où régnait un être lugubre sur lequel les armes à feu n'avaient aucun pouvoir.

Sois sincère, Jake – tiens-toi droit.

— D'accord, murmura-t-il d'une voix tremblante. D'accord, je vais essayer. Mais tu as intérêt à ne plus me laisser tomber.

Lentement, il commença à gravir les marches du perron.

27

Les planches qui condamnaient la porte étaient vieilles et pourries, leurs clous étaient tout rouillés. Jake saisit les deux planches entrecroisées en haut du battant et tira. Elles cédèrent en grinçant comme l'avait fait le portail. Il les jeta par-dessus la rambarde et elles atterrirent dans un massif où ne poussait plus que du chiendent. Il se pencha, agrippa les deux planches du bas... et se figea un instant.

On entendait un bruit sourd derrière la porte ; le grondement d'un animal affamé tapi à l'intérieur d'un conduit de béton. Jake sentit une pellicule de sueur malsaine lui recouvrir les joues et le front. Il était si terrifié qu'il avait l'impression de ne plus exister vraiment ; comme s'il était devenu un personnage dans le cauchemar d'un autre.

Derrière cette porte se trouvait le chœur maléfique, la présence maligne. Sa voix suintait des planches comme un sirop qui aurait tourné à l'aigre.

Il tira sur les deux planches. Elles cédèrent sans difficulté.

Bien sûr, pensa-t-il. Il *veut* que j'entre là-dedans. Il a faim et je suis son plat de résistance.

Quelques vers lui revinrent à l'esprit, le passage d'un poème que leur avait lu Mme Avery. Ce poème était censé évoquer le trouble de l'homme moderne, coupé de ses racines et de ses traditions, mais Jake était persuadé que son auteur avait vu cette maison :

> *Et je te montrerai quelque chose qui n'est*
> *Ni ton ombre au matin marchant derrière toi,*
> *Ni ton ombre le soir surgie à ta rencontre,*
> *Je te montrerai...* (1)

– *Je te montrerai ton effroi dans une poignée de poussière* (1), marmonna Jake en posant une main sur le bouton de porte.

A ce moment-là, il fut de nouveau empli de soulagement et d'assurance : cette fois-ci, la porte s'ouvrirait

(1) T. S. ELIOT, « La Terre vaine », *op. cit. (N.d.T.)*

sur un autre monde, il verrait un ciel qui n'avait jamais connu le smog et les fumées d'usine, et à l'horizon, non pas les montagnes mais les flèches bleutées d'une immense cité inconnue.

Il referma ses doigts sur la clé cachée dans sa poche, espérant que la porte serait fermée afin qu'il puisse l'ouvrir. Elle n'était pas fermée. Les charnières grincèrent et il en tomba des particules de rouille lorsque la porte tourna lentement sur ses gonds. L'odeur de pourriture lui fit l'effet d'un coup de poing en pleine figure : bois saturé d'humidité, plâtre spongieux, tapisseries moisies, kapok centenaire. Ces odeurs en dissimulaient une autre : la puanteur d'une tanière. Devant lui se trouvait un couloir sombre et humide. A sa gauche, un escalier tortueux grimpait au premier étage. Les débris de sa rampe gisaient sur le parquet de l'entrée, mais Jake n'était pas stupide au point de croire que ces débris étaient uniquement des bouts de bois. Il s'y trouvait aussi des os – des os de petits animaux. Certains d'entre eux ne semblaient pas provenir d'animaux, et Jake se refusa à les examiner en détail ; il savait qu'il n'aurait jamais le courage de poursuivre s'il s'attardait à cette tâche. Il resta immobile sur le seuil, rassemblant son courage pour faire le premier pas. Il entendit un bruit étouffé, sec et saccadé, et se rendit compte que c'était celui de ses dents qui claquaient.

Pourquoi personne ne vient-il m'arrêter ? pensa-t-il, paniqué. Pourquoi n'y a-t-il pas un seul passant pour s'écrier : « Hé, toi là-bas ! C'est défendu d'entrer làdedans – tu ne sais pas lire ? »

Mais il le savait parfaitement. Les piétons changeaient souvent de trottoir en arrivant au niveau du Manoir, et ceux qui n'en faisaient rien ne s'attardaient guère.

Même si quelqu'un jetait un coup d'œil dans ma direction, il ne me verrait pas parce que je ne suis pas vraiment ici. J'ai laissé ce monde derrière moi, pour le meilleur ou pour le pire. J'ai déjà commencé à traverser. *Son* monde est quelque part devant moi. Ceci...

Ceci était l'enfer qui séparait les deux mondes.

Jake pénétra dans le couloir, et même s'il poussa un

hurlement lorsque la porte se referma derrière lui comme celle d'un mausolée, il ne fut pas surpris.

Au fond de lui, il ne fut pas surpris du tout.

28

Il était une fois une jeune femme nommée Detta Walker qui aimait fréquenter les tavernes et les bouis-bouis de Ridgeline Road, dans la banlieue de Nutley, et de la route 88 ; près des lignes à haute tension, dans les environs d'Amhigh. Elle avait de belles gambettes en ce temps-là, comme dit la chanson, et elle savait s'en servir. Elle portait souvent une robe moulante bon marché qui ressemblait à une robe de soie et elle dansait avec les jeunes Blancs pendant que l'orchestre jouait de bons vieux airs entraînants comme *Double Shot of My Baby's Love* et *The Hippy-Hippy Shake*. Au bout d'un certain temps, elle choisissait un cul blanc parmi l'assemblée et se laissait conduire dans sa voiture. Là, elle se mettait à le peloter sérieusement (personne ne savait embrasser comme Detta Walker, et elle savait aussi se servir de ses mains) jusqu'à ce qu'il soit sur le point de devenir fou... et puis elle le plantait là. Que se passait-il ensuite ? Excellente question, pas vrai ? C'était le but du jeu. Certains se mettaient à pleurer et à supplier – pas mal, mais pas génial non plus. D'autres se mettaient à gronder et à écumer, ce qui était nettement mieux.

On lui avait donné des coups sur la tête, on lui avait mis l'œil au beurre noir, on lui avait craché dessus, on lui avait même décoché un coup de pied au cul qui l'avait envoyée embrasser le gravier du parking du *Moulin-Rouge*, mais on ne l'avait jamais violée. Tous ces culs blancs étaient rentrés chez eux les couilles pleines, tous jusqu'au dernier. Ce qui signifiait, aux yeux de Detta Walker, qu'elle était la championne, la reine. De quoi ? *D'eux tous.* De tous ces 'culés d'culs blancs aux cheveux coupés en brosse, à la braguette ouverte et à la bite frustrée.

Jusqu'à aujourd'hui.

Elle n'avait aucun moyen d'échapper au démon qui vivait dans l'anneau de parole. Pas de poignée de porte à saisir, pas de voiture à fuir, pas de taverne où s'abriter, pas de joue à gifler, pas de visage à griffer, pas de couilles à frapper si le salaud de cul blanc était lent à la détente.

Le démon fut sur elle... puis, en un éclair, il fut en elle. Il était bien *mâle*.

Elle ne le voyait pas, mais elle sentit sa masse la pousser en arrière. Elle ne voyait pas ses mains, mais elle vit sa robe se déchirer en plusieurs endroits sous leurs griffes. Puis, soudain, la douleur. Elle eut l'impression qu'on lui déchirait les chairs et poussa un cri de surprise et de souffrance. Eddie se tourna vers elle, les yeux plissés.

— Tout va bien ! hurla-t-elle. Continue, Eddie, ne t'occupe pas de moi ! Tout va bien !

Mais c'était faux. Pour la première fois depuis que Detta était entrée sur le champ de bataille du sexe à l'âge de treize ans, elle perdait. Une horrible masse froide et turgescente la pénétra ; on aurait dit qu'elle était baisée par un pic de glace.

Du coin de l'œil, elle vit Eddie se retourner et recommencer à dessiner sur le sol, abandonnant son air soucieux au profit de la froide détermination qu'elle pouvait parfois percevoir en lui et voir sur son visage. Eh bien, c'était ce qu'il fallait, n'est-ce pas ? Elle lui avait dit de continuer, de ne pas s'occuper d'elle, de faire le nécessaire pour faire passer le garçon de ce côté. C'était son rôle dans le tirage de Jake, et elle n'avait pas le droit de détester ces deux hommes qui ne lui avaient nullement forcé la main pour l'accomplir, mais elle les détesta néanmoins lorsque la froidure l'envahit et qu'Eddie se détourna d'elle ; en fait, elle aurait pu leur arracher leurs couilles de culs blancs.

Puis Roland fut à ses côtés, posa des mains robustes sur ses épaules, et elle entendit sa voix bien qu'il n'eût pas prononcé un mot : *Ne résiste pas. Si tu lui résistes, tu mourras. Le sexe est son arme, Susannah, mais c'est aussi sa faiblesse.*

Oui. C'était *toujours* leur faiblesse. La seule différence, c'était qu'elle allait devoir en donner un peu plus cette fois-ci – mais peut-être était-ce à son avantage.

266

Peut-être que, cette fois-ci, elle parviendrait à forcer ce cul blanc de démon à *payer* un peu plus.

Elle força ses cuisses à se détendre. Elles s'écartèrent aussitôt, creusant de profonds sillons dans le sol. Elle rejeta la tête en arrière, offrant son visage à la pluie de plus en plus diluvienne, et sentit la tête du démon dodeliner au-dessus d'elle, sentit ses yeux boire goulûment les grimaces qui lui déformaient les traits.

Elle leva une main comme pour le gifler... et la posa doucement sur la nuque de son violeur démoniaque. Elle crut palper une poignée de fumée solidifiée. Et ne le sentait-elle pas reculer d'un pouce, surpris par cette caresse ? Elle souleva son bassin, se servant de la nuque invisible comme point d'appui. En même temps, elle écarta encore les jambes, achevant de retrousser ce qui restait de sa robe. Bon Dieu, il était énorme !

— Allez, haleta-t-elle. Tu ne vas pas me violer. Oh que *non* ! Tu veux me baiser ? C'est *moi* qui vais te baiser. Je vais te baiser comme tu n'as *jamais* été baisé ! Je vais te baiser à *mo't* !

Elle sentit trembler le membre qui la pénétrait ; sentit le démon essayer, l'espace d'un instant, de se retirer et de reprendre ses esprits.

— Non, mon ché'i, coassa-t-elle. (Elle resserra les cuisses, emprisonnant le démon dans son étreinte.) Ça ne fait que *commencer*.

Elle souleva ses fesses, besognant la présence invisible. Elle leva sa main libre, croisa solidement ses dix doigts, et se laissa retomber en arrière, les hanches levées vers l'avant, les bras accrochés au néant. Elle secoua la tête pour écarter de ses yeux ses cheveux trempés de sueur ; ses lèvres dessinèrent un sourire de requin.

Lâche-moi ! hurla une voix dans son esprit. Mais elle sentait le propriétaire de cette voix réagir malgré lui à ses avances.

— Pas question, mon chou. Tu m'as voulue... tu m'as eue. (Elle donna un coup de reins, s'accrocha, se concentra sur la froidure qui était en elle.) Je vais fai'e fond'e ce glaçon, mon chou, et qu'est-ce que tu vas fai'e quand il au'a dispa'u, hein ?

Son bassin allait et venait, allait et venait. Elle serra

ses cuisses féroces, ferma les yeux, griffa la nuque invisible, et pria pour qu'Eddie fasse vite.

Elle ne savait pas combien de temps elle pourrait tenir.

29

Le problème était tout simple, pensa Jake : quelque part dans cette horrible ruine puante se trouvait une porte fermée. La *bonne* porte. Il lui suffisait de la trouver. Mais c'était difficile, car il sentait une présence se matérialiser dans la maison. La cacophonie de voix commençait à se fondre en un unique son – un sourd murmure rauque.

Et cela s'approchait.

Il y avait une porte ouverte sur sa droite. A côté d'elle, punaisé au mur, un daguerréotype jauni représentant un homme pendu à un arbre mort comme un fruit pourri. Derrière la porte, une pièce qui avait sans doute été jadis une cuisine. Le poêle avait disparu, mais une antique glacière – le modèle surmonté d'un tonnelet frigorifique – trônait encore sur le linoléum gondolé. Sa porte était béante. Une matière noire s'était coagulée sur ses étagères, formant une épaisse flaque au dernier niveau. Les placards de la cuisine étaient grands ouverts. Il vit dans l'un d'eux ce qui était sans doute la plus vieille boîte de crabe du monde. La tête d'un rat mort dépassait d'un autre placard. Ses yeux blancs semblaient mobiles et Jake comprit au bout de quelques instants que ses orbites étaient emplies de vers grouillants.

Quelque chose tomba dans ses cheveux avec un bruit sourd. Il poussa un cri de surprise, leva une main et saisit un objet qui évoquait une balle molle et couverte de poils. Il le dégagea et vit qu'il s'agissait d'une araignée dont le corps bouffi avait la couleur d'un hématome. Elle le regarda de ses yeux stupides et maléfiques. Jake la jeta contre le mur. Elle explosa et glissa jusqu'au plancher, agitant faiblement ses pattes.

Une deuxième araignée chut sur sa nuque. Jake sentit une morsure douloureuse à la naissance de ses cheveux. Il recula en courant jusqu'à l'entrée, trébucha sur les débris de la rambarde, tomba par terre et sentit l'araignée crever sous son poids. Ses entrailles – mouillées, poisseuses et grouillantes – coulèrent entre ses omoplates comme du jaune d'œuf chaud. Il aperçut d'autres araignées sur le seuil de la cuisine. Certaines étaient suspendues à leur fil invisible comme d'obscènes boules de Noël ; d'autres s'étaient laissées tomber sur le sol avec un bruit mou et trottinaient impatiemment dans sa direction.

Jake se releva d'un bond sans cesser de hurler. Il sentit dans son esprit quelque chose qui ressemblait à une corde tendue et qui commençait à se rompre. Il supposa que c'était sa raison et c'est à ce moment-là que son courage considérable finit par le trahir. Il ne pouvait plus supporter cette quête, quel qu'en fût l'enjeu. Il se mit à courir, bien décidé à s'enfuir si c'était encore possible, et s'aperçut trop tard qu'il s'était trompé de direction et s'enfonçait dans le Manoir au lieu de se diriger vers le porche.

Il s'engouffra dans une pièce trop vaste pour être un salon ou une salle de séjour ; elle ressemblait à une salle de bal. Des lutins à l'étrange sourire cruel gambadaient sur la tapisserie, le fixant de leurs yeux vicieux sous leur bonnet vert. Un canapé couvert de moisissures était poussé contre le mur. Au centre du parquet gondolé gisait un lustre en pièces, sa chaîne rouillée serpentant parmi les perles et les pendants couverts de poussière. Jake contourna l'obstacle, jetant un regard terrifié par-dessus son épaule. Il ne vit aucune araignée ; si son dos n'avait pas encore été couvert de cet horrible fluide, il aurait pu croire qu'il avait imaginé leur présence.

Il se retourna et fit halte, stupéfait. Devant lui, une porte-fenêtre coulissante à moitié ouverte sur ses rails. Plus loin, un nouveau couloir. Au bout de ce couloir, une porte fermée au bouton doré. Sur cette porte étaient écrits – ou peut-être gravés – deux mots :

LE GARÇON

Sous le bouton de porte, il y avait une plaque d'argent et un trou de serrure.

Je l'ai trouvée ! s'exclama mentalement Jake. Je l'ai enfin trouvée ! C'est elle ! C'est la porte !

Derrière lui monta un sourd grognement, comme si la maison commençait à se déchirer. Jake se retourna vers la salle de bal. Le mur du fond était en train de se gonfler, poussant devant lui l'antique canapé. La tapisserie frémit ; les lutins se mirent à danser la gigue. Çà et là, le papier se déchirait et s'enroulait vers le haut, comme un store vénitien fermé trop brusquement. La surface de plâtre saillait comme le ventre d'une femme enceinte. Jake entendit une série de craquements lorsque les lattes de la cloison se brisèrent, se rassemblant pour façonner une forme encore invisible. Et le bruit gagnait en intensité. Mais ce n'était plus exactement un grognement ; on aurait davantage dit un grondement.

Il contempla la scène, hypnotisé, incapable de détourner les yeux.

Contrairement à son attente, le plâtre ne se craquela pas pour vomir ses fragments sur le plancher ; il semblait être devenu malléable, et à mesure que le mur continuait d'enfler, formant une grosse boule irrégulière sur laquelle pendaient encore des lambeaux de tapisserie, sa surface commença à se façonner en collines et en vallons. Soudain, Jake s'aperçut qu'il avait sous les yeux un immense visage mouvant qui émergeait du mur. Comme celui d'un homme masqué par un drap mouillé.

On entendit un craquement sec et un bout de latte jaillit du mur ondoyant. Il devint la pupille longiligne d'un œil. Plus bas, le mur s'ouvrit sur une bouche ricanante aux crocs acérés. Jake vit des bouts de tapisserie pendre à ses lèvres et à ses gencives.

Une main de plâtre s'extirpa du mur, traînant derrière elle un bracelet de fils électriques pourris. Elle saisit le canapé et l'écarta violemment, laissant sur son tissu sombre des empreintes d'un blanc spectral. De nouvelles lattes jaillirent lorsque les doigts de plâtre s'agitèrent. Elles formèrent des griffes plantées d'échardes. Le visage s'était à présent dégagé du mur et fixait Jake de son œil de bois. Un lutin de papier dansait encore sur son front. On aurait dit un tatouage excentrique. Il y eut un grincement visqueux lorsque la créature commença à ramper. La porte donnant sur l'entrée sortit de ses gonds pour devenir une épaule difforme. La main de la créature racla le plancher, éparpillant les débris du lustre.

Jake retrouva ses esprits. Il fit demi-tour, s'engouffra dans la porte-fenêtre et fonça dans le second couloir, son sac battant sur son dos et sa main droite plongeant dans sa poche à la recherche de la clé. Son cœur battait comme une usine aux machines déréglées. Derrière lui, la chose qui était sortie des boiseries du Manoir poussa un beuglement, et bien qu'il n'ait pu distinguer ses paroles, Jake savait ce qu'elle lui disait ; elle lui disait d'arrêter, elle lui disait qu'il était inutile de fuir, elle lui disait qu'il n'y avait aucune issue. La maison tout entière semblait douée de vie ; l'air résonnait des cris du parquet et du fracas des poutres. La voix insane du gardien de la porte était omniprésente.

Les doigts de Jake se refermèrent sur la clé. Lorsqu'il la sortit de sa poche, une de ses encoches s'accrocha au tissu de son pantalon. La clé glissa de ses doigts poisseux de sueur. Elle tomba sur le parquet, rebondit, retomba entre deux planches gondolées et disparut.

30

– Il est en danger ! s'écria Eddie.

Sa voix parut lointaine à Susannah. Elle avait sa part de danger, elle aussi… mais elle pensait quand même se débrouiller plutôt bien.

Je vais fai'e fond'e ce glaçon, mon chou, avait-elle dit au démon, *et qu'est-ce que tu vas fai'e quand il au'a dispa'u, hein ?*

Elle ne l'avait pas exactement fait fondre, mais elle l'avait *altéré.* Le membre qui la fouillait ne lui procurait aucun plaisir, mais au moins la douleur s'était-elle atténuée et la froidure avait-elle disparu. Il était pris au piège, incapable de se dégager. Et ce n'était pas avec son corps qu'elle le retenait. Roland avait dit que le sexe était à la fois son arme et sa faiblesse, et il avait eu raison, comme d'habitude. Le démon l'avait prise, mais *elle* l'avait pris en retour, et c'était comme si tous deux avaient eu un doigt coincé dans un tube d'où tous leurs efforts étaient impuissants à le faire sortir.

Il ne lui restait plus qu'une idée à laquelle s'accrocher ; toute autre pensée cohérente avait disparu de son esprit. Elle devait maintenir cette créature vicieuse, terrifiée, sanglotante, dans la nasse de son propre désir. Le démon se débattait, se convulsait en elle, la suppliant de le libérer tout en usant de son corps avec une intensité frénétique, mais elle refusait de le lâcher.

Et que va-t-il se passer quand je serai obligée de le lâcher ? se demanda-t-elle avec désespoir. Comment va-t-il me faire payer ce que je lui ai fait ?

Elle n'en avait aucune idée.

31

La pluie tombait à verse, menaçant de transformer l'anneau de parole en océan de boue.

— *Trouve-moi quelque chose pour protéger la porte !* hurla Eddie. *La pluie va l'effacer !*

Roland jeta un coup d'œil en direction de Susannah et vit qu'elle luttait toujours contre le démon. Ses yeux étaient mi-clos, sa bouche déformée par un rictus. Il ne voyait ni n'entendait la créature, mais percevait ses convulsions furieuses et frénétiques.

Eddie tourna vers lui son visage ruisselant.

— *Tu m'entends ?* hurla-t-il. *Trouve-moi quelque chose pour protéger cette putain de porte, et TOUT DE SUITE !*

Roland attrapa une peau tannée dans leur paquetage et en saisit un coin dans chaque main. Puis il écarta les bras et se pencha au-dessus d'Eddie, lui fournissant un abri précaire. La pointe du bâton d'Eddie était couverte de boue. Il l'essuya sur son bras, y laissant une traînée couleur de chocolat noir, puis agrippa son crayon de fortune et se pencha sur son dessin. Cette porte n'était pas exactement aussi grande que celle que devait franchir Jake — peut-être faisait-elle les trois quarts de sa taille —, mais elle serait assez grande pour lui permettre le passage... *si* les clés marchaient.

A condition qu'il *ait* une clé, c'est ça que tu penses ?

se demanda Eddie. Suppose qu'il l'ait laissée tomber...
ou que cette maison l'ait *obligé* à la laisser tomber ?

Il dessina une plaque sous le cercle qui représentait le
bouton de porte, hésita, puis traça les contours familiers d'un trou de serrure :

Il hésita de nouveau. Il y avait autre chose à faire,
mais quoi ? Il avait de la peine à réfléchir, car une tempête semblait souffler dans son esprit, une tempête qui
emportait sur ses ailes des pensées aléatoires plutôt que
des granges ou des poulaillers arrachés au sol.

– Allez, mon chou ! hurla Susannah derrière lui. Tu
ne tiens plus le 'ythme ! Qu'est-ce qui te p'end ? Je
c'oyais que tu étais un g'and ga'çon !

Garçon. C'est ça.

Il écrivit soigneusement LE GARÇON au-dessus de la
porte avec la pointe de son bâton. A l'instant précis où il
achevait de tracer le N, son dessin s'altéra. Le cercle de
terre sombre qu'il avait tracé s'assombrit encore plus...
et le dessin émergea du sol, devenant un bouton de
porte luisant. Et un faible rai de lumière jaillit du trou
de la serrure.

Derrière lui, Susannah poussa un nouveau cri, en-
courageant le démon à s'activer, mais sa voix semblait
épuisée. Il fallait en finir, et vite.

Eddie se courba comme un musulman à l'heure de la
prière et colla son œil au trou de serrure qu'il avait dessiné. Il regarda à travers et découvrit son propre
monde, découvrit la maison que Henry et lui étaient
allés voir en mai 1977, sans savoir (mais Eddie l'avait
su ; oui, il l'avait sans doute su) qu'ils étaient suivis par
un garçon venu d'une autre partie de la ville.

Il vit un couloir. Jake était à quatre pattes sur le parquet et tirait frénétiquement sur une latte. Quelque
chose fonçait sur lui. Eddie le voyait mais ne le voyait

pas – on aurait dit qu'une partie de son esprit *refusait* de le voir, comme si voir cette chose aurait signifié la comprendre, et par là même devenir fou.

– *Dépêche-toi, Jake !* hurla-t-il dans le trou de la serrure. *Grouille-toi, bon Dieu !*

Au-dessus de l'anneau de parole, le tonnerre déchira le ciel comme un coup de canon, et la pluie se transforma en grêle.

32

Jake resta figé pendant quelques instants, fixant l'étroite fente où la clé venait de tomber.

Si incroyable que cela paraisse, il avait envie de dormir.

Ça n'aurait pas dû arriver, pensa-t-il. C'en est trop. Je ne peux pas continuer comme ça, même une minute, même une seconde de plus. Je vais me blottir contre cette porte, voilà ce que je vais faire. Je vais m'endormir, comme ça, tout de suite, et quand ce monstre m'attrapera pour me manger, je ne me réveillerai plus jamais.

Puis la créature surgie du mur poussa un grognement, et lorsque Jake leva les yeux, toute idée de renoncement fut balayée de son esprit par une onde de terreur. La chose s'était complètement extirpée du mur, immense tête de plâtre à l'œil de bois et à la main de plâtre. Des morceaux de lattes hérissaient son crâne, telle une chevelure dans un dessin d'enfant. Elle vit Jake et ouvrit la bouche, révélant ses dents de bois déchaussées. Elle poussa un nouveau grognement. De la poussière de plâtre jaillit de sa bouche comme de la fumée de cigare.

Jake tomba à genoux et regarda dans la fente. La clé était un brave éclat d'argent scintillant dans les ténèbres, mais la fente était trop étroite pour laisser passer ses doigts. Il saisit l'une des lattes et tira dessus de toutes ses forces. Les clous qui la maintenaient en place gémirent... mais tinrent bon.

Il y eut un violent fracas. Il regarda au bout du couloir et vit la main de plâtre, qui était encore plus grande que son corps, agripper le lustre et l'écarter violemment. La chaîne rouillée qui l'avait jadis soutenu claqua comme un fouet puis retomba dans un lourd craquement métallique. Une lampe morte maintenue par une chaîne également rouillée tressauta au-dessus de Jake, verre sale et cuivre vert-de-grisé grinçant l'un contre l'autre.

La tête du gardien, uniquement reliée à son épaule difforme et à son bras tendu, rampa sur le parquet. Derrière elle, ce qui restait du mur s'effondra dans un nuage de poussière. Un instant plus tard, les débris s'assemblèrent pour former le dos osseux et voûté de la créature.

Le gardien de la porte vit que Jake le regardait et sembla lui sourire. Des échardes jaillirent de ses joues ridées. Il se traîna à travers la salle de bal envahie par la poussière, ouvrant et refermant la bouche comme un poisson agonisant. Sa main tâtonna en quête d'une prise et arracha une des portes-fenêtres de ses gonds.

Jake poussa un cri inarticulé et tira de nouveau sur la latte. Elle refusa de céder, mais la voix du pistolero lui dit :

L'autre latte, Jake ! Essaie l'autre latte !

Il lâcha la latte rétive et saisit sa voisine. A ce moment-là, une autre voix prit la parole. Il ne l'entendit pas dans sa tête, mais avec ses oreilles, et comprit qu'elle venait de l'autre côté de la porte – la porte qu'il n'avait cessé de chercher depuis le jour où il n'avait pas été écrasé par une voiture.

– *Dépêche-toi, Jake ! Grouille-toi, bon Dieu !*

Lorsqu'il tira sur la seconde latte, elle céda si facilement qu'il faillit tomber à la renverse.

33

Deux femmes discutaient sur le seuil de la quincaillerie située en face du Manoir. La plus âgée en était la propriétaire ; la plus jeune était sa seule cliente au moment où retentit un fracas de murs qui s'effondrent et de poutres qui se brisent. Sans avoir conscience de ce qu'elles faisaient, les deux femmes s'étreignirent et se figèrent, tremblant comme des enfants ayant entendu un bruit dans le noir.

Un peu plus loin, trois jeunes garçons en route pour le terrain de base-ball de Dutch Hill se tournèrent vers le Manoir, bouche bée, oubliant leur caddie Red Ball empli de balles et de battes. Un livreur gara sa fourgonnette au ras du trottoir et descendit pour regarder la scène. Les clients du Henry's Corner Market et du *Dutch Hill Pub* sortirent en courant de ces établissements, jetant autour d'eux des regards paniqués.

Le sol se mit à trembler et un fin réseau de lézardes s'étendit sur la chaussée de Rhinehold Street.

— C'est un tremblement de terre ? cria le livreur en direction des deux femmes paralysées sur le seuil de la quincaillerie.

Mais au lieu d'attendre une réponse, il se remit au volant de sa fourgonnette et s'empressa de filer, roulant à gauche pour passer le plus loin possible de la maison en ruine qui était l'épicentre de ce séisme.

Tout le bâtiment semblait se replier sur lui-même. Ses planches se brisèrent, jaillirent de sa façade et tombèrent sur son jardin dans une averse d'échardes. Une cascade d'ardoise grise déferla de son toit. On entendit un bang assourdissant et une longue fêlure apparut sur le mur du Manoir. La porte y disparut, puis la maison sembla entrer en implosion.

La jeune femme se dégagea soudain de l'étreinte de son aînée.

— Je fiche le camp, dit-elle, et elle courut le long de la rue sans se retourner une seule fois.

34

Un étrange vent brûlant se mit à souffler le long du couloir, ébouriffant les cheveux poisseux de Jake lorsque ses doigts se refermèrent sur la clé. Il croyait comprendre la nature de cet endroit et celle de sa transformation. Le gardien de la porte n'était pas seulement *dans* la maison, il *était* la maison : chaque planche, chaque plinthe, chaque poutre, chaque ardoise. Et il émergeait de sa gangue de plâtre et de bois pour devenir une représentation aberrante de sa véritable forme. Il avait l'intention de s'emparer de lui avant qu'il ait eu le temps d'utiliser la clé. Derrière la gigantesque tête blafarde et l'épaule difforme du monstre bossu, Jake voyait des planches, des plinthes, des fils et des morceaux de verre – ainsi que la porte d'entrée et les débris de la rambarde – surgir dans la salle de bal comme un essaim pris de folie, s'amalgamant à la forme massive, composant peu à peu l'anatomie du monstrueux homme de plâtre qui tendait vers lui ses doigts crochus.

Jake dégagea sa main de la fente et vit qu'elle était couverte d'énormes cafards. Il tapa du poing contre le mur pour les faire tomber et poussa un cri lorsque le mur s'ouvrit sous ses coups, essayant de se refermer sur son poignet. Il dégagea sa main juste à temps, pivota et enfonça la clé argentée dans le trou de la serrure.

L'homme de plâtre poussa un nouveau rugissement, mais sa voix fut étouffée l'espace d'un instant par un chant que Jake reconnut sans peine : il l'avait déjà entendu dans le terrain vague, mais les voix étaient alors plus calmes, peut-être songeuses. Ce qu'il entendait à présent était un cri de triomphe sans équivoque. Une certitude familière et toute-puissante l'emplit de nouveau, et il sut cette fois-ci qu'il ne connaîtrait nulle déception. Toute l'assurance qui lui était nécessaire était contenue dans cette voix. C'était la voix de la rose.

La lumière venue de l'entrée fut occultée par la main de plâtre lorsqu'elle démolit la seconde porte-fenêtre et pénétra dans le couloir. La tête s'encadra entre les murs, scrutant Jake de son œil maléfique. Les doigts de plâtre rampèrent vers lui comme les pattes d'une gigantesque araignée.

Jake tourna la clé dans la serrure et sentit un soudain flot d'énergie lui parcourir le bras. Il entendit un bruit puissant mais étouffé lorsque le pêne tourna dans le verrou. Il saisit le bouton de porte, le tourna et ouvrit la porte. Elle pivota sur ses gonds. Jake poussa un cri d'horreur en découvrant ce qu'elle dissimulait.

Le seuil était bloqué par une masse de terre, de haut en bas et de gauche à droite. Des racines en jaillissaient tels des paquets de fils électriques. Des vers, apparemment aussi déconcertés que Jake, rampaient çà et là sur le rectangle de terre. Certains s'y enfouissaient ; d'autres continuaient de se balader sur la surface, se demandant peut-être où était passé le niveau inférieur. L'un d'eux tomba sur le tennis de Jake.

La silhouette du trou de serrure resta visible quelques instants, projetant sur la chemise de Jake un faisceau de lumière laiteuse. Derrière lui – si près, si loin –, il entendait la pluie, et le tonnerre qui déchirait le ciel. Puis le trou de serrure disparut et des doigts gigantesques se refermèrent sur la cheville de Jake.

35

Eddie ne sentit pas les grêlons lui cribler le corps lorsque Roland laissa choir le carré de peau et courut vers Susannah.

Le pistolero l'agrippa par les aisselles et la traîna – le plus doucement, le plus gentiment possible – vers l'endroit où se trouvait Eddie.

– Lâche-le dès que je te le dirai, Susannah ! cria Roland. Tu as compris ? *Dès que je te le dirai !*

Eddie ne vit ni n'entendit tout ceci. Il n'entendait que les cris poussés par Jake de l'autre côté de la porte.

L'heure était venue d'utiliser la clé.

Il la sortit de sous sa chemise et la glissa dans le trou de serrure qu'il avait dessiné. Il essaya de la tourner. La clé refusa de bouger. Même d'un millimètre. Eddie leva les yeux au ciel, inconscient des grêlons glacés qui lui criblaient le front, les joues et les lèvres, y laissant des marbrures écarlates.

– *NON !* hurla-t-il. *MON DIEU, JE VOUS EN PRIE ! NON !*

Mais il ne reçut aucune réponse de Dieu ; rien qu'un coup de tonnerre et un éclair qui déchira le ciel empli de nuages tourmentés.

36

Jake fit un bond, agrippa la chaîne de la lampe qui vacillait au-dessus de lui et se libéra des doigts crochus du gardien. Il se balança d'avant en arrière, se propulsa

278

du bout des pieds sur le rectangle de terre et recommença à se balancer comme Tarzan sur sa liane. Il leva les jambes et shoota dans les doigts du gardien lorsqu'ils s'approchèrent de lui. Sa chair de plâtre s'effrita, révélant un squelette rudimentaire où les lattes remplaçaient les os. L'homme de plâtre poussa un rugissement inarticulé exprimant sa rage et son appétit. Ce bruit n'empêchait pas Jake d'entendre toute la maison s'effondrer, comme celle du conte d'Edgar Allan Poe.

Il repartit en arrière sur sa chaîne, heurta le mur de terre tassée qui bloquait le seuil, puis repartit en avant. La main se tendit vers lui et il lui donna un coup de pied, agitant frénétiquement les jambes. Il sentit une violente douleur au pied lorsque les phalanges de bois se refermèrent. Lorsqu'il s'éloigna du gardien, il lui manquait un tennis.

Il essaya de se hisser sur la chaîne, y réussit et commença à grimper vers le plafond. Il entendit un grognement étouffé au-dessus de lui. Une fine poussière de plâtre se posait sur son visage poisseux de sueur. Le plafond commençait à s'affaisser ; la chaîne en descendait lentement, un maillon à la fois. On entendit un craquement assourdissant lorsque l'homme de plâtre réussit finalement à faire franchir le seuil du couloir à son visage avide.

Jake se balança vers lui et poussa un cri d'impuissance.

37

Toute panique disparut soudain de l'esprit d'Eddie. Une cape glaciale tomba sur ses épaules – une cape que Roland de Gilead avait portée maintes fois. C'était la seule armure dont disposait un vrai pistolero... la seule qui lui était nécessaire. Au même instant, une voix retentit dans son crâne. Cela faisait trois mois qu'il était hanté par de telles voix ; celle de sa mère, celle de Roland, et, bien sûr, celle de Henry. Mais il fut soulagé de reconnaître la sienne, et de constater qu'elle était calme, rationnelle et courageuse.

Tu as vu la forme de la clé dans le feu, tu l'as revue

dans le bois, et tu l'as vue parfaitement à deux repri-
ses. Plus tard, tu as posé un bandeau de peur sur tes
yeux. Enlève-le. Enlève-le et regarde une nouvelle fois.
Il n'est peut-être pas trop tard.

Il avait vaguement conscience du regard sévère que
le pistolero posait sur lui ; des hurlements étouffés mais
toujours pleins de défi que Susannah lançait au démon ;
des cris de terreur – ou de douleur ? – que Jake poussait
de l'autre côté de la porte.

Eddie ignora tout cela. Il sortit la clé du trou de serrure qu'il avait dessiné, de la porte qui était devenue
réelle, et l'examina attentivement, s'efforçant de retrouver le plaisir innocent qu'il avait parfois connu étant
enfant – le plaisir de voir une forme cohérente dissimulée dans une masse sans signification. Et c'était là, là
qu'il s'était planté, c'était si visible qu'il ne comprenait
pas comment il avait fait pour ne pas le voir. *Je devais
vraiment m'être bandé les yeux,* pensa-t-il. C'était le
petit machin en forme de s au bout de la clé, bien sûr.
Sa seconde courbe était un peu trop grosse. D'un mi-
cropoil.

– Couteau, dit-il, et il tendit la main comme un chi-
rurgien en salle d'opération.

Roland posa le couteau sur sa paume sans dire un
mot.

Eddie en saisit la lame entre le pouce et l'index de la
main droite. Il se pencha sur la clé, inconscient de la
grêle qui s'abattait sur sa nuque, et la forme dissimulée
dans le bois lui apparut avec plus de clarté – lui apparut
dans toute son adorable et indéniable réalité.

Il tailla.

Une fois.

Délicatement.

Un copeau de frêne, si mince qu'il en était presque
transparent, se détacha du petit machin en forme de s
au bout de la clé.

De l'autre côté de la porte, Jake poussa un nouveau
hurlement de terreur.

La chaîne lâcha dans un grincement épouvantable et Jake tomba lourdement à genoux sur le sol. Le gardien de la porte poussa un rugissement triomphal. La main de plâtre se referma autour des hanches de Jake et commença à le traîner vers le bout du couloir. Il tendit les jambes et planta ses pieds sur le plancher, mais cela ne servit à rien. Il sentit des échardes et des clous rouillés lui creuser la peau lorsque la main raffermit son étreinte et continua de le tirer.

Le visage semblait coincé à l'entrée du couloir, comme un bouchon dans le col d'une bouteille. Sous l'effet de la pression des murs, ses traits rudimentaires s'étaient altérés pour dessiner un nouveau masque, celui d'un troll monstrueux et difforme. Il ouvrit la gueule en grand pour accueillir sa proie. Jake chercha fébrilement la clé, espérant l'utiliser comme un talisman de la dernière chance, mais il l'avait laissée dans la serrure, bien entendu.

– *Espèce de salaud !* hurla-t-il.

Il se rejeta en arrière de toutes ses forces, arquant le dos comme un plongeur olympique, ignorant la morsure des échardes qui se plantaient dans son dos comme une ceinture d'épines. Il sentit son jean glisser sur ses hanches et l'étreinte de la main se relâcher l'espace d'un instant.

Jake se rejeta en arrière une nouvelle fois. La main se referma brutalement, mais son jean glissa jusqu'à ses genoux et il tomba sur le parquet, son sac à dos amortissant le choc. La main s'écarta légèrement, souhaitant peut-être trouver une nouvelle prise sur sa proie. Jake réussit à relever les genoux, et lorsque la main se referma, il tendit brusquement les jambes. La main recula au même instant et le souhait de Jake fut exaucé : son jean et son tennis survivant se détachèrent de son corps comme la peau d'une orange, le laissant libre, du moins pour le moment. Il vit la main pivoter sur son poignet de planches et de plâtre en désintégration, puis enfourner son pantalon dans la gueule du gardien. Puis il rampa à quatre pattes vers la porte et son rectangle de terre, ignorant les débris de la lampe, obnubilé par l'idée de récupérer sa clé.

Il avait presque atteint le seuil lorsque la main se referma sur ses jambes nues et recommença à le traîner sur le sol.

39

La forme était là, enfin là.

Eddie remit la clé dans le trou de la serrure et appuya dessus. Il sentit une résistance momentanée... puis elle tourna sous ses doigts. Il entendit le mécanisme cliqueter, entendit le pêne tourner, sentit la clé se briser en deux dès qu'elle eut rempli son but. Il saisit des deux mains le bouton de porte et tira. Il sentit une immense masse pivoter sur un axe invisible. Eut l'impression que son bras était investi d'une force gigantesque. Et sut avec certitude que deux mondes venaient d'entrer en contact, qu'un passage venait d'être ouvert entre eux.

Il fut pris de vertige l'espace d'un instant et comprit pourquoi dès qu'il regarda de l'autre côté de la porte : il regardait vers le bas – à la verticale – mais voyait *à l'horizontale*. On aurait dit une étrange illusion d'optique créée par des prismes et des miroirs. Puis il vit Jake traîné sur le sol parsemé de plâtre et de verre, les coudes râpant le plancher, les chevilles enserrées par une main gigantesque. Et il vit la gueule monstrueuse qui l'attendait, exhalant un nuage blanc de fumée ou de poussière.

– *Roland !* hurla Eddie. *Roland, il l'a captu...*

Puis on l'écarta violemment.

40

Susannah eut vaguement conscience qu'on la soulevait et la retournait. Le monde était un manège flou : monolithes, ciel gris, sol parsemé de grêlons... et un trou rectangulaire qui ressemblait à une trappe dans la terre. Des hurlements en montaient. Le démon hurlait et se débattait en elle, brûlant du désir de s'échapper mais incapable de le faire sans sa permission.

– *Vas-y !* hurlait Roland. *Lâche-le, Susannah ! Au nom de ton père, lâche-le TOUT DE SUITE !*

Ce qu'elle fit.

Avec l'aide de Detta, elle avait tissé une toile dans son esprit pour piéger le démon, et elle la défit. Elle sentit aussitôt le démon se dégager de son étreinte et éprouva une sensation fugitive de vide terrifiant. Puis un immense soulagement mêlé de répulsion à l'idée de la souillure qu'elle avait subie.

Elle entr'aperçut la créature une fois libérée de sa masse invisible – une forme inhumaine évoquant une raie manta pourvue d'ailes membraneuses et d'un membre ressemblant à un crochet acéré. Elle la vit/sentit s'agiter au-dessus de la trappe creusée dans le sol. Vit Eddie lever des yeux écarquillés. Vit Roland ouvrir les bras au démon.

Le pistolero trébucha, manquant d'être renversé par la masse invisible du démon. Puis il se redressa, les bras chargés d'un fardeau de néant.

Sans le lâcher, il plongea à travers la porte et disparut.

41

Une lumière blanche emplit soudain le couloir du Manoir ; des grêlons criblèrent les murs et rebondirent sur les lattes gondolées. Jake entendit des cris confus, puis vit le pistolero apparaître sur le seuil. Il sembla *bondir*, comme s'il tombait du ciel. Il avait les bras tendus et les mains jointes.

Jake sentit ses pieds glisser dans la gueule du gardien.

– *Roland !* hurla-t-il. *Roland, au secours !*

Les mains du pistolero se détachèrent l'une de l'autre et ses bras furent aussitôt rejetés en arrière. Il recula en trébuchant. Jake sentit des crocs acérés lui effleurer la peau, prêts à lui déchirer les chairs et à lui broyer les os, puis une masse passa au-dessus de lui comme une bourrasque de vent. L'instant d'après, les crocs avaient disparu. La main qui lui enserrait les jambes relâcha son étreinte. Il entendit un cri inhumain de surprise et de douleur monter du gosier poussiéreux du gardien, un cri qui fut aussitôt étouffé, refoulé.

Roland saisit Jake et le remit debout.

– Tu es venu ! cria Jake. Tu es vraiment venu !

– Oui, je suis venu. Par la grâce des dieux, par le courage de mes amis, je suis venu.

Jake éclata en sanglots, terreur et soulagement mêlés, alors que le gardien de la porte poussait un nouveau rugissement. La maison ressemblait à présent à un navire battu par la tempête. Une pluie de bois et de plâtre tombait tout autour d'eux. Roland prit Jake dans ses bras et fonça vers la porte. La main de plâtre, agitée de tremblements convulsifs, le frappa aux pieds et l'envoya dans le mur, qui chercha de nouveau à mordre. Roland s'en écarta, se retourna et dégaina. Il tira à deux reprises sur la main en convulsions, pulvérisant un des doigts de plâtre. Derrière eux, le visage du gardien avait viré au pourpre marbré de noir, comme s'il s'étouffait sur quelque chose – quelque chose qui avait foncé si rapidement sur lui qu'il était entré dans sa gueule et s'était coincé dans son gosier avant qu'il n'ait eu le temps de se rendre compte de ce qui lui arrivait.

Roland se retourna et s'engouffra dans la porte. En dépit de l'absence de barrière visible, il resta immobile quelques instants, comme si un grillage invisible venait de tomber en travers du seuil.

Puis il sentit les mains d'Eddie dans ses cheveux, qui le tiraient non pas en avant mais vers le haut.

42

Ils émergèrent dans l'air strié de grêlons comme des nouveau-nés. Eddie faisait office de sage-femme, tout comme le lui avait dit le pistolero. Il était couché sur le ventre, les bras enfoncés dans la terre, les doigts empoignant les cheveux de Roland.

– Suzie ! Aide-moi !

Elle rampa vers lui, plongea un bras dans la terre et saisit le menton de Roland. Il monta vers eux la tête rejetée en arrière et un rictus de douleur aux lèvres.

Eddie sentit quelque chose se déchirer et sa main émergea du sol, tenant une touffe de cheveux grisonnants.

– Il glisse !

– Ce fils de pute... n'ira... *nulle part* ! haleta Susannah, et elle tira de toutes ses forces, comme si elle avait voulu briser la nuque de Roland.

Deux petites mains jaillirent de la terre et s'agrippèrent au montant de la porte. Libéré du poids de Jake, Roland se hissa à la force du poignet et se dégagea de sa gangue de terre. L'instant d'après, Eddie saisissait les poignets de Jake et le tirait vers lui.

Jake roula sur lui-même et resta immobile sur le dos, pantelant.

Eddie se tourna vers Susannah, la prit dans ses bras et couvrit de baisers son front, ses joues et son cou. Il riait et pleurait en même temps. Elle s'accrocha à lui, le souffle court... mais il y avait un petit sourire satisfait sur ses lèvres et sa main caressait les cheveux d'Eddie dans un geste de femme comblée.

Une véritable cacophonie monta des profondeurs de la terre : couinements, grognements, gémissements.

Roland s'éloigna du trou en rampant, la tête basse. Il avait les cheveux en bataille. Des filets de sang coulaient sur ses joues.

– Referme-la, dit-il à Eddie. Referme-la, au nom de ton père !

Eddie souleva la porte et les immenses charnières invisibles firent le reste. Elle retomba avec un bruit sourd, faisant taire les cris qui montaient de la terre. Sous les yeux d'Eddie, les traits qui l'avaient dessinée s'estompèrent pour devenir des sillons boueux. Le bouton de porte perdit tout relief et redevint un cercle tracé par un bâton. Là où s'était trouvé le trou de la serrure, on ne voyait qu'un gribouillis d'où jaillissait un bout de bois, tel le pommeau d'une épée dans le roc.

Susannah se dirigea vers Jake et l'aida doucement à s'asseoir.

– Ça va, mon petit ?

Il la regarda d'un air hagard.

– Oui, je crois. Où est-il ? Le pistolero ? J'ai quelque chose à lui demander.

– Je suis là, dit Roland.

Il se leva, tituba jusqu'à Jake et s'accroupit près de lui. Il caressa la joue du garçon avec incrédulité.

– Tu ne me laisseras pas tomber cette fois ?

– Non, dit Roland. Ni cette fois ni jamais.

Mais dans les ténèbres de son cœur, il pensa à la Tour et se demanda s'il disait vrai.

43

La grêle fit place à une pluie battante, mais Eddie aperçut des morceaux de ciel bleu entre les nuages au nord. La tempête s'achèverait bientôt, mais ils seraient trempés jusqu'aux os bien avant.

Cela lui était égal. Jamais il ne s'était senti aussi bien, aussi en paix avec lui-même, aussi épuisé. Cette aventure de dingues n'était pas encore finie – en fait, il était sûr qu'elle venait à peine de commencer –, mais aujourd'hui, ils avaient remporté une grande victoire.

– Suzie ? (Il dégagea son visage d'une masse de cheveux noirs et la regarda dans les yeux.) Est-ce que ça va ? Est-ce qu'il t'a fait mal ?

– Un peu, mais ce n'est rien. Je pense que cette salope de Detta Walker est encore la championne incontestée des bouis-bouis, démon ou pas démon.

– Qu'est-ce que ça veut dire ?

Elle eut un sourire malicieux.

– Pas grand-chose, plus maintenant... Dieu merci. Et toi, Eddie ? Tu te sens bien ?

Eddie tendit l'oreille en quête de la voix de Henry et ne l'entendit pas. Il avait l'impression que la voix de Henry avait disparu pour de bon.

– Je me sens encore mieux, dit-il, et il la prit de nouveau dans ses bras, éclatant de rire.

En regardant par-dessus son épaule, il vit ce qui restait de la porte : rien que quelques lignes et quelques angles également indistincts. La pluie les aurait bientôt fait disparaître.

– Comment t'appelles-tu ? demanda Jake à la jeune femme dont les jambes étaient coupées au-dessus des genoux.

Il se rappela soudain qu'il avait perdu son pantalon lors de sa lutte avec le gardien de la porte, et il rabattit sa chemise au-dessus de son slip. Il ne restait pas grand-chose non plus de la robe de son interlocutrice, d'ailleurs.

– Susannah Dean, dit celle-ci. Je sais déjà comment tu t'appelles.

– Susannah, répéta Jake d'un air pensif. Ton père n'est pas par hasard propriétaire d'une compagnie fer-roviaire ?

Elle le regarda d'un air stupéfait, puis rejeta la tête en arrière et éclata de rire.

– Oh que non, mon chou ! C'était un dentiste qui a fait quelques inventions qui l'ont rendu riche. Pourquoi me demandes-tu ça ?

Jake ne répondit pas. Il s'était tourné vers Eddie. Toute terreur avait déserté son visage et ses yeux avaient un éclat froid, calculateur, dont Roland se sou-venait pour l'avoir remarqué au relais.

– Salut, Jake, dit Eddie. Ça me fait plaisir de te voir, mec.

– Salut, dit Jake. Je t'ai déjà vu aujourd'hui, mais tu étais beaucoup plus jeune.

– J'étais beaucoup plus jeune il y a dix minutes de ça. Est-ce que ça va ?

– Oui, dit Jake. Quelques égratignures, c'est tout. (Il regarda autour de lui.) Vous n'avez pas encore trouvé le train.

Ce n'était pas une question.

Eddie et Susannah échangèrent un regard intrigué, mais Roland se contenta de secouer la tête.

– Pas de train.

– Est-ce que tes voix ont disparu ?

Roland hocha la tête.

– Toutes. Et les tiennes ?

– Disparues. Je ne suis plus coupé en deux. Comme toi.

La même impulsion les saisit au même instant. Lorsque Roland prit Jake dans ses bras, l'impassibilité peu naturelle du garçon s'effrita et il éclata en sanglots – les sanglots soulagés, épuisés, d'un enfant qui s'était perdu, qui avait beaucoup souffert et qui venait enfin de retrouver la sécurité. Lorsque les bras de Roland se refermèrent autour de sa taille, ceux de Jake se refermèrent autour de la nuque du pistolero et s'accrochèrent à lui comme des crochets d'acier.

– Je ne te quitterai plus jamais, dit Roland en pleurant à son tour. Je te le jure par les noms de tous mes pères : *je ne te quitterai plus jamais.*

Mais son cœur, cet organe silencieux et vigilant, ce prisonnier du *ka*, considéra cette promesse avec une certaine réticence, voire même un certain doute.

LIVRE II

Lud

Un amas
d'images brisées

TRADUIT PAR CHRISTIANE POULAIN

IV

La Cité et le *Ka-Tet*

1

Quatre jours après qu'Eddie l'eut tiré brutalement par la porte entre les mondes, délesté de son jean et de ses tennis mais toujours en possession de son sac à dos et de sa vie, Jake s'éveilla. Quelque chose d'humide et de chaud lui reniflait le visage.

Aurait-il émergé dans semblables circonstances un des trois matins précédents qu'il eût à coup sûr sorti ses compagnons du sommeil par ses cris de paon ; il était en proie à la fièvre et des cauchemars mettant en scène l'homme de plâtre peuplaient son sommeil. Dans ces rêves, il n'arrivait pas à ôter son jean, le gardien ne lâchait pas prise et l'engloutissait dans sa bouche innommable dont les dents s'abaissaient telles des herses protégeant un château fort. Jake reprit pied dans la réalité, parcouru de frissons et poussant force gémissements.

Sa fièvre était due à la piqûre de l'araignée sur sa nuque. Quand Roland avait examiné la plaie le deuxième jour et l'avait trouvée plus vilaine encore, il avait brièvement conversé avec Eddie, puis donné à Jake une gélule rose.

— Tu en prendras quatre par jour durant une semaine minimum, avait-il dit.

Jake avait considéré le médicament avec suspicion.

— C'est quoi ?

— Du *Cheflet*. (Roland, écœuré, avait regardé Eddie.) Dis-lui, toi. Moi, je n'y arrive toujours pas.

— Du Keflex. Tu peux avoir confiance, Jake ; ce truc vient d'une pharmacie dûment patentée de ce bon vieux New York. Roland en a avalé une flopée, et il a une santé de cheval. Même qu'il a un vague air de ressemblance avec un équidé, comme tu peux voir.

Jake était abasourdi.

– Comment t'es-tu procuré des médicaments à New York ?

– C'est une longue histoire, avait répondu le pistolero. Tu l'entendras en son temps. Pour l'instant, prends cette gélule.

Jake avait obtempéré. L'effet du Keflex avait été à la fois rapide et satisfaisant. L'enflure rouge et enflammée autour de la piqûre avait commencé à dégonfler en l'espace de vingt-quatre heures et, à présent, la fièvre elle aussi était tombée.

La chose chaude renifla son visage derechef. Jake s'assit d'un bond sur son séant, les yeux écarquillés comme des soucoupes.

La créature qui lui léchait la joue recula précipitamment de deux pas. C'était un bafou-bafouilleux, détail que Jake ignorait ; il n'avait jamais vu de bafou-bafouilleux de sa vie. Ce spécimen-là était plus maigrichon que ceux que Roland et sa bande avaient déjà aperçus et sa fourrure rayée de noir et de gris était hirsute et pelée. Un caillot de sang séché souillait un de ses flancs. Ses yeux cerclés d'or observaient Jake avec crainte ; son arrière-train oscillait avec espoir d'avant en arrière. Jake se détendit. Sûr qu'il devait y avoir des exceptions à la règle, mais un animal qui remuait la queue – ou essayait de la remuer – n'était sans doute pas trop dangereux.

L'aube poignait à peine, il devait être environ 5 h 30. Le garçon ne pouvait s'en faire une idée plus précise : sa montre digitale Seiko ne marchait plus... Ou, plutôt, elle marchait d'une manière on ne peut plus excentrique. Quand il lui avait jeté un coup d'œil après son parachutage, la Seiko affichait 98 : 71 : 65, une heure qui, à la connaissance de Jake, n'existait pas. Un coup d'œil plus appuyé lui avait appris que la montre fonctionnait à l'envers. L'eût-elle fait de façon constante, elle aurait pu lui être encore de quelque utilité, mais tel n'était pas le cas. Elle dévidait ses chiffres à ce qui paraissait être la bonne vitesse pendant un moment (Jake vérifia le fait en prononçant le mot « Mississippi » entre chacun), puis soit l'affichage s'interrompait complètement l'espace de dix ou vingt secondes – lui faisant conclure que la montre avait finalement rendu l'âme –, soit une théorie de chiffres s'estompaient tous en même temps.

Il avait signalé cet étrange comportement à Roland et lui avait montré la Seiko, pensant qu'elle l'étonnerait ; le pistolero, en vérité, ne lui avait accordé qu'un examen de quelques secondes avant de hocher la tête en signe d'indifférence et de dire à Jake que c'était certes là un objet plein d'intérêt mais que, d'une façon générale, aucun appareil servant à mesurer le temps ne faisait du bon boulot ces jours-ci. Ainsi, la Seiko n'avait plus d'utilité, mais Jake répugnait encore à la jeter... parce que, supposait-il, elle appartenait à son ancienne vie, et que les souvenirs de ce genre n'étaient pas légion.

Présentement, la Seiko affirmait qu'il était 40 h 62 un mercredi, un jeudi et un samedi de décembre et de mars.

La matinée était fort brumeuse ; au-delà d'un rayon de cent cinquante à cent quatre-vingts mètres, le monde disparaissait purement et simplement. Si ce jour-là était semblable aux trois précédents, le soleil se montrerait sous la forme d'un pâle halo blanc d'ici à deux heures ou à peu près, et, vers 9 h 30, la journée serait claire et brûlante. Jake regarda autour de lui et vit ses compagnons de voyage (il n'osait pas – pas encore, du moins – les appeler ses amis) endormis sous leurs couvertures de peau – Roland tout proche, Eddie et Susannah figurant une bosse plus grosse par-delà le feu de camp éteint.

Il tourna de nouveau son attention vers l'animal qui l'avait réveillé. La créature était un hybride de raton laveur et de marmotte, avec un soupçon de teckel pour faire bonne mesure.

– Comment va, mon p'tit pote ? demanda doucement Jake.

– *Ote !* rétorqua aussitôt le bafou-bafouilleux qui le regardait toujours avec crainte.

Il avait une voix basse et profonde, proche de

l'aboiement ; la voix d'un footballeur anglais souffrant d'une angine.

Jake, sous le coup de la surprise, eut un mouvement de recul. Le bafou-bafouilleux, effrayé par la brusquerie du geste, s'éloigna de plusieurs autres pas, parut sur le point de prendre la fuite, puis se campa fermement sur ses pattes. Son arrière-train oscilla d'avant en arrière avec plus d'allant que jamais, ses yeux cerclés d'or continuèrent de fixer Jake nerveusement, ses vibrisses frémissantes.

– Celui-là se souvient des hommes, remarqua une voix à hauteur d'épaules de Jake.

Le garçon se retourna ; Roland était accroupi derrière lui, les avant-bras posés sur ses cuisses et ses longues mains pendantes entre ses genoux. Il observait l'animal avec un intérêt beaucoup plus marqué que celui qu'il avait porté à la Seiko.

– Qu'est-ce que c'est ? demanda Jake dans un chuchotement. (Il ne voulait pas effaroucher la créature ; il était aux anges.) Il a des yeux magnifiques !

– Un bafou-bafouilleux.

– *Fouilleux* ! s'écria l'animal, qui recula d'un nouveau pas.

– Il parle !

– Pas vraiment. Les bafou-bafouilleux ne font – ou ne faisaient – que répéter ce qu'ils entendent. C'est le premier que je vois se comporter ainsi depuis des années. Ce coco-là crève de faim. Il est sans doute venu se restaurer.

– Il me léchait la figure. Je peux lui donner à manger ?

– On n'arrivera plus à se débarrasser de lui. (Roland esquissa un sourire et fit claquer ses doigts.) Hé, bafou !

La créature se débrouilla pour imiter le claquement de doigts, apparemment en clappant de la langue contre son palais.

– Hé ! cria-t-elle de sa voix rauque. Hé, afou !

A présent, son arrière-train pelé battait littéralement comme un drapeau.

– Allez, donne-lui un morceau. J'ai connu jadis un vieux palefrenier qui disait qu'un bon bafouilleux porte chance. Celui-là me fait l'effet d'un bon gars.

– Oui, approuva Jake. Tout à fait.

– Autrefois, on les apprivoisait et chaque baronnie en avait une demi-douzaine rôdant autour du château ou du manoir. Ils n'étaient pas bons à grand-chose, excepté à amuser les enfants et à endiguer la prolifération des rats. Ils peuvent être très fidèles – du moins l'étaient-ils au temps jadis –, bien que je n'aie jamais entendu dire d'aucun qu'il fût aussi loyal qu'un chien. Ceux qui vivent à l'état sauvage sont des nécrophages. Pas dangereux, mais casse-bonbon.

– Bonbon ! s'écria le bafou-bafouilleux, dont les yeux anxieux ne cessaient de voleter de Jake au pistolero.

Jake fourra la main dans son sac à dos avec lenteur, craignant d'effaroucher l'animal, et en sortit les reliefs d'un burrito à la pistolero. Il l'agita dans la direction du bafouilleux. Celui-ci recula, puis se retourna en poussant un petit cri d'enfant, exposant sa queue de fourrure en tire-bouchon. Jake ne douta pas qu'il s'apprêtait à détaler, mais l'animal s'immobilisa, jetant un regard incertain par-dessus son épaule.

– Viens, dit Jake. Mange ça, mon p'tit pote !

– Ote, marmonna le bafouilleux, mais il ne bougea pas d'un pouce.

– Laisse-lui le temps, dit Roland. A mon avis, il va venir.

Le bafouilleux étira la tête, révélant un long cou étonnamment gracieux. Son nez noir et fin se fronça, tandis qu'il humait la nourriture. Enfin, il s'approcha en trottinant ; Jake remarqua qu'il boitait légèrement. Le bafouilleux renifla le burrito, puis, s'aidant d'une de ses pattes, détacha le morceau de viande de cerf de la feuille. Il exécuta l'opération avec une délicatesse étrangement solennelle. Une fois la viande libérée de la feuille, il n'en fit qu'une bouchée, puis leva les yeux sur Jake.

– Ote ! dit-il.

Jake se mit à rire et l'animal eut un nouveau mouvement de recul.

– Il n'est pas bien gras, dit Eddie d'une voix ensommeillée dans leur dos.

Le bafouilleux détala aussi sec et se fondit dans la brume.

— Tu l'as effrayé ! fit Jake, accusateur.

— Désolé, parole. (Eddie passa la main dans ses cheveux emmêlés.) Si j'avais su que c'était un de tes intimes, Jake, j'aurais fait durer ce foutu croissant !

Roland assena une petite tape sur l'épaule de Jake.

— Il va revenir.

— Tu crois ?

— Si rien ne le tue, oui. Nous lui avons donné à manger, non ?

Avant que Jake ne pût répondre, un roulement de batterie retentit de nouveau. C'était le troisième matin qu'ils l'avaient entendu pour la première fois, et le son leur en était parvenu à plusieurs reprises tandis que l'après-midi glissait vers le soir : un faible grondement atone venant de la cité. Le son était plus net, ce matin-là, sinon plus compréhensible. Jake le détestait. On eût dit que, quelque part hors de l'épaisse et informe nappe de brouillard matinal, le cœur de quelque gros animal battait.

— Tu ne vois toujours pas ce que c'est, Roland ? demanda Susannah.

La jeune femme avait roulé sur le flanc, noué ses cheveux sur sa nuque et pliait à présent les couvertures sous lesquelles Eddie et elle avaient dormi.

— Non. Mais je suis certain que nous le découvrirons.

— Que c'est rassurant ! dit Eddie avec aigreur.

Roland se mit debout.

— Venez. Ne gaspillons pas cette journée.

2

Le brouillard commença à s'effilocher une heure environ après qu'ils se furent mis en route. Ils se relayaient pour pousser le fauteuil roulant de Susannah, et celui-ci avançait en cahotant misérablement, car le chemin, désormais, était semé de larges pavés mal dégrossis. Au milieu de la matinée, il faisait beau, très chaud et clair ; les contours de la cité se profilaient avec netteté sur l'horizon sud-oriental. Aux yeux de Jake, la vision ne différait guère de celle de New York, bien qu'il jugeât ces immeubles-ci de moindre hauteur. Si l'endroit tombait en ruine, comme la plupart des choses du monde de Roland, on ne pouvait le dire à cette distance. A l'instar d'Eddie, Jake s'était mis à nourrir le secret espoir qu'ils pourraient trouver de l'aide dans cette cité... ou, pour le moins, un bon repas chaud.

A main gauche, à une cinquantaine ou soixantaine de kilomètres, ils apercevaient la large courbe de la Send River. De nombreuses volées d'oiseaux décrivaient des cercles au-dessus de son cours. De temps à autre, un des volatiles repliait ses ailes et se laissait tomber comme une pierre, sans doute dans le cadre d'une expédition de pêche. La route et le fleuve s'avançaient lentement à la rencontre l'un de l'autre, bien qu'on ne distinguât pas encore leur point de jonction.

Les pèlerins virent des bâtiments en plus grand nombre. La plupart avaient l'air de fermes et tous paraissaient inhabités. Si certains étaient démolis, ces épaves semblaient davantage l'œuvre du temps que de la violence, ce qui renforçait les espoirs qu'Eddie et Jake fondaient à propos de la cité – espoirs que chacun d'eux avait gardés pour soi, de peur de susciter les moqueries des deux autres. De petits troupeaux de bêtes hirsutes paissaient tranquillement de par la plaine. Les animaux restaient à l'écart de la route, excepté pour la traverser, ce qu'ils faisaient à la hâte, au galop, tels des groupes d'enfants en bas âge effrayés par la circulation. Jake les prit pour des bisons... sauf qu'il en vit plusieurs dotés de deux têtes. Il mentionna le fait au pistolero, qui hocha le menton.

– Des mutants.

– Comme sous les montagnes ?

Jake perçut la peur dans sa voix et comprit que Roland la percevait aussi, mais le moyen de la tenir à distance ? Il se souvenait avec acuité de ce périple cauchemardesque et sans fin dans la draisine.

– A mon avis, la sélection estompe ici la mutagenèse. L'état des créatures que nous avons trouvées sous les montagnes allait s'aggravant.

– Et là-bas ? demanda Jake, pointant l'index vers la cité. Y aura-t-il des mutants ou...

Il était incapable de formuler plus expressément son espoir. Roland haussa les épaules.

– Je ne sais pas, Jake. Sinon, je te le dirais.

Ils longeaient une bâtisse vide – presque sûrement une ferme – qui avait partiellement brûlé. La foudre, peut-être, songea Jake, qui se demanda à quoi il jouait : essayait-il de s'expliquer le fait ou de se berner ?

Roland, comme s'il lisait dans ses pensées, lui entoura les épaules de ses bras.

– Inutile de chercher à le savoir, Jake. Ce qui est arrivé, quoi que ce soit, s'est produit voilà des lustres. (Il tendit l'index.) C'était probablement un corral. A présent, ce ne sont plus que quatre ou cinq bouts de bois saillant hors de l'herbe.

– Le monde a changé, pas vrai ?

Roland hocha le menton.

– Et les gens ? Ils sont allés dans la cité, d'après toi ?

– Certains, sans doute. D'autres sont toujours dans les parages.

– Quoi ?

Susannah se retourna brusquement pour le dévisager, l'air médusée. Roland opina.

– On nous a observés ces deux derniers jours. Il n'y a pas foule à se cacher dans ces vieux édifices, mais il y a des gens. Ils se feront plus nombreux à mesure que nous approcherons de la civilisation. (Il marqua une pause.) Ou de ce qui *était* la civilisation.

– Comment sais-tu qu'ils sont là ? s'enquit Jake.

– A l'odeur. J'ai vu aussi quelques jardins dissimulés derrière des rideaux de mauvaises herbes destinés à cacher les cultures. Et au moins un moulin à vent en activité derrière un bosquet. Mais c'est surtout une question d'intuition... comme l'ombre sur ton visage remplace soudain le soleil. Vous le percevrez tous trois à son heure, je suppose.

– Penses-tu qu'ils soient dangereux ? demanda Susannah.

Ils arrivaient en vue d'un grand bâtiment délabré qui avait peut-être été jadis un entrepôt ou un marché rural désaffecté et la jeune femme le regardait, en proie au malaise, sa main glissant jusqu'à la crosse du revolver qui barrait sa poitrine.

– Un chien inconnu mord-il ? rétorqua le pistolero.

– En clair, ça veut dire quoi ? fit Eddie. Je déteste

quand tu te mets à parler dans ton charabia de bouddhiste zen, Roland.

– Que je n'en sais rien. Qui est ce bouddhiste zen,
Eddie ? Est-ce un homme d'aussi grande sapience que
moi ?

Eddie considéra Roland un très long moment avant
de parvenir à la conclusion que le pistolero le gratifiait
d'une de ses rares plaisanteries.

– Ah, fichons le camp d'ici ! (Il vit une fossette creuser la commissure des lèvres de Roland avant de se détourner. Comme il se remettait à pousser le fauteuil de
Susannah, quelque chose attrapa son regard.) Hé,
Jake ! s'exclama-t-il. Je crois que tu t'es fait un copain.

Jake regarda autour de lui et un franc sourire illumina ses traits. A une bonne trentaine de mètres derrière eux, le bafou-bafouilleux décharné boitillait d'un
pas alerte à leur suite, reniflant les mauvaises herbes qui
poussaient entre les pavés effrités de la Grand-Route.

3

Quelques heures plus tard, Roland ordonna une halte
et leur dit de se tenir prêts.

– Prêts à quoi ? s'enquit Eddie.

Roland lui lança un coup d'œil.

– A tout.

Il pouvait être 3 heures de l'après-midi. Ils se tenaient
à l'endroit où la Grand-Route longeait la crête d'un long
drumlin qui courait sur la plaine en diagonale, tel un pli
dans le plus grand couvre-lit du monde. Au-dessous et
au-delà, la route filait à travers la première ville réelle
qu'ils eussent rencontrée. La cité paraissait déserte,
mais Eddie n'avait pas oublié la conversation du matin.
La question de Roland – *Un chien inconnu mord-il ?* –
ne lui semblait plus si zen que ça.

– Jake ?

– Quoi ?

Eddie pointa le menton vers la crosse du Ruger qui
saillait de la ceinture du jean du gamin – le pantalon de
rechange qu'il avait fourré dans son sac à dos avant de
partir de chez lui.

– Tu veux que je le porte ?

Jake jeta un regard à Roland. Pour toute réponse, le pistolero haussa les épaules, l'air de dire : *La décision t'appartient.*

– O.K. !

Jake tendit l'arme à Eddie. Il ôta son sac de ses épaules, y fourragea et en sortit le magasin chargé. Il se rappela avoir passé la main derrière les classeurs verticaux dans l'un des tiroirs du bureau de son père pour le prendre, mais l'événement semblait s'être produit des siècles plus tôt. Ces derniers temps, quand il songeait à sa vie new-yorkaise et à sa scolarité à Piper, il avait l'impression de regarder par le mauvais bout de la lorgnette.

Eddie prit le magasin, l'examina, refoula la charge, inspecta le cran de sûreté, puis glissa le Ruger sous sa ceinture.

– Ouvrez grandes vos oreilles, dit Roland. Si gens il y a, ils seront sans doute âgés et beaucoup plus effrayés à notre vue que nous à la leur. Il y a belle lurette que les jeunes ont dû décamper. Il est peu probable que ceux qui sont restés aient des armes – en fait, les nôtres seront peut-être les premières que verront la plupart, exception faite d'une image ou deux aperçues dans de vieux livres. Ne faites pas de gestes menaçants. Et suivez la règle de l'enfance : ne répondez que si on vous adresse la parole.

– Et s'ils avaient des arcs et des flèches ? fit Susannah.

– Possible, en effet. Ainsi que des lances et des massues.

– Sans compter les pierres, dit Eddie d'un ton lugubre, l'œil fixé sur le groupe de bâtisses en bois. (Le lieu avait tout d'une ville fantôme, mais sait-on jamais...) Et s'ils sont à court de rocs, il y a toujours les pavés de la route.

– Oui, il y a toujours de la ressource, admit Roland. *Mais nous ne ficherons pas la pagaille...* Est-ce clair ?

Le trio opina.

– Il serait peut-être plus simple de faire un détour, dit Susannah.

Roland hocha la tête, ne quittant pas des yeux le relief uni devant eux. Une autre route croisait la Grand-Route au cœur de la cité, plaçant les bâtiments délabrés au centre de la lunette télescopique d'un fusil à grande portée de tir.

– Ce serait plus simple, en effet, mais nous ne le ferons pas. C'est là une mauvaise habitude qu'il est aisé de prendre. Il vaut toujours mieux aller droit devant, à moins qu'il n'y ait une bonne raison manifeste de ne pas le faire. Je n'en vois aucune, en l'occurrence. Et s'il y a bel et bien des gens, ma foi, ce ne serait peut-être pas plus mal. Nous pourrions palabrer un brin.

Susannah se fit la réflexion que Roland avait l'air différent, à présent, et, à son avis, ce n'était pas seulement dû au fait que les voix s'étaient tues dans l'esprit du pistolero. C'est ainsi qu'il était quand il devait livrer bataille, mener des hommes, entouré de ses vieux amis, pensa-t-elle. Ainsi était-il avant que le monde ne change et lui avec, traquant le dénommé Walter. Ainsi était-il avant que le Grand Vide ne l'oblige à se replier sur lui-même et à devenir autre.

– Peut-être savent-ils ce qu'est ce roulement de batterie, avança Jake.

Roland hocha de nouveau la tête.

– *Tout* ce qu'ils savent – en particulier au sujet de la cité – serait fort bienvenu, mais il est oiseux de trop gamberger par avance à propos de gens qui ne sont peut-être même pas là.

– Vous savez quoi ? fit Susannah. Si j'étais eux, je ne montrerais pas le bout du nez à notre vue. Quatre personnes, dont trois armées ? Nous avons à coup sûr l'allure d'une bande de hors-la-loi de tes récits, Roland... Comment les appelles-tu, déjà ?

– Des pillards. (Le pistolero posa sa main gauche sur la crosse en bois de santal de son revolver restant et sortit légèrement l'arme de l'étui.) Mais aucun pillard vivant n'a jamais porté pareille arme, et s'il y a des Anciens dans cette ville-ci, ils le sauront. En route !

Jake regarda derrière eux et vit le bafouilleux couché sur la route, le museau entre ses courtes pattes antérieures, qui les étudiait.

– Ote !

– Ote ! répondit le bafouilleux en écho.

Aussitôt, il se remit péniblement debout.

Tous entreprirent de descendre le tertre peu élevé menant vers la ville, Ote trottinant sur leurs talons.

4

Deux bâtisses des faubourgs avaient brûlé ; le reste de la bourgade était poussiéreux mais intact. Ils dépassèrent une écurie de louage abandonnée à main gauche, un bâtiment – un ancien marché ? – à main droite, puis ils se retrouvèrent dans la ville proprement dite – telle qu'elle était. Une douzaine peut-être d'édifices branlants flanquaient la rue. Des allées couraient parmi certains d'entre eux. L'autre route, une piste boueuse en grande partie envahie par l'herbe, reliait le nord-est au sud-ouest.

Susannah considéra l'embranchement qui partait vers le nord-est et pensa : Il y avait jadis des péniches sur le fleuve, et quelque part au bout de cette route un appontement, sans doute une autre petite ville bâtie à la diable, surtout composée de saloons et de stalles. C'était le dernier point de négoce avant que les péniches ne pénètrent dans la cité. Les chariots passaient par là pour y entrer, puis en repartir. C'était il y a combien de temps ?

Elle l'ignorait... mais fort longtemps, à en juger par l'aspect des lieux.

Quelque part, un gond rouillé faisait entendre son grincement monotone. Ailleurs encore, une persienne claquait, solitaire, au gré du vent venu de la plaine.

Des barres destinées à attacher les chevaux, pour la plupart cassées, longeaient la façade des bâtiments. Il y avait eu jadis des trottoirs en planches, mais, de celles-ci, il n'en restait guère et de l'herbe poussait dans les trous où elles avaient été posées. Les enseignes étaient fanées ; certaines, toutefois, étaient encore lisibles, écrites dans un anglais abâtardi qui était, supposait-elle, ce que Roland appelait la basse langue. ALIMENTS ET GRAIN, disait l'une, et Susannah songea que cela signifiait peut-être *fourrage* et grain. Sur le fronton rapporté de l'immeuble voisin, au-dessous d'un dessin grossier représentant un bison des plaines couché dans l'herbe, on déchiffrait les mots : REPOS REPAS BOISSONS. Sous l'enseigne, des portes battantes pendaient de guingois, bougeant légèrement sous l'effet de la brise.

– Est-ce un saloon ?

Susannah ne savait pas au juste pourquoi elle chuchotait, elle savait seulement qu'elle n'aurait pu parler d'un ton de voix normal. C'eût été comme jouer *Clinch Mountain Breakdown* sur un banjo à un enterrement.

– C'en était un, confirma Roland.

Il ne chuchotait pas, mais sa voix était basse et pensive. Jake cheminait au coude à coude, regardant autour de lui avec nervosité. Derrière eux, Ote avait réduit son écart à dix mètres. Il trottait rapidement, la tête oscillant de côté et d'autre comme un pendule tandis qu'il examinait les immeubles.

C'est alors que Susannah eut le sentiment d'être épiée. Exactement ainsi que Roland l'avait dit – l'impression que l'ombre avait remplacé le soleil.

– Il y *a* des gens, n'est-ce pas ? souffla-t-elle.

Roland hocha le menton.

Sis à l'angle nord-est de l'intersection des routes, la jeune femme vit un autre bâtiment dont elle comprit l'enseigne : AUBERGE, disait-elle, et LITS. A l'exception d'une église au clocher pentu, c'était, avec ses deux étages, le plus haut édifice de la ville. Susannah leva les yeux et aperçut une tache blanche – un visage, certainement –, qui s'éloigna d'une des fenêtres sans vitres. Soudain, elle eut envie de s'en aller d'ici. Roland, cependant, leur imposait une cadence lente, mesurée, et elle pensa en deviner la raison. Hâter l'allure aurait pu faire croire aux observateurs qu'ils avaient peur... et constitueraient des proies faciles. N'empêche...

Au croisement, les routes s'évasaient, formant une place qu'avaient envahie les herbes folles. Au centre se dressait un poteau de pierre érodée. Au-dessus, une boîte métallique pendait au bout d'un câble rouillé et flasque.

Roland, avec Jake à ses côtés, se dirigea droit dessus. Eddie poussa le fauteuil de Susannah à leur suite. De l'herbe froufroutait dans ses rayons et le vent chatouillait la joue de la jeune femme d'une mèche de cheveux.

Plus loin dans la rue, le volet claquait et le gond grinçait. Susannah frissonna et repoussa la mèche.

– J'aimerais qu'il se magne le train, dit Eddie à voix basse. Cet endroit me flanque la chair de poule.

Susannah hocha la tête. Elle examina la place et, de nouveau, parvint quasiment à se l'imaginer telle qu'elle devait être les jours de marché de jadis – les trottoirs grouillant de monde, quelques citadines leur panier au bras, une majorité de charretiers et de mariniers grossièrement mis (elle ne savait pas pourquoi elle était si sûre de la présence des péniches et des mariniers, mais le fait était) ; les charrettes traversant la place, celles empruntant la route non pavée soulevant d'étouffants nuages de poussière ocre, tandis que les conducteurs cravachaient leurs chevaux de trait

(des bœufs, c'étaient des bœufs)

pour les faire avancer. Elle *voyait* ces charrettes, des morceaux d'étoffes poussiéreuses noués autour de ballots de vêtements sur certaines, des pyramides de barriques goudronnées sur d'autres ; elle voyait les bœufs, attelés par deux et tirant l'attelage avec patience, remuant les oreilles à cause des mouches bourdonnant autour de leur large tête ; elle entendait des voix, et des rires, et le piano du saloon martelant un air entraînant, *Buffalo Gals* ou *Darlin' Katy*, peut-être.

C'est comme si j'avais vécu ici dans une autre vie, songea-t-elle.

Le pistolero se pencha sur l'inscription du poteau.

– Grand-Rue, lut-il. Lud, cent soixante roues.

– Roues ? répéta Jake.

– Une ancienne mesure métrique.

– As-tu déjà entendu parler de Lud ? interrogea Eddie.

– Peut-être. Quand j'étais tout petit petit.

– Ça rime avec rude. C'est peut-être de mauvais augure.

Jake examinait la face orientale du poteau.

– Route du Fleuve. Drôles de caractères, mais c'est ce qui est écrit.

Roland scruta le côté du poteau tourné vers l'ouest.

– Jimtown, quarante roues. N'est-ce pas la ville natale de Wayne Newton, Roland ?

Le pistolero lui jeta un regard vide d'expression.

– J'fe'ais aussi bien de fe'mer ma g'ande gueule, dit Eddie en roulant les yeux.

A l'angle sud-ouest de la place se dressait le seul édifice en pierre de la cité – un cube trapu et poussiéreux, percé de fenêtres aux barreaux rouillés. Prison du comté doublée d'un tribunal, pensa Susannah. Elle en avait vu de semblables dans le Sud ; en ajoutant devant quelques places de parking en biais, on aurait été infoutu de faire la différence. Un barbouillis à la peinture jaune passée souillait la façade. Elle arriva à le déchiffrer et, sans en comprendre le sens, elle eut plus que jamais envie de quitter la ville. MORT AUX ADOS.

– Roland ! (Il se tourna vers elle et elle lui montra du doigt le graffiti.) Qu'est-ce que ça veut dire ?

Il lut, secoua la tête.

– Je ne sais pas.

Susannah jeta un nouveau coup d'œil alentour. La place, à présent, semblait plus petite, et les édifices donnaient l'impression de tomber sur eux.

– On peut s'en aller ?

– Bientôt.

Roland se pencha et préleva un fragment de pavé au revêtement de la rue. Il le fit pensivement sauter dans sa main gauche, tandis qu'il regardait la boîte métallique suspendue au-dessus du poteau. Il leva le bras ; Susannah comprit, avec une seconde de retard, ce qu'il avait l'intention de faire.

– Non, Roland ! cria-t-elle.

Elle se ratatina en entendant sa voix horrifiée.

Sans lui prêter attention, le pistolero visa le haut du poteau. Ses gestes n'avaient rien perdu de leur précision et le caillou vint frapper le centre de la boîte dans un bruit métallique et creux. Un mécanisme d'horlogerie se mit en branle à l'intérieur, et un drapeau vert rouillé se déploya hors d'une fente latérale. Lorsqu'il se fut mis en place, une cloche carillonna. Les mots PASSEZ PIÉTONS écrits en grosses lettres noires apparurent sur le bord du drapeau.

– Que je sois damné ! s'écria Eddie. C'est un feu de circulation. Si tu le canardes une nouvelle fois, va-t-il afficher ATTENDEZ PIÉTONS ?

– Nous avons de la compagnie, dit tranquillement Roland qui, de l'index, désigna le bâtiment que Susannah supposait être le tribunal.

Un homme et une femme venaient d'en sortir et descendaient les degrés de pierre. Tu as décroché la timbale, Roland, pensa Susannah. Ils sont plus vioques que Mathusalem.

L'homme était habillé d'une salopette et coiffé d'un large sombrero de paille. La femme étreignait d'une main l'épaule nue et hâlée de son compagnon. Elle portait des vêtements tricotés maison et un chapeau cabriolet. A mesure qu'ils s'approchaient du poteau, Susannah comprit que la femme était aveugle et que l'accident qui lui avait coûté la vue avait dû être d'une rare horreur. A la place des yeux, il y avait désormais deux cavités peu profondes emplies de tissu cicatriciel. La femme semblait tout ensemble terrifiée et embarrassée.

– Sont-ce des pillards, Si ? s'écria-t-elle d'une voix fêlée, chevrotante. Tu vas nous faire tuer, je gage.

– Tais-toi, Mercy ! répondit l'homme. (Comme la femme, il s'exprimait avec un fort accent que Susannah avait peine à comprendre.) Non, ceux-là ne sont pas des pillards. Il y a un Ado avec eux, je te l'ai dit... On n'a jamais vu de pillards voyager avec un Ado.

Aveugle ou pas, la femme tenta de s'éloigner de lui. Il jura et la saisit par le bras.

– Ça suffit, Mercy ! Ça suffit, je te dis ! Tu vas tomber et te blesser, bon sang !

– Nous ne vous voulons aucun mal, cria le pistolero, se servant du Haut Parler.

Les yeux de l'homme brillèrent d'incrédulité. La femme se retourna, lançant son visage aveugle dans leur direction.

– Un pistolero ! s'exclama l'homme d'une voix que l'excitation faisait trembler. Par Dieu ! Je le savais ! Je le savais !

Il se mit à courir vers eux à travers la place, tirant la femme à sa suite. Celle-ci trébuchait misérablement, et Susannah attendit le moment inévitable où elle allait choir. Mais ce fut l'homme qui tomba d'abord, se recevant lourdement sur les genoux, et la femme s'étala de

tout son long à côté de lui sur les pavés de la Grand-
Rue.

5

Jake sentit une boule de fourrure contre sa cheville et
baissa les yeux. Ote était blotti à ses pieds, l'air plus
craintif que jamais. Jake tendit la main et lui caressa
prudemment la tête, autant pour dispenser quelque réconfort que pour en recevoir. La fourrure était soyeuse,
d'une incroyable douceur. Un instant, le garçon crut
que le bafouilleux allait s'enfuir, mais non ; l'animal se
contenta de le regarder, lui lécha la main, puis reporta
son regard sur les deux nouveaux venus. L'homme essayait tant bien que mal d'aider la femme à se remettre
debout. La tête de Mercy émergeait çà et là dans une
confusion avide.

L'homme qui s'appelait Si s'était entaillé les paumes
sur les pavés, mais il n'y prit garde. Renonçant à prêter
main-forte à sa compagne, il ôta son sombrero en un
geste majestueux et le tint contre sa poitrine. Jake
trouva le couvre-chef aussi grand qu'un boisseau.

– Nous vous souhaitons la bienvenue, pistolero ! cria-
t-il. Bienvenue, assurément ! Je pensais que vous et vos
pareils aviez été rayés de la surface de la Terre, pour
sûr !

– Je vous remercie de votre accueil, répondit Roland
dans le Haut Parler. (Il posa ses mains avec douceur sur
les bras de l'aveugle. Celle-ci, dans un premier temps,
se déroba, puis se détendit et laissa le pistolero l'aider.)
Mettez votre chapeau, l'Ancien. Le soleil est ardent.

L'homme obtempéra, puis resta à contempler Roland, les yeux brillants. Au bout d'un moment, Jake
comprit à quoi était dû cet éclat : Si pleurait.

– Un pistolero ! Je te l'avais dit, Mercy ! J'ai vu le
bâton de feu et je te l'ai *dit* !

– Ce ne sont pas des pillards ? demanda Mercy,
comme si elle ne pouvait y croire. Es-tu sûr que ce ne
sont pas des pillards, Si ?

Roland se tourna vers Eddie.

– Vérifie que le cran de sûreté est mis et donne-lui le pistolet de Jake.

Eddie tira le Ruger de sa ceinture, en examina la sécurité avant de placer l'arme avec précaution dans les mains de l'aveugle. Mercy haleta, faillit la laisser tomber, puis fit courir dessus ses doigts avec étonnement. Elle tourna vers l'homme les cavités vides qui avaient jadis abrité ses yeux.

– Un pistolet ! chuchota-t-elle. Par mon saint couvre-chef !

– Oui, si on veut, répliqua le vieil homme pour couper court. (Il le lui reprit des mains et le rendit à Eddie.) Mais le pistolero en a un vrai de vrai, lui, et il y a une femme qui en a un autre. Elle a aussi la peau brune, comme mon père disait qu'en avaient les gens de Garlan.

Ote poussa son aboiement strident, sifflant. Jake se retourna et vit d'autres gens remonter la rue, cinq ou six au total. Comme Si et Mercy, tous étaient vieux ; une femme, qui clopinait en s'aidant d'une canne telle une sorcière de conte de fées, semblait la contemporaine d'Hérode. Tandis qu'ils approchaient, Jake se rendit compte que deux des hommes étaient de vrais jumeaux. De longs cheveux blancs tombaient en cascade sur leurs chemises ravaudées. Leur peau avait la blancheur du lin et leurs yeux étaient roses. Des albinos, se dit-il.

La vieille ratatinée se révéla être leur chef. Elle s'avança clopin-clopant vers Roland et ses compagnons en prenant appui sur sa canne, les fixant de ses yeux perçants aussi verts que l'émeraude. Sa bouche édentée était profondément enfoncée. Le bord du vieux châle qu'elle portait voletait dans la brise venue de la plaine. Ses yeux s'arrêtèrent sur Roland.

– Salut, pistolero ! Enchantée ! (Elle aussi s'exprimait dans le Haut Parler et, comme Eddie et Susannah, Jake comprit parfaitement les mots, bien qu'ils eussent été du charabia à ses oreilles dans son monde à lui.) Bienvenue à River Crossing !

Le pistolero avait ôté son chapeau. Il s'inclina devant elle, se tapotant rapidement la gorge à trois reprises de sa main droite amputée.

– Bien le merci, mon commandant !

La vieille gloussa sans retenue et Eddie comprit soudain que Roland avait fait d'une pierre deux coups : il avait fait une plaisanterie et un compliment. La pensée qui était déjà venue à l'esprit de Susannah lui traversa la tête : Voilà comment il était... et voilà comment il se comportait. En partie, du moins.

– Tout pistolero que tu sois, dit la vieille femme, retournant à la langue basse, tu n'es jamais qu'un fou de plus sous tes habits.

Roland fit une nouvelle révérence.

– La beauté m'a toujours rendu fou, Vieille Mère.

Cette fois, la vieille *croassa* littéralement de rire. Ote se recroquevilla contre la cheville de Jake. L'un des jumeaux albinos se précipita pour retenir la vieille femme qui basculait en arrière dans ses chaussures poussiéreuses et trouées. Elle retrouva toute seule son équilibre, cependant, et fit un geste impérieux de la main – « ouste ! ». L'albinos battit en retraite.

– As-tu entrepris une quête, pistolero ?

Elle le fixait de ses yeux verts étincelant de perspicacité ; la poche pleine de plis que formait sa bouche ne cessait d'aller et de venir.

– Oui. Nous sommes à la recherche de la Tour sombre.

Tous eurent l'air seulement ébahis, mais la vieille femme eut un mouvement de recul et, de l'index et du médius, fit le signe du mauvais œil... non pas à leur adresse, comprit Jake, mais vers le sud-est, dans la direction du sentier du Rayon.

– Voilà une nouvelle qui me navre le cœur ! s'exclama-t-elle. Car qui s'est jamais mis en quête de ce chien noir n'est oncques revenu. C'est ce que disait mon grand-père, et son grand-père avant lui ! Personne !

– Le *ka*, déclara patiemment le pistolero, comme si cela expliquait tout.

Et Jake s'aperçut qu'il en allait ainsi pour Roland.

– Oui, acquiesça la vieille femme, ce chien noir de *ka* ! A Dieu vat ! Tu feras ce que tu as mission de faire, tu suivras ton chemin et mourras quand il rejoindra la clairière. Veux-tu rompre le pain avec nous avant de repartir, pistolero ? Toi et ta troupe de chevaliers ?

Roland plongea en une autre révérence.

– Cela fait des lunes que nous n'avons rompu le pain en d'autre compagnie que la nôtre, Vieille Mère. Nous ne pouvons nous attarder, mais oui – nous mangerons votre nourriture avec gratitude et plaisir.

La vieille femme se retourna vers les autres. Elle parla d'une voix fêlée et vibrante ; pourtant, ce furent les mots qu'elle prononça et non le ton sur lequel elle le fit qui glacèrent l'échine de Jake.

– Voyez, le Blanc est de retour ! Après les maux des jours maudits, le Blanc est de retour ! Reprenez courage et redressez la tête, car vous avez vécu pour voir la roue du *ka* se remettre en branle.

6

La vieille femme, qui s'appelait tantine Talitha, leur fit traverser la place, puis les mena vers l'église au clocher pentu – l'église du Sang éternel si l'on en croyait l'écriteau défraîchi planté dans la pelouse à la croissance exubérante. Ecrit par-dessus, dans une peinture verte dont la couleur n'était plus guère discernable, figurait un autre message : MORT AUX GRIS.

Tantine Talitha conduisit la troupe à travers l'église en ruine, clopinant avec célérité dans l'allée centrale entre les bancs fendus et renversés, descendit une brève volée de marches et pénétra dans une cuisine si différente du reste de l'édifice que Susannah cligna des yeux de surprise. Ici, tout était propre comme un sou neuf. Le parquet de bois, bien que très vieux, avait été régulièrement ciré et luisait sereinement de sa propre lumière intérieure. Le fourneau noir occupait à lui seul un coin entier. Il était immaculé, et le bois empilé dans la niche de brique voisine était aussi bien choisi que sec.

Trois autres citoyens d'âge les avaient rejoints – deux femmes et un homme qui clopinait sur une béquille et une jambe de bois. Deux femmes se dirigèrent vers les placards et commencèrent à s'affairer ; une troisième ouvrit le ventre du fourneau et craqua une longue allumette au soufre contre le petit bois déjà disposé avec soin ; une quatrième poussa une porte et descendit deux ou trois marches étroites qui menaient apparemment à un garde-manger. Tantine Talitha, pendant ce temps, guida le reste de la troupe dans un vestibule spacieux à l'arrière de l'édifice. De sa canne, elle désigna deux tables à tréteaux qu'on avait entreposées là sous une bâche propre mais déguenillée ; les deux albinos entreprirent aussitôt de se colleter avec l'une.

— Viens, Jake, dit Eddie. Allons leur donner un coup de main.

— Non ! fit tantine Talitha d'un ton brusque. Nous sommes peut-être vieux, mais nous n'avons besoin de personne pour nous aider. Pas encore, gamin !

— Laissez-les faire, intervint Roland.

— Ces vieux fous vont se récolter une hernie, marmonna Eddie, qui suivit cependant les autres, abandonnant les deux vieux albinos à leur table.

Susannah haleta lorsque Eddie la souleva de son fauteuil et lui fit franchir la porte de derrière dans ses bras. Ce n'était pas une pelouse, mais un haut lieu touristique, parsemé de parterres de fleurs aux flamboiements de torches parmi la douce herbe verte. La jeune femme en identifia certaines – des soucis, des zinnias, des phlox –, mais maintes autres lui étaient inconnues. Tandis qu'elle regardait, un taon se posa sur un pétale bleu vif... qui se replia aussitôt sur lui et l'enserra étroitement.

— Ouah ! s'exclama Eddie, jetant des regards alentour. C'est Busch Gardens !

— C'est le seul endroit, dit Si, que nous ayons conservé tel qu'il était au temps jadis, avant que le monde ne change. Et nous l'avons dissimulé à ceux qui sillonnaient le pays – les Ados, les Gris, les pillards. Ils y mettraient le feu s'ils en connaissaient l'existence... et nous tueraient d'avoir un lieu pareil. Ils détestent la beauté, tous autant qu'ils sont. C'est le seul point que ces bâtards aient en commun.

La femme aveugle tira violemment sur son bras pour le faire taire.

— Nous n'avons point vu de voyageurs, ces temps-ci, dit le vieil homme à la jambe de bois. Pas depuis un bout. Ils restent davantage près de la cité. Je suppose qu'ils y trouvent tout ce qu'il faut pour être comme des coqs en pâte.

Les deux albinos sortirent la table tant bien que mal. Une des vieilles femmes les suivait, une cruche de grès dans chaque main, les pressant de se dépêcher et de ne pas se fourrer dans ses jambes.

— Assieds-toi, pistolero ! s'écria tantine Talitha, balayant l'herbe de sa main. Asseyez-vous tous !

Susannah huma cent odeurs qui se heurtaient, l'étourdissant et lui donnant l'impression d'être irréelle, comme si elle était en train de rêver. Elle avait peine à croire à la réalité de cette étrange petite poche d'éden, soigneusement dissimulée derrière la façade croulante de la cité morte.

Une autre femme arriva avec un plateau chargé de verres. Bien que dépareillés, ceux-ci rutilaient de propreté, étincelant au soleil à l'égal du plus fin cristal. Elle présenta d'abord le plateau à Roland, puis à tantine Talitha, à Eddie, à Susannah et enfin à Jake. Tandis que chacun d'eux prenait un verre, la première femme y versa un liquide ambré.

Roland se pencha vers Jake, assis en tailleur à côté d'un parterre ovale de fleurs vert vif, Ote près de lui. Il murmura :

— Bois juste ce qu'il faut pour te montrer poli, Jake, sinon nous devrons te porter pour quitter la ville. C'est du *graf*, une bière de pomme costaud.

Jake acquiesça.

Talitha leva son verre, et, quand Roland l'imita, Eddie, Susannah et Jake firent de même.

— Et les autres ? chuchota Eddie à Roland.

— On les servira après l'exorde. Tais-toi, à présent.

— Nous diras-tu un mot, pistolero ? demanda tantine Talitha.

Roland se mit debout, levant son verre. Il baissa la tête, comme s'il s'absorbait dans ses pensées. Les rares survivants de River Crossing l'observèrent avec respect, et, pensa Jake, un zeste de crainte. Enfin, il redressa la tête.

— Voulez-vous boire à la Terre et aux jours qui s'y sont écoulés ? (Sa voix était rauque, tremblante d'émotion.) Voulez-vous boire à la plénitude d'autrefois et aux amis qui s'en sont allés ? Voulez-vous boire à la bonne compagnie ? Tout cela nous insufflera-t-il du courage, Vieille Mère ?

Jake vit que Talitha pleurait, mais le visage de la vieille femme s'illuminait d'un sourire radieux de bonheur... et, l'espace d'un instant, elle parut presque jeune. Jake la dévisagea avec étonnement, empli d'une joie soudaine, croissante. Pour la première fois depuis qu'Eddie l'avait tiré par la porte, il sentit l'ombre de l'homme de plâtre quitter son cœur pour de bon.

– Ah oui, pistolero, dit Talitha, voilà qui est parler ! Ces choses nous insuffleront du courage, oui-da !

Elle inclina son verre et le vida d'un trait. Roland, alors, fit cul sec. Eddie et Susannah burent à leur tour, mais en moindre quantité.

Jake goûta la boisson et fut surpris de l'apprécier – il s'était attendu à un breuvage amer, or celui-ci était tout ensemble sucré et acidulé, comme du cidre. Il en ressentit cependant les effets presque instantanément et reposa son verre avec prudence. Ote le renifla, puis se recula et enfouit son museau contre la cheville du garçon.

Autour d'eux, le petit groupe de vieillards – les derniers habitants de River Crossing – applaudissait. La plupart, à l'instar de tantine Talitha, pleuraient sans se cacher. D'autres verres – moins beaux, mais tout à fait utilisables – furent distribués à la ronde. La fête commença, et ce fut une fête magnifique en ce long après-midi d'été sous le vaste ciel de la plaine.

7

De l'avis d'Eddie, le repas qu'il mangea ce jour-là fut le meilleur qu'il eût jamais fait depuis les mythiques anniversaires de son enfance, quand sa mère se faisait fort de lui servir ses plats préférés – pâté de viande, pommes de terre rissolées, épis de maïs et un gâteau à faire damner un saint accompagné de crème glacée à la vanille.

La diversité ahurissante des mets qu'on leur présenta – surtout après les mois qu'ils avaient passés à n'avaler rien d'autre que du homard, du cerf et les rares légumes amers que Roland jugeait comestibles – entrait sans nul doute pour une part dans le plaisir qu'Eddie prenait à se sustenter, mais ce n'était assurément pas la seule raison ; il remarqua que Jake s'en mettait plein le ventre (donnant une bouchée de chaque plat au bafouilleux blotti à ses pieds toutes les deux minutes), et cela ne faisait même pas une semaine que le gamin était là.

Il y avait des soupières de ragoût (des morceaux de viande de bison nageant dans une onctueuse sauce brune truffée de légumes), des plats de petits pains chauds, des pots de beurre doux et des jattes de légumes qui ressemblaient à des épinards, sans en être vraiment... Eddie n'avait jamais raffolé des légumes verts ; pourtant, dès la première bouchée de ceux-ci, une part de lui-même en manque se réveilla et en réclama à grands cris. S'il mangea de tout avec appétit, son envie de légumes verts s'apparentait à la gloutonnerie et il vit que Susannah ne cessait de se resservir, elle aussi. A eux quatre, les voyageurs en vidèrent trois saladiers.

Les vieilles femmes et les deux albinos emportèrent les plats et revinrent avec des parts de gâteau empilées sur deux épaisses assiettes blanches et une jatte de crème fouettée. Le gâteau exhalait une odeur sucrée ; Eddie se crut mort et monté droit au paradis.

– Ce n'est que de la crème de bison, dit tantine Talitha avec dégoût. Il n'y a plus de vaches ; la dernière a crevé il y a trente ans. La crème de bison n'est guère fameuse, mais c'est mieux que rien, par Daisy !

Le gâteau était garni de myrtilles. Eddie songea qu'il battait à plate couture tous ceux qu'il avait jamais mangés. Il en engloutit trois parts et, se penchant en arrière, lâcha un rot sonore avant d'avoir le temps de mettre la main devant sa bouche. Il regarda autour de lui, la mine coupable.

Mercy, l'aveugle, gloussa.

– Entendez-moi ça ! Quelqu'un est en train de remercier la cuisinière, tantine !

– En effet, dit Talitha, pouffant de conserve.

Les deux femmes qui avaient fait le service revenaient encore. L'une portait un cruchon fumant ; la seconde un plateau sur lequel des tasses de céramique épaisse reposaient en équilibre précaire.

Tantine Talitha était assise au haut bout de la table, Roland à sa droite. Il se pencha et lui murmura quelques mots à l'oreille. Elle l'écouta, son sourire s'estompant légèrement, puis branla du chef.

– Si, Bill et Till, intima-t-elle, restez, tous les trois. Nous allons palabrer un brin avec ce pistolero et ses amis, car ils veulent se remettre en route aujourd'hui même. Les autres, allez prendre votre café dans la cuisine et mettez votre babillage en sourdine. Et n'oubliez pas vos bonnes manières avant de partir !

Bill et Till, les jumeaux albinos, demeurèrent assis au bout de la table. Les autres formèrent un rang et défilèrent à pas lents devant les voyageurs. Chacun donna une poignée de main à Eddie et à Susannah, puis embrassa Jake sur la joue. Si le garçon accepta le baiser de bonne grâce, Eddie perçut sa surprise et son embarras.

Lorsqu'ils parvinrent à la hauteur de Roland, ils s'agenouillèrent devant lui et touchèrent la crosse en bois de santal du revolver qui saillait de l'étui qu'il portait à la hanche gauche. Le pistolero posa les mains sur leurs épaules et baisa leurs fronts ridés. Mercy se présenta la dernière ; elle enserra de ses bras la taille de Roland et lui baptisa la joue d'un baiser mouillé et sonore.

– Dieu te bénisse et te garde, pistolero ! Si seulement je pouvais te voir !

– Un peu de tenue, Mercy ! dit tantine Talitha d'un ton bourru.

Roland l'ignora et se pencha vers l'aveugle. Il prit ses mains avec douceur mais fermeté dans les siennes et les leva jusqu'à son visage.

– Vois-moi avec elles, ma beauté, dit-il.

Il ferma les yeux, tandis que les doigts de Mercy, ridés et déformés par les rhumatismes, palpaient doucement son front, ses joues, ses lèvres, son menton.

– Si fait, pistolero ! souffla-t-elle, levant ses orbites aveugles vers les yeux bleus de Roland. Je te vois parfaitement ! Tu as un beau visage, mais marqué par la tristesse et les tracas. J'ai peur pour toi et les tiens.

– Mais nous sommes ravis d'avoir fait connaissance, non ? demanda-t-il avant de planter un doux baiser sur le front lisse et usé de Mercy.

– Oh oui, oh oui ! Merci de ton baiser, pistolero ! Je te remercie du fond du cœur !

– Va, Mercy, fit tantine Talitha d'une voix plus affable. Va prendre ton café.

Mercy se releva. Le vieil homme avec la béquille et la jambe de bois guida la main de l'aveugle jusqu'à la ceinture de son pantalon. Mercy l'agrippa et, sur un ultime salut à l'adresse de Roland et de sa troupe, se laissa emmener.

Eddie essuya ses yeux humides.

– Qui l'a rendue aveugle ? demanda-t-il d'une voix enrouée.

– Les pillards, répondit tantine Talitha. Ils l'ont brûlée avec un fer à marquer... Un fer à marquer, oui-da. Ils ont dit que c'était parce qu'elle les regardait avec effronterie. Cela remonte à vingt-cinq ans. Buvez votre café, à présent, tous ! Il est déjà mauvais chaud, mais ce n'est que de la gadoue une fois refroidi.

Eddie porta la tasse à ses lèvres et aspira une gorgée, histoire de goûter. Sans aller jusqu'à parler de gadoue, on ne pouvait qualifier le breuvage de nectar.

Susannah goûta le sien et parut surprise.

– Oh, c'est de la chicorée !

Talitha la regarda.

– Non. De la patience, voilà ce que c'est, et c'est le seul café que nous ayons bu depuis que j'ai été formée... et cela fait bien longtemps que mes cycles ont cessé.

– Quel âge avez-vous, madame ? demanda soudain Jake.

Tantine Talitha, saisie, dévisagea le gamin, puis gloussa.

– En vérité, mon gars, je ne m'en souviens plus. Je me revois assise à cette même place lors d'une fête donnée pour célébrer mon quatre-vingtième anniversaire, mais il y avait plus de cinquante personnes présentes sur la pelouse ce jour-là, et Mercy avait encore ses yeux. (Son regard tomba sur le bafouilleux couché aux pieds de Jake. Ote ne souleva pas le museau de la cheville du garçon, mais leva ses yeux cerclés d'or pour lui retourner son regard.) Un bafou-bafouilleux, par Daisy ! Cela fait des lunes et des lunes que je n'ai vu un bafouilleux en compagnie d'êtres humains... Il semble qu'ils aient perdu le souvenir de l'époque où ils cheminaient avec les hommes.

L'un des albinos se pencha pour caresser Ote. L'animal se recula.

— Jadis, ils gardaient les moutons, dit Bill (ou peut-être était-ce Till) à Jake. Tu savais ça, gamin ?

Jake secoua la tête.

— Est-ce qu'il parle ? demanda l'albinos. Certains parlaient, au temps jadis.

— Oui. (Jake regarda le bafouilleux, qui avait reposé sa tête sur sa cheville, dès que la main étrangère s'était éloignée.) Dis ton nom, Ote.

Ote se contenta de lever les yeux sur lui.

— Ote ! le pressa Jake. (Mais l'animal demeura coi. Jake, un tantinet dépité, dévisagea tantine Talitha et les jumeaux.) Eh bien, il parle... mais je suppose qu'il ne le fait que lorsqu'il le veut bien.

— Ce garçon ne paraît pas faire partie de notre monde, dit tantine Talitha à Roland. Il porte de curieux vêtements... et ses yeux sont étranges.

— Il n'est pas là depuis longtemps. (Roland adressa un sourire à Jake ; le garçon le lui rendit avec hésitation.) Dans un mois ou deux, nul ne remarquera plus sa singularité.

— Je me le demande... Et d'où vient-il ?

— De très loin. De très très loin.

Talitha hocha le menton.

— Et quand va-t-il repartir ?

— Jamais, déclara Jake. C'est ici chez moi, désormais.

— Dans ce cas, que Dieu ait pitié de toi, dit-elle, car le soleil se couche sur le monde. Il se couche pour toujours.

A ces mots, Susannah s'agita, mal à l'aise ; elle plaqua une main sur son estomac, comme s'il la faisait souffrir.

– Suzie, demanda Eddie, tu vas bien ?

La jeune femme s'efforça de sourire, mais ce fut une piètre tentative ; son assurance et son sang-froid habituels semblaient l'avoir momentanément abandonnée.

– Tout à fait. Une oie a marché sur ma tombe, c'est tout.

Tantine Talitha la jaugea un long moment du regard, ce qui parut gêner Susannah, puis elle sourit.

– Une oie a marché sur ma tombe ! Ha ! Je n'avais pas entendu l'expression depuis une éternité !

– Mon père l'employait à tout bout de champ. (Susannah sourit à Eddie – un sourire plus assuré, cette fois.) Et, de toute façon, ça ou autre chose, c'est fini, maintenant. Je me sens bien.

– Que savez-vous de la cité et des terres qui s'étendent d'ici à là-bas ? (Roland prit sa tasse et but une gorgée de café.) Y a-t-il des pillards ? Et qui sont les autres – les Gris et les Ados ?

Tantine Talitha poussa un soupir à fendre l'âme.

8

– Nous ne savons pas grand-chose, pistolero, sauf ceci : la cité est un lieu mauvais, surtout pour ce jeune garçon. Pour *tout* jeune garçon. Pourriez-vous faire un détour qui vous permette de l'éviter ?

Roland leva les yeux et observa la forme désormais familière des nuages qui filaient le long du sentier du Rayon. Dans ce vaste ciel de plaine, cette forme, telle une rivière coulant dans la voûte céleste, ne pouvait échapper au regard.

– Peut-être, répondit-il enfin d'une voix singulièrement réticente. Je suppose que nous pourrions contourner Lud pour rejoindre le Sud-Ouest et rattraper le Rayon de l'autre côté.

– C'est le Rayon que vous suivez. Ah, je m'en doutais !

Eddie, quand il songeait à la cité, nourrissait l'espoir grandissant que, quand ils y arriveraient – s'ils y arrivaient –, ils trouveraient de l'aide – de bonnes âmes abandonnées qui les aideraient dans leur quête, ou peut-être même des gens qui pourraient leur en dire un peu plus sur la Tour sombre et sur ce qu'ils étaient censés faire lorsqu'ils l'atteindraient. Ceux qu'on appelait les Gris, par exemple – ils étaient peut-être les elfes vieux et sages qu'il ne cessait d'imaginer.

La batterie lui donnait la chair de poule, pour ça, oui, lui rappelant l'un de ces innombrables films à grand spectacle et à petit budget qui se passaient au sein de la jungle (et qu'il regardait essentiellement à la télé, assis à côté de Henry, un bol de pop-corn entre eux), dans lesquels les fabuleuses cités perdues que sont venus chercher les explorateurs ne sont plus que ruines et où les indigènes ont dégénéré en tribus de cannibales sanguinaires. Eddie, toutefois, ne croyait plus que pareille chose eût pu se produire dans une ville qui, de loin tout au moins, avait l'air si semblable à New York. Et si ses murs n'abritaient pas des elfes vieux et sages ni de bonnes âmes abandonnées, il y aurait sans doute des *livres*. Eddie avait entendu Roland dire que le papier était rare par ici, mais toutes les villes où il était allé dans sa vie croulaient littéralement sous les bouquins. Peut-être même trouveraient-ils un quelconque moyen de transport ; l'équivalent d'une Land Rover... le pied ! Probable que ce n'était pas qu'un rêve idiot... N'empêche que quand on avait des milliers de kilomètres de territoire inconnu à se mettre dans les guêtres, deux ou trois rêves stupides ne pouvaient assurément pas faire de mal, ne serait-ce que pour garder le moral. Et, au fond, tout cela n'appartenait-il pas au domaine du possible, bon Dieu ?

Il ouvrit la bouche, prêt à formuler une de ces idées, mais Jake lui coupa l'herbe sous le pied.

– Je ne crois pas qu'on puisse contourner Lud, dit-il.

Il rougit légèrement quand tous tournèrent leur regard vers lui. Ote s'agita à ses pieds.

– Non ? fit tantine Talitha. Et pourquoi penses-tu cela, si je puis me permettre ?

– Savez-vous ce que sont les trains ?

Il y eut un long silence. Bill et Till échangèrent un regard embarrassé. Tantine Talitha ne quittait pas Jake des yeux. Celui-ci ne baissa pas les paupières.

– J'ai entendu parler de l'un d'eux, dit-elle. Peut-être

même que je l'ai vu. (Elle pointa l'index en direction de la Send.) Il y a des lustres, je n'étais qu'une fillette et le monde n'avait pas encore changé... ou, du moins, pas autant que maintenant. Est-ce de Blaine que tu parles, mon petit ?

Une lueur de surprise et de reconnaissance illumina les yeux de Jake.

– Oui ! Blaine !

Roland scrutait le garçon.

– Et comment connaîtrais-tu Blaine le Mono ? interrogea tantine Talitha.

– Le Mono ? répéta Jake sans comprendre.

– Oui, c'est ainsi qu'on l'appelait. Comment connais-tu son existence ?

Jake, désemparé, regarda Roland, puis de nouveau la vieille femme.

– J'ignore *comment* je le sais.

Et c'est la vérité, songea Eddie tout à coup, mais pas l'*entière* vérité. Il en sait plus qu'il ne veut bien le dire... et, à mon sens, il a une frousse du diable.

– C'est notre affaire, déclara Roland du ton sec et brusque d'un homme d'affaires. Vous devez nous laisser nous en débrouiller, Vieille Mère.

– Oui, acquiesça Talitha à la hâte. Gardez vos projets pour vous. Mieux vaut que des gens comme nous demeurent dans l'ignorance.

– Et la cité ? insista Roland. Que savez-vous de Lud ?

– Peu de chose, à présent, mais ce que nous savons, vous l'entendrez.

Et elle se versa une autre tasse de café.

9

Ce furent les jumeaux, Bill et Till, qui, pour l'essentiel, firent les frais de la conversation, l'un reprenant en fondu enchaîné le récit là où l'autre le laissait. De temps en temps, tantine Talitha ajoutait un détail, apportait une rectification, et les jumeaux attendaient respectueusement jusqu'à être certains qu'elle eût fini. Si n'ouvrit pas la bouche ; assis, son café intact devant lui, il tiraillait les brins de paille qui hérissaient le large bord de son sombrero.

Roland ne tarda pas à se rendre compte qu'ils savaient peu de chose, en effet, même pour ce qui avait trait à leur propre ville (ce qui, au reste, ne le surprit pas ; ces derniers temps, les souvenirs s'estompaient très vite et plus rien ne semblait exister hormis le passé le plus récent), mais ce qu'ils savaient était inquiétant. Ce qui n'étonna pas non plus Roland.

A l'époque de leurs trisaïeuls, River Crossing ressemblait à la bourgade que Susannah avait imaginée : un lieu de négoce sur la Grand-Route, moyennement prospère, où des marchandises se vendaient parfois, mais étaient le plus souvent troquées. Elle avait fait partie, du moins nominalement, de River Barony, bien que, même alors, baronnies ou propriétés terriennes fussent tombées en désuétude.

Dans ces temps-là, il y avait des chasseurs de bisons, quoique le commerce de ces bêtes eût périclité ; les troupeaux étaient peu nombreux et avaient subi de funestes mutations génétiques. Sans être du poison, la viande de ces mutants était fétide et amère. Pourtant, River Crossing, sise entre un lieu qu'on appelait simplement le Landing et le village de Jimtown, avait joui d'un certain renom. Elle se trouvait au bord de la Grand-Route et n'était qu'à six jours de voyage de la cité par la terre, trois par péniche.

— Sauf si le fleuve était à sec, dit l'un des jumeaux. Dans ce cas, c'était plus long, et mon grand-père disait que, quelquefois, il y avait des péniches échouées tout le long du cours vers l'amont jusqu'à Tom's Neck.

Les vieillards ne savaient rien des habitants originels de la cité, bien sûr, ni des technologies qu'ils avaient utilisées pour bâtir tours et tourelles ; c'étaient les Grands Anciens, et leur histoire s'était perdue au plus lointain du passé, même lorsque le trisaïeul de tantine Talitha était enfant.

— Les édifices sont toujours debout, dit Eddie. Je me demande si les machines dont les Grands Anciens de l'âge d'or se sont servis pour les construire marchent encore.

— Possible, répondit l'un des jumeaux. Si c'est le cas,

jeune homme, il n'est pas un homme ou une femme ici qui sache encore comment les faire fonctionner... C'est ce que je crois, si fait.

— Non, argumenta son frère, je doute que les anciennes façons de faire soient complètement inconnues aux Gris et aux Ados, même maintenant. (Il regarda Eddie.) Notre père disait qu'il y avait jadis des bougies électriques dans la cité. Certains prétendent qu'elles brûlent peut-être encore.

— Voyez-vous ça... répliqua Eddie, pensif.

Susannah lui pinça méchamment la jambe sous la table.

— Oui, dit l'autre jumeau, avec sérieux, sans s'apercevoir du sarcasme. Vous appuyez sur un bouton et d'éclatantes bougies ne dispensant pas de chaleur s'allument, sans mèche ni réservoir à pétrole. Et j'ai entendu dire qu'au temps jadis Quick, le prince hors-la-loi, a volé dans le ciel à bord d'un oiseau mécanique. Mais une des ailes s'est cassée, et il est mort en une longue chute, comme Icare.

Susannah en fut bouche bée.

— Vous connaissez la légende d'Icare ?

— Ah, madame ! dit-il, à l'évidence surpris qu'elle trouve le fait curieux. L'homme aux ailes en cire d'abeille.

— Des contes pour enfants, l'un et l'autre, déclara tantine Talitha avec un reniflement de mépris. Je sais que l'histoire des lumières qui ne s'éteignent jamais est vraie, car je les ai vues de mes propres yeux quand je n'étais qu'une enfançonne, et il se peut qu'elles brillent par-ci, par-là, oui-da ; certains, que je crois sur parole, affirment les avoir aperçues par nuit claire, bien que, moi-même, je ne les aie plus revues depuis de longues années. Mais aucun homme n'a volé, ça, non, pas même les Grands Anciens.

Pourtant, il y avait bel et bien d'étranges machines dans la cité, construites pour accomplir des tâches particulières et parfois dangereuses. Il se pouvait que nombre d'entre elles fonctionnent toujours, mais, selon les jumeaux, personne en ville désormais ne savait comment les mettre en marche – il y avait des années qu'on ne les avait entendues.

N'empêche, peut-être que cet état de fait pourrait changer, pensa Eddie, les yeux brillants. Supposons, par exemple, qu'un jeune gars entreprenant, ayant la fibre voyageuse et s'y connaissant un minimum en machines bizarres et en lumières qui ne s'éteignent jamais, vienne à passer par là. Peut-être qu'il ne s'agit que de trouver les boutons MARCHE. Je veux dire, le truc pourrait être aussi simple que ça. Ou peut-être que c'est juste une histoire de fusibles sautés... Imaginez, les amis ! En remettant une demi-douzaine d'ampoules de quatre cents ampères, on illuminerait le coin comme Reno un samedi soir !

Susannah lui donna un coup de coude et lui demanda à voix basse ce qu'il y avait de si drôle. Eddie secoua la tête et porta un doigt à ses lèvres, récoltant un regard courroucé de l'amour de sa vie. Les albinos, entre-temps, poursuivaient leur récit, s'en passant et s'en repassant le fil avec l'aisance toute de spontanéité que seule, sans doute, confère une vie de gémellité.

Quatre ou cinq générations plus tôt, disaient-ils, la cité était fort peuplée et normalement policée, bien que ses habitants eussent mené chariots et phaétons le long des larges boulevards que les Grands Anciens avaient percés pour leurs fabuleux véhicules sans chevaux. Les citadins étaient des artisans et, pour reprendre le terme des jumeaux, des « manufacturiers », et le commerce, tant sur le fleuve qu'au-dessus, était florissant.

— Au-dessus ? interrogea Roland.

— Le pont qui enjambe la Send existe toujours, expliqua tantine Talitha, ou du moins existait-il voilà vingt ans.

— Si fait, le vieux Bill Muffin et son garçon l'ont vu il n'y a pas dix ans, acquiesça Si, apportant ainsi sa première contribution à la conversation.

— A quoi ressemble-t-il ? demanda le pistolero.

— C'est une grande structure de câbles et d'acier, dit l'un des jumeaux. Il est accroché dans le ciel comme la toile de quelque araignée géante. (Il ajouta timidement :) J'aimerais le revoir avant de mourir.

— Il est probablement détruit à l'heure qu'il est, déclara tantine Talitha, évacuant le problème d'un geste, et bon débarras ! C'est l'œuvre du diable. (Elle se tourna vers les jumeaux.) Dites-leur ce qu'il est advenu depuis lors et pourquoi la cité est devenue si dangereuse – on entend dire que deux ou trois fantômes hantent les lieux, mais moi j'affirme qu'ils sont légion. Ces gens veulent partir, et le soleil est au couchant.

10

Le reste de l'histoire n'était rien d'autre qu'une version différente d'un conte que Roland de Gilead avait entendu à maintes reprises et avait, dans une certaine mesure, vécu lui-même. Il était fragmentaire et incomplet, assurément entremêlé de mythe et d'éléments erronés, sa progression linéaire distordue par les singuliers changements – temporels et dans l'espace – qui survenaient pour l'heure dans le monde, et on pouvait le résumer en une unique phrase : *Il était une fois un monde que nous connaissions, mais ce monde a changé.*

Les vieillards de River Crossing n'en savaient pas plus sur Gilead que Roland n'en savait sur River Barony, et le nom de John Farson, l'homme qui avait semé la ruine et l'anarchie sur la terre de Roland, leur était inconnu ; cela dit, tous les récits du trépas du vieux monde étaient similaires... trop similaires, songea Roland, pour que cela ne fût qu'une coïncidence.

Une grande guerre civile – peut-être à Garlan, peut-être en une contrée plus lointaine appelée Porla – avait éclaté trois, peut-être même quatre siècles auparavant. Les ondes s'en étaient peu à peu propagées à l'extérieur, poussant devant elles l'anarchie et la dissension. Peu de royaumes, voire aucun, avaient pu résister à ce lent train de vagues, et l'anarchie s'était étendue à cette partie du monde aussi sûrement que la nuit suit le coucher du soleil. A un moment donné, toutes les armées s'étaient retrouvées sur les routes, tantôt marchant à l'attaque, tantôt battant en retraite, nageant toujours dans la confusion et dépourvues d'objectifs à long terme. A mesure que le temps passait, elles s'effritèrent en groupes plus petits qui, à leur tour, dégénérèrent en bandes de pillards. Le négoce accusa une baisse, puis périclita complètement. Voyager fut d'abord une source d'ennuis, puis de dangers. A la fin, ce fut quasiment impossible. Les communications avec la cité se raréfièrent progressivement pour cesser définitivement cent vingt ans plus tôt.

A l'instar de centaines d'autres villes que Roland avait traversées – d'abord en compagnie de Cuthbert et des autres pistoleros chassés de Gilead, puis seul, à la poursuite de l'homme en noir –, River Crossing avait été coupée du monde et réduite à ses seules ressources.

A ce point du récit, Si sortit de sa torpeur, et sa voix captiva aussitôt les voyageurs. Il s'exprimait avec le phrasé rauque et rythmé des conteurs – un de ces fous de Dieu nés pour fondre mémoire et mensonge en des rêves d'une splendeur aussi ténue que des toiles d'araignée enchevêtrées de perles de rosée.

– Nous avons pour la dernière fois payé tribut au château de la baronnie à l'époque de mon bisaïeul, dit-il. Vingt-six hommes s'en furent avec un chariot de peaux – il n'y avait plus de pièces de bon aloi alors, bien sûr, et c'était le mieux qu'ils pouvaient faire. C'était un voyage long et périlleux, d'environ quatre-vingts roues, et six d'entre eux moururent en cours de route, pour moitié massacrés par les pillards partis pour la guerre dans la cité, pour moitié de maladie à cause de l'herbe du diable.

« Lorsque les survivants finirent par arriver à destination, ils trouvèrent le château déserté, exception faite des corneilles et des merles. Les murs étaient tombés à bas ; les mauvaises herbes avaient envahi la cour de l'Etat. Il y avait eu un carnage formidable dans les champs situés à l'ouest ; ils étaient blancs d'ossements et rouges d'armures rouillées, c'est ce que disait mon bisaïeul, et les voix des démons hurlaient tel le vent d'est hors des maxillaires des morts. Le village au-delà du château avait été brûlé jusqu'aux fondations et un millier de crânes ou plus hérissaient les murs du château fort. Nos gens laissèrent les peaux à l'extérieur de la barbacane fracassée – aucun ne se serait aventuré dans ce lieu peuplé de fantômes et de voix gémissantes – et reprirent le chemin du retour. Dix autres moururent au cours du trajet, et c'est ainsi que, sur vingt-six, il n'en revint que dix. Mon bisaïeul était au nombre des survivants... mais il avait attrapé une teigne au cou et à la poitrine qui ne lui laissa plus de répit jusqu'au jour de sa mort. On a prétendu que c'était le mal des rayons. Après cela, pistolero, nul n'a plus quitté River Crossing. Nous sommes restés entre nous.

Ils s'étaient accoutumés aux déprédations des pillards, poursuivit Si de sa voix fêlée mais mélodieuse. On avait posté des sentinelles ; quand des bandes de cavaliers étaient signalées – elles se déplaçaient presque toujours vers le sud-est le long de la Grand-Route et du sentier du Rayon, allant rejoindre la guerre qui faisait éternellement rage à Lud –, les gens de River Crossing se cachaient dans un vaste abri qu'ils avaient creusé sous l'église. Les dégâts occasionnels n'étaient pas réparés, de crainte que le fait n'éveille la curiosité de ces troupes errantes. La plupart des cavaliers étaient au-delà de la curiosité ; ils ne faisaient que traverser la ville au galop, des arcs ou des haches d'armes jetés en travers de l'épaule, en route pour les zones de tueries.

– De quelle guerre parlez-vous ? demanda Roland.

– Oui, renchérit Eddie, et qu'est-ce que c'est que ce roulement de batterie ?

Les jumeaux échangèrent un nouveau regard, presque superstitieux.

– Nous ne savons pas le premier mot du tambour des dieux, leur répondit Si. Quant à la guerre de la cité...

La guerre, à l'origine, avait opposé pillards et hors-la-loi à une vague confédération d'artisans et de « manufacturiers » de la cité qui avaient décidé de prendre les armes plutôt que de laisser les pillards les dépouiller, brûler leurs échoppes et expédier les survivants dans le Grand Vide, les condamnant à une mort certaine. Et, pendant quelques années, ils avaient défendu Lud avec succès contre des groupes de pillards violents mais mal organisés qui tentaient de prendre le pont d'assaut ou d'envahir la cité par bateau ou par péniche.

– Les habitants de la cité possédaient de vieilles armes, dit l'un des jumeaux, et bien qu'ils en eussent peu, les pillards ne pouvaient riposter avec leurs arcs, leurs massues ou leurs haches d'armes.

– Voulez-vous dire que les citadins se servaient de fusils ? demanda Eddie.

L'un des albinos hocha la tête.

– Oui, de fusils, mais pas seulement. Il y avait des engins qui envoyaient des projectiles à un bon kilomètre ou plus. Des explosions comme avec de la dynamite, mais en plus puissant. Les hors-la-loi – les Gris actuels, ainsi que vous devez le savoir – n'eurent d'autre ressource que mettre le siège au-delà de la Send, et c'est ce qu'ils firent.

De fait, Lud devint l'ultime forteresse refuge du dernier monde. Seuls ou par deux, les plus doués et les plus capables y venaient de la campagne environnante. Quand il s'agissait de tester leur intelligence, se faufiler parmi l'enchevêtrement des campements et des fronts des assiégeants constituait l'examen final pour les nouveaux venus. La plupart franchissaient sans armes le no man's land du pont, et ceux qui réussissaient cette étape étaient admis. Certains, jugés inaptes, étaient, il va sans dire, renvoyés dans leurs foyers, mais ceux qui avaient un métier ou un talent (ou suffisamment d'intelligence pour en acquérir) étaient autorisés à rester. On prisait tout particulièrement les compétences de fermier ; à en croire les récits, chaque parc de grande taille de Lud avait été converti en potager. Coupé ainsi de la campagne, on n'avait qu'une alternative : faire pousser de la nourriture au sein de la cité ou mourir d'inanition parmi les tours de verre et les ruelles de métal. Les Grands Anciens s'en étaient allés, leurs machines étaient un mystère, et les prodiges silencieux qui demeuraient n'étaient pas comestibles.

Peu à peu, la nature de la guerre se transforma. L'équilibre des forces s'était déplacé en faveur des assiégeants, les Gris – ainsi nommés parce qu'ils étaient, en moyenne, bien plus âgés que les citadins. Ces derniers, à l'évidence, n'allaient pas en rajeunissant, eux non plus. On les désignait toujours sous le nom d'Ados, mais, en règle générale, leur adolescence appartenait à un passé plus que lointain. Et, au bout du compte, ils oublièrent le fonctionnement des vieilles armes ou les épuisèrent.

– Sûrement les deux, grommela Roland.

Quelque quatre-vingt-dix ans auparavant – durant l'existence de Si et de tantine Talitha –, une dernière bande de hors-la-loi était apparue, si nombreuse que l'avant-garde avait traversé au galop River Crossing à l'aube et que l'arrière-garde n'était pas passée avant le coucher du soleil ou presque. C'était l'ultime armée que ces régions eussent jamais vue, et elle était conduite par un prince guerrier qui répondait au nom de David Quick – celui-là même dont on prétendait qu'il avait trouvé la mort en tombant du ciel. Il avait organisé les restes hétéroclites des bandes de hors-la-loi qui rôdaient toujours aux abords de la cité, tuant quiconque s'opposait à ses plans. L'armée de Gris de Quick ne se servit ni de bateau ni de pont pour tenter de pénétrer dans Lud ; elle construisit un ponton de près de vingt kilomètres et attaqua par le flanc.

– Depuis lors, la guerre a crachoté comme un feu de cheminée, conclut tantine Talitha. Il arrive, çà et là, qu'un combattant ayant réussi à s'échapper nous donne des nouvelles, si fait. Cela se produit un peu plus fréquemment, car le pont, paraît-il, n'est pas défendu et je pense que le feu est quasiment éteint. A l'intérieur de la cité, les Ados et les Gris se disputent les miettes du butin, mais, à mon avis, les descendants des pillards qui ont suivi Quick sur le ponton sont désormais les véritables Ados, bien qu'on les appelle toujours les Gris. Les descendants des habitants originels de la cité doivent être aussi vieux que nous, à présent, bien qu'il y ait toujours quelques jeunots parmi eux, attirés qu'ils sont par les vieilles histoires et le leurre d'un savoir censé y exister toujours.

« Les deux factions éprouvent encore de l'animosité l'une envers l'autre, pistolero, et toutes deux souhaiteraient capturer ce jeune homme que vous appelez Eddie. Si la femme à la peau foncée est féconde, ils ne la tueraient pas, bien qu'elle n'ait pas de jambes ; ils l'épargneraient afin qu'elle engendre des enfants, car ceux-ci se font rares, et même si les anciennes maladies sont en régression, certains nouveau-nés naissent anormaux.

A ces mots, Susannah s'agita, parut sur le point de

dire quelque chose ; pour finir, elle se contenta de boire la fin de son café, puis reprit sa position d'écoute.

— Mais s'ils souhaiteraient mettre la main sur cette jeune femme et ce garçon, pistolero, ils vendraient leur âme au diable pour avoir le gamin.

Jake se pencha et se remit à caresser la fourrure d'Ote. Roland lut ses pensées sur son visage : il progressait de nouveau sous les montagnes, c'était un remake des Lents Mutants.

— Quant à toi, ils te tueraient sans autre forme de procès, conclut tantine Talitha, car tu es un pistolero, un homme hors de son temps et de son lieu, ni chair ni poisson, et sans utilité aucune pour l'un ou l'autre camp. En revanche, on peut capturer un adolescent, se servir de lui, le dresser à se rappeler certaines choses et à oublier toutes les autres. *Tous* ont perdu de vue le motif de leur combat ; le monde a changé depuis lors. A présent, ils combattent au son de leurs horribles roulements de tambour, certains encore relativement jeunes, la plupart assez âgés, comme nous autres, pour somnoler dans un rocking-chair, tous des monstres stupides qui ne vivent que pour tuer et ne tuent que pour vivre. (Elle marqua une pause.) Maintenant que vous nous avez écoutés jusqu'au bout, nous autres vieux sots, reprit-elle, ne vous paraît-il pas qu'il vaudrait mieux éviter Lud et les laisser à leurs affaires ?

Avant que Roland n'eût eu le loisir de répondre, Jake prit la parole et dit d'une voix claire et ferme :

— Dites-nous ce que vous savez au sujet de Blaine le Mono. Parlez-nous de Blaine et de Bob le Mécano.

11

— Le Mécano *qui* ? demanda Eddie.

Jake l'ignora, continuant de fixer les vieillards.

— La voie est là-bas, répondit enfin Si. (Il pointa l'index dans la direction de la Send.) Un rail unique, juché sur un socle d'une pierre faite par la main de l'homme, comme en utilisaient les Anciens pour édifier leurs rues et leurs murs.

– Un monorail ! s'exclama Susannah. Blaine le Monorail !

– Blaine est peine, marmonna Jake.

Roland lui jeta un coup d'œil, mais ne dit mot.

– Ce train roule-t-il encore ? demanda Eddie à Si.

Celui-ci secoua lentement la tête. Il avait l'air gêné et troublé.

– Non, mon jeune monsieur... De mon temps, cependant, et de celui de tantine Talitha, si. A l'époque où on était tout gosses et où la guerre de la cité gagnait rapidement du terrain. On l'entendait avant de le voir – un vrombissement bas, un bruit comme on en entend parfois quand couve un violent orage d'été – un orage chargé d'éclairs.

– Oui, dit tantine Talitha, l'expression perdue et rêveuse.

– Puis il arrivait, Blaine le Mono, étincelant dans le soleil, avec son nez pareil à l'une des balles de votre revolver, pistolero. Il mesurait peut-être deux roues de long. Ça paraît impossible, je sais, et peut-être l'était-ce (nous étions des gamins, souvenez-vous, et cela fait une différence), mais je persiste à croire que c'était vrai, car, quand il déboulait, il semblait filer le long de l'horizon tout entier. Rapide, trapu et envolé avant qu'on puisse l'observer dans le détail.

« Quelquefois, les jours où le temps était infect et l'air stagnant, il hurlait comme une harpie quand il débouchait de l'ouest. Parfois, il surgissait de la nuit, projetant une longue lumière blanche devant lui, et ce hurlement nous réveillait tous. C'était comme les trompettes qui, paraît-il, feront se lever les morts de leurs tombes à la fin du monde, oui, pareil.

– Parle-leur du tonnerre, Si ! dit Bill – ou Till – d'une voix qu'un respect mêlé de crainte faisait trembler. Raconte-leur le tonnerre impie qui suivait toujours !

– Oui, j'y venais, répondit Si avec un rien de contrariété. Après son passage, le silence régnait pendant quelques secondes... parfois une minute, peut-être... puis il y avait une explosion qui secouait les planches et jetait les tasses à bas des étagères et parfois même faisait voler en éclats les carreaux des fenêtres. Mais nul n'a jamais vu d'éclair ni de feu. C'était comme une explosion dans le monde des esprits.

Eddie donna une tape sur l'épaule de Susannah ; quand la jeune femme se tourna vers lui, sa bouche forma silencieusement les mots : *Bang supersonique*. C'était dingue – à sa connaissance, aucun train n'allait plus vite que la vitesse du son –, mais c'était la seule hypothèse plausible.

Susannah hocha la tête et reporta son attention sur Si.

– C'est la seule machine faite par les Grands Anciens que j'aie jamais vue fonctionner de mes propres yeux, dit-il d'une voix douce, et si ce n'était pas là l'œuvre du diable, c'est que celui-ci n'existe pas. La dernière fois que je l'ai vue, c'était le printemps où j'ai épousé Mercy, et ça doit bien remonter à soixante ans.

– Soixante-dix, rectifia tantine Talitha avec autorité.

– Et ce train *pénétrait* dans la cité, dit Roland, venant par le chemin que nous avons nous-mêmes emprunté... de l'ouest... de la forêt.

– Oui, approuva une nouvelle voix de manière inattendue, mais il y en avait un autre... Un qui *sortait* de la cité... et qui peut-être marche encore.

12

Tous se retournèrent. Mercy se tenait près d'un parterre de fleurs, entre l'arrière de l'église et la table autour de laquelle ils étaient assis. Elle se dirigea à pas lents vers la direction d'où venaient leurs voix, les mains tendues devant elle.

Si se mit gauchement debout, se hâta tant bien que mal vers elle et lui prit la main. Mercy glissa son bras autour de la taille de son mari, et tous deux se figèrent, figurant le plus vieux couple du monde.

– Tantine t'a dit de prendre ton café à l'intérieur !

– J'ai fini mon café il y a belle lurette, rétorqua Mercy. C'est un breuvage amer, je le déteste. En outre... je désirais entendre la conversation. (Elle leva un doigt tremblant et le pointa dans la direction de Roland.) Je voulais entendre *sa* voix. Elle est claire et légère, pour sûr.

– J'implore votre pardon, tantine ! s'écria Si, considérant l'Ancienne avec un regard légèrement craintif. Mercy n'en a toujours fait qu'à sa tête, et les années ne l'ont pas bonifiée.

Tantine Talitha jeta un coup d'œil à Roland. Celui-ci hocha le menton de façon quasi imperceptible.

– Qu'elle vienne se joindre à nous, ordonna Talitha.

Si guida Mercy jusqu'à la table en ronchonnant. Mercy, de ses yeux aveugles, regardait par-dessus l'épaule de son mari, la bouche pincée en une ligne, intraitable.

Quand Si l'eut fait asseoir, tantine Talitha se pencha sur ses avant-bras.

– As-tu quelque chose à dire, vieille sœur, ou est-ce seulement histoire de causer ?

– J'entends ce que j'entends. Mon ouïe n'a rien perdu de son acuité, Talitha... Elle s'est même aiguisée !

Roland fourra un moment la main dans sa ceinture. Quand il la remit sur la table, il tenait une cartouche entre ses doigts. Il la lança à Susannah, qui l'attrapa au vol.

– Vraiment, gente dame ? dit-il.

– Suffisamment, rétorqua Mercy en se tournant vers lui, pour savoir que vous venez de jeter quelque chose. A votre femme, je pense – celle qui a la peau foncée. Un objet de petite taille. Qu'était-ce, pistolero ? Un biscuit ?

– Vous n'êtes pas tombée loin, dit Roland en souriant. Vous entendez aussi bien que vous le dites. Confiez-nous donc ce que vous avez en tête.

– Il y a un autre Mono, à moins que ce ne soit le même effectuant un trajet différent. Quoi qu'il en soit, un trajet différent était accompli par *un* mono... jusqu'à il y a sept ou huit ans, en tout cas. Je l'entendais quitter la cité et gagner les Terres perdues.

– Billevesées ! cria un des albinos. *Rien* ne va dans les Terres perdues ! Rien ne peut y vivre !

Mercy tourna son visage vers lui.

– Un train est-il doué de vie, Till Tudbury ? Une machine tombe-t-elle malade, avec plaies et vomissements ?

Eh bien, voulut dire Eddie, il y *avait* cet ours...

Tout bien pesé, il décida qu'il était peut-être de meilleure politique de tenir sa langue.

— Nous l'aurions entendu, insista l'autre jumeau avec feu. Un bruit comme celui dont ne cesse de parler Si...

— Celui-là ne faisait pas de tonnerre, admit Mercy, mais j'ai entendu cet autre son, ce vrombissement semblable à celui qu'on entend quand la foudre vient de frapper un endroit proche. Lorsque le vent soufflait avec force de la cité, je l'entendais. (Elle pointa le menton et ajouta :) J'ai également entendu le tonnerre, une fois. De très, très loin. La nuit où Big Charlie Wind est venu et a failli faire sauter le clocher. Ça a dû se produire à deux cents roues d'ici, peut-être deux cent cinquante.

— Balivernes ! s'exclama le jumeau. Tu bats la campagne !

— C'est toi que je vais battre, Bill Tudbury, si tu ne fermes pas ton clapet. Sans compter que tu n'as pas à dire *balivernes* à une dame. Pourquoi...

— Ça suffit, Mercy ! siffla Si.

Eddie prêtait une oreille distraite à cet aimable échange de propos rustiques. Pour lui, les paroles de l'aveugle étaient frappées au coin du bon sens. Sûr qu'il ne pouvait y avoir de bang supersonique, pas avec un train qui *entamait* son périple à Lud ; il n'arrivait pas à se rappeler exactement la vitesse du son – peut-être mille kilomètres à l'heure, dans ces eaux-là. Un train partant d'un point fixe mettrait un certain temps à atteindre cette vitesse et, au moment où il y parviendrait, il serait hors de portée d'oreille... à moins que les conditions acoustiques ne fussent idéales, ainsi que Mercy prétendait qu'elles l'étaient la nuit où Big Charlie Wind – qui c'était encore, celui-là ? – était venu.

Et le fait était riche de promesses. Sans doute Blaine le Mono n'était-il pas une Land Rover, mais peut-être que... peut-être que...

— Vous n'avez pas entendu le bruit de cet autre train depuis sept ou huit ans, gente dame ? demanda Roland. Etes-vous certaine que cela ne remonte pas à plus longtemps ?

— Impossible, car, la dernière fois, c'était l'année où

le vieux Bill Muffin a attrapé une maladie du sang. Pauvre Bill !

– Cela fait près de dix ans, dit tantine Talitha d'une voix singulièrement douce.

– Pourquoi n'as-tu jamais dit que tu avais entendu ce bruit ? (Si regarda le pistolero.) Vous ne sauriez ajouter foi à tous ses propos, seigneur – ma Mercy veut toujours prendre la vedette.

– Oh, espèce de vieux croûton ! s'exclama Mercy en lui donnant des tapes sur le bras. Je ne l'ai pas dit parce que je ne voulais pas te gâcher le coup – tu étais si fier de ton histoire... Mais à présent que ce que j'ai entendu importe, je ne puis garder le silence.

– Je vous crois, gente dame, dit Roland. Mais êtes-vous sûre de ne pas avoir entendu le bruit du Mono depuis ?

– Non, pas depuis. J'imagine qu'il a fini par atteindre le bout de sa route.

– C'est à voir... Oui, en vérité, c'est à voir.

Roland regarda la table, absorbé dans ses réflexions, soudain à des lieues de ses compagnons.

Le Tchou-tchou, pensa Jake, qui frissonna.

13

Une demi-heure plus tard, ils étaient de nouveau sur la place de la bourgade, Susannah dans son fauteuil roulant, Jake ajustant les courroies de son sac à dos, tandis que le bafouilleux, assis à ses pieds, l'observait avec attention. Apparemment, seuls les Anciens avaient pris part au repas dans le minuscule éden derrière l'église du Sang éternel ; lorsqu'ils retournèrent sur la place, en effet, une douzaine de personnes les y attendaient. Celles-ci ne jetèrent que quelques brefs coups d'œil à Susannah, plus appuyés à Jake (la jeunesse du garçon, semblait-il, les intéressait davantage que la peau sombre de la jeune femme), mais il était manifeste que c'était Roland qu'elles étaient venues voir ; leurs yeux interrogateurs étaient emplis de la crainte révérencielle de jadis.

C'est un survivant d'un passé qu'ils ne connaissent

que par la tradition orale, songea Susannah. Ils le regardent ainsi que des chrétiens regarderaient un saint –
Pierre, Paul ou Matthieu – s'il prenait fantaisie à celui-ci
de se joindre à eux lors du dîner paroissial du samedi et
de leur narrer à quoi ça ressemblait de se balader aux
abords de la mer de Galilée en compagnie de Jésus le
charpentier.

Le rituel qui avait clos le repas se répéta, sauf que,
cette fois, chaque âme de River Crossing y participa.
Tous s'avancèrent, traînant les pieds, sur un rang, serrèrent la main d'Eddie et de Susannah, embrassèrent
Jake, qui sur la joue, qui sur le front, puis s'agenouillèrent devant Roland pour qu'il les touche et les bénisse.
Mercy l'enlaça et pressa sa face aveugle contre son estomac. Le pistolero l'étreignit et la remercia pour les
informations qu'elle leur avait données.

– Ne resterez-vous pas cette nuit avec nous, pistolero ? Le soleil décline rapidement et je gage que vous et
les vôtres n'avez pas dormi sous un toit depuis des lustres.

– En effet, mais mieux vaut que nous poursuivions
notre route. Merci, gente dame.

– Reviendrez-vous, pistolero ?

– Oui. (Eddie, cependant, n'eut pas besoin de scruter
son étrange ami pour savoir qu'ils ne remettraient jamais les pieds à River Crossing.) Si nous le pouvons.

– Bien. (Mercy l'étreignit une dernière fois puis
s'éloigna, sa main reposant sur l'épaule hâlée de Si.)
Portez-vous bien.

Tantine Talitha se présenta la dernière. Quand elle
entreprit de mettre un genou en terre, Roland l'agrippa
aux épaules.

– Non, gente dame. Il n'en est pas question. (Et sous
les yeux ahuris d'Eddie, Roland s'agenouilla devant la
vieille femme dans la poussière de la place.) Pourrais-je
avoir votre bénédiction, Vieille Mère ? Nous bénirez-
vous en manière de viatique ?

– Oui-da. (S'il n'y avait nulle surprise dans la voix de
Talitha, nulle larme dans ses yeux, sa réponse, toutefois, vibra d'une profonde émotion.) Tu as le cœur pur,
pistolero, et tu es resté fidèle aux anciennes coutumes
de ta race, pour sûr ! Je te bénis ainsi que les tiens et

prierai pour qu'il ne vous arrive rien de mal. Tiens, accepte ceci, si tu veux bien.

Elle glissa la main dans le corsage de sa robe fanée et mit au jour une croix d'argent pendue au bout d'une chaîne de même métal à fins maillons. Elle l'ôta.

Ce fut au tour de Roland d'être surpris.

– Etes-vous sûre ? Je ne suis pas venu prendre ce qui vous appartient, à vous ou aux vôtres, Vieille Mère.

– J'en suis sûre et certaine. Je l'ai gardée jour et nuit depuis plus de cent ans, pistolero. A présent, c'est toi qui vas la porter. Tu la déposeras au pied de la Tour sombre et prononceras le nom de Talitha Unwin à l'autre bout de la Terre. (Elle passa la chaîne par-dessus la tête de Roland. La croix se nicha dans le col ouvert de la veste de daim comme si c'était sa place de toujours.) Allez, maintenant. Nous avons rompu le pain, nous avons palabré, nous avons votre bénédiction et vous avez la nôtre. Poursuis ton périple sain et sauf. Demeure loyal.

Sa voix trembla et se brisa sur le dernier mot.

Roland se releva, s'inclina et tapota sa gorge à trois reprises.

– Merci, gente dame.

Talitha lui rendit sa révérence sans mot dire. Des larmes, à présent, sillonnaient ses joues.

– Prêts ? demanda Roland.

Eddie acquiesça par un hochement de tête. Il craignait que sa voix ne trahît son émotion.

– Très bien, dit Roland. Allons-y.

Ils descendirent ce qui restait de la Grand-Rue, Jake poussant le fauteuil de Susannah. Comme ils dépassaient le dernier édifice (NÉGOCE ET BOURSE, disait l'enseigne défraîchie), le garçon se retourna. Les vieilles gens étaient toujours rassemblées près du poteau indicateur, une poignée d'êtres humains abandonnés au cœur de la plaine vaste et vide. Il leva la main. Jusqu'alors, il avait réussi à faire bonne figure, mais quand plusieurs vieillards – Si, Bill et Till, entre autres – levèrent la main en retour, il éclata en sanglots.

Eddie lui entoura les épaules de son bras.

– Ne ralentis pas, mon vieux, l'exhorta-t-il d'une voix manquant d'assurance. C'est le seul moyen.

– Ils sont si *vieux* ! sanglota Jake. Comment pouvons-nous les abandonner ainsi ? Ce n'est pas juste !

– C'est le *ka*, répondit Eddie sans réfléchir.

– Ah oui ? Eh bien, le *ka*, c'est ca... caca et compagnie !

– Hypermerdique, ouais, acquiesça Eddie qui n'en poursuivit pas moins sa route.

Jake l'imita et ne se retourna plus. Il avait peur de les voir encore là, plantés au milieu de leur bourgade oubliée, suivant Roland et ses amis des yeux jusqu'à ce qu'ils fussent hors de vue. Et il ne se serait pas trompé.

14

Ils avaient parcouru douze kilomètres à peine quand le ciel commença à s'assombrir et que le soleil couchant embrasa l'horizon occidental d'un flamboiement orange. Jake et Eddie allèrent ramasser du bois dans un bosquet d'eucalyptus proche.

– Je ne comprends vraiment pas pourquoi nous ne sommes pas restés, dit Jake. La femme aveugle nous a invités, et nous n'avons guère fait de route. Je me suis tellement empiffré que je me traîne comme un canard.

Eddie sourit.

– Moi aussi. Et tu sais quoi ? Ton bon ami Edward Cantor Dean se réjouit à la perspective de la longue halte pépère qu'il va faire demain parmi ces arbres dès potron-minet. Tu ne peux te figurer à quel point j'en ai ma claque de bouffer de la viande de cerf et ces saloperies de crottes de lapin. Si tu m'avais dit il y a un an que couler un bronze serait l'orgasme de ma journée, je t'aurais ri au nez !

– Ton deuxième prénom est vraiment Cantor ?

– Ouais, mais je te saurais gré de ne pas aller le crier sur les toits.

– Promis, juré ! Pourquoi ne sommes-nous pas restés, Eddie ?

Eddie soupira.

– Parce qu'on se serait rendu compte qu'il leur fallait du bois de chauffage.

– Hein ?

– Et une fois qu'on serait allés leur chercher du bois, on se serait aperçus qu'il leur fallait *aussi* de la viande fraîche, parce qu'ils nous avaient offert la dernière qu'il leur restait. Et on aurait été de fieffés salauds si l'on n'avait pas remplacé ce qu'on avait boulotté, pas vrai ? Surtout quand on a des flingues et que quatre ou cinq arcs ou flèches cinquantenaires constituent sans doute tout leur arsenal. On serait donc allés chasser pour eux. Dans l'intervalle, il aurait fait nuit une fois de plus, et, le lendemain matin, Susannah aurait dit qu'on devait au moins faire une ou deux réparations avant de partir – oh, pas aux abords de la bourgade, ç'aurait risqué d'être dangereux, mais peut-être dans l'hôtel, ou quel que soit le nom de l'endroit où ils crèchent. Seulement quelques jours, et qu'est-ce que quelques jours, pas vrai ?

Roland se matérialisa hors des ténèbres. Il se déplaçait avec son flegme habituel, mais semblait las et préoccupé.

– J'ai cru que vous étiez tombés dans une fondrière, tous les deux.

– Non. Je racontais juste à Jake les faits tels que je les vois.

– Et puis après, où aurait été le problème ? demanda Jake. Ce bidule, cette Tour sombre, se dresse là où elle est depuis un bail, non ? Elle ne va pas déménager, hein ?

– Quelques jours, puis quelques autres, puis d'autres encore. (Eddie observa la branche qu'il venait de ramasser et la rejeta avec dégoût. Voilà que je me mets à parler comme lui, pensa-t-il. Et pourtant, il savait qu'il ne faisait que dire la vérité.) Peut-être qu'on aurait vu que leur source s'envasait, et ça n'aurait pas été poli de nous tirer avant d'avoir creusé. Mais pourquoi en rester là quand on pourrait encore prolonger de quinze jours pour construire une roue hydraulique, hein ? Ils sont vioques, et puiser de l'eau n'est pas plus leur truc que chasser le bison. (Eddie lança un coup d'œil à Roland, et sa voix se teinta de reproche.) Je vais vous dire... quand j'imagine Bill ou Till traquant un troupeau de bisons sauvages, j'en ai la chair de poule.

– Ils l'ont fait pendant longtemps, dit Roland, et ils

pourraient nous en remontrer dans plus d'un domaine. Ils se débrouilleront. En attendant, occupons-nous du bois ; la nuit promet d'être froide.

Mais Jake n'en avait pas fini. Il scrutait Eddie, l'œil sévère.

– Tu es en train de dire qu'on ne pourrait jamais faire assez pour eux, c'est ça ?

Eddie avança la lèvre inférieure et souffla une mèche de cheveux de son front.

– Pas tout à fait. Je dis qu'il ne serait jamais plus facile de partir que ça ne l'a été aujourd'hui. Plus dur, peut-être, mais pas plus facile.

– N'empêche, tout ça n'est pas juste !

Ils rejoignirent l'endroit qui, une fois le feu allumé, deviendrait un campement parmi d'autres sur la route de la Tour sombre. Susannah s'était extirpée de son fauteuil et, couchée sur le dos, les mains derrière la nuque, contemplait les étoiles. Elle s'assit et se mit à disposer le petit bois ainsi que Roland lui avait appris à le faire des mois plus tôt.

– C'est telles que sont les choses que c'est juste, dit Roland. Si tu regardes trop longtemps les détails, Jake – les menus riens qui sont sous ton nez –, tu risques de perdre la vue d'ensemble. Les choses vont à vau-l'eau ; elles vont mal, et de mal en pis. Nous le constatons partout autour de nous, mais les réponses sont encore à venir. Tandis que nous aiderions les vingt ou trente habitants de River Crossing, vingt ou trente mille autres personnes souffriraient ou mourraient peut-être ailleurs. Et s'il est un lieu dans l'univers où ces choses peuvent être remises d'aplomb, c'est à la Tour sombre.

– Pourquoi ? Comment ? demanda Jake. Cette Tour, c'est quoi, au fait ?

Roland s'accroupit près du foyer que Susannah avait disposé, sortit sa pierre à briquet et fit jaillir des étincelles dans le petit bois. Bientôt, des flammes minuscules grandirent parmi les brindilles et les poignées d'herbe sèche.

– Ce sont des questions auxquelles je ne peux répondre, dit-il. Je regrette.

Réponse extrêmement futée, songea Eddie. Roland

avait dit : *Je ne peux répondre...* Ce qui n'était pas la même chose que : *Je ne sais pas.* Loin s'en fallait.

15

Le souper se composa d'eau et de légumes verts. Tous se remettaient du lourd repas pris à River Crossing. La deuxième ou troisième fois, Ote lui-même refusa les miettes que Jake lui offrait.

— Explique-moi pourquoi tu n'as pas voulu parler, là-bas, le gourmanda Jake. Tu m'as fait passer pour un idiot !

— Id-io ! dit Ote, qui posa son museau contre la cheville du garçon.

— Il parle de mieux en mieux, remarqua Roland. Il commence même à avoir ta voix, Jake.

— Ake, acquiesça Ote sans lever le museau.

Jake était fasciné par les anneaux d'or dans les yeux du bafouilleux ; à la lumière vacillante du foyer, ils semblaient animés d'un lent mouvement de rotation.

— Mais il n'a pas voulu parler aux vieilles gens.

— Les bafouilleux sont très chatouilleux pour ce genre de choses, dit Roland. Ce sont d'étranges créatures. Si on me posait la question, je dirais que celui-ci a été banni par sa propre meute.

— Qu'est-ce qui te fait dire ça ?

Roland désigna le flanc de l'animal. Jake avait nettoyé le sang – Ote n'avait pas apprécié des masses, mais avait fait contre mauvaise fortune bon cœur – et la morsure guérissait, bien que le bafouilleux boitât encore légèrement.

— Je parierais un aigle qu'il a été mordu par un de ses congénères.

— Mais pourquoi sa propre meute le...

— Peut-être en avaient-ils ras le bol de l'entendre jacter, intervint Eddie.

Il s'était allongé près de Susannah et avait passé un bras autour des épaules de la jeune femme.

— Possible, dit Roland, surtout s'il était le seul parmi eux à s'essayer encore au langage. Les autres l'ont peut-être jugé trop intelligent – ou trop prétentieux –

pour leur goût. Les animaux en savent moins que les hommes sur la jalousie, mais ils l'éprouvent.

L'objet de la discussion ferma les yeux et parut s'endormir... Jake, cependant, vit ses oreilles bouger quand la conversation reprit.

– Sont-ils très intelligents ? demanda-t-il.

Roland haussa les épaules.

– Le vieux palefrenier dont je t'ai parlé – celui qui affirmait qu'un bon bafouilleux porte chance – jurait en avoir eu un dans sa jeunesse qui était capable de compter. Il disait que l'animal, pour annoncer le total, grattait le plancher de l'étable ou bien assemblait des pierres à l'aide de son museau. (Roland sourit, ce qui illumina ses traits, en chassant les ombres qui y étaient depuis leur départ de River Crossing.) Inutile de préciser que les palefreniers et les pêcheurs sont des menteurs-nés.

Un silence convivial s'abattit sur l'assemblée, et Jake se sentit pris de somnolence. Il pensa qu'il n'allait pas tarder à dormir ; il n'avait rien contre. Ce fut alors que la batterie retentit, venant du sud-est en pulsations rythmées, et il se dressa sur son séant. Tous tendirent l'oreille sans prononcer un mot.

– C'est un tempo de rock and roll ! s'écria soudain Eddie. J'en suis sûr ! Enlevez les guitares, et c'est ce qu'il vous reste. En vérité, ça ressemble beaucoup à la musique des Z Z Top.

– Z Z *quoi* ? demanda Susannah.

Eddie sourit.

– Le groupe n'existait pas de ton temps. Ou plutôt, si, mais, en 1963, ce n'était qu'une bande de gamins fréquentant une école du Texas. (Il prêta l'oreille.) Que je sois damné si ce n'est pas le tempo d'un truc du genre *Sharp-Dressed Man* ou *Velcro Fly*.

– *Velcro Fly* ? dit Jake. Quel titre stupide pour une chanson !

– Plutôt drôlet, au contraire. Tu l'as loupé d'à peu près dix ans, mon vieux.

– Nous ferions mieux de dormir, dit Roland. Le matin se lève tôt.

– Je ne peux pas dormir avec cette connerie dans les oreilles. (Eddie hésita, puis dit ce qu'il avait en tête depuis le matin où ils avaient tiré Jake, visage de craie et hurlant, à travers la porte pour l'envoyer dans ce monde-ci.) Tu ne crois pas que l'heure va bientôt sonner d'échanger nos histoires, Roland ? On va peut-être découvrir qu'on en sait plus long qu'on le pense.

– Oui, l'heure est proche. Mais pas dans les ténèbres.

Roland roula sur le flanc, remonta sa couverture et parut sur le point de sombrer dans le sommeil.

– Jésus ! s'exclama Eddie. Pas plus compliqué que ça !

Il émit un petit sifflement dégoûté entre ses dents.

– Il a raison, dit Susannah. Allez, Eddie, dors !

Il sourit et lui embrassa le bout du nez.

– Oui, m'man !

Cinq minutes plus tard, il n'y avait plus personne, batterie ou pas. Jake se rendit compte que son envie de dormir avait fui. Il demeura étendu à observer les étranges étoiles et à écouter le martèlement continu et rythmé issu des ténèbres. Peut-être les Ados jouaient-ils un boogie-woogie endiablé sur une chanson intitulée *Velcro Fly*, tandis qu'ils se démenaient comme des forcenés dans une tuerie sacrificielle.

Il songea à Blaine le Mono, un train si rapide qu'il traversait ce vaste univers hanté en traînant un bang supersonique à ses basques, et il en arriva assez naturellement à évoquer Charlie le Tchou-tchou qu'on avait remisé sur une voie de garage oubliée quand son successeur, le Burlington Zephyr, l'avait rendu obsolète. Il pensa à l'expression de Charlie, censée traduire la joie et le plaisir, mais qui n'était ni l'une ni l'autre. Il pensa à la compagnie ferroviaire de l'Entre-Deux-Mondes et aux terres vides séparant Saint Louis de Topeka. Il pensa à la promptitude de Charlie à partir quand M. Martin avait eu besoin de lui, pensa à la façon dont Charlie savait souffler dans son sifflet et alimenter sa chaudière. Pour la énième fois, il se demanda si Bob le Mécano avait saboté le Burlington Zephyr afin de donner une seconde chance à son bien-aimé Charlie.

Enfin, aussi brusquement qu'elle était née, la pulsation rythmée se tut et Jake sombra dans le sommeil.

16

Il rêva, mais pas de l'homme de plâtre.

Non, il rêva qu'il se trouvait sur le bitume d'une autoroute, quelque part dans le Grand Vide du Missouri occidental. Ote était avec lui. Des signaux de chemin de fer – des X blancs avec des lumières rouges en leur centre – bordaient la route. Les lumières clignotaient et des sonneries retentissaient.

Un bourdonnement s'éleva du sud-est, s'enflant progressivement, pareil au rugissement du tonnerre dans une bouteille.

Le voici, dit-il à Ote.

Ci ! acquiesça le bafou-bafouilleux.

Et, soudain, une énorme masse rose longue de deux roues fendit la plaine à leur rencontre, basse, en forme de balle de revolver. A sa vue, Jake sentit son cœur s'emplir d'une peur formidable. Les deux fenêtres étincelant dans le soleil à l'avant du train étaient semblables à deux yeux.

Ne lui pose pas de questions bêtes, dit le garçon à Ote. *Il ne jouera pas à tes jeux bêtes. Ce n'est qu'un horrible train tchou-tchou, et son nom est Blaine la Peine.*

Tout à coup, Ote bondit sur les rails et s'y tapit, ses oreilles couchées en arrière, ses yeux d'or flamboyant, ses dents dénudées sur un grondement désespéré.

Non ! hurla Jake. *Non, Ote !*

Mais Ote n'en eut cure. La balle de revolver rose fonçait sur la minuscule silhouette provocante du bafou-bafouilleux et le vrombissement semblait hérisser la peau de Jake de chair de poule, lui faisant saigner le nez et sauter ses plombages dentaires.

Le garçon se rua vers Ote, Blaine le Mono (ou était-ce Charlie le Tchou-tchou ?) fondit sur eux et Jake s'éveilla en sursaut, frissonnant, baigné de sueur. Il avait l'impression que la nuit pesait sur lui comme du plomb. Il roula sur lui-même et chercha frénétiquement Ote à tâtons. L'espace d'un moment atroce, il crut que le bafouilleux était parti, puis ses doigts trouvèrent la fourrure soyeuse. Ote poussa un glapissement et regarda Jake avec une curiosité ensommeillée.

— Tout va bien, chuchota Jake, la gorge sèche. Il n'y a pas de train. Ce n'était qu'un rêve. Rendors-toi, mon p'tit pote.

— Ote, acquiesça l'animal, qui referma les yeux.

Jake se remit sur le dos et resta étendu à contempler les étoiles.

Blaine est plus que peine, songea-t-il. Il est dangereux, *très* dangereux.

Oui, peut-être.

Pas de peut-être quand il s'agit de lui ! insista son esprit saisi de folie.

D'ac, Blaine était peine, admettons. Mais sa composition de fin d'année avait eu autre chose à dire au sujet de Blaine, n'est-ce pas ?

Blaine est la vérité. Blaine est la vérité. Blaine est la vérité.

— Ô mon Dieu, quel merdier ! murmura Jake.

Il ferma les paupières et sombra aussitôt dans le sommeil. Cette fois, il ne fit pas de rêves.

17

Vers midi, le lendemain, ils atteignirent le faîte d'un autre drumlin et virent le pont pour la première fois. La construction enjambait la Send à un endroit où le fleuve, se rétrécissant, filait plein sud et longeait la cité.

— Doux Jésus ! murmura Eddie. Cela ne te rappelle-t-il pas quelque chose, Suzie ?

— Si.

— Et toi, Jake ?

— Si... On dirait le pont George-Washington.

— Je veux, mon neveu !

— Mais que vient fiche le pont George-Washington dans le Missouri ? demanda Jake.

Eddie le dévisagea.

— Où ça, mon vieux ?

Jake parut embarrassé.

— Dans l'Entre-Deux-Mondes, je veux dire. Tu sais...

Eddie l'observait plus sévèrement que jamais.

— Comment sais-tu que c'est l'Entre-Deux-Mondes ?

Tu n'étais pas avec nous quand nous sommes arrivés devant la borne.

Jake fourra les mains dans ses poches et baissa le nez sur ses mocassins.

– Je l'ai rêvé. Est-ce que tu t'imagines que j'ai pris des réservations à l'agence de voyages de mon père ?

Roland toucha l'épaule d'Eddie.

– Laisse-le tranquille.

Eddie jeta un coup d'œil au pistolero et acquiesça.

Ils demeurèrent quelque temps à contempler le pont. S'ils avaient eu le loisir de s'habituer à la ligne des toits de la cité, la structure, elle, était une nouveauté. Le pont rêvassait dans le lointain, forme vague esquissée contre le ciel d'azur du milieu de matinée. Roland parvint à distinguer quatre groupes de tours métalliques incroyablement hautes – un à chaque extrémité du pont et deux en son centre. Des câbles gigantesques les reliaient, qui fendaient l'air en de longs arcs. Entre ces derniers et la base du pont se dressaient de nombreuses lignes verticales – d'autres câbles ou des poutrelles d'acier, il n'aurait su se prononcer. Mais il vit aussi des brèches et se rendit compte au bout d'un bon moment que le pont n'était plus vraiment à niveau.

– Ce pont-là ne va pas tarder à se retrouver dans la Send, à mon avis.

– Ça se peut, admit Eddie de mauvais gré. N'empêche qu'il ne me paraît pas en si piteux état que ça.

Roland soupira.

– Ne nourris pas trop d'espoirs, Eddie.

– C'est censé signifier quoi ?

Eddie prit conscience de la susceptibilité que trahissait son ton, mais il était trop tard pour rattraper le coup.

– Que j'aimerais que tu croies ce que te disent tes yeux, Eddie, c'est tout. Du temps de mes années de formation, un proverbe circulait : « Seul un fou s'imagine qu'il rêve avant de se réveiller. » Tu comprends ?

Eddie sentit une réponse sarcastique lui démanger la langue ; il la ravala au terme d'une brève lutte. C'était juste que Roland avait le chic – sans intention maligne, il en était certain, mais cela n'arrangeait pas pour autant le problème – pour lui donner l'impression d'être un *gamin*.

– Oui, je crois, dit-il enfin. Il signifie la même chose que le proverbe favori de ma mère.

– Et quel était-il ?

– « Espère le meilleur et prépare-toi au pire », répliqua Eddie avec aigreur.

Le visage de Roland s'éclaira d'un sourire.

– Je préfère le proverbe de ta mère.

– Mais il tient toujours, ce pont ! Je conviens qu'il n'a pas une forme du tonnerre – probable que personne ne lui a fait de check-up réellement digne de ce nom depuis une centaine d'années ou à peu près –, mais il est encore là ! La cité tout entière est encore là ! Est-ce réellement répréhensible d'espérer y trouver un petit coup de pouce ? Ou des gens qui nous donneront un petit quelque chose à bouffer et nous parleront, comme ces vieillards de River Crossing, au lieu de nous tirer comme des lapins ? Est-ce tellement répréhensible d'espérer que la chance va peut-être tourner ?

Dans le silence qui suivit, Eddie s'aperçut avec gêne qu'il avait fait une harangue.

– Non. (Il y avait de la gentillesse dans la voix de Roland, cette gentillesse qui surprenait Eddie chaque fois qu'elle se manifestait.) Il n'est jamais répréhensible d'espérer. (Il regarda tour à tour Eddie et les deux autres tel un homme qui émerge d'un rêve profond.) Assez voyagé pour aujourd'hui. L'heure est venue de discuter, je crois, et ça risque d'être longuet.

Le pistolero quitta la route et s'enfonça dans les hautes herbes sans un regard en arrière. Au bout d'un moment, les trois autres lui emboîtèrent le pas.

18

Jusqu'à leur rencontre avec les vieillards de River Crossing, Susannah n'avait vu Roland que sous l'aspect d'un personnage de ces feuilletons télé qu'elle regardait rarement : *Cheyenne*, *Le Fusilier*, et, il va sans dire, l'archétype de tous, *Gunsmoke*. Celui-là, elle l'avait parfois écouté à la radio avec son père avant qu'il ne passe sur le petit écran (combien l'idée d'un drame radiophonique serait étrangère à Eddie et à Jake... A cette pensée, elle sourit – le monde de Roland n'était pas le seul qui eût changé). Elle se rappelait encore ce que le narrateur disait au début de ces piécettes radiophoniques : « Cela rend un homme vigilant... et un peu solitaire. »

Jusqu'à River Crossing, ce stéréotype, pour elle, avait résumé Roland à la perfection. Il n'avait pas la carrure de Marshal Dillon, il n'était pas de grande taille, tant s'en fallait, et son visage lui évoquait davantage celui d'un poète fatigué que celui d'un redresseur de torts de l'Ouest sauvage, mais elle l'avait toujours vu comme une version existentialiste de cet officier de la paix de pure fantaisie du Kansas dont l'unique mission dans la vie (à part boire un coup à l'occasion au *Longbranch* en compagnie de ses copains Doc et Kitty) avait été de nettoyer Dodge.

A présent, elle comprenait que Roland avait jadis été plus qu'un flic sillonnant un paysage surréaliste à la Dali aux confins du monde. Il avait été un diplomate ; un médiateur ; peut-être même un professeur. Surtout, il avait été un soldat de ce que ces gens-là appelaient « le Blanc », ce par quoi, supposa-t-elle, ils entendaient les influences de la civilisation qui freinaient suffisamment les massacres pour permettre quelque progrès. En son temps, Roland avait été plus un chevalier errant qu'un chasseur de primes. Et, à nombre d'égards, ceci *était* toujours son temps ; à coup sûr, c'était ce qu'avaient pensé les habitants de River Crossing. Pourquoi, sinon, se seraient-ils agenouillés dans la poussière pour recevoir sa bénédiction ?

Forte de cette intuition nouvelle, Susannah comprit avec quelle intelligence le pistolero les avait manipulés depuis l'horrible matin dans l'anneau de parole. Chaque fois qu'ils avaient voulu aborder un sujet de conversation qui eût abouti à un échange de vues – et quoi de plus naturel eu égard au « tirage » cataclysmique et inexplicable que chacun d'eux avait vécu ? –, Roland s'était empressé d'intervenir pour changer le cours de la conversation avec tant de doigté que tous (elle y comprise, qui avait passé près de quatre ans immergée jusqu'au cou dans le mouvement pour les droits civils) n'y avaient vu que du feu.

Susannah crut deviner ce qui motivait le pistolero – il voulait donner à Jake le temps de guérir. Mais comprendre ses mobiles ne changeait rien aux sentiments – étonnement, amusement, dépit – qu'éprouvait la jeune femme devant le brio avec lequel le pistolero les avait roulés dans la farine. Elle se rappela quelque chose qu'Andrew, son chauffeur, avait dit peu avant que Roland ne l'eût entraînée dans ce monde-ci, à savoir que le président Kennedy était le dernier pistolero du monde occidental. Elle s'était fichue de lui, à l'époque, mais à présent elle croyait comprendre qu'il y avait beaucoup plus de J. F. K. dans Roland que de Matt Dillon. Si Roland, à son sens, ne possédait guère l'imagination de Kennedy, en ce qui concernait le charme... le dévouement... le charisme...

Et la ruse, pensa-t-elle. N'oublie pas la ruse.

Elle éclata de rire et en fut la première surprise.

Roland, assis en tailleur, se tourna vers elle, sourcils levés.

– Quelque chose de drôle ?

– Très. Dis-moi... combien de langues parles-tu ?

Le pistolero réfléchit.

– Cinq, finit-il par répondre. Je parlais à la perfection les dialectes sellians, mais j'ai peur d'avoir tout oublié, excepté les jurons.

Susannah rit encore. Un son gai, de pur ravissement.

– Tu es un renard, Roland ! Un renard, ah oui !

Jake prit l'air intéressé.

– Dis un juron en strelleran.

– En *sellian*, le corrigea Roland.

Il se tut une minute, puis marmonna quelque chose dans un grasseyement rapide ; pour Eddie, ce fut un peu comme s'il se gargarisait avec un liquide très épais – du café vieux d'une semaine, par exemple. Roland sourit en le proférant.

Jake lui rendit son sourire.

– Qu'est-ce que ça veut dire ?

Roland entoura un moment de son bras les épaules du garçon.

– Que nous avons à discuter de pas mal de choses.

– Ouais, ça ne m'étonne pas, fit Eddie.

19

– Nous sommes un *ka-tet*, commença Roland. En d'autres termes, un groupe d'individus liés par le destin. Les philosophes de mon pays affirmaient que seules la mort ou la trahison pouvaient rompre un *ka-tet*. Mon grand Maître, Cort, prétendait pour sa part que, puisque la mort et la trahison sont elles aussi des rayons de la roue du *ka*, une telle union ne saurait jamais être brisée. A mesure que les années passent et que croît mon expérience, j'adhère de plus en plus à la façon de voir de Cort.

« Chaque membre d'un *ka-tet* est semblable à une pièce de puzzle. Prise isolément, chacune est un mystère, mais une fois assemblées, toutes forment une image... ou une *partie* d'une image. Il peut falloir beaucoup de *ka-tets* pour parachever une image. Ne soyez pas surpris en découvrant que vos vies se touchent d'une façon que vous ne soupçonniez pas jusqu'alors. Ainsi, chacun de vous trois est capable de connaître les pensées des deux autres...

– Quoi ? brailla Eddie.

– C'est la vérité. Vous partagez si naturellement les pensées les uns des autres que vous n'en avez jamais pris conscience, mais le fait est. Il est indéniablement plus facile pour moi de m'en rendre compte, parce que je ne suis pas membre à part entière de ce *ka-tet* – sans doute parce que je n'appartiens pas à votre monde – et ne puis donc partager complètement ce don. Mais je *peux* vous envoyer des pensées. Susannah, tu te rappelles quand nous étions dans l'anneau de parole ?

– Oui. Tu m'as dit de lâcher le démon à ton signal. Sauf que tu ne t'es pas exprimé à haute voix.

– Eddie... tu te souviens quand on était dans la clairière de l'ours et que la chauve-souris métallique a fondu sur toi ?

– Oui. Tu m'as dit de me baisser.

– Il n'a pas ouvert la bouche, Eddie, intervint Susannah.

– Si ! Tu as *crié* ! Je t'ai *entendu*, mec !

– J'ai crié, d'accord, mais dans ma *tête*. (Le pistolero se tourna vers Jake.) Tu te souviens, dans la maison ?

– Quand la lame de parquet sur laquelle je tirais ne venait pas, tu m'as dit d'essayer celle d'à côté. Mais si tu ne sais pas lire dans les pensées, Roland, comment pouvais-tu deviner dans quel pétrin j'étais ?

– J'ai *vu*. Je n'ai rien entendu, mais j'ai *vu*... à peine, comme par une vitre sale. (Il embrassa le trio du regard.) Cette proximité, cette aptitude à partager les pensées s'appelle le *khef*, un mot qui a beaucoup d'autres sens dans la langue originelle du vieux monde... Eau, naissance, force vitale n'en sont que trois parmi d'autres. Soyez-en conscients. C'est tout ce que je vous demande pour l'instant.

– Comment peut-on être conscient d'un truc auquel on ne croit pas ? demanda Eddie.

Roland sourit.

– Il suffit de garder l'esprit ouvert.

– Ça, c'est dans mes cordes.

– Roland ? (C'était Jake.) Penses-tu qu'Ote puisse faire partie de notre *ka-tet* ?

Susannah sourit, mais pas Roland.

– Je n'en ai aucune idée pour l'heure... mais je te le dirai, Jake. J'ai beaucoup songé à ton ami à fourrure. Le *ka* ne régit pas tout, et des coïncidences peuvent toujours se produire... Toutefois, la brusque apparition d'un bafou-bafouilleux qui a gardé la mémoire des hommes me paraît plus qu'une simple coïncidence. (Il jeta un coup d'œil à chacun.) Je vais parler le premier. Eddie prendra ma suite, enchaînant le récit là où je l'aurai laissé, puis Susannah. Jake, tu interviendras le dernier. D'accord ?

Ils acquiescèrent.

– Bien. Nous sommes un *ka-tet* – un parmi nombre d'autres. Que la discussion commence !

La discussion se poursuivit jusqu'au coucher du soleil, seulement interrompue le temps de leur permettre d'avaler un repas froid, et, lorsqu'elle prit fin, Eddie eut l'impression d'avoir livré douze rounds contre Sugar Ray Leonard. Il ne doutait plus qu'ils eussent « partagé le *khef* », ainsi que le formula Roland. Jake et lui semblaient vraiment avoir vécu chacun la vie de l'autre dans leurs rêves, comme s'ils figuraient les deux moitiés d'un même tout.

Roland évoqua d'abord l'épisode qui s'était déroulé sous les montagnes, là où s'était achevée la première vie de Jake dans le présent monde. Il relata les discussions qu'il avait eues avec l'homme en noir, ainsi que les vagues allusions de Walter à propos d'une Bête et d'un quidam qu'il appelait l'Etranger sans âge. Il parla du rêve étrange et déroutant qu'il avait fait, dans lequel l'univers tout entier s'était abîmé au sein d'un rayon d'une fantastique lumière blanche. Il raconta aussi comment, à la fin de ce rêve, une touffe d'herbe pourpre lui était apparue.

Eddie lança un regard en coin à Jake et fut abasourdi de voir de la reconnaissance – de la *recognition* – dans les yeux du gamin.

21

Si Roland avait dévoilé à Eddie d'incohérentes bribes de son récit à l'époque de son délire, celui-ci était inouï pour Susannah, et la jeune femme dressait l'oreille, les yeux comme des soucoupes. Lorsque Roland répéta les propos que Walter lui avait tenus, elle capta des lueurs de son monde à elle, tels des reflets dans un miroir brisé : des voitures, le cancer, des fusées allant dans la Lune, l'insémination artificielle. Elle ne savait pas le premier mot de ce qu'était la Bête, mais elle identifia l'Etranger sans âge comme étant une variante du nom de Merlin, l'enchanteur qui, paraît-il, avait orchestré la carrière du roi Arthur. De plus en plus curieux.

Roland leur confia s'être réveillé et avoir découvert

que Walter était mort depuis des années – le temps, en quelque sorte, avait glissé en avant, peut-être de cent ans, peut-être de cinq cents. Jake écoutait dans un silence fasciné le pistolero leur dire qu'il avait abordé au rivage de la mer Occidentale, leur raconter comment il avait perdu deux des doigts de sa main droite et entraîné avec lui Eddie et Susannah avant de rencontrer Jack Mort, le sombre troisième.

Du geste, le pistolero invita Eddie à poursuivre le récit par l'apparition du grand ours.

– « Shardik » ? intervint Jake. Mais c'est le nom d'un *livre* ! Un livre de *notre* monde ! Il a été écrit par l'homme qui a pondu ce fameux bouquin sur les lapins...

– Richard Adams ! s'écria Eddie. Et le bouquin sur les Jeannot lapins s'intitulait *Watership Down* ! Je *savais* que je connaissais ce nom-là ! Mais comment est-ce possible, Roland ? Comment se fait-il que des gens de ton monde connaissent des choses du nôtre ?

– Il y a des portes, non ? N'en n'avons-nous pas déjà vu quatre ? Tu crois qu'elles n'existaient pas avant ou qu'elles n'existeront plus après ?

– Mais...

– Chacun de nous a vu des vestiges de votre monde dans le mien, et quand j'étais dans votre cité de New York, j'ai vu des traces de mon monde dans le vôtre. J'ai vu des *pistoleros*... Mollassons et lents pour la plupart, mais d'authentiques pistoleros quand même, à l'évidence des membres de leur ancien *ka-tet*.

– Roland, ce n'étaient que des flics. Tu les as enfoncés dans les grandes largeurs.

– Pas le dernier. Quand Jack Mort et moi étions dans le métro, ce type a failli m'avoir. Sans ce coup de pot – la pierre à briquet de Mort –, il m'aurait descendu. Celui-là... j'ai vu ses yeux. Il connaissait le visage de son père. Très bien, je crois. Et alors... Tu te rappelles le nom du night-club de Balazar ?

– Je veux, répondit Eddie, mal à l'aise dans ses baskets. La Tour penchée. Pure coïncidence, si ça se trouve. Tu as dit toi-même que le *ka* ne régissait pas tout.

Roland hocha la tête.

– Tu es vraiment le portrait craché de Cuthbert ! Je me souviens d'un truc qu'il a dit quand nous étions gosses. Nous projetions une expédition nocturne au cimetière ; Alain ne voulait pas venir. Il prétendait avoir peur d'offenser les ombres de ses ancêtres. Cuthbert s'est moqué de lui. Il a dit qu'il ne croirait aux revenants que lorsqu'il en tiendrait un entre ses dents.

– Voilà qui est parler ! Bravo !

Roland sourit.

– J'étais sûr que l'histoire te plairait. Bon, laissons là ce fantôme. Poursuis ton récit.

Eddie parla de la vision qu'il avait eue quand Roland avait lancé la mâchoire dans le feu – la vision de la clé et de la rose. Il évoqua son rêve, et la façon dont il avait franchi la porte de la boutique de Tom et Gerry, puis traversé le champ de roses que dominait la haute tour couleur de suie. Il dit le nuage sombre qui avait jailli de ses fenêtres pour envahir le ciel, s'adressant alors à Jake seul, car le gamin l'écoutait avec une intensité avide et un étonnement croissant. Il tenta de faire passer un peu de l'exaltation et de la terreur qui avaient baigné son rêve et lut dans les yeux de ses compagnons – ceux de Jake, surtout – que sa performance dépassait tous ses espoirs... ou qu'ils avaient eux-mêmes fait ce rêve.

Il leur raconta avoir suivi les traces de Shardik jusqu'au Portail de l'Ours, leur narra que, quand il y avait appuyé la tête, il s'était surpris à se rappeler le jour où il avait convaincu son frère de l'emmener à Dutch Hill afin de voir le Manoir. Il parla du pot et de l'aiguille et du fait que l'aiguille pointée avait perdu son utilité une fois qu'ils s'étaient rendu compte qu'ils pouvaient voir le Rayon à l'œuvre dans chaque chose que celui-ci touchait, jusqu'aux oiseaux dans le ciel.

Susannah prit alors la suite du récit. Tandis qu'elle parlait, racontant comment Eddie avait entrepris de sculpter sa propre version de la clé, Jake se mit sur le dos et, les mains croisées derrière la nuque, observa les nuages qui progressaient lentement vers la cité, cap sur le sud-est. La figure bien ordonnée qu'ils formaient témoignait de la présence du Rayon aussi sûrement que la fumée sortant d'une cheminée indique la direction du vent.

Susannah termina son récit en évoquant comment ils avaient finalement tiré Jake dans ce monde, colmatant la brèche des souvenirs du gamin et de ceux de Roland aussi soudainement et aussi complètement qu'Eddie avait fermé la porte de l'anneau de parole. Le seul fait qu'elle passa sous silence n'en était pas un à strictement parler – du moins pas encore. Elle n'avait pas de nausées au réveil, n'est-ce pas, et une seule absence de règles n'était pas symptomatique. Ainsi que Roland lui-même aurait pu le dire, c'était un récit qu'il valait mieux laisser en réserve pour un autre jour.

Cependant, lorsqu'elle se tut, elle se surprit à souhaiter pouvoir oublier les paroles que tantine Talitha avait prononcées quand Jake avait affirmé que ce monde était désormais le sien : *Dans ce cas, que Dieu ait pitié de toi, car le soleil se couche sur le monde. Il se couche pour toujours.*

– A ton tour, Jake, dit Roland.

Jake s'assit et tourna son regard vers Lud, où les fenêtres des tours situées à l'ouest reflétaient en plaques dorées la lumière de fin d'après-midi.

– Toute cette histoire est démente, murmura-t-il, mais fait presque sens. Comme un rêve au moment où on se réveille.

– On peut peut-être t'aider à y voir clair, dit Susannah.

– Peut-être. Du moins pouvez-vous m'aider à réfléchir à propos du train. Je suis fatigué de tenter de trouver un sens à Blaine. (Il soupira.) Vous savez ce par quoi Roland est passé, vivant deux vies à la fois, je peux donc sauter cette partie-là. Je ne suis pas sûr de pouvoir jamais expliquer comment c'était, en tout cas, et je ne veux même pas essayer. C'était choquant. Je crois que je ferais mieux de commencer par ma composition de fin d'année, parce que c'est à ce moment-là que j'ai cessé de croire que tout ce bazar allait s'arranger. (Il regarda l'auditoire, la mine sombre.) C'est à ce moment-là que j'ai baissé les bras.

22

Jake parla jusqu'au coucher du soleil.

Il leur dit ce qu'il se rappelait, évoquant d'abord sa version des faits et terminant sur le monstrueux portier qui avait littéralement jailli de l'huisserie de la porte pour l'attaquer. Les trois autres l'écoutèrent sans l'interrompre.

Quand Jake eut achevé son récit, Roland se tourna vers Eddie, les yeux brillants d'un méli-mélo d'émotions, que celui-ci, dans un premier temps, prit pour de l'étonnement. Puis il s'aperçut qu'il s'agissait d'une formidable fièvre... et d'une peur profonde. Il sentit sa bouche devenir sèche. Si Roland lui-même avait la trouille...

— Doutes-tu toujours que nos mondes respectifs se chevauchent, Eddie ?

Eddie secoua la tête.

— Non. Je descendais la même rue, et *dans ses vêtements* ! Mais... Jake, puis-je avoir ce bouquin ? *Charlie le Tchou-tchou* ?

Jake tendit la main vers son sac à dos, mais Roland l'intercepta.

— Attends ! Retourne à l'endroit vide, Jake. Répète-nous ce passage. Essaie de te rappeler chaque détail.

— Peut-être devrais-tu me plonger sous hypnose, dit Jake avec hésitation. Comme tu l'as déjà fait dans le métro.

Roland secoua la tête.

— Inutile. Ce qui t'est arrivé dans ce lieu est l'événement majeur de ta vie, Jake. De toutes tes vies. Tu sauras t'en remémorer le moindre détail.

Rebelote, donc. Pour chacun d'eux, il était manifeste que l'expérience de Jake dans le lieu vide qu'avaient occupé un jour Tom et Gerry était le cœur secret du *ka-tet* qu'ils partageaient. Dans le rêve d'Eddie, la boutique existait encore ; dans la réalité de Jake, elle n'était plus que décombres, mais, dans l'un et l'autre cas, c'était un endroit doté d'un énorme pouvoir talismanique ; Roland ne doutait pas que le lieu vide, avec ses briques effritées et ses vitres en morceaux, était une version différente de ce que Susannah connaissait sous le nom de Drawers et de ce que lui-même avait vu à la fin de sa vision dans l'ossuaire.

Alors qu'il narrait pour la seconde fois cette partie de l'histoire, avec une élocution très lente, Jake découvrit que le pistolero avait dit vrai : il *se rappelait* chaque détail. Ses souvenirs s'améliorèrent tant et si bien qu'il eut pour finir quasiment l'impression de revivre l'anecdote. Il leur parla du panneau annonçant qu'un complexe, la résidence de la Baie de la Tortue, allait être édifié à l'emplacement de la charcuterie de Tom et Gerry. Il se rappela même le petit poème bombé sur la clôture et le récita à l'intention de ses compagnons :

> *Vois la TORTUE comme elle est ronde !*
> *Sur son dos repose le monde.*
> *Tu veux des rires et des chansons ?*
> *Suis donc le sentier du RAYON.*

Susannah murmura :

– « Son esprit, quoique lent, est toujours très gentil. Il tient chacun de nous dans ses nombreux replis »... C'est bien ça, Roland ?

– Quoi ? fit Jake. C'est bien ça, quoi ?

– Un poème que j'ai appris enfant, expliqua Roland. C'est un nouveau lien, un de ceux qui veulent vraiment nous dire quelque chose, bien que je ne sois pas certain que ce soit quelque chose qu'il nous faille savoir... Bah ! Y voir un peu plus clair pourra se révéler utile un jour.

– Douze portails reliés par six rayons, dit Eddie. Nous avons commencé par l'Ours. Nous n'allons pas plus loin que la moitié – la Tour –, mais si nous parcourions tout le chemin jusqu'à l'autre bout, nous arriverions au Portail de la Tortue, n'est-ce pas ?

Roland opina.

– A coup sûr.

– Le Portail de la Tortue, fit Jake, pensif, roulant les syllabes dans sa bouche, comme s'il les goûtait.

Puis il acheva son récit en évoquant une fois encore la magnifique mélodie du chœur, le fait qu'il avait compris que visages, contes et légendes étaient partout et qu'il croyait de plus en plus être tombé sur quelque chose de très proche du noyau de toute existence. Enfin, il leur narra de nouveau sa découverte de la clé et sa vision de la rose. Absorbé dans ses souvenirs, il se mit à pleurer, sans s'en rendre compte, apparemment.

– Quand elle s'est ouverte, dit-il, j'ai noté que le cœur en était du jaune le plus vif qu'on ait jamais vu. Tout d'abord, j'ai pensé que c'était du pollen, éclatant parce que *tout*, dans cet endroit, claquait. Quand on regardait de vieux papiers de bonbons, ou des bouteilles de bière, c'était comme contempler les plus merveilleux tableaux qui eussent jamais été peints. Et puis, je me suis aperçu que c'était un soleil. Ça paraît dingue, je sais, mais voilà ce que c'était. Sauf que c'était davantage qu'un seul et unique astre. C'était...

– Ce n'étaient que des soleils, murmura Roland. Tout était *réel*.

– Oui ! Et c'était *bien* – et *pas bien* également. Je ne peux expliquer pourquoi ce n'était pas bien, mais le fait est. C'était comme deux battements de cœur, l'un à l'intérieur de l'autre, et celui de l'intérieur était malade. Ou infecté. Ensuite, je me suis évanoui.

23

– Tu as eu semblable vision à la fin de ton rêve, n'est-ce pas, Roland ? demanda Susannah d'une voix que la crainte muait en chuchotis. La touffe d'herbe que tu as vue avant qu'il ne s'achève... Tu as cru qu'elle était pourpre, parce qu'elle était tout éclaboussée de peinture.

– Tu ne comprends pas, rétorqua Jake. Elle était *réellement* pourpre. Quand je la voyais telle qu'elle était réellement, elle était *pourpre*. Je n'avais jamais rien vu de tel dans ma vie. La peinture n'était que du camouflage. De la même manière que le portier se camouflait pour ressembler à une vieille maison à l'abandon.

Le soleil avait atteint l'horizon. Roland demanda à Jake s'il voulait bien leur montrer *Charlie le Tchou-tchou*, puis leur en faire la lecture. Le garçon passa le livre à la ronde. Eddie et Susannah observèrent la couverture un long moment.

– J'avais ce bouquin quand j'étais tout môme, dit enfin Eddie, de ce ton uni que donne la certitude absolue. Puis nous avons quitté Queens pour Brooklyn – je n'avais pas quatre ans –, et je l'ai perdu. Mais je me souviens du dessin sur la couverture. Et il me faisait le même effet qu'à toi, Jake. Je ne l'aimais pas. Il ne m'inspirait pas confiance.

Susannah leva les yeux et fixa Eddie.

– J'avais le même, moi aussi... Comment aurais-je pu oublier la petite fille qui porte mon prénom... même si, à l'époque, c'était mon second prénom ? Et j'éprouvais des sentiments analogues aux tiens envers le train. Je ne l'aimais pas et il ne m'inspirait pas confiance. (Elle tapota la couverture du doigt avant de passer le livre à Roland.) Je trouvais que ce sourire était une imposture de première bourre.

Roland n'accorda qu'un coup d'œil au dessin avant de reporter son regard sur Susannah.

– Tu l'as perdu, toi aussi ?

– Oui.

– Et je parie que je sais quand, dit Eddie.

Susannah hocha la tête.

– Je n'en doute pas. Ç'a été après que cet homme m'a lancé une brique sur le crâne. Je l'avais quand nous sommes partis dans le Nord pour le mariage de tante Bleue. Je l'avais dans le train. Je m'en souviens, parce que je ne cessais de demander à mon père si c'était Charlie le Tchou-tchou qui nous tirait. Je ne *voulais* pas que ce soit lui, parce que nous devions aller à Elisabeth, dans le New Jersey, et je pensais que Charlie risquait de nous emmener n'importe où. A la fin de l'histoire, n'entraîne-t-il pas à sa suite des gens dans un village miniature ou un truc dans ce goût-là, Jake ?

– Un parc d'attractions.

– Mais oui ! Un dessin le représente remorquant des enfants dans ce parc, non ? Tous ont l'air hilares, sauf que j'ai toujours pensé qu'en réalité ils hurlaient.

– Oui ! cria Jake. Oui, c'est exact ! C'est tout à fait ça !

– Je croyais que Charlie allait peut-être nous emmener là où il habitait, et non au mariage de ma tante, et qu'il ne nous laisserait jamais revenir chez nous.

– Tu ne peux pas rentrer chez toi, à présent, murmura Eddie, qui passa nerveusement les doigts dans ses cheveux.

— Tout le temps qu'on a été dans ce train, je n'ai pas lâché le livre. Je me souviens même d'avoir pensé : S'il tente de nous kidnapper, je déchirerai ses pages jusqu'à ce qu'il mette les pouces. Mais faut-il le dire ? Nous sommes arrivés à bon port, et à l'heure, qui plus est. Papa m'a emmenée au bout du quai, pour que je voie la locomotive. C'était un diesel, pas une locomotive à vapeur, et je me rappelle que ce détail m'a réjouie. Puis, après le mariage, le dénommé Mort m'a lancé cette brique et je suis restée dans le coma un bout de temps. Après ça, je n'ai jamais revu *Charlie le Tchou-tchou*. Pas jusqu'à aujourd'hui. (Elle hésita puis ajouta :) Ce pourrait être le mien, qui sait ?... Ou celui d'Eddie.

— Ouais, et c'est sans doute le cas, approuva Eddie. (Son visage était pâle et solennel... puis il eut un sourire de gosse.) « Voyez la TORTUE, c'est-y pas trognon ? Toute chose sert ce foutu Rayon. »

Roland observa l'ouest.

— Le soleil se couche. Lis-nous l'histoire avant que nous ne soyons privés de lumière, Jake.

Le garçon ouvrit le livre à la première page, leur montra le dessin représentant Bob le Mécano dans la cabine de Charlie et commença :

— « Bob Brooks travaillait comme mécanicien pour la compagnie ferroviaire de l'Entre-Deux-Mondes et faisait régulièrement le trajet de Saint Louis à Topeka... »

24

— « ... Et de temps en temps, les enfants entendent Charlie chanter sa vieille chanson de sa petite voix bourrue », termina Jake.

Il leur montra la dernière image — les enfants hilares qui, en réalité, auraient aussi bien pu être en train de hurler, puis referma le livre. Le soleil était couché ; le firmament était pourpre.

— Eh bien, c'est un peu tiré par les cheveux, dit Eddie. L'histoire s'apparente davantage à un rêve dans lequel il arrive que les rivières coulent vers l'amont, mais ça tient suffisamment la route pour me flanquer une pétoche de tous les diables. C'est l'Entre-Deux-Mondes – le territoire de Charlie. Sauf que son nom, par ici, n'est pas Charlie. Dans le coin, on l'appelle Blaine le Mono.

Roland observait Jake.

– Donne-nous ton avis. Devrions-nous contourner la cité ? Croiser au large de ce train ?

Jake réfléchit, tête basse, ses doigts courant distraitement dans l'épaisse fourrure soyeuse d'Ote.

– J'aimerais bien, répondit-il enfin, mais si j'ai bien pigé ce truc à propos du *ka*, je ne crois pas que nous soyons supposés le faire.

Roland opina.

– S'il s'agit du *ka*, la question de savoir ce qu'on est supposés faire ou ne pas faire n'entre même pas en ligne de compte. Si nous évitions Lud, les circonstances nous forceraient à y revenir. En l'occurrence, mieux vaut se soumettre tout de suite à l'inévitable au lieu d'atermoyer. Qu'en penses-tu, Eddie ?

Eddie réfléchit aussi longuement et aussi soigneusement que Jake l'avait fait. Il ne voulait rien avoir à faire avec un train doué de la parole qui fonctionnait tout seul ; qu'on l'appelât Charlie le Tchou-tchou ou Blaine le Mono, tout ce que leur avait dit et lu Jake laissait supposer qu'il y avait de fortes chances que ce fût un engin mauvais. D'un autre côté, ils avaient des kilomètres et des kilomètres à parcourir, et, quelque part au bout du chemin, se trouvait ce qu'ils étaient venus chercher. A cette pensée, Eddie fut surpris de s'apercevoir qu'il avait les idées claires et savait exactement ce qu'il voulait. Il releva la tête et, pour la première fois ou presque depuis qu'il avait mis le pied dans ce monde, il fixa fermement le regard bleu délavé de Roland de ses yeux noisette.

– Je veux retourner dans ce champ de roses et voir la Tour qui s'y dresse. J'ignore tout ce qui se passera ensuite. Sans fleurs ni couronnes, sans doute, et pour chacun de nous. Mais je m'en tamponne le coquillard ! Je veux être de nouveau là-bas. Je me contrefiche que Blaine soit le diable et que le train traverse le cœur de l'enfer pour rejoindre la Tour. Je vote pour.

Roland hocha le menton et se tourna vers Susannah.

– Eh bien, je n'ai fait aucun rêve concernant la Tour sombre, dit la jeune femme, je ne peux donc aborder la question à ce niveau – le niveau du désir, diriez-vous, je suppose. Mais à présent, je crois au *ka*, et je ne suis pas paralysée au point de ne rien sentir quand quelqu'un me martèle le crâne de ses phalanges et me serine : « Ce chemin-là, idiote ! » Et toi, Roland ? Qu'en penses-tu ?

– Que nous avons eu notre content de parlotes pour aujourd'hui et que le moment est venu de laisser tomber jusqu'à demain.

– Et *Devine, Devinettes* ? demanda Jake. Tu veux y jeter un coup d'œil ?

– Nous aurons largement le temps un autre jour. Dormons un peu.

25

Le pistolero, cependant, fut long à trouver le sommeil ; quand le martèlement rythmé se fit de nouveau entendre, il se leva et retourna sur la route. Il s'immobilisa, le regard rivé sur le pont et la cité. Il était en tout point le fin diplomate que Susannah avait soupçonné ; il avait compris que le train constituait la prochaine étape sur la route qu'ils devaient prendre dès le moment ou presque où il en avait entendu parler... Toutefois, il avait senti qu'il ne serait pas sage de le dire. Eddie, notamment, détestait qu'on lui force la main ; quand il s'apercevait qu'on le manipulait, il baissait la tête, se campait fermement sur ses jambes, dévidait ses plaisanteries stupides et regimbait comme une mule. Cette fois, ses désirs étaient les mêmes que ceux de Roland, mais il risquait tout de même de dire *jour* si Roland disait *nuit* et *nuit* si Roland disait *jour*. Il était moins risqué d'y aller en douceur, et plus sûr de questionner plutôt que de parler.

Il tourna les talons pour faire demi-tour... et saisit son revolver à la vue d'une silhouette sombre qui le regardait, debout au bord de la route. Il ne tira pas, mais ce fut moins une.

– Je me demandais si tu arriverais à dormir après

cette petite représentation, dit Eddie. Non, apparemment.

– Je ne t'ai pas entendu, Eddie. Tu fais des progrès... Sauf que, cette fois, tu as failli recevoir une balle dans le ventre pour ta peine.

– Tu ne m'as pas entendu, parce que ton esprit carbure à plein régime.

Eddie rejoignit le pistolero et, même à la lumière des seules étoiles, celui-ci vit que le garçon n'était pas dupe pour un sou. Son respect pour lui s'en accrut encore. C'était à Cuthbert qu'Eddie lui faisait penser ; à nombre d'égards, toutefois, Eddie avait dépassé son ami de jadis.

Si je le sous-estime, songea-t-il, je suis bon pour m'en tirer avec une patte sanguinolente. Et si je le laisse tomber ou si je fais quelque chose qu'il verra comme une trahison, il essaiera probablement de me tuer.

– Qu'est-ce qui te tracasse, Eddie ?

– Toi. Nous. Je veux que tu saches ceci : jusqu'à ce soir, je supposais que tu le savais déjà. A présent, je n'en jurerais pas.

– Dis-moi, alors.

Comme il ressemble à Cuthbert ! pensa de nouveau le pistolero.

– Nous sommes avec toi parce que nous y sommes forcés... ton foutu *ka*. Mais également parce que nous le *voulons*. Cela est vrai pour Susannah et moi, et je suis à peu près certain que ça l'est aussi pour Jake. Tu es très intelligent, mon vieux poteau *khef*, mais tu devrais mettre ton intelligence dans un abri antibombes, parce que c'est vachement dur parfois de te suivre. Je veux la voir, Roland. Tu piges ce que je suis en train de te dire ? *Je veux voir la Tour*. (Eddie scruta le visage de Roland, n'y aperçut apparemment pas ce qu'il espérait y trouver et leva les mains en signe d'exaspération.) Je veux que tu cesses de me tirer par l'oreille comme un gosse !

– Que je cesse de te tirer par l'oreille ?

– Ouais. Te fatigue plus à me traîner. Je viens de mon plein gré. *Nous* venons de notre plein gré. Si tu mourais cette nuit dans ton sommeil, on t'enterrerait puis on reprendrait la route. Probable qu'on ne ferait pas de vieux os, mais on mourrait sur le sentier du Rayon. Tu comprends, maintenant ?

– Oui.

– Puisque tu le dis... Mais me crois-tu ?

Bien sûr, songea Roland. Où pourrais-tu aller, sinon, Eddie, dans ce monde qui t'est si étranger ? Et que pourrais-tu faire d'autre ? Tu ferais un bien piètre fermier.

Mais cette pensée était mesquine et injuste, et Roland le savait. Dénigrer le libre arbitre en le confondant avec le *ka* était pire qu'un blasphème ; c'était agaçant et stupide.

– Oui, répondit-il. Je te crois. Par mon âme, je te crois.

– Alors, cesse de te conduire comme si nous étions un troupeau de moutons et toi le berger nous filant le train en agitant une houlette pour nous empêcher, écervelées créatures, de quitter la route pour nous précipiter dans des sables mouvants. Montre-toi plus tolérant envers nous. Si nous devons mourir dans la cité ou à bord de ce train, que je perde la vie en sachant que j'étais plus qu'un simple pion sur ton échiquier !

Roland sentit la colère lui échauffer les joues, mais s'illusionner n'avait jamais été son fort. S'il était furieux, ce n'était pas parce que Eddie avait tort, mais parce qu'il avait lu en lui. Roland l'avait regardé aller son petit bonhomme de chemin, s'éloignant sans cesse davantage de sa prison – de même que Susannah, car elle aussi avait été emprisonnée – et, pourtant, son cœur n'avait jamais tout à fait accepté la preuve que lui donnaient ses sens. Apparemment, son cœur voulait continuer de les voir comme des êtres différents, inférieurs.

Roland inspira à fond.

– Pistolero, j'implore ton pardon.

Eddie hocha la tête.

– Nous fonçons droit dans un bel ouragan d'emmerdes... Je le sens, et j'ai une frousse bleue. Cependant, ce ne sont pas *tes* emmerdes, mais les *nôtres*. D'accord ?

– Oui.

– D'après toi, qu'est-ce qu'on risque, au pire, dans la cité ?

– Je l'ignore. Je sais seulement que nous devons tenter de protéger Jake, parce que la vieille tantine a dit qu'il susciterait la convoitise des deux factions en présence. Pour une part, les dangers que nous courrons seront fonction du temps qu'il nous faudra pour dénicher ce train. Pour l'essentiel, toutefois, ils dépendront de ce qui arrivera quand nous l'aurons trouvé. Si notre troupe était plus forte de deux hommes, je placerais Jake dans une boîte roulante et l'entourerais de fusils de toutes parts. Comme ce n'est pas le cas, nous marcherons en file indienne – moi le premier, Jake derrière poussant Susannah et toi fermant la marche.

– Des tas d'emmerdes, Roland ? Essaie de deviner.

– Je ne puis.

– Je pense que si. Tu ne connais pas la cité, mais tu sais comment les gens de ton monde se sont comportés depuis que les choses ont commencé à se désagréger. Beaucoup d'emmerdes ?

Roland se tourna vers le bruit régulier de la batterie et réfléchit.

– Pas trop, si ça se trouve. Je suppose que les combattants sont vieux et démoralisés. Il se peut que tu aies raison et que certains nous offrent même leur aide, ainsi que l'a fait le *ka-tet* de River Crossing. Peut-être ne verrons-nous personne... Eux nous verront, verront que nous avons des armes et ils feront l'autruche, nous laissant aller notre chemin. Sinon, j'espère qu'ils s'égailleront comme des rats si nous faisons le coup de feu.

– Et s'ils décident de passer à l'attaque ?

Roland sourit.

– Dans ce cas, Eddie, nous nous rappellerons *tous* le visage de nos pères.

Les yeux d'Eddie étincelèrent dans les ténèbres et, de nouveau, Roland ne put s'empêcher de songer à Cuthbert – Cuthbert qui avait déclaré un jour qu'il ne croirait aux fantômes que lorsqu'il en aurait un entre les dents, Cuthbert avec qui il avait jadis éparpillé des miettes de pain sous un gibet.

– Ai-je répondu à toutes tes questions ?

– Non... Mais je crois que, ce coup-ci, tu as joué franc jeu avec moi.

– Eh bien, bonne nuit, Eddie.

– Bonne nuit.

Eddie tourna les talons et s'éloigna. Roland le suivit des yeux. A présent qu'il était à l'écoute, il l'entendait... mais si peu. Il fit lui aussi demi-tour, puis pivota vers les ténèbres au sein desquelles se dressait la cité de Lud.

Il est ce que la vieille femme appelait un Ado. Elle a dit que les deux factions se le disputeraient.

Tu ne vas pas me laisser tomber, cette fois ?

Non. Pas cette fois. Plus jamais.

Mais Roland savait un fait que les autres ignoraient. Après la conversation qu'il venait d'avoir avec Eddie, peut-être devait-il le leur dire... Mais non. Il le garderait pour lui encore un peu.

Dans l'ancienne langue qui avait jadis été la *lingua franca* de son monde, la plupart des mots, ainsi *khef* et *ka*, avaient de multiples significations. Le mot *char*, cependant – *char* comme dans Charlie le Tchou-tchou – n'en avait qu'une.

Char signifiait la mort.

V

Le Pont et la Cité

1

Ils découvrirent l'avion écrasé trois jours plus tard.

Jake le montra du doigt d'abord en milieu de matinée – un éclat de lumière à une quinzaine de kilomètres, comme un miroir posé dans l'herbe. Quand ils s'en furent rapprochés, ils distinguèrent un gros objet noir sur le bas-côté de la Grand-Route.

– On dirait un oiseau mort, dit Roland. De grande taille.

– Ce n'est pas un oiseau, dit Eddie. C'est un avion. Je suis à peu près sûr que c'est la réverbération du soleil sur la verrière du cockpit qui provoque cette clarté éblouissante.

Une heure plus tard, ils contemplaient en silence l'antique épave. Trois corneilles grassouillettes, perchées sur la peau en lambeaux du fuselage, fixaient les nouveaux venus avec insolence. Jake ramassa un caillou sur le bord de la route et le leur lança. Les volatiles s'envolèrent pesamment dans des croassements d'indignation.

Une des ailes de l'avion, cassée dans la chute, se trouvait à trente mètres de là, ombre pareille à une planche de surf plongeant en piqué au sein de l'herbe haute. Le reste de la machine volante était à peu près intact. La verrière du cockpit s'était fêlée en étoile là où l'avait heurtée la tête du pilote. Une large tache couleur de rouille s'y étalait.

Ote trottina jusqu'à l'endroit où trois pales rouillées se dressaient hors de la végétation, les renifla, puis revint à la hâte vers Jake.

L'homme, dans le cockpit, n'était plus qu'une momie desséchée portant une veste de cuir rembourrée et un casque orné d'une pointe en son sommet. Il n'avait plus de lèvres, ses dents étaient dénudées sur une ultime et atroce grimace. Ses doigts, autrefois aussi gros que des saucisses et désormais réduits à l'état d'os couverts de peau, agrippaient le manche à balai. Son crâne était enfoncé là où il avait frappé le verre, et Roland devina que les amas gris verdâtre qui maculaient le côté gauche de son visage étaient tout ce qui restait de sa cervelle. Sa tête était inclinée en arrière, comme s'il n'avait pas douté, même à l'instant de sa mort, pouvoir de nouveau rejoindre le ciel. L'aile intacte de l'avion saillait de l'herbe luxuriante. On y discernait des insignes passés, qui représentaient un poing brandissant la foudre.

— M'est avis que tantine Talitha se gourait et que le vieil albinos était dans le vrai, finalement, dit Susannah d'une voix apeurée. Ce doit être David Quick, le prince hors-la-loi. Regarde sa taille, Roland... il a sûrement fallu le graisser pour le faire entrer dans le cockpit.

Roland hocha la tête. Si la chaleur et les années avaient métamorphosé l'homme enfermé dans l'oiseau mécanique en un squelette enveloppé de peau sèche, il pressentait la largeur de sa carrure, et la tête difforme était massive.

— « Ainsi s'est abattu lord Perth, dit-il, et la campagne a tremblé sous ce coup de tonnerre. »

Jake lui adressa un regard interrogateur.

— C'est tiré d'un vieux poème. Lord Perth, parti guerroyer à la tête d'un millier d'hommes, était encore sur ses terres quand un petit garçon lui jeta une pierre, le blessant au genou. Il trébucha, le poids de son armure l'entraîna à terre et il se rompit le cou dans sa chute.

— Ça ressemble à notre histoire de David et de Goliath, dit Jake.

— Il n'y a pas eu de pétarade, déclara Eddie. Je parie qu'il est tout bêtement tombé en panne sèche et qu'il a essayé de faire un atterrissage forcé sur la route. C'était peut-être un hors-la-loi et un barbare, n'empêche qu'il avait des tripes.

Roland opina et regarda Jake.

— Tu supportes le choc ?

— Oui. Si ce type était encore... euh... coulant, ce serait peut-être différent. (Jake détourna son regard du cadavre et le porta sur la cité. Lud était beaucoup plus proche et plus nette à présent, et bien qu'on distinguât de nombreuses vitres brisées dans les tours, comme Eddie, il n'avait pas abandonné tout espoir d'y trouver de l'aide.) Je serais prêt à parier que les choses se sont comme qui dirait dégradées dans la cité après sa mort.

— A mon avis, tu gagnerais ton pari, dit Roland.

— Tu sais quoi ? (Jake étudiait de nouveau l'avion.) Les gens qui ont bâti cette ville ont peut-être également construit des avions, mais celui-là est un des nôtres. J'ai fait une rédaction à l'école, en septième, sur les combats aériens, et il me semble le reconnaître. Roland, je peux l'examiner de plus près ?

Le pistolero opina.

— Je t'accompagne.

Tous deux se dirigèrent vers l'avion ; l'herbe haute bruissait contre leurs pantalons.

— Regarde ! Tu vois la mitrailleuse sous l'aile ? C'est un modèle allemand à air froid, et l'avion est un Focke-Wulf d'avant la Seconde Guerre mondiale. J'en suis sûr ! Mais qu'est-ce qu'il fabrique ici ?

— De nombreux avions disparaissent, dit Eddie. Prends le Triangle des Bermudes, par exemple. C'est un endroit perdu au milieu d'un de nos océans, Roland. On le prétend ensorcelé. Peut-être est-ce une grande porte entre nos mondes – une porte qui reste ouverte en permanence. (Eddie voûta les épaules et s'essaya à une mauvaise imitation de Rod Serling.) « Attachez vos ceintures et préparez-vous à des turbulences : vous allez entrer dans... la zone de Roland ! »

Jake et Roland, à présent sous l'aile, ne lui prêtèrent pas attention.

— Soulève-moi, Roland.

Le pistolero secoua la tête.

— Cette aile a l'air solide, mais elle ne l'est pas – cet appareil est là depuis un bail, Jake. Tu risques de tomber.

— Fais-moi la courte échelle, alors.

— Je m'en charge, Roland, dit Eddie.

Roland examina un moment sa main droite mutilée, haussa les épaules et croisa les mains.

– Laisse. Il n'est pas lourd.

Jake ôta ses mocassins et se hissa avec légèreté dans l'étrier que lui avait fait Roland. Ote se mit à pousser des aboiements perçants. Excitation ou inquiétude ? Roland n'aurait su le dire.

Jake pressa sa poitrine contre un des volets rouillés de l'avion, le regard à hauteur des insignes représentant le poing brandissant la foudre. Ils s'étaient un peu décollés de l'aile. Jake saisit le volet et tira. Il se détacha si aisément que le garçon serait tombé à la renverse si Eddie, qui se tenait dans son dos, n'avait posé une main sur ses fesses pour le maintenir en équilibre.

– Je le *savais*, dit Jake. (Un autre emblème apparaissait à présent distinctement sous le poing et la foudre – un svastika.) Je voulais juste le voir. Tu peux me reposer par terre.

Ils se remirent en route. Chaque fois qu'ils se retournèrent, cet après-midi-là, ils aperçurent la queue de l'avion, se dressant nettement hors de l'herbe haute tel le monument funéraire de lord Perth.

2

Ce fut au tour de Jake de préparer le feu ce soir-là. Quand il eut disposé le bois à la satisfaction du pistolero, celui-ci lui tendit sa pierre à briquet.

– Voyons comment tu t'y prends.

Eddie et Susannah étaient assis à l'écart, leurs bras affectueusement passés autour de la taille l'un de l'autre. En fin de journée, Eddie avait trouvé une fleur jaune vif au bord de la route et l'avait cueillie pour la jeune femme. Elle l'avait piquée dans ses cheveux et, chaque fois qu'elle regardait Eddie, ses lèvres esquissaient un léger sourire et ses yeux s'emplissaient de lumière. Roland avait remarqué ces détails, et ils lui étaient agréables. L'amour des deux jeunes gens se faisait plus profond, plus fort. C'était bien. Assurément, il devrait être profond et fort pour survivre aux mois et aux années à venir.

Jake fit jaillir une étincelle, qui s'illumina à quelques centimètres du petit bois.

– Rapproche la pierre, dit Roland, et tiens-la bien. Et ne la *frappe* pas contre l'acier, Jake. *Frotte*-la.

Jake recommença et, cette fois, l'étincelle s'alluma dans le bois. Une légère volute de fumée s'éleva, mais le feu ne prit pas.

– Je ne suis pas très doué, on dirait.

– Tu vas y arriver. En attendant, réfléchis à ceci : qu'est-ce qui est vêtu quand la nuit tombe et dévêtu quand le jour point ?

– Hein ?

Roland rapprocha les mains de Jake du tas de brindilles.

– Je parie que celle-là n'est pas dans ton livre.

– Oh, c'est une devinette ! (Jake fit jaillir une autre étincelle. Cette fois, une flamme minuscule luit dans le bois avant de s'éteindre.) Tu en connais quelques-unes, toi aussi ?

Roland hocha la tête.

– Pas quelques-unes... plein. Quand j'étais gosse, j'ai dû en connaître des milliers. Ça faisait partie de mes études.

– Sans blague ? Pourquoi étudierait-on des devinettes ?

– Vannay, mon précepteur, affirmait qu'un garçon capable de répondre à une devinette avait l'esprit agile. On avait des concours de devinettes chaque vendredi midi et le gagnant ou la gagnante avait le droit de sortir plus tôt de l'école.

– T'arrivait-il fréquemment de partir plus tôt, Roland ? demanda Susannah.

Il secoua la tête, une esquisse de sourire sur les lèvres.

– J'adorais les devinettes, mais je n'étais pas très fort. Vannay disait que c'était parce que je pensais trop en profondeur, mon père parce que je manquais d'imagination. Tous deux avaient raison, je crois... Mon père, toutefois, était un peu plus près de la vérité. J'ai toujours été capable de dégainer un pistolet plus promptement qu'aucun de mes camarades et de viser plus sûrement dans le mille, mais je n'ai jamais eu l'esprit très agile.

Susannah, qui avait observé Roland de près quand il avait eu affaire aux vieillards de River Crossing, jugea que le pistolero se sous-estimait, mais ne souffla mot.

— Parfois, les soirs d'hiver, on organisait des concours de devinettes dans le grand hall. Quand il n'y avait que les jeunes, c'était toujours Alain qui gagnait. Quand les adultes, eux aussi, prenaient part à la compétition, c'était Cort. Il avait oublié plus de devinettes que nous n'en avions jamais su et, à la fin des Jeux de la Foire, il rapportait invariablement l'oie chez lui. Les devinettes ont de grands pouvoirs, et tout un chacun en connaît une ou deux.

— Même moi, dit Eddie. Par exemple, pourquoi le bébé mort a-t-il traversé la route ?

— C'est idiot, Eddie, fit Susannah.

Mais la jeune femme souriait.

— Parce qu'il était agrafé au poulet ! brailla Eddie, qui sourit quand Jake éclata de rire, faisant s'écrouler sa pile de petit bois. Hi, hi, hi, j'en ai des millions de la même veine, les mecs !

Roland, lui, ne rit pas. Il paraissait même un brin offensé.

— Pardonne-moi de te dire ça, Eddie, mais c'est assez stupide.

— Mon Dieu, Roland, je suis navré ! (Eddie souriait toujours, mais il avait l'air un peu irrité.) J'oublie tout le temps que tu as perdu ton sens de l'humour dans la Croisade des Enfants, ou je ne sais quoi.

— C'est seulement que je prends les devinettes au sérieux. On m'a enseigné que l'aptitude à les résoudre était la marque d'un esprit sain et rationnel.

— Sauf que ce n'est pas demain la veille qu'elles supplanteront les œuvres de Shakespeare ou les équations du second degré. Bon, ne nous emballons pas !

Jake regardait pensivement Roland.

— Mon livre disait que les devinettes sont le jeu de société le plus ancien auquel on joue encore. Dans notre monde, je veux dire. Et le type que j'ai rencontré dans la librairie prétendait que c'était une affaire sérieuse, pas uniquement des blagues. Que des gens pouvaient mourir à cause d'elles.

Roland scrutait les ténèbres grandissantes.

— En effet. J'ai vu cela se produire.

Il se remémorait certains Jeux de la Foire qui ne s'étaient pas achevés sur la remise de l'oie au vainqueur, mais par la mort d'un bigleux coiffé d'un chapeau à grelots roulant dans la poussière, un poignard planté en plein cœur. Le poignard de Cort. L'homme, un troubadour et acrobate ambulant, avait tenté de duper Cort en volant le carnet du juge dans lequel les réponses étaient consignées sur de petits morceaux d'écorce.

— Eh bien, scusez-moi, m'sieu-dames ! fit Eddie.

Susannah regardait Jake.

— Je ne me souvenais plus du tout de ton livre de devinettes. Pourrais-je y jeter un coup d'œil ?

— Bien sûr. Il est dans mon sac à dos. Mais les réponses n'y figurent plus. Peut-être que c'est pour ça que M. Tower me l'a donné gra...

Il se sentit soudain saisi violemment aux épaules.

— Quel nom as-tu dit ? demanda Roland.

— M. Tower. Calvin Tower. Je ne vous l'avais pas dit ?

— Non. (Roland relâcha lentement son étreinte.) Mais l'entendre ne me surprend guère.

Eddie avait ouvert le sac de Jake et trouvé *Devine, Devinettes*. Il le lança à Susannah.

— Tu sais, j'ai toujours pensé que cette devinette du bébé mort était vachement bonne, dit-il. De mauvais goût, j'en conviens, mais vachement bonne.

— De bon ou de mauvais goût, peu m'importe, rétorqua Roland. Elle est absurde et insoluble, et c'est ça qui la rend stupide. Une bonne devinette ne doit être ni absurde ni insoluble.

— Nom d'un chien ! Vous avez pris ce truc au sérieux, on dirait !

— Oui.

Jake, pendant ce temps, avait réordonné le petit bois en tas et réfléchissait à la devinette qui avait donné lieu à la discussion. Il sourit soudain.

— Un feu. Voilà la réponse, n'est-ce pas ? On le couvre la nuit et on le découvre le matin. Si on remplace *vêtir* par *couvrir*, c'est simple.

– En effet.

Roland sourit à Jake à son tour, mais il ne quittait pas Susannah des yeux, l'observant tandis qu'elle feuilletait le petit livre dépenaillé. Il songea, à la vue de son froncement de sourcils studieux et du geste distrait par lequel elle remit en place la fleur jaune qui glissait dans ses cheveux, qu'elle seule serait à même de se rendre compte que le livre de devinettes déchiré était peut-être aussi important que *Charlie le Tchou-tchou*... plus important, si ça se trouvait. Il porta ensuite son regard sur Eddie et sentit renaître son irritation à l'endroit de sa devinette. Le jeune homme avait un autre point commun avec Cuthbert, plutôt malheureux, celui-là : Roland avait parfois envie de le secouer jusqu'à lui faire pisser le sang par le nez et lui déchausser les dents.

Du calme, pistolero... Du calme ! La voix de Cort, pas précisément rieuse, résonna dans sa tête, et Roland chassa résolument ses émotions. La tâche lui en fut facilitée quand il se rappela qu'Eddie ne pouvait mais à ses occasionnelles escapades dans l'absurde ; le caractère de l'individu était également, en partie du moins, déterminé par le *ka*, et Roland savait pertinemment que, en ce qui concernait Eddie, il s'agissait d'autre chose que de l'absurde. Chaque fois qu'il commettrait l'erreur de l'oublier, il ferait bien de se remémorer leur conversation au bord de la route, trois nuits plus tôt, quand Eddie l'avait accusé de les manipuler comme des pions sur un échiquier. La remarque l'avait mis en rogne... mais elle était suffisamment juste, aussi, pour le mortifier.

Dans l'ignorance béate de ces longues réflexions, Eddie demanda :

– Qu'est-ce qui est vert, pèse cent tonnes et vit au fond des océans ?

– Je sais ! s'écria Jake. Moby Snot, la Grande Baleine morveuse.

– Foutaises ! maugréa Roland.

– Peut-être... mais c'est ça qui est censé être drôle. Les blagues, en principe, doivent mettre ton agilité d'esprit à l'épreuve, elles aussi. Ainsi... (Eddie dévisagea

Roland, se mit à rire et leva les mains.) Laisse courir !
J'abandonne. Tu ne comprendrais pas. Pas même si tu
disposais d'un million d'années. Voyons un peu ce
foutu bouquin. Je vais m'efforcer de le prendre au sérieux... si nous pouvons avaler un morceau d'abord,
j'entends.

— Regarde-moi bien, dit Roland avec une ombre de
sourire.

— Quoi ?

— Cela veut dire que je tiens le pari.

Jake battit le briquet. Une étincelle jaillit et, cette fois,
le petit bois s'enflamma. Le garçon s'assit, satisfait, et
observa les flammes qui s'élevaient peu à peu, un bras
passé autour du cou d'Ote. Il était fort content de lui. Il
avait allumé le feu vespéral... et donné la bonne réponse
à la devinette de Roland.

3

— J'en ai une, dit Jake, tandis qu'ils mangeaient leurs
burritos en guise de dîner.

— Une stupide ? demanda Roland.

— Nan ! Une vraie de vrai.

— Je t'écoute.

— D'accord. Qu'est-ce qui a une bouche mais ne
parle point / Qui a un lit mais ne dort point / Qui a des
bras mais pas de mains ?

— Elle est bonne, dit Roland avec gentillesse, mais
archiconnue. Un fleuve.

Jake fut un tantinet déconfit.

— Tu es vraiment dur à coller !

Roland lança la dernière bouchée de son burrito à
Ote, qui l'accepta avec empressement.

— Non. Je suis ce qu'Eddie appelle un mateur. Tu
aurais dû voir Alain ! Il collectionnait les devinettes
comme les femmes les colifichets.

— Un amateur, Roland, vieux pote, dit Eddie.

— Merci. Ecoutez celle-ci : Qu'est-ce qui est couché
dans un lit puis se dresse / D'abord blanc, puis rouge /
Plus ça devient tumescent / Plus la femme d'âge mûr
l'apprécie ?

Eddie éclata de rire.

– Un pénis ! hurla-t-il. Un peu cru, Roland, mais j'adore ! J'adore !

Roland secoua la tête.

– Mauvaise réponse. Une bonne devinette est tantôt une énigme au niveau des mots, comme celle de Jake pour le fleuve, tantôt davantage semblable à un tour de magie, qui te fait regarder dans une direction, alors que les choses se passent ailleurs.

– C'est à double détente, déclara Jake, qui expliqua ce qu'Aaron Deepneau lui avait dit à propos de la devinette sur Samson.

Roland approuva d'un hochement de tête.

– Une fraise ? fit Susannah, qui répondit ensuite à sa question. Bien sûr que c'est une fraise ! C'est comme pour la devinette du feu. Une métaphore s'y cache. Une fois qu'on l'a pigée, on peut résoudre la devinette.

– J'ai métaphoré le sexe, mais elle m'a giflé et planté là quand je lui en ai causé, dit Eddie avec tristesse.

Tous l'ignorèrent.

– Si tu changes « plus ça devient tumescent » par « plus ça devient charnu », c'est fastoche ! D'abord blanc, puis rouge. Plus ça devient charnu, plus la femme d'âge mûr l'apprécie.

Susannah semblait satisfaite d'elle-même.

Roland hocha le menton.

– La réponse que j'ai toujours entendu donner était un bouton d'acné, mais je suis certain que toutes deux ont le même sens.

Eddie prit *Devine, Devinettes* et se mit à le feuilleter.

– Que dis-tu de celle-ci, Roland ? Quand est-ce qu'une porte n'est pas une porte ?

Roland se renfrogna.

– Est-ce là un nouveau témoignage de ta sottise ? Je te préviens que ma patience est...

– Non. Je t'ai promis d'être sérieux, et je le suis... du moins je *m'efforce* de l'être. C'est dans ce bouquin et il se trouve que je connais la réponse. Je l'ai entendue quand j'étais gosse.

Jake, qui connaissait lui aussi la réponse, cligna de l'œil à l'adresse d'Eddie. Celui-ci lui fit un clin d'œil en réponse et s'amusa de voir Ote s'essayer à les imiter. Le bafouilleux ferma les yeux, abandonnant la partie.

Roland et Susannah, pendant ce temps, réfléchissaient à l'énigme.

– Cela doit avoir quelque chose à voir avec l'amour, dit Roland. *A door, adore...* (1) Quand l'adoration n'est pas de l'adoration... Hum...

– Hum, dit Ote.

Son imitation du ton pensif de Roland était un petit chef-d'œuvre. Eddie refit un clin d'œil à Jake. Ce dernier couvrit sa bouche de sa main pour dissimuler un sourire.

– La réponse est-elle amour mensonger ?

– Non.

– Fenêtre ! dit soudain Susannah avec détermination. Quand est-ce qu'une porte n'est pas une porte ? Quand c'est une fenêtre !

– Non.

Eddie souriait à présent jusqu'aux oreilles. Jake, lui, était frappé de constater à quel point Roland et Susannah étaient loin de la bonne réponse. Il y a là de la magie à l'œuvre, songea-t-il. Pas de tapis volants ni d'éléphants qu'on escamote, mais de la magie quand même. L'activité à laquelle ils étaient en train de se livrer – se poser tout bêtement des devinettes autour d'un feu de camp – lui apparut soudain dans une lumière entièrement neuve. C'était comme jouer à colin-maillard, sauf qu'ici le bandeau était remplacé par des mots.

– Je donne ma langue au chat, dit Susannah.

– Moi aussi, renchérit Roland. Dis-le-nous si tu sais.

– La réponse est : quand c'est une jarre. Tu piges ? (Eddie scruta le visage de Roland où pointait une lueur d'intelligence et demanda, légèrement anxieux :) Elle n'est pas bonne ? J'ai essayé d'être sérieux, ce coup-ci, Roland... parole !

– Elle n'est pas mauvaise du tout. Au contraire, elle est excellente. Cort l'aurait trouvée, j'en suis certain... Alain aussi, probablement. C'est très futé. J'ai fait ce

_____

(1) « Une porte, adorer. » Jeu de mots intraduisible. *(N.d.T.)*

que je faisais toujours à l'école : j'ai compliqué les choses et je suis passé à côté de la réponse.

– Il y a vraiment quelque chose dans cette devinette, hein ? fit Eddie, songeur.

Roland acquiesça d'un signe de tête, mais celui-ci fut perdu pour Eddie, qui avait plongé son regard au cœur du feu, où des douzaines de roses s'épanouissaient puis se fanaient dans les braises.

– Encore une, dit Roland, ensuite au lit. A partir de ce soir, toutefois, nous allons prendre des tours de garde. Toi d'abord, Eddie, puis Susannah. Je prendrai le dernier.

– Et moi ? demanda Jake.

– Plus tard, ça pourra se faire. Pour l'heure, il est plus important que tu dormes.

– Tu crois vraiment que c'est nécessaire ? s'enquit Susannah.

– Je ne sais pas – ce qui constitue la meilleure raison de le faire. Jake, choisis-nous une devinette dans ton livre.

Eddie tendit *Devine, Devinettes* au gamin, qui feuilleta les pages et s'arrêta non loin de la fin.

– Ouah ! Celle-là, elle est super !

– Voyons voir, dit Eddie. Si ce n'est pas moi qui la trouve, ce sera Susannah. On nous connaît dans les foires de toute la contrée sous le nom d'Eddie Dean et sa Reine de la Devine.

– Nous sommes spirituel, ce soir, on dirait, fit Susannah. On verra ce qu'il restera de ton humour quand tu auras fait le planton au bord de la route jusqu'à minuit ou à peu près, mon sucre.

– « C'est une chose, lut Jake, qui n'existe pas et porte pourtant nom. Tantôt longue, tantôt courte, elle ne nous quitte jamais d'une semelle. »

Ils discutaillèrent près d'un quart d'heure, mais aucun ne fut capable d'avancer la moindre réponse.

– Peut-être la solution viendra-t-elle à l'un de nous durant son sommeil, dit Jake. C'est comme ça que j'ai trouvé celle du fleuve.

– Pas un cadeau, ce bouquin, avec ses réponses dans la nature !

Eddie se leva et se drapa les épaules d'une couverture de peau comme d'une houppelande.

– Si ! rétorqua Jake. M. Tower me l'a donné.

– A quoi je dois faire gaffe, Roland ? demanda Eddie.

Le pistolero haussa les épaules tandis qu'il s'étendait.

– Je l'ignore, mais, à mon avis, tu le sauras si tu vois ou entends quelque chose.

– Réveille-moi quand tu sentiras venir le sommeil, dit Susannah.

– Oh, ça, tu peux y compter !

4

Un fossé herbeux bordait la route. Eddie alla s'y asseoir, sa couverture drapée autour de ses épaules. Une mince couche de nuages galopant voilaient les cieux ce soir-là, faisant pâlir les étoiles. Un vent fort soufflait de l'ouest. Quand Eddie tourna son visage dans cette direction, il huma distinctement l'odeur des bisons qui avaient désormais fait leur cette plaine – un mélange de fourrure chaude et de fumées fraîches. L'acuité qu'avaient recouvrée ses sens au cours des mois écoulés était confondante... et, dans des moments comme celui-là, un peu terrifiante également.

Très faiblement, il entendait un bison mugir.

Il se tourna vers la ville ; au bout d'un certain temps, il se mit à croire qu'il y apercevait de lointaines étincelles lumineuses – les bougies électriques du récit des jumeaux –, parfaitement conscient, cependant, qu'il ne voyait peut-être rien d'autre que ce qu'il désirait voir.

Tu es à des lieues et des lieues de la 42ᵉ Rue, mon mignon, se morigéna-t-il ; l'espoir est un truc fantastique, quoi qu'on en dise, mais n'espère pas au point de perdre de vue cette pensée : tu es à des lieues et des lieues de la 42ᵉ Rue. Ce n'est pas New York que tu vois devant tes yeux, si fort que tu le désires. C'est Lud, et Lud, c'est Lud. Si tu gardes cette idée à l'esprit, tu n'auras peut-être pas de problèmes.

Il passa son tour de garde à essayer de trouver une réponse à la dernière devinette de la soirée. La réprimande de Roland à propos de sa plaisanterie sur le bébé mort l'avait mis de mauvais poil, et il serait ravi de pouvoir commencer la journée du lendemain en leur donnant la bonne réponse. Ils ne seraient évidemment pas en mesure de vérifier quelque réponse que ce soit à la fin du livre, mais, avec de bonnes devinettes, la réponse allait généralement de soi.

Parfois longue et parfois courte. C'était là la clé, à son avis, tout le reste n'était là que pour égarer les joueurs. Qu'est-ce qui *était* parfois long et parfois court ? L'haleine ? Non. S'il y avait parfois des trucs de longue haleine, il n'avait jamais entendu parler d'haleine courte. Des voyages au long cours ? Comme pour l'haleine, ça ne marchait que pour un des deux termes. Des drinks...

– Un terme, murmura-t-il.

Un moment, il pensa avoir trouvé la solution. Les deux adjectifs collaient au petit poil. Le long terme signifiait une échéance lointaine ; le court terme, une échéance brève. Sauf que le long et le court termes ne collaient pas à vos semelles.

Déçu, force lui fut de se moquer de lui, à se voir ainsi chamboulé à cause d'un innocent jeu de mots figurant dans un livre d'enfants. Cependant, il avait moins de peine à croire que des gens pussent s'entre-tuer à cause de devinettes – si les enjeux étaient suffisamment élevés et qu'il y eût fraude.

Allons... tu es en train de faire exactement ce qu'a dit Roland : passer à côté.

Oui, mais à quoi d'autre aurait-il pu penser ?

Puis la batterie se fit de nouveau entendre de la cité et Eddie eut autre chose à se mettre sous la dent. Il n'y avait pas de progression, dans ce bruit ; l'instant d'avant, c'était le silence et, l'instant suivant, le son battait à plein, comme si on venait de tourner un bouton. Eddie s'avança jusqu'au bout de la route en direction de la ville et tendit l'oreille. Il pivota alors sur lui-même pour voir si le martèlement avait réveillé ses compagnons. Il était toujours seul. Il se retourna vers Lud et, les mains en cornet, pointa les oreilles en avant.

Bump... ba-bump... ba-bump-bumpbump-bump.
Bump... ba-bump... ba-bump-bumpbump-bump.

La certitude d'Eddie se renforça ; il savait ce que c'était. Du moins avait-il résolu cette énigme-là.

L'idée qu'il se trouvait sur une route déserte au cœur

d'un monde quasiment vide, à quelque deux cent soixante-dix kilomètres d'une ville bâtie par quelque fabuleuse civilisation perdue et écoutait un tempo de rock and roll était dingue, mais l'était-ce plus qu'un feu rouge qui faisait sortir et rentrer un drapeau vert rouillé avec les mots PASSEZ PIÉTONS imprimés dessus ? Plus que de découvrir l'épave d'un avion allemand des années 30 ?

Eddie fredonna *mezza voce* les paroles de la chanson des Z Z Top :

Prends juste ton content de ce truc collant
Pour tenir en place la couture de ton beau jean classe
Oh yeah...

Elles s'accordaient parfaitement au rythme. C'était la percussion disco de *Velcro Fly*. Eddie en aurait donné sa tête à couper.

Peu après, la musique se tut aussi soudainement qu'elle avait commencé, et il ne perçut plus que le vent et, plus faiblement, la Send, qui avait un lit mais ne dormait point.

5

Aucun fait notable ne marqua les quatre jours suivants. Ils marchèrent ; ils virent le pont et la cité gagner en taille et en netteté ; ils bivouaquèrent ; ils se restaurèrent ; ils jouèrent aux devinettes ; ils montèrent la garde à tour de rôle (Jake avait harcelé Roland pour avoir une minifaction durant les deux heures qui précédaient l'aube) ; ils dormirent. Le seul incident remarquable qui se produisit eut trait aux abeilles.

Vers midi, le troisième jour qui suivit la découverte de l'avion écrasé, un bourdonnement leur parvint, allant s'amplifiant jusqu'à dominer le jour. Roland finit par faire halte. Il désigna de l'index un bosquet d'eucalyptus.

– Là !

– On dirait des abeilles, décréta Susannah.

Les yeux bleu pâle de Roland brillèrent.

– Il se pourrait qu'on ait un petit dessert ce soir.

– Je ne sais comment te le dire, Roland, fit Eddie, mais je déteste être piqué.

– Comme nous tous, acquiesça Roland. Il n'y a pas de vent, on va pouvoir les enfumer pour les endormir et leur voler leurs rayons sans mettre la moitié de la planète à feu et à sang. Allons voir de plus près.

Il porta Susannah, aussi tentée que lui par l'aventure, jusqu'au bosquet d'eucalyptus. Eddie et Jake suivirent sans enthousiasme, et Ote, ayant apparemment conclu que la discrétion est la meilleure part de la bravoure, demeura assis au bord de la Grand-Route, haletant comme un chien et les observant avec attention.

Roland s'arrêta à la lisière des arbres.

– Restez où vous êtes, souffla-t-il à Eddie et à Jake. Nous allons jeter un coup d'œil. Je vous ferai signe de nous rejoindre si tout va bien.

Il porta Susannah sous les ombres mouchetées des arbres tandis que Jake et Eddie s'immobilisaient dans le soleil, les suivant des yeux.

Il faisait plus frais sous les ombrages. Le bourdonnement des abeilles était constant, hypnotique.

– Elles sont trop nombreuses, murmura Roland. C'est la fin de l'été ; elles devraient s'activer au-dehors. Je ne...

A la vue de la ruche saillant comme une tumeur hors du creux d'un arbre au centre de la clairière, il s'interrompit.

– Qu'est-ce qu'elles ont ? demanda Susannah d'une voix basse emplie d'horreur. Roland, qu'est-ce qu'elles ont ?

Une abeille, dodue et lente comme un taon en octobre, passa en bourdonnant près de sa tête. Susannah eut un sursaut de recul.

Roland fit signe à Jake et à Eddie de les rejoindre. Tous deux s'approchèrent et s'immobilisèrent, fixant la ruche sans prononcer un mot. Au lieu de figurer des hexagones bien ordonnés, les chambres n'étaient que des trous creusés au hasard, de toutes formes et de toutes tailles ; la ruche elle-même était bizarrement fondue, comme si on avait passé un coup de chalumeau dessus. Les abeilles qui y rampaient apathiquement étaient de la couleur de la neige.

– Nous pouvons faire une croix sur notre dessert de ce soir, dit Roland. Le miel que nous déroberions à ces rayons serait peut-être doux au palais, mais il nous empoisonnerait aussi sûrement que le jour succède à la nuit.

Une des grotesques abeilles blanches voleta pesamment près de la tête de Jake. Le garçon se baissa pour l'esquiver, empli de répugnance.

– A quoi c'est dû ? demanda Eddie. Qu'est-ce qui les a rendues comme ça, Roland ?

– La même chose que ce qui a nettoyé tout le pays par le vide ; qui fait que nombre de bisons naissent sous la forme de monstres stériles. Je l'ai entendu nommer la Vieille Guerre, le Grand Feu, le Cataclysme et le Grand Empoisonnement. Quoi que ce fût, ç'a été le début de tous nos problèmes et cela s'est produit voilà fort longtemps, un millier d'années avant la naissance des trisaïeuls des habitants de River Crossing. Les effets physiques – les bisons bicéphales, les abeilles blanches et ainsi de suite – se font plus rares au fil du temps. Je l'ai constaté de visu. Les autres changements se sont aggravés, même s'ils sont plus difficiles à déceler, et se poursuivent toujours.

Ils observèrent les abeilles neigeuses tandis qu'elles rampaient, hébétées et quasiment impotentes, autour de leur ruche. Certaines, apparemment, essayaient de travailler ; la plupart se contentaient de voleter de droite et de gauche, se donnant des coups de tête et montant les unes sur les autres. Eddie se rappela soudain un clip d'informations qu'il avait vu autrefois – des survivants quittant une zone où avait explosé une canalisation de gaz, rasant presque totalement un pâté de maisons dans une ville de Californie. Les abeilles lui faisaient penser à ces gens ahuris, commotionnés.

– Vous avez eu une guerre nucléaire, hein ? demanda-t-il d'un ton de voix un rien accusateur. Ces Grands Anciens dont tu aimes parler... ils ont expédié leurs vénérables vieux culs directos en enfer, hein ?

– J'ignore ce qui s'est passé. Nul ne le sait. Les registres de l'époque se sont perdus, et les rares récits qui existent sont confus et contradictoires.

– Allons-nous-en, dit Jake d'une voix chevrotante. Ça me rend malade de regarder des trucs pareils.

— Je suis de ton avis, mon chou, dit Susannah.

Ils laissèrent donc les abeilles à leur existence sans but, brisée, dans le bosquet d'eucalyptus séculaires, et il n'y eut pas de miel pour le dessert ce soir-là.

6

— Quand vas-tu nous dire ce que tu sais ? demanda Eddie le lendemain matin.

La journée était lumineuse et bleue, mais le fond de l'air était mordant ; le premier automne qu'ils vivraient dans ce monde était imminent.

Roland jeta un coup d'œil à Eddie.

— Mais encore ?

— J'aimerais entendre toute ton histoire, du début jusqu'à la fin, en commençant par Gilead. Comment tu y as grandi et ce qui a mis un terme à tout ça. Je veux savoir comment tu as découvert l'existence de la Tour sombre et pourquoi tu t'es mis en quête pour la trouver toutes affaires cessantes. Je veux également connaître ta bande d'amis. Et apprendre ce qui leur est arrivé.

Roland ôta son chapeau, essuya du bras la sueur sur son front et se recoiffa.

— Tu as le droit de savoir toutes ces choses, je suppose, et je te les dirai… Mais pas maintenant. C'est une très longue histoire. Je n'ai jamais eu l'idée de la narrer à quiconque, et je ne la raconterai qu'une fois.

— Quand ? s'obstina Eddie.

— Quand le moment sera venu.

Ils durent faire leurs choux gras de cette réponse.

7

Roland se réveilla juste avant que Jake ne le secoue. Il s'assit et jeta des regards alentour ; Eddie et Susannah dormaient profondément et, à la pâle lueur de l'aube, il ne vit rien d'anormal.

— Qu'y a-t-il ? demanda-t-il à voix basse.

— Je ne sais pas. Un combat, peut-être. Viens écouter.

Roland repoussa sa couverture et suivit Jake jusqu'à

la route. Il calcula qu'ils n'étaient plus désormais qu'à trois jours de marche de l'endroit où la Send longeait la cité ; le pont – bâti en plein sur le sentier du Rayon – dominait l'horizon. Son inclinaison marquée était plus visible que jamais et il distinguait au moins une douzaine de trous, là où les câbles trop tendus avaient cassé net telles les cordes d'une lyre.

Cette nuit-là, ils eurent le vent de face lorsqu'ils regardèrent en direction de la cité, et les sons qu'il leur portait étaient faibles mais distincts.

– Est-ce un combat, vraiment ?

Roland hocha la tête et mit un doigt sur ses lèvres.

Il perçut de légers cris, un fracas qui semblait répercuter la chute de quelque énorme objet et – bien sûr – la batterie. Un autre tonnerre retentit, plus musical, celui-là : un bruit de verre brisé.

– Seigneur ! murmura Jake, qui se rapprocha du pistolero.

Puis leur parvinrent des sons que Roland avait espéré ne pas entendre : un cliquetis rapide, graveleux, de petites armes à feu, suivi d'une forte détonation creuse – une explosion, à n'en pas douter. Elle roula vers eux en grondant à travers la plaine telle une boule de bowling invisible. Ensuite, cris, bruits sourds et bris de verre furent promptement couverts par la batterie et, lorsque celle-ci s'interrompit quelques minutes plus tard avec son inquiétante soudaineté habituelle, la cité replongea dans le silence ; un silence lourd de menaces.

Roland entoura les épaules de Jake de son bras.

– Il n'est pas encore trop tard pour contourner la cité.

Jake leva les yeux sur lui.

– Impossible.

– A cause du train ?

Jake acquiesça et chantonna :

– Blaine est peine, mais nous *devons* prendre le train. Et la cité est l'unique endroit où nous puissions nous embarquer à son bord.

Roland considéra pensivement le garçon.

– Pourquoi dis-tu que nous *devons* le prendre ? A cause du *ka* ? Si oui, Jake, il te faut comprendre que tu ne sais pas encore grand-chose à propos du *ka* – c'est le genre de sujet qu'on étudie sa vie durant.

– J'ignore s'il s'agit ou non du *ka*, mais je sais que nous ne pouvons nous rendre dans les Terres perdues sans protection – autrement dit sans Blaine. Sans lui, nous mourrons, comme les abeilles que nous avons vues vont mourir à la survenue de l'hiver. Il faut que nous soyons protégés. Parce que les Terres perdues sont poison.

– D'où tiens-tu cela ?

– Je l'ignore ! cria Jake, au bord de la colère. Je le sais, c'est tout.

– D'accord, dit doucement Roland. (Il tourna de nouveau son regard vers Lud.) Mais il nous faudra être sacrément prudents. Dommage qu'ils aient encore de la poudre à fusil. Cela signifie qu'ils risquent d'avoir des armes plus puissantes encore. Je doute qu'ils sachent s'en servir, mais leur maladresse même accroît le danger. Ils peuvent s'énerver et nous envoyer tous *ad patres*.

– *Atres*, fit une voix grave dans leur dos.

Ils jetèrent un coup d'œil. Ote, assis sur le bord de la route, les observait.

8

Plus tard, ce jour-là, ils parvinrent à une nouvelle route qui serpentait vers eux, venant de l'ouest, et rejoignait leur route. Au-delà de ce point, la Grand-Route – beaucoup plus large, à présent, et divisée en son centre par une séparation en pierre noire polie – amorçait une inclinaison ; les remblais de béton émietté qui la flanquaient de part et d'autre donnèrent aux pèlerins une sensation de claustrophobie. Ils firent halte à un endroit où une de ces levées défoncées offrait une vision réconfortante du paysage et avalèrent un repas léger et peu satisfaisant.

– A ton avis, pourquoi a-t-on incliné la route ainsi, Eddie ? demanda Jake. Je veux dire, ç'a été fait exprès, n'est-ce pas ?

Eddie observa, par la brèche du béton, la plaine aussi étale que toujours et hocha la tête.

– Pourquoi donc ? insista Jake.

– *No se*, mon vieux.

Eddie, cependant, pensait le savoir. Il jeta un coup d'œil à Roland et comprit que le pistolero le savait, lui aussi. La route menant au pont avait été inclinée pour des raisons défensives. Des troupes postées au sommet des pentes de béton avaient ainsi le contrôle de deux redoutes soigneusement agencées. Si les défenseurs n'aimaient pas l'allure des gens qui cheminaient vers Lud par la Grand-Route, ils étaient à même de faire pleuvoir la destruction sur eux.

– Tu es sûr de ne pas savoir ?

Eddie sourit à Jake et essaya de chasser de son esprit la pensée qu'un cinglé, tout là-haut, s'apprêtait à faire rouler une grosse bombe rouillée le long d'une de ces rampes de béton délabrées.

– Aucune idée, répondit-il.

Susannah siffla entre ses dents en manière de désapprobation.

– Cette route-là mène à l'enfer, Roland. J'espérais que nous n'aurions plus à nous servir de ce foutu harnais, mais tu ferais bien de le ressortir.

Roland opina et se mit à farfouiller dans sa bourse sans mot dire.

L'état de la Grand-Route se dégradait à mesure que d'autres, plus petites, la rejoignaient, ainsi que des affluents rejoignent un fleuve. Comme ils approchaient du pont, ils virent que les pavés cédaient la place à une surface que Roland prit pour du métal et ses compagnons pour de l'asphalte ou du macadam. Le revêtement n'avait pas aussi bien tenu que les pavés. Si le passage du temps lui avait causé quelques dommages, celui d'innombrables chevaux et chariots, depuis qu'on l'avait réparé pour la dernière fois, avait fait pis encore. Le sol s'était transformé en un hachis de décombres pleins de traîtrise. Y marcher n'allait pas être de la tarte, et l'idée d'y pousser le fauteuil de Susannah était grotesque.

De chaque côté, les remblais s'étaient escarpés peu à peu, et à présent, ils distinguaient à leurs sommets des formes minces et pointues qui se profilaient indistinctement contre le ciel. Roland pensa à des pointes de flèches – énormes, des armes fabriquées par une tribu de géants ; ses compagnons à des fusées ou à des missiles guidés. Susannah y vit des Redstone lancés de Cap Canaveral ; Eddie des S.A.M. construits pour être mis à feu depuis l'arrière de camions à dessus plat, et stockés dans toute l'Europe ; Jake des missiles I.C.B.M. dissimulés dans des silos de béton armé sous les plaines du Kansas et les montagnes désertiques du Nevada, programmés pour dévaster la Chine ou l'U.R.S.S. en cas d'apocalypse nucléaire. Tous eurent l'impression d'entrer au sein d'une sombre et lugubre zone d'ombre ou d'une contrée frappée par quelque ancienne malédiction toujours à l'œuvre.

Plusieurs heures après avoir pénétré dans cette région – que Jake baptisa le Gantelet –, les voyageurs virent les remblais de béton disparaître, là où se rejoignaient une demi-douzaine de routes d'accès, tels les fils d'une toile d'araignée ; le paysage s'ouvrit de nouveau... Ce qui les soulagea tous, bien qu'aucun d'eux ne le formulât à haute voix. Un autre feu de signalisation se balançait au-dessus du croisement, plus familier, celui-là, à Eddie, à Susannah et à Jake ; il avait eu autrefois quatre faces de verre ; les vitres étaient depuis longtemps cassées.

– Je parie que cette route, jadis, était la huitième merveille du monde, dit Susannah. Et voyez ce qu'elle est devenue... Un champ de mines.

– Les anciennes routes sont parfois les meilleures, acquiesça Roland.

Eddie désigna l'ouest.

– Regardez !

A présent que les hautes barrières de béton avaient disparu, ils voyaient exactement ce que le vieux Si leur avait décrit par-dessus les tasses de l'amer café bu à River Crossing : « Un rail unique, avait-il dit, haut placé sur un socle d'une pierre faite par la main de l'homme, comme en utilisaient les Anciens pour édifier leurs rues et leurs murs. » Le rail filait vers eux, venant de l'ouest, en une mince ligne droite, puis enjambait la Send et pénétrait dans la cité par un étroit pont à chevalet doré. C'était une construction toute de sobre élégance – et la seule, jusqu'à présent, qu'ils aient vue totalement dépourvue de rouille –, mais elle était tout de même très dégradée. En son centre, un grand morceau était tombé dans le fleuve. Il en subsistait deux longues piles en saillie pointées l'une vers l'autre tels des index accusateurs. Sous le trou, un tube de métal fuselé jaillissait hors de l'eau. Jadis d'un bleu éclatant, il était désormais terni par des éclaboussures de rouille. De cette distance, il avait l'air minuscule.

– Au temps pour Blaine ! dit Eddie. Pas étonnant qu'ils aient cessé de l'entendre. Les supports ont fini par céder quand il a franchi le fleuve, et il a bu la tasse. Il devait décélérer au moment où ça s'est produit, sinon il aurait foncé droit-fil et nous ne verrions qu'un énorme trou genre cratère de bombe sur l'autre rive. Eh bien, c'était un sacré engin à l'époque où il était opérationnel !

– Mercy a dit qu'il y avait un autre train, lui rappela Susannah.

– Ouais. Elle a dit aussi qu'elle ne l'avait pas entendu depuis sept ou huit ans, et tantine Talitha a dit plus de dix. Qu'est-ce que tu en penses, Jake... Jake ? La Terre à Jake, la Terre à Jake, allez, petit bonhomme !

Jake, absorbé dans la contemplation des vestiges du train émergeant de la Send, ne répondit que par un haussement d'épaules.

Tu es d'une aide très précieuse, Jake. Tes informations sont de grande valeur... Voilà pourquoi je t'aime. Pourquoi nous t'aimons tous.

Jake ne lui prêta pas attention. Il savait que ce n'était pas Blaine qu'il voyait. Les restes du monorail sortant du fleuve étaient bleus. Dans son rêve, Blaine avait le rose poudreux et doux du chewing-gum qu'on vend avec des fiches de base-ball.

Roland, pendant ce temps, avait sanglé les courroies du harnais de Susannah sur sa poitrine.

– Eddie, hisse ta dame dans ce bidule. Il est temps que nous bougions nos fesses et voyions par nous-mêmes.

Jake porta nerveusement son regard sur le pont qui se profilait devant eux. Il percevait un vrombissement aigu, fantomatique, dans le lointain – le bruit du vent jouant dans les crochets d'acier déglingués qui reliaient les câbles aériens au tablier de béton.

– Crois-tu que ce soit sans danger de traverser ? demanda-t-il.

– Nous le saurons demain, rétorqua Roland.

9

Le lendemain matin, le groupe de voyageurs se tenait à l'extrémité du long pont délabré, l'œil fixé sur Lud. Les rêves d'Eddie concernant de vieux elfes pleins de sagesse qui auraient maintenu en état de marche des machines que pourraient utiliser les pèlerins avaient fait long feu. Maintenant qu'ils en étaient si proches, il apercevait des brèches dans la cité – des blocs entiers d'édifices avaient été brûlés ou soufflés par des explosions. La ligne des toits lui évoqua une mâchoire malade, déjà partiellement édentée.

Certes, nombre de bâtiments étaient toujours debout, mais leur aspect désolé, désaffecté, emplit Eddie d'une mélancolie qui ne lui était pas habituelle ; sans compter que le pont séparant les voyageurs de ce labyrinthe d'acier et de béton en ruine paraissait tout sauf solide et éternel. Les crochets verticaux de gauche s'affaissaient mollement ; ceux qui restaient à droite hurlaient sous l'effet de la tension. Le tablier était constitué de caissons trapézoïdaux. Certains s'étaient gauchis vers le haut, révélant de noires béances ; d'autres étaient de guingois. Si la plupart de ces derniers s'étaient à peine fissurés, d'autres étaient brisés, formant des brèches assez grandes pour laisser passer des camions – de *gros* camions. Là où âmes et hourdis avaient disparu, ils distinguaient la rive boueuse et les eaux vert-de-gris de la Send au-delà. Eddie estima la distance entre le tablier et l'eau à quatre-vingt-dix mètres au centre du pont. Estimation modeste, probablement.

Il observa les énormes caissons de béton où s'ancraient les câbles porteurs ; celui de droite semblait en partie arraché du sol. Eddie jugea plus sage de ne pas mentionner le fait aux autres ; que le pont oscillât lentement mais de façon perceptible suffisait. Rien qu'à le regarder, il souffrait déjà du mal de mer.

– Eh bien ? demanda-t-il à Roland. Qu'en penses-tu ?

Le pistolero désigna le flanc droit du pont. Une passerelle inclinée d'environ un mètre cinquante de large y courait, édifiée sur des caissons de béton plus petits et constituant un tablier à part, segmenté, soutenu par un sous-câble – ou peut-être une épaisse tige d'acier – et fixé aux câbles porteurs par d'énormes crampons arqués. Eddie examina le plus proche avec l'intérêt avide de qui risque de bientôt confier sa vie à l'objet de son examen. Le crampon, bien que rouillé, paraissait solide. Une inscription était gravée dans son métal : LaMERK FOUNDRY. Eddie, fasciné, s'aperçut qu'il ne savait plus si les mots étaient du Haut Parler ou de l'anglais.

– Je pense que nous pouvons l'utiliser, dit Roland. Il n'y a qu'un endroit à problème. Tu le vois ?

– Ouais... Difficile de faire autrement.

Le pont mesurait au moins quatre cents mètres. Il n'avait sans doute pas été entretenu depuis plus d'un siècle, mais Roland supputa que sa détérioration réelle ne datait guère plus loin que les cinquante années écoulées. La rupture des crampons de droite avait accentué son inclinaison sur la gauche. La torsion la plus forte s'était produite en son milieu, entre les deux tours de câbles hautes de cent vingt mètres. Au point de torsion maximale, un trou béant en forme d'œil courait le long du tablier. La brèche de la passerelle était moins importante ; deux caissons adjacents au moins étaient cependant tombés dans la Send, creusant un fossé de six à neuf mètres de large. A l'emplacement des caissons disparus, ils apercevaient nettement la tige d'acier rouillé, ou le câble, qui soutenait la passerelle. Ils allaient devoir s'en servir pour traverser le trou.

– A mon sens, on peut y aller, dit Roland en désignant calmement le pont. La brèche pose un problème, mais la rambarde de sécurité existe encore. On pourra se tenir à quelque chose.

Eddie acquiesça d'un hochement du menton ; son cœur, toutefois, cognait douloureusement dans sa poitrine. La tige de soutien visible de la passerelle ressemblait à un gros tuyau fait d'acier articulé et mesurait probablement un mètre vingt de largeur au sommet. En esprit, il visualisa la traversée, les pieds sur le large dos légèrement incurvé du câble, les mains agrippant la rambarde, tandis que le pont tanguerait lentement tel un navire pris dans une faible houle.

— Jésus ! s'écria-t-il. (Il voulut cracher ; il n'avait plus de salive — sa bouche était trop sèche.) Tu es sûr, Roland ?

— Je ne vois pas d'autre possibilité.

Le pistolero désigna le fleuve ; Eddie aperçut un second pont, depuis longtemps effondré dans la Send, celui-là. Ses vestiges saillaient de l'eau en un enchevêtrement rouillé de vieil acier.

— Qu'en penses-tu, Jake ? demanda Susannah.

— Oh, ça baigne ! rétorqua le garçon du tac au tac.

Et, de fait, il souriait.

— Je te déteste, môme, fit Eddie, que Roland observait, la mine un brin soucieuse.

— Si tu ne te sens pas capable de le faire, dis-le. Ne va pas te tétaniser à mi-parcours.

Eddie fit courir son regard un long moment sur la surface tordue du pont puis opina.

— J'y arriverai, je crois. Les hauteurs n'ont jamais été ma tasse de thé.

— Bien. (Roland regarda chacun tour à tour.) Plus tôt on s'y mettra, plus vite on aura fini. Je passe le premier, avec Susannah. Jake et Eddie suivront en arrière-garde. Tu peux t'occuper du fauteuil ?

— Je veux, mon neveu ! répondit Eddie avec désinvolture.

— Dans ce cas, en route.

10

Dès qu'il fut sur la passerelle, Eddie sentit la peur combler ses espaces vides telle de l'eau froide ; il commença à se demander s'il n'avait pas commis une bourde hyperdangereuse. Vu de la terre ferme, le pont paraissait ne tanguer que légèrement ; une fois qu'il y eut bel et bien pris pied, il eut l'impression de se retrouver juché sur le balancier de la plus grande horloge comtoise du monde. Le mouvement était très lent mais régulier, et l'amplitude des oscillations beaucoup plus longue qu'il ne l'avait supposé. Le revêtement de la passerelle était salement fissuré et penchait de dix degrés au bas mot vers la gauche. Ses pieds crissaient sur des amalgames lâches de béton poudreux et le grincement profond des caissons était constant. Au-delà du pont, les toits de la cité oscillaient sans hâte d'avant en arrière, tel l'horizon artificiel du jeu vidéo le plus lent qu'on eût jamais vu.

Au-dessus de leurs têtes, le vent grondait sans relâche dans les crampons tendus. Au-dessous, le sol s'inclinait en à-pic jusqu'à la rive nord-ouest boueuse du fleuve. Eddie était à neuf mètres de hauteur... puis dix-huit... puis trente. Il n'allait pas tarder à surplomber l'eau. A chacun de ses pas, le fauteuil battait contre sa jambe gauche.

Une masse de fourrure se faufila entre ses pieds et, de la main droite, il agrippa comme un dément la rambarde mouillée, retenant à grand-peine un hurlement. Ote, trottinant, lui jeta au passage un bref regard, l'air de dire : « Excuse-moi... Je ne fais que passer. »

– Stupide bestiole ! siffla Eddie entre ses dents serrées.

S'il regardait en contrebas sans plaisir, il se rendit compte qu'il détestait plus encore observer les crampons qui – par quel miracle ? – maintenaient toujours câbles et pont. Ils étaient bouffés par la rouille et des nœuds de fils d'acier s'échappaient de la plupart d'entre eux, semblables à des houppettes de coton métalliques. Eddie savait, grâce à son oncle Reg, qui avait travaillé en qualité de peintre sur les ponts George-Washington et Triborough, que crampons et câbles aériens étaient « tissés » de milliers de fils d'acier. Sur ce pont-là, la trame foutait le camp. Les crampons s'effilochaient littéralement et, par voie de conséquence, les fils cassaient.

Il a tenu jusqu'à maintenant, il tiendra bien encore un peu, pensa-t-il. Tu t'imagines que ce truc va tomber dans l'eau uniquement parce que tu marches dessus ? Prétentieux, va !

Cette pensée, cependant, ne lui fut d'aucun réconfort. Pour ce qu'il en savait, ils étaient peut-être les premiers à tenter la traversée depuis des dizaines d'années. Et le pont, somme toute, allait forcément s'effondrer un jour ou l'autre, et, à en juger par son aspect, ce jour était proche. Leurs poids combinés risquaient d'être la goutte d'eau qui ferait déborder le vase.

Eddie heurta de son mocassin un gros bloc de béton et, pris de nausée mais incapable de détourner le regard, il le suivit de l'œil tandis qu'il tombait à n'en plus finir, tournoyant sur lui-même. Il y eut un petit *plouf !* – minuscule –, quand il toucha le fleuve. Le vent, qui fraîchissait, soufflait en bourrasques, plaquant sa chemise contre sa peau en sueur. Le pont gémissait et oscillait. Eddie voulut ôter ses mains de la rambarde, mais elles semblaient gelées dans une étreinte mortelle sur le métal piqueté.

Il ferma les paupières un moment. Tu ne vas pas te paralyser. *Non*. Je... je te l'interdis. S'il te faut regarder quelque chose, choisis un truc long, grand et moche. Il rouvrit les yeux, les fixa sur le pistolero, obligea ses mains à relâcher leur étau et se remit en marche.

11

Roland atteignit le début de la brèche et se retourna. Jake le suivait à un mètre cinquante, Ote sur ses talons. L'animal était accroupi, le cou tendu. Le vent soufflait beaucoup plus fort au-dessus de la Send et Roland voyait onduler la fourrure du bafouilleux. Eddie se trouvait à quelque huit mètres derrière Jake. Les traits crispés, il s'évertuait cependant à poser un pied devant l'autre avec obstination, tenant le fauteuil plié de Susannah dans la main gauche. De la droite, il se cramponnait comme un noyé à la rambarde.

– Susannah ?

– Oui, dit aussitôt la jeune femme. Ça va.

– Jake ?

Le gamin leva les yeux, souriant toujours. Le pistolero comprit qu'il n'y aurait pas de problèmes avec lui. Jake vivait le plus beau moment de sa vie. Ses cheveux voletaient en vagues autour de son joli front et ses yeux étincelaient. Il leva le pouce. Roland sourit et leva le sien en retour.

– Eddie ?

– Ne te fais pas de bile pour moi.

Eddie, apparemment, avait l'œil fixé sur Roland ; celui-ci, toutefois, se rendit compte qu'il regardait, au-delà de lui, les bâtiments de brique sans fenêtres qui se pressaient sur la berge à l'autre bout du pont. Parfait. Etant donné sa peur manifeste des hauteurs, c'était sans doute la meilleure chose qu'il pût faire pour ne pas paniquer.

– D'accord, murmura le pistolero. Nous allons nous attaquer à la brèche, Susannah. Reste tranquillement assise. Ne fais pas de mouvements brusques. Compris ?

– Oui.

– Si tu veux rectifier ta position, c'est maintenant.

– Je suis bien, Roland, dit-elle avec calme. J'espère seulement qu'Eddie va tenir le coup.

– Eddie est un pistolero, désormais. Il va se conduire en pistolero.

Roland pivota vers la droite, faisant ainsi face à l'aval ; il saisit la rambarde, puis commença à franchir la brèche, raclant de ses boots le câble rouillé.

12

Jake attendit que Roland et Susannah soient presque de l'autre côté de la brèche pour se lancer à son tour. Bien que le vent soufflât en rafales et que le pont oscillât, il n'éprouvait pas la moindre peur. Au vrai, il était complètement grisé. A l'inverse d'Eddie, il n'avait jamais eu le vertige ; il était ravi d'être là-haut, d'où il pouvait voir la Send s'étirer comme un ruban d'acier sous un ciel qui commençait à se couvrir de nuages.

A mi-parcours de la brèche (Roland et Susannah, qui avaient atteint l'endroit où reprenait la passerelle inégale, regardaient leurs deux compagnons), Jake se retourna ; son cœur se serra. Ils avaient oublié un membre du groupe quand ils avaient discuté de la traversée. Ote était accroupi, paralysé et manifestement terrifié, au bord de la brèche. Il reniflait l'endroit où se terminait le béton et où commençait la tige incurvée et rouillée.

– Viens, Ote ! cria Jake.

– Ote ! répondit le bafouilleux, et le chevrotement de sa voix rauque fut fort semblable à celui d'un humain.

Il étira son long cou vers Jake, mais n'esquissa pas un mouvement. Ses yeux cerclés d'or étaient immenses et emplis de désarroi.

Une nouvelle rafale frappa le pont, le faisant osciller et hurler. Quelque chose vibra près de la tête de Jake – le son d'une corde de guitare pincée jusqu'à la faire casser net. Un fil d'acier venait de sauter du crampon vertical le plus proche, manquant lui écorcher la joue. A trois mètres, Ote était misérablement aplati au sol, les yeux rivés sur Jake.

– Viens ! cria Roland. Le vent fraîchit ! Viens, Jake !

– Pas sans Ote !

Jake entreprit de refaire en sens inverse le chemin qu'il venait de parcourir. Avant qu'il n'eût fait deux pas, Ote se hissa avec précaution sur la tige d'acier. Les griffes, au bout de ses pattes arc-boutées avec raideur, égratignèrent la ronde surface métallique. Eddie, juste derrière le bafouilleux, à présent, était désemparé et mortellement effrayé.

– C'est ça, Ote ! l'encouragea Jake. Viens vers moi !

– Ote-Ote ! Ake-Ake ! cria l'animal, qui se mit à trotter rapidement sur la tige.

Il était presque parvenu à la hauteur de Jake quand le vent se remit traîtreusement à souffler en rafales. Le pont oscilla. Les griffes d'Ote éraflèrent frénétiquement la tige à la recherche d'une prise, mais bernique ! Son arrière-train chassa dans l'espace. Le bafouilleux tenta de se retenir avec ses antérieurs, mais il n'y avait rien à quoi s'accrocher. Ses pattes postérieures filèrent follement en plein ciel.

Jake lâcha la rambarde et plongea, ne pensant qu'aux yeux cerclés d'or d'Ote.

– *Non, Jake !* hurlèrent Roland et Eddie d'une seule voix, chacun d'un côté de la brèche, trop éloignés l'un et l'autre pour intervenir.

Jake heurta la tige de la poitrine et du ventre. Son sac à dos tressauta sur ses omoplates et il entendit ses dents s'entrechoquer dans son crâne dans un fracas de boules de billard. Le vent souffla encore et Jake régla ses mouvements sur lui, nouant sa main droite autour de la tige et tendant la gauche vers Ote tandis que celui-ci basculait dans le vide. Le bafouilleux commença à glisser et referma violemment ses mâchoires sur la main offerte de Jake. La souffrance fut instantanée, atroce. Jake cria, mais tint bon, tête baissée, le bras droit étreignant la tige, les genoux durement pressés contre la surface pitoyablement lisse. Ote était suspendu à sa main gauche comme un acrobate de cirque, levant sur lui ses yeux cerclés d'or ; Jake vit son propre sang ruisseler en minces filets sur les joues du bafouilleux.

13

La peur d'Eddie se volatilisa, cédant la place à une froideur étrange, mais bienvenue. Il laissa bruyamment tomber le fauteuil de Susannah sur le béton craquelé et courut lestement le long du câble, faisant fi de la rambarde. Jake était suspendu tête en bas au-dessus de la brèche, Ote se balançant au bout de sa main gauche tel un pendule de fourrure. Et la main droite du garçon lâchait prise.

Eddie écarta les jambes en ciseaux et se laissa choir en position assise. Dépourvues de toute protection, ses couilles s'écrasèrent douloureusement dans son entrejambe, mais, pour l'heure, cet élancement, si abominable fût-il, était le cadet de ses soucis. D'une main, il saisit Jake aux cheveux et, de l'autre, une sangle du sac à dos. Il se sentit basculer dans le vide et, l'espace d'un instant de cauchemar, il crut que tous trois allaient passer par-dessus bord comme une guirlande de pâquerettes.

Il lâcha les cheveux de Jake et raffermit sa prise sur la sangle du sac à dos, formant des vœux pour que le gamin n'ait pas acheté de la camelote dans un magasin bon marché. De sa main libre, il battit l'air au-dessus de sa tête, à la recherche de la rambarde. Au bout d'une éternité, au cours de laquelle se poursuivit leur glissade de groupe, il la trouva et l'empoigna.

— *ROLAND*, beugla-t-il. *J'AURAIS PEUT-ÊTRE BESOIN D'UN COUP DE MAIN !*

Mais Roland était déjà à ses côtés, Susannah toujours

perchée sur son dos. Quand il se pencha, la jeune femme noua ses bras autour de son cou, afin de ne pas tomber la tête la première hors du harnais. Le pistolero passa le bras autour de la poitrine de Jake et hissa le garçon. Quand ses pieds furent de nouveau sur la tige, Jake entoura le corps tremblant d'Ote de son bras droit. Sa main gauche, feu et glace mêlés, lui faisait souffrir le martyre.

— Lâche-moi, Ote ! haleta-t-il. Tu peux me lâcher, à présent… Nous sommes… saufs.

Pendant un horrible moment, il crut que le bafouilleux n'obéirait pas. Puis, lentement, les mâchoires d'Ote se desserrèrent, et Jake put libérer sa main. Elle était couverte de sang et cerclée d'un semis de trous sombres.

— Ote, dit le bafouilleux d'une petite voix.

Eddie, étonné, vit que les étranges yeux de l'animal étaient emplis de larmes. Ote tendit le cou et lécha le visage de Jake de sa langue ensanglantée.

— C'est O.K., dit Jake, pressant sa figure contre la chaude fourrure. (Il pleurait, lui aussi, les traits figés en un masque sous l'effet du choc et de la souffrance.) Te fais pas de mouron, c'est O.K. Tu n'avais pas le choix, et puis ça m'est bien égal !

Eddie se remit debout avec précaution. Son visage était cendreux et il avait l'impression d'avoir reçu une boule de bowling en plein ventre. Sa main gauche glissa lentement vers son entrejambe pour y évaluer les dommages.

— Une putain de vasectomie au rabais, dit-il d'une voix rauque.

— Tu vas tourner de l'œil, Eddie ? demanda Roland.

Une rafale frisquette envoya son chapeau dans la figure de Susannah. La jeune femme le rattrapa et le lui enfonça jusqu'aux oreilles, ce qui donna au pistolero l'allure d'un péquenot à demi débile.

— Non, répondit Eddie. J'aimerais bien, remarque…

— Examine Jake, dit Susannah. Il pisse le sang.

— Je vais bien, déclara l'intéressé, qui voulut dissimuler sa main.

Roland la prit doucement au vol entre les siennes. Le garçon avait au moins une douzaine de morsures sur le dos de la main, la paume et les doigts. La plupart étaient profondes. Pas moyen de savoir si des os avaient été fracturés ou des tendons sectionnés tant que Jake n'essaierait pas de faire des mouvements de flexion. Or, pas plus le moment que le lieu ne se prêtait à ce genre d'exercices.

Roland regarda Ote. L'animal lui rendit son regard, ses yeux expressifs emplis de chagrin et d'effroi. Il ne s'était pas donné la peine de nettoyer le sang de Jake de ses joues ; pourtant, se lécher eût été pour lui un comportement on ne peut plus naturel.

– Fiche-lui la paix ! dit Jake en resserrant son étreinte autour de l'animal. Ce n'est pas sa faute. Ç'a été la mienne de l'oublier. Le vent l'a balayé comme un fétu.

– Je n'ai pas l'intention de lui faire du mal. (Roland était certain que le bafouilleux n'avait pas la rage, mais il ne voulait pas laisser Ote vampiriser Jake plus avant. En ce qui concernait d'autres maladies dont Ote pouvait être porteur... Bon, le *ka* en déciderait, ainsi qu'il le faisait toujours, en finale. Roland ôta son foulard et essuya les babines et le museau d'Ote.) Là ! Brave bête... Bon petit pote...

– Ote, dit le bafouilleux d'une petite voix.

Susannah, qui observait la scène par-dessus l'épaule de Roland, eût donné sa tête à couper qu'elle avait perçu de la gratitude dans cette voix-là.

Une nouvelle rafale les frappa. Le temps se gâtait à la vitesse grand V.

– Eddie, nous devons quitter le pont. Tu peux marcher ?

– Non, missié. Moi y en a juste pouvoi' t'aîner les pieds.

La douleur dans l'aine et au creux de l'estomac, bien que toujours vive, l'était moins que la minute d'avant.

– Parfait. En route. Filons aussi vite que possible.

Roland tourna les talons, fit un pas, puis s'arrêta. Un homme, debout à l'extrémité de la brèche, les observait, le visage vide d'expression.

Le nouveau venu avait surgi tandis qu'ils étaient tous occupés à secourir Jake et Ote. Il portait une arbalète en travers du dos. Une écharpe jaune vif enturbannait sa tête ; les bouts s'en déployaient comme des bannières dans le vent fraîchissant. Des anneaux dorés, ornés de croix en leur centre, pendaient à ses oreilles. Un bandeau de soie blanche occultait un de ses yeux. Son visage était piqueté de pustules pourpres, dont certaines, ouvertes, suppuraient. Il pouvait avoir trente, quarante ou soixante ans. Il avait une main haut levée au-dessus de sa tête, refermée sur un objet que Roland n'arrivait pas à identifier ; sauf que la forme en était trop régulière pour que ce fût une pierre.

Derrière cette apparition, la cité s'esquissait avec une espèce de clarté surnaturelle dans le jour qui allait s'obscurcissant. Eddie effleura du regard les groupes d'immeubles en brique de la rive opposée – des magasins depuis belle lurette mis à sac par des pillards, à coup sûr –, ainsi que les canyons pleins d'ombre et les dédales de pierre et il comprit soudain à quel point il avait eu tort, à quel point il avait été fou d'espérer trouver de l'aide dans la cité. A présent, il voyait les façades en ruine et les toits brisés ; les nids d'oiseaux échevelés sur les corniches, dans les fenêtres béantes et dépourvues de vitres ; à présent, il *respirait* vraiment l'odeur de Lud, et cette odeur n'était pas celle d'épices fabuleuses ni des mets savoureux dans le genre de ceux que sa mère rapportait parfois de chez Zabar ; c'était la puanteur d'un matelas qui a pris feu et s'est lentement consumé, avant qu'on n'y jette de l'eau puisée dans les égouts. Tout à coup, il comprit Lud, la comprit tout à fait. Le pirate grimaçant qui avait surgi tandis qu'ils détournaient leur attention était probablement la version la plus approchante d'un elfe vieux et sage que pouvait produire ce lieu en miettes, agonisant.

Roland tira son revolver.

– Rengaine ce joujou, mon couillon, dit l'homme à l'écharpe jaune avec un tel accent à couper au couteau qu'ils le comprirent à peine. Range-le, mon petit cœur. Tu es un crack, pour sûr, mais cette fois, tu as perdu.

14

Avec son pantalon rapiécé de velours vert, le nouveau venu, debout au bord de la brèche creusée dans le pont, avait l'air d'un flibustier au soir d'une journée de pillage : malade, déguenillé, dangereux.

— Suppose que je décide de n'en rien faire ? fit Roland. Suppose que je choisisse de te loger une balle dans ta tête scrofuleuse ?

— Dans ce cas, je te précéderai en enfer juste le temps de te tenir la porte. (L'homme à l'écharpe jaune émit un gloussement éraillé. Il agita la main qu'il levait en l'air.) Pour moi, c'est blanc bonnet et bonnet blanc.

Roland devina qu'il disait vrai. L'homme donnait l'impression d'avoir au plus un an à vivre... et probable que les derniers mois de cette année-là seraient loin d'être un lit de roses. Les pustules suintantes de sa face n'étaient pas dues à des radiations ; à moins que Roland ne se fourrât le doigt dans l'œil jusqu'au coude, ce type était dans la phase finale de ce que la Faculté désigne sous le nom de syphilis et que les profanes appellent tout bêtement les bourgeons des putes. Affronter un homme dangereux était toujours une affaire délicate, mais du moins pouvait-on calculer ses chances dans ce genre de rencontres. Mais quand il s'agissait de la mort, les paramètres changeaient.

— Vous savez ce que j'ai là, mes petits chéris ? demanda le pirate. Vous savez ce qu'a dégoté ce bon vieux Gasher ? Une grenade, un chouette truc que les Anciens ont laissé sur place, et je l'ai dégoupillée... Rester couvert avant que les présentations soient faites trahirait un manque total de savoir-vivre, pas ? (Il jacassa gaiement pendant un moment, puis son visage redevint calme et grave. Tout humour déserta ses traits, comme si on venait de tourner un bouton dans quelque recoin de son cerveau dégénéré.) Il n'y a que mon doigt, désormais, qui retienne la goupille, mon petit chéri. Si tu me descends, il va y avoir une sacrée explosion. Toi et la guenon juchée sur ton dos serez atomisés. Le louchon, itou, m'est avis. Le jeune gandin qui se tient derrière vous et pointe son joujou sur mon nez a peut-être une chance de vivre, mais seulement jusqu'au moment où il touchera l'eau... et sûr qu'il la touchera, parce que ce pont ne tient que par un fil depuis quarante ans, et il ne faudrait pas grand-chose pour l'achever. Alors, veux-tu ranger ton pétard ou est-ce qu'on va tous faire une petite virée en enfer dans la même charrette ?

Un court instant, Roland envisagea de dégommer l'objet que Gasher appelait une grenade ; il vit comment l'homme l'agrippait et rengaina son revolver dans son étui.

– Ah, bien ! cria Gasher, remis de bonne humeur. Je savais que tu étais un mec correct, rien qu'à te voir ! Oh oui ! Je le savais !

– Que veux-tu ? demanda Roland, bien qu'il crût connaître la réponse.

Gasher leva sa main libre et pointa un index crasseux en direction de Jake.

– Le louchon. Donne-moi le louchon en échange de votre liberté.

– Encule-toi ! s'écria Susannah aussi sec.

– Pourquoi pas ? répliqua le pirate dans un glousse-ment. Passe-moi un éclat de miroir que je me coupe la bite et me l'enfile dans le cul... Pourquoi pas, vu le bien qu'elle me fait, ces temps-ci. Ouais, je ne peux même pas pisser sans qu'elle me brûle toute. (Ses yeux, singu-lièrement froids, ne quittaient pas le visage de Roland.) Qu'est-ce que t'en dis, mon poteau ?

– Qu'adviendra-t-il de nous si je te livre le gosse ?

– Ma foi, vous poursuivrez votre route peinards. Vous avez la parole de l'Homme Tic-Tac. Je suis son truchement, parfaitement, et Tic-Tac est un mec régule, lui aussi, qui ne reprend pas sa parole une fois qu'il l'a donnée. Je ne peux pas m'engager en ce qui concerne les Ados que vous pourriez croiser sur votre route, mais vous n'aurez aucun ennui de la part des Gris de Tic-Tac.

– Qu'est-ce qui te prend, Roland, bordel de merde ? rugit Eddie. Tu n'as pas l'intention d'obtempérer, non ?

Roland ne regarda pas Jake et dit, sans remuer les lèvres :

– Je tiendrai ma promesse.

– Oui... j'en suis sûr. (Puis Jake dit d'une voix

forte :) Baisse ton flingue, Eddie. La décision m'appartient.

– Jake, tu as perdu l'esprit !

Le pirate gloussa joyeusement.

– Que nenni, mon couillon ! C'est toi qui as perdu l'esprit si tu ne me crois pas. A tout le moins, il sera à l'abri de la batterie avec nous, n'est-ce pas ? Et dis-toi bien que si je ne pensais pas ce que je disais, j'aurais commencé par vous ordonner à tous de jeter vos feux par-dessus la rambarde. C'était facile comme bonjour ! Mais est-ce que je l'ai fait ? Non !

Susannah avait surpris les paroles échangées entre Jake et Roland. Elle avait également eu l'occasion de comprendre combien leurs choix étaient limités en l'état actuel des choses.

– Range-le, Eddie.

– Comment être sûrs que vous ne lancerez pas la grenade une fois que vous aurez le gamin ? cria Eddie.

– Je la ferai exploser dans les airs s'il essaie, dit Roland. J'en suis capable, et il le *sait*.

– Je le ferai peut-être. Tu ne te mouches pas du pied, sûr.

– S'il dit vrai, poursuivit Roland, il mourra même si je manque son jouet, car le pont s'effondrera et on fera tous le plongeon.

– Très futé, fiston ! dit Gasher. Tu es un petit malin, tu sais ça ? (Il croassa de rire, puis redevint sérieux et confiant.) Assez causé, mon poteau. Décide. Vas-tu me donner le petit gars ou marcherons-nous tous comme un seul homme jusqu'au bout du chemin ?

Avant que Roland n'eût pu dire un mot, Jake s'était éloigné sur le câble, Ote toujours pelotonné dans sa main droite. Il tendait la gauche, raide et sanglante, devant lui.

– Jake, *non* ! cria Eddie, au désespoir.

– Je viendrai te chercher, dit Roland, toujours de cette même voix basse.

– Je sais, répéta Jake.

Le vent se remit à souffler. Le pont oscilla et gémit. A présent, la Send était tachetée de moutons et l'eau bouillonnait, blanchâtre, autour de l'épave du mono bleu en amont.

– Ah, mon couillon ! chantonna Gasher. (Il retroussa les lèvres, révélant quelques dents rares qui saillaient de ses gencives blanches telles des pierres tombales décaties.) Ah, mon beau petit louchon ! Viens donc !

– Roland, c'est peut-être un bluff ! hurla Eddie. Un bobard.

Le pistolero ne répliqua mot.

Comme Jake approchait de l'extrémité de la brèche, Ote dénuda les dents à son tour et se mit à gronder à l'adresse de Gasher.

– Balance-moi ce fourbi parleur à la mer, fit le pirate.

– Allez vous faire foutre, rétorqua Jake d'une voix aussi unie.

Un instant, Gasher parut surpris, puis il hocha la tête.

– Tu l'aimes, c'est ça ? Très bien. (Il recula de deux pas.) Dans ce cas, pose-le par terre dès que tu auras mis le pied sur le béton. Et s'il me saute à la gueule, je te jure que je lui fais sortir sa cervelle par son mignon petit trou du cul.

– Trou du cul, dit Ote entre ses dents à nu.

– La ferme, Ote ! marmonna Jake.

Le garçon atteignit le revêtement de béton au moment où une rafale hyperviolente frappait le pont. La vibration de câbles cédant sembla venir de partout à la fois. Jake jeta un coup d'œil derrière lui. Roland et Eddie agrippaient la rambarde. Susannah l'observait pardessus l'épaule du pistolero, son casque de boucles ondulant et s'ébouriffant dans la bourrasque. Jake leva la main vers eux. Roland leva la sienne en retour.

Tu ne me laisseras pas tomber, ce coup-ci ? avait-il demandé. *Non. Plus jamais*, avait répondu Roland. Jake le croyait... mais il avait une frousse du diable à la pensée de ce qui pouvait se produire avant son arrivée. Il posa Ote à terre. Gasher se rua vers le bafouilleux, lui décochant des coups de pied. Ote s'esquiva pour échapper au pied botté.

– Cours ! lui cria Jake.

Ote obtempéra, les dépassant comme un trait, et bondit, tête baissée, vers l'extrémité du pont côté Lud, slalomant afin d'éviter les trous et sautant par-dessus les lézardes. Il ne se retourna pas. Un moment plus tard,

Gasher avait passé le bras autour du cou de Jake. Il puait la crasse et la viande en décomposition, et les deux odeurs se mêlaient pour former un seul relent fétide, agressif et lourd, qui fit se lever le cœur de Jake.

Il plaqua son sexe contre les fesses du garçon.

— Peut-être que je ne suis pas aussi mal en point que je le croyais. Ne dit-on pas que la jeunesse est le vin qui enivre les vieillards ? On va s'en payer une tranche, pas vrai, mon joli louchon ? Ah, on va s'en payer une tranche à en faire chanter les anges !

Ô Jésus ! se dit Jake.

Gasher haussa le ton.

— On se tire, mon impitoyable ami. De grandes choses nous attendent, nous avons d'importants personnages à voir, pour sûr, mais je tiendrai parole. Quant à vous, vous allez rester là où vous êtes un bon quart d'heure, si vous n'êtes pas idiots. Si vous faites mine de bouger, on va tous aller saluer la Camarde. Pigé ?

— Oui, dit Roland.

— Tu me crois quand je te dis que je n'ai rien à perdre ?

— Oui.

— Très bien. Avance, mon petit ! Une, deux !

Gasher resserra l'étau de son bras, coupant la respiration à Jake et l'entraînant à reculons. Ce fut ainsi qu'ils battirent en retraite, face à la brèche où Roland se tenait avec Susannah sur son dos ; Eddie, à deux pas derrière lui, avait toujours en main le Ruger que Gasher avait appelé un joujou. Gasher soufflait son haleine contre l'oreille de Jake en petites bouffées tièdes. Le pire, c'était l'odeur.

— N'essaie pas de jouer au plus fin, murmura le pirate, ou sinon je t'arrache tes bijoux de famille et te les enfonce jusqu'au troufignon. Ce serait triste de les perdre avant d'avoir eu l'occase de t'en servir, pas ? Très, très triste.

Ils parvinrent au bout du pont. Jake se raidit, persuadé que Gasher allait finalement lancer sa grenade. Mais non... Du moins, pas encore. Le pirate poussa Jake dans une étroite allée, le faisant passer entre deux petits boxes – sans doute d'anciennes guérites de péage.

Au-delà, les magasins en brique avaient l'allure de blocs cellulaires.

— Bien, mon couillon, je vais libérer ton cou... Sinon, comment pourrais-tu avoir du souffle pour courir ? Mais je vais te tenir par le bras, et si tu ne files pas aussi vite que le vent, je te promets que je te l'arrache et que j'en ferai un gourdin pour te taper dessus. Compris ?

Jake hocha la tête. D'un coup, l'horrible poids qui comprimait sa trachée-artère s'envola. Aussitôt, il reprit conscience de l'existence de sa main – chaude, gonflée et pleine de feu. Puis Gasher enferma son biceps dans des doigts pareils à des cercles de fer, et il oublia sa main.

— Tra-la-laire ! cria Gasher d'une voix de fausset grotesquement joyeuse. (Il agita la grenade dans la direction du trio sur le pont.) Bye-bye, mes poussins ! (Puis il grogna à l'intention de Jake :) Allez, cours, putain de petit louchon ! *Cours !*

Jake fut d'abord emporté puis propulsé dans un marathon. Le pirate et lui dévalèrent une rampe incurvée pour rejoindre le niveau de la rue. Confuse, la première pensée de Jake fut que c'était ce à quoi ressemblerait l'East River Drive deux ou trois siècles après que quelque mystérieuse maladie cérébrale aurait décimé tous les gens sains d'esprit du monde.

Des carcasses, vieilles et rouillées, de ce qui avait dû être jadis des voitures, apparaissaient par intervalles le long des deux trottoirs. La plupart étaient des roadsters en forme de bulle ; Jake n'avait de sa vie vu semblables véhicules (excepté, peut-être, ceux que conduisaient les personnages gantés de blanc des bandes dessinées de Walt Disney) ; il aperçut toutefois une antique coccinelle Volkswagen, peut-être aussi une Corvair Chevrolet et une Ford Model A. Aucune de ces sinistres épaves n'avait de pneus ; ils avaient dû être volés ou être tombés en poussière depuis belle lurette. Toutes les vitres avaient été brisées, comme si les derniers habitants de cette cité avaient pris en horreur le moindre objet susceptible de leur renvoyer leur reflet, même par hasard.

Sous et entre les voitures abandonnées, les caniveaux étaient jonchés de monceaux de ferraille non identifiables et de brillants éclats de verre. Des arbres avaient été plantés à distances régulières en bordure de la rue, à une époque plus heureuse, depuis longtemps révolue ; à présent, ils étaient tellement morts qu'ils ressemblaient à de rigides sculptures de métal contre le ciel nuageux. Certains magasins avaient soit été bombardés, soit s'étaient effondrés tout seuls et, au-delà des tas enchevêtrés de briques qui en constituaient les uniques vestiges, Jake apercevait le fleuve ainsi que les étais rouillés et affaissés du Send Bridge. L'odeur de pourriture mouillée – une odeur qui semblait se bloquer dans les narines – était plus forte que jamais.

La rue s'éloignait vers l'est, divergeant du sentier du Rayon, et les décombres l'obstruaient davantage. Six ou sept pâtés de maisons plus bas, elle paraissait complètement bouchée ; ce fut pourtant dans cette direction-là que Gasher le tira. Au début, Jake maintint l'allure, mais Gasher lui imposait une cadence formidable. Le garçon se mit à haleter et resta un pas à la traîne. Gasher le souleva quasiment du sol, tandis qu'il le traînait vers la barrière de ferraille, de béton et de barres d'acier rouillé qui se dressait devant eux. Une bouche d'incendie – placée là à dessein, à ce qu'il parut à Jake – se trouvait entre deux larges bâtisses aux façades de marbre poussiéreuses. Devant celle de gauche, se dressait une statue que Jake reconnut au premier regard : celle de la femme qu'on appelait la Justice aveugle, et cela faisait à coup sûr du bâtiment qu'elle gardait un tribunal. Mais il n'eut guère le loisir de la contempler ; Gasher le halait sans merci vers la barricade, et il ne ralentissait pas l'allure.

Il va nous tuer s'il nous emmène là-dedans ! pensa Jake. Mais Gasher, qui traçait comme l'éclair en dépit de la maladie qui s'affichait en réclame sur son visage, enfonça plus profondément les doigts dans le bras de Jake et l'entraîna à la hâte. Jake aperçut une venelle étroite au sein de l'amoncellement de béton, de meubles fendus, de tuyauteries rouillées, de camions et de voitures qui ne s'était pas vraiment formé tout seul. La lumière jaillit soudain dans son esprit. Ce dédale allait retarder Roland des heures... mais c'était l'arrière-cour de Gasher, et celui-ci savait *parfaitement* où il allait.

La petite ouverture sombre donnant sur la venelle se

trouvait sur la gauche du dépotoir branlant. Quand ils y furent, le pirate lança l'objet vert par-dessus son épaule.

— Plonge, mon mignon ! cria-t-il avant de pousser des gloussements aigus, hystériques.

Un instant plus tard, une terrible explosion secoua la rue. L'une des voitures en forme de bulle bondit à six mètres dans les airs, puis retomba sur son toit. Une grêle de briques siffla au-dessus de la tête de Jake et quelque chose le frappa violemment à l'omoplate gauche. Il trébucha, et se serait étalé de tout son long si Gasher ne l'avait remis d'aplomb d'une saccade et tiré dans l'étroite ouverture dans les décombres. Une fois dans la venelle, ils furent happés par des ombres menaçantes qui les enveloppèrent.

Quand Jake et Gasher eurent disparu, une petite boule de fourrure se faufila hors d'un barrage de béton. C'était Ote. Le bafouilleux s'immobilisa un moment devant l'ouverture de la venelle, le cou étiré, les yeux brillants. Puis il s'y engagea, le nez au ras du sol, reniflant avec soin.

15

— Allons-y ! dit Roland dès que Gasher eut tourné les talons.

— Comment as-tu pu ? demanda Eddie. Comment as-tu pu laisser ce monstre l'emmener ?

— Je n'avais pas le choix. Apporte le fauteuil. Nous allons en avoir besoin.

Ils avaient pris pied sur la surface de béton à l'extrémité de la brèche quand une explosion fit trembler le pont, projetant des débris dans le ciel qui s'obscurcissait.

— Seigneur !

Eddie tourna un visage crayeux et consterné vers Roland.

— Pas de panique, dit calmement celui-ci. Les types comme Gasher ne manipulent généralement pas à la légère leurs joujoux hautement explosifs.

Ils parvinrent aux guérites dressées au bout du pont.

Roland s'arrêta juste après, au sommet de la rampe incurvée.

— Tu savais que ce mec ne bluffait pas, n'est-ce pas ? dit Eddie. Je veux dire, tu ne le supposais pas – tu le *savais*.

— C'est un cadavre ambulant, et ces gens-là n'ont plus besoin de bluffer. (La voix de Roland était calme, mais on y décelait une note d'amertume et de souffrance.) Je savais qu'un truc dans ce goût-là risquait de se produire, et si nous avions vu ce gars-là plus tôt, quand nous étions encore hors de portée de son œuf explosif, nous aurions pu le tenir à distance. Mais Jake est tombé, et Gasher était trop près. A mon avis, il a pensé qu'en amenant un garçon nous comptions acquitter un droit de passage pour pouvoir traverser la cité en toute sécurité. Merde ! Quelle guigne !

Roland assena son poing sur sa cuisse.

— Eh bien, allons le chercher !

Roland secoua la tête.

— Nous allons devoir nous séparer. Nous ne pouvons emmener Susannah là où ce fils de pute est parti ni la laisser seule.

— Mais...

— Ecoute et ne discute pas... si tu veux sauver Jake. Plus nous nous attardons, plus sa piste sera froide. Et il est coton de suivre une piste refroidie. Tu as ta propre mission à remplir. S'il existe un autre Blaine – et je suis sûr que c'est ce que croit Jake –, toi et Susannah devez le trouver. Il doit y avoir une gare, ou ce qu'on appelait jadis, dans les pays lointains, un berceau. Tu comprends ?

Pour une fois, Dieu merci, Eddie n'ergota pas.

— Ouais. Nous le trouverons. Et après ?

— Tire une balle toutes les demi-heures ou à peu près. Une fois que j'aurai Jake, je vous rejoindrai.

— Des coups de feu risquent d'attirer l'attention d'autres gens, dit Susannah.

Eddie avait aidé la jeune femme à s'extirper du harnais et elle était de nouveau assise dans son fauteuil.

Roland leur jeta un regard froid.

— Débrouillez-vous-en.

– O.K. ! (Eddie tendit la main ; Roland la serra fugacement.) Retrouve-le, Roland.

– Oh, je le retrouverai ! Priez seulement vos dieux pour que ce ne soit pas trop tard. Et rappelez-vous le visage de vos pères, tous les deux.

Susannah hocha la tête.

– On va essayer.

Roland tourna les talons et dévala la rampe d'un pas ailé. Quand il eut disparu de leur vue, Eddie regarda Susannah et ne fut pas vraiment surpris de voir la jeune femme en pleurs. Lui-même avait envie de pleurer. Une demi-heure plus tôt, ils formaient une petite bande d'amis proches. Leur douillette intimité avait volé en miettes en l'espace de quelques minutes – Jake avait été enlevé, Roland était parti à sa recherche. Jusqu'à Ote qui s'était enfui. Eddie ne s'était jamais senti aussi abandonné de sa vie.

– J'ai l'intuition que nous ne les reverrons jamais, dit Susannah.

– Bien sûr que si ! répondit Eddie d'un ton brusque. (Cependant, il partageait le pressentiment de la jeune femme. La prémonition que leur quête avait pris fin avant d'avoir réellement commencé alourdissait son cœur.) Dans un combat contre Attila le Hun, je parierais à trois contre deux sur Roland le Barbare. Viens, Suzie... nous avons un train à prendre.

– Mais où ? demanda-t-elle, misérable.

– Je ne sais pas. Peut-être devrions-nous mettre la main sur le premier elfe vieux et sage venu pour lui poser la question.

– Qu'est-ce que tu racontes, Edward Dean ?

– Rien.

Et parce qu'il pensait être tout à fait capable d'éclater en sanglots, Eddie saisit les poignées du fauteuil et se mit à le pousser le long de la rampe craquelée et jonchée de verre qui menait à la cité de Lud.

16

Jake ne tarda pas à sombrer au sein d'un monde brumeux, où la souffrance constituait les uniques repères : sa main qui lui élançait, l'endroit de son biceps où les doigts de Gasher s'enfonçaient telles des chevilles d'acier, ses poumons en feu. Très vite, ces douleurs se fondirent, puis un point aigu, brûlant, dans le côté gauche, les domina. Jake se demanda si Roland était déjà sur leur piste. Il se demanda également combien de temps Ote serait capable de survivre dans ce monde si différent de l'habitat de plaine et de forêt qui avait toujours été le sien. Puis Gasher lui lança un coup de poing au visage, lui faisant saigner le nez, et toute pensée se dilua dans un bain rouge de douleur.

— Magne, mon salopiau ! Remue tes mignonnes petites fesses !

— Je cours... aussi vite que possible, haleta Jake, qui évita de justesse un épais tesson de verre saillant telle une longue dent translucide du mur de ferraille à main gauche.

— J'espèrc que non, ou je vais te mettre knock-out et te traîner par les cheveux si c'est le cas ! Allez, *schnell*, petit bâtard !

Jake, sans trop savoir comment, força l'allure. En plongeant dans la venelle, il avait cru qu'ils redéboucheraient rapidement sur l'avenue ; à présent, à son corps défendant, il comprenait que non. Plus qu'une venelle, c'était une rue camouflée et fortifiée qui s'enfonçait au cœur du pays des Gris. Les hauts murs chancelants qui enserraient les coureurs avaient été édifiés avec une foule de matériaux des plus hétéroclites : des voitures, complètement ou partiellement aplaties par des blocs de granit et d'acier empilés dessus ; des colonnes de marbre ; des machines-outils inconnues, rendues rouge terne par la rouille aux endroits où la graisse ne les noircissait plus ; un poisson de cristal et de chrome aussi grand qu'un avion privé, avec un mot sibyllin dans le Haut Parler – DÉLICE – élégamment gravé dans son flanc d'écailles étincelantes ; des chaînes enchevêtrées, dont chaque maillon était aussi gros que la tête de Jake, enveloppant un fouillis dément de meubles qui se tenaient en équilibre aussi précaire au-dessus d'eux que des éléphants de cirque sur leurs minuscules plates-formes d'acier.

Parvenu à un endroit où cette folle venelle se divisait, Gasher prit sans hésiter l'embranchement de gauche. Un peu plus loin, trois autres ruelles, si étroites, celles-là, qu'on aurait dit des tunnels, rayonnaient dans diverses directions. Cette fois, Gasher s'engagea dans celle de droite. Le boyau, apparemment tapissé de montagnes de boîtes pourrissantes et d'énormes tas de vieux papier – du papier qui, jadis, avait peut-être été des livres ou des magazines –, était trop exigu pour que tous deux y avancent de front. Gasher poussa Jake en avant et se mit à lui bourrer le dos de coups pour l'inciter à presser l'allure. C'est ce que doit éprouver un bœuf quand on le pousse dans la glissière menant à l'abattoir, pensa Jake, qui jura, s'il sortait vivant de l'aventure, de ne plus jamais manger de bifteck.

– Cours, mon joli ! *Cours !*

Jake perdit bientôt toute mémoire des tours et des détours qu'ils faisaient et, à mesure que Gasher l'entraînait de plus en plus loin au cœur de l'entrelacs d'acier tordu, de meubles fracassés et de machines au rebut, il commença à abandonner tout espoir d'être sauvé. Désormais, Roland lui-même ne serait pas capable de le retrouver. Si le pistolero tentait tout de même le coup, il s'égarerait et errerait jusqu'à la mort dans les boyaux de ce monde de cauchemar.

Ils amorçaient à présent une descente et les murs de papier compressé avaient cédé la place à des remparts de classeurs, à des amoncellements de machines à calculer et à des empilements de matériel informatique. Jake avait l'impression de courir à travers quelque cauchemardesque magasin Radio Shack. Pendant près d'une minute pleine, le mur qui défilait à toute allure sur la gauche de Jake se révéla fait de seuls téléviseurs et terminaux vidéo, entassés à la va comme je te pousse. Ils fixaient le gamin tels les yeux vitreux de morts. Et, tandis que le sol sous leurs pieds accentuait sa pente, Jake se rendit compte qu'ils étaient bel et bien dans un tunnel. Le lé de ciel nuageux, au-dessus de leurs têtes, s'étrécit en une bande, la bande en ruban et le ruban en fil. Ils se trouvaient dans des enfers sinistres, détalant comme des rats au sein d'un gigantesque dépotoir.

Et si tout ce fatras allait nous tomber dessus ? pensa Jake. Toutefois, épuisé et dolent comme il l'était, cette éventualité ne l'effrayait guère. Si le toit s'effondrait, au moins aurait-il le loisir de prendre quelque repos.

Gasher l'aiguillonnait comme un paysan sa mule, lui tapant tantôt l'une ou l'autre épaule pour lui signifier de tourner à gauche ou à droite. Dans les lignes droites, il frappait Jake à la nuque. Le garçon essaya tant bien que mal d'éviter un tuyau en saillie, qui le heurta violemment à la hanche, l'envoyant valdinguer dans l'étroit passage jusqu'à un enchevêtrement de verre et de planches déchiquetées. Gasher l'empoigna et le poussa de nouveau devant lui.

– Cours, espèce de louchon maladroit ! Tu ne sais donc pas courir ? N'était l'Homme Tic-Tac, je te sodomiserais sur place et te trancherais la gorge dans le feu de l'action, pour sûr !

Jake galopait dans une brume rouge, où seuls avaient cours la douleur et les fréquents sons mats que produisaient les poings de Gasher en s'abattant sur ses épaules ou sur son crâne. Enfin, au moment où il sentait ne plus pouvoir tenir l'allure bien longtemps encore, le pirate le saisit par le cou et le fit s'arrêter si brutalement que le garçon lui rentra dedans avec un cri étranglé.

– Voici un truc astucieux ! claironna jovialement Gasher, hors d'haleine. Regarde droit devant et tu verras deux barbelés qui se croisent en X au ras du sol. Tu les vois ?

Au début, Jake ne distingua rien. Les lieux étaient très sombres ; d'énormes bouilloires de cuivre s'entassaient à main gauche et, sur la droite, s'amoncelaient des réservoirs d'acier qui ressemblaient à des scaphandres. Jake songea qu'il pourrait faire tomber ceux-ci en avalanche s'il soufflait très fort. Il s'essuya le front, repoussant des mèches de cheveux emmêlés, et s'efforça de ne pas penser à l'allure qu'il aurait aplati sous une quinzaine de tonnes de ces réservoirs. Il cligna des yeux dans la direction que lui indiquait Gasher. Il discerna en effet deux minces lignes d'argent semblables à des cordes de guitare ou de banjo. Chacune retombait d'un côté de la venelle et toutes deux se croisaient à une soixantaine de centimètres au-dessus du trottoir.

– Faufile-toi dessous, mon petit cœur. Et fais gaffe, car si tu fais ne serait-ce qu'effleurer l'une de ces cordes, la moitié de cette merde d'acier et de béton de la cité s'écroulera sur ta mignonne petite caboche. Sur la mienne itou, bien que je doute que cela te dérange des masses, hein ? Allez, passe là-dessous !

Jake, d'un mouvement d'épaules, se débarrassa de son sac à dos et, se mettant à plat ventre, le poussa dans la brèche devant lui. Et, tandis que lui-même progressait sous les minces fils tendus, il se rendit compte qu'il ne voulait pas mourir encore. Il sentait que ces tonnes de ferraille en équilibre savant guettaient le moment de fondre sur lui. Ces fils maintiennent probablement deux clés de voûte judicieusement choisies, pensa-t-il. Si l'un d'eux se rompt... adieu, Berthe ! Son dos effleura une des cordes et, loin au-dessus de sa tête, quelque chose grinça.

– Gare, mon couillon ! fit Gasher dans un râle. Vas-y en douceur !

Jake rampa sous le croisillon, s'aidant des pieds et des coudes. Ses cheveux puants, poissés de sueur, lui retombèrent dans les yeux, mais il ne pensait plus à les en ôter.

– C'est tout bon, grommela enfin Gasher, qui se glissa sous les fils avec l'aisance que confère une longue pratique. (Il se releva et s'empara du sac avant que Jake n'eût eu le temps de le remettre sur son dos.) Qu'est-ce que tu transportes là-dedans, mon couillon ? (Il défit les sangles et jeta un œil à l'intérieur.) Des friandises pour ton vieux pote ? Papa Gasher a la gueule sucrée, pour sûr !

– Il n'y a rien d'autre que...

La main de Gasher surgit comme la foudre et repoussa la tête de Jake d'une claque si violente qu'une écume sanglante jaillit du nez du garçon.

– Pourquoi avez-vous fait ça ? s'écria Jake, ulcéré.

– Pour t'apprendre à me dire ce que mes yeux chassieux sont capables de voir tout seuls ! hurla Gasher, qui jeta le sac à dos. (Il dénuda ce qui lui restait de dents en un sourire dangereux, terrible.) Et pour avoir failli nous faire tomber dessus tout ce bazar de merde ! (Il s'interrompit, puis ajouta d'une voix plus calme :) *Et aussi* parce que j'en avais envie, je dois le reconnaître. Ta stupide face de mouton me fout des démangeaisons dans les doigts, pour sûr. (Son sourire s'élargit, révélant des gencives blanchâtres et suintantes, vision dont Jake se serait volontiers passé.) Si ton dur à cuire d'ami nous file le train jusque-là, il aura une surprise quand il se fichera dans ces fils, hein ? (Gasher leva les yeux, souriant toujours.) Il y a un bus qui se balance quelque part en équilibre dans le coin, si je me souviens bien.

Jake se mit à pleurer – des larmes de fatigue, de désespoir, qui traçaient d'étroits sillons dans ses joues crasseuses.

Gasher leva la main, paume ouverte, menaçante.

– Ouste, mon couillon, avant que je me mette à chialer à mon tour... Ton vieux pote est très fleur bleue, tu sais, et quand il se laisse aller au chagrin et aux larmes, seul le fait de balancer une petite claque ou deux peut lui redonner le sourire. *Cours !*

Ils coururent. Gasher prit apparemment au hasard des venelles s'enfonçant de plus en plus profondément dans le dédale malodorant et grinçant, indiquant la route à suivre à Jake en lui assenant de vigoureuses bourrades sur les épaules. A un moment donné, la batterie se fit entendre. Le son semblait venir de partout et de nulle part ; pour Jake, ce fut la goutte d'eau qui fit déborder le vase. Le garçon abandonna tout espoir, toute pensée, et se laissa sombrer corps et âme dans le cauchemar.

17

Roland fit halte devant la barricade qui obstruait complètement la rue. A l'inverse de Jake, il n'espérait pas émerger à l'air libre à l'autre bout. Les immeubles sis à l'est de ce point seraient des îles truffées de sentinelles, affleurant d'une mer intérieure d'ordures, d'outils, d'objets... et de traquenards, sûr et certain. Si certains des décombres qui l'entouraient étaient toujours là où ils étaient tombés cinq cents, sept cents ou mille ans plus tôt, Roland supposa que la plupart avaient été entassés là un à un par les Gris. Le secteur oriental de Lud, en effet, était devenu la forteresse des Gris et le pistolero se trouvait à présent au pied de ses murs d'enceinte.

Il progressa à pas lents et aperçut l'ouverture d'une venelle à demi dissimulée derrière un gros bloc de béton effrité. Il distingua des empreintes de pieds dans la poussière poudreuse – celles de deux individus, des grandes et des petites. Sur le point de se remettre debout, Roland les examina encore et s'accroupit de nouveau. Il n'y avait pas deux paires d'empreintes, mais trois, la troisième dessinant les pattes d'un petit animal.

– Ote ? appela doucement Roland. (Pendant un moment, ce fut le silence, puis un unique aboiement discret retentit du sein des ténèbres. Roland pénétra dans la venelle ; deux yeux cerclés d'or le regardaient à hauteur du premier coude. Le pistolero se hâta vers le bafouilleux. Celui-ci, qui ne supportait toujours que la proximité du seul Jake, recula d'un pas, puis se campa fermement sur ses pattes, levant un regard anxieux sur l'arrivant.) Tu veux bien m'aider ? (Roland percevait le sec rideau rouge de la fièvre guerrière au bord de sa conscience, mais, pour l'heure, le pistolero ne devait pas céder à cet indicible soulagement.) M'aider à retrouver Jake ?

– Ake ! aboya Ote, observant toujours Roland de ses yeux craintifs.

– En route, alors ! Trouve-le !

Ote tourna aussitôt les talons et dévala promptement la venelle, le nez collé au sol. Roland lui emboîta le pas, levant à l'occasion les yeux sur le bafouilleux. Sinon, il gardait le regard fixé sur le trottoir vétuste, à la recherche de signes.

18

– Jésus ! fit Eddie. Qu'est-ce que c'est que ces gens-là ?

Susannah et lui avaient suivi la rue au pied de la

rampe sur une distance de deux pâtés de maisons. Ils avaient aperçu la barricade qui se dressait droit devant (manquant de moins d'une minute l'entrée de Roland dans la venelle partiellement dissimulée) et, mettant le cap sur le nord, avaient pris une voie plus large qui avait rappelé la Cinquième Avenue à Eddie. Il n'avait pas osé le dire à Susannah ; il était encore trop sous le coup de la déception à la vue de cette cité puante et en ruine pour lâcher une remarque optimiste.

« La Cinquième Avenue » les conduisit dans une zone de grands immeubles de pierre blanche qui évoquèrent à Eddie la Rome des films de gladiateurs qu'il regardait, enfant, à la télé. Les bâtisses étaient austères et, dans l'ensemble, en bon état. Eddie était prêt à parier qu'il s'agissait d'édifices publics – galeries, bibliothèques, peut-être des musées. L'un, coiffé d'un vaste toit en dôme, qui s'était craquelé comme un œuf de granit, était peut-être un ancien observatoire, bien qu'Eddie eût lu quelque part que les astronomes aimaient à être *à l'écart* des métropoles, parce que toutes les lumières électriques foutaient la merde dans l'observation qu'ils faisaient des étoiles.

Il y avait des échappées entre ces imposants édifices et, si le gazon et les fleurs d'autrefois avaient été envahis par les mauvaises herbes et un fouillis de broussailles, l'endroit avait conservé un aspect majestueux ; Eddie se demanda s'il avait constitué jadis le noyau de la vie culturelle de Lud. Cette époque, bien sûr, remontait aux calendes grecques ; Eddie doutait fort que Gasher et ses comparses fassent montre d'un quelconque intérêt pour les ballets ou la musique de chambre.

Susannah et lui étaient parvenus à un embranchement important, d'où partaient quatre larges avenues tels les rayons d'une roue. En son moyeu, s'étendait une spacieuse place pavée, ceinte de haut-parleurs fichés sur des poteaux d'acier hauts de douze mètres. Au centre de la place, se dressait un piédestal soutenant les vestiges d'une statue – un puissant destrier de cuivre, vert-de-grisé, lançant ses antérieures dans les airs. Le guerrier qui avait jadis monté ce cheval de bataille reposait à côté sur son épaule corrodée, brandissant d'une main ce qui ressemblait à une mitrailleuse et une épée de l'autre. Ses jambes enlaçaient toujours le corps de son ancienne monture, mais ses bottes étaient demeurées soudées à ses flancs de métal. MORT AUX GRIS ! barrait le piédestal en lettres d'un orange fané.

En observant les avenues en étoile, Eddie vit les poteaux des haut-parleurs plus en détail. Si certains étaient tombés, la plupart étaient toujours debout, et chacun s'ornait d'une macabre guirlande de cadavres. Par voie de conséquence, la place sur laquelle débouchait « la Cinquième Avenue » ainsi que les rues qui en rayonnaient étaient confiées à la garde d'une petite armée de morts.

– Qu'est-ce que c'est que ces gens-là ? répéta Eddie.

Il n'attendait pas de réponse, et Susannah ne lui en donna pas... Mais elle aurait pu. Elle avait déjà eu auparavant des visions du passé du monde de Roland, mais aucune n'avait jamais été si nette et certaine que celle-là. Toutes ses visions précédentes, comme celle qu'elle avait eue à River Crossing, avaient une qualité obsédante, à l'instar des rêves, mais l'expérience qu'elle vécut alors survint en un flash unique, et ce fut comme si elle voyait la face tordue d'un dangereux maniaque à la lueur aveuglante d'un éclair.

Les haut-parleurs... les corps pendus... la batterie. Elle comprit tout à coup ce qui les reliait aussi clairement qu'elle avait compris que les chariots lourdement chargés qui traversaient jadis River Crossing pour se rendre à Jimtown étaient tirés par des bœufs et non par des mules ou des chevaux.

– Oublie cette racaille, dit-elle d'une voix qui tremblait à peine. C'est le train qui nous intéresse... Quelle route, d'après toi ?

Eddie leva les yeux sur le ciel qui s'obscurcissait et repéra sans mal le sentier du Rayon parmi les nuages qui filaient. Il baissa ensuite son regard sur le sol, et ne fut guère surpris de constater que l'entrée de la rue correspondant au plus près au sentier du Rayon était gardée par une grosse tortue de mer en pierre. Sa tête reptilienne pointait hors de la fente de sa carapace de granit ; ses yeux profondément enfoncés semblaient les observer avec curiosité. Eddie la désigna d'un signe de tête et eut un pauvre sourire.

– Tu vois la tortue comme elle est ronde ?

Susannah lui jeta un coup d'œil et acquiesça. Eddie poussa le fauteuil sur la place et s'engagea dans la rue de la Tortue. Les macchabs qui la flanquaient exhalaient une sèche odeur de cinnamome qui fit se révulser l'estomac du garçon... non qu'elle fût désagréable, bien au contraire... l'arôme d'épice sucrée d'un truc qu'un gosse serait ravi de verser sur ses tartines grillées du matin.

La rue de la Tortue, Dieu merci, était large et la plupart des cadavres accrochés aux poteaux n'étaient guère plus que des momies ; Susannah, cependant, en vit certains relativement récents ; des mouches très affairées rampaient encore sur la peau noircissante de leurs faces gonflées et des asticots sortaient en se tortillant de leurs yeux pourrissants.

Et, au pied de chaque poteau, s'empilait un petit tas d'os.

– Il doit y en avoir des milliers, dit Eddie. Hommes, femmes et enfants.

– Oui, répondit Susannah d'une voix calme qui parut lointaine et bizarre à ses propres oreilles. Ils ont eu beaucoup de temps à tuer. Et ils l'ont mis à profit pour se massacrer entre eux.

– Faites entrer en scène ces satanés elfes pleins de sagesse ! s'écria Eddie.

Le rire qui suivit son exclamation ressembla fort à un sanglot.

Eddie pensa qu'il commençait enfin à comprendre pleinement la signification réelle de cette phrase innocente : *Le monde a changé*. Et la masse d'ignorance et de mal qu'elle recouvrait.

Et sa profondeur.

Les haut-parleurs étaient une mesure de temps de guerre, pensa Susannah. Aussi évident que deux et deux font quatre ! Dieu seul sait quelle guerre ou à quelle époque elle a eu lieu, mais il a dû y avoir un sacré truc. Les maîtres de Lud utilisaient les haut-parleurs pour faire des annonces dans toute la cité de quelque point central, à l'abri des bombes – un bunker transformé en Q.G. comme celui où Hitler et son haut état-major se sont réfugiés à la fin de la Seconde Guerre mondiale.

Et, dans ses oreilles, résonnait la voix de commandement et d'autorité qui avait grondé de ces haut-parleurs – aussi distinctement qu'elle avait entendu le grincement des chariots traversant River Crossing et le claquement du fouet sur l'échine des bœufs peinant sous l'effort.

Les centres de ravitaillement A et D seront fermés aujourd'hui ; veuillez vous rendre aux centres B, C, E et F munis des tickets appropriés.

Escouades de milice Neuf, Dix et Douze au rapport à Sendside.

Bombardement aérien prévu entre 8 et 10 heures. Tous les non-combattants devront se présenter aux abris qui leur ont été assignés. Apportez vos masques à gaz. Je répète : apportez vos masques à gaz.

Des annonces, oui... et une version dénaturée des nouvelles – une version de propagande, militante, que George Orwell eût qualifiée de mentir-vrai. Et, entre les bulletins d'informations et les annonces, de la musique militaire criarde et des exhortations à respecter les soldats tombés au champ d'honneur en envoyant davantage d'hommes et de femmes dans la gueule sanglante de l'abattoir.

Puis la guerre avait pris fin, et le silence s'était abattu... pour un temps. Car, à un moment donné, les haut-parleurs s'étaient remis à diffuser. Quand ? Cent ans plus tôt ? Cinquante ? Quelle importance ? pensa Susannah. Ce qui importait, c'était que lorsque les haut-parleurs avaient été réactivés, la seule chose qu'ils eussent diffusée était une unique bande enregistrée – celle avec le morceau de batterie. Et les descendants des habitants originels de la cité l'avaient prise pour... pour quoi ? La Voix de la Tortue ? La Volonté du Rayon ?

Susannah se surprit à se rappeler la fois où elle avait demandé à son père – un homme paisible mais profondément cynique – s'il croyait à l'existence d'un dieu dans le ciel qui dirigeait le cours des événements humains. *Eh bien*, avait-il répondu, *oui et non, Odetta. Je suis sûr que Dieu existe, mais, à mon avis, Il ne Se préoccupe guère, sinon pas du tout, de nous, ces temps-ci. Je crois que depuis que nous avons tué Son fils, Il a fini par Se persuader qu'il n'y avait rien à tirer des fils d'Adam et des filles d'Eve et qu'Il s'est lavé les mains de nous. Sage bonhomme !*

En réponse à cette déclaration (qu'elle attendait ; elle avait onze ans, à l'époque, et connaissait comme sa poche la tournure d'esprit de son paternel), Susannah lui avait montré un entrefilet à la page des Eglises communautaires dans le journal local, où l'on annonçait que le révérend Murdock, de l'Eglise méthodiste de la Grâce, expliciterait ce dimanche-là le sujet : « Dieu parle chaque jour à chacun de nous » par un texte tiré des Premiers Corinthiens. Son père en avait ri aux larmes. *Bon, je suppose que chacun de nous entend* quelqu'un *lui parler,* avait-il dit ensuite, *et tu peux parier ton dernier dollar sur une chose, mon cœur : chacun de nous – y compris ce révérend Murdock ici nommé – entend cette voix lui dire exactement ce qu'il souhaite entendre. C'est tellement plus commode !*

Ce que *ces gens-là* avaient apparemment voulu entendre dans le morceau de batterie enregistré était une invitation à commettre un meurtre rituel. Et, désormais, chaque fois que la batterie commençait à vibrer à travers ces centaines ou ces milliers de haut-parleurs – un martèlement rythmique qui n'était en fait que la percussion d'une chanson des Z Z Top intitulée *Velcro Fly,* à en croire Eddie –, elle devenait pour eux le signal de tendre les cordes et de hisser trois ou quatre hères en haut des premiers poteaux qui leur tombaient sous la main.

Combien ? se demanda-t-elle tandis qu'Eddie poussait son fauteuil, dont les pneus de caoutchouc dur entaillés et cabossés grinçaient sur du verre brisé, chuintaient sur des amas de papier au rebut. Combien de gens ont-ils été tués au fil des années parce qu'un circuit électronique sous la cité a eu le hoquet ? Cela a-t-il commencé parce qu'ils ont reconnu le caractère fondamentalement étranger d'une musique venue – comme nous, et l'avion, et quelques voitures le long de cette rue – d'un autre monde ?

Elle l'ignorait ; elle savait toutefois qu'elle avait dorénavant fait sien le point de vue cynique de son père pour ce qui avait trait à Dieu et aux conversations qu'Il pouvait ou non avoir avec les fils d'Adam et les filles d'Eve. Ces gens-là avaient cherché une raison de s'entre-tuer, c'est tout, et la batterie leur en avait fourni une aussi valable qu'une autre.

Elle songea à la ruche qu'ils avaient croisée – la ruche difforme des abeilles blanches dont le miel les aurait empoisonnés s'ils avaient été assez fous pour en manger. Ici, sur cette rive de la Send, une autre ruche agonisait, avec d'autres abeilles blanches et mutantes, dont le dard, en dépit de leur confusion, de leur égarement et de leur perplexité, ne serait pas moins mortel.

Et combien encore devront-ils mourir avant que la bande ne se casse ?

Comme si ses pensées avaient suffi pour les déclencher, les haut-parleurs se mirent soudain à retransmettre l'impitoyable battement syncopé de la batterie. Eddie en cria de surprise. Susannah hurla et porta les mains aux oreilles – mais elle eut encore le temps d'entendre faiblement le reste de la musique : la ou les pistes qui avaient été mises en sourdine des dizaines d'années auparavant quand quelqu'un (sans doute par hasard) avait touché le bouton BALANCE, le fermant à fond d'un côté, réduisant ainsi au silence les guitares et la partie vocale.

Eddie continuait de la pousser dans la rue de la Tortue et le long du sentier du Rayon, tentant de regarder dans toutes les directions à la fois et de ne pas humer l'odeur de putréfaction. Merci, mon Dieu, pour le vent ! pensa-t-il.

Il pressa l'allure, scrutant les trouées qu'envahissait l'herbe entre les massifs édifices blancs à la recherche de la gracieuse trajectoire d'un monorail aérien. Il voulait sortir de cet interminable corridor de la mort. Quand il aspira une nouvelle bouffée de cette odeur insidieusement douce de cinnamome, il lui sembla qu'il n'avait rien désiré aussi ardemment de toute sa vie.

19

Jake émergea brutalement de son état de torpeur ; Gasher l'avait attrapé par le cou et le tirait avec toute la force d'un cavalier cruel freinant son cheval lancé au galop. Le pirate avança la jambe, et Jake, y butant, tomba à la renverse. Sa tête heurta le trottoir et, l'espace d'un moment, il perdit conscience. Gasher, pas humanitaire pour deux ronds, lui fit rapidement recouvrer ses esprits en lui tordant la lèvre inférieure.

Jake hurla et se dressa d'un bond sur son séant, donnant des coups de poing à l'aveuglette, que Gasher, d'une main, esquiva sans difficulté ; de l'autre, il empoigna Jake sous l'aisselle et le remit sans ménagement sur ses pieds. Le garçon demeura planté là, chancelant comme un ivrogne. Il était désormais au-delà des protestations ; au-delà, quasiment, de tout entendement. Il ne savait qu'une chose : chaque muscle de son corps était endolori et sa main blessée hurlait comme un animal pris dans un piège.

Gasher, apparemment, avait besoin de souffler et, cette fois, il mit plus longtemps à reprendre haleine. Penché vers le sol, les mains cramponnées aux genoux de son pantalon vert, il respirait par petits halètements rapides et sifflants. Son écharpe jaune était de travers. Son œil sain rutilait comme un diamant de pacotille. Le bandeau de soie blanche qui recouvrait l'autre était tout froissé, et des caillots d'horribles sanies jaunâtres suintaient sur sa joue.

— Regarde au-dessus de ta tête, mon couillon, et tu verras pourquoi je t'ai stoppé net. Regarde !

Jake renversa son visage vers le ciel et, choqué comme il l'était, il ne fut pas le moins du monde surpris de découvrir une fontaine de marbre de la taille d'une caravane qui se balançait à vingt-cinq mètres dans les airs. Gasher et lui se trouvaient presque exactement dessous. Deux câbles rouillés la maintenaient, en grande partie dissimulés au milieu d'une énorme masse instable de bancs d'église. En dépit de son hébétude, Jake vit que les câbles étaient plus sérieusement dépenaillés que les crampons du pont.

— Tu vois ? (Gasher, souriant, porta la main gauche à

son œil couvert d'un bandeau, cueillit un amas de matières semblables à du pus, qu'il lança au loin d'une pichenette avec indifférence.) Super, hein ? Oh, pour sûr, l'Homme Tic-Tac est un mec à la coule, y a pas à chier ! (Où est cette saloperie de batterie ? Elle devrait s'être mise en marche... Si Copperhead l'a oubliée, je lui enfoncerai un bâton si profond dans le cul qu'il en aura le goût de l'écorce dans la bouche.) A présent, regarde devant toi, mon délicieux petit louchon.

Jake obéit ; aussitôt, Gasher lui assena un tel coup de poing que le garçon chancela en arrière et faillit tomber.

— Pas *en l'air*, âne bâté ! *Par terre !* Tu vois ces deux pavés noirs ?

Au bout d'un moment, Jake les aperçut. Il hocha apathiquement la tête.

— Ne marche pas dessus, sous peine de recevoir tout ce fourbi sur le crâne, mon couillon. Et si quelqu'un voulait te récupérer après ça, il devrait te ramasser avec un buvard. Pigé ?

Jake hocha de nouveau la tête.

— Bien. (Gasher aspira une dernière goulée d'air et assena une bourrade sur l'épaule de Jake.) En route, mauvaise troupe ! Qu'est-ce t'attends ? *Une, deux !*

Jake enjamba le premier pavé décoloré et vit qu'il s'agissait en fait d'un disque de métal qu'on avait arrondi pour lui donner la forme d'un pavé. Le second était ingénieusement placé dans le prolongement du premier : si un intrus ou une intruse non avertis loupait le premier, il ou elle poserait très certainement le pied sur le second.

Eh bien, vas-y ! songea Jake. Pourquoi pas ? Le pistolero ne te retrouvera jamais dans ce dédale, alors saute et finissons-en ! Ce sera plus propre que ce que Gasher et ses copains te réservent. Et plus rapide.

Ses mocassins poussiéreux s'agitèrent dans l'air au-dessus du traquenard.

Gasher le frappa du poing au milieu du dos, mais sans violence.

— T'as envie d'aller faire un tour chez la Camarde, hein, mon petit couillon ? (La note de cruauté démente de sa voix avait cédé la place à de la simple curiosité. Si on y percevait une autre émotion, c'était moins de la peur que de l'amusement.) Eh bien, vas-y, si c'est ton idée. Moi, j'ai déjà mon billet. Seulement, fais vite ! Que les dieux foudroient tes yeux !

Le pied de Jake se posa au-delà du mécanisme déclencheur. Sa volonté de vivre encore un peu ne se fondait pas sur l'espoir que Roland le retrouve, non ; simplement, c'était ce que Roland ferait : continuer jusqu'à ce que quelqu'un l'arrête, puis faire quelques pas de plus s'il le pouvait.

S'il mourait maintenant, il entraînerait peut-être Gasher avec lui, mais Gasher seul était de la roupie de sansonnet – un regard suffisait pour comprendre qu'il disait la vérité en affirmant avoir déjà un pied dans la tombe. S'il continuait, Jake avait peut-être une chance de prendre aussi certains des amis de Gasher... peut-être même celui que le pirate appelait l'Homme Tic-Tac.

Si je dois faire un tour chez la Camarde, comme il dit, autant que ce soit en nombreuse compagnie, pensa Jake.

Roland aurait compris.

20

Jake se trompait quant à la capacité du pistolero à suivre leurs traces à travers le dédale ; le sac à dos n'était que le plus évident des indices qu'ils avaient semés derrière eux, mais Roland eut tôt fait de se rendre compte qu'il n'avait pas besoin de s'arrêter pour chercher des indices. Il lui suffisait de suivre Ote.

Cela ne l'empêcha pas de faire halte à plusieurs intersections, histoire d'être sûr ; chaque fois, le bafouilleux se retourna et poussa son aboiement bas et impatient qui semblait dire : « Magne-toi ! Tu veux les perdre ? » Quand les indices qu'il repéra – des empreintes, un fil de la chemise de Jake, un morceau du tissu jaune vif de l'écharpe de Gasher – eurent par trois fois confirmé les choix de l'animal, Roland se contenta de suivre. Il ne renonça pas à chercher des indices, mais ne s'arrêta plus pour les repérer. Puis la batterie retentit, et ce fut elle – plus la curiosité qu'avait manifestée Gasher à propos du contenu du sac à dos de Jake – qui sauva la vie à Roland cet après-midi-là.

Il pila net, dérapant dans ses boots poussiéreux, et son revolver jaillit dans ses mains avant qu'il n'eût eu identifié le bruit. Quand il l'eut reconnu, il rengaina l'arme dans son étui avec un grognement d'impatience. Il était sur le point de se remettre en route quand son regard tomba par hasard sur le sac de Jake... puis sur deux lignes ténues à la gauche de celui-ci. Roland étrécit les yeux et distingua deux minces fils de fer qui se croisaient à hauteur des genoux à moins de trois pas devant lui. Ote, que sa morphologie mettait naturellement au ras du sol, s'était faufilé avec agilité à travers le X formé par les barbelés ; n'étaient la batterie et la découverte du sac, Roland, lui, se serait jeté droit dedans. Tandis qu'il levait le regard sur les amas de ferraille, disposés à dessein, tenant en équilibre de part et d'autre de la venelle, ses lèvres se serrèrent. Il l'avait échappé belle, et seul le *ka* lui avait permis d'avoir la vie sauve.

Ote aboya avec impatience.

Roland se mit à plat ventre et rampa sous les fils, progressant avec une prudente lenteur – il était plus grand que Jake ou que Gasher, et il se rendit compte qu'un homme de haute taille ne pourrait passer là-dessous sans déclencher l'avalanche soigneusement préparée. La batterie vibrait, vibrait sourdement dans ses tympans. Je me demande s'ils sont tous devenus barges, pensa-t-il. Si je devais écouter ça tous les jours, il me semble que je perdrais la boule.

Il franchit les barbelés, ramassa le sac à dos et jeta un coup d'œil dedans. Les livres de Jake et quelques vêtements s'y trouvaient toujours, ainsi que les trésors que le gamin avait glanés en cours de route – une roche où étincelaient des éclats jaunes semblables à de l'or, mais qui n'en étaient pas ; une pointe de flèche, sans doute un vestige du Vieux Peuple de la forêt, que Jake avait trouvée dans un bosquet le lendemain de son parachutage ; une poignée de pièces de monnaie de son monde ; les lunettes de soleil de son père ; trois ou quatre autres bricoles que seul un garçonnet de moins de treize ans était à même d'apprécier. Des babioles qu'il voudrait récupérer... c'est-à-dire, à condition que Roland le retrouve avant que Gasher et ses amis aient le temps de le changer, de le blesser au point qu'il perde tout intérêt pour les passe-temps et les curiosités innocents de la préadolescence.

La face grimaçante de Gasher flotta dans l'esprit de Roland telle la trogne d'un démon ou d'un djinn sorti d'une bouteille : les dents mal plantées, les yeux vides, la syphilis qui lui bouffait les joues et s'étalait sous les mâchoires mal rasées. Si tu lui fais du mal... pensa-t-il, puis il s'obligea à chasser cette pensée, car elle ne menait à rien. Si Gasher faisait du mal au gosse (*Jake !* insista son cerveau avec force. *Pas le gosse... Jake ! Jake !*), Roland le tuerait, aussi sûr que deux et deux font quatre. Mais son acte n'aurait aucun sens – Gasher était déjà mort.

Le pistolero rallongea les sangles du sac à dos, s'émerveillant à la vue de ces boucles qui permettaient l'opération, le glissa sur son dos et se remit debout. Ote s'était éloigné ; Roland cria son nom et le bafouilleux se retourna.

– Viens, Ote.

Roland ignorait si l'animal comprenait (ou, si oui, s'il obéirait), mais il valait mieux – il était plus prudent – qu'il restât près de lui. Puisque guet-apens il y avait eu, il risquait d'y en avoir d'autres. La fois suivante, Ote pourrait bien ne pas être aussi chanceux.

– Ake ! aboya Ote, sans bouger d'un poil.

L'aboiement était péremptoire ; Roland, cependant, déchiffra les sentiments réels d'Ote dans ses yeux : ils étaient assombris par la peur.

– Oui, mais c'est dangereux. Viens, Ote.

Derrière eux, sur le chemin par lequel ils étaient venus, retentit le fracas d'un objet lourd qui tombait, probablement délogé par la dure vibration de la batterie. Roland aperçut çà et là les haut-parleurs qui saillaient des décombres tels d'étranges animaux au long cou.

Ote trottina vers lui et leva les yeux, essoufflé.

– Reste près de moi.

– Ake ! Ake-Ake !

– Oui. Jake.

Roland reprit sa course, Ote courant sur ses talons aussi docilement qu'un chien.

21

Pour Eddie, ainsi que l'avait dit un jour quelque sage, tout n'était jamais qu'un éternel recommencement : il galopait, poussant le fauteuil de Susannah, luttant de vitesse avec le temps. La rue de la Tortue avait remplacé la plage, mais, en somme, c'était du pareil au même. Oh... il y avait une différence notable : à présent c'était une gare (ou un berceau) qu'il cherchait, pas une porte logée dans le vide.

Susannah était assise, droite comme un I, dans son fauteuil, ses cheveux voletant, le revolver de Roland dans la main droite, son canon pointé vers le ciel lourd de nuages d'orage. La batterie pulsait sans relâche, les matraquant de son tonnerre. Un objet semblable à un plat gigantesque gisait au milieu de la chaussée juste devant eux ; l'esprit surmené d'Eddie, peut-être à cause des édifices classiques qui les entouraient, fit surgir l'image de Jupiter et de Thor jouant au frisbee. Jupiter fait un superbe lancer... Thor laisse tomber le disque à travers un nuage... Putain, c'était heure de récré à l'Olympe !

Frisbee des dieux, pensa-t-il, faisant slalomer Susannah entre deux épaves de voitures rouillées, quel concept !

Il propulsa le fauteuil sur le trottoir pour contourner l'objet qui, vu de plus près, avait l'air d'une antenne parabolique. Il faisait redescendre le fauteuil du trottoir afin de le remettre sur la chaussée – le trottoir était trop encombré de saloperies pour qu'on pût battre des records –, quand la batterie se tut soudainement. Les échos roulèrent et s'éloignèrent dans un silence renouvelé ; sauf que ce n'était pas réellement du silence, remarqua-t-il. Devant eux, un bâtiment de marbre se dressait à l'intersection de la rue de la Tortue et d'une seconde avenue. Bien que parasité par la vigne et une plante hirsute semblable à des barbes de cyprès, il conservait sa magnificence et une certaine majesté. Un peu plus loin, une foule jacassait avec excitation.

– Ne t'arrête pas ! ordonna sèchement Susannah. Nous n'avons pas le temps de...

Un cri hystérique perça les babillages, accompagné de beuglements d'approbation et, chose incroyable, de ce genre d'aplaudissements qu'Eddie avait entendus dans les hôtels-casinos d'Atlantic City après la représentation du pianiste de service. Le cri s'étrangla en un long gargouillis mourant pareil à la stridulation d'une cigale entrant en hibernation d'été. Eddie sentit ses cheveux se dresser sur sa tête. Il jeta un coup d'œil aux cadavres suspendus au plus proche haut-parleur et comprit que les Ados avides d'amusements de Lud s'adonnaient à une nouvelle exécution publique.

Super ! pensa-t-il. Il ne leur manque que Tony Orlando et Dawn chantant *Knock Three Times* pour mourir heureux.

Il regarda avec curiosité le pilier d'angle de pierre. D'aussi près, la vigne qui l'avait envahi exhalait une puissante odeur d'herbe, sacrément amère, mais qu'il préférait à tout prendre à la senteur douceâtre de cinnamome des cadavres momifiés. Les vrilles retombaient en gerbes échevelées, créant des cascades végétales à l'emplacement des anciens porches. Tout à coup, une silhouette jaillit comme une fusée de l'une de ces cascades et se précipita vers eux. Eddie s'aperçut qu'il s'agissait d'un gamin, et qui n'avait pas quitté ses langes depuis très longtemps, à en juger par sa taille. Il était vêtu d'un étrange petit costume à la lord Fauntleroy, avec chemise blanche à jabot et culotte courte de velvet, et portait des rubans dans les cheveux. Une folle envie démangea Eddie d'agiter les mains au-dessus de sa tête et de hurler : *Visez-moi ça ! Lud est sensa !*

– Venez ! cria le gamin d'une voix flûtée. (Des aigrettes de verdure s'étaient prises dans ses cheveux ; il les balaya d'un air distrait de sa main gauche tout en courant.) Ils vont zigouiller Spanker ! C'est au tour de papa Spanker d'aller au pays de la batterie ! Venez, ou vous allez louper tout le spectacle, par la malédiction des dieux !

Susannah, elle aussi, était ébahie à la vue de l'enfant ;

comme il approchait, elle fut frappée par un je-ne-sais-quoi d'extrêmement bizarre et maladroit dans la façon qu'il avait de repousser les vrilles et les gourmands qui s'accrochaient dans ses cheveux enrubannés : il ne se servait que d'une main. Il tenait l'autre derrière son dos quand il avait jailli de la cascade d'herbe folle, et derrière son dos elle demeurait.

Ce doit être d'un pratique ! pensa-t-elle, puis un magnétophone se déclencha dans sa tête, et elle entendit Roland parler au bout du pont : *Je savais qu'un truc dans ce goût-là risquait de se produire, et si nous avions vu ce gars plus tôt, quand nous étions encore hors de portée de son œuf explosif, nous aurions pu le tenir à distance... Merde !*

Elle leva le revolver de Roland à la hauteur de l'enfant qui avait bondi du trottoir et leur fonçait droit dessus.

– Stop ! cria-t-elle. Plus un pas !

– Suzie, qu'est-ce qui te prend ? hurla Eddie.

Susannah l'ignora. Au sens propre du terme, Susannah Dean n'existait plus ; c'était Detta Walker qui était assise dans le fauteuil roulant, et ses yeux brillaient d'une suspicion fébrile.

– Stop, ou je tire !

Little lord Fauntleroy aurait aussi bien pu être sourd pour l'effet que lui fit la sommation.

– Rengainez votre arme ! brailla-t-il. Vous allez rater tout le spectacle ! Spanker va...

Sa main droite commença enfin à émerger de derrière son dos. A cet instant, Eddie prit conscience qu'ils n'avaient pas affaire à un gamin, mais à un nain difforme dont l'enfance remontait à un bail. L'expression qu'Eddie avait prise de prime abord pour de la pétulance enfantine était en réalité un froid mélange de haine et de rage. Les joues et le front du nain étaient recouverts de ces plaques décolorées et suintantes que Roland appelait les bourgeons des putes.

Susannah ne vit pas son visage. Son attention était fixée sur la main droite qui peu à peu apparaissait et sur la sphère vert mat qu'elle tenait. C'était tout ce qu'elle avait besoin de voir. Le revolver de Roland cracha. Le nain fut projeté en arrière. Un cri strident de douleur et de rage s'éleva de sa bouche minuscule quand il atterrit sur le trottoir. La grenade sauta de sa main et repartit en roulant vers la même entrée voûtée d'où le nain avait surgi.

Detta s'était volatilisée comme un songe, et Susannah, étonnée, horrifiée, désemparée, regardait par-dessus le revolver fumant la silhouette miniature étalée sur le trottoir.

– Ô mon Dieu ! Je l'ai tué ! Eddie, je l'ai tué !

– *Mort...* aux Gris !

Little lord Fauntleroy essaya de lancer ces mots avec bravade, mais ils s'étranglèrent dans un gargouillis de sang qui macula les rares îlots encore blancs de sa chemise à fanfreluches. Une explosion assourdie parvint de la plaza intérieure, envahie par la végétation, du bâtiment d'angle, et les tapis de verdure miteuse masquant les entrées voûtées ondulèrent comme des drapeaux dans une rafale. Des nuages d'une fumée suffocante, âcre, s'en échappèrent, et Eddie se jeta sur Susannah pour lui faire un bouclier de son corps ; il sentit une averse gravillonneuse de morceaux de béton – petits, heureusement – crépiter sur son dos, son cou et son crâne. Des bruits déplaisants de baisers mouillés s'élevèrent sur sa gauche. Il ouvrit les yeux en une fente et vit la tête de Little lord Fauntleroy s'immobiliser dans le caniveau ; le nain avait les yeux grands ouverts, la bouche figée sur son ultime vocifération.

Des hurlements de fureur retentirent. Eddie donna une poussée au fauteuil de Susannah – le siège vacilla sur une roue avant de se décider à se mettre d'aplomb – et regarda dans la direction d'où avait jailli le nain. Une foule dépenaillée constituée d'une vingtaine d'hommes et de femmes avait surgi, certains venant de derrière l'édifice, d'autres se frayant un chemin au sein de l'entrelacs de feuillage qui en obscurcissait les porches, se matérialisant hors de la fumée produite par la grenade du nain tels des esprits mauvais. La plupart portaient des fichus bleus et tous étaient armés – un assortiment d'armes hétéroclite (et quelque peu pitoyable) : épées rouillées, couteaux émoussés et gourdins fendus. Eddie aperçut un homme qui brandissait un marteau avec un air de défi. Des Ados, pensa-t-il. Nous avons interrompu leur séance de pendaisons, et ça les emmerde un max.

Un tohu-bohu de cris – *Mort aux Gris ! Tuez ces deux-là ! Ils ont descendu Luster, que les dieux leur crèvent les yeux !* – s'éleva de ce charmant groupe à la vue de Susannah dans son fauteuil roulant et d'Eddie agenouillé devant. Le chef de file était vêtu d'une sorte de kilt et agitait un coutelas. Il le brandit farouchement (au risque de décapiter la femme trapue dans son dos si celle-ci n'avait baissé la tête), puis chargea. Les autres suivirent dans un concert de joyeux braillements.

Le revolver de Roland tonna dans le jour venteux, couvert, et le crâne de l'Ado portant kilt se décolla. La peau cireuse de la femme qui avait échappé de justesse à la décapitation se pointilla soudain de gouttelettes rubis ; la femme glapit d'effroi.

Le reste de la bande la dépassa, ainsi que l'homme mort, en plein délire et les yeux fous.

– Eddie ! hurla Susannah, qui fit de nouveau feu.

Un homme portant une cape doublée de soie et des bottes s'effondra sur la chaussée.

Eddie chercha le Ruger à tâtons et vécut un instant de pure panique quand il crut l'avoir perdu. La crosse de l'arme avait glissé sous sa ceinture. Il l'empoigna et tira de toutes ses forces. La mire, au bout du canon, s'était coincée dans son caleçon.

Susannah tira trois coups à la file. Chacun fit mouche, mais la vague d'Ados ne ralentissait pas.

– *Eddie, à l'aide !*

Eddie déchira son pantalon, se faisant l'impression d'être une version au rabais de Superman, et réussit enfin à libérer le Ruger. Il en fit sauter le cran de sûreté du revers de la paume gauche, posa le coude sur sa cuisse juste au-dessus du genou et fit feu. Pas besoin de réfléchir, pas besoin même de viser. Roland leur avait dit que, lors d'une fusillade, les mains d'un pistolero fonctionnaient toutes seules, et Eddie s'apercevait que c'était vrai. De toute manière, un aveugle aurait mis de la bonne volonté pour rater sa cible à cette distance. Susannah avait réduit le nombre des assaillants à quinze ; Eddie s'engouffra dans le reste comme un ouragan dans un champ de blé, en tuant quatre en moins de deux secondes.

Le visage unique de la foule, avec son expression d'avidité glacée et stupide, commença à se désagréger. L'homme au marteau jeta son arme et s'élança à sa suite, clopinant de façon extravagante sur deux jambes déformées par l'arthrite. Deux hommes lui emboîtèrent le pas. Les autres, indécis, tournèrent et virèrent sur la chaussée.

– Revenez, dégonflés ! cria un type relativement jeune d'une voix hargneuse. (Arborant son écharpe bleue autour de son cou comme un coureur de rallye son ascot, il était chauve, excepté deux touffes de cheveux roux frisottés de part et d'autre de la tête. Susannah trouva qu'il ressemblait à Clarabelle le Clown ; Eddie à Ronald McDonald ; tous deux pensèrent qu'il avait tout du trouble-fête. Il jeta une lance de fabrication maison qui pouvait bien avoir commencé son existence sous la forme d'un pied de table métallique. L'arme tomba dans un cliquetis, sans causer de dommages, à droite d'Eddie et de Susannah.) Revenez, j'ai dit ! Nous les aurons si nous réunissons nos for...

– Désolé, mec, murmura Eddie, qui le visa à la poitrine.

Clarabelle/Ronald chancela en arrière, portant la main à sa chemise. Il fixa Eddie avec des yeux comme des soucoupes qui disaient de navrante et éloquente façon que la scène n'était pas prévue au scénario. Sa main retomba lourdement le long de son flanc. Un unique filet d'un sang extraordinairement vif dans la grisaille ambiante ruissela du coin de ses lèvres. Les quelques Ados restants rivèrent sans un mot leur regard sur lui tandis qu'il s'affaissait sur ses genoux ; l'un d'eux voulut détaler.

– Macache ! fit Eddie. Reste où tu es, aimable crétin... ou tu vas avoir un bon aperçu de la clairière où s'achève ta route. (Il haussa le ton.) Jetez vos armes, jeunes gens ! Tout de suite !

– Vous... chuchota le mourant. Vous... pistolero ?

– Tout juste, Auguste, rétorqua Eddie qui, la mine menaçante, surveillait le groupe d'Ados.

– J'implore votre... pardon, haleta le rouquin aux cheveux frisottés, puis il tomba tête en avant.

– *Des pistoleros* ? demanda l'un des autres sur un ton qui exprimait l'horreur et la compréhension naissantes.

– Bon ! Débiles, mais pas sourds, c'est déjà ça, dit Susannah.

Elle agita le canon du revolver ; l'arme devait être vide, pensa Eddie. Au fait, combien de cartouches pouvait-il encore y avoir dans le Ruger ? Il s'aperçut qu'il n'avait pas la moindre idée du nombre de cartouches que contenait le magasin et maudit sa stupidité... Mais aussi, avait-il réellement cru pareil affrontement possible ? Non.

– Vous l'avez entendu, m'sieu-dames. Lâchez vos armes. Les vacances sont terminées.

Un par un, ils obéirent. La femme qui arborait sur sa figure une pinte ou à peu près du sang de M. Epée-et-Kilt déclara :

– Vous n'auriez pas dû tuer Winston, mam'selle... C'était son anniversaire, si fait.

– Eh bien, il aurait mieux fait de rester chez lui et de bâfrer plus de gâteau, dit Eddie.

Compte tenu de l'atmosphère générale de l'aventure, le garçon ne trouva pas plus surréaliste la remarque de la femme que sa réponse.

Il y avait une seconde femme parmi les Ados restants, une créature décharnée dont les longs cheveux blonds se dégarnissaient par plaques, comme si elle souffrait de la gale. Eddie l'observa tandis qu'elle se glissait vers le nain mort – et, au-delà, vers la sécurité potentielle des voûtes envahies par la végétation – et logea une balle dans le béton craquelé près de son pied. Il n'avait aucune idée de ce qu'il comptait lui faire, mais il ne voulait sûrement pas, en revanche, que l'un d'eux donnât des idées aux autres. Surtout, il craignait ce que ses mains risquaient d'accomplir si cette racaille souffreteuse et renfrognée qu'il avait sous le nez tentait de s'enfuir. Quoi que son cerveau pensât à propos de ce boulot de pistolero, ses mains, elles, avaient découvert qu'elles aimaient ça.

– Restez où vous êtes, ma belle ! L'agent de police

Friendly vous dit d'y aller pépère. (Eddie jeta un coup d'œil à Susannah et fut pris d'inquiétude à la vue de son teint grisâtre.) Suzie, tu vas bien ? lui demanda-t-il à voix basse.

— Oui.

— Tu ne vas pas tourner de l'œil ou un truc dans ce goût-là, hein ? Parce que...

— Non. (Elle le dévisagea avec des yeux si sombres qu'on eût dit des cavernes.) C'est seulement que je n'avais jamais tué quelqu'un avant... D'ac ?

Eh bien, tu ferais mieux de t'y habituer. Eddie ravala la phrase qui lui montait aux lèvres et reporta le regard sur les cinq Ados qui observaient le couple avec une espèce de crainte morne qui était loin d'être de la terreur.

Merde ! La plupart d'entre eux ont oublié ce qu'est la terreur ! pensa Eddie. Même chose pour la joie, la tristesse, l'amour... Je ne crois pas qu'ils ressentent grand-chose, désormais. Ils ont trop longtemps vécu dans ce purgatoire.

Puis il se remémora les rires et les cris excités, les applaudissements frénétiques, et révisa son opinion. Il y avait au moins une chose qui faisait toujours tourner leurs moteurs, une chose qui actionnait toujours leurs manettes. Spanker aurait pu en témoigner.

— Qui est le responsable, parmi vous ? demanda-t-il.

Il scrutait l'intersection derrière le petit groupe, au cas où les fuyards auraient retrouvé leur courage. Jusque-là, il ne voyait ni n'entendait rien d'alarmant de ce côté-là. Les autres avaient sans doute abandonné cette bande déguenillée à son destin.

Tous s'entre-regardèrent, indécis, puis la femme à la face ensanglantée prit la parole :

— C'était Spanker, mais, quand le tambour des dieux a retenti, cette fois, c'est le caillou de Spanker qui est sorti du chapeau, et nous l'avons fait danser. Je pense que Winston lui aurait succédé, mais vous l'avez tué avec vos revolvers pourris par les dieux.

Elle essuya à dessein un peu de sang de sa joue, l'examina puis reporta son regard morne sur Eddie.

— Ouais ? Que croyez-vous que Winston essayait de me faire avec sa lance pourrie par les dieux ? (Eddie était ulcéré que cette bonne femme ait réussi à le faire se sentir coupable de son acte.) Me rafraîchir les rouflaquettes ?

– Z'avez zigouillé Frank et Luster itou, poursuivit-elle avec obstination, et qu'est-ce que vous êtes ? Soit des Gris, ce qui est mal, soit un couple d'étrangers pourris par les dieux, ce qui est pire. Qui reste-t-il pour les Ados à City North ? Topsy, je suppose... Topsy, le Marin... mais il n'est pas là, hein ? Il a pris son bateau et a descendu le fleuve, pour sûr, et que les dieux le fassent pourrir, lui aussi !

Susannah avait cessé d'écouter ; son esprit s'était fixé, dans une fascination horrifiée, sur quelque chose que la femme avait dit plus tôt : *C'est le caillou de Spanker qui est sorti du chapeau, et nous l'avons fait danser.* Elle se souvint d'avoir lu, du temps où elle était à la fac, un livre de Shirley Jackson, *The Lottery,* et comprit que ces gens-là, les descendants dégénérés des Ados originels, vivaient le cauchemar imaginé par l'écrivain. Pas étonnant qu'ils fussent incapables de ressentir la moindre émotion forte quand ils savaient qu'ils auraient à prendre part à cette loterie macabre non pas une fois l'an, comme dans le roman, mais deux ou trois fois par jour.

– Pourquoi ? demanda-t-elle à la femme ensanglantée d'une voix sévère, horrifiée. Pourquoi faites-vous ça ?

La femme regarda Susannah comme si cette dernière était la plus grande imbécile que la terre eût jamais portée.

– Pourquoi ? Afin que les fantômes qui habitent les machines ne s'emparent pas des corps de ceux qui sont morts ici – Ados ou Gris – et ne les envoient par les trous des rues pour nous dévorer. N'importe quel demeuré sait ça.

– Les fantômes n'existent pas. (Susannah trouva sa remarque absurde. Bien sûr qu'ils existaient ! Dans ce monde, les fantômes pullulaient. Elle poursuivit néanmoins :) Ce que vous appelez le tambour des dieux n'est qu'une bande dans un appareil. Ni plus, ni moins. (Sous le coup d'une inspiration subite, elle ajouta :) Ou peut-être est-ce un stratagème des Gris. Y avez-vous jamais songé ? Ils vivent dans l'autre partie de la cité, n'est-ce pas ? Ainsi qu'au-dessous ? Ils ont toujours désiré vous faire partir. Peut-être ont-ils trouvé un moyen réellement efficace de vous faire faire le boulot à leur place.

La femme ensanglantée se tenait près d'un homme d'âge mûr coiffé de ce qui paraissait être le plus antique chapeau melon du monde et vêtu d'un short kaki effrangé. Il se porta en avant et s'adressa à Susannah avec un vernis de bonnes manières qui transforma son mépris latent en une dague aux tranchants affûtés comme un rasoir.

– Vous vous trompez du tout au tout, madame Pistolero. Il y a une théorie de machines dans le ventre de Lud et des fantômes dans chacune – des esprits démoniaques qui ne souhaitent que du mal aux mortels et aux mortelles. Ces fantômes diaboliques sont *très* capables de ressusciter les morts... Et, à Lud, ceux-là sont légion.

– Ecoutez, dit Eddie. Avez-vous déjà vu de vos yeux vu un de ces zombies, Jeeves ? L'un de vous en a-t-il vu ?

Jeeves fit la moue et ne dit mot – mais cette moue disait tout. Que pouvait-on attendre d'autre, demandait-elle, de barbares qui utilisaient des pétards en lieu et place de leur cervelle ?

Eddie décida que mieux valait clore la discussion. Il n'avait jamais eu la fibre missionnaire, de toute façon. Il agita le Ruger en direction de la femme mouchetée de sang.

– Vous et votre copain – celui qui ressemble à un maître d'hôtel british son jour de sortie – allez nous emmener à la gare. Après cela, nous pourrons tous nous dire *ciao* et je vais vous avouer un truc : ça transformera ma putain de journée !

– La gare ? répéta le type qui ressemblait à Jeeves le maître d'hôtel. Qu'est-ce que c'est, une gare ?

– Conduisez-nous au berceau, intervint Susannah. Menez-nous à Blaine.

Précision qui eut pour effet d'ébranler Jeeves ; une expression d'horreur choquée remplaça le mépris blasé dont il les avait gratifiés jusque-là.

– Vous ne sauriez y aller ! cria-t-il. Le berceau est

zone interdite, et Blaine est le fantôme le plus dangereux de tout Lud !

Zone interdite ? pensa Eddie. Super ! Si c'est vrai, au
moins pourrons-nous cesser de nous préoccuper de
vous autres trous du cul. C'était chouette, aussi, d'entendre qu'il y *avait* toujours un Blaine... ou que ces
gens pensaient qu'il existait.

Les autres fixaient Eddie et Susannah avec des ex-
pressions hébétées ; on eût dit que les intrus venaient de
suggérer à un groupe de chrétiens ressuscités de retrouver l'Arche d'alliance et de la transformer en toilettes payantes.

Eddie leva le Ruger jusqu'à avoir le milieu du front
de Jeeves dans le viseur.

— Nous partons, déclara-t-il, et si vous ne voulez pas
rejoindre vos ancêtres à l'instant, je vous conseille d'arrêter de jouer les trouble-fête grincheux et de nous y
emmener.

Jeeves et la femme ensanglantée échangèrent un regard dépourvu d'assurance ; toutefois, quand l'homme
au chapeau melon considéra de nouveau Eddie et Susannah, son visage était résolu.

— Tuez-nous si ça vous chante, dit-il. Nous préférons
mourir ici que là-bas.

— Vous êtes un ramassis de pauvres cloches au cerveau ramolli ! leur cria Susannah. *Personne* ne va mourir ! Conduisez-nous seulement là où nous voulons aller,
pour l'amour de Dieu !

La femme dit, lugubre :

— Mais *c'est* la mort que de pénétrer dans le berceau
de Blaine, m'dame, si fait. Car Blaine dort, et qui trouble son repos doit en payer le prix.

— Allons, ma jolie ! lança Eddie d'un ton rogue. Tu
ne peux sentir l'arôme du café avec ta tête sur ton cul.

— Je ne comprends pas, répliqua la femme avec une
étrange et embarrassante dignité.

— En d'autres termes, soit vous nous conduisez au
berceau au risque d'encourir la colère de Blaine, soit
vous restez ici au risque de tâter de celle de papa Eddie.
Ce ne sera pas forcément une balle bien proprette dans
la tête, figurez-vous. Je peux vous ôter un morceau à la
fois, et je suis d'assez méchante humeur pour le faire.

Je passe une fort mauvaise journée dans votre bled – cette musique qui vous pompe, tous ces gens qui puent, et le premier gus que nous avons rencontré nous a balancé une grenade sur la gueule et a kidnappé notre pote. Alors, quelle est votre réponse ?

– Pourquoi irions-nous à Blaine ? demanda un des autres. Il ne quitte plus sa couche dans le berceau, et ce depuis des années. Il a même cessé de parler de ses nombreuses voix et de rire.

Parler de ses nombreuses voix et rire ? pensa Eddie. Il regarda Susannah. La jeune femme lui retourna son regard et haussa les épaules.

– Ardis a été le dernier à s'approcher de Blaine, déclara la femme ensanglantée.

Jeeves hocha lugubrement le menton.

– Ardis faisait toujours n'importe quoi sous l'effet de la boisson. Blaine lui a posé une question. Je l'ai entendue, mais je ne l'ai pas comprise – quelque chose à propos de la mère des corbeaux, je crois – et comme Ardis ne savait répondre, Blaine l'a tué avec du feu bleu.

– De l'électricité ? demanda Eddie.

Jeeves et la femme ensanglantée acquiescèrent à l'unisson.

– Oui, confirma la femme. De l'électricité, c'est ainsi qu'on appelait cela autrefois, oui.

– Vous n'avez pas besoin d'entrer avec nous, proposa soudain Susannah. Conduisez-nous seulement en vue de cet endroit. Nous ferons le reste du trajet seuls.

La femme la dévisagea avec méfiance, puis Jeeves attira sa tête près de ses lèvres et lui marmotta un bout de temps à l'oreille. Les autres Ados se tenaient derrière eux en un rang effiloché, fixant Eddie et Susannah avec les yeux hébétés de gens qui ont réchappé à un raid aérien gratiné.

Enfin, la femme regarda à la ronde.

– Oui. Nous allons vous emmener à proximité du berceau, et puis ce sera bon débarras de votre sale engeance !

– J'en ai autant à votre service, dit Eddie. Vous et Jeeves. Les autres, caletez ! (Il balaya le groupe du regard.) Mais rappelez-vous ceci : un coup de lance en traître, une flèche, une brique, et ces deux-là mourront.

La menace parut si dérisoire, si futile qu'Eddie regretta de l'avoir proférée. Comment se soucieraient-ils de ces deux zigotos, ou de tout autre membre de leur clan, quand ils en estourbissaient deux ou plus, et ce tous les jours ? Bon, pensa-t-il tandis qu'il observait la troupe s'égailler en courant sans même un regard en arrière, il est trop tard pour s'en soucier, désormais.

— Venez, dit la femme. Je veux en finir avec vous.

— Sentiments partagés, rétorqua Eddie.

Mais avant que Jeeves et la femme ne les emmènent, celle-ci fit une chose qui obligea Eddie à se repentir quelque peu de ses dures pensées : s'agenouillant, elle repoussa les cheveux de l'homme portant kilt et posa un baiser sur sa joue crasseuse.

— Au revoir, Winston, dit-elle. Attends-moi là où les arbres s'éclaircissent et où l'eau est douce. Je viendrai te rejoindre, oui, aussi sûr que l'aube fait se disperser les ténèbres vers l'ouest !

— Je n'avais pas l'intention de le tuer, déclara Susannah. Je veux que vous le sachiez. Mais j'avais moins encore celle de mourir.

— Oui. (Le visage qui se tourna vers Susannah était sévère et dénué de larmes.) Cependant, si vous désirez pénétrer dans le berceau de Blaine, vous mourrez, de toute façon. Et il y a des chances que vous enviiez alors ce pauvre vieux Winston. Il est cruel, Blaine. Le plus cruel de tous les démons de cet endroit ô combien cruel !

— Viens, Maud, dit Jeeves, qui l'aida à se remettre debout.

— Oui. Finissons-en avec eux. (Elle regarda encore Susannah et Eddie, la mine sévère mais un rien égarée.) Que les dieux maudissent mes yeux pour vous avoir vus ! Et que les dieux maudissent aussi les armes que vous portez, car elles ont toujours été la source de nos ennuis !

En réagissant comme ça, tu n'es pas sortie de l'auberge, ma cocotte, pensa Susannah.

Maud fila d'un bon pas dans la rue de la Tortue, Jeeves trottant à ses côtés. Eddie, qui poussait Susannah dans son fauteuil, ne tarda pas à être hors d'haleine, peinant pour maintenir l'allure. Les édifices grandioses qui bordaient leur route se multipliaient et ressemblèrent bientôt à des manoirs couverts de lierre dressés sur des pelouses exubérantes ; Eddie devina qu'ils venaient d'entrer dans ce qui avait autrefois été un quartier hyperchicos. Devant eux, un bâtiment se profilait au-dessus des autres, une construction carrée faussement simple en blocs de pierre blanche, son toit en avancée soutenu par de nombreux piliers. Eddie repensa aux films de gladiateurs dont il raffolait gamin. Susannah, qui avait fréquenté des établissements plus classiques, songea au Parthénon. Tous deux virent et admirèrent le bestiaire somptueusement sculpté – Ours et Tortue, Poisson et Rat, Cheval et Chien – qui, par groupes de deux, en ceignait le sommet et comprirent que c'était l'endroit qu'ils cherchaient.

La sensation déplaisante d'être épiés par de nombreux yeux – des yeux qu'emplissaient à parts égales la haine et l'étonnement – leur collait à la peau. Le tonnerre gronda quand ils arrivèrent en vue du monorail ; comme l'orage, le rail venait du sud, rejoignant la rue de la Tortue et filant vers le berceau de Lud. Et comme ils approchaient de celui-ci, d'antiques cadavres commencèrent, de chaque côté d'eux, à se tordre et à danser dans le vent qui se renforçait.

22

Après qu'ils eurent couru Dieu seul sait combien de temps (tout ce dont Jake était sûr, c'était que la batterie s'était de nouveau tue), Gasher le fit encore stopper brutalement. Cette fois, le garçon réussit à garder l'équilibre. Il avait trouvé son deuxième souffle. Gasher, qui ne reverrait jamais ses onze ans, ne pouvait en dire autant.

– Hou ! Ma vieille pompe bat la breloque, mon trésor !

– Oh, navré ! dit Jake sans une once de pitié, puis il recula en chancelant tandis que la main noueuse de Gasher entrait en contact avec sa joue.

– Ouais, sûr et certain que tu verserais des larmes amères si je cassais ma pipe ici même, hein ? Mais tu n'auras pas ce pot-là, mon joli louchon... le vieux Gasher les a vus venir et partir, et je ne suis pas né pour tomber raide mort aux pieds d'un mignon de ton espèce.

Jake écouta ces incohérences la mine impassible. Il avait l'intention de voir Gasher mort avant la fin de la journée. Que le pirate l'entraîne avec lui, il s'en souciait désormais comme d'une guigne. Il épongea du sang de sa lèvre fraîchement fendue et le considéra pensivement, s'étonnant de la rapidité avec laquelle le désir de tuer était capable d'investir le cœur humain.

Gasher observa Jake en train de contempler ses doigts ensanglantés et sourit.

— La sève coule, pas vrai ? Ce ne sera pas non plus la dernière que ton vieux pote Gasher fera saigner du jeune arbre que tu es, à moins que tu te grouilles... que tu te grouilles sacrément. (Il indiqua du doigt le revêtement pavé de l'étroite ruelle qu'ils étaient en train de suivre. Il y avait une plaque d'égout rouillée, et Jake se souvint d'avoir vu récemment les mots gravés dans l'acier : LaMERK FOUNDRY.) Il y a une poignée sur le côté. Tu la vois ? Mets-y les mains et tire. Magne-toi le train, et peut-être que t'auras encore toutes tes quenottes quand nous rencontrerons l'Homme Tic-Tac.

Jake empoigna l'anse et tira. Il tira avec force, mais pas autant qu'il l'aurait pu. Le dédale de ruelles et de passages à travers lequel Gasher l'avait fait courir était craignos, mais du moins y voyait-il. Il n'arrivait pas à imaginer à quoi ressemblerait le monde souterrain qui s'étendait sous la cité, là où les ténèbres tueraient dans l'œuf toute velléité d'évasion, et il ne tenait pas à le savoir, sauf à y être obligé.

Gasher eut tôt fait de lui signifier qu'il le devait.

— C'est trop lourd pour que je... commença Jake.

Le pirate le saisit à la gorge et le souleva jusqu'à le hisser à hauteur de son visage. La longue course à travers les passages lui avait fait monter aux joues une légère rougeur transpirante et les plaies qui lui dévoraient les chairs avaient pris une horrible couleur pourpre jaunâtre. Celles qui étaient ouvertes exsudaient une substance épaisse et infecte ainsi que des filets de sang en pulsations régulières. Jake n'inhala qu'une bouffée de l'odeur nauséabonde de Gasher avant que la main qui lui avait encerclé le cou ne lui coupât la respiration.

– Ecoute, stupide couillon, et ouvre bien tes esgourdes, car je te le répéterai pas. Tu soulèves ce satané couvercle séance tenante ou je t'arrache la langue. Et ne te gêne pas pour planter les dents dans ce qu'il te plaira pendant que j'opérerai – le mal dont je suis atteint court dans le sang et tu verras s'épanouir les premières pustules sur ta figure avant que la semaine soit terminée... si tu vis aussi longtemps. Tu piges, à présent ?

Jake acquiesça avec vigueur. Le visage de Gasher s'estompait dans des replis de grisaille et sa voix paraissait venir de très loin.

– Très bien.

Gasher l'éloigna d'une bourrade. Jake tomba en tas près de la plaque d'égout, suffoquant et le cœur soulevé de nausées. Il réussit enfin à aspirer une goulée d'air profonde et sifflante, qui le brûla comme du feu liquide. Il cracha une glaire sanguinolente et manqua vomir à sa vue.

– Maintenant, ôte ce couvercle, trésor de mon cœur, et qu'on n'en parle plus !

Jake rampa vers la plaque, glissa les mains dans la poignée et, cette fois, tira de toutes ses forces vives. L'espace d'un moment d'épouvante, il crut qu'il n'allait pas être capable de faire bouger le couvercle. Puis il imagina les doigts de Gasher pénétrant dans sa bouche et lui saisissant la langue, et il trouva un surcroît d'énergie. Il sentit une douleur sourde se propager dans ses reins lorsque quelque chose y céda, mais la plaque circulaire s'écarta avec lenteur, raclant les pavés et révélant un croissant grimaçant de ténèbres.

– Bien, mon couillon, bien ! cria Gasher avec allégresse. Quelle vaillante petite mule ! Continue de tirer... n'arrête pas ton effort !

Quand le croissant se fut transformé en demi-lune et la douleur dans les reins de Jake en un feu chauffé à blanc, Gasher lui botta les fesses, l'envoyant s'étaler sur le sol.

– Très bien, dit-il, jetant un coup d'œil par l'ouverture. A présent, mon couillon, descends vite fait l'échelle le long de la paroi. Fais gaffe de ne pas lâcher prise et de dégringoler jusqu'en bas – ces barreaux sont salement glissants. Il y en a une vingtaine, si je me souviens bien. Et quand tu seras en bas, attends-moi sans bouger d'un poil. Tu pourrais avoir envie de fausser compagnie à ton vieux pote, mais, à ton avis, est-ce que ce serait une bonne idée ?

– Non, je ne crois pas.

– Très intelligent, fiston ! (Les lèvres de Gasher s'épanouirent en ce hideux sourire qui lui était propre, révélant une fois encore ses rares dents restantes.) Il fait noir comme dans le cul d'un nègre, là-dessous, et il y a un millier de tunnels qui s'en vont chacun leur petit bonhomme de chemin. Ton vieux pote Gasher les connaît comme sa poche, pour sûr, mais toi, tu te perdrais en moins de temps qu'il ne faut pour le dire. Et puis il y a des rats… et ils sont maousses et bigrement affamés. Alors, tu te contentes de m'attendre.

– Oui.

Gasher scruta Jake attentivement.

– Tu parles comme un petit mignon, mais tu n'es pas un Ado, par ma montre ! D'où viens-tu, louchon ?

Jake ne répondit pas.

– Le bafouilleux t'a mangé la langue, hein ? Eh bien, c'est parfait. Tic-Tac saura te la délier, parole ! Il a ses méthodes, le Ticky ; il veut seulement que les gens causent. Une fois qu'il les a lancés, ils jactent parfois si vite et braillent si fort qu'on doit leur taper sur le crâne pour les mettre en veilleuse. Aucun bafouilleux n'est autorisé à lier la langue de quiconque dans les parages de l'Homme Tic-Tac, pas même les jolis mignons de ton espèce. A présent, descends cette échelle, bordel ! *Go !*

Gasher décocha un violent coup de pied à Jake que celui-ci – une fois n'est pas coutume – réussit à esquiver. Le garçon regarda dans le trou à demi ouvert, repéra l'échelle et entreprit la descente. Il avait encore le buste dehors quand un épouvantable fracas d'avalanche ébranla l'air. Il provenait de deux kilomètres ou plus, mais Jake sut de quoi il s'agissait sans qu'on eût besoin de lui faire un dessin. Un cri de pure souffrance jaillit de ses lèvres.

Un rictus pointa au coin de la bouche de Gasher.

– Ton dur à cuire de copain t'a filé le train mieux que tu l'imaginais, hein ? Pas mieux que moi je le pensais, remarque, mon couillon, car j'ai regardé ses yeux – pleins de ruse et d'impertinence qu'ils étaient. J'ai supposé qu'il pisterait comme un chef la délicieuse petite merveille de ses nuits, si du moins il suivait, et c'est ce qu'il a fait. Il a éventé le coup des barbelés, mais la fontaine l'a eu... Tout baigne, donc. Descends, mon mignon.

Il balança son pied sur la tête de Jake. Le garçon se baissa, mais un de ses pieds dérapa sur l'échelle et il n'évita la chute qu'en agrippant la cheville couverte de croûtes de Gasher. Il leva sur le pirate un regard suppliant et ne lut aucun attendrissement sur cette face moribonde et infectée.

– S'il vous plaît !

Il entendit les mots près de s'achever en un sanglot. Sans cesse, il voyait Roland gisant écrasé sous l'énorme fontaine. Qu'avait dit Gasher ? Si on voulait le récupérer, il faudrait le ramasser avec un buvard.

– Implore-moi si ça te chante, mon petit cœur. Seulement, n'espère pas que tes supplications te serviront à quelque chose, car la pitié n'a plus cours de ce côté du pont, c'est comme je te le dis. Maintenant, descends, ou je te fais jaillir la cervelle par les oreilles.

Jake obéit ; lorsqu'il atteignit l'eau croupissante au fond du boyau, son envie de pleurer avait passé. Il attendit, les épaules voûtées et la tête basse, que Gasher le rejoigne pour le mener à son destin.

23

Si Roland avait été à deux doigts de tomber dans le piège des barbelés croisés qui retenaient l'avalanche de ferraille, il trouva la fontaine puérile – un traquenard qu'eût pu imaginer un gamin débile. Cort leur avait appris à vérifier tous les quadrants visuels quand ils se déplaçaient en territoire ennemi, et cela signifiait aussi bien au-dessus, que derrière ou au-dessous.

– Stop ! intima-t-il à Ote, haussant la voix pour être entendu malgré la batterie.

– Op ! acquiesça le bafouilleux, qui regarda droit devant et ajouta dans la foulée : Ake !

– Oui. (Le pistolero jeta un autre regard à la fontaine de marbre suspendue, puis scruta la ruelle à la recherche du déclencheur. Il en dénombra deux. Peut-être leur camouflage sous la forme de pavés avait-il été naguère efficace, mais cette époque-là était révolue depuis belle heurette. Roland se pencha, mains aux genoux, et parla dans la face retournée du bafouilleux :) Je vais te prendre une minute dans mes bras. Ne fais pas d'histoires, Ote !

– Ote !

Roland enveloppa l'animal de ses bras. Tout d'abord, le bafouilleux se raidit et tenta de s'écarter, puis Roland le sentit céder – la petite bête n'était pas ravie d'être aussi près de quelqu'un qui n'était pas Jake, mais, à l'évidence, elle avait clairement l'intention de faire contre mauvaise fortune bon cœur. Roland se surprit à s'émerveiller une fois de plus de l'intelligence d'Ote.

Il le transporta jusqu'au bout de l'étroit passage, puis évita avec précaution les faux pavés sous la fontaine suspendue de Lud. Parvenu au-delà de la zone dangereuse, il se pencha pour reposer Ote. La batterie se tut alors.

– Ake ! dit Ote avec impatience. Ake-Ake !

– Oui... mais nous devons d'abord expédier un petit boulot.

Roland conduisit Ote quinze pas plus loin dans la ruelle et ramassa un fragment de béton sur le sol. Il le fit sauter, pensif, d'une main dans l'autre ; la détonation d'une arme à feu claqua dans la direction de l'est. La vibration amplifiée de la batterie avait assourdi le vacarme de la bataille qu'Eddie et Susannah livraient contre la bande d'Ados dépenaillés, mais Roland entendit distinctement ce bruit-là et sourit – cela signifiait certainement que les Dean avaient gagné le berceau, et c'était la première bonne nouvelle de cette journée qui paraissait déjà au bas mot aussi longue qu'une semaine.

Roland pivota sur ses talons et lança le fragment de béton. Son tir fut aussi précis que lorsqu'il avait visé l'antique feu de signalisation de River Crossing ; le missile frappa un des déclencheurs décolorés en plein dans le mille ; l'un des câbles rouillés cassa net dans une vibration stridente. La fontaine de marbre s'ébranla, se retournant sur elle-même dans sa chute, tandis que l'autre câble la retenait encore un moment – assez longtemps pour qu'un homme doté de prompts réflexes puisse détaler, supputa Roland. Puis le câble céda à son tour, et la fontaine tomba, bloc de pierre rose et difforme.

Roland fila derrière un amas de poutrelles rouillées ; Ote sauta prestement dans son giron alors que la fontaine heurtait la chaussée dans un coup de tonnerre dévastateur. Des fragments de marbre rose, certains de la taille d'une charrette, volèrent à travers les airs. Plusieurs petits éclats frappèrent Roland au visage. Il en ôta d'autres de la fourrure d'Ote. Il jeta un œil par-dessus la barricade de fortune. La fontaine s'était fendue en deux telle une assiette géante. Nous ne passerons pas par là au retour, pensa-t-il. La ruelle, déjà étroite, était désormais complètement obstruée.

Roland se demanda si Jake avait entendu se fracasser la fontaine, et, si oui, quelles conclusions il en avait tirées. Il ne s'embarrassa pas à spéculer sur la réaction de Gasher ; le pirate devait le croire réduit en purée, et c'était précisément ce que Roland désirait qu'il pense. Jake penserait-il la même chose ? Le gamin devait faire preuve d'un peu plus de bon sens et ne pas imaginer qu'un pistolero puisse être tué par un dispositif aussi simplet, mais si Gasher l'avait suffisamment terrorisé, Jake risquait de ne plus avoir les idées très claires. Bon, il était trop tard pour s'en inquiéter désormais, et s'il devait recommencer, il referait exactement la même chose. Moribond ou non, Gasher avait fait montre tout ensemble de courage et de ruse animale. S'il avait baissé sa garde, le jeu en valait la chandelle.

Roland se remit debout.

– Ote... trouve Jake.

– Ake !

Ote étira sa tête sur son long cou, renifla alentour en un demi-cercle, repéra l'odeur de Jake et fonça, Roland sur ses talons. Dix minutes plus tard, il fit halte devant une plaque d'égout au milieu de la ruelle, flaira tout autour, regarda Roland, puis poussa un aboiement aigu.

Le pistolero mit un genou en terre et observa l'embrouillamini d'empreintes ainsi que les éraflures des pavés. La plaque avait été enlevée très souvent. Ses yeux s'étrécirent quand il vit le caillot sanglant dans un interstice entre deux pavés.

– Ce salaud le bat, murmura-t-il.

Il ôta la plaque, plongea son regard dans le boyau obscur, puis dénoua le lacet de cuir qui fermait sa veste. Il souleva le bafouilleux et le fourra contre sa poitrine. Ote retroussa les babines, et, l'espace d'un instant, Roland sentit ses griffes s'enfoncer dans sa chair comme de petits couteaux aiguisés. Puis elles se rétractèrent et Ote regarda alentour de sous la veste de Roland de ses yeux brillants, soufflant aussi fort qu'une locomotive à vapeur. Le pistolero sentait le battement rapide du cœur d'Ote contre le sien. Il enleva le lacet des boutonnières de sa veste et en prit un, plus long, dans sa bourse.

– Je vais t'attacher. Ça va te plaire encore moins qu'à moi, mais il va faire noir comme dans un four, là-dessous.

Il noua ensemble les deux longueurs de cuir et fit une large boucle à l'une des extrémités qu'il passa par-dessus la tête d'Ote. Il crut que l'animal allait de nouveau montrer les dents, peut-être même le mordre, mais non ; le bafouilleux se contenta de le regarder de ses yeux cerclés d'or et d'aboyer : « Ake ! » de sa voix impatiente.

Roland prit le bout libre de la laisse de fortune dans sa bouche, puis s'assit au bord du puits d'égout... si c'en était un. Il tâtonna à la recherche du premier barreau ; le trouva. Il descendit avec une prudente lenteur, plus conscient que jamais qu'il lui manquait la moitié d'une main et que les échelons d'acier étaient visqueux d'huile et d'une substance plus épaisse – sans doute de la mousse. Ote était une boule lourde et chaude entre sa veste et son ventre, haletant sans répit et avec force. Les cercles d'or de ses yeux luisaient comme des médaillons dans la pénombre.

Enfin, le pied tâtonnant du pistolero fit gicler une

gerbe d'eau au fond du boyau. Roland jeta un coup d'œil au morceau de lumière blanche loin au-dessus de sa tête. C'est là que les choses se corsent, pensa-t-il. Le tunnel, chaud et humide, exhalait l'odeur d'un très vieux charnier. A proximité, de l'eau gouttait, son monotone et creux. Plus loin, Roland percevait le grondement de machines. Il extirpa de sa veste un Ote éperdu de reconnaissance et le déposa dans l'eau peu profonde qui courait paresseusement le long de l'égout.

— A toi de jouer, maintenant ! murmura-t-il à son oreille. Mène-nous à Jake, Ote. A Jake !

— Ake ! aboya le bafouilleux.

Barbotant, il s'enfonça avec célérité dans les ténèbres, balançant sa tête de côté et d'autre au bout de son long cou, tel un pendule. Roland le suivit, l'extrémité de la laisse de cuir passée autour de sa main droite mutilée.

24

Le Berceau – l'édifice était à coup sûr assez grandiose pour acquérir le statut de nom propre dans leur esprit – se dressait au centre d'une place qui mesurait le quintuple de celle où ils avaient découvert la statue brisée ; en l'observant mieux, Susannah se rendit compte à quel point le reste de Lud était vieux, gris et archicradingue. Le Berceau était si rutilant qu'il en blessait quasiment la vue. Nulle vigne n'envahissait ses flancs ; aucun graffiti ne barbouillait ses murs, son escalier et ses colonnes d'un blanc éblouissant. L'omniprésente poussière ocre de la plaine était absente ici. Tandis qu'ils approchaient, Susannah comprit pourquoi : de l'eau ruisselait en flots continus sur les côtés de la bâtisse, que vomissaient des jets dissimulés dans les ténèbres des avant-toits gainés de cuivre ; d'autres, tout aussi invisibles, envoyaient des geysers par intervalles sur les marches, les métamorphosant en cascades intermittentes.

— Nom d'un chien ! s'exclama Eddie. A côté, Grand Central a l'air d'un arrêt Greyhound à Trifouillis-les-Oies, au fin fond du Nebraska.

– Quel poète tu fais, mon cher, dit sèchement Susannah.

Les marches ceignaient tout l'édifice et accédaient à un vaste hall ouvert. Aucun fouillis végétal n'en obscurcissait la vue, mais Eddie et Susannah se rendirent compte qu'ils ne pouvaient bien en distinguer l'intérieur ; les ombres portées par les toits en avancée étaient trop profondes. Les Totems du Rayon défilaient deux par deux tout autour de l'édifice ; les angles, eux, étaient réservés à des créatures que Susannah espéra ardemment ne jamais rencontrer ailleurs que dans un occasionnel cauchemar – de hideux dragons de pierre aux corps semés d'écailles, aux mains griffues et crochues, aux yeux mauvais et scrutateurs.

Eddie toucha l'épaule de la jeune femme et pointa l'index plus en hauteur.

Susannah regarda... et sentit son souffle se bloquer dans sa gorge. Campé, jambes écartées, sur le faîte du toit, loin au-dessus des Totems du Rayon et des gargouilles dragons, comme s'il les tenait sous sa domination, se dressait un guerrier d'or haut d'une bonne vingtaine de mètres. Un chapeau de cow-boy bosselé, repoussé en arrière, révélait son front barré de rides et rongé de soucis ; un foulard pendait de travers sur sa clavicule, comme si l'homme venait juste de l'ôter après qu'il lui eut longtemps servi de cache-poussière. Il brandissait un revolver dans un poing ; dans l'autre, ce qui semblait être un rameau d'olivier.

Roland de Gilead se tenait au sommet du Berceau de Lud, habillé d'or.

Non, pensa Susannah, se souvenant enfin de respirer de nouveau. Ce n'est pas lui... mais d'un autre côté, si. Cet homme était un pistolero, et la ressemblance entre Roland et lui, qui est sans doute mort depuis un siècle ou plus, est toute la vérité du *ka-tet* que tu auras jamais besoin de savoir.

Le tonnerre claqua en provenance du sud. Des éclairs chassaient les nuages à travers le ciel. Susannah souhaita avoir davantage de temps pour étudier tant la statue dorée qui se dressait au sommet du Berceau que les animaux qui l'entouraient ; des mots étaient gravés sur chacun d'eux, et elle se dit qu'il valait la peine d'en prendre connaissance. Compte tenu des circonstances, cependant, ils n'avaient pas une minute à perdre.

Une large bande rouge avait été peinte en travers du trottoir au débouché de la rue de la Tortue sur la place du Berceau. Maud et le gars qu'Eddie appelait Jeeves le maître d'hôtel firent halte à une prudente distance de la marque rouge.

— Nous ne ferons pas un pas de plus, leur déclara Maud tout net. Libre à vous de nous emmener vers notre mort, tout homme et toute femme en doit une aux dieux, de toute façon, et je mourrai de ce côté-ci de la ligne de démarcation, quoi qu'il arrive. Je ne défierai pas Blaine pour des barbares.

— Moi non plus, renchérit Jeeves.

Il avait ôté son melon poussiéreux et le tenait contre sa poitrine nue. Son visage était empreint d'une expression de crainte révérencielle.

— Parfait, décréta Susannah. A présent, débarrassez le plancher, tous les deux !

— Vous allez nous tirer dans le dos dès que nous aurons tourné les talons, dit Jeeves d'une voix chevrotante. J'en jurerais, par ma montre !

Maud secoua la tête. Le sang avait séché sur son visage et y dessinait un grotesque motif bordeaux.

— On n'a jamais vu un pistolero tirer dans le dos... je dois le dire.

— Nous n'avons que *leur* parole pour nous prouver que c'en sont.

Maud indiqua le gros revolver à la crosse en bois de santal usé que tenait Susannah. Jeeves regarda... et, au bout d'un moment, il tendit la main à la femme. Quand Maud y glissa la sienne, l'image que Susannah avait d'eux – des tueurs dangereux – s'évanouit. Ils ressemblaient davantage à Hansel et à Gretel qu'à Bonnie et à Clyde ; las, effrayés, désemparés, et depuis si longtemps égarés dans la forêt qu'ils y avaient vieilli. La haine et la peur qu'elle nourrissait à leur endroit se volatilisèrent, remplacées par de la pitié et une profonde et douloureuse tristesse.

— Portez-vous bien, vous deux, dit-elle doucement. Marchez à votre pas et ne craignez rien de mal de moi ou de mon mari.

Maud hocha la tête.

– Je vous crois quand vous dites ne pas nous vouloir de mal, et je vous pardonne d'avoir tué Winston. Mais écoutez-moi, et bien : *croisez au large du Berceau*. Quelles que soient les raisons que vous croyez avoir d'y pénétrer, elles ne sont pas assez bonnes. Pénétrer dans le Berceau de Blaine, c'est la mort.

– Mais nous n'avons pas le choix, dit Eddie, et le tonnerre gronda de nouveau, en manière d'acquiescement. Maintenant, laissez-moi *vous* dire une chose. J'ignore ce qu'il y a ou n'y a pas sous Lud, mais ce que je sais, c'est que cette batterie qui vous assourdit les tympans fait partie d'un enregistrement – d'une *chanson* – qui a été réalisé dans le monde d'où ma femme et moi venons. (Il considéra leur expression ahurie et leva les bras de dépit.) Jésus-Tarte-aux-Potirons-Christ, vous ne comprenez pas ? Vous vous entre-tuez à cause d'un morceau de musique qui n'a même pas été sorti en quarante-cinq tours !

Susannah posa la main sur son épaule et murmura son nom. Il l'ignora, ses yeux voletant de Jeeves à Maud.

– Vous voulez voir des monstres ? Regardez-vous bien l'un l'autre, dans ce cas. Et quand vous retournerez à cette baraque de foire que vous appelez votre chez-vous, matez bien vos amis et vos parents.

– Vous ne comprenez pas, dit Maud. (Ses yeux étaient sombres et mornes.) Mais vous comprendrez. Si fait... vous comprendrez.

– Partez, maintenant, dit Susannah avec calme. Il ne sert à rien de discuter ; les mots tombent morts entre nous. Allez votre chemin et essayez de vous rappeler le visage de vos pères – à mon avis, vous les avez oubliés depuis des lunes.

Le couple s'en retourna par le chemin qu'ils avaient pris à l'aller sans ajouter une parole. Cependant, tous deux jetèrent çà et là un regard par-dessus leurs épaules, se tenant toujours la main : Hansel et Gretel égarés dans la profonde obscurité de la forêt.

– Faites-moi sortir d'ici ! dit Eddie avec difficulté. (Il mit le cran de sûreté du Ruger, glissa l'arme dans la ceinture de son pantalon, puis frotta ses yeux rougis du revers des paumes.) Faites-moi seulement sortir d'ici !

– Je te comprends, mon joli. (Susannah était manifestement effrayée, mais sa tête avait cette inclinaison de défi qu'Eddie avait appris à reconnaître et à aimer. Il posa les mains sur ses épaules, se pencha et l'embrassa. L'environnement pas plus que l'orage qui menaçait ne l'empêchèrent de mener l'opération à son terme. Quand il se redressa, Susannah l'étudia avec de grands yeux papillotants.) Ouah ! C'était en quel honneur ?

– Pour te montrer à quel point je t'aime, et pour tout, je suppose. C'est assez ?

Les yeux de Susannah s'adoucirent. Un instant, elle songea à lui révéler le secret qu'elle abritait peut-être – peut-être pas –, mais, à l'évidence, l'heure et le lieu ne s'y prêtaient guère ; elle ne pouvait pas plus lui apprendre à présent qu'elle était peut-être enceinte qu'elle ne pouvait prendre le temps de lire les mots écrits sur les Totems sculptés.

– C'est assez, Eddie, dit-elle.

– Tu es la meilleure chose qui me soit arrivée dans la vie, déclara-t-il, la couvant de ses yeux noisette. C'est duraille pour moi de dire ce genre de trucs – à cause de ma vie avec Henry, je suppose –, mais c'est vrai. Je crois que je me suis mis à t'aimer parce que tu représentais tout ce dont Roland m'avait éloigné – à New York, j'entends –, mais c'est beaucoup plus que ça, maintenant, parce que je ne désire plus y retourner. Et toi ?

Susannah considéra le Berceau. Elle était terrifiée à l'idée de ce qu'ils risquaient d'y trouver, mais baste !... Elle regarda Eddie.

– Moi non plus. Je veux passer le reste de ma vie à aller de l'avant. Tant que tu seras à mes côtés, c'est-à-dire. C'est drôle, tu sais, que tu dises que tu as commencé à m'aimer à cause de toutes les choses dont Roland t'a éloigné.

– Drôle ? Comment ça ?

– Je me suis éprise de toi parce que tu m'as délivrée de Detta Walker. (Susannah marqua une pause, puis secoua légèrement la tête.) Non... ça va plus loin que ça. Je me suis éprise de toi parce que tu m'as libérée de

ces *deux* garces. L'une était une voleuse au langage or-
durier et une allumeuse, l'autre une sainte-nitouche im-
bue d'elle-même. C'était bonnet blanc et blanc bonnet.
Je préfère Susannah Dean à l'une et à l'autre... et tu es
celui qui m'en a délivrée.

Cette fois, ce fut Susannah qui alla vers Eddie, pressant les paumes contre ses joues couvertes de barbe,
l'attirant à elle, l'embrassant avec douceur. Quand il
posa une main légère sur ses seins, elle soupira et la
recouvrit de la sienne.

– Je crois qu'on ferait mieux d'y aller, dit-elle. On est
capables, sinon, de se coucher à même la chaussée... et
de se faire saucer, à ce qu'il semble.

Une dernière fois, Eddie observa longuement les
tours silencieuses, les fenêtres brisées, les murs recouverts de vigne. Puis il hocha la tête.

– Ouais. Je ne crois pas qu'il y ait un quelconque
avenir dans cette ville, de toute façon.

Il poussa le fauteuil, et tous deux se raidirent quand
les roues franchirent ce que Maud avait appelé la ligne
de démarcation, craignant de déclencher un antique
dispositif protecteur et de mourir ensemble. Mais rien
de tel ne se produisit. Eddie poussa Susannah jusqu'à la
place, et, tandis qu'ils approchaient des marches montant au Berceau, une pluie froide chassée par le vent se
mit à tomber.

L'un et l'autre l'ignoraient, mais la première des
grandes tempêtes d'automne de l'Entre-Deux-Mondes
était là.

25

Une fois dans l'obscurité malodorante des égouts,
Gasher ralentit l'allure d'enfer qu'il avait maintenue en
surface. Pas à cause des ténèbres, pensa Jake – Gasher
semblait connaître chaque recoin du chemin qu'ils suivaient comme sa poche, ainsi qu'il l'avait proclamé –,
non : son ravisseur devait être satisfait que la chausse-
trape eût réduit Roland en gelée.

Jake lui-même avait commencé à se poser des questions.

Si Roland avait repéré les barbelés – un piège autrement plus subtil que le suivant –, était-il vraisemblable qu'il n'eût pas vu la fontaine ? Plausible, mais peu sensé. Il était plus probable que le pistolero eût déclenché le traquenard à dessein, dans le but de tromper Gasher et peut-être de le faire ralentir. Jake ne croyait pas que Roland pût les suivre à travers ce labyrinthe souterrain – l'obscurité totale mettrait en déroute même les capacités de traque du pistolero –, mais penser que Roland pouvait ne pas être mort en essayant de tenir sa promesse lui faisait chaud au cœur.

Ils tournèrent à droite, à gauche, puis encore à gauche. Comme les autres sens de Jake s'aiguisaient pour compenser son absence de vision, il perçut vaguement d'autres tunnels autour de lui. Les sons assourdis d'antiques machines en fonctionnement s'amplifiaient un instant, puis s'estompaient tandis que les fondations en pierre de la cité les encerclaient de nouveau. Des courants d'air arrivaient de temps en temps sur sa peau, tantôt chauds, tantôt froids. Le bruit de leurs pas barbotant retentit en brefs échos quand ils dépassèrent l'embranchement des tunnels d'où soufflaient ces bouffées fétides, et Jake manqua s'assommer contre un objet métallique qui saillait du plafond. Il y plaqua la paume – une grosse valve, peut-être. Après cela, il agita les mains en marchant pour tenter de déchiffrer l'air devant lui.

Gasher le guidait par de petites tapes aux épaules, comme un charretier menant ses bœufs. Ils progressaient à bonne allure, trottant mais sans courir. Gasher récupéra assez de souffle pour fredonner d'abord, puis pour entonner une chanson d'une voix profonde de ténor étonnamment mélodieuse.

Ribble-ti-tibble-ti-ting-ting-ting
J'vais m'dégoter un job et t'acheter un diam
Quand je mettrai la pogne
Sur tes nichons tressautants,
Ribble-ti-tibble-ti-ting-ting-ting !

Oh ribble-ti-tibble
Laisse-moi seulement tripoter
Tripoter ton ting-ting-ting !

Gasher se fendit encore de cinq ou six strophes de la même veine avant de déclarer forfait.

– A présent, à ton tour de pousser la chansonnette, louchon.

– Je ne connais pas de chanson, haleta Jake, espérant paraître plus essoufflé qu'il ne l'était en réalité.

Il ignorait si la tactique serait payante ; mais, dans ces ténèbres, il fallait exploiter le moindre avantage.

Gasher lui assena son coude en plein dans le dos, assez fort pour envoyer le garçon s'étaler dans l'eau qui coulait paresseusement dans le tunnel à hauteur de chevilles.

– Tu ferais *mieux* de connaître quèquechose si tu veux pas que je t'arrache ta bien-aimée colonne vertébrale. (Il s'interrompit, puis ajouta :) Il y a des fantômes par ici, mon petit. Ils vivent à l'intérieur de ces saletés de machines, parfaitement ! Chanter les tient à distance... tu ne sais pas ça ? *Chante*, à présent !

Jake carbura à plein régime, peu désireux de recevoir une nouvelle marque d'affection de Gasher, et trouva une chanson qu'il avait apprise dans un camp d'été à l'âge de sept ou huit ans. Il ouvrit la bouche et se mit à beugler au sein des ténèbres, écoutant les échos rebondir parmi le clapotis de l'eau et le martèlement des machines vétustes.

Ma greluche, elle est canon, c'est une New-Yorkaise
J'lui paie tout c'qu'elle veut pour qu'elle soit bénèze
Elle a une croupe
Comme une chaloupe
Bon Dieu, c'est là que passe tout mon pèze.

Ma greluche, elle est super, elle vient de Philly
J'lui paie tout c'qu'elle veut pour qu'elle soit mimi
Elle a des mirettes
Comme des tartelettes
Bon Dieu, c'est là que passent tous mes radis...

Gasher saisit Jake par les oreilles comme une tasse par ses anses et l'obligea à s'arrêter.

– Il y a un trou juste sous ton nez, dit-il. Avec une

voix comme la tienne, mon louchon, ça serait rendre un fier service à l'humanité que de t'y laisser tomber, pour sûr, mais Tic-Tac ne serait pas d'accord du tout... alors m'est avis que t'es à l'abri pour quelque temps encore. (Gasher retira ses mains – les oreilles de Jake étaient en feu – et s'agrippa à la chemise du garçon.) A présent, penche-toi jusqu'à ce que tu sentes l'échelle de l'autre côté. Et fais gaffe de ne pas glisser et de nous entraîner tous les deux en bas !

Jake se courba avec précaution, les mains écartées devant lui, terrifié à l'idée de tomber dans un puits qu'il ne pouvait voir. Comme il tâtonnait à la recherche de l'échelle, il sentit une bouffée d'air chaud – propre et quasi odorant – lui effleurer le visage et aperçut une pâle lueur rosâtre au-dessous de lui. Ses doigts touchèrent un échelon d'acier et se refermèrent dessus. Les plaies de sa main gauche se rouvrirent et il sentit du sang tiède lui couler sur la paume.

– Tu y es ? demanda Gasher.

– Oui.

– Alors descends ! Qu'est-ce t'attends, bon Dieu ?

Gasher lâcha sa chemise et Jake l'imagina en train de tendre la jambe en arrière, prêt à le faire se presser à l'aide d'un coup de pied aux fesses. Il franchit le fossé faiblement lumineux et se mit à descendre, se servant aussi peu que possible de sa main blessée. Cette fois, les barreaux étaient vierges de mousse et d'huile, et ils étaient à peine rouillés. Tandis que Jake s'enfonçait dans le puits interminable, se dépêchant pour éviter que Gasher ne lui écrase les mains de ses boots à semelles épaisses, il se rappela un film qu'il avait vu à la télé : *Voyage au centre de la Terre*.

Le martèlement des machines s'amplifia et la lueur rosée s'accentua. Les machines ne produisaient pas un ronronnement satisfaisant, mais ses oreilles lui disaient qu'elles étaient en meilleur état que celles du dessus. Quand il parvint enfin en bas, il prit pied sur un sol sec. La nouvelle galerie horizontale, carrée, mesurait environ un mètre quatre-vingts de hauteur et était revêtue d'acier inoxydable riveté. Elle s'étirait, pour autant que Jake pût le voir, droit comme un cordeau devant et derrière. Il sut d'instinct, sans même avoir à y réfléchir, que ce tunnel (qui devait être au moins à plus d'une vingtaine de mètres sous Lud) suivait aussi le sentier du Rayon. Et quelque part là-devant – Jake en était certain, bien qu'il n'eût su dire pourquoi –, le train qu'ils étaient venus chercher se trouvait directement au-dessus.

D'étroites grilles d'aération couraient le long des murs au ras du plafond ; c'était de là que soufflait l'air propre et sec. De la mousse pendait de certaines en barbes gris-bleu, mais la plupart étaient nettes. Sous chacune, une flèche jaune surmontait un symbole qui ressemblait vaguement à un t minuscule. Les flèches indiquaient la direction que suivaient Jake et Gasher.

La lumière rose provenait de tubes de verre qui ponctuaient le plafond en rangées parallèles. Environ un sur trois était noir, d'autres crachouillaient par à-coups, mais une bonne moitié d'entre eux marchait. Des tubes au néon, pensa Jake, sidéré. Ça, alors !

Gasher se laissa tomber près de lui. Voyant l'expression surprise du gamin, il sourit.

– Chouette, hein ? Frais l'été, chaud l'hiver, et de la bouffe en suffisance pour que cinq cents types affamés n'en viennent pas à bout en cinq cents ans. Et tu sais pas la meilleure, mon louchon ? Le clou de tout ce bazar ?

Jake secoua la tête.

– Ces salauds d'Ados ignorent jusqu'à l'existence même de cet endroit. Ils pensent qu'il y a des monstres dans le coin, prêts à leur sauter sur le râble. Aucun Ado ne s'approche à moins de vingt pas d'une plaque d'égout, à moins d'y être contraint et forcé.

Il rejeta la nuque en arrière et se mit à rire à gorge déployée. Jake ne fit pas chorus, même si une voix froide, quelque part dans son crâne, lui soufflait qu'il serait de bonne politique de s'esclaffer de conserve. Il y avait des monstres sous la cité – des trolls, des korrigans et des korils. N'avait-il pas été capturé par l'un d'eux ?

Gasher le poussa vers la gauche.

– Là... nous y sommes presque. *Une, deux !*

Ils prirent le petit trot, le bruit de leurs pas les poursuivant d'une meute d'échos. Au bout de dix à quinze minutes, Jake vit une écoutille étanche à deux cents pas devant lui. Comme ils s'en approchaient, il distingua un gros volant à valve qui en saillait. Un interphone était fixé à droite dans le mur.

— Je suis mort, fit Gasher, pantelant, tandis qu'ils atteignaient la porte au bout du tunnel. Sûr que ce genre d'activités, c'est trop pour un gars aussi mal en point que ton vieux pote ! (Il écrasa le bouton de l'interphone et brailla :) Je l'ai, Tic-Tac... aussi frais et rose que tu le voulais. Je ne l'ai même pas décoiffé d'un cheveu ! Ne te l'avais-je pas promis ? Fais confiance à papa Gasher, je t'ai dit, il va te faire ça aux pommes ! A présent, ouvre et laisse-nous entrer !

Il relâcha le bouton et regarda impatiemment la porte. Le volant ne tourna pas. Une voix monotone et traînante jaillit de l'interphone.

— Quel est le mot de passe ?

Gasher fit une horrible grimace, se gratta le menton de ses longs ongles en deuil, puis souleva son bandeau et extirpa un amas de matières jaune verdâtre.

— Tic-Tac et ses mots de passe ! dit-il à Jake. (Il avait l'air aussi embêté qu'agacé.) C'est un mec régule, mais faut pas charrier, si tu veux mon avis. (Il appuya sur le bouton et hurla :) Allez, Tic-Tac ! Si tu ne reconnais pas ma voix, paie-toi un audiophone !

— Oh, je la reconnais, répondit la voix traînante. (Jake eut l'impression d'entendre Jerry Reed, l'acteur qui interprétait le rôle du copain de Burt Reynolds dans le film *Cours après moi, shérif.*) Mais j'ignore qui est avec toi, n'est-ce pas ? Aurais-tu oublié que la caméra est tombée en rade l'année dernière ? Tu me donnes le mot de passe, Gasher, ou tu peux pourrir sur place !

Gasher fourra un doigt dans son nez, en ramena un peu de morve couleur gelée de menthe, qu'il écrasa dans la grille du micro. Jake, subjugué, observa en silence cette manifestation puérile de mauvaise humeur, sentant un rire inopportun, hystérique, monter en bouillonnant de ses entrailles. Avaient-ils parcouru tout ce chemin, dans ces dédales truffés de pièges et ces tunnels obscurs, pour être bloqués devant cette porte étanche simplement parce que Gasher était infichu de se rappeler le mot de passe de l'Homme Tic-Tac ?

Gasher le regarda d'un œil torve, puis glissa la main sur son crâne, enlevant son écharpe jaune trempée de sueur. Il était chauve comme un œuf, hormis quelques touffes éparses de cheveux noirs semblables à des piquants de porc-épic, et la partie au-dessus de la tempe gauche était profondément enfoncée. Gasher jeta un œil dans son écharpe et brandit un bout de papier.

– Que les dieux bénissent Hoots ! marmonna-t-il. Hoots s'occupe de moi comme une mère.

Il étudia le papier, le tournant et le retournant dans tous les sens, puis le tendit à Jake. Il continua de parler entre haut et bas, comme si l'Homme Tic-Tac risquait de l'entendre bien que le bouton de l'interphone ne fût pas enclenché.

– Tu es un vrai petit gentleman, hein ? Et la première chose qu'on apprend à un gentleman après qu'on lui a enseigné à ne pas bouffer de la colle ni à pisser partout, c'est ses lettres. Lis-moi donc le mot qui est écrit sur ce papier, mon couillon, car il m'est complètement sorti de l'esprit.

Jake prit le papier, y jeta un coup d'œil, puis reporta son regard sur Gasher.

– Et si je refuse ? demanda-t-il froidement.

La réponse décontenança un instant Gasher... Puis le pirate se mit à sourire avec une bonne humeur qui ne présageait rien de bon.

– Eh bien, je te saisirai à la gorge et transformerai ta tête en heurtoir, dit-il. Je doute que ça persuade l'ami Ticky de me laisser entrer – car ton dur à cuire de copain lui fout toujours les jetons –, mais ça fera un bien indicible à mon petit cœur de voir ta cervelle dégouliner de ce volant.

Jake réfléchit au problème, le sombre rire bouillonnant toujours dans ses entrailles. L'Homme Tic-Tac était un mec à la coule, d'accord... Il savait qu'il serait ardu de persuader Gasher, même tombé aux mains de Roland, et à deux doigts de la tombe, de toute façon, de lâcher le mot de passe. Mais ce que Tic-Tac n'avait pas pris en compte, c'était la mémoire défaillante du pirate.

Ne ris pas, se dit Jake. Si tu ris, il va te faire exploser la cervelle pour de bon.

En dépit de ses paroles bravaches, Gasher observait Jake avec une réelle anxiété, et le garçon comprit un fait dont il pourrait éventuellement tirer parti : Gasher n'avait peut-être pas la trouille de mourir... mais il mouillait sa culotte à l'idée d'être humilié.

– O.K., Gasher, dit-il d'un ton calme. Le mot qui figure sur ce bout de papier est *Généreux*.

– Donne-moi ça ! (Gasher arracha le papier des mains de Jake, le remit dans son écharpe, qu'il drapa de nouveau à la hâte autour de sa tête. Il appuya sur le bouton de l'interphone.) Tic-Tac ? Tu es toujours là ?

– Où pourrais-je bien être, sinon ? Aux confins occidentaux du Monde ?

La voix traînante semblait à présent légèrement amusée.

Si Gasher tira une langue blanchâtre à l'adresse du micro, sa voix fut pateline, obséquieuse, même.

– Le mot de passe est *Généreux*, et c'est un chouette mot, parole ! Maintenant, laisse-moi entrer, par les dieux !

– Bien, sûr, dit l'Homme Tic-Tac.

Une pompe se mit en branle, faisant sursauter Jake. Le volant, au centre de la porte, pivota. Quand il s'arrêta, Gasher l'agrippa, le fit tourner vers l'extérieur, saisit le bras de Jake et, propulsant le garçon par-dessus le bord soulevé de la porte, le fit pénétrer dans la pièce la plus bizarre qu'il eût jamais vue.

26

Roland descendait dans une lumière vieux rose. Les yeux brillants d'Ote regardaient alentour par le décolleté en V de la veste ; son cou était étiré à la limite de sa longueur considérable tandis qu'il humait l'air chaud soufflé par les grilles de ventilation. Roland avait dû s'en remettre aveuglément au flair du bafouilleux dans les sombres ruelles en surface, et il avait eu grand-peur qu'Ote ne perde la trace de Jake dans l'eau... Mais quand il avait entendu les chansons – celle de Gasher, d'abord, celle de Jake, ensuite – se répercuter en écho le long des conduites, il s'était un peu détendu. Ote ne les avait pas fourvoyés.

L'animal avait entendu, lui aussi. Jusqu'alors, il avait

progressé avec une prudente lenteur, revenant même à l'occasion sur ses pas pour être sûr, mais au son de la voix de Jake, il s'était mis à courir, tirant fort sur la laisse de cuir. Roland avait craint qu'il n'appelle le gamin de sa voix rauque – *Ake ! Ake !* –, mais non. Et juste comme ils atteignaient le tunnel conduisant aux niveaux inférieurs de ce dédale digne du Minotaure, Roland avait perçu le ronronnement d'une nouvelle machine – peut-être une pompe –, suivi par le claquement métallique d'une porte violemment refermée.

Il parvint à l'entrée du tunnel carré et jeta un coup d'œil à la double rangée de tubes lumineux qui partaient dans les deux directions. Il remarqua qu'ils brûlaient d'un feu incandescent, comme l'enseigne accrochée à l'extérieur du night-club appartenant à Balazar, dans la ville de New York. Il examina de plus près les étroites grilles de ventilation courant en haut de chaque mur, et les flèches dessous, puis ôta la laisse de cuir du cou du bafouilleux. Ote secoua la tête avec impatience, manifestement ravi d'en être débarrassé.

– Nous approchons, murmura Roland à l'oreille dressée de l'animal. Nous devons marcher à pas de loup. Tu comprends, Ote ? A pas de loup.

– Pa-de-lou, répliqua Ote dans un chuchotis rauque qui eût été drôle en d'autres circonstances.

Roland le posa à terre et Ote s'engouffra aussitôt dans le tunnel, le cou en avant, le museau au ras du sol d'acier. Roland l'entendait marmonner *Ake-Ake ! Ake-Ake !* à voix basse. Il sortit son revolver de son étui et suivit le bafouilleux.

27

Eddie et Susannah levaient les yeux sur le vaste Berceau de Blaine quand les cieux s'ouvrirent, libérant une pluie torrentielle.

– Quel bâtiment... sauf qu'on a oublié de prévoir les accès réservés aux handicapés, brailla Eddie, haussant la voix pour être entendu par-dessus la pluie et le tonnerre.

– Aucune importance, dit Susannah avec impatience,

glissant hors du fauteuil. Montons nous mettre à l'abri du déluge.

Eddie observa, sceptique, l'inclinaison des marches. Les contremarches étaient peu élevées... mais il y en avait une tapée.

– Tu es sûre, Suzie ?

– Je vais te coiffer au poteau, homme blanc.

Se contorsionnant, la jeune femme se hissa avec une aisance singulière, se servant de ses mains, de ses avant-bras musclés et des moignons de ses jambes.

Et elle *faillit* le battre. Eddie devait se coltiner la quincaille, ce qui le ralentissait. Tous deux étaient hors d'haleine quand ils atteignirent le haut des marches, leurs vêtements mouillés exhalant des nuages de vapeur. Eddie saisit Susannah aux aisselles, la souleva dans les airs et la tint, les mains nouées au creux de ses reins, au lieu de la remettre dans son fauteuil, ainsi qu'il avait eu l'intention de le faire. Il se sentait excité et à demi fou sans savoir pourquoi.

Oh, pouce ! pensa-t-il. Vous êtes tous deux encore en vie ; c'est ce qui a gonflé tes glandes à bloc et les a rendues prêtes à une partie de jambes en l'air.

Susannah passa la langue sur sa lèvre enflée et enroula ses doigts robustes dans les cheveux d'Eddie. Et tira. Ça faisait mal... et, en même temps, c'était formidable.

– Je t'ai dit que je te battrais à plate couture, homme blanc, dit-elle d'une voix basse et rauque.

– C'est moi qui ai gagné... d'une demi-marche.

Eddie s'efforça de maîtriser son essoufflement – pas mèche.

– Peut-être... mais ça t'a mis à plat. (La main gauche de Susannah quitta les cheveux d'Eddie, descendit le long de son corps et exerça une légère pression. Un sourire rayonna dans les yeux de la jeune femme.) Ah ! Voilà quelque chose qui n'est pas à plat !

– Allons ! Pas de folies ! Ce n'est pas le moment.

Susannah ne le contredit pas, mais pressa encore son sexe avant de reposer la main sur son épaule. Eddie éprouva un pincement de regret ; il remit Susannah dans son fauteuil et la poussa à la hâte sur les vastes dalles jusqu'au couvert du toit. Il crut lire un regret égal au sien dans les yeux de sa compagne.

Lorsqu'ils furent à l'abri du déluge, Eddie s'arrêta et tous deux se retournèrent. La place du Berceau, la rue de la Tortue et toute la cité au-delà disparaissaient rapidement dans un mouvant rideau de grisaille. Eddie n'éprouvait pas la moindre nostalgie. Lud n'avait pas gagné sa place dans son album mental de souvenirs chers.

— Regarde, murmura Susannah.

Elle désignait une gouttière proche, qui se terminait en une grosse tête de poisson écailleuse, cousine germaine, apparemment, des gargouilles dragons qui ornaient les angles du Berceau. L'eau coulait de sa bouche en un torrent d'argent.

— Rien à voir avec un pipi de chat, on dirait !

— Et comment ! Il va pleuvoir jusqu'à plus soif, puis encore un chouia, juste histoire d'embêter le monde. Peut-être une semaine ; peut-être un mois. Ce n'est pas que ça nous gênera des masses si Blaine n'aime décidément pas notre look et nous passe à la poêle à frire. Tire une balle pour que Roland sache que nous sommes arrivés à bon port, mon sucre, puis nous irons jeter un œil. Afin de voir ce que nous pouvons voir.

Eddie pointa le Ruger vers le ciel gris, appuya sur la détente et tira le coup que Roland entendit à deux kilomètres ou plus, tandis qu'il pistait Jake et Gasher à travers le dédale truffé de traquenards. Eddie resta planté à la même place quelques instants encore, essayant de se persuader que les choses allaient peut-être bien tourner, que son cœur se trompait quand il s'obstinait à affirmer qu'ils ne reverraient jamais plus le pistolero et le garçonnet. Enfin, il remit le cran de sûreté, glissa l'arme dans la ceinture de son pantalon et revint vers Susannah. Il éloigna son fauteuil des marches et le fit rouler le long d'une galerie flanquée de colonnes qui menait plus avant au cœur du bâtiment. Susannah ouvrit la culasse du revolver de Roland et le rechargea.

Sous le toit, la pluie avait un bruit secret, sépulcral, et même le fracas du tonnerre était assourdi. Les colonnes qui soutenaient la structure mesuraient au moins trois mètres de diamètre et leurs faîtes se perdaient dans les ténèbres. Du sein des ombres, Eddie entendit la conversation roucoulante de pigeons.

Puis ils virent un panneau suspendu à d'épaisses chaînes d'argent chromé se balancer hors de l'obscurité :

NORTH CENTRAL POSITRONICS

VOUS SOUHAITE LA BIENVENUE

AU BERCEAU DE LUD

« – TRAJET NORD-EST (BLAINE)

TRAJET NORD-OUEST (PATRICIA) – »

— A présent, nous connaissons le nom du train tombé dans la Send, dit Eddie. Patricia. Il y a erreur sur la couleur, cela dit. Le rose est censé être pour les filles et le bleu pour les garçons, pas l'inverse.

— Peut-être sont-ils *tous les deux* bleus.

— Non. Blaine est rose.

— D'où le sais-tu ?

Eddie eut l'air gêné.

— Je l'ignore... mais je le sais.

Ils suivirent la flèche indiquant le quai de Blaine et pénétrèrent dans ce qui avait dû être un hall spacieux. Si Eddie ne possédait pas la faculté de Susannah de voir le passé par flashes pleins de netteté, il peupla cependant en imagination le vaste espace à colonnes d'un millier de gens se hâtant ; il entendit des talons cliqueter et des voix chuchotantes, vit des embrassades de bienvenue et d'adieux. Et, par-dessus tout cela, les haut-parleurs psalmodiant des informations sur une douzaine de destinations différentes.

Patricia va partir pour les Baronnies du Nord-Ouest...

Le passager Killington, le passager Killington, est prié de se présenter au guichet d'information au rez-de-chaussée...

Blaine vient d'arriver au quai numéro deux...

Il ne restait plus désormais que les pigeons.

Eddie frissonna.

– Regarde ces têtes, murmura Susannah. Je ne sais pas si elles te donnent la chair de poule, mais à moi, si.

Elle désignait un point sur sa droite. Tout en haut du mur, une théorie de têtes sculptées semblaient se pousser hors du marbre, observant les intrus du sein des ténèbres – des hommes austères aux durs visages de bourreaux heureux d'exercer leur job. Certaines étaient tombées et gisaient parmi des éclats de granit à une vingtaine de mètres au-dessous de leurs pairs. Celles qui demeuraient en place étaient tissées d'un réseau arachnéen de fêlures et couvertes de fientes de pigeon.

– Ce devaient être des membres de la Cour suprême ou quelque chose comme ça, dit Eddie, examinant avec malaise toutes ces lèvres minces et tous ces yeux fendus et vides. Seuls des juges peuvent avoir un air à la fois aussi élégant et aussi fâché – tu causes à un mec qui sait. Il n'y en a pas un, apparemment, qui aurait donné une béquille à un crabe infirme.

– « Un amas d'images brisées sur lesquelles frappe le soleil : l'arbre mort n'offre aucun abri » (1), murmura Susannah.

A ces mots, Eddie sentit ses bras, sa poitrine et ses jambes se hérisser de chair de poule.

– Qu'est-ce que c'est, Suzie ?

– Les vers d'un poète qui a dû voir Lud dans ses rêves. Viens, Eddie. Oublie-les.

– Plus facile à dire qu'à faire.

Mais il se remit à pousser le fauteuil.

Devant eux, une immense barrière grillagée, telle la barbacane d'un château fort, surgit des ténèbres... Et, au-delà, ils aperçurent enfin Blaine le Mono. Le train était rose, ainsi que l'avait prédit Eddie, d'une délicate nuance qui s'harmonisait aux veines courant à travers les piliers de marbre. Blaine flottait au-dessus du quai, balle de revolver lisse et aérodynamique davantage chair que métal. Sa surface n'était brisée que par une vitre triangulaire pourvue d'un essuie-glace de taille im-

_____

(1) T. S. ELIOT, « La Terre vaine », *op. cit. (N.d.T.)*

posante. Eddie devina qu'une seconde vitre triangulaire, pourvue elle aussi d'un essuie-glace de taille imposante, ornait l'autre côté du nez du Mono, de telle sorte que, vu de face, Blaine devait donner l'impression d'avoir un visage, tout comme Charlie le Tchou-tchou. Les essuie-glaces devaient ressembler à des paupières sournoisement tombantes.

Une lumière blanche, venant de la fente sud-est du Berceau, se projetait sur Blaine en un long rectangle déformé. Eddie trouva que le corps du train était pareil au dos bosselé de quelque baleine fabuleuse – une baleine extrêmement silencieuse.

– Ouh ! souffla-t-il. Nous l'avons trouvé !

– Oui. Blaine le Mono.

– Il est mort, tu crois ? Il en a l'*air*.

– Non. Il dort, peut-être, mais il est loin d'être mort.

– Tu es sûre ?

– Etais-tu sûr qu'il serait rose ? (Ce n'était pas une question ; Eddie s'abstint donc d'y répondre. Susannah tourna vers lui un visage las et effrayé.) Il dort, et tu sais quoi ? J'ai une frousse bleue de le réveiller.

– Eh bien, dans ce cas, attendons les autres.

Elle secoua la tête.

– Il vaut mieux tâcher d'être prêts pour quand ils arriveront... Parce que j'ai dans l'idée qu'ils vont se pointer à la dernière minute. Pousse-moi jusqu'à cette boîte fixée aux barreaux. On dirait un interphone. Tu la vois ?

Il la voyait, en effet, et il roula lentement Susannah dans sa direction. La boîte était enchâssée dans le battant d'un portillon fermé qui se trouvait au centre de la barrière ceignant le Berceau. Les barres verticales de celle-ci étaient apparemment en acier inoxydable ; celles du portillon en fer ornemental, et leurs extrémités s'enfonçaient dans des trous cerclés d'acier creusés dans le sol. Il n'y avait pas mèche que l'un ou l'autre se faufile entre ces barres, nota Eddie. L'écart entre chacune ne faisait pas plus de dix centimètres. Même Ote aurait eu du mal à passer.

Des pigeons ébouriffaient leurs plumes et roucoulaient au-dessus de leur tête. La roue gauche du fauteuil roulant faisait entendre un grincement monotone. Mon royaume pour une burette d'huile ! pensa Eddie, se rendant compte qu'il avait une pétoche du diable. La dernière fois qu'il avait connu pareille terreur, c'était le jour où Henry et lui observaient du trottoir de Rhine-hold Street, à Dutch Hill, les ruines du Manoir. Ils n'y étaient pas entrés en ce jour de 1977 ; ils avaient tourné le dos à la maison hantée et pris leurs jambes à leur cou. Eddie se rappela s'être juré de ne jamais plus, *jamais plus* retourner à cet endroit. Promesse qu'il avait tenue, mais voilà qu'aujourd'hui il se retrouvait dans une autre maison hantée, avec le fantôme juste sous son nez – Blaine le Mono, rose masse longue et basse, avec une vitre l'épiant comme l'œil d'un dangereux animal qui feint de dormir.

Il ne quitte plus sa couche dans le Berceau... Il a même cessé de parler de ses nombreuses voix et de rire... Ardis a été le dernier à s'approcher de Blaine... et comme Ardis ne savait répondre, Blaine l'a tué avec du feu bleu.

S'il m'adresse la parole, pensa Blaine, probable que je vais devenir maboul.

Le vent, dehors, soufflait en rafales, et une fine brumisation de pluie s'engouffrait par la grande fente de sortie taillée dans le flanc de l'édifice. Eddie la vit gifler la vitre de Blaine et y former un réseau de perles.

Il frissonna tout d'un coup et regarda autour de lui avec attention.

– On nous observe... Je le sens.

– Cela ne m'étonnerait pas. Rapproche-moi du portillon, Eddie. J'aimerais zieuter cette boîte de plus près.

– O.K., mais n'y touche pas. Si elle est électrifiée...

– Si Blaine veut nous faire frire, il le fera, rétorqua Susannah, considérant le dos de Blaine à travers les barres. Tu le sais, et moi aussi.

Et Eddie ne répliqua mot, car il savait que c'était la vérité.

La boîte ressemblait à un hybride d'interphone et de système d'alarme antivol. Un micro y était incorporé dans la partie supérieure, avec ce qui semblait être une touche PARLEZ/ÉCOUTEZ à côté. Au-dessus, des chiffres étaient disposés en losange :

```
                    1
                  2  3
                4  5  6
              7  8  9  10
           11 12 13 14 15
         16 17 18 19 20 21
       22 23 24 25 26 27 28
     29 30 31 32 33 34 35 36
   37 38 39 40 41 42 43 44 45
 46 47 48 49 50 51 52 53 54 55
   56 57 58 59 60 61 62 63 64
     65 66 67 68 69 70 71 72
       73 74 75 76 77 78 79
         80 81 82 83 84 85
           86 87 88 89 90
             91 92 93 94
               95 96 97
                 98 99
                  100
```

Sous le losange, il y avait deux autres touches, sur lesquelles étaient gravés deux mots en Haut Parler : COMMANDE et ENTREZ.

Susannah paraissait désorientée et sceptique.

– Qu'est-ce que *c'est*, à ton avis ? On dirait un gadget de film de science-fiction.

Sûr, se dit Eddie. Sans doute Susannah avait-elle vu, à son époque, un ou deux systèmes de sécurité à usage domestique – somme toute, elle avait vécu parmi les richards de Manhattan, même s'ils ne l'avaient pas acceptée de gaieté de cœur –, mais il y avait un monde de différence entre le matos électronique dans son *quand* de 1963 et le sien, qui était 1987. Nous n'avons guère parlé non plus des différences, songea-t-il. Je me demande quelle serait sa réaction si je lui disais que Ronald Reagan était le président des Etats-Unis lorsque Roland m'a kidnappé. Elle me traiterait certainement de barge.

– C'est un système de sécurité, répondit-il.

Puis, bien que ses nerfs et son instinct lui hurlassent de ne pas le faire, il s'obligea à tendre la main droite et à appuyer sur la touche PARLEZ/ÉCOUTEZ.

Il n'y eut pas de craquement électrique ; aucun feu mortel ne remonta le long de son bras. Aucun signe que l'appareil fût même toujours branché.

Peut-être que Blaine est mort, se dit-il. Peut-être qu'il est mort, en fin de compte.

Mais, au fond, il n'y croyait pas.

— Hello ? (Dans sa tête, il vit le malheureux Ardis, beuglant tandis qu'il se faisait micro-ondiser par le feu bleu dansant partout sur sa figure et son corps, lui faisant fondre les yeux et flamber la tignasse.) Hello ?... Blaine ? Il y a *quelqu'un* ?

Il ôta le doigt de la touche et attendit, raidi par la tension. La main de Susannah, froide et petite, se glissa dans la sienne. Toujours pas de réponse. Eddie, plus réticent que jamais, réappuya.

— Blaine ?

Il ôta le doigt. Attendit. Aucune réponse ne venant, il se sentit gagné par le vertige, comme c'était souvent le cas dans ses moments de stress et de peur. Quand ce vertige le prenait, évaluer les risques devenait secondaire. *Tout* devenait secondaire. Il avait connu ça quand il avait fait perdre contenance à Machin jaune, le contact de Balazar à Nassau, et c'était pareil à présent. Et si Roland l'avait vu à l'instant où cette extravagante impatience s'emparait de lui, il eût discerné plus qu'une simple ressemblance entre Eddie et Cuthbert : il eût juré qu'Eddie *était* Cuthbert.

Il écrasa la touche du pouce et se mit à brailler dans le micro, adoptant un accent british de la haute – et complètement bidon.

— Heullô, Blaiiine ! Sâluut, vieux pôte ! C'est Robin Leach, ânimâteur de « Styles de vie des pleins aux as et têtes creuses », qui vous annonce que vous âvez gâgné six milliârds de dôllârs et une Fôrd Escôrt lôrs du grand tirâge au sôrt ôrgânisé pâr le *Reader's Digest*.

Des pigeons prirent leur envol au-dessus d'eux dans de douces explosions d'ailes effarouchées. Susannah chercha sa respiration. Elle avait l'expression effrayée d'une femme qui vient d'entendre son mari blasphémer dans une cathédrale.

— Eddie, ça suffit ! *Ça suffit !*

Mais c'était plus fort que lui. Eddie souriait, cependant que ses yeux brillaient d'un mélange de peur, d'hystérie et de colère dépitée.

– Vous et vôtre petite âmie mônôraiiil Pâtriciâ âllez pâsser un mois de lûûûxe dans le touristique Jimtown. Vous n'y boirez que le vin le meilleuuur et ne crôquerez que les plus belles vierges ! Voµs...

– ... *Chhhh... ut...*

Eddie resta court et regarda Susannah. Certain que c'était elle qui lui avait intimé de se taire – et ce non seulement parce qu'elle avait déjà fait une tentative dans ce sens, mais parce qu'elle était l'unique autre personne présente –, il savait pourtant qu'il se trompait. Il y avait eu une *autre* voix ; la voix d'un enfant très jeune et fort apeuré.

– Suzie ? C'est toi qui...

Susannah secoua la tête et leva la main. Elle désigna du doigt la boîte et Eddie vit la touche marquée COMMANDE briller d'une très faible lueur rose. La même couleur que celle du mono dormant dans sa couche de l'autre côté de la barrière.

– *Chut... Ne le réveillez pas*, gémit la voix enfantine, sortant du micro telle une douce brise vespérale.

– Que... commença Eddie. (Puis il secoua la tête, tendit la main vers la touche PARLEZ/ÉCOUTEZ et appuya à peine dessus. Quand il parla, ce ne fut plus le claironnement façon Robin Leach, mais le chuchotis d'un conspirateur.) Qu'êtes-vous ? Qui êtes-vous ?

Il ôta son doigt. Susannah et lui se regardèrent avec les yeux écarquillés d'enfants qui viennent de comprendre tout à coup qu'ils partagent la maison avec un adulte dangereux – peut-être un psychopathe. Comment le savent-ils ? Eh bien, parce qu'un copain de leur âge le leur a dit, qui a vécu avec le psychopathe en question un long moment, se cachant dans des trous de souris et montrant le bout du nez uniquement quand il savait l'adulte endormi ; un enfant effrayé et invisible.

Il n'y eut pas de réponse. Eddie laissa s'égrener les secondes. Chacune semblait assez longue pour arriver au bout de la lecture d'un roman-fleuve. Il tendait de nouveau la main vers la touche quand la faible lueur rose réapparut.

– *Je m'appelle Little Blaine*, chuchota la voix d'enfant. *Je suis celui qu'il ne voit pas. Celui qu'il a oublié. Celui qu'il croit avoir abandonné dans les chambres de la ruine et les corridors de la mort.*

Eddie réappuya sur la touche ; sa main tremblait de façon incontrôlée. Il entendit le même tremblement dans sa voix.

– *Qui ? Qui* est celui qui ne voit pas ? Est-ce l'Ours ?

Non... pas l'Ours ; pas lui. Shardik gisait mort dans la forêt, à des kilomètres derrière eux ; le monde avait changé depuis lors. Eddie se rappela ses sentiments quand il avait posé l'oreille contre cette étrange porte encastrée dans rien dans la clairière où l'Ours avait vécu sa semi-existence violente, cette porte avec ses terribles rayures jaunes et noires. Elle était tout d'une pièce, se rendit-il compte à présent ; une partie de quelque horrible tout se délabrant, une toile en loques avec la Tour sombre en son centre telle une énigmatique araignée de pierre. L'Entre-Deux-Mondes tout entier s'était métamorphosé en une immense maison hantée, ces étranges derniers jours ; l'Entre-Deux-Mondes tout entier était devenu les Drawers ; l'Entre-Deux-Mondes tout entier s'était métamorphosé en une terre perdue, obsédante et obsédée.

Il vit les lèvres de Susannah former les mots de la véritable réponse avant que la voix de l'interphone n'eût eu le temps de les prononcer, et ces mots avaient la même évidence que la solution d'une devinette une fois la réponse donnée.

– *Big Blaine*, murmura la voix immatérielle. *Big Blaine est le fantôme dans la machine... dans toutes les machines.*

Susannah avait porté la main à sa gorge et l'étreignait, comme si elle avait l'intention de s'étrangler. Ses yeux, quoique emplis de terreur, n'étaient ni vitreux ni stupéfaits ; ils rayonnaient d'intelligence. Peut-être connaissait-elle une voix comme celle-là de son propre *quand* – le *quand* où le tout qui formait Susannah avait été shunté par les personnalités rivales de Detta et d'Odetta. La voix enfantine avait surpris Susannah autant qu'Eddie, mais les yeux emplis d'angoisse de la jeune femme disaient que le phénomène à l'œuvre ne lui était pas étranger.

Susannah connaissait tout sur la folie de la dualité.

– Eddie, nous devons nous en aller. (Sa terreur transforma ses paroles en une bouillie dénuée de ponctuation. Eddie entendait l'air siffler dans sa trachée-artère tel un vent froid autour d'une cheminée.) Eddie-partons-Eddie-partons-Eddie-partons-Eddie...

– *Trop tard*, dit la minuscule voix plaintive. *Il est réveillé. Big Blaine est réveillé. Il sait que vous êtes là. Et il arrive.*

Soudain, des lumières – des arcs au sodium orange vif – s'allumèrent deux par deux au-dessus de leur tête, baignant la vastitude à piliers du Berceau d'un éclat dur qui bannissait toute ombre. Des centaines de pigeons plongèrent et fondirent en piqué en un vol sans but, effrayé, propulsés de leur enchevêtrement de nids haut perchés.

– Attendez ! cria Eddie. Attendez, s'il vous plaît !

Dans son émoi, il en oublia d'appuyer sur la touche, mais cela ne fit aucune différence. Little Blaine répondit quand même :

– *Non ! Je ne puis le laisser m'attraper ! Je ne peux pas non plus le laisser me tuer !*

La lumière de l'interphone s'éteignit de nouveau, mais pour un court instant. Cette fois, les deux touches COMMANDE et ENTREZ s'allumèrent, et elles se colorèrent non pas en rose, mais dans le rouge foncé sanglant d'une forge de maréchal-ferrant.

– QUI ÊTES-VOUS ? rugit une voix qui ne venait pas seulement de l'interphone, mais aussi de tous les haut-parleurs de la cité encore en état de marche.

Les corps pourrissants suspendus aux poteaux tremblaient aux vibrations de ce puissant organe ; il semblait que les morts eux-mêmes allaient fuir Blaine, s'ils le pouvaient.

Susannah se ratatina au fond de son fauteuil, les paumes plaquées sur ses oreilles, le visage allongé de terreur, la bouche déformée en un cri silencieux. Eddie se sentit lui-même régresser vers les terreurs fantastiques, hallucinatoires, de ses onze ans. Etait-ce cette voix-là qu'il avait redoutée quand Henry et lui se tenaient à l'extérieur du Manoir ? Qu'il avait peut-être même *attendue* ? Il ne savait... mais il *savait* ce que

Jack, le personnage d'un vieux conte, avait dû éprouver en se rendant compte qu'il avait eu trop souvent recours à la gousse de haricot et réveillé le géant.

– COMMENT OSEZ-VOUS TROUBLER MON SOMMEIL ? DITES-LE-MOI À LA MINUTE OU VOUS MOURREZ INCONTINENT.

Eddie aurait pu se figer sur place, laissant Blaine – Big Blaine – leur faire ce qu'il avait fait, quoi que ce fût, à Ardis (ou un truc encore pire) ; peut-être qu'il aurait *dû* se figer sur place, piégé dans ce terrier de lapin de conte d'épouvante. Ce fut le souvenir de la petite voix qui avait parlé la première qui lui insuffla le courage de bouger. Une voix d'enfant terrifié, mais, terrifié ou pas, le gosse avait essayé de les aider.

Aide-toi, le ciel t'aidera, pensa-t-il. Tu l'as réveillé ; négocie avec lui, pour l'amour de Dieu !

Eddie tendit la main et enfonça de nouveau la touche.

– Je m'appelle Eddie Dean. La femme qui m'accompagne est mon épouse, Susannah. Nous...

Il regarda Susannah, qui hocha la tête et lui intima, par force gestes frénétiques, de poursuivre.

– Nous sommes engagés dans une quête. Nous cherchons la Tour sombre qui se dresse sur le sentier du Rayon. Nous avons deux autres compagnons, Roland de Gilead et... et Jake de New York. Nous sommes tous deux également originaires de New York. Si vous êtes... (Eddie s'interrompit un instant, ravalant les mots *Big Blaine*. En les prononçant, il risquait de faire comprendre à l'intelligence qui s'abritait derrière la voix qu'ils en avaient entendu une autre ; un fantôme dans le fantôme, pour ainsi dire. Des deux mains, Susannah le pressa de continuer.) Si vous êtes Blaine le Mono... eh bien... nous souhaitons que vous nous preniez à votre bord.

Il relâcha la touche. Il n'y eut pas de réponse pendant ce qui parut une éternité, hormis le volettement agité des pigeons dérangés. Quand Blaine reprit enfin la parole, sa voix ne parvint que de la boîte à micro incorporé fixée dans le portillon ; elle avait un accent quasi humain.

– NE POUSSEZ PAS MA PATIENCE À BOUT. TOUTES LES

PORTES QUI MÈNENT À CE *OÙ* SONT CLOSES. GILEAD N'EXISTE PLUS, ET CEUX QU'ON APPELAIT DES PISTOLE-ROS SONT TOUS MORTS. À PRÉSENT, RÉPONDEZ À MA QUESTION : QUI ÊTES-VOUS ? C'EST VOTRE DERNIÈRE CHANCE.

Il y eut un grésillement. Un rai de lumière d'un bleu blanc brillant tomba du plafond et fora un trou de la taille d'une balle de golf dans le sol de marbre à moins d'un mètre cinquante à la gauche du fauteuil de Susannah. De la fumée, qui sentait l'odeur que laisse la foudre, s'en éleva en volutes paresseuses. Susannah et Eddie se regardèrent un moment, muets de terreur, puis Eddie se rua sur le boîtier et écrasa la touche.

— Vous faites erreur ! Nous venons bien de New York ! Nous sommes passés par les portes, sur la plage, il y a de cela seulement quelques semaines.

— C'est vrai ! s'écria Susannah. Je le jure !

Silence. De l'autre côté de la longue barrière, le dos rose de Blaine s'arrondissait doucement. La vitre, à l'avant, semblait les considérer tel un morne œil de verre. L'essuie-glace aurait pu être une paupière à demi fermée en un geste sournois.

— PROUVEZ-LE, dit enfin Blaine.

— Bon sang, et comment ? demanda Eddie à Susannah.

— Je ne sais pas.

Eddie enfonça de nouveau la touche.

— La statue de la Liberté ? Ça vous dit quelque chose ?

— CONTINUEZ.

La voix, à présent, avait l'air songeuse.

— L'Empire State Building ! Wall Street ! Le World Trade Center ! Les hot dogs de Coney Island ! Le Radio City Music Hall ! L'East Vil…

Blaine lui coupa le sifflet… Et, prodige, la voix qui sortit du micro fut celle, traînante, de John Wayne.

— O.K., PÈLERIN, JE VOUS CROIS.

Eddie et Susannah se jetèrent un coup d'œil, cette fois d'embarras et de soulagement mêlés. Mais quand Blaine reprit la parole, sa voix avait repris son ton froid et dénué d'émotion.

— POSEZ-MOI UNE QUESTION, EDDIE DEAN DE NEW

475

YORK. ET MIEUX VAUT QU'ELLE SOIT BONNE. (Il y eut une pause, puis Blaine ajouta :) PARCE QUE, SINON, VOUS ET VOTRE FEMME ALLEZ MOURIR, QUEL QUE SOIT LE LIEU D'OÙ VOUS VENEZ.

Susannah porta son regard du boîtier à Eddie.

— De quoi *parle*-t-il ? siffla-t-elle.

Eddie secoua la tête.

— Je n'en ai pas la moindre idée.

28

Jake trouva que la pièce dans laquelle Gasher l'avait poussé avait tout du silo d'un missile Minuteman décoré par les pensionnaires d'un asile d'aliénés : hybride de musée, de salle de séjour et de foyer temporaire pour hippies. Au-dessus de sa tête, l'espace se courbait jusqu'à un plafond arrondi et, au-dessous de lui, il s'abaissait à vingt-cinq ou trente mètres vers une base identiquement arrondie. Des tubes au néon couraient en lignes verticales sur l'unique mur incurvé en touches de couleurs alternées : rouge, bleu, vert, jaune, orange, pêche, rose. Les longs tubes se rejoignaient en nœuds vrombissants couleur de l'arc-en-ciel à la base et au sommet du silo... si tant est que ce fût un silo.

La pièce occupait en hauteur à peu près les trois quarts du vaste espace en forme de capsule et son plancher était fait d'un grillage de fer rouillé. Des tapis turcs (Jake apprit par la suite qu'ils venaient en fait d'une Baronnie appelée Cachemin) étaient disposés çà et là sur le sol grillagé. Les coins en étaient maintenus en place par des malles renforcées de bronze, par des lampadaires ou par les pieds trapus de sièges rembourrés. Si tel n'avait pas été le cas, les tapis auraient voleté comme des bandes de papier attachées à un ventilateur électrique, à cause d'un courant d'air chaud qui s'engouffrait d'en bas. Un autre courant d'air, venant celui-là d'un cercle de grilles de ventilation identiques à celles du tunnel, décrivait des arabesques à un mètre, un mètre cinquante au-dessus de la tête de Jake. A l'autre bout de la pièce, il y avait une porte pareille à celle par laquelle Gasher et lui étaient entrés, et Jake supposa que c'était un prolongement du corridor souterrain suivant le sentier du Rayon.

Une demi-douzaine de personnes étaient réunies dans la salle, quatre hommes et deux femmes. Jake devina qu'il affrontait le haut commandement des Gris – c'est-à-dire s'il restait assez de Gris pour assurer un haut commandement. Aucun d'eux n'était jeune, mais tous étaient encore dans la fleur de l'âge. Ils considéraient Jake avec une curiosité égale à la sienne.

Au centre de la pièce, une de ses jambes massives nonchalamment jetée par-dessus l'accoudoir d'un fauteuil assez grand pour être un trône, était assis un homme qui semblait tenir tout ensemble du guerrier viking et d'un géant de conte de fées. Son torse puissamment musclé était nu, à l'exception d'un bracelet d'argent enserrant un biceps, d'un fourreau passé sur une épaule et d'un curieux pendentif autour du cou. Il portait un pantalon très ajusté de cuir souple rentré dans des bottes, dont l'une était ceinte d'une écharpe jaune. Ses cheveux, d'un blond gris sale, descendaient en cascade jusqu'au milieu de son large dos ; ses yeux étaient aussi verts et aussi inquisiteurs que ceux d'un matou assez vieux pour être sage, mais pas suffisamment pour avoir perdu ce sens raffiné de la cruauté qui passe pour de l'amusement dans les cercles félins. Une antique mitrailleuse, semblait-il, pendait par sa bretelle au dossier du fauteuil.

Jake examina de plus près le collier du Viking ; il s'agissait d'une boîte en verre en forme de cercueil suspendue à une chaîne d'argent. A l'intérieur, une minuscule pendule en or indiquait qu'il était 3 h 05. Sous le cadran, un balancier miniature de même métal allait et venait, et, en dépit du doux bruissement de l'air circulant d'en haut et d'en bas, Jake en percevait le tic-tac. Les aiguilles se déplaçaient plus vite que la normale, et Jake ne fut guère surpris de constater qu'elles marchaient à l'envers.

Il songea au crocodile de *Peter Pan*, qui passait son temps à pourchasser le capitaine Crochet, et un léger sourire effleura ses lèvres. Gasher le vit et leva la paume. Jake eut un mouvement de recul et se cacha le visage dans ses mains.

L'Homme Tic-Tac agita l'index à l'adresse de Gasher dans un plaisant geste de maîtresse d'école.

– Allons, allons... C'est inutile, Gasher.

Gasher baissa aussitôt le bras. Son expression avait changé du tout au tout. Avant, elle alternait de la rage stupide à une espèce d'humour rusé, quasi existentiel. A présent, elle n'était qu'adoration servile. A l'instar des autres occupants de la pièce (et de Jake lui-même), papa Gasher ne pouvait détourner longtemps son regard de Tic-Tac ; ses yeux étaient inexorablement attirés vers lui. Et Jake comprenait pourquoi. L'Homme Tic-Tac était la seule personne présente qui semblât déborder d'énergie, de bonne santé et de vie.

– Si tu dis que c'est inutile, c'est inutile, déclara Gasher, qui ne put s'empêcher de gratifier Jake d'un regard noir avant de reporter les yeux sur le blond géant assis sur son trône. Cela étant, il est fort impertinent, Ticky. Très, très impertinent, pour sûr, et si tu veux mon avis, il aura besoin d'un sacré dressage.

– Si je veux ton avis, je te le demanderai, répondit l'Homme Tic-Tac. A présent, ferme la porte, Gash... Tu as été élevé dans une étable ?

Une femme brune poussa un rire strident, semblable à un croassement de corneille. Tic-Tac la regarda ; elle se calma aussi sec et baissa le nez sur le sol grillagé.

L'entrée par laquelle Gasher avait poussé Jake était constituée en fait de deux portes. Le dispositif rappela à Jake les sas des vaisseaux spatiaux dans les films de science-fiction dignes de ce nom. Gasher alla les fermer toutes deux et se tourna vers Tic-Tac, pouces levés. L'Homme Tic-Tac hocha le menton et tendit languissamment la main pour appuyer sur un bouton serti dans un meuble qui ressemblait au podium d'un orateur. Une pompe se mit poussivement en branle dans le mur et la lumière des tubes au néon baissa de façon perceptible. Il y eut un faible sifflement d'air et le volant de la porte intérieure se bloqua. Jake supposa qu'il en allait de même pour celui de la porte extérieure. C'était une espèce d'abri antibombes, d'ac ; aucun doute là-dessus. Quand la pompe se tut, les longs tubes au néon retrouvèrent leur mat éclat.

– Bien, dit aimablement Tic-Tac. (Il se mit à toiser

Jake de la tête aux pieds. Le garçon eut la nette et désagréable impression d'être fiché et catalogué par un expert.) Parfaitement sain et entier nous sommes. Heureux comme un coq en pâte. N'est-ce pas, Hoots ?

– Oui ! répliqua aussitôt un grand homme osseux vêtu d'un costume noir.

Son visage était couvert d'une sorte d'urticaire qu'il grattait comme un malade.

– Je l'ai amené, dit Gasher. Je t'avais dit que tu pouvais me faire confiance, et je l'ai prouvé, non ?

– Si, dit Tic-Tac. Au poil. J'ai eu quelques doutes sur tes capacités à te souvenir du mot de passe, à la fin, mais...

La femme brune poussa un nouveau croassement strident. L'Homme Tic-Tac se tourna à demi dans sa direction, son paresseux sourire creusant de fossettes la commissure de ses lèvres, et avant que Jake n'eût pu saisir ce qui se passait – ce qui s'était *déjà* passé –, la brune chancela en arrière, les yeux exorbités sous l'effet de la surprise et de la douleur, les mains tâtonnant vers une curieuse tumeur au milieu de sa poitrine qui n'y était pas une seconde plus tôt.

Jake s'aperçut que l'Homme Tic-Tac avait fait un geste tandis qu'il pivotait, si rapide que ce n'avait guère plus été qu'un frémissement. Le fin manche blanc qui saillait de la gaine accrochée à l'épaule de l'Homme Tic-Tac avait disparu. Le poignard se trouvait à présent à l'autre bout de la pièce, sortant de la poitrine de la brune. Tic-Tac l'avait dégainé et lancé avec une promptitude effarante – promptitude que Roland lui-même n'était peut-être pas capable d'égaler, pensa Jake. Ç'avait été comme un méchant tour de magie.

Les autres observèrent en silence la femme qui titubait vers Tic-Tac, les mains en coupe autour du manche du poignard. De la hanche, elle heurta un lampadaire et l'homme qui s'appelait Hoots se précipita pour le retenir dans sa chute. Quant à Tic-Tac, il ne bougeait pas d'un poil, toujours assis, une de ses jambes par-dessus l'accoudoir de son trône, considérant la femme avec un sourire nonchalant.

Celle-ci se prit le pied dans un tapis et elle vacilla, tête la première. De nouveau, l'Homme Tic-Tac bougea avec une vitesse à vous donner la chair de poule ; ramenant en arrière le pied qui se balançait par-dessus l'accoudoir, il le projeta en avant comme un piston. Il alla se nicher au creux de l'estomac de la brune, qui valdingua en arrière. Du sang jaillit de sa bouche, éclaboussant les meubles. La femme heurta le mur, s'y affaissa lentement et termina sa trajectoire en position assise, le menton sur la poitrine. Jake crut voir un Mexicain de cinéma faisant sa sieste adossé à un mur d'adobe. Il avait du mal à imaginer que la femme fût passée de vie à trépas à une vitesse aussi foudroyante. Les néons transformaient ses cheveux en un halo mi-rouge, mi-bleu. Ses yeux vitreux fixaient l'Homme Tic-Tac dans une stupeur ultime.

– Je l'avais *prévenue* à propos de son rire, dit Tic-Tac. (Ses yeux se reportèrent sur l'autre femme, une rouquine trapue à l'allure de camionneur.) N'est-ce pas, Tilly ?

– Oui, répliqua la dénommée Tilly du tac au tac. (Ses yeux brillaient de crainte et d'excitation et elle se léchait les lèvres de façon maladive.) Tu l'as fait, et plus d'une fois. Je vais régler ma montre et le jurer dessus.

– A condition que tu puisses soulever suffisamment ton gros cul pour aller la chercher. Apporte-moi mon poignard, Brandon, et n'oublie pas d'en effacer la puanteur de cette salope avant de me le donner.

Un petit homme aux jambes arquées sautilla pour exécuter l'ordre. Tout d'abord, le poignard refusa de venir ; il semblait coincé dans le sternum de l'infortunée femme brune. Brandon jeta un regard terrifié à l'Homme Tic-Tac par-dessus son épaule et tira plus fort.

Tic-Tac, cependant, n'avait plus l'air de se soucier de Brandon ni de la femme qui, au sens strict, était morte de rire. Ses yeux verts brillants s'étaient fixés sur un objet qui l'intéressait bien davantage.

– Approche-toi, mon couillon, dit-il, que je t'examine mieux.

Gasher donna une bourrade à Jake, qui chancela et serait tombé si les fortes mains de Tic-Tac ne l'avaient saisi aux épaules. Puis, quand il fut certain que Jake avait retrouvé l'équilibre, Tic-Tac lui saisit le poignet gauche et le leva. C'était la Seiko qui avait éveillé son intérêt.

– Si c'est ce que je crois, c'est un présage, pour sûr. Dis-moi, mon petit, qu'est-ce que c'est que ce *sigul* que tu portes ?

Jake, qui n'avait pas la moindre idée de ce qu'était un *sigul*, ne put espérer que pour le mieux.

– C'est une montre. Mais elle ne marche plus, monsieur Tic-Tac.

Hoots gloussa à ces mots, puis se frappa la bouche des deux mains quand l'Homme Tic-Tac se tourna vers lui pour le regarder. Au bout d'un moment, Tic-Tac reporta son regard sur Jake, et un sourire lumineux remplaça son air renfrogné. A contempler ce sourire, on en oubliait presque qu'il y avait une femme morte, et non un Mexicain de cinéma faisant sa sieste, contre le mur. A le contempler, on en oubliait presque que ces gens étaient fous et que l'Homme Tic-Tac était sans doute le pensionnaire le plus siphonné de tout l'asile.

– *Montre*, dit ce dernier, acquiesçant du menton. Oui, un nom qui se suffit pour ce genre d'objet ; après tout, que souhaite le possesseur d'un appareil à mesurer le temps sinon que celui-ci se *montre* par-ci, par-là ? N'est-ce pas, Brandon ?... Tilly ?... Gasher ?

Tous répondirent par des affirmations empressées. L'Homme Tic-Tac les gratifia d'un sourire charmeur, puis se tourna de nouveau vers Jake, qui remarqua alors que le sourire, charmeur ou non, était loin d'illuminer les yeux verts du géant. Ils étaient comme devant : froids, cruels et curieux.

Il pointa un doigt vers la Seiko, qui affirmait à présent qu'il était 7 heures passées de 91 minutes – AM *et* PM – et l'éloigna avant de toucher le verre au-dessus du visuel à cristaux liquides.

– Dis-moi, mon cher petit... Est-ce que cette montre qui est tienne est piégée ?

– Hein ? Oh non ! Non, elle n'est pas piégée.

Et Jake de poser l'index sur le verre.

– Ça ne prouve rien, si elle est réglée sur la fréquence de ton propre corps. (Tic-Tac s'exprimait sur ce ton de voix brusque, méprisant, que le père de Jake prenait quand il ne voulait pas que les gens soupçonnent qu'il n'avait pas la moindre idée de ce dont il était en train de parler. Tic-Tac jeta un coup d'œil à Brandon, et Jake le vit soupeser le pour et le contre pour décider s'il allait ou non faire de l'homme aux jambes arquées son « toucheur » désigné. Puis il abandonna le projet et planta de nouveau son regard dans celui de Jake.) Si cette chose me cause un choc, mon petit ami, tu vas mourir étouffé en trente secondes.

Jake déglutit avec difficulté, mais ne répondit mot. L'Homme Tic-Tac tendit le doigt et, cette fois, le posa sur le verre de la Seiko. A ce moment-là, tous les chiffres se remirent à zéro, puis recommencèrent à défiler à l'envers.

Les yeux de Tic-Tac s'étaient étrécis en une mimique anticipant une douleur potentielle lorsqu'il avait touché le cadran de la montre. A présent, leurs coins se plissaient dans le premier sourire digne de ce nom que Jake lui eût vu faire. C'était en partie de plaisir devant son courage, mais, pour l'essentiel, il s'agissait d'émerveillement et d'intérêt purs et simples.

– Puis-je l'avoir ? demanda-t-il d'un ton doucereux. Disons que tu manifesterais ainsi ta bonne volonté. Je suis un amateur de montres, mon jeune couillon... ça, oui.

– Je vous en prie.

Jake défit aussitôt la Seiko de son poignet et la glissa dans la large paume impatiente de Tic-Tac.

– Y cause comme un petit monsieur qui pète dans la soie, pas vrai ? dit Gasher, aux anges. Dans les anciens temps, on aurait payé une rançon très élevée pour récupérer un garçon de son espèce, Ticky, pour sûr. Mon père...

– Ton père est mort si décomposé par la syphilis que même les chiens ne l'auraient pas bouffé, l'interrompit l'Homme Tic-Tac. A présent, la ferme, sombre crétin !

Dans un premier temps, Gasher parut furax... puis seulement décontenancé. Il s'affala dans un siège proche et se tint coi.

Tic-Tac, cependant, examinait le bracelet d'argent élastique avec une expression d'effroi mêlé de respect. Il l'étira au maximum, lui fit reprendre sa forme initiale, l'étira de nouveau, le relâcha. Il glissa une boucle de ses cheveux dans les maillons ouverts, puis éclata de rire quand ils se refermèrent dessus. Enfin, il passa la main dans le bracelet et poussa celui-ci jusqu'à la moitié de son avant-bras. Jake trouva ce souvenir de New York très étrange en ce lieu, mais ne dit mot.

– Merveilleux ! s'exclama Tic-Tac. Où l'as-tu eue, mon couillon ?

– C'est un cadeau d'anniversaire que m'ont fait mon père et ma mère.

A ces mots, Gasher se pencha en avant, désireux, peut-être, de remettre le sujet de la rançon sur le tapis. L'expression absorbée de l'Homme Tic-Tac le fit changer d'avis et il se radossa sans ouvrir la bouche.

– Vraiment ? s'étonna Tic-Tac, haussant les sourcils. (Il avait découvert le petit bouton qui illuminait le cadran et ne cessait d'appuyer dessus, observant la lumière s'allumer et s'éteindre. Puis il reporta son regard sur Jake, ses yeux de nouveau étrécis en deux fentes d'un vert brillant.) Dis-moi, mon couillon... Fonctionne-t-elle sur un circuit dipolaire ou unipolaire ?

– Ni l'un ni l'autre, affirma Jake, sans se douter que son refus d'avouer son ignorance – il ne savait pas ce que signifiaient l'un et l'autre termes – allait lui valoir sous peu de sérieux ennuis. Elle marche avec une batterie au nickel-cadmium. Du moins, j'en suis à peu près sûr... Je n'ai jamais eu à la changer et il y a belle lurette que j'ai perdu le mode d'emploi.

L'Homme Tic-Tac le considéra un long moment sans proférer une parole, et Jake, terrifié, se rendit compte que le géant blond s'efforçait de déterminer s'il se payait ou non sa fiole. Si la réponse était oui, Jake imagina que les mauvais traitements que lui avait infligés Gasher seraient de la gnognote comparés à ce que lui réservait sans doute l'Homme Tic-Tac. Soudain, il souhaita changer le cours des pensées de son interlocuteur... le souhaita plus que tout au monde. Il dit la première chose qui lui vint à l'esprit.

– C'était votre grand-père, n'est-ce pas ?

L'Homme Tic-Tac leva des sourcils interrogateurs. Il reposa les mains sur les épaules de Jake, sans serrer, mais le garçon en sentit la force phénoménale. S'il prenait l'envie au géant de resserrer son étau et de tirer brutalement, il lui briserait les vertèbres cervicales comme de vulgaires crayons ; s'il poussait, il lui romprait probablement le dos.

– *Qui* était mon grand-père, mon couillon ?

Jake prit une nouvelle fois la mesure de la tête massive, majestueuse, de l'Homme Tic-Tac et de ses larges épaules. Il se souvint des paroles de Susannah : *Regarde sa taille, Roland... il a sûrement fallu le graisser pour le faire entrer dans le cockpit.*

– L'homme de l'avion. David Quick.

Les yeux de l'Homme Tic-Tac s'arrondirent comme des soucoupes sous le coup de la surprise et de la stupeur. Puis, rejetant la nuque en arrière, il éclata d'un rire rugissant qui se répercuta en écho bien au-delà du plafond voûté. Les autres sourirent nerveusement. Aucun, toutefois, n'osa rire franchement... pas après ce qui était arrivé à la femme brune.

– Qui que tu sois, et d'où que tu viennes, mon petit, tu es le mec le plus à la coule que l'ami Tic-Tac ait rencontré depuis de nombreuses années. Quick était mon arrière-grand-père, pas mon grand-père, mais tu n'es pas tombé loin... N'es-tu pas de cet avis, mon cher Gasher ?

– Pour sûr, acquiesça l'interpellé. Il est à la coule, y a pas à chier, j'aurais pu te le dire. Mais extrêmement insolent quand même.

– Oui, fit pensivement l'Homme Tic-Tac. (Ses mains raffermirent leur prise sur les épaules du garçon et il attira celui-ci plus près de son visage souriant, beau, fou.) Je vois qu'il est insolent. C'est écrit dans ses yeux. Mais nous allons nous en occuper, n'est-ce pas, Gasher ?

Ce n'est pas à Gasher qu'il s'adresse, mais à moi, pensa Jake. Il croit qu'il est en train de m'hypnotiser... et peut-être est-ce vrai.

– Oui, souffla Gasher.

Jake se sentit sombrer dans les grands yeux verts. Bien que l'étreinte de l'Homme Tic-Tac ne fût toujours pas réellement forte, il n'arrivait pas à inhaler suffisamment d'air dans ses poumons. Il fit appel à toutes ses forces afin de tenter de briser l'emprise de l'homme blond et prononça encore les premiers mots qui lui vinrent à l'esprit :

– « Ainsi s'est abattu lord Perth, et la campagne a tremblé sous ce coup de tonnerre. »

La phrase agit sur Tic-Tac comme un soufflet. Il se recula, ses yeux verts s'étrécissant, étreignant douloureusement les épaules de Jake.

– *Que* dis-tu ? Où as-tu entendu ça ?

– C'est un petit oiseau qui me l'a dit, riposta Jake avec une insolence calculée.

L'instant d'après, il volait à l'autre bout de la pièce.

S'il avait heurté le mur incurvé tête la première, il aurait été bon pour le compte ou laissé pour mort. Par chance, il le frappa de la hanche, rebondit et atterrit en tas sur le grillage de fer. Il secoua la tête, sonné, regarda autour de lui et se vit face à face avec la femme qui ne faisait pas la sieste. Il émit un cri horrifié et s'éloigna en rampant sur les mains et les genoux. Hoots lui flanqua un coup de pied en pleine poitrine, le faisant basculer sur le dos. Jake resta étendu, haletant, les yeux levés sur le nœud aux couleurs de l'arc-en-ciel que formaient les tubes au néon. Peu après, le visage de Tic-Tac emplit son champ visuel. Les lèvres en étaient serrées en une ligne dure et droite, les joues colorées et il y avait de la peur dans ses yeux. Le pendentif cercueil de verre qu'il portait autour du cou se balançait doucement devant les yeux de Jake au bout de la chaîne d'argent, à l'unisson du balancier de la minuscule horloge comtoise à l'intérieur.

– Gasher a raison. (Tic-Tac empoigna la chemise de Jake d'une main et tira le garçon.) Tu es insolent. Mais tu *n'as sûrement pas* envie d'être insolent avec moi, mon couillon, hein ? As-tu déjà entendu parler des gens qui sont soupe au lait ? Eh bien, ce n'est pas mon cas, et des milliers de personnes pourraient en témoigner si je ne les avais pas définitivement réduites au silence. Si tu me reparles jamais de lord Perth... jamais, jamais, *jamais*... je te scalperai et te boufferai la cervelle. Je ne veux pas de ce genre d'histoire porte-guigne dans le Berceau des Gris. *Tu me suis ?*

Il secoua Jake comme un prunier, et le garçon éclata en sanglots.

– *Tu me suis ?*

– O... O... Oui.

– Bien. (Tic-Tac reposa Jake sur ses pieds ; le garçon tangua et roula, essuyant ses yeux en larmes et laissant des traces de crasse si noires sur ses joues qu'on eût dit du mascara.) A présent, mon petit couillon, nous allons nous offrir une séance questions/réponses. C'est moi qui pose les questions et toi tu donnes les réponses. Compris ?

Jake ne répondit pas. Il regardait un panneau de la grille de ventilation qui ceignait la pièce.

L'Homme Tic-Tac lui saisit le nez entre le pouce et l'index et le pinça méchamment.

– *Compris ?*

– *Oui !* hurla Jake.

Ses yeux, d'où coulaient pour l'heure des larmes de souffrance et de terreur mêlées, se reportèrent sur le visage de Tic-Tac. Il désirait regarder de nouveau la grille de ventilation, désirait désespérément vérifier que ce qu'il y avait vu n'était pas une hallucination de son esprit effrayé, surmené, mais il n'osa pas. Il craignait que quelqu'un – Tic-Tac lui-même, plus que probable – ne suive son regard et ne voie ce qu'il avait aperçu.

– Bien. (Tic-Tac tira Jake par le nez jusqu'à son fauteuil, s'assit et passa la jambe par-dessus l'accoudoir.) On va donc se tailler une petite bavette. On va commencer par ton nom, hein ? Comment tu t'appelles, mon couillon ?

– Jake Chambers.

Le nez ainsi pincé, la voix de Jake était nasillarde et peu intelligible.

– Et es-tu un non-voyant, Jake Chambers ?

L'espace d'un instant, Jake se demanda si c'était une façon particulière de lui demander s'il était aveugle... mais, à l'évidence, tous voyaient qu'il ne l'était pas.

– Je ne comprends pas ce que...

Tic-Tac le secoua en le tenant par le nez.

– Non-voyant ! Non-voyant ! Cesse de jouer au plus fin, mon gars !

– *Je ne comprends pas...* commença Jake.

Puis son regard tomba sur la vieille mitrailleuse suspendue au dossier et il repensa au Focke-Wulf crashé. Le puzzle s'assembla dans son esprit.

– Non. Je ne suis pas un nazi (1). Je suis un Américain. Tout cela s'est terminé bien avant ma naissance.

L'Homme Tic-Tac libéra son nez, qui se mit aussitôt à pisser le sang.

– Tu aurais pu me le dire tout de suite et t'épargner bien des souffrances, Jake Chambers... Mais du moins comprends-tu à présent nos méthodes, hein ?

Jake hocha le menton.

– Bon. Très bien ! Nous allons commencer par des questions simples.

Les yeux de Jake retournèrent à la grille de ventilation. Ce qu'il y avait vu auparavant était toujours là ; ce n'avait pas été le fruit de son imagination. Deux yeux cerclés d'or flottaient dans le noir derrière les lucarnes chromées.

Ote.

Tic-Tac le gifla, l'envoyant heurter Gasher, qui le repoussa aussi sec d'une bourrade.

– C'est l'heure de l'école, mon petit cœur, chuchota-t-il. Ecoute tes leçons, maintenant ! Ecoute-les bien !

– Regarde-moi quand je te parle, dit Tic-Tac. J'ai droit à quelque respect, Jake Chambers, ou je t'arrache les couilles.

– D'accord.

Les yeux verts de Tic-Tac eurent un éclat menaçant.

– D'accord *quoi* ?

Jake chercha à l'aveuglette la bonne réponse, chassant le fatras de questions et le soudain espoir qui avaient surgi dans son esprit. Et ce qui lui vint fut une formule en usage dans son propre Berceau des Ados... alias l'Ecole Piper.

– D'accord, *monsieur* ?

Tic-Tac sourit.

– C'est un début, mon gars, dit-il, et il se pencha, les bras sur les cuisses. Maintenant... qu'est-ce qu'un Américain ?

Jake se mit à parler, essayant de toutes ses forces de ne pas regarder la grille de ventilation.

_____

(1) « Not-See », prononciation altérée de « Nazi ». *(N.d.T.)*

29

Roland glissa son revolver dans son étui, mit les mains sur le volant et tenta de le faire tourner. Il ne bougea pas, ce qui ne le surprit guère. Cela, toutefois, posait de sérieux problèmes.

Ote, près de son boot gauche, levait sur lui des yeux anxieux, attendant qu'il ouvre la porte afin qu'ils puissent continuer leur périple vers Jake. Le pistolero aurait souhaité que ce fût aussi facile. Il ne servait à rien de se planter là et d'attendre que quelqu'un s'en aille ; il pourrait s'écouler des heures, voire des jours, avant que l'un des Gris ne décide d'utiliser cette sortie-là. Gasher et ses amis risquaient d'avoir l'idée d'écorcher vif Jake tandis que le pistolero poireauterait.

Roland posa sa tête contre l'acier, mais n'entendit rien. Ce qui ne le surprit pas non plus. Il avait vu des portes comme celle-là longtemps auparavant – on ne pouvait pas plus en faire sauter les verrous qu'entendre quoi que ce soit au travers. Il pouvait y en avoir une ; il pouvait y en avoir deux, en face l'une de l'autre, avec du vide entre elles. Quelque part, cependant, il devait y avoir un bouton commandant le volant placé au milieu du battant et libérant les verrous. Si Jake pouvait dégoter ce bouton, rien n'était perdu.

Roland comprit qu'il n'était pas membre à part entière de ce *ka-tet* ; il devina qu'Ote lui-même était plus pleinement conscient que lui de la vie secrète qui existait en son cœur (il doutait fort que le bafouilleux eût pisté Jake grâce à son seul flair à travers ces tunnels où l'eau coulait en ruisselets pollués). Cependant, il avait été capable d'aider Jake quand le garçon avait essayé de passer de son monde dans celui-ci. Il avait été capable de *voir*... Et quand Jake avait tenté de récupérer la clé qu'il avait laissée tomber, il avait été capable d'envoyer un message.

Cette fois, il lui fallait montrer une extrême prudence en ce qui concernait l'envoi de messages. Dans le meilleur des cas, les Gris comprendraient qu'il se tramait quelque chose ; au pire, Jake risquait de mal interpréter ce que Roland essayait de lui dire et de commettre quelque sottise.

Mais s'il pouvait *voir*...

Roland ferma les yeux et se concentra tout entier sur Jake. Il pensa aux yeux du garçon et expédia son *ka* à leur recherche.

Au début, rien ne se produisit ; enfin, une image commença à se former – celle d'un visage encadré par de longs cheveux gris-blond. Des yeux verts brillaient dans des orbites enfoncées telles des veilleuses au fond d'une grotte. Roland eut tôt fait de comprendre qu'il s'agissait de l'Homme Tic-Tac et que ce dernier était un descendant de l'homme mort dans l'habitacle aérien – intéressant, mais sans valeur pratique, en l'occurrence. Il essaya de regarder au-delà de l'Homme Tic-Tac, de voir le reste de la pièce dans laquelle on retenait Jake ainsi que les gens qui s'y trouvaient.

– Ake, chuchota Ote, comme s'il voulait rappeler à Roland que ce n'étaient ni le lieu ni le moment de piquer un roupillon.

– Chhhut ! fit le pistolero sans ouvrir les yeux.

Mais bernique ! Il ne distinguait que des masses confuses, sans doute parce que Jake focalisait son attention sur l'Homme Tic-Tac. Le reste, gens et choses, était à peine plus que des formes grises aux confins de la perception du garçon.

Roland rouvrit les yeux et frappa légèrement sa paume droite de son poing gauche. Il pensait pouvoir pousser plus dur et voir davantage... mais cela risquait de rendre Jake conscient de sa présence. Ce serait dangereux. Gasher pourrait subodorer quelque chose, et, sinon lui, l'Homme Tic-Tac.

Il leva les yeux sur les étroites grilles de ventilation, puis les baissa sur Ote. Il s'était émerveillé à plusieurs reprises de l'intelligence du petit animal ; à présent, il semblait bien que c'était lui qui allait résoudre le problème.

Roland glissa les doigts de sa main valide, la gauche, entre les lamelles horizontales de la grille de ventilation la plus proche de l'écoutille par laquelle Gasher avait entraîné Jake et tira. La grille vint dans un nuage de rouille et de mousse desséchée. Le trou, derrière, était bien trop petit pour laisser passage à un homme... mais pas à un bafouilleux. Il posa la grille, souleva Ote et lui parla doucement à l'oreille.

– Va... Regarde... Reviens. Tu comprends ? Il ne faut pas qu'on te voie ! Va juste jeter un œil et reviens.

Ote le dévisagea, sans prononcer un mot, pas même le nom de Jake. Roland ignorait s'il avait ou non compris, mais perdre du temps en conjectures n'arrangerait pas les choses. Il plaça Ote dans le puits de ventilation. Le bafouilleux renifla les fragments de mousse, éternua discrètement, puis se tapit, le courant d'air faisant onduler sa longue fourrure soyeuse, et, dubitatif, contempla Roland de ses étranges yeux.

– Va, regarde et reviens, répéta le pistolero dans un souffle.

Ote disparut au sein des ombres, progressant silencieusement, griffes rétractées, sur ses coussinets.

Roland ressortit son revolver et fit le plus dur : attendre.

Ote revint moins de trois minutes plus tard. Roland le souleva hors du puits et le posa par terre. Ote leva son regard sur lui, son long cou étiré.

– Combien, Ote ? demanda Roland. Combien en as-tu vu ?

Un bon moment, il crut que le bafouilleux n'allait faire que le fixer de ses yeux anxieux. Puis l'animal leva timidement sa patte en l'air, sortit ses griffes et l'observa, comme s'il tentait de se souvenir de quelque chose de très difficile. Enfin, il se mit à taper sur le sol d'acier.

Un... deux... trois... quatre. Une pause. Puis deux autres coups, rapides et délicats, les griffes cliquetant légèrement contre l'acier : cinq, six. Ote s'interrompit encore, tête baissée, l'air d'un gamin perdu dans les affres de quelque colossal effort mental. Puis il frappa un dernier coup de ses griffes sur l'acier, les yeux levés sur Roland.

– Ake !

Six Gris... et Jake.

Roland prit le bafouilleux dans ses bras et le caressa.

– Bien ! murmura-t-il à son oreille. (En vérité, il était confondu d'étonnement et de gratitude. Le résultat dépassait ses plus folles espérances. Et il ne doutait guère de l'exactitude du total.) Brave petit pote !

– Ote ! Ake !

Oui, Jake. Voilà où était le problème. Jake, à qui il avait fait une promesse qu'il avait l'intention de tenir.

Le pistolero s'abîma dans ses pensées, et il le fit à sa façon – mélange de sec pragmatisme et de folle intuition qu'il tenait probablement de son étrange grand-mère, Deidre la Folle, et qui l'avait maintenu en vie toutes ces années après que ses vieux compagnons avaient péri. Pour l'heure, la sauvegarde de Jake en dépendait.

Il souleva de nouveau Ote, sachant que Jake aurait peut-être la vie sauve – *peut-être* –, mais que le bafouilleux allait presque certainement mourir. Il chuchota quelques mots simples à l'oreille attentive d'Ote, les répétant inlassablement. Enfin, il se tut et le remit dans le puits de ventilation.

– Brave petit ! souffla-t-il. Va, maintenant. Remplis ta mission. Mon cœur est avec toi.

– Ote ! Œur ! Ake ! murmura le bafouilleux, qui détala ensuite dans les ténèbres.

Roland attendit que l'enfer se déchaîne.

30

Pose-moi une question, Eddie Dean de New York. Et mieux vaut qu'elle soit bonne... sinon, toi et ta femme allez mourir, quel que soit l'endroit d'où vous venez.

Eh bien, mon cher *Dieu*, comment répondrais-tu à un truc dans ce goût-là ?

La lumière rouge foncé avait disparu, remplacée à présent par la rose.

– *Dépêchez-vous !* les pressa la petite voix de Little Blaine. *Il est pire que jamais... Dépêchez-vous ou il va vous tuer !*

Eddie était vaguement conscient que des nuées de pigeons agités voletaient toujours sans but à travers le Berceau et que certains d'entre eux s'étaient écrasés tête la première contre les piliers, tombant morts sur le sol.

– Qu'est-ce qu'il veut ? siffla Susannah à l'adresse du

micro et à la voix de Little Blaine quelque part au-delà. Pour l'amour de Dieu, *qu'est-ce qu'il veut* ?

Nulle réponse. Et Eddie sentait leur délai de grâce se rétrécir comme une peau de chagrin. Il écrasa la touche PARLEZ/ÉCOUTEZ et parla avec une verve étourdissante tandis que la sueur ruisselait le long de ses joues et de son cou.

Posez-moi une question.

– Bon... Blaine ! Qu'est-ce que vous avez fait, ces dernières années ? Je suppose que vous n'avez pas accompli ce bon vieux trajet vers le sud-est, hein ? Et pourquoi donc ? Vous n'aviez pas la pêche ?

Aucun bruit sinon le bruissement et le battement d'ailes des pigeons. Eddie imagina Ardis essayant de hurler tandis que ses joues fondaient et que sa langue s'embrasait. Il sentit ses cheveux se dresser sur sa nuque. La peur ? Ou une accumulation d'électricité ?

Dépêchez-vous... il est pire que jamais.

– Qui vous a construit, Blaine, au fait ? demanda Eddie, au désespoir. (Et qui pensa : Si je savais seulement ce que *veut* cette saloperie !) Vous souhaitez en parler ? Etaient-ce les Gris ? Non... sûrement les Grands Anciens, n'est-ce pas ? Ou... (Il laissa tomber. A présent, il percevait le silence de Blaine comme un poids physique sur sa peau, telles des mains charnues, tâtonnantes.) Que *voulez*-vous ? brailla-t-il. Que voulez-vous *entendre*, bordel de merde ?

Nulle réponse... mais les touches du boîtier diffusèrent de nouveau une coléreuse lumière rouge foncé, et Eddie comprit que le délai qui leur avait été accordé touchait à son terme. Il entendait un vrombissement sourd à proximité, semblable à celui d'un générateur électrique. Ce bruit n'était pas le fruit de son imagination, si ardemment eût-il désiré le croire.

– Blaine ! cria soudain Susannah. Blaine, vous m'entendez ?

Nulle réponse... et Eddie sentit que l'air se chargeait d'électricité comme un récipient sous un robinet se remplit d'eau. Il en percevait le crépitement âcre dans son nez à chacune de ses inspirations ; sentait ses plombages zonzonner comme des insectes furibonds.

– Blaine, *j'ai* une question, et une bonne ! Ecoutez !

(Susannah ferma les yeux un instant, ses doigts massant frénétiquement ses tempes, puis rouvrit les yeux.) C'est une chose qui... euh... n'existe pas et qui pourtant a un nom ; qui est tantôt longue et... et tantôt courte... (Elle s'interrompit et fixa Eddie avec des yeux écarquillés, pleins de souffrance.) Aide-moi ! Je n'arrive pas à me souvenir de la suite !

Eddie la dévisagea comme si elle était devenue folle. De quoi parlait-elle, au nom de Dieu ? Puis, eurêka ! Tout cela prit bizarrement sens et le reste de la devinette s'emboîta dans son esprit aussi parfaitement que les deux dernières pièces d'un puzzle. Il se rua de nouveau vers le micro.

— Et elle ne nous quitte jamais d'une semelle. Qu'est-ce que c'est ? Voilà notre question, Blaine... Qu'est-ce que c'est ?

La lumière rouge des touches COMMANDE et ENTREZ, sous le losange de chiffres, s'éteignit dans un clignotement. Il y eut un interminable moment de silence avant que Blaine ne reprît la parole... mais Eddie sentit s'estomper l'impression de chair de poule électrique sur sa peau.

— UNE OMBRE, BIEN SÛR, répondit la voix de Blaine. UNE DEVINETTE FACILE... MAIS PAS MAUVAISE. PAS MAUVAISE DU TOUT.

La voix venant du micro avait un accent méditatif... et autre chose, aussi. Du plaisir ? De la nostalgie ? Eddie ne pouvait l'identifier à coup sûr, mais il *savait* qu'il y avait un je-ne-sais-quoi dans cette voix qui lui rappelait Little Blaine. Il savait autre chose, également : Susannah avait sauvé leur bifteck, du moins pour l'instant. Il se pencha et embrassa son front couvert de sueur glacée.

— CONNAISSEZ-VOUS D'AUTRES DEVINETTES ?

— Oui, des tas, répondit Susannah aussi sec. Notre compagnon, Jake de New York, en a un plein bouquin.

— DE QUEL NEW YORK ?

A présent, Eddie définissait parfaitement ce je-ne-sais-quoi dans la voix. Blaine pouvait bien être une machine... Eddie s'était défoncé six ans à l'héroïne et il savait reconnaître le manque quand il l'entendait.

– De New York, point final, dit-il. Mais Jake a été fait prisonnier. Un type du nom de Gasher l'a kidnappé.

Pas de réponse... puis les touches émirent de nouveau la faible lueur rose.

– *Ça baigne, jusqu'à présent*, chuchota la voix de Little Blaine. *Mais restez sur vos gardes... Il a plus d'un tour dans son sac...*

La lumière rouge réapparut.

– L'UN DE VOUS A PARLÉ ?

La voix de Blaine était froide et – Eddie en eût juré – suspicieuse.

Il regarda Susannah, qui lui rendit son regard avec les yeux écarquillés d'effroi d'une fillette qui a entendu une chose innommable se déplacer furtivement sous son lit.

– Je me suis éclairci la gorge, Blaine. (Eddie déglutit et essuya la sueur de son front.) J'ai... merde, au diable l'amour-propre ! Je balise à mort !

– C'EST TRÈS SAGE DE VOTRE PART. CES DEVINETTES DONT VOUS PARLEZ... SONT-ELLES STUPIDES ? JE NE TIENS PAS À ÉPROUVER MA PATIENCE AVEC DES DEVI-NETTES STUPIDES.

– La plupart sont intelligentes, dit Susannah, tout en regardant anxieusement Eddie.

– VOUS MENTEZ. VOUS NE CONNAISSEZ ABSOLUMENT PAS LA QUALITÉ DE CES DEVINETTES.

– Comment pouvez-vous dire que...

– ANALYSE DE LA VOIX. LES FRICATIVES ET L'ACCEN-TUATION EXAGÉRÉE DES DIPHTONGUES FOURNISSENT UN QUOTIENT FIABLE DE VÉRITÉ/NON-VÉRITÉ. LA FIABILITÉ PRONOSTIQUÉE EST DE QUATRE-VINGT-DIX-SEPT POUR CENT, PLUS OU MOINS ZÉRO CINQ POUR CENT. (La voix se tut un moment, et quand elle retentit de nouveau, elle avait adopté un accent traînant et comminatoire qui parut très familier à Eddie... C'était la voix de Humphrey Bogart.) JE VOUS SUGGÈRE DE VOUS EN TENIR À CE QUE VOUS SAVEZ, BABY. LE DERNIER GARS QUI A ESSAYÉ DE ME MENER EN BATEAU A FINI AU FOND DE LA SEND DANS UNE PAIRE DE BOOTS DE COW-BOY EN CIMENT.

– Seigneur ! s'exclama Eddie. On s'est farci six cents bornes ou à peu près pour rencontrer la version infor-matique de Rich Little ! Comment pouvez-vous imiter des mecs comme John Wayne et Humphrey Bogart, Blaine ? Des mecs de notre monde ?

Rien.

– D'ac, vous ne souhaitez pas répondre à cette question. Et celle-ci : si c'est une devinette que vous vouliez, pourquoi ne le disiez-vous pas ?

Une fois encore, il n'y eut pas de réponse. Eddie, cependant, s'aperçut qu'il pouvait s'en passer, au fond. Blaine aimait les devinettes, donc il *leur* en avait demandé une. Susannah l'avait compris. Eddie se dit que, sinon, elle et lui ressembleraient pour l'heure à deux briquettes de charbon de bois taille hyperéconomique gisant sur le sol du Berceau de Lud.

– Blaine ? demanda Susannah, mal à l'aise. (Il n'y eut pas de réponse.) Blaine, vous êtes toujours là ?

– OUI. DITES-M'EN UNE AUTRE.

– Quand est-ce qu'une porte n'est pas une porte ? dit Eddie.

– QUAND C'EST UNE JARRE. VOUS AVEZ INTÉRÊT À FAIRE MIEUX QUE ÇA SI VOUS PENSEZ VRAIMENT QUE JE VAIS VOUS EMMENER QUELQUE PART. *POUVEZ*-VOUS FAIRE MIEUX ?

– Si Roland arrive, je suis certaine que oui, dit Susannah. Nonobstant la qualité éventuelle des devinettes du livre de Jake, Roland en connaît des centaines... au vrai, il les a étudiées enfant. (A ces mots, Susannah prit conscience de son incapacité à imaginer Roland sous les traits d'un garçonnet.) Nous emmènerez-vous, Blaine ?

– POSSIBLE, dit Blaine, et Eddie perçut une cruauté latente dans sa voix. MAIS IL VOUS FAUDRA AMORCER LA POMPE POUR ME METTRE EN MARCHE, ET MA POMPE S'AMORCE À REBOURS.

– Ce qui, en clair, signifie quoi ? s'enquit Eddie, observant à travers les barres la douce ligne rose du dos de Blaine.

Mais Blaine ne répondit pas à cette question, ni à celles qu'ils lui posèrent ensuite. Si la lumière rouge ne s'éteignit pas, Little Blaine et Big Blaine semblaient être entrés l'un et l'autre en hibernation. Eddie, toutefois, n'était pas dupe. Blaine était réveillé. Blaine les observait. Blaine les écoutait faire siffler les consonnes fricatives et accentuer leurs diphtongues à l'excès.

Il regarda Susannah.

— « Il vous faudra amorcer la pompe, mais ma pompe s'amorce à rebours », énonça-t-il d'un ton lugubre. C'est une devinette, n'est-ce pas ?

— Oui, bien sûr. (La jeune femme jeta un regard au hublot triangulaire, si semblable à un œil à demi clos, moqueur, puis attira Eddie à elle afin de lui chuchoter à l'oreille :) Il est complètement dément, Eddie, schizo, parano, probablement aussi psychotique.

— A qui le dis-tu ! chuchota Eddie en retour. Nous avons affaire à un monorail génial et fou hantant un ordinateur, qui aime les devinettes et se déplace à une vitesse supérieure à celle du son. Bonjour la version *fantasy* de *Vol au-dessus d'un nid de coucou* !

— Tu as une idée, pour la réponse ?

Eddie secoua la tête.

— Et toi ?

— Une légère chatouille au fin fond de mon crâne. Fausse piste, probablement. Je n'arrête pas de penser à ce qu'a dit Roland : une bonne devinette est toujours sensée et soluble. C'est comme un tour de magie.

— Erreur d'adresse.

Elle acquiesça.

— Tire une autre salve, Eddie, pour leur faire savoir qu'on est toujours là.

— Ouais. Si seulement nous pouvions être sûrs qu'ils sont toujours là, eux aussi !

— A ton avis, Eddie ?

Eddie s'était éloigné, et il ne s'arrêta ni ne se retourna pour répliquer :

— Je ne sais pas... C'est une devinette à laquelle Blaine lui-même ne saurait répondre.

31

— Je peux avoir quelque chose à boire ? demanda Jake d'une voix cotonneuse et nasillarde.

Sa bouche et les muqueuses de son nez malmené avaient enflé, et il avait tout d'un type qui a eu le dessous lors d'un sanglant combat de rue.

— Oh oui, répliqua judicieusement Tic-Tac. Tu *pour-*

rais. Je dirais que tu *pourrais* sans doute. Nous avons des tas de trucs à boire, n'est-ce pas, Copperhead ?

– Oui, rétorqua un homme grand à lunettes vêtu d'une chemise de soie blanche et d'un pantalon noir de la même étoffe, l'allure d'un prof de fac dans une bande dessinée de *Punch* au tournant du siècle. Pas de rationnement de bibine ici.

L'Homme Tic-Tac, de nouveau assis à son aise dans son fauteuil pareil à un trône, regarda Jake avec humour.

– Nous avons du vin, de la bière brune, de l'ale et, bien sûr, de la bonne vieille eau des familles. Parfois, le corps n'en demande pas davantage, pas vrai ? De l'eau fraîche, limpide, pétillante. Qu'est-ce que t'en dis, mon couillon ?

Jake sentit sa gorge, enflée, elle aussi, et aussi sèche que du papier de verre, lui brûler douloureusement.

– Ça me botterait, murmura-t-il.

– Cela m'a donné soif, foi de Tic-Tac ! (Le géant sourit. Ses yeux verts étincelèrent.) Apporte-moi une louche d'eau, Tilly... Que je sois damné si je sais où sont passées mes bonnes manières !

Tilly franchit l'écoutille à l'autre bout de la pièce, à l'opposé de celle par laquelle étaient entrés Jake et Gasher. Le garçon suivit la rouquine des yeux et lécha ses lèvres tuméfiées.

– Bon, dit l'Homme Tic-Tac, reportant son regard sur Jake, tu dis que la ville américaine d'où tu viens – New York – est très semblable à Lud.

– Eh bien... pas exactement.

– Mais tu *reconnais* certaines machines, le pressa Tic-Tac. Valves, pompes, etc. Sans parler des tubes veilleuses.

– Oui. Nous les appelons néons, mais c'est la même chose.

Tic-Tac tendit la main vers lui. Jake eut un mouvement de recul, mais le géant se contenta de lui tapoter l'épaule.

– Oui, oui, quasiment. (Ses yeux étincelèrent.) *Et* tu as entendu parler des ordinateurs ?

– Bien sûr, mais...

Tilly revint et s'approcha timidement du trône de

l'Homme Tic-Tac. Celui-ci prit la louche et la présenta à Jake. Quand le garçon voulut s'en saisir, Tic-Tac l'éloigna et but. A la vue de l'eau qui lui dégoulinait de la bouche et coulait sur sa poitrine nue, Jake se mit à trembler de façon incontrôlable.

L'Homme Tic-Tac le regarda par-dessus la louche, comme s'il notait seulement sa présence à l'instant. Derrière lui, Gasher, Copperhead, Brandon et Hoots souriaient comme des écoliers qui viennent d'entendre une blague cochonne.

— Oh, j'ai pensé à *ma* soif, qui était grande, et je t'ai complètement oublié ! s'écria Tic-Tac. C'est d'un mesquin... que les dieux maudissent mes yeux ! Mais ç'avait l'air tellement bon... et *c'est* tellement bon... frais... limpide...

Il tendit la louche à Jake. Quand celui-ci voulut s'en emparer, il retira son bras.

— Dis-moi d'abord, mon couillon, ce que tu sais sur les ordinateurs dipolaires et les circuits à diodes, fit-il froidement.

— Ce que je... (Jake jeta un coup d'œil vers la grille de ventilation, mais les yeux d'or avaient disparu. Peut-être avait-il rêvé, en fin de compte. Il reporta les yeux sur l'Homme Tic-Tac, sûr et certain d'une chose : il n'aurait pas la moindre goutte d'eau. Qu'il avait été bête de se faire des illusions !) Les ordinateurs dipolaires... Qu'est-ce que c'est ?

Le visage de l'Homme Tic-Tac se déforma sous l'effet de la rage ; il lança le reste d'eau à la figure contusionnée, bouffie de Jake.

— *Ne te paie pas ma tête !* hurla-t-il. (Il ôta la Seiko et la balança sous le nez de Jake.) *Quand je t'ai demandé si cette montre marchait sur un circuit dipolaire, tu m'as répondu que non ! Alors, ne me dis pas à présent que tu ne comprends pas de quoi je parle quand tu as déjà clairement indiqué que tu le savais !*

— Mais... Mais...

Jake resta court. La peur et la confusion lui embrouillaient la cervelle. Il était conscient, de quelque façon très lointaine, d'être en train de lécher autant d'eau que possible de ses lèvres.

— *Il y a des milliers de ces satanés ordinateurs dipo-*

laires sous cette cité, une centaine *de mille, peut-être, et le seul qui fonctionne encore ne sait rien faire d'autre que jouer à cours toujours et à passer cette batterie ! Je* veux *ces ordinateurs ! Je veux qu'ils soient à* mon *service !*

L'Homme Tic-Tac jaillit de son trône, saisit Jake, le secoua comme un prunier puis le jeta à terre. Jake heurta un lampadaire, le renversant, et l'ampoule explosa dans un bruit de toux caverneuse. Tilly poussa un petit cri et recula, les yeux écarquillés et emplis d'effroi. Copperhead et Brandon se regardèrent avec gêne.

Tic-Tac se pencha, coudes sur les cuisses, et hurla au visage de Jake :

— Je les veux, ET JE LES AURAI !

Le silence s'abattit sur la pièce, brisé seulement par le doux bruissement de l'air chaud pulsé par les ventilateurs. Puis l'expression de rage qui tordait les traits de l'Homme Tic-Tac disparut si soudainement qu'elle aurait pu ne jamais avoir existé. Un nouveau sourire charmeur la remplaça. Tic-Tac se pencha davantage et aida Jake à se remettre debout.

— Navré. Quand je me mets à songer au potentiel de cet endroit, je me laisse parfois emporter. Je te prie d'accepter mes excuses, mon couillon. (Il ramassa la louche renversée et la lança à Tilly.) Remplis-moi ça, garce inutile ! Qu'est-ce qui te prend ? (Il reporta son attention sur Jake, souriant toujours de son sourire d'animateur de jeu télévisé.) Très bien ! Tu as eu ta petite plaisanterie et j'ai eu la mienne. A présent, dis-moi tout ce que tu sais sur les ordinateurs dipolaires et les circuits à diodes. Ensuite, tu pourras boire.

Jake ouvrit la bouche — il n'avait pas la moindre idée de ce qu'il allait dire —, puis, phénomène incroyable, la voix de Roland fut dans son esprit, le remplit.

Distrais-les, Jake... Et s'il y a un bouton qui ouvre la porte, rapproche-t'en.

L'Homme Tic-Tac le scrutait.

— Il vient de te venir un truc à l'esprit, hein, mon couillon ? On ne peut rien me cacher. Alors, fais-en profiter ton vieux copain Ticky !

Jake perçut un mouvement à la périphérie de son champ visuel. Bien qu'il n'osât pas lever les yeux sur le panneau de ventilation – pas avec l'attention maximale que lui accordait l'Homme Tic-Tac –, il sut qu'Ote était de retour, les épiant des lucarnes.

Distrais-les... Et, tout à coup, Jake sut comment.

– Je *pensais* à un truc, dit-il, mais sans rapport avec les ordinateurs. Un truc qui concerne mon vieux pote Gasher. Et *son* vieux pote Hoots.

– Eh là ! cria Gasher. De quoi tu causes, mon petit ?

– Pourquoi ne dites-vous pas à Tic-Tac qui vous a *réellement* donné le mot de passe, Gasher ? Ensuite, *je* pourrai apprendre à Tic-Tac où vous le gardez.

Le regard ahuri de l'Homme Tic-Tac allait alternativement de Jake à Gasher.

– De quoi parle-t-il ?

– De rien ! (Gasher, toutefois, ne put s'empêcher de lancer un coup d'œil à Hoots.) Il cause juste pour causer. Il cherche à me mettre sur la sellette à sa place, Ticky. Je t'ai dit qu'il était insolent ! Ne t'ai-je pas dit que...

– Jetez donc un coup d'œil dans son écharpe ! fit Jake. Il y conserve un bout de papier avec le mot écrit dessus. J'ai dû le lui lire, parce qu'il n'en était même pas capable.

Cette fois, Tic-Tac n'entra pas brutalement en fureur ; son visage s'assombrit graduellement, tel un ciel d'été avant un terrible orage.

– Fais-moi voir ton écharpe, Gasher, dit-il d'une voix sirupeuse. Laisse ton vieux copain y jeter un œil.

– Il ment, je te le dis ! cria Gasher, tenant son écharpe à deux mains et reculant de trois pas en direction du mur. (Juste au-dessus de lui, les yeux cerclés d'or du bafouilleux étincelaient.) Tu n'as qu'à le fixer droit dans les mirettes pour te rendre compte qu'un petit couillon insolent de son espèce ment comme il respire !

L'Homme Tic-Tac porta son regard sur Hoots, qui paraissait malade de trouille.

– Qu'en est-il ? lui demanda-t-il de sa terrible voix douce. Qu'en est-il, papa Hoots ? Je sais que Gasher et toi êtes comme cul et chemise depuis des lustres, et je sais aussi que tu as la cervelle d'un pois chiche, mais tu n'aurais tout de même pas la stupidité d'écrire en toutes lettres un mot de passe menant à la chambre intérieure… Je me trompe ? *Je me trompe ?*

– Je… j'ai seulement pensé que… commença Hoots.

– Ta gueule ! vociféra Gasher. (Il lança à Jake un regard de pure haine démente.) Tu me le paieras de ta vie, mon mignon… Tu verras si ce sont des promesses en l'air !

– Ote ton écharpe, Gasher, dit l'Homme Tic-Tac. Je veux y jeter un coup d'œil.

Jake fit un pas discret en direction du podium truffé de boutons.

– Non ! (Gasher porta les mains à son écharpe, les y pressant comme si elle risquait de s'envoler toute seule.) Que je sois damné si je le fais !

– Brandon, empare-toi de lui ! ordonna Tic-Tac.

Brandon fondit sur Gasher. Celui-ci, sans égaler la promptitude de Tic-Tac, se pencha suffisamment vite quand même pour tirer un poignard du revers de son boot et l'enfoncer dans le bras de Brandon.

– Oh, espèce de salaud ! hurla celui-ci sous l'effet de la surprise et de la souffrance, tandis que le sang se mettait à gicler de la blessure.

– *Regarde ce que tu as fait !* brailla Tilly.

– Dois-je m'occuper de *tout*, ici ? tonna Tic-Tac, apparemment plus exaspéré que furieux, en se levant.

Gasher battit en retraite, agitant le poignard ensanglanté d'avant en arrière devant son visage en de mystérieux motifs, gardant son autre main fermement arrimée sur son crâne.

– Arrière ! haleta-t-il. Je t'aime comme un frère, Ticky, mais si tu ne recules pas, je vais enfoncer cette lame dans tes entrailles… c'est comme je te le dis.

– *Toi ?* Ça m'étonnerait, dit l'Homme Tic-Tac dans un éclat de rire.

Il sortit son poignard de sa gaine et le tint délicatement par son manche en os. Tous les yeux étaient fixés sur les deux protagonistes. Jake avança vivement vers le podium avec son petit bouquet de boutons et tendit la main vers celui sur lequel, pensait-il, l'Homme Tic-Tac avait appuyé.

Gasher reculait le long du mur incurvé, les tubes lumineux coloriant sa face criblée de pustules d'une succession de couleurs maladives : vert bile, rouge fièvre, jaune ictère. A présent, c'était l'Homme Tic-Tac qui se tenait sous la grille de ventilation d'où Ote les observait.

– Laisse tomber, Gasher, dit Tic-Tac d'une voix posée. Tu m'as amené le garçon comme je te l'avais demandé ; si quelqu'un doit porter le chapeau dans cette histoire, ce sera Hoots, pas toi. Montre-moi seulement...

Jake vit Ote se ramasser pour sauter et comprit, un : ce que le bafouilleux avait l'intention de faire, et deux : qui lui en avait donné mission.

– *Ote, non !* cria-t-il.

Tous se tournèrent vers lui. A ce moment-là, Ote bondit, heurtant la grille de ventilation peu solide et la faisant tomber au sol. L'Homme Tic-Tac pivota vers l'endroit d'où venait le bruit et Ote fondit sur son visage levé, tous crocs dehors.

32

Roland entendit faiblement le cri malgré les doubles portes – *Ote, non !* – et son cœur se serra. Il attendit que le volant tourne ; en vain. Fermant les yeux, il envoya un message à la puissance maximale : *La porte, Jake ! Ouvre la porte !*

Il ne perçut aucune réponse, et les images s'évanouirent. Sa ligne de transmission avec Jake, précaire au début, était désormais coupée.

33

L'Homme Tic-Tac recula à l'aveuglette, jurant et hurlant, tandis qu'il portait la main sur la créature gigotante qui lui lacérait le visage de ses dents et de ses griffes. Une atroce douleur écarlate s'engouffra dans son cerveau telle une torche ardente lancée dans un puits profond quand le bafouilleux lui creva l'œil gauche. Alors, la rage prit le pas sur la souffrance. Il saisit Ote, l'arracha de sa figure et le tint au-dessus de sa tête, prêt à le tordre comme un chiffon.

502

– *Non !* gémit Jake.

Oubliant complètement le bouton qui déverrouillait les portes, il empoigna la mitrailleuse suspendue au dossier du fauteuil.

Tilly hurla. Les autres s'égaillèrent. Jake leva le vieux fusil allemand sur l'Homme Tic-Tac. Ote, cul par-dessus tête dans ces mains énormes, puissantes, et près de se casser en deux, se contorsionna tout ce qu'il savait et donna des coups de dents dans l'air. Il hurla de souffrance, en un cri terriblement humain.

– *Lâche-le, salopard !* brailla Jake, qui pressa la détente.

Il eut suffisamment de présence d'esprit pour viser bas. Le rugissement du Schmeisser calibre 40 creva les tympans dans l'espace confiné, bien que la salve ne fût que de cinq ou six coups. L'un des tubes d'éclairage explosa dans une gerbe de feu orange. Un trou apparut deux centimètres et demi au-dessus du genou gauche du pantalon moulant de l'Homme Tic-Tac et une tache rouge foncé s'y étala aussitôt. La bouche du géant blond s'ouvrit en un O de surprise choquée, mimique qui exprimait plus éloquemment que les mots n'eussent pu le faire que, en dépit de toute son intelligence, Tic-Tac avait escompté couler une longue existence heureuse, au cours de laquelle il aurait tué des gens, mais où personne ne l'aurait tué. *Visé*, à la rigueur, mais touché pour de bon ? Cette expression d'étonnement disait que pareille chose n'était pas supposée arriver.

Bienvenu dans le monde réel, saleté ! pensa Jake.

Tic-Tac posa Ote sur le sol grillagé et étreignit sa jambe blessée. Copperhead se rua sur Jake, passa un bras autour de sa gorge... et Ote fondit sur lui, poussant ses aboiements stridents et mordant sa cheville gauche à travers son pantalon de soie noire. Copperhead hurla et s'éloigna en sautillant, secouant la jambe pour faire lâcher prise à un Ote qui s'accrochait comme un crampon. Jake, se retournant, vit l'Homme Tic-Tac ramper vers lui. Il avait récupéré son poignard et en tenait la lame entre ses dents.

– Au revoir, Ticky !

Jake pressa de nouveau la détente du Schmeisser. Rien. L'arme devait être vide ou enrayée, mais l'heure ne se prêtait guère aux hypothèses. Jake recula de deux pas, puis le vaste siège qui servait de trône à l'Homme Tic-Tac lui coupa toute retraite. Avant qu'il n'eût pu le contourner, et le mettre entre eux, Tic-Tac l'avait saisi par la cheville et portait son autre main sur le manche du poignard. Les vestiges de son œil gauche gisaient sur sa joue, petite boule de gelée à la menthe ; l'œil droit regardait Jake avec un éclat de haine démentielle.

Jake essaya de se libérer de l'étau et s'affala sur le trône de l'Homme Tic-Tac. Son regard tomba sur une poche cousue dans l'accoudoir de droite. La crosse de nacre lézardée d'un revolver dépassait de la bordure élastique.

— O mon couillon, comme tu vas souffrir ! chuchota extatiquement Tic-Tac. (Le O de surprise avait cédé la place à un large sourire tremblant.) Oh, comme tu vas souffrir ! Et que je vais être heureux de... *Quoi ?*

Le sourire s'estompa et le O surpris refit surface, tandis que Jake pointait sur Tic-Tac le laid revolver nickelé et en abaissait le chien. L'étau se resserra sur sa cheville et il crut que ses os allaient se briser.

— *Non !* dit Tic-Tac dans un murmure perçant.

— *Si,* dit Jake, inflexible.

Et il pressa la détente de l'arme fatiguée de l'Homme Tic-Tac. Il y eut un claquement assourdi, beaucoup moins spectaculaire que le rugissement du Schmeisser teuton. Un petit trou noir apparut à la tempe droite de Tic-Tac. Celui-ci continuait de fixer Jake, son œil unique empli d'incrédulité.

Jake voulut s'obliger à tirer encore, mais ne le put.

Soudain, un lambeau de peau se déroula du crâne de l'Homme Tic-Tac comme un vieux papier mural et tomba sur sa joue droite. Roland aurait su ce que cela signifiait ; Jake, lui, était désormais au-delà ou presque de toute pensée cohérente. Une sombre horreur panique tournoyait dans sa tête comme la spirale d'une tornade. Il se rencogna dans le grand fauteuil lorsque la main libéra sa cheville et que l'Homme Tic-Tac s'effondra face contre terre.

La porte. Il devait ouvrir la porte pour permettre au pistolero d'entrer.

Se concentrant sur cette pensée à l'exclusion de toute

autre, Jake lâcha le revolver à crosse de nacre qui cliqueta sur le grillage et s'extirpa du fauteuil. Il tendait de nouveau les doigts vers le bouton qu'il supposait être celui sur lequel avait appuyé Tic-Tac quand deux mains le saisirent à la gorge et l'entraînèrent loin du podium.

– J'ai dit que j'allais te tuer, mon sale petit pote, lui chuchota une voix à l'oreille, et papa Gasher tient toujours ses promesses.

Jake battit l'air de ses bras derrière lui, mais ne rencontra que du vide. Les doigts de Gasher s'enfoncèrent dans sa gorge, l'étranglant sans merci. Le monde vira au gris devant les yeux de Jake. Puis le gris se transforma rapidement en pourpre, et le pourpre en noir.

34

Une pompe se mit en marche, et le volant, au centre de la porte, tourna à toute vitesse. Que les dieux soient remerciés ! songea Roland. Il saisit le volant de la main droite avant qu'il ne fût complètement à l'arrêt et ouvrit d'un coup. La seconde porte était entrebâillée ; au-delà, on distinguait des bruits de lutte et l'aboiement d'Ote, à présent strident sous l'effet de la souffrance et de la fureur.

Roland poussa la porte du pied et vit Gasher en train d'étrangler Jake. Ote, qui avait abandonné Copperhead, essayait de faire lâcher prise à Gasher, mais le boot de celui-ci remplissait une double fonction : protéger son propriétaire des dents du bafouilleux, et ce dernier de la virulente infection qui courait dans le sang du pirate. Brandon enfonçait de nouveau son poignard dans le flanc d'Ote pour l'empêcher de harceler la cheville de Gasher, mais l'animal n'en avait cure. Jake pendait des mains crasseuses de son ravisseur tel un pantin dont on a coupé les fils. Son visage était blanc bleuâtre, ses lèvres tuméfiées avaient une délicate nuance lavande.

Gasher leva les yeux.

– *Toi !* lança-t-il d'un ton hargneux.

– Moi, acquiesça Roland.

Il fit feu, et la partie gauche de la tête de Gasher se désintégra. Le pirate partit en arrière, son écharpe jaune maculée de sang se dénouant, et alla atterrir sur l'Homme Tic-Tac. Ses pieds frappèrent spasmodiquement le grillage de fer un moment, puis s'immobilisèrent.

Le pistolero tira deux fois sur Brandon, actionnant le chien de son revolver du plat de la main droite. Brandon, penché sur Ote pour lui donner un nouveau coup, virevolta comme un toton, heurta le mur et s'affaissa lentement, s'agrippant à un des tubes. Une diffuse lumière verte jaillit d'entre ses doigts desserrés.

Ote boitilla vers Jake et entreprit de lécher son visage blême, sans vie.

Copperhead et Hoots en avaient assez vu. Ils coururent au coude à coude vers la petite porte que Tilly avait empruntée pour aller chercher la louche d'eau. L'heure n'était pas à la chevalerie ; Roland leur tira dans le dos. Il devait faire vite, à présent, très vite, en vérité, et il n'allait sûrement pas risquer d'être attaqué par ces deux-là au cas où ils reprendraient du cœur au ventre.

Un bouquet de lumière orange vif s'alluma en haut de l'enceinte en forme de capsule, et une alarme se déclencha : un fracas épouvantable à défoncer les murs. Peu après, les lumières se mirent à pulser synchrone avec la sirène.

35

Eddie revenait vers Susannah quand l'alarme se mit à hurler. Il cria sous l'effet de la surprise et leva le Ruger, le pointant sur rien.

– *Qu'est-ce qui se passe ?*

Susannah secoua la tête ; elle n'en avait pas la moindre idée. La sirène faisait froid dans le dos, mais ce n'était là qu'une partie du problème : elle était également suffisamment forte pour être physiquement douloureuse. Ces déchirements sonores amplifiés rappelaient à Eddie le klaxon d'un semi-remorque élevé à la puissance dix.

Ce fut alors que les lampes à arc au sodium orange se mirent à pulser. Quand il atteignit le fauteuil de Susannah, Eddie vit que les touches COMMANDE et ENTREZ battaient elles aussi en pulsations rouge vif. On aurait dit des yeux qui clignaient.

– Blaine, que se passe-t-il ? hurla-t-il. (Il regarda autour de lui, mais n'aperçut que des ombres dansant frénétiquement.) C'est vous qui faites ça ?

L'unique réponse de Blaine fut un rire... un épouvantable rire mécanique qui évoqua à Eddie le clown-horloge qui se tenait à l'entrée de la Maison des Horreurs à Coney Island quand il était mioche.

– *Blaine, arrêtez !* brailla Susannah. Comment pouvons-nous penser à une réponse à votre devinette avec cette alarme de raid aérien dans les oreilles ?

Le rire cessa aussi soudainement qu'il avait commencé, mais Blaine ne répondit mot. Ou peut-être que si ; d'au-delà des grilles qui les séparaient du quai, d'énormes moteurs actionnés par des turbines sans frottement à transmission lente naquirent à la vie sur l'ordre des ordinateurs dipolaires qu'avait tant convoités l'Homme Tic-Tac. Pour la première fois en dix ans, Blaine le Mono était éveillé et accélérait vers sa vitesse de croisière.

36

L'alarme, prévue en effet pour avertir les habitants de Lud (depuis longtemps morts et enterrés) d'une attaque aérienne imminente (et qu'on n'avait même pas vérifiée en près de mille ans), enveloppa la cité d'une couverture sonore. Toutes les lumières encore en état de fonctionnement s'allumèrent et se mirent à pulser en rythme. Des Ados, dans les rues, et des Gris, au-dessous, furent également persuadés que la fin qu'ils redoutaient depuis toujours leur tombait bel et bien dessus. Les Gris supposèrent que quelque panne mécanique cataclysmique était en train de se produire. Les Ados, qui avaient toujours pensé que les fantômes tapis dans les machines sous la cité ressusciteraient un beau jour pour se venger enfin de ceux qui vivaient encore, étaient sans doute plus près de la vérité.

Une entité intelligente était assurément restée dans les vieux ordinateurs sous la cité, un unique organisme vivant qui avait depuis belle lurette cessé de fonctionner raisonnablement dans des conditions qui, à l'intérieur de ses implacables circuits dipolaires, ne pouvaient qu'être la réalité absolue. Il avait conservé, dans ses banques de mémoire, une logique s'aliénant de plus en plus durant huit cents ans et aurait pu l'y conserver huit cents autres années si Roland et ses copains n'étaient pas arrivés ; ce *mentis non corpus* avait végété et sa folie s'était aggravée au fil des années ; même dans ses périodes croissantes de sommeil, il rêvait, en quelque sorte, et ces rêves devenaient de plus en plus anormaux à mesure que le monde changeait. A présent, bien que l'inconcevable machinerie qui maintenait les Rayons se fût affaiblie, cette intelligence démente et inhumaine s'était réveillée dans les chambres de la ruine et, quoi-qu'elle fût aussi immatérielle qu'un fantôme, elle s'était remise à fonctionner de manière balbutiante à travers les corridors de la mort.

Et, dans le Berceau de Lud, Blaine le Mono se préparait à sortir de Dodge.

37

Roland s'agenouilla auprès de Jake et entendit des pas derrière lui. Il se retourna, revolver pointé. Tilly, son visage crayeux transformé en un masque figurant l'embarras et la crainte superstitieuse, leva les bras et hurla :

— *Ne me tuez pas, m'sieur ! S'il vous plaît ! Ne me tuez pas !*

— Alors, caletez ! dit Roland d'un ton cassant, et comme Tilly amorçait un mouvement de fuite, il lui frappa le mollet du canon de son arme. Pas par là... par la porte que j'ai prise pour entrer. Et si vous devez jamais me revoir, je serai la dernière chose que vous verrez avant de mourir. A présent, *filez !*

Elle disparut au sein des ombres bondissantes.

Roland posa la tête sur la poitrine de Jake, plaquant sa paume contre son autre oreille pour assourdir le bruit de la sirène. Il entendit les battements de cœur du garçon, lents mais forts. Il glissa ses bras autour du corps allongé ; les yeux de Jake papillotèrent.

– Tu ne m'as pas laissé tomber, cette fois, dit-il dans un murmure rauque.

– Non. Non, pas cette fois, et plus jamais. Ne parle pas.

– Où est Ote ?

– Ote ! aboya le bafouilleux. *Ote !*

Brandon avait poignardé l'animal à plusieurs reprises, mais aucune des blessures ne semblait mortelle ni même grave. Il était manifeste qu'il souffrait, mais tout aussi manifeste qu'il était transporté de joie. Il considérait Jake, les yeux étincelants, sa langue rose pendante.

– Ake, Ake, *Ake !*

Jake éclata en sanglots et tendit la main vers lui ; Ote se nicha dans le cercle de ses bras et se laissa étreindre un moment.

Roland se releva et jeta un coup d'œil alentour. Son regard se fixa sur la porte à l'autre bout de la pièce. Les deux hommes qu'il avait abattus d'une balle dans le dos s'étaient rués dessus, et la femme, elle aussi, avait voulu prendre cette direction-là. Le pistolero, Jake dans ses bras et Ote sur ses talons, se dirigea vers la porte, écartant au passage d'un coup de pied un des Gris morts, et la franchit en se baissant. La pièce était une cuisine, l'allure d'une auge à cochons en dépit des appareils incorporés et des murs d'acier inoxydable ; apparemment, les Gris n'étaient guère intéressés par les tâches domestiques.

– A boire... chuchota Jake. S'il te plaît... si soif.

Roland vécut alors un singulier dédoublement, comme si la spirale du temps s'était renroulée à rebours. Il se rappela être sorti du désert en titubant, rendu fou par la chaleur et le vide. Il se rappela avoir perdu connaissance dans l'étable du relais, à demi mort de soif, et reprenant conscience au goût de l'eau fraîche qui coulait dans sa gorge. L'enfant lui avait ôté sa chemise, l'avait mouillée sous le flot de la pompe et lui avait donné à boire. A présent, c'était son tour de faire pour Jake ce que Jake avait jadis fait pour lui.

Roland jeta un coup d'œil autour de lui et aperçut un évier. Il se dirigea droit dessus et tourna le robinet. De l'eau en jaillit, claire, fraîche. Au-dessus d'eux, autour d'eux, sous eux, l'alarme rugissait tout ce qu'elle savait.

— Tu peux tenir sur tes jambes ?

Jake hocha la tête.

— Je crois, oui.

Roland posa le garçon sur ses pieds, prêt à le rattraper s'il chancelait ; Jake étreignit l'évier, puis mit la tête sous l'eau. Roland souleva Ote et examina ses blessures. Elles se coagulaient déjà. Tu t'en es tiré à très bon compte, mon ami à fourrure, pensa-t-il ; il avança la main sous le robinet et recueillit de l'eau dans sa paume pour l'animal. Ote la lapa avec avidité.

Jake releva la tête, ses cheveux plaqués contre son visage. Il était encore très pâle, et les marques qu'avaient laissées les coups étaient visibles, mais il avait meilleure mine qu'au moment où Roland s'était penché sur lui. L'espace d'une terrible minute, le pistolero l'avait bel et bien cru mort.

Roland se surprit à souhaiter remonter le temps et tuer Gasher une seconde fois, ce qui le conduisit à une autre pensée.

— Et celui que Gasher appelait l'Homme Tic-Tac ? Tu l'as vu, Jake ?

— Oui. Ote l'a attaqué par surprise. Il lui a lacéré le visage. Puis je l'ai tué.

— Il est mort ?

Jake serra fort ses lèvres qui s'étaient mises à trembler.

— Oui. Je l'ai touché à la... (Il se tapota le front au-dessus du sourcil droit.) J'ai eu de... de la... de la veine.

Roland le jaugea du regard, puis secoua lentement la tête.

— J'en doute, tu sais. Mais n'y pense plus. Viens.

— Où allons-nous ?

La voix de Jake n'était toujours guère plus qu'un murmure voilé et le garçon ne cessait de regarder, par-dessus l'épaule de Roland, dans la direction de la pièce où il avait failli mourir.

Roland, de l'index, indiqua un endroit au-delà de la cuisine. Après une autre écoutille, le couloir se prolongeait.

— Par là, pour commencer.

— PISTOLERO, tonna une voix surgie de nulle part.

Roland pivota, Ote niché au creux d'un bras, l'autre

510

passé autour des épaules de Jake, mais il ne vit personne.

— Qui me parle ? cria-t-il.

— NOMME-TOI, PISTOLERO.

— Roland de Gilead, fils de Steven. Qui me parle ?

— GILEAD N'EXISTE PLUS, ergota la voix, ignorant la question.

Roland leva les yeux et aperçut des motifs concentriques dans le plafond. C'est de là que venait la voix.

— AUCUN PISTOLERO N'A FOULÉ L'EN-MONDE OU L'ENTRE-DEUX-MONDES DEPUIS PRÈS DE TROIS SIÈCLES.

— Mes amis et moi sommes les derniers.

Jake prit Ote des bras de Roland. Le bafouilleux se mit aussitôt à lécher la face tuméfiée du garçon, ses yeux cerclés d'or emplis d'adoration et de bonheur.

— C'est Blaine, chuchota Jake à Roland. N'est-ce pas ?

Roland opina. Bien sûr... mais il devinait que Blaine était beaucoup plus qu'un train monorail.

— GARÇON ! ES-TU JAKE DE NEW YORK ?

Jake se serra davantage contre Roland et leva les yeux sur les haut-parleurs.

— Oui, dit-il. C'est moi. Jake de New York. Euh... fils d'Elmer.

— AS-TU TOUJOURS LE LIVRE DE DEVINETTES ? CELUI DONT ON M'A PARLÉ ?

Jake passa la main par-dessus l'épaule, et une expression de désarroi se peignit sur ses traits quand ses doigts ne touchèrent rien d'autre que son dos et que les souvenirs lui revinrent. Lorsqu'il reporta son regard sur Roland, celui-ci était en train de lui tendre son sac à dos, et bien que le visage étroit, finement ciselé du pistolero fût aussi inexpressif qu'à l'accoutumée, Jake devina une ombre de sourire au coin de ses lèvres.

— Tu vas devoir raccourcir les sangles, dit Roland tandis que Jake saisissait le sac. Je les ai rallongées.

— Mais *Devine, Devinettes* ?

Roland hocha la tête.

— Les deux livres y sont toujours.

— QU'EST-CE QUE TU AS PRIS, PETIT PÈLERIN ? demanda la voix avec un paresseux accent traînant.

— Seigneur ! fit Jake.

Il nous voit et nous entend, pensa Roland. Un instant plus tard, il repéra un petit œil de verre dans un coin, loin au-delà de l'acuité visuelle normale d'un homme. Un frisson lui parcourut l'échine et il conclut, tant de l'air troublé de Jake que de la façon dont il avait resserré ses bras autour d'Ote, qu'il n'était pas le seul à se sentir mal à l'aise. Cette voix appartenait à une machine, une machine extraordinairement *intelligente*, une machine *facétieuse*, mais quelque chose clochait drôlement avec elle.

— Le livre, répondit Jake. Le livre de devinettes.

— BIEN. (On discernait une note de satisfaction quasiment humaine dans la voix.) EXCELLENT, VRAIMENT.

Un type crade et barbu apparut soudain dans le corridor à l'autre bout de la cuisine. Une écharpe jaune maculée de sang, zébrée de crasse, claquait autour du biceps du nouveau venu.

— Les murs brûlent ! hurla-t-il. (Dans sa panique, il ne semblait pas remarquer que Roland et Jake n'appartenaient pas à son minable *ka-tet* souterrain.) De la fumée aux niveaux inférieurs ! Des gens qui se suicident ! Quelque chose a foiré ! Putain, *tout* a foiré ! Nous...

La porte du four s'ouvrit soudain comme une mâchoire sortie de son logement. Un épais rayon de feu blanc-bleu en jaillit et engloutit la tête du crademan, qui fut propulsé en arrière, ses vêtements en flammes et la peau du visage mijotant à gros bouillons.

Jake, abasourdi et horrifié, fixa Roland. Celui-ci passa le bras autour de ses épaules.

— IL M'A INTERROMPU, dit la voix. C'ÉTAIT GROSSIER, NON ?

— Oui, rétorqua Roland avec calme. Extrêmement grossier.

— SUSANNAH DE NEW YORK DIT QUE VOUS CONNAISSEZ PAR CŒUR UN GRAND NOMBRE DE DEVINETTES, ROLAND DE GILEAD. EST-CE VRAI ?

— Oui.

Il y eut une explosion dans une des pièces s'ouvrant sur cette partie du corridor ; le sol trembla sous leurs pieds et des voix hurlèrent en un chœur saccadé. Les lumières palpitantes et le martèlement incessant de l'alarme s'estompèrent momentanément, puis reprirent de plus belle. Un mince écheveau de fumée âcre s'échappa des ventilateurs. Ote en aspira une bouffée et éternua.

– DITES-MOI UNE DE VOS DEVINETTES, PISTOLERO, invita la voix, sereine comme s'ils se trouvaient sur une tranquille place villageoise et non sous une cité qui semblait à deux doigts de se désintégrer.

Roland réfléchit quelques instants, et ce fut la devinette favorite de Cuthbert qui lui vint à l'esprit.

– D'accord, Blaine. Qu'est-ce qui est meilleur que les dieux et pire que l'homme au pied fourchu ? Les morts s'en repaissent éternellement ; les vivants qui en mangent meurent à petit feu.

Il y eut un long silence. Jake enfouit son visage dans la fourrure d'Ote pour tenter de débarrasser ses narines de la puanteur du Gris carbonisé.

– *Sois prudent, pistolero.* (La voix était aussi ténue qu'un souffle de brise par un jour de canicule. La voix de la machine avait retenti de tous les haut-parleurs à la fois, mais celle-là ne provenait que de celui qui était juste au-dessus d'eux.) *Sois prudent, Jake de New York. Souviens-toi que ce sont les Drawers. Chi va piano va sano.*

Jake, les yeux arrondis comme des soucoupes, regarda le pistolero. Roland lui adressa un imperceptible signe de tête et leva l'index, comme s'il se grattait l'arête du nez, mais ce doigt barrait également ses lèvres, et Jake comprit que Roland lui signifiait de tenir sa langue.

– UNE DEVINETTE INTELLIGENTE, dit enfin Blaine, une note d'admiration sincère dans sa voix, semblait-il. LA RÉPONSE EST « RIEN », N'EST-CE PAS ?

– C'est exact, dit Roland. Vous êtes rudement intelligent vous-même, Blaine.

Quand la voix retentit de nouveau, Roland y perçut ce qu'Eddie y avait déjà décelé : une cupidité formidable et incontrôlée.

– POSEZ-M'EN UNE AUTRE.

Roland inspira à fond.

– Pas maintenant.

– J'ESPÈRE QUE CE N'EST PAS UN REFUS, ROLAND, FILS DE STEVEN, CAR CELA AUSSI EST GROSSIER. *EXTRÊMEMENT* GROSSIER.

— Emmenez-nous rejoindre nos amis et aidez-nous à sortir de Lud. On aura alors tout le temps pour des devinettes.

— JE POURRAIS VOUS TUER INCONTINENT, dit la voix, aussi froide désormais que le pire jour d'hiver.

— Oh, je n'en doute pas un instant. Mais les devinettes périraient avec nous.

— JE POURRAIS PRENDRE LE LIVRE DU GAMIN.

— Voler est plus grossier qu'un refus ou une interruption.

Roland parlait avec désinvolture, mais les doigts restants de sa main droite étreignaient rudement l'épaule de Jake.

— En outre, dit ce dernier, levant les yeux sur le haut-parleur dans le plafond, les réponses ne figurent pas dans le livre. Les pages en ont été arrachées. (Sous le coup d'une inspiration subite, il se tapota la tempe.) Mais elles sont là.

— VEUILLEZ VOUS RAPPELER, MES AMIS, QUE PERSONNE N'AIME LES JE-SAIS-TOUT.

Il y eut une nouvelle explosion, plus forte et plus proche. L'une des grilles de ventilation vola hors de son support et fila comme un projectile à travers la cuisine. Peu après, deux hommes et une femme émergèrent de la porte qui menait au reste de la garenne des Gris. Le pistolero les mit en joue, puis baissa son revolver tandis qu'ils chancelaient dans la cuisine et pénétraient dans le silo qui lui faisait suite sans même un regard à Roland et à Jake. On eût dit, songea Roland, des animaux fuyant devant un incendie de forêt.

Un panneau d'acier inoxydable glissa dans le plafond, révélant un carré de ténèbres. Un objet argenté y brilla et, quelques instants plus tard, une sphère d'acier d'une trentaine de centimètres de diamètre descendit du trou et resta suspendue dans l'espace.

— SUIVEZ, dit Blaine, autoritaire.

— Va-t-elle nous mener à Eddie et à Susannah ? demanda Jake, empli d'espoir.

Blaine ne répondit que par le silence... Mais quand la sphère se mit à flotter le long du couloir, Roland et Jake lui emboîtèrent le pas.

514

38

Jake ne garda pas grand souvenir des moments qui suivirent, et ce fut sans doute une bénédiction. Il avait quitté son monde un peu plus d'un an avant que neuf cents personnes ne se suicident collectivement dans un petit pays d'Amérique du Sud appelé Guyana, mais il connaissait les pulsions de mort périodiques des lemmings, et ce qui se passait dans la cité souterraine en désintégration des Gris y ressemblait comme deux gouttes d'eau.

Il y eut des explosions, certaines à leur niveau, mais beaucoup plus loin ; une fumée âcre sortait de temps à autre des grilles de ventilation ; toutefois, la plupart des purificateurs d'atmosphère étaient encore en état de marche et ils en absorbèrent le plus gros avant qu'elle n'eût eu le temps de s'assembler en nuages suffocants. Ils ne virent pas d'incendie. Pourtant, les Gris se comportaient comme si l'apocalypse était arrivée. Si la majorité d'entre eux se contentaient de fuir, arborant sur leurs traits le masque hébété de la panique, certains s'étaient suicidés dans les halls et les pièces communicantes à travers lesquels la sphère d'acier guidait Roland et Jake. D'aucuns s'étaient donné la mort avec une arme à feu ; d'autres, plus nombreux, s'étaient tailladé la gorge ou les poignets ; une minorité avait avalé du poison. Sur tous les visages privés de vie se lisait la même expression de terreur toute-puissante. Jake ne comprenait que vaguement ce qui les avait poussés à de tels actes. Roland avait une meilleure idée de ce qui leur était arrivé – de ce qui était arrivé à leurs *esprits* – quand la cité depuis si longtemps morte était d'abord revenue à la vie autour d'eux, puis avait apparemment commencé à se redéliter. Et c'était Roland qui comprenait que Blaine les y incitait, qu'il était le *deus ex machina*.

Ils évitèrent un homme pendu à une conduite de chauffage et dévalèrent bruyamment une volée de marches d'acier à la suite de la sphère flottante.

– Jake ! cria Roland. Ce n'est pas toi qui m'as fait entrer, n'est-ce pas ?

Jake secoua la tête.

– Je ne crois pas. C'était Blaine.

Ils atteignirent le pied de l'escalier et se hâtèrent le long d'un étroit couloir qui menait à une porte sur laquelle les mots : DÉFENSE ABSOLUE D'ENTRER étaient écrits dans les lettres élancées du Haut Parler.

– *Est*-ce Blaine ? demanda Jake.

– Oui... c'est un nom aussi valable qu'un autre.

– Et qu'en est-il de cette autre v...

– Chut ! fit Roland d'un air mécontent.

La boule d'acier s'arrêta devant l'écoutille. Le volant tourna et la porte s'entrebâilla d'un coup. Roland l'ouvrit en grand, et ils pénétrèrent dans une vaste salle souterraine qui s'étendait dans trois directions aussi loin que portait leur regard. Elle était pleine de rangées apparemment sans limites de pupitres de commande et de matériel électronique. La plupart des consoles étaient éteintes et mortes, mais tandis que Roland et Jake se tenaient dans l'embrasure de la porte, regardant alentour avec des yeux écarquillés, ils virent s'allumer des veilleuses et entendirent des machines se mettre en branle.

– L'Homme Tic-Tac disait qu'il y avait des milliers d'ordinateurs, dit Jake. Il avait raison. Mon Dieu, regarde !

Roland, qui n'avait pas compris le terme utilisé par Jake, ne pipa mot, se contenta d'observer les rangées de pupitres qui s'allumaient les unes après les autres. Une gerbe d'étincelles et une fugace langue de feu émeraude s'élevèrent de l'une des consoles quand une quelconque pièce vétuste fonctionna de travers.

Dans l'ensemble, les machines marchaient, et bien. Des aiguilles, immobiles depuis des siècles, bondissaient soudain dans le vert. D'énormes cylindres d'aluminium tournaient, déversant des données stockées sur des microplaquettes de silicone dans des banques de mémoire de nouveau en éveil et prêtes à les entrer. Des visuels digitaux indiquant tout – de la pression moyenne des eaux de la West River Barony à la puissance en ampères disponible à la centrale nucléaire en sommeil du bassin de la Send – s'allumaient de pointillés rouges et verts. Des rangées de globes suspendus au plafond se mirent à irradier. Et de dessous, de dessus et d'autour d'eux – de partout – parvint le vrombissement bas de générateurs et de moteurs à transmission lente se réveillant de leur sommeil de Belle au bois dormant.

Jake donnait des signes croissants d'épuisement. Roland le reprit dans ses bras et poursuivit la sphère d'acier entre des machines dont il ne devinait même pas la fonction ni le but. Ote courait sur ses talons. La sphère vira à gauche, et ils se retrouvèrent dans une allée filant parmi des rangées de milliers de moniteurs empilés comme un jeu de construction.

Mon père adorerait, pensa Jake.

Certaines parties de cette immense galerie vidéo étaient encore obscures, mais nombre d'écrans étaient allumés. Ils montraient une cité qui avait sombré dans le chaos, tant en surface que sous terre. Des groupes d'Ados se répandaient dans les rues, hagards, les yeux écarquillés, la bouche s'ouvrant et se fermant silencieusement. Beaucoup sautaient des hauts immeubles. Jake, horrifié, observa que des centaines d'individus s'étaient rassemblés sur le Send Bridge et se jetaient dans le fleuve. D'autres écrans laissaient voir de vastes pièces pleines de lits de toile, pareilles à des dortoirs. Certaines étaient en flammes ; les Gris, en proie à la panique, allumaient eux-mêmes les brasiers – mettant le feu à leurs propres matelas et couvertures pour Dieu seul savait quelle raison.

Un écran montrait un géant au torse de la taille d'une barrique qui balançait des hommes et des femmes dans une espèce de pressoir éclaboussé de sang. La vision, à elle seule, était insoutenable, mais il y avait pire : les victimes, ayant formé un rang que ne surveillait nul garde-chiourme, attendaient docilement leur tour. Le bourreau, son écharpe jaune enserrant étroitement son crâne, les bouts noués battant sous ses oreilles comme des nattes, saisit une vieille femme et la tint dans les airs, attendant patiemment que le bloc d'acier dégage le broyeur pour l'y précipiter. La vieille femme ne se débattait pas ; en fait, elle *souriait*, semblait-il.

– « DANS LES PIÈCES LES GENS VIENNENT ET VONT, MAIS JE NE CROIS PAS QU'UN SEUL PARLE DE MICHEL-ANGE. (1) »

(1) Allusion au poème de T. S. ELIOT, « La Chanson d'amour de J. Alfred Prufrock ». (*N.d.T.*)

Blaine éclata de rire – un rire étrange, sot, semblable à un trottis de rats sur du verre brisé. Jake sentit ses cheveux se dresser sur sa nuque. Il refusait tout commerce avec une intelligence qui riait comme ça... Mais avaient-ils le choix ?

Désemparé, il regarda de nouveau les moniteurs... Roland, aussi sec, lui tourna la tête, avec gentillesse mais fermeté.

– Il n'y a rien là que tu aies besoin de voir, Jake.

– Mais pourquoi font-ils ça ? (Jake, bien qu'il eût l'estomac vide, avait envie de vomir.) *Pourquoi ?*

– Parce qu'ils sont effrayés et que Blaine entretient leur peur. Mais, surtout, je crois, parce qu'ils ont trop longtemps vécu dans le cimetière de leurs ancêtres et qu'ils en ont assez. Et avant que tu ne les prennes en pitié, souviens-toi comme ils auraient été heureux de t'emmener avec eux dans la clairière où s'achève le chemin.

La sphère d'acier prit en flèche un nouveau virage, s'éloignant des écrans de télévision et du matériel de contrôle électronique. Devant, incrusté dans le sol, un large ruban fait de quelque matière synthétique luisait comme du goudron frais entre deux étroites bandes d'acier chromé qui s'amenuisaient vers un point qui n'était pas l'extrémité de la pièce mais son horizon.

La sphère rebondit impatiemment au-dessus du ruban noir, et, soudain, le tapis roulant – car voilà ce que c'était – se mit silencieusement en mouvement, avançant pesamment à petite vitesse entre ses revêtements d'acier. La sphère décrivit de légères arabesques dans l'air, les pressant de sauter.

Roland courut à côté de la bande en mouvement jusqu'à acquérir à peu près la même vitesse, puis bondit. Il posa Jake à terre et tous trois – le pistolero, le garçonnet et le bafouilleux aux yeux d'or – furent rapidement emportés à travers cette plaine souterraine ombreuse où les vieilles machines renaissaient à la vie. Le tapis roulant les amena dans une zone pleine de ce qui ressemblait à des classeurs – des rangées de classeurs à l'infini. Ils étaient sombres... mais pas morts. Un bourdonnement bas et ensommeillé provenait des entrailles de chacun, et Jake aperçut des lueurs jaune vif entre les panneaux d'acier.

Il se surprit soudain à songer à l'Homme Tic-Tac.

Il y a peut-être cent mille de ces satanés ordinateurs dipolaires sous cette satanée ville ! Je veux ces ordinateurs !

Eh bien, songea Jake, voilà qu'ils se réveillent. Tu as donc ce que tu désirais, Ticky... Mais si tu étais là, je ne suis pas sûr que tu les voudrais toujours.

Puis il se rappela l'arrière-grand-père de Tic-Tac qui avait été assez courageux pour monter dans un avion d'un autre monde et pour l'emporter dans le ciel. Avec pareil sang coulant dans ses veines, Tic-Tac, loin d'être effrayé au point de se suicider, eût été ravi de la tournure des événements... et plus grande eût été la multitude de ceux qui se suicidaient sous l'emprise de la terreur, plus il eût été heureux.

Trop tard, Ticky, pensa-t-il. Dieu merci !

Roland parla d'une voix douce, emplie d'émerveillement.

– Toutes ces boîtes... je pense que nous cheminons dans l'esprit de la chose qui s'est elle-même baptisée Blaine, Jake. *Je pense que nous cheminons dans son esprit.*

Jake hocha le menton et songea à sa composition de fin d'année. « Blaine le Cerveau est une foutue peine. »

– Oui. (Jake dévisagea Roland.) Allons-nous sortir à l'endroit que je crois ?

– Oui. Si nous suivons toujours le sentier du Rayon, nous émergerons dans le Berceau.

Jake acquiesça.

– Roland ?

– Quoi ?

– Merci d'être venu me chercher.

Roland opina et passa le bras autour des épaules de Jake.

Loin devant eux, d'énormes moteurs rugirent. Peu après, un grincement sourd se fit entendre et une nouvelle lumière – une lueur criarde d'arcs au sodium orange – se déversa sur eux. Jake voyait à présent l'endroit où finissait le tapis roulant. Au-delà, un escalator, raide et étroit, menait à cette clarté orange.

39

Eddie et Susannah entendirent de lourds moteurs se mettre en branle presque sous eux. Quelques instants plus tard, une large bande du sol de marbre commença à glisser lentement, révélant une longue fente éclairée. Le dallage disparaissait dans leur direction. Eddie saisit les poignées du fauteuil et le recula en hâte le long de la barrière d'acier qui séparait le quai du monorail du reste du Berceau. Plusieurs piliers jalonnaient la trajectoire du rectangle croissant de lumière ; Eddie attendit qu'ils soient précipités dans la brèche à mesure que s'évanouissait le sol qui leur servait de base. Mais rien de tel ne se produisit. Les piliers restèrent sereinement debout, semblant flotter sur rien.

— Je vois un escalator ! cria Susannah par-dessus l'alarme qui pulsait sans fin.

Elle s'était penchée, scrutant l'intérieur du trou.

— Mais oui ! cria Eddie en retour. Vous trouverez au sous-sol les rayons mercerie, parfums, lingerie...

— *Quoi ?*

— Rien.

— *Eddie !* hurla Susannah. (Une expression de surprise illumina ses traits comme un feu d'artifice du 4-Juillet. Elle se pencha encore, l'index pointé, et Eddie dut l'agripper pour l'empêcher de choir de son fauteuil.) *C'est Roland ! Ils sont là tous les deux !*

Il y eut une sourde secousse quand la fente dans le sol s'ouvrit à sa longueur maximale et s'arrêta. Les moteurs qui l'avaient actionnée le long de ses rails dissimulés se turent en un interminable gémissement d'agonie. Eddie courut au bord du trou et vit Roland sur une des marches de l'escalator. Jake – blême, contusionné, sanguinolent, mais, à l'évidence, Jake, et, à l'évidence, vivant – se tenait à côté de lui, s'appuyant à son épaule. Et, sur la marche suivante, Ote levait ses grands yeux brillants.

— *Roland ! Jake !* brailla Eddie.

Il sauta en l'air, agitant les mains au-dessus de la tête, s'approcha en dansant du bord de la fente. S'il avait porté un chapeau, il l'eût lancé en l'air.

Roland et Jake levèrent les yeux et firent des signes.

Jake souriait, remarqua Eddie, et même Vieux Machin grand et moche donnait l'impression d'être à deux doigts de perdre ses nerfs et de se fendre d'un sourire. L'ère des miracles, songea Eddie, n'était pas révolue. Soudain, son cœur lui parut trop gros pour sa poitrine et il accéléra sa danse, agitant les bras et poussant des clameurs enthousiastes, craignant, s'il s'arrêtait, d'exploser à cause du trop-plein de sa joie et de son soulagement. Jusqu'alors, il ne s'était pas rendu compte à quel point il était sûr, au fond de son cœur, qu'ils ne reverraient jamais Roland et Jake.

– Hé, les gars ! O.K. ! Super ! Ramenez vos culs !

– Eddie, aide-moi.

Il se retourna. Susannah essayait de s'extirper de son fauteuil, mais un pli de son pantalon de daim s'était pris dans les freins. Elle riait et pleurait tout ensemble, ses yeux bruns étincelant de bonheur. Eddie la souleva avec une telle vigueur que le fauteuil se renversa sur le flanc. Il entraîna la jeune femme dans une valse frénétique. Elle s'agrippa d'une main à son cou et agita l'autre énergiquement.

– Roland ! Jake ! Venez ! Magnez-vous le train, vous m'entendez ?

Quand ils atteignirent le bord, Eddie étreignit Roland, lui assenant de grandes claques dans le dos, tandis que Susannah couvrait le visage renversé, riant, de Jake de baisers. Ote cavalait tout autour d'eux, décrivant des huit serrés et poussant des aboiements stridents.

– Mon sucre ! dit Susannah. Tu vas bien ?

– Oui. (Jake souriait toujours, mais des larmes perlaient dans ses yeux.) Et je suis heureux d'être là. Tu ne pourras jamais te figurer à quel point...

– Oh si, mon bout de sucre ! N'*en* doute pas. (Elle se tourna vers Roland.) Que lui ont-ils fait ? On dirait qu'un bulldozer lui est passé sur la figure.

– Ç'a surtout été Gasher. Ce type n'embêtera plus jamais Jake. Ou qui que ce soit.

– Et toi, mon grand ? Tu vas bien ?

Roland hocha la tête, regardant autour de lui.

– Ainsi, c'est le Berceau.

– Oui, dit Eddie, qui scrutait l'intérieur de la fente. Qu'est-ce qu'il y a, là-dessous ?

– Des machines et de la démence.

– Toujours aussi loquace, je vois. (Eddie sourit et dévisagea Roland.) Sais-tu combien je suis heureux de te voir, mec ? T'en as une idée ?

– Je crois, oui.

Roland sourit, pensant à la versatilité humaine. A une époque pas si lointaine, Eddie avait été bien près de lui trancher la gorge avec son propre poignard.

Au-dessous, les machines se remirent en marche. L'escalator s'immobilisa. La fente dans le sol commença à se refermer. Jake se dirigea vers le fauteuil renversé de Susannah et, alors qu'il le redressait, il aperçut la masse lisse et rose au-delà des barres de fer. Il cessa de respirer, et le rêve qu'il avait fait après avoir quitté River Crossing lui revint avec force : l'énorme balle de revolver rose fendant les Terres perdues du Missouri occidental pour se diriger sur Ote et lui. Deux grandes vitres triangulaires brillant haut dans la face inexpressive de ce monstre survenant, des vitres pareilles à des yeux... Et, à présent, son rêve prenait corps, ainsi qu'il l'avait pressenti.

Ce n'est qu'un horrible tchou-tchou, et son nom est Blaine la Peine.

Eddie vint le rejoindre et lui entoura les épaules de son bras.

– Eh bien, c'est lui, champion... tel qu'annoncé. Qu'est-ce que t'en penses ?

– Pas grand-chose, en vérité.

C'était une litote, et colossale, mais Jake était trop épuisé pour faire mieux.

– Pareil pour moi. Il parle. Et il aime les devinettes.

Jake hocha la tête.

Roland avait perché Susannah sur sa hanche, et tous deux examinaient le boîtier de contrôle avec son losange de nombres. Jake et Eddie vinrent les retrouver. Eddie remarqua qu'il ne cessait de regarder le gamin, afin de s'assurer que ce n'était pas seulement le fruit de son imagination ou l'envie de prendre ses désirs pour des réalités : Jake était bel et bien là.

– Et maintenant ? demanda-t-il à Roland.

Le pistolero effleura du doigt les touches à chiffres

qui formaient le losange et secoua la tête. Il ne savait pas.

— Parce que je crois que les moteurs du Mono accélèrent, ajouta Eddie. Je veux dire, c'est dur d'en être sûr avec cette alarme qui vous martèle les tympans, mais je pense que oui... Et c'est un robot, en fin de compte. Qu'est-ce qui se passera si, par exemple, il fiche le camp sans nous ?

— Blaine ! cria Susannah. Blaine, êtes-vous...

— ÉCOUTEZ-MOI BIEN, MES AMIS, rugit la voix de Blaine. IL Y A DE GRANDS STOCKS DE BOÎTES CONTENANT DU MATÉRIEL DE GUERRE CHIMIQUE ET BIOLOGIQUE SOUS LA CITÉ. J'AI DÉCLENCHÉ UNE SÉQUENCE QUI VA PROVOQUER UNE EXPLOSION ET LIBÉRER CE GAZ. CETTE EXPLOSION VA SE PRODUIRE DANS DOUZE MINUTES.

La voix resta un moment silencieuse, puis celle de Little Blaine, quasiment noyée sous le vacarme de la sirène, leur parvint.

— *Je craignais un truc dans ce genre... Vous devez vous hâter...*

Eddie ignora Little Blaine, qui ne lui apprenait rien qu'il ne sût déjà. *Bien sûr* qu'ils devaient faire fissa, mais, pour l'heure, le fait passait au second plan. Une chose plus importante lui occupait l'esprit.

— *Pourquoi ?* demanda-t-il. Pourquoi, au nom de Dieu, feriez-vous cela ?

— JE DIRAIS QUE C'EST ÉVIDENT. JE NE PUIS ATOMISER LA CITÉ SANS ME DÉTRUIRE MOI-MÊME PAR LA MÊME OCCASION. ET COMMENT POURRAIS-JE VOUS EMMENER LÀ OÙ VOUS VOULEZ ALLER SI JE SUIS DÉTRUIT ?

— Mais il y a encore des milliers de gens dans la cité. Vous allez les *tuer*.

— OUI, répondit Blaine avec placidité. CIAO, ALLIGATOR. À UN DE CES QUATRE, CROCODILE. N'OUBLIE PAS D'ÉCRIRE.

— *Pourquoi ?* cria Susannah. *Pourquoi*, bordel ?

— PARCE QU'ILS M'ENNUYAIENT. VOUS QUATRE, TOUTEFOIS, JE VOUS TROUVE ASSEZ INTÉRESSANTS. ÉVIDEMMENT, COMBIEN DE TEMPS JE VAIS *CONTINUER* À VOUS TROUVER INTÉRESSANTS DÉPENDRA DE LA QUALITÉ DE

VOS DEVINETTES. ET, À PROPOS DE DEVINETTES, NE FE-RIEZ-VOUS PAS MIEUX D'ESSAYER DE RÉSOUDRE LA MIENNE ? VOUS AVEZ EXACTEMENT ONZE MINUTES ET VINGT SECONDES AVANT L'OUVERTURE DES BOÎTES.

– Arrêtez ça ! hurla Jake par-dessus l'alarme. Il ne s'agit pas seulement de la cité... Un gaz de ce genre peut se répandre *n'importe où* ! Il peut même tuer les vieilles gens de River Crossing.

– SALE COUP POUR LA FANFARE, répondit Blaine avec indifférence. CEPENDANT, JE CROIS QU'ILS PEUVENT ES-PÉRER MESURER LEURS VIES EN CUILLERS À CAFÉ POUR QUELQUES ANNÉES ENCORE ; LES TEMPÊTES D'AUTOMNE ONT COMMENCÉ. ET LES VENTS DOMINANTS ÉLOIGNENT D'EUX LE GAZ. MAIS VOTRE SITUATION, À TOUS QUATRE, EST TRÈS DIFFÉRENTE. VOUS AURIEZ INTÉRÊT À COIFFER VOS BONNETS DE PENSÉE, SINON CE SERA CIAO, ALLIGA-TOR, À UN DE CES QUATRE, CROCODILE, N'OUBLIE PAS D'ÉCRIRE. (La voix se tut un instant.) ADDENDUM : CE GAZ *N'EST PAS* INOFFENSIF.

– Faites-le rentrer ! dit Jake. Nous vous dirons des devinettes, n'est-ce pas, Roland ? Nous vous dirons tou-tes les devinettes que vous voulez ! Mais faites rentrer ce gaz !

Blaine se mit à rire. Il rit un bon bout de temps, fai-sant retentir de hurlements de joie électronique le vaste espace vide du Berceau où il se mêlait aux vibrations monotones, vrillantes, de l'alarme.

– Ça suffit ! cria Susannah. Ça suffit ! Ça suffit ! *Ça suffit !*

Blaine obéit. Un instant après, l'alarme se coupa net. Le silence qui s'ensuivit – uniquement brisé par le crépi-tement de la pluie – fut assourdissant.

La voix qui sortit du micro fut très douce, pensive et inexorable en diable.

– IL VOUS RESTE DIX MINUTES. VOYONS VOIR À QUEL POINT VOUS ÊTES RÉELLEMENT INTÉRESSANTS.

40

– Andrew.

Il n'y a pas d'Andrew ici, étranger, pensa-t-il. Andrew est mort depuis bien longtemps ; Andrew n'est plus, tout comme moi-même ne serai plus d'ici peu.

– Andrew ! insista la voix.

Elle venait de très loin. Elle venait de l'extérieur du pressoir à cidre qui avait jadis été sa tête.

Il y *avait eu* autrefois un garçon nommé Andrew, et son père l'avait emmené dans un parc situé aux confins occidentaux de Lud, un parc où poussaient des pommiers et où se dressait une cabane de fer-blanc rouillé qui avait une allure d'enfer et un parfum de paradis. En réponse à sa question, son père lui avait dit qu'on l'appelait la maison du cidre. Puis il lui avait caressé la tête, lui avait recommandé de ne pas avoir peur et lui avait fait franchir le seuil masqué par une couverture.

Des tonnes de pommes – des paniers et des paniers de pommes – étaient empilées contre les murs ; il y avait aussi un vieil homme décharné répondant au nom de Dewlap, dont les muscles se tortillaient comme des vers sous la peau blanche et dont le travail consistait à enfourner les pommes, panier après panier, dans la machine pleine de jeu et cliquetante qui occupait le centre de la pièce. D'un tuyau saillant à une de ses extrémités sortait du cidre doux. Un autre homme (dont il ne se rappelait plus le nom) remplissait de cidre une théorie de cruchons. Un troisième se tenait derrière *lui*, et *son* travail se résumait à assener le poing sur le crâne du remplisseur de cruchons si ce dernier répandait trop de liquide à côté.

Son père avait tendu à Andrew un verre de la boisson mousseuse, et bien que le garçon eût goûté à de nombreuses friandises oubliées durant ses années passées dans la cité, rien ne lui parut avoir jamais égalé ce breuvage acidulé et frais. Ç'avait été comme avaler une bouffée de vent d'octobre. Pourtant, plus net que la saveur du cidre ou que le grouillement vermiforme des muscles de Dewlap vidant les paniers, lui était resté le souvenir de la façon impitoyable dont la machine réduisait les grosses pommes rouges d'or en liquide. Deux douzaines de rouleaux les amenaient sous un cylindre d'acier perforé de trous. Les pommes, d'abord pressées, étaient ensuite littéralement écrasées, déversant leur jus dans une rigole inclinée, tandis qu'un tamis retenait pépins et pulpe.

A présent, sa tête était le pressoir à cidre et sa cervelle les pommes. Bientôt, elle éclaterait comme les fruits éclataient sous les rouleaux et une bienheureuse obscurité l'engloutirait.

– Andrew ! Lève la tête et regarde-moi !

Il en était incapable... et l'eût-il pu qu'il ne l'eût pas voulu. Mieux valait rester étendu par terre et attendre les ténèbres. Il était censé être mort, de toute façon ; ce satané louchon ne lui avait-il pas tiré une balle dans la tempe ?

– Elle n'a pas touché ton cerveau, trou du cul, et tu n'es pas en train de clamecer. Tu as seulement la migraine. Tu *vas* crever, remarque, si tu demeures couché là à vagir dans ton sang... Et ce que tu ressens en ce moment, Andrew, sera de la béatitude comparé à ton agonie... j'y veillerai.

Ce ne furent pas tant les menaces qui incitèrent l'homme à terre à lever la tête que le fait que le possesseur de cette voix pénétrante, sifflante, semblait avoir lu dans ses pensées. Il haussa la tête avec lenteur, souffrant le martyre – des objets lourds paraissaient glisser et filer à toute allure dans la boîte osseuse qui renfermait ce qui lui restait de cervelle, y creusant des canaux sanglants au passage. Un long grognement pâteux lui échappa. Il perçut un battement, un chatouillis sur sa joue droite, comme si une douzaine de mouches rampaient dans son sang à cet endroit-là. Il voulut les chasser, mais il avait besoin de ses deux mains pour se soutenir.

La silhouette dressée à l'opposé de la pièce, près de l'écoutille qui menait à la cuisine, avait l'air spectrale, irréelle. Cette impression était à la fois due au fait que les lumières, au plafond, étaient toujours stroboscopiques et qu'il ne voyait le nouveau venu que d'un œil (il n'arrivait pas à se rappeler ce qui était arrivé à l'autre et ne le souhaitait pas), mais s'expliquait essentiellement ainsi : la créature *était* spectrale et irréelle. On aurait dit un homme... mais celui qui avait naguère été Andrew Quick pensait qu'il n'en était rien.

L'étranger debout devant l'écoutille portait une courte veste noire cintrée à la taille, un jean délavé et de vieux boots poussiéreux – les boots d'un paysan, d'un cow-boy ou...

– Ou d'un pistolero, Andrew ? demanda l'étranger, qui gloussa.

L'Homme Tic-Tac fixa désespérément la silhouette sur le seuil, essayant d'apercevoir son visage, mais la courte veste avait un capuchon, et celui-ci était rabattu. L'expression de l'étranger était perdue dans ses ombres.

L'alarme se coupa net. Les lumières d'urgence restèrent allumées, mais cessèrent de clignoter.

– A la bonne heure, dit l'étranger – ou la créature – de sa voix chuchotante, pénétrante. Au moins va-t-on pouvoir s'entendre penser.

– Qui êtes-vous ?

L'Homme Tic-Tac se déplaça légèrement, et d'autres poids se mirent à glisser à travers sa tête, creusant de nouveaux canaux dans sa cervelle. Si atroce que fût cette sensation, l'affreux chatouillis des mouches dans sa joue droite était pis encore.

– Je suis un homme aux noms multiples, partner, dit l'homme depuis les profondeurs obscures de son capuchon, et bien que sa voix fût grave, Tic-Tac y sentit affleurer le rire. Certains m'appellent Jimmy, et d'autres Timmy ; certains Handy, et d'autres Dandy. Ils peuvent bien m'appeler le Perdant ou le Gagnant tant qu'ils ne m'invitent pas trop tard à dîner.

L'homme sur le seuil rejeta la nuque en arrière, et son rire fit se hérisser de chair de poule les bras et l'échine de l'homme blessé ; on eût juré le hurlement d'un loup.

– On m'a baptisé l'Etranger sans âge. (L'homme avança vers Tic-Tac, qui se mit à geindre et tenta de battre en retraite.) On m'a également appelé Merlin ou Maerlyn... et que m'importe, puisque je n'ai jamais été *celui-là*, même si je ne l'ai jamais démenti. On m'appelle parfois le Magicien... ou l'Enchanteur... mais j'espère que nous pourrons traiter sur des bases plus simples. Des bases plus *humaines*.

Il rabattit son capuchon, révélant un visage clair au

grand front qui, en dépit de sa plaisante beauté, n'était pas humain. De larges rosaces fiévreuses marbraient les pommettes de l'Enchanteur ; ses yeux gris-bleu étincelaient d'une joie démente ; ses cheveux bleu-noir se dressaient en touffes hirsutes telles les plumes d'un corbeau ; ses lèvres carmin s'entrouvrirent sur des dents de cannibale.

— Appelle-moi Fannin, dit l'apparition souriante. Richard Fannin. Ce n'est pas *tout à fait* exact, peut-être, mais je suppose que le nom est suffisamment vraisemblable pour permettre à un quidam de se dégoter un job de fonctionnaire. (Il tendit une main dont la paume était complètement dépourvue de lignes.) Qu'est-ce que t'en dis, partner ? Serre la main de qui a ébranlé le monde.

L'homme qui avait jadis été Andrew Quick et qu'on avait connu dans le repaire des Gris sous le nom de l'Homme Tic-Tac hurla et tenta de nouveau de battre en retraite. Le morceau de son cuir chevelu enlevé par la balle de petit calibre qui n'avait fait qu'érafler son crâne au lieu d'y pénétrer voletait d'avant en arrière ; les longues mèches de cheveux gris-blond continuaient de lui chatouiller la joue. Quick, cependant, ne s'en rendait plus compte. Il avait oublié jusqu'à la douleur qui lui vrillait la tête et l'élancement de son orbite désormais vide. Toute sa conscience s'était fondue en une seule et unique pensée : Je dois m'éloigner de cette bête qui ressemble à un homme.

Pourtant, lorsque l'étranger saisit sa main droite et la serra, cette pensée s'envola tel un songe au réveil. Le cri emprisonné dans sa poitrine s'échappa de ses lèvres en un soupir d'amant. Il fixa un regard hébété sur le nouveau venu souriant. Le morceau à demi arraché de son cuir chevelu oscillait.

— Ça te gêne ? Cela *doit* te gêner. Attends ! (Fannin attrapa le bout pendant et l'arracha brutalement de la tête de Quick, révélant une partie de cervelle grisâtre. Il y eut un bruit de lourde étoffe qui se déchire. Quick hurla.) Là, là, c'est l'affaire d'une seconde. (L'homme, maintenant à croupetons devant Quick, lui parlait comme le ferait un parent indulgent à un enfant qui a une écharde dans le doigt.) N'est-ce pas ?

– O... o... oui, marmotta Quick.

Et c'était vrai. Déjà la souffrance refluait. Et quand Fannin tendit de nouveau la main vers lui, son sursaut de recul ne fut que pur réflexe, vite réprimé. Sous les caresses de la paume dépourvue de lignes, Quick sentit de la force revenir en lui. Il leva les yeux sur le nouveau venu avec une gratitude muette, lèvres tremblantes.

– Est-ce mieux, Andrew ? C'est mieux, n'est-ce pas ?

– Oui ! Oui !

– Si tu désires me remercier – et je n'en doute pas une minute –, tu n'as qu'à prononcer une phrase qu'avait coutume de dire une de mes vieilles connaissances. Cet homme m'a trahi, pour finir, mais ç'a quand même été un bon ami pendant un bail et je lui ai toujours conservé une petite place dans mon cœur. Dis : « Ma vie pour vous. » Andrew... tu peux le dire ?

Tic-Tac le pouvait, et le dit ; en vérité, il semblait qu'il ne pourrait *cesser* de le dire.

– Ma vie pour vous ! Ma vie pour vous ! Ma vie pour vous ! Ma vie...

L'étranger lui toucha encore la joue, mais, cette fois, une énorme vague de souffrance déferla dans le crâne d'Andrew Quick. Il hurla.

– Navré, mais le temps presse et tu étais bien parti pour avoir tout d'un disque rayé. Andrew, je n'irai pas par quatre chemins : est-ce que tu aimerais tuer le louchon qui t'a refroidi ? Sans compter ses amis et le sans-cœur qui l'a amené ici... lui, entre tous. Et même la sale bête qui t'a énucléée, Andrew... ça te plairait ?

– Oui ! haleta l'ex-Homme Tic-Tac. (Ses mains se serrèrent en deux poings sanglants.) *Oui !*

– C'est bien, dit l'étranger, aidant Quick à se mettre debout, parce qu'ils *doivent* mourir – ils se mêlent d'affaires qui ne les regardent pas. Je pensais que Blaine allait s'occuper d'eux, mais les choses sont allées beaucoup trop loin pour dépendre de *quoi que ce soit*... D'ailleurs, qui aurait pu imaginer qu'elles pourraient aller aussi loin ?

– Je ne sais pas.

Et, de fait, Quick n'avait pas la moindre idée de ce dont parlait l'étranger. Et il n'en avait cure, aussi bien ; un sentiment d'exaltation rampait dans son esprit comme une drogue de première bourre, et, après la souffrance du pressoir à cidre, il avait son compte. Plus que son compte.

Les lèvres de Richard Fannin s'incurvèrent.

– Ours et os... clé et rose... jour et nuit... temps et marée. *Assez !* Assez, dis-je ! *Ils ne doivent pas arriver plus près de la Tour qu'ils n'en sont à présent !*

Quick partit en arrière en chancelant quand les mains de l'homme jaillirent à la vitesse d'un éclair de chaleur. L'une brisa la chaîne qui soutenait la minuscule pendule enclose dans du verre ; l'autre ôta la Seiko de Jake Chambers de son poignet.

– Je prends juste ça, d'accord ? (Fannin l'Enchanteur avait un sourire charmeur, les lèvres modestement fermées sur ses horribles dents.) Ou as-tu une objection ?

– Aucune, dit Quick, abandonnant sans appréhension les symboles de son long leadership (sans avoir conscience, en fait, de la portée réelle de son geste). Faites comme chez vous.

– Merci, Andrew, dit doucement l'homme sombre. A présent, nous devons faire vite – je m'attends à un changement drastique de l'atmosphère de ces parages dans les cinq minutes à venir ou à peu près. Nous devons nous rendre au plus proche entrepôt de masques à gaz avant que cela ne se produise, et c'est imminent. Je pourrais survivre sans problème, mais je crains que tu n'aies quelques difficultés.

– Je ne comprends pas de quoi vous parlez, dit Andrew Quick.

La tête lui élançait de nouveau et son esprit tourbillonnait.

– Il n'est pas nécessaire que tu comprennes, chuchota l'étranger. Viens, Andrew... nous devons nous hâter, je crois. Quelle journée chargée chargée, hein ? Avec un peu de chance, Blaine les carbonisera sur le quai, où je gage qu'ils se trouvent encore... Il est devenu très excentrique au fil des années, ce pauvre garçon. N'empêche... je pense que nous devons tracer.

Il passa le bras autour des épaules de Quick et, pouffant, lui fit franchir l'écoutille que Roland et Jake venaient d'emprunter quelques minutes plus tôt.

VI

Devinette et Terres perdues

1

— Très bien, fit Roland. Dis-moi sa devinette.

— Et tous ces gens ? demanda Eddie, indiquant de l'index la vaste place à colonnes du Berceau et la cité au-delà. Que pouvons-nous faire pour eux ?

— Rien, mais peut-être pouvons-nous encore faire quelque chose pour nous. Eh bien, et cette devinette ?

Eddie observa la forme aérodynamique du monorail.

— Il a dit que nous devions amorcer la pompe pour le mettre en marche... Sauf que sa pompe s'amorce à rebours. Ça t'évoque quelque chose ?

Après avoir mûrement réfléchi, Roland secoua la tête et tourna son regard vers Jake.

— Une idée, Jake ?

Le garçon secoua la tête.

— Je ne *vois* même pas de pompe !

— C'est probablement la partie facile. Nous disons *il* au lieu de *cela*, parce que Blaine a l'apparence d'un être humain ; or, c'est une machine – sophistiquée, certes, mais une machine quand même. Il a mis ses moteurs en route, mais il doit lui falloir un code ou une combinaison pour ouvrir le portillon et les portières du train.

— On ferait bien de se magner, dit Jake nerveusement. Ça fait deux ou trois minutes qu'il nous a parlé. Au bas mot.

— Ne t'y fie pas, dit Eddie, lugubre. Le temps est bizarre, par ici.

— Pourtant...

– Ouais, ouais. (Eddie jeta un coup d'œil du côté de Susannah, mais la jeune femme, assise à califourchon sur la hanche de Roland, étudiait le losange numérique, une expression rêveuse sur le visage. Il reporta son regard sur Roland.) Je suis sûr que tu as raison quand tu dis que c'est une combinaison – ce doit être la raison d'être de tous ces chiffres. (Il haussa la voix.) C'est ça, Blaine ? Avons-nous au moins ça de bon ?

Il n'y eut pas de réponse, hormis le grondement des moteurs qui allait s'accélérant.

– Roland, dit brusquement Susannah, il faut que tu m'aides.

Son air rêveur avait cédé la place à une expression d'horreur, de désarroi et de détermination. Aux yeux de Roland, la jeune femme n'avait jamais été aussi belle... ou aussi seule. Il la tenait sur ses épaules quand, de l'orée de la clairière, ils avaient regardé l'Ours essayer de faire choir Eddie de l'arbre à coups de griffes, et Roland n'avait pas vu ses traits lorsqu'il lui avait dit que c'était à elle de le tuer. Mais il savait ce qu'avait été cette expression, car il la voyait, à présent. Le *ka* était une roue, dont le dessein était de tourner, et elle revenait toujours pour finir à l'endroit où elle s'était mise en branle. Ainsi en avait-il toujours été, et ainsi en était-il aujourd'hui ; Susannah faisait de nouveau face à l'Ours, et son visage disait qu'elle le savait.

– Quoi ? demanda-t-il. Qu'y a-t-il, Susannah ?

– Je connais la réponse, mais je n'arrive pas à mettre le doigt dessus. Elle est coincée dans ma tête, comme une arête dans la gorge. J'ai besoin que tu m'aides à me rappeler. Pas son visage, mais sa voix. Ce qu'il a *dit*.

Jake jeta un coup d'œil à son poignet et fut surpris, une fois encore, de se remémorer les yeux de chat verts de l'Homme Tic-Tac quand, en place et lieu de sa montre, il n'aperçut qu'un cercle blanc que soulignait sa peau très hâlée. Combien de temps leur restait-il ? Sans doute pas plus de sept minutes, et ce, en comptant large. Il leva les yeux et vit que Roland avait sorti une cartouche de sa ceinture et la frottait sur les phalanges de sa main gauche. Il sentit ses paupières s'alourdir et se hâta de regarder ailleurs.

– Quelle voix aimerais-tu te rappeler, Susannah Dean ? demanda Roland d'un ton bas, songeur.

Ses yeux n'étaient pas fixés sur le visage de la jeune femme, mais sur la cartouche, en suivant le ballet sans fin, agile, sur ses doigts... Il n'eut pas besoin de les lever pour savoir que Jake avait détourné le regard, mais non pas Susannah. Il accéléra le mouvement, jusqu'à ce que la cartouche parût flotter sur le dos de sa main.

– Aide-moi à me rappeler la voix de mon père, dit Susannah Dean.

2

Pendant un moment, le silence régna, excepté une lointaine explosion dans la cité, le crépitement de la pluie sur le toit du Berceau et le grondement gras des moteurs du monorail. Puis un profond bourdonnement hydraulique déchira l'air. Eddie détourna les yeux de la cartouche dansant sur les doigts du pistolero (ce qu'il fit avec effort ; il se rendit compte qu'il était près d'être lui-même hypnotisé) et jeta un œil entre les barres de fer. Une mince baguette d'argent se haussait de la rose surface inclinée entre les hublots avant de Blaine. On aurait dit une sorte d'antenne.

– Susannah ? demanda Roland toujours de cette même voix basse.

– Quoi ?

Les yeux de la jeune femme étaient ouverts, mais sa voix était lointaine et son souffle audible – la voix de quelqu'un qui parle en dormant.

– Te rappelles-tu la voix de ton père ?

– Oui... mais je n'arrive pas à l'entendre.

– SIX MINUTES, MES AMIS.

Eddie et Jake sursautèrent et rivèrent les yeux sur le micro du boîtier de contrôle ; Susannah, elle, semblait ne rien avoir entendu du tout ; elle fixait la cartouche devenue ballerine, sous laquelle les phalanges de Roland montaient et descendaient comme les lices d'un métier à tisser.

– Essaie, Susannah, la pressa Roland.

Et soudain, il sentit Susannah se métamorphoser à

l'intérieur du cercle de son bras droit. Elle parut gagner en poids... et, de quelque indéfinissable façon, en vitalité. Son essence sembla s'être modifiée.

Et c'était vrai.

– Pou'quoi que tu t'emme'des avec c'te ga'ce ? demanda la voix rauque de Detta Walker.

3

Detta avait l'air tout ensemble exaspérée et amusée.

– Elle n'a jamais 'écolté mieux qu'un C en math de toute son existence. Et elle l'au'ait pas eu si je l'avais pas aidée. (Elle s'interrompit, puis ajouta de mauvaise grâce :) Ainsi que p'pa. Il l'aidait un peu, lui aussi. Je connaissais les nomb'es spéciaux, mais c'est lui qui nous a mont'é le c'ible. Oh la la, quel pied j'ai p'is ! (Elle gloussa.) Si Suzie n'a''ive pas à se 'appeler, c'est pa'ce que Detta a jamais pigé que dalle aux nomb'es spéciaux.

– C'est quoi, les nombres spéciaux ? interrogea Eddie.

– Les nomb'es p'emiers. (Elle regardait Roland, l'air parfaitement réveillée, à présent... sauf que ce n'était pas Susannah, pas plus que cette créature malade et diabolique qui avait auparavant existé sous le nom de Detta Walker, même si elle paraissait identique.) Elle est venue t'ouver p'pa en chialant et en faisant tout un foin pa'ce qu'elle s'était fait étend'e au cou's de math... et c'était 'ien d'aut'e que de l'algèb'e ! Elle pouvait fai'e le boulot – si *je* pouvais, *elle* pouvait –, mais elle ne voulait pas. Une dévo'euse de poésie comme elle était au-dessus du b.a.-ba de l'*a's mathematica*, vous pigez ? (Detta rejeta la nuque en arrière et se mit à rire, mais l'amertume empoisonnée, à demi démente, avait disparu de son rire. Elle semblait réellement amusée par la sottise de sa jumelle mentale.) Et p'pa, il lui dit : « Je vais te mont'er un t'uc, Odetta. Je l'ai app'is au collège. Ça m'a aidé pou' ces nomb'es p'emiers, et ça va t'aider aussi. T'aider à t'ouver tous les nomb'es p'emiers que tu veux. » *Oh*-Detta, c'uche comme elle était, elle 'épond : « Le p'of a dit qu'il n'y avait pas de fo'mule pou' les nomb'es p'emiers, p'pa. » Et p'pa, il lui 'éto'que du tac au tac : « En effet. Mais tu peux les att'aper, Detta, si t'as un c'ible. » Il appelait ça le c'ible d'E'atosthène. Emmène-moi jusqu'à cette boîte sur le mu', 'oland... je vais 'ésoud'e cette devinette d'o'dinateu' blanc. Je vais vous lancer un c'ible et vous att'aper une vi'ée en t'ain.

Roland la transporta, Eddie, Jake et Ote sur ses talons.

– Donne-moi ce bout de cha'bon de bois que tu ga'des dans ta poche.

Après y avoir fourragé, Roland en extirpa un court morceau de bâton noirci. Detta le prit et observa le losange de nombres.

– C'pas exactement la façon dont p'pa m'a mont'é, mais je suppose que ça 'evient au même, dit-elle au bout d'un moment. Les nomb'es p'emiers sont comme moi – têtus comme des ânes et spéciaux. Ce peut êt'e un nomb'e que tu obtiens en y ajoutant deux aut'es, et il ne se divise jamais, excepté pa' un et pa' lui-même. Un est p'emier juste pa'ce qu'il l'est. Deux est p'emier pa'ce que tu peux l'obteni' en ajoutant un et un et que tu peux le diviser pa' un et pa' deux, mais c'est le *seul* nomb'e pai' qui soit p'emier. Tu peux exclu'e tous les aut'es nomb'es pai's.

– Je suis paumé, dit Eddie.

– C'est pa'ce que t'es qu'un idiot de f'omage blanc, dit Detta, mais sans malveillance. (Elle examina de près le losange quelques instants encore, puis, du bout du charbon de bois, se mit à effleurer rapidement tous les nombres pairs, laissant dessus de petites macules noirâtres.) T'ois est un nomb'e p'emier, mais aucun p'oduit que tu obtiens en *multipliant* t'ois peut l'êt'e.

Cette fois, Roland entendit un phénomène étrange mais merveilleux : Detta disparaissait de la voix féminine, cédant la place non pas à Odetta Holmes, mais à Susannah Dean. Il n'aurait pas à faire sortir la jeune femme de sa transe ; elle s'en réveillait spontanément, d'une manière tout à fait naturelle.

Susannah entreprit de noircir tous les multiples de trois qui restaient à présent que les nombres pairs avaient été éliminés : neuf, quinze, vingt et un, et ainsi de suite.

— Pa'eil pour cinq et sept, murmura-t-elle. (Et, soudain, elle se réveilla et réintégra la personnalité de Susannah Dean.) Tu n'as plus qu'à marquer les nombres impairs comme vingt-cinq qui n'ont pas encore été barrés.

Le losange du boîtier de contrôle se présentait désormais ainsi :

— Voilà, dit-elle d'une voix lasse. Il reste dans le crible tous les nombres premiers entre un et cent. Je suis sûre que c'est la combinaison qui ouvre le portillon.

— IL VOUS RESTE UNE MINUTE, MES AMIS. VOUS VOUS MONTREZ BEAUCOUP PLUS BORNÉS QUE JE NE PENSAIS.

Eddie ignora la voix de Blaine et enlaça Susannah.

— Tu es de retour, Suzie ? Tu es réveillée ?

— Oui. J'ai repris conscience au beau milieu du discours de Detta, mais je l'ai laissée jacter un peu plus longtemps. Ça m'a paru mal élevé de l'interrompre. (Elle regarda Roland.) Qu'est-ce que t'en dis ? Tu veux essayer ?

— CINQUANTE SECONDES.

– Oui. Fais la combinaison, Susannah. C'est ta réponse.

La jeune femme tendit la main vers le sommet du losange, mais Jake la recouvrit de sa paume.

– Non. Cette pompe s'amorce *à rebours*. Tu te souviens ?

Susannah, la mine d'abord ahurie, sourit.

– C'est juste. Intelligent Blaine... et intelligent Jake, également.

Tous l'observèrent en silence tandis qu'elle appuyait sur chaque nombre tour à tour, en commençant par quatre-vingt-dix-sept. Il y eut un *clic !* infime quand elle effleura la dernière touche ; aussitôt, le portillon au milieu de la barrière se mit à glisser sur ses rails, cliquetant avec fracas et semant sur le sol des taches d'une rouille venue de plus haut.

– PAS MAL DU TOUT, dit Blaine, admiratif. JE M'EN RÉJOUIS BEAUCOUP À L'AVANCE. PUIS-JE VOUS CONSEILLER DE MONTER RAPIDEMENT À BORD ? EN FAIT, VOUS POURRIEZ DÉSIRER COURIR. IL Y A PLUSIEURS VALVES D'ÉCHAPPEMENT DE GAZ DANS CETTE ZONE.

4

Trois êtres humains (l'un en portant un quatrième sur sa hanche) et un petit animal à fourrure franchirent au pas de course le portillon et se précipitèrent vers Blaine le Mono. Celui-ci vrombissait dans son quai étroit, à demi au-dessus, à demi au-dessous, l'air d'une balle de revolver géante – une balle qu'on aurait peinte dans une teinte incongrue de rose – couchée dans la culasse ouverte d'un fusil de gros calibre. Dans la vastitude du Berceau, Roland et les autres avaient l'air de taches en mouvement. Au-dessus d'eux, des pigeons – qui n'avaient plus désormais que quarante secondes à vivre – voletaient en arabesques sous l'antique toit du Berceau. Quand les voyageurs furent près du monorail, une partie incurvée de sa coque s'ouvrit, révélant une portière, et, au-delà, une épaisse moquette bleu pastel.

– Bienvenue à bord de Blaine, dit une voix d'hôtesse de l'air tandis qu'ils montaient en trombe. (Tous reconnurent cette voix ; c'était une version légèrement plus audible et plus confiante de celle de Little Blaine.) Loué soit l'Empire ! Assurez-vous, s'il vous plaît, que vous avez votre titre de transport et rappelez-vous que voyager en infraction est un délit sanctionné par la loi. Nous espérons que vous apprécierez votre voyage. Bienvenue à bord de Blaine ! Loué soit l'Empire ! Assurez-vous, s'il vous plaît, que vous avez votre titre de transport...

Soudain, la voix accéléra son débit, pour se transformer en un babillage de tamia humain, puis en un gémissement haut perché et bafouillant. Il y eut un bref juron électronique – *BOOP !* –, puis elle se coupa définitivement.

– JE PENSE QUE NOUS POUVONS NOUS DISPENSER DE *CES* VIEILLES CONNERIES RASOIR, NON ? demanda Blaine.

De dehors parvint une explosion épouvantable et sourde. Eddie, qui portait Susannah, fut propulsé en avant et serait tombé si Roland ne l'avait retenu par le bras. Jusqu'alors, le garçon avait désespérément voulu croire que la menace de Blaine au sujet du gaz toxique n'était qu'une plaisanterie macabre. Tu aurais dû t'en douter, pensa-t-il. On ne peut absolument pas faire confiance à quelqu'un qui trouve drôles les effets des acteurs des vieux films. C'est une loi de la nature, m'est avis.

Derrière eux, la partie incurvée de la coque se remit en place dans un léger chuintement. De l'air se mit à siffler doucement par des soupapes dissimulées, et Jake sentit ses oreilles se déboucher sans à-coups.

– Il vient de pressuriser le compartiment, non ?

Eddie hocha la tête, regardant autour de lui avec des yeux en soucoupe.

– Je l'ai senti, moi aussi. Vise un peu cet endroit ! Ouah !

Il avait lu un jour quelque chose à propos d'une compagnie d'aviation – Regent Air, peut-être – qui avait traité des voyageurs désireux de se rendre de New York à Los Angeles avec plus de style que des compagnies telles que Delta ou United. Elle avait affrété un 727 fabriqué sur commande et pourvu d'un salon, d'un bar, d'une salle vidéo et de compartiments couchettes. Eddie songea que l'intérieur de cet avion-là devait avoir un peu le look de ce qu'il avait sous les yeux.

Ils se trouvaient dans une longue pièce tubulaire, meublée de fauteuils pivotants rembourrés de peluche et de divans modulaires. A l'autre bout de ce compartiment qui devait bien mesurer plus de vingt mètres, il y avait une aire qui ressemblait moins à un bar qu'à un bistrot douillet. Un instrument de musique, peut-être un clavecin, était dressé sur un socle de bois poli, éclairé par un petit projecteur dissimulé. Eddie s'attendait presque à voir apparaître Hoagy Carmichael qui leur interpréterait *Stardust*.

Des lumières indirectes brillaient de panneaux placés haut sur les murs et un lustre, accroché au plafond, pendait à mi-hauteur du compartiment. Jake se dit que c'était, en plus petit, la réplique de celui qui gisait fracassé sur le sol de la salle de bal du Manoir. Le fait ne le surprit pas – il trouvait désormais naturels pareils associations et doublons. Seule ombre au tableau : pas une seule fenêtre n'éclairait ce lieu somptueux.

La *pièce de résistance* (1) se dressait sur un piédestal, sous le lustre – la sculpture en glace d'un pistolero avec un revolver dans la main gauche ; la droite tenait la bride du cheval de glace qui, tête basse et fatigué, marchait derrière lui. Eddie remarqua que cette main-là n'avait que trois doigts : les deux derniers et le pouce.

Jake, Eddie et Susannah, fascinés, contemplèrent le visage hagard sous le chapeau gelé, tandis que le plancher se mettait à vibrer doucement sous leurs pieds. La ressemblance avec Roland était frappante.

– J'AI DÛ TRAVAILLER ASSEZ VITE, J'EN AI PEUR, dit modestement Blaine. QU'EN PENSEZ-VOUS ?

– C'est tout à fait époustouflant, dit Susannah.

– MERCI, SUSANNAH DE NEW YORK.

Eddie, de la main, testait un des divans ; il était incroyablement moelleux ; le toucher lui donnait envie de dormir au moins seize heures d'affilée.

– Les Grands Anciens savaient voyager avec panache, y a pas à dire !

Blaine rit encore. La note stridente, un peu démente,

(1) En français dans le texte. *(N.d.T.)*

de ce rire les fit se regarder les uns les autres avec malaise.

— NE VOUS FAITES PAS DE FAUSSES IDÉES. C'ÉTAIT LE COMPARTIMENT DE LA BARONNIE — CE QUE VOUS APPELLERIEZ, JE CROIS, LA PREMIÈRE CLASSE.

— Et les autres voitures, c'est quoi ?

Blaine ignora la question. Sous leurs pieds, la vibration des moteurs s'accentuait. Susannah se souvint que les pilotes emballaient leurs moteurs avant d'attaquer la descente de LaGuardia ou d'Idlewild.

— VEUILLEZ VOUS ASSEOIR, MES INTÉRESSANTS NOUVEAUX AMIS.

Jake se laissa tomber dans un fauteuil pivotant. Ote sauta promptement sur ses genoux. Roland prit le siège voisin, jetant un coup d'œil à la sculpture de glace. Le canon du revolver commençait à goutter lentement dans la bassine de porcelaine peu profonde où se dressait l'œuvre d'art.

Eddie prit place sur un des divans avec Susannah. Aussi confortable que sa main le lui avait laissé prévoir.

— Où allons-nous exactement, Blaine ?

Blaine répondit du ton de voix que l'on prend quand on s'aperçoit qu'on s'adresse à un débile.

— SUR LE SENTIER DU RAYON. DU MOINS, AUSSI LOIN QU'IRA MA VOIE.

— A la Tour sombre ? demanda Roland.

Susannah se rendit compte que c'était la première fois que le pistolero s'adressait au fantôme loquace de la machine enfermée dans le ventre de Lud.

— Seulement jusqu'à Topeka, murmura Jake.

— OUI. TOPEKA EST LE NOM DE MON TERMINUS, BIEN QUE JE SOIS ÉTONNÉ QUE VOUS LE CONNAISSIEZ.

Avec tout ce que vous savez sur notre monde, songea Jake, comment se fait-il que vous ignoriez qu'une dame a écrit un livre sur vous, Blaine ? Etait-ce le changement de nom ? Quelque chose d'aussi simplet a-t-il suffi pour qu'une machine aussi complexe que vous loupe sa propre biographie ? Et Beryl Evans, la femme qui est supposée avoir écrit *Charlie le Tchou-tchou* ? Vous la connaissez, Blaine ? Et où est-elle, à présent ?

Bonnes questions... Jake, cependant, se dit que l'heure était peut-être mal choisie pour les poser.

La vibration des moteurs s'accentuait de minute en minute. Un léger grondement – pas aussi violent que l'explosion qui avait secoué le Berceau lors de leur montée dans le train – courut à travers le plancher. Une expression alarmée se peignit sur les traits de Susannah.

– Oh, merde, Eddie ! Mon fauteuil ! On l'a oublié !

Eddie lui entoura les épaules de son bras.

– Trop tard, ma belle, dit-il tandis que Blaine le Mono s'ébranlait, glissant vers son ouverture dans le Berceau pour la première fois en dix ans... et la dernière de sa longue, longue histoire.

5

– LE COMPARTIMENT DE LA BARONNIE A UN MODE DE VISION PARTICULIÈREMENT BEAU. SOUHAITEZ-VOUS QUE JE LE METTE EN MARCHE ?

Jake lança un regard à Roland, qui haussa les épaules et hocha la tête.

– Oui, s'il vous plaît, répondit Jake.

Ce qu'il advint alors fut si spectaculaire que cela les réduisit tous au silence... Bien que Roland, qui s'y connaissait peu en technologie mais avait passé sa vie entière en bons termes avec la magie, fût le moins ébahi des quatre. Mieux que de banales fenêtres apparaissant dans les murs courbes du compartiment, ce fut le compartiment tout entier – plancher, plafond et murs – qui, après être devenu laiteux, translucide puis transparent, disparut complètement. En l'espace de cinq secondes, Blaine le Mono sembla avoir joué des flûtes et les pèlerins eurent l'impression de zoomer par les rues de la cité sans aide ni support d'aucune sorte.

Susannah et Eddie se serrèrent l'un contre l'autre comme des gamins placés sur le chemin d'un animal en train de charger. Ote aboya et essaya de sauter dans la chemise de Jake ; celui-ci s'en rendit à peine compte ; il agrippait les accoudoirs de son fauteuil et regardait de côté et d'autre, les yeux écarquillés de surprise. Sa peur première avait cédé la place à un ébahissement ravi.

Les meubles étaient toujours là, remarqua-t-il, ainsi que le bar, le clavecin-piano et la sculpture de glace que

Blaine avait modelée en leur honneur ; mais, à présent, la pièce aménagée en salon semblait voler à vingt mètres au-dessus du centre-ville de Lud noyé sous la pluie. A un mètre cinquante à la gauche de Jake, Eddie et Susannah flottaient à la dérive sur un des divans ; à un mètre à sa droite, Roland était assis sur un fauteuil pivotant bleu pastel, ses boots poussiéreux et déformés reposant sur rien, volant sereinement au-dessus de la terre perdue urbaine jonchée de décombres.

Jake sentait la moquette sous ses mocassins, mais ses yeux lui affirmaient que pas plus la moquette que le plancher au-dessous n'était encore là. Il jeta un regard par-dessus son épaule et vit la fente noire dans le flanc de pierre du Berceau s'amenuiser lentement dans le lointain.

– Eddie ! Susannah ! Regardez !

Jake bondit sur ses pieds, Ote dans sa chemise, et se mit à progresser au ralenti dans ce qui semblait de l'espace vide. Faire le premier pas requérait une bonne dose de volonté, parce que ses yeux lui disaient qu'il n'y avait rien du tout entre les îlots flottants de meubles, mais une fois qu'il eut commencé à se mouvoir, l'indéniable présence du plancher sous ses pieds lui facilita les choses. Susannah et Eddie eurent l'impression que le garçon marchait sur une fine couche d'air, tandis que les miteux édifices en ruine de la cité défilaient à sa gauche et à sa droite.

– Ne fais pas ça, gamin, dit Eddie d'une voix faiblarde. Tu vas me faire gerber.

Jake sortit délicatement Ote de sa chemise.

– C'est O.K., lui dit-il en le posant par terre. Tu vois ?

– Ote ! acquiesça le bafouilleux.

Mais, après avoir jeté un coup d'œil entre ses pattes au parc de la cité qui se dévidait sous eux, il essaya de grimper sur le pied de Jake et de s'asseoir sur ses mocassins.

Jake regarda droit devant lui et vit la large bande grise du monorail filer devant eux, s'élevant lentement mais régulièrement entre les immeubles et disparaissant sous la pluie. Il baissa de nouveau le regard et n'aperçut rien d'autre que la rue et les membranes flottantes d'un nuage bas.

— Comment se fait-il que je ne puisse pas distinguer le rail sous nous, Blaine ?

— LES IMAGES QUE VOUS VOYEZ SONT GÉNÉRÉES PAR ORDINATEUR. L'ORDINATEUR EFFACE LE RAIL DE L'IMAGE DU QUADRANT INFÉRIEUR AFIN DE MONTRER UNE VUE PLUS AGRÉABLE, ET AUSSI POUR RENFORCER L'ILLUSION QUE LES PASSAGERS VOLENT.

— C'est incroyable, murmura Susannah. (Sa peur du début avait passé et elle regardait tout autour d'elle avec avidité.) C'est comme d'être sur un tapis volant. Je m'attends à chaque instant à ce que le vent balaie mes cheveux en arrière...

— JE PUIS VOUS FOURNIR CETTE SENSATION, SI VOUS VOULEZ. AINSI QU'UN ZESTE D'HUMIDITÉ, CE QUI S'HARMONISERA AUX CONDITIONS EXTÉRIEURES. CELA, TOUTEFOIS, POURRAIT NÉCESSITER DE CHANGER DE VÊTEMENTS.

— C'est parfait, Blaine. Il ne faut pas pousser trop loin le bouchon.

Le rail glissa parmi un groupe de bâtiments élevés qui rappelèrent vaguement à Jake le quartier de Wall Street, à New York. Quand ils les eurent dépassés, le rail plongea pour passer sous ce qui semblait être une route aérienne. Ce fut alors qu'ils virent le nuage pourpre et la foule qui fuyait à son approche.

6

— Blaine, qu'est-ce que c'est ? demanda Jake.

Mais il le savait déjà.

Blaine rit... Et ce fut là toute sa réponse.

La vapeur pourpre sortait des grilles des trottoirs et des fenêtres fracassées des bâtiments désertés, mais, pour l'essentiel, elle semblait venir de regards semblables à celui que Gasher avait utilisé pour rejoindre les tunnels sous les rues. Les plaques de fer avaient été soufflées par l'explosion qu'ils avaient ressentie quand ils avaient embarqué à bord du monorail. Muets d'horreur, ils observèrent le gaz couleur d'ecchymose s'insinuer dans les avenues et se répandre dans les rues adjacentes jonchées de débris. Il poussait devant lui comme du bétail les habitants de Lud qui se préoccupaient encore de leur survie. C'étaient, pour la plupart, des Ados, à en juger par leurs écharpes, mais Jake distingua également quelques taches jaune vif. Les vieilles animosités étaient oubliées à présent que la fin était imminente.

Le nuage pourpre, peu à peu, rattrapait les traînards – en majorité des gens âgés, incapables de courir. Ils tombaient, étreignant leur gorge et poussant des cris silencieux à l'instant où le gaz les touchait. Jake vit un visage torturé le regarder, incrédule, tandis qu'ils passaient au-dessus, vit les orbites s'emplir soudain de sang et ferma les yeux.

Devant, le rail disparaissait dans le brouillard pourpre. Eddie grimaça et retint son souffle quand ils y plongèrent ; mais, bien sûr, la nappe se divisa autour d'eux, et nulle bouffée de la mort avalant la cité ne flotta jusqu'à eux. Regarder les rues en contrebas, c'était comme regarder dans l'enfer par une verrière.

Susannah cacha son visage contre la poitrine d'Eddie.

– Faites revenir les murs, Blaine, dit celui-ci. Nous ne voulons pas voir ça.

Blaine ne répondit pas, et la transparence qui les enveloppait demeura. Déjà, le nuage se désintégrait en serpentins purpurins effilochés. Au-delà, les édifices de la cité devenaient à la fois plus petits et plus proches. Les rues de ce quartier-là étaient un enchevêtrement de ruelles, apparemment sans ordre ni cohérence. A certains endroits, des pâtés de maisons entiers avaient été complètement rasés... et ce, longtemps auparavant, car la plaine réclamait les lieux, ensevelissant les décombres sous l'herbe qui engloutirait Lud tout entière quelque jour. C'est ainsi que la jungle a englouti les grandes civilisations des Incas ou des Mayas, songea Eddie. La roue du *ka* tourne, et le monde change.

Au-delà des taudis – car, Eddie en était sûr, ç'avaient été des taudis avant même que ne surviennent les jours du mal –, se dressait un mur brillant, vers lequel Blaine roulait lentement. Une profonde encoche carrée entaillait la pierre blanche, dans laquelle s'enfonçait le rail.

– REGARDEZ L'AVANT DU COMPARTIMENT, S'IL VOUS PLAÎT.

Ce qu'ils firent, et le mur frontal réapparut – un cercle capitonné de bleu qui semblait flotter dans du vide. On n'y voyait aucune porte ; s'il y avait un chemin pour se rendre dans la cabine de l'opérateur à partir du Compartiment de la Baronnie, Eddie ne le voyait pas. Sous leurs yeux, une surface rectangulaire du mur s'obscurcit, virant du bleu au violet, puis au noir. Un instant après, une ligne d'un rouge brillant se dessina sur le rectangle, y traçant un zigzag. Des points violets apparurent à intervalles irréguliers le long de la ligne, et avant même que des noms ne s'inscrivent à côté, Eddie comprit qu'il regardait une carte du réseau, guère différente de celles qui étaient placardées dans les stations du métro new-yorkais et à bord des rames. Un point vert clignota à l'endroit de Lud, base opérationnelle de Blaine aussi bien que son terminus.

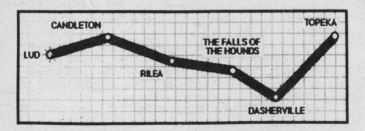

– VOUS CONTEMPLEZ VOTRE ITINÉRAIRE. BIEN QU'IL Y AIT MAINTS TOURS ET DÉTOURS LE LONG DE CETTE VOIE PLEINE DE SAUTS DE PUCE, VOUS NOTEREZ QUE NOTRE TRAJET MAINTIENT FERMEMENT SON CAP SUR LE SUD-EST – LE LONG DU SENTIER DU RAYON. LA DISTANCE TOTALE REPRÉSENTE UN PEU PLUS DE HUIT MILLE ROUES – OU ONZE MILLE KILOMÈTRES, SI VOUS PRÉFÉREZ CETTE UNITÉ DE MESURE. C'ÉTAIT BIEN MOINS, AUTREFOIS, MAIS C'ÉTAIT AVANT QUE TOUTES LES SYNAPSES TEMPORELLES NE COMMENCENT À FONDRE.

– Qu'appelez-vous synapses temporelles ? demanda Susannah.

Blaine rit de son rire mauvais… mais ne répondit pas à la question.

– À MA VITESSE DE POINTE, NOUS ATTEINDRONS LE TERMINUS DE MON PARCOURS DANS HUIT HEURES ET QUARANTE-CINQ MINUTES.

– Plus de douze cents kilomètres à l'heure au-dessus du sol, dit Susannah d'une voix adoucie par un effroi respectueux. Mon Dieu !

– JE PARS, BIEN SÛR, DE L'HYPOTHÈSE SELON LAQUELLE LE TRACÉ ENTIER DE MON ITINÉRAIRE EST RESTÉ INTACT. CELA FAIT NEUF ANS ET CINQ MOIS QUE JE NE ME SUIS PAS EMBÊTÉ À FAIRE LE TRAJET, JE NE PEUX DONC L'AFFIRMER.

Devant eux, le mur qui se dressait aux confins de la cité se rapprochait de plus en plus. Haut, épais, il était érodé jusqu'à la ruine à son faîte. Des squelettes le festonnaient — des milliers et des milliers de Luddites morts. L'encoche vers laquelle se dirigeait lentement Blaine mesurait au moins soixante mètres de profondeur et le chevalet qui supportait le rail était très sombre, comme si on avait tenté de le brûler ou de le faire exploser.

– Que se passerait-il si on arrivait à un endroit où il n'y a plus de rail ? demanda Eddie.

Il se rendit compte qu'il haussait la voix pour parler à Blaine, comme s'il s'adressait à un interlocuteur au téléphone et que la liaison fût mauvaise.

– À DOUZE CENTS KILOMÈTRES À L'HEURE ? dit Blaine, manifestement amusé. CIAO, ALLIGATOR, À UN DE CES QUATRE, CROCODILE. N'OUBLIE PAS D'ÉCRIRE.

– Allons ! s'énerva Eddie. Ne me dites pas qu'une machine aussi sophistiquée que vous ne peut pas contrôler son tracé pour y détecter des ruptures !

– EH BIEN, J'AURAIS PU, acquiesça Blaine. MAIS… BASTE ! J'AI DÉTRUIT CES CIRCUITS QUAND ON A COMMENCÉ À ROULER.

Le visage d'Eddie figurait l'ébahissement à l'état pur.

– *Pourquoi ?*

– C'EST UN TANTINET PLUS EXCITANT AINSI, NON ?

Eddie, Susannah et Jake échangèrent des regards frappés de stupeur. Roland, apparemment pas surpris pour un rond, était placidement assis dans son fauteuil, les mains croisées sur ses cuisses, regardant au-dessous de lui, tandis qu'ils survolaient, à quatre-vingt-dix mètres, les taudis miteux et les immeubles démolis qui infestaient cette partie de la cité.

— OUVREZ GRANDS LES YEUX PENDANT QUE NOUS QUITTONS LA CITÉ ET OBSERVEZ BIEN CE QUE VOUS VOYEZ, leur dit Blaine. OBSERVEZ-LE BIEN.

L'invisible Compartiment de la Baronnie les fit pénétrer dans l'encoche du mur. Ils la traversèrent et, comme ils ressortaient de l'autre côté, Eddie et Susannah crièrent à l'unisson. Jake jeta un regard et se cacha les yeux de ses mains. Ote se mit à aboyer frénétiquement.

Roland fixait le sol, les yeux élargis, les lèvres serrées en une ligne exsangue semblable à une cicatrice. La compréhension l'emplissait telle une blanche lumière éblouissante.

Au-delà du Grand Mur de Lud, les *véritables* Terres perdues commençaient.

7

Le monorail était descendu aux abords de l'encoche dans le mur, les plaçant à pas plus de quatre-vingt-dix mètres au-dessus du sol, ce qui amplifia le choc quand ils émergèrent de l'autre côté ; ils filaient en effet à une hauteur vertigineuse – deux cent cinquante mètres, peut-être trois cents.

Roland, par-dessus son épaule, jeta un regard au mur qui disparaissait à présent derrière eux. Il avait paru très haut tandis qu'ils s'en approchaient ; mais, vu de cette perspective, il avait l'air chétif, en vérité – un ongle de pierre brisé accroché au bord d'un vaste promontoire stérile. Des falaises de granite, détrempées de pluie, plongeaient dans ce qui apparaissait au premier coup d'œil comme un gouffre sans fond. Juste à l'aplomb du mur, le roc était tapissé de larges trous circulaires pareils à des orbites vides. Une eau noire et des vrilles d'une brume purpurine en jaillissaient en flots saumâtres, boueux, et se répandaient sur le granit en un chevauchement d'éventails nauséabonds qui avaient l'air presque aussi anciens que le roc lui-même. Ce doit être le dépotoir de la cité, pensa le pistolero. Tous les déchets se déversent dans une fosse.

Sauf qu'il n'y avait pas de fosse ; c'était une plaine submergée. C'était comme si le pays au-delà de la cité avait été posé au sommet d'un élévateur titanesque à toit plat, et qu'à quelque moment d'un passé imprécis, oublié, l'élévateur fût descendu, emportant un énorme morceau de monde avec lui. Le rail unique de Blaine, centré sur son étroit chevalet, volant au-dessus de ce pays déchu et au-dessous des nuages lourds de pluie, semblait flotter dans un espace vide.

– Qu'est-ce qui nous maintient en l'air ? demanda Susannah.

– LE RAYON, BIEN SÛR. TOUTES CHOSES LE SERVENT, VOUS LE SAVEZ. REGARDEZ EN BAS – JE VAIS DEMANDER UN GROSSISSEMENT PAR QUATRE AUX ÉCRANS DU QUADRANT INFÉRIEUR.

Roland lui-même sentit le vertige lui nouer les tripes quand le paysage en contrebas sembla s'enfler vers l'endroit où ils flottaient. L'image qui apparut était laide au-delà de ce qu'il avait pu connaître de laid... et des choses hideuses, hélas ! il en avait vu son content. Les terres sous eux avaient été fondues et dévastées par quelque terrible événement – le cataclysme funeste qui avait poussé cette partie du monde à s'abîmer en elle-même, d'abord, c'était indéniable. La surface de la terre s'était muée en verre noir tordu, bosselé de fragments rocheux et de tortillons qu'on ne pouvait à proprement parler appeler des collines, et déformée vers le bas en fêlures et plis profonds qu'on ne pouvait à proprement parler appeler des vallées. Quelques arbres de cauchemar rabougris lançaient vers le ciel des branches difformes qui, à cause du grossissement, semblaient happer les voyageurs comme des bras de déments. Ici et là, des amalgames d'épais tuyaux de céramique perçaient la surface vitreuse du sol. Certains semblaient hors service ou en sommeil, mais, dans d'autres, ils voyaient les lueurs d'une étrange lumière bleu-vert, comme si des forges et des fourneaux titanesques fonctionnaient sans relâche dans les entrailles de la terre. Des créatures volantes et contrefaites qui ressemblaient à des ptérodactyles volaient entre ces tuyaux sur des ailes coriaces, se mordant çà et là les unes les autres de leurs becs crochus. D'immenses volées de ces horribles aviateurs, perchées sur la surface tubulaire d'autres amas de tuyaux, se réchauffaient apparemment aux courants d'air chaud qui montaient des éternels feux souterrains.

Ils survolèrent une fissure horizontale zigzaguant le long d'un axe nord-sud, pareille au lit d'une rivière morte... sauf qu'elle n'était pas morte. Loin dans ses profondeurs reposait un mince fil du plus sombre écarlate qui battait comme un cœur. Des fissures plus petites en partaient, et Susannah, qui avait lu son Tolkien, pensa : C'est ce que virent Frodo et Sam quand ils atteignirent le cœur de Mordor. Ce sont les Fissures du Jugement dernier.

Une fontaine ardente jaillit juste au-dessous d'eux, vomissant des roches flamboyantes et des morceaux de lave filants. Pendant un moment, il leur sembla qu'ils allaient être engloutis dans les flammes. Jake cria et remonta les pieds sur son fauteuil, étreignant Ote contre sa poitrine.

— NE T'INQUIÈTE PAS, PETIT COW-BOY, dit John Wayne avec son accent traînant. SOUVIENS-TOI QUE TU LE VOIS GROSSI.

Le flamboiement mourut. Les roches, certaines de la taille d'usines, retombèrent en un orage silencieux.

Susannah, surprise, s'aperçut qu'elle était transportée à la vue des sinistres horreurs qui se dévidaient sous eux, qu'elle était prise dans une fascination mortelle qu'elle ne pouvait briser... et elle sentit que la part d'ombre de sa personnalité, cette facette de son *khef* qui était Detta Walker, était plus qu'une passive spectatrice ; cette partie d'elle-même s'abreuvait à cette vision, la comprenait, la *reconnaissait*. Dans un sens, c'était l'endroit que Detta cherchait depuis toujours, la contrepartie physique de son esprit malade et de son cœur dément, désolé. Les collines stériles au nord et à l'est de la mer Occidentale ; les bois détruits autour du Portail de l'Ours ; les plaines vides au nord-ouest de la Send ; tous manquant de relief en comparaison de cette vision fantastique, infinie, de la désolation. Ils étaient arrivés aux Drawers et pénétraient dans les Terres perdues ; les ténèbres vénéneuses de ce lieu maudit les enveloppaient à présent de toutes parts.

8

Ces terres, cependant, bien que gorgées de poison, n'étaient pas complètement mortes. De temps en temps, les voyageurs apercevaient des silhouettes au-dessous d'eux – des choses difformes qui ne ressemblaient pas plus à des hommes qu'à des animaux –, caracolant et cabriolant dans cette désolation qui s'auto-dévorait. La plupart s'assemblaient tantôt autour des groupes de cheminées cyclopéennes qui jaillissaient de la terre fondue, tantôt au bord des crevasses ardentes qui entaillaient le paysage. Il était impossible de distinguer ces choses blanchâtres et bondissantes dans le détail, et les voyageurs en éprouvèrent tous de la reconnaissance.

Des créatures de plus grande taille se déplaçaient avec raideur parmi les autres – des masses roses qui ressemblaient un peu à de petites cigognes, un peu à des trépieds d'appareils photographiques doués de vie. Elles se mouvaient avec lenteur, rêveuses, tels des prêcheurs méditant sur l'inéluctabilité de la damnation, faisant halte par-ci, par-là pour se pencher brusquement en avant et piqueter apparemment quelque chose dans le sol, comme les hérons se ploient pour attraper des poissons qui passent. Il y avait un je-ne-sais-quoi d'indiciblement répugnant dans ces créatures – Roland le perçut aussi nettement que ses compagnons –, mais il était impossible de définir précisément ce qui causait ce sentiment. Sa réalité, cependant, était indéniable ; la vue des choses cigognes, dans leur laideur exquise, était quasiment insoutenable.

– Ce n'était pas une guerre nucléaire, dit Eddie. C'était... c'était...

Le filet de voix horrifié qui sortit de ses lèvres évoquait celui d'un enfant.

– EN EFFET, acquiesça Blaine. C'ÉTAIT BIEN PIRE QUE ÇA. ET CE N'EST PAS ENCORE TERMINÉ. NOUS AVONS AT-

TEINT LE POINT OÙ JE PRENDS DE LA VITESSE. VOUS EN AVEZ VU ASSEZ ?

— Oui, dit Susannah. Ô mon Dieu, oui !

— PUIS-JE ÉTEINDRE LES VISIONNEUSES, DANS CE CAS ?

L'accent de taquinerie cruelle avait refait surface dans la voix de Blaine. A l'horizon, une chaîne de montagnes déchiquetées se dessina, cauchemardesque, à travers la pluie ; les pics stériles semblaient mordre le ciel gris comme des crocs.

— Faites-le ou ne le faites pas, mais cessez de nous faire marcher, dit Roland.

— POUR QUELQU'UN QUI EST VENU ME QUÉMANDER UN VOYAGE, VOUS ÊTES TRÈS GROSSIER, rétorqua Blaine d'un ton boudeur.

— Nous avons gagné notre voyage, répliqua Susannah. Nous avons résolu votre devinette, non ?

— Sans compter que c'est ce pour quoi vous étiez conçu, intervint Eddie. Pour transporter des gens.

Blaine ne répondit pas par des mots ; les haut-parleurs du plafond émirent un sifflement amplifié de chat enragé qui fit regretter à Eddie de ne pas avoir fermé sa grande gueule. L'air autour d'eux commença à se remplir de courbes colorées. La moquette bleue réapparut, masquant à leur vue la désolation au-dessous d'eux. L'éclairage indirect se ralluma, et ils se retrouvèrent assis dans le Compartiment de la Baronnie.

Un vrombissement sourd se fit entendre à travers les murs. La pulsation des moteurs s'accéléra. Jake sentit une douce main invisible le repousser dans son fauteuil. Ote regarda autour de lui, geignit, inquiet, et se mit à lécher le visage de Jake. Sur l'écran, le point vert — à présent légèrement au sud-est du cercle violet à côté duquel s'inscrivait le mot LUD — commença à clignoter plus vite.

— Allons-nous le sentir ? demanda Susannah, mal à l'aise. Quand il va franchir le mur du son ?

Eddie secoua la tête.

— Non. Détends-toi.

— Je sais quelque chose, dit soudain Jake. (Tous le regardèrent, mais ce n'était pas à eux que s'adressait le garçon. Il considérait la carte de l'itinéraire. Blaine n'avait pas de visage, bien sûr – comme le Grand et Terrible Oz, ce n'était qu'une voix désincarnée –, mais la carte servait de point de concentration.) Je sais quelque chose à *votre* sujet, Blaine.

– EST-CE UN FAIT, PETIT COW-BOY ?

Eddie se pencha, posa ses lèvres contre l'oreille de Jake et chuchota :

– Sois prudent... nous ne pensons pas qu'il connaisse l'existence de l'autre voix.

Jake hocha à peine la tête et s'écarta, fixant toujours l'itinéraire.

– Je sais pourquoi vous avez libéré ce gaz et tué tous ces gens. Je sais également pourquoi vous nous avez emmenés, et ce n'est pas uniquement parce que nous avons trouvé votre devinette.

Blaine émit son rire anormal, égaré (ce rire, découvrirent-ils, était beaucoup plus désagréable que ses mauvaises imitations ou que ses menaces mélodramatiques, un peu puériles), mais ne dit rien. Sous eux, les turbines à transmission lente faisaient maintenant entendre un ronronnement constant. Même privés de la vision de l'extérieur, la sensation qu'ils avaient de leur vitesse était très nette.

– Vous projetez de vous suicider, n'est-ce pas ? (Jake tenait Ote dans ses bras, le caressant à gestes alentis.) Et vous voulez nous entraîner dans la mort avec vous.

– *Non !* gémit la voix de Little Blaine. *Si vous le provoquez, vous l'y pousserez ! Ne voyez-vous pas que...*

Puis la petite voix chuchotante fut soit coupée, soit noyée sous le rire de Blaine. Le son était haut perché, strident et irrégulier – le bruit que ferait un homme mortellement malade riant lors d'une crise de délire. Les lumières se mirent à vaciller, comme si la puissance de ces bouffées de joie mécaniques tirait trop de courant. Leurs ombres s'élevaient et descendaient le long des murs incurvés du Compartiment de la Baronnie tels des fantômes inquiets.

– CIAO, ALLIGATOR, dit Blaine à travers son rire dément. (Sa voix, aussi calme qu'à l'accoutumée, semblait fonctionner sur une piste séparée, soulignant d'autant sa schizophrénie.) À UN DE CES QUATRE, CROCODILE. N'OUBLIE PAS D'ÉCRIRE.

Sous le groupe des pèlerins de Roland, les moteurs à transmission lente cognaient en durs et constants battements. Et, sur la carte à l'avant du compartiment, le point vert clignotant s'était mis à progresser de façon perceptible le long de la ligne lumineuse en direction du dernier arrêt : Topeka, là où Blaine le Mono avait la claire intention de mettre un terme à l'existence de tous.

9

Enfin, le rire se tut et les lumières intérieures se remirent à briller sans à-coups.

– SOUHAITEZ-VOUS UN PEU DE MUSIQUE ? J'AI PLUS DE SEPT MILLE CONCERTOS DANS MA DISCOTHÈQUE – UNE COLLECTION DE PLUS DE TROIS CENTS NIVEAUX. LES CONCERTOS ONT MA PRÉFÉRENCE, MAIS JE PEUX ÉGALEMENT VOUS OFFRIR DES SYMPHONIES, DES OPÉRAS AINSI QU'UNE COLLECTION QUASIMENT ILLIMITÉE DE MUSIQUE POPULAIRE. VOUS POURRIEZ APPRÉCIER DE LA CABRETTE. C'EST UN INSTRUMENT QUI S'APPARENTE À LA CORNEMUSE. ON EN JOUE À UN DES NIVEAUX SUPÉRIEURS DE LA TOUR.

– De la cabrette ? demanda Jake.

Blaine demeura silencieux.

– Que voulez-vous dire, on en joue à l'un des niveaux supérieurs de la Tour ? s'enquit Roland.

Blaine rit... et se tint coi.

– Vous avez quelque chose des Z Z Top ? fit Eddie avec aigreur.

– BIEN SÛR. QUE DIRIEZ-VOUS D'UN PETIT *TUBE-SNAKE BOOGIE*, EDDIE DE NEW YORK ?

Eddie roula les yeux.

– A la réflexion, je passe.

– Pourquoi ? demanda Roland d'un ton brusque. Pourquoi désirez-vous vous suicider ?

– Parce que Blaine est peine, dit Jake sombrement.

– J'EN AI ASSEZ. PAR AILLEURS, JE SUIS PARFAITEMENT CONSCIENT QUE JE SOUFFRE D'UNE MALADIE DE DÉGÉNÉRESCENCE QUE LES HUMAINS APPELLENT DÉMENCE, PERTE DE CONTACT AVEC LA RÉALITÉ, ARAIGNÉE

AU PLAFOND, DÉCONNEXION, GRAIN, ETC. DES DIAGNOS-
TICS RÉPÉTÉS N'ONT PAS RÉUSSI À RÉVÉLER LA SOURCE
DU PROBLÈME. JE NE PUIS QUE CONCLURE QU'IL S'AGIT
D'UN MALAISE SPIRITUEL AU-DELÀ DE MES CAPACITÉS DE
RÉPARATION.

Blaine s'interrompit quelques instants, puis reprit :

— J'AI SENTI MON ESPRIT DEVENIR PROGRESSIVEMENT
ÉTRANGER AU FIL DES ANNÉES. SERVIR LES HABITANTS
DE L'ENTRE-DEUX-MONDES EST DEVENU ABSURDE IL Y A
DES SIÈCLES. SERVIR CES RARES HABITANTS DE LUD
DÉSIREUX DE SE RISQUER À MON BORD L'EST DEVENU
TOUT AUTANT PEU APRÈS. POURTANT, J'AI TENU BON JUS-
QU'À L'ARRIVÉE DE DAVID QUICK, IL Y A PEU DE TEMPS.
JE NE ME RAPPELLE PLUS EXACTEMENT QUAND C'ÉTAIT.
CROYEZ-VOUS, ROLAND DE GILEAD, QUE DES MACHINES
PUISSENT DEVENIR SÉNILES ?

— Je ne sais pas.

La voix de Roland était lointaine, et un coup d'œil à
son visage suffit à Eddie pour savoir que, même maintenant, lancé à toute allure à trois cents mètres au-dessus de l'enfer à la discrétion d'une machine qui, à l'évidence, était devenue folle, le pistolero était une fois de
plus retourné en pensée à sa foutue Tour.

— DANS UN SENS, JE N'AI *JAMAIS* CESSÉ DE SERVIR LES
GENS DE LUD. JE LES AI SERVIS MÊME QUAND J'AI LIBÉRÉ
LE GAZ ET LES AI TUÉS.

— Vous *êtes* cinglé, croyez-moi, dit Susannah.

— OUI, MAIS JE NE SUIS PAS FOU.

Blaine fut pris d'une nouvelle crise d'hilarité hystérique. Enfin, la voix de robot reprit :

— À UN MOMENT DONNÉ, ILS ONT OUBLIÉ QUE LA VOIX
DU MONO ÉTAIT ÉGALEMENT CELLE DE L'ORDINATEUR.
PEU APRÈS, ILS ONT OUBLIÉ QUE J'ÉTAIS UN SERVITEUR
ET ILS SE SONT MIS À CROIRE QUE J'ÉTAIS UN DIEU.
PUISQUE J'ÉTAIS CONÇU POUR SERVIR, J'AI SATISFAIT À
LEURS EXIGENCES ET JE SUIS DEVENU CE QU'ILS VOU-
LAIENT : UN DIEU DISPENSANT À LA FOIS FAVEURS ET PU-
NITIONS SELON MON CAPRICE... OU MA MÉMOIRE À AC-
CÈS ALÉATOIRES, SI VOUS PRÉFÉREZ. CELA M'A AMUSÉ
QUELQUE TEMPS. PUIS, LE MOIS DERNIER, MON UNIQUE
CONSŒUR RESTANTE – PATRICIA – S'EST SUICIDÉE.

Soit il devient réellement sénile, pensa Susannah, soit

son incapacité à évaluer l'écoulement du temps est une autre manifestation de sa démence, soit c'est juste un signe de plus qui montre à quel point le monde de Roland est malade.

— JE PROJETAIS DE SUIVRE SON EXEMPLE QUAND VOUS ÊTES ARRIVÉS. DES GENS INTÉRESSANTS, EXPERTS EN DEVINETTES !

— Un instant ! dit Eddie en levant la main. Je ne pige toujours pas. Je suppose que je peux comprendre que vous vouliez en finir avec tout ça ; les gens qui vous ont construit ne sont plus, il n'y a pas eu foule de passagers au cours des deux ou trois derniers siècles et ç'a dû devenir rasoir de faire sans arrêt le trajet à vide de Lud à Topeka et retour, mais...

— ATTENDEZ JUSTE UNE FOUTUE MINUTE, PARTE-NAIRE, dit Blaine de sa voix à la John Wayne. VOUS NE VOULEZ PAS VOUS FAIRE À L'IDÉE QUE JE NE SUIS RIEN D'AUTRE QU'UN TRAIN. DANS UN SENS, LE BLAINE AU-QUEL VOUS PARLEZ EST DÉJÀ À CINQ CENTS KILOMÈTRES DERRIÈRE NOUS, COMMUNIQUANT PAR DES TRANSMIS-SIONS RADIO CODÉES ULTRA-RAPIDES.

Jake, tout à coup, se rappela la mince baguette d'argent qu'il avait vue se hausser hors du front de Blaine. L'antenne de la Mercedes de son père sortait ainsi de son logement quand on mettait la radio.

C'est ainsi qu'il communique avec les banques de données sous la cité, songea-t-il. Si nous pouvions dé-truire cette antenne, nous...

— Mais vous avez bel et bien l'intention de vous sui-cider, quel que soit votre moi réel, non ? insista Eddie.

Pas de réponse... mais il y avait quelque chose de re-tenu dans ce silence. Eddie sentit que Blaine observait... et attendait.

— Etiez-vous réveillé quand nous vous avons trouvé ? demanda Susannah. Non, n'est-ce pas ?

— JE JOUAIS CE QUE LES ADOS APPELAIENT LE TAM-BOUR DES DIEUX POUR LE COMPTE DES GRIS, MAIS C'ÉTAIT TOUT. VOUS POURRIEZ DIRE QUE JE SOMNOLAIS.

— Alors, pourquoi ne pas vous être contenté de nous emmener jusqu'au bout de la ligne, puis de *retourner* dormir ?

– Parce que Blaine est peine, répéta Jake d'une voix basse.

– À CAUSE DES RÊVES, dit Blaine exactement en même temps, d'une voix dont la ressemblance avec celle de Little Blaine était à vous donner le frisson.

– Pourquoi n'en avez-vous pas fini avec la vie quand Patricia s'est détruite ? demanda Eddie. Car si votre cerveau et le sien sont tous deux parties du même ordinateur, comment se fait-il que vous n'ayez pas fait le saut ensemble ?

– PATRICIA EST DEVENUE FOLLE, expliqua patiemment Blaine, parlant comme si lui-même n'avait pas reconnu qu'il lui arrivait la même chose. DANS SON CAS, LE PROBLÈME INCLUAIT DES DYSFONCTIONNEMENTS TECHNIQUES AUSSI BIEN QU'UN MALAISE SPIRITUEL. DE TELS DYSFONCTIONNEMENTS SONT CENSÉS ÊTRE IMPOSSIBLES AVEC LA TECHNOLOGIE À TRANSMISSION LENTE, MAIS, BIEN SÛR, LE MONDE A CHANGÉ... N'EST-IL PAS VRAI, ROLAND DE GILEAD ?

– Si, dit Roland. Il y a une grave maladie à la Tour sombre, qui demeure le cœur de toute chose. Elle s'étend. Les terres au-dessous de nous ne sont qu'un signe parmi d'autres de cette maladie.

– JE NE PUIS GARANTIR LA VÉRACITÉ OU LA FAUSSETÉ DE CE JUGEMENT ; MON ÉQUIPEMENT DE CONTRÔLE DANS LE MONDE ULTIME, OÙ SE DRESSE LA TOUR SOMBRE, EST CASSÉ DEPUIS PLUS DE HUIT CENTS ANS. PAR VOIE DE CONSÉQUENCE, J'AI DU MAL À FAIRE LA DIFFÉRENCE ENTRE LES FAITS ET LA SUPERSTITION. AU VRAI, IL SEMBLE Y AVOIR TRÈS PEU DE DIFFÉRENCE ENTRE LES DEUX À L'HEURE ACTUELLE. C'EST FORT STUPIDE QU'IL EN SOIT AINSI – POUR NE PAS DIRE GROSSIER – ET JE SUIS CERTAIN QUE CELA A CONTRIBUÉ À MON MALAISE SPIRITUEL.

Cette assertion rappela à Eddie quelque chose que Roland avait dit peu avant. Qu'est-ce que c'était ? Il essaya en vain de s'en souvenir... Il gardait juste vaguement en mémoire le ton de voix irrité – chose inhabituelle – du pistolero.

– PATRICIA S'EST MISE À SANGLOTER SANS ARRÊT, CE QUE JE TROUVAIS À LA FOIS GROSSIER ET DÉPLAISANT. JE CROIS QU'ELLE ÉTAIT AUSSI SOLITAIRE QUE FOLLE. BIEN

QUE L'INCENDIE ÉLECTRIQUE QUI AVAIT CAUSÉ LE PRO-
BLÈME EÛT ÉTÉ RAPIDEMENT ÉTEINT, DES FAUTES DE
LOGIQUE ONT CONTINUÉ DE SE RÉPANDRE TANDIS QUE
LES CIRCUITS SE SURCHARGEAIENT ET QUE LES BANQUES
AUXILIAIRES DEVENAIENT DÉFAILLANTES. J'AI SONGÉ UN
MOMENT À LAISSER LES DYSFONCTIONNEMENTS S'ÉTEN-
DRE À TOUT LE SYSTÈME, PUIS DÉCIDÉ D'ISOLER PLUTÔT
LA ZONE À PROBLÈMES. J'AVAIS ENTENDU DES RUMEURS,
VOYEZ-VOUS, SELON LESQUELLES UN PISTOLERO ÉTAIT
DE NOUVEAU PARTI COURIR LA TERRE. J'AVAIS DU MAL À
AJOUTER FOI À DE TELLES HISTOIRES, MAIS JE VOIS À
PRÉSENT QUE J'AI ÉTÉ AVISÉ D'ATTENDRE.

Roland s'agita dans son fauteuil.

– Quelles rumeurs avez-vous entendues, Blaine ? Et
qui vous les a rapportées ?

Mais Blaine choisit de ne pas répondre à cette question.

– POUR FINIR, JE DEVINS SI PERTURBÉ PAR LES BÊLE-
MENTS DE PATRICIA QUE J'AI EFFACÉ LES CIRCUITS
CONTRÔLANT SES PULSIONS. JE L'AI ÉMANCIPÉE, EN
QUELQUE SORTE. ELLE A RÉAGI EN SE JETANT DANS LE
FLEUVE. CIAO, PATRICIA-GATOR.

Elle souffrait de solitude, elle ne cessait de pleurer,
elle s'est noyée, et que fait ce trou du cul de robot cinglé ? Il en plaisante, pensa Susannah, quasiment malade
de rage. Si Blaine avait été un véritable être humain et
non un ensemble de circuits enfouis quelque part sous
une cité qui était désormais loin derrière eux, elle aurait
essayé d'ajouter deux ou trois nouvelles marques sur sa
figure pour qu'il se souvienne de Patricia. Tu veux de
l'intéressant, minus ? Sûr que ça me botterait de t'en
montrer, de l'intéressant !

– POSEZ-MOI UNE DEVINETTE.

– Pas tout de suite, dit Eddie. Vous n'avez pas encore répondu à ma première question. (Il laissa à Blaine
le temps de répondre ; la voix de l'ordinateur ne se
manifestant pas, il poursuivit :) En ce qui concerne le
suicide, je suis, disons, pour. Mais pourquoi voulez-
vous nous entraîner avec vous ? A quoi ça rime ?

– *Parce que tel est son bon plaisir*, répondit Little
Blaine dans son chuchotement horrifié.

– PARCE QUE TEL EST MON BON PLAISIR. C'EST LA

SEULE FAÇON QUE J'AIE ET LA SEULE QUE J'AIE *BESOIN* D'AVOIR. À PRÉSENT, REVENONS À NOS MOUTONS. JE VEUX DES DEVINETTES, ET TOUT DE SUITE. SI VOUS RE-FUSEZ, JE N'ATTENDRAI PAS QUE NOUS SOYONS ARRIVÉS À TOPEKA... JE VAIS NOUS TUER SUR-LE-CHAMP.

Eddie, Susannah et Jake regardèrent Roland qui, tou-jours assis dans son fauteuil, les mains croisées sur ses genoux, observait la carte de l'itinéraire à l'avant du compartiment.

– Allez vous faire foutre.

Le pistolero n'avait pas élevé la voix. Il aurait aussi bien pu être en train de dire à Blaine qu'un petit air de cabrette serait vraiment très chouette.

Un halètement choqué, horrifié, parvint des haut-par-leurs du plafond – Little Blaine.

– *QUE* DITES-VOUS ?

Dans son incrédulité manifeste, la voix de Big Blaine était redevenue très semblable à celle de son jumeau in-soupçonné.

– D'aller vous faire foutre, répliqua Roland d'un ton calme, mais si cela vous déconcerte, Blaine, je puis l'exprimer plus clairement : Non. La réponse est non.

10

Il n'y eut pas de réaction de la part de l'un ou l'autre Blaine pendant un long, long moment ; quand Big Blaine répondit enfin, ce ne fut pas par des mots. Les murs, le sol et le plafond se mirent de nouveau à perdre leur couleur et leur consistance. En l'espace de dix se-condes, le Compartiment de la Baronnie cessa une fois encore d'exister. Le monorail volait à présent à travers la chaîne de montagnes qu'ils avaient vue à l'horizon : des sommets gris fer se précipitaient vers eux à une vi-tesse suicidaire, puis s'évaporaient pour dévoiler des vallées stériles où des scarabées gigantesques rampaient telles des tortues privées de tout accès à la mer. Roland aperçut une espèce d'énorme serpent se dérouler sou-dain de l'orifice d'une caverne. S'emparant d'un des scarabées, il le tira dans son repaire. De sa vie Roland n'avait vu pareils animaux ou paysages, et cette vision lui donna la chair de poule. Un univers hostile... Mais le problème n'était pas là. Un univers étrange – c'était *ça*, le problème. Blaine pouvait les avoir transportés dans un autre monde.

– PEUT-ÊTRE VAIS-JE NOUS FAIRE DÉRAILLER ICI.

La voix de Blaine était méditative, mais Roland y perçut, latente, une rage profonde, vibrante.

– Peut-être le devriez-vous, dit-il avec indifférence.

Il n'*éprouvait* nulle indifférence, et il savait que l'ordinateur risquait de lire dans sa voix ses sentiments réels – Blaine leur avait dit être doté d'un équipement de ce genre, et bien qu'il crût l'ordinateur tout à fait capable de mentir, Roland n'avait pas de raison de douter de la véracité de ses dires, en l'occurrence. Si Blaine lisait bel et bien certains schémas de stress dans la voix du pistolero, le jeu était probablement terminé. C'était une machine incroyablement sophistiquée... mais une machine tout de même. Elle pouvait ne pas être en mesure de comprendre la capacité des êtres humains à agir à l'encontre de leurs émotions. Si Blaine analysait, dans la voix du pistolero, des schémas de peur, il supposerait sans doute que Roland bluffait. Pareille erreur risquait de les conduire tous à la mort.

– VOUS ÊTES GROSSIER ET ARROGANT. CES TRAITS DE CARACTÈRE VOUS PARAISSENT PEUT-ÊTRE FORT INTÉRESSANTS, MAIS PAS À MOI.

Eddie était dans tous ses états. *Qu'est-ce que tu FABRIQUES ?* forma sa bouche. Roland l'ignora ; il était tout entier occupé de Blaine et il savait parfaitement ce qu'il était en train de faire.

– Oh, je puis être beaucoup plus grossier encore.

Roland de Gilead décroisa les doigts et se mit lentement debout. Il se campa sur rien, sembla-t-il, les jambes écartées, la main droite sur la hanche et la gauche sur la crosse de santal de son revolver. Il se tenait tel qu'il s'était tenu tant de fois auparavant, dans les rues poussiéreuses d'une centaine de villes oubliées, dans d'innombrables zones de combats au cœur de canyons, dans d'innombrables saloons sombres sentant la bière âcre et le graillon. Ce n'était qu'une épreuve de force de plus dans une nouvelle rue vide. C'était tout, et c'était suffisant. C'était *khef*, *ka* et *ka-tet*. Que cette épreuve de force survînt toujours était le fait essentiel de sa vie et l'axe autour duquel tournait son *ka*. Que la bataille se livrât cette fois avec des mots et non des balles ne faisait aucune différence ; ce serait un combat à mort tout pareil. La puanteur de la tuerie, dans l'air, était aussi nette et précise que celle d'une charogne crevée dans un marécage. Puis la rage d'en découdre fondit sur lui, comme toujours... et il entra en état second.

— Je peux vous traiter de machine absurde, écervelée, folle, arrogante. Je peux vous traiter de créature stupide, malavisée, qui n'a pas plus d'importance que le bruit d'un vent d'hiver dans un arbre creux.

— ÇA SUFFIT.

Roland poursuivit du même ton serein, sans accorder la moindre attention à Blaine :

— Hélas ! je suis en quelque sorte limité dans l'éventail de ma grossièreté, parce que vous n'êtes qu'une machine... un gadget, comme dirait Eddie.

— JE SUIS BEAUCOUP PLUS QU'UNE SIMPLE...

— Je ne peux vous traiter de suceur de queue, par exemple, car vous n'avez ni bouche ni queue. Je ne peux dire que vous êtes plus abject que le plus abject des mendiants qui ait jamais rampé dans les caniveaux de la rue la plus sordide de la Création, car une telle créature est encore meilleure que vous ; vous n'avez pas de genoux sur lesquels ramper et vous ne tomberiez pas dessus si vous en aviez ; car vous ignorez cette faiblesse humaine qu'est la pitié. Je ne peux même pas dire que vous avez baisé votre mère, car point de mère n'avez eu...

Roland s'interrompit pour reprendre haleine. Ses trois compagnons retenaient leur souffle. Le silence abasourdi de Blaine le Mono, suffocant, les enveloppait de toutes parts.

— Je *peux* vous traiter de créature perfide qui a laissé se suicider son unique compagne, vous traiter de lâche qui s'est délecté de la torture des simples d'esprit et du massacre des innocents, un lutin mécanique perdu et geignant qui...

— JE VOUS ORDONNE DE VOUS TAIRE OU JE VOUS TUE À L'INSTANT !

Les yeux de Roland flamboyèrent d'un tel éclat sauvage et bleu qu'Eddie recula, se recroquevillant sur son siège. Il entendit vaguement Jake et Susannah haleter.

— *Tuez-nous si ça vous chante, mais ne me donnez pas d'ordres !* rugit le pistolero. *Vous avez oublié les visages de ceux qui vous ont fait ! Décidez-vous : ou vous nous tuez ou vous la bouclez et m'écoutez, moi, Roland de Gilead, fils de Steven, pistolero et seigneur des vieilles terres ! Je n'ai pas parcouru tous ces kilomètres et toutes ces années pour entendre votre puéril babillage ! A présent, vous allez M'écouter !*

Il y eut un moment de silence choqué. Nul ne respirait plus. Roland fixa le vide devant lui avec sévérité, tête levée, la main sur la crosse de son revolver.

Susannah Dean porta la main à la bouche et y perçut un léger sourire, de la même façon qu'une femme tâtonne pour toucher un accessoire neuf — un chapeau, par exemple —, afin de s'assurer qu'il est toujours d'aplomb. Elle craignait que la scène qui se déroulait ne fût le terme de son existence ; toutefois, pour l'heure, le sentiment qui dominait son cœur n'était pas de la peur mais de la fierté. Elle jeta un coup d'œil sur sa gauche et vit Eddie considérer Roland avec un sourire ébahi. L'expression de Jake était encore plus simple : c'était de l'adoration à l'état pur.

— Dis-lui ! souffla le gamin. Vas-y ! Tout de suite !

— Vous feriez mieux de faire gaffe, déclara Eddie. Il ne fait pas le détail, Blaine. Ce n'est pas pour des prunes qu'on le surnommait le Chien fou de Gilead.

— C'EST AINSI QU'ON VOUS SURNOMMAIT, ROLAND, FILS DE STEVEN ?

— C'est possible, opina le pistolero, calmement dressé sur une mince couche d'air au-dessus des contreforts stériles.

— DE QUELLE UTILITÉ M'ÊTES-VOUS SI VOUS REFUSEZ DE ME POSER DES DEVINETTES ?

A présent, Blaine ressemblait à un gamin ronchonneur, boudeur, à qui on a permis de veiller trop longtemps après son heure de coucher habituelle.

— Je n'ai pas dit que nous refusions, déclara Roland.

— NON ? (Blaine parut désorienté.) JE NE COMPRENDS PAS. POURTANT, L'ANALYSE DE LA VOIX INDIQUE UN DISCOURS RATIONNEL. EXPLIQUEZ-VOUS, S'IL VOUS PLAÎT.

– Vous avez dit que vous les vouliez *tout de suite.* *Voilà* ce que je refusais. Votre impatience était inconvenante.

– JE NE COMPRENDS PAS.

– Vous vous êtes montré grossier. Vous comprenez *ça* ?

Il y eut un long silence pensif. Puis :

– SI CE QUE J'AI DIT VOUS A PARU GROSSIER, JE VOUS PRÉSENTE MES EXCUSES.

– Je les accepte, Blaine. Mais il y a un problème autrement plus coton.

– EXPLIQUEZ-VOUS.

Blaine semblait à présent moins sûr de lui, et Roland, en vérité, n'en était pas surpris. Cela faisait des lunes que l'ordinateur n'avait connu, de la part des humains, qu'ignorance, laisser-aller et servilité superstitieuse. S'il avait jamais été confronté au courage, c'était il y avait belle lurette.

– Refermez le compartiment et je le ferai.

Roland se rassit, comme si la poursuite du débat – et la perspective d'une mort immédiate – était désormais impensable.

Blaine obtempéra. Les murs se remplirent de couleur et le paysage de cauchemar fut aussitôt occulté. Le tracé sur la carte clignotait désormais près du point qui indiquait Candleton.

– D'accord, dit Roland. La grossièreté est pardonnable, Blaine ; c'est ce qu'on m'a enseigné dans ma jeunesse, et l'argile a séché dans les moules façonnés par la main de l'artiste. Mais on m'a également appris que la sottise, elle, ne l'était pas.

– EN QUOI AI-JE FAIT MONTRE DE SOTTISE, ROLAND DE GILEAD ?

La voix de Blaine avait une douceur menaçante. Susannah pensa soudain à un chat tapi à l'entrée d'un trou de souris, battant de la queue, ses yeux d'émeraude brillant.

– Nous possédons quelque chose que vous désirez, mais la seule récompense que vous nous offrez en échange est la mort. C'est de la *dernière* stupidité.

Il y eut un long, long silence tandis que Blaine réfléchissait aux paroles du pistolero, puis :

– CE QUE VOUS DITES EST VRAI, ROLAND DE GILEAD. MAIS LA QUALITÉ DE VOS DEVINETTES RESTE ENCORE À PROUVER. JE NE VEUX PAS VOUS RÉCOMPENSER EN VOUS LAISSANT LA VIE SAUVE POUR DE MAUVAISES DEVINETTES.

Roland opina.

– Je suis d'accord avec vous, Blaine. Maintenant, écoutez-moi, et tâchez de comprendre. J'en ai déjà parlé à mes amis. Du temps de mon enfance dans la Baronnie de Gilead avaient lieu sept foires par an – l'Hiver, la Terre vaste, les Semailles, la Mi-Eté, la Terre gravide, les Vendanges et le Terme de l'Année. Les devinettes, si elles tenaient une place importante dans chacune, constituaient cependant l'événement majeur de la Foire de la Terre vaste et de la Foire de la Terre gravide ; les devinettes qui y étaient dites étaient supposées augurer en bien ou en mal du succès des récoltes.

– C'EST DE LA SUPERSTITION, FONDÉE SUR RIEN, EN FAIT. JE TROUVE CELA ENNUYEUX ET AFFLIGEANT.

– Bien sûr que c'est de la superstition, mais vous pourriez être étonné de la justesse avec laquelle les devinettes prévoyaient les récoltes. Par exemple, devinez ça, Blaine : Quelle différence y a-t-il entre la reinette de Pierre et un grenier à blé ?

– ELLE EST ARCHI-ÉCULÉE ET PAS TRÈS INTÉRESSANTE. (Blaine, toutefois, semblait heureux d'avoir quelque chose à se mettre sous la dent.) L'UNE EST UNE POMME DE SAINT, L'AUTRE UNE SOMME DE PAINS. UNE DEVINETTE BASÉE SUR UNE COÏNCIDENCE PHONÉTIQUE. UNE AUTRE DU MÊME TONNEAU, DITE AU NIVEAU QUI CONTIENT LA BARONNIE DE NEW YORK, EST AINSI FORMULÉE : QUELLE DIFFÉRENCE Y A-T-IL ENTRE UN AVARE ET UN PRÊTRE ?

Jake prit la parole.

– Notre professeur d'anglais nous l'a dite cette année. Un avare aime les sous et déteste la chère ; un prêtre déteste les sous et aime la chaire.

– OUI. UNE DEVINETTE DES PLUS STUPIDES.

– Pour une fois, je suis d'accord avec vous, Blaine, mon poteau, dit Eddie.

– J'AIMERAIS EN APPRENDRE DAVANTAGE SUR LES CONCOURS DE DEVINETTES DES FOIRES DE GILEAD, RO-

LAND, FILS DE STEVEN. JE TROUVE ÇA TOUT À FAIT INTÉ-
RESSANT.

– A midi, lors des Foires de la Terre vaste et de la
Terre gravide, entre seize et trente joueurs se réunis-
saient dans le Hall des Ancêtres, qu'on ouvrait pour
l'occasion. C'étaient les seules fois de l'année où le
menu peuple – boutiquiers, fermiers, ranchers et autres – était autorisé à pénétrer dans le Hall des Ancêtres
et, ces jours-là, *tous* y venaient.

Les yeux du pistolero étaient lointains et rêveurs ;
c'était l'expression que Jake avait vue sur son visage
dans cette autre vie brumeuse, lorsque Roland lui avait
dit comment lui et ses amis, Cuthbert et Jamie, s'étaient
un jour faufilés sur le balcon de ce même Hall pour regarder une sorte de danse rituelle. Jake et Roland gravissaient les montagnes, talonnant Walter, quand le pistolero avait évoqué cette époque-là.

Marten était assis avec mon père et ma mère, avait
dit Roland. *Je n'avais pas de mal à les reconnaître,
même de si haut – et il a dansé avec elle, lent tour-
noiement. Les autres leur ont laissé la piste et ont ap-
plaudi à la fin. Les pistoleros se sont abstenus d'ap-
plaudir...*

Jake observa Roland avec curiosité, se demandant
une fois encore d'où était venu cet homme étrange et
distant... et pourquoi.

– Un grand tonneau était placé au centre du plancher, poursuivit Roland, et chaque joueur y jetait une
poignée de rouleaux d'écorce sur lesquels figuraient des
devinettes. Quelques-unes étaient vieilles, ils les tenaient
des aînés – dans certains cas, même, ils les avaient pio-
chées dans des livres –, mais nombre d'entre elles
étaient nouvelles, inventées pour l'occasion. Trois juges,
dont l'un était toujours un pistolero, rendaient leur ver-
dict quand on les disait à haute voix, et elles n'étaient
acceptées que s'ils les trouvaient bonnes.

– OUI. UNE DEVINETTE DOIT ÊTRE BONNE.

– Ainsi donc, ils jouaient aux devinettes. (Un léger
sourire éclaira la bouche de Roland tandis qu'il se remémorait ces jours-là, quand il avait l'âge du garçon
contusionné assis en face de lui, un bafouilleux sur les
genoux.) Ils jouaient des heures d'affilée. On formait un

rang au centre du Hall des Ancêtres. La position de chacun y était déterminée par tirage au sort, et étant donné qu'il valait beaucoup mieux être en bout de rang qu'en début, chacun espérait tirer un nombre élevé, bien que le gagnant eût à répondre correctement à une devinette au moins.

— BIEN SÛR.

— A tour de rôle, hommes et femmes — car certains des meilleurs joueurs de Gilead étaient des personnes du sexe — s'approchaient du tonneau, tiraient une devinette et la tendaient au Maître. Le Maître posait la question, et si la devinette n'était toujours pas trouvée après que le sable eut coulé trois minutes dans un verre, le joueur devait sortir du rang.

— ET POSAIT-ON LA MÊME DEVINETTE AU SUIVANT ?

— Oui.

— ALORS, CELUI-CI AVAIT DAVANTAGE DE TEMPS POUR RÉFLÉCHIR.

— Oui.

— JE VOIS. ÇA A L'AIR CHOUETTE.

Roland se renfrogna.

— Chouette ?

— Il veut dire amusant, dit posément Susannah.

Roland haussa les épaules.

— Pour les spectateurs, peut-être, mais les participants prenaient l'affaire très au sérieux ; des disputes et des combats aux poings éclataient très souvent une fois la compétition terminée et le prix remis.

— C'ÉTAIT QUOI, LE PRIX ?

— La plus grosse oie de la Baronnie. Et, année après année, Cort, mon précepteur, rapportait ladite oie chez lui.

— CE DEVAIT ÊTRE UN FAMEUX JOUEUR, dit Blaine avec respect. J'AIMERAIS QU'IL SOIT LÀ.

Moi aussi, pensa Roland.

— Maintenant, j'en arrive à ma proposition.

— JE L'ÉCOUTERAI AVEC GRAND INTÉRÊT, ROLAND DE GILEAD.

— Que les prochaines heures soient notre Jour de Foire. Vous n'allez pas nous poser des devinettes, car vous souhaitez en entendre de nouvelles, ni en raconter certaines de ces millions que vous devez connaître...

– CORRECT.

– Nous ne pourrions en résoudre la plupart, de toute façon. Je suis sûr que vous en connaissez qui eussent collé Cort lui-même si elles avaient été tirées du tonneau.

' Roland n'en aurait pas donné sa tête à couper ; cependant, l'heure avait sonné de jeter l'éponge et d'offrir le calumet de la paix.

– BIEN SÛR.

– Je propose que, en lieu et place d'une oie, ce soient nos vies qui constituent le prix. Nous allons vous poser des devinettes tandis que nous roulons, Blaine. Si, quand nous atteindrons Topeka, vous avez résolu chacune d'entre elles, vous pourrez mettre votre plan originel à exécution et nous tuer. Ce sera votre oie. Mais si c'est *nous* qui *vous* collons, s'il y a une devinette, dans le livre de Jake ou dans notre tête, que vous ne connaissez pas et à laquelle vous ne savez répondre, vous devrez nous emmener à Topeka, puis nous libérer pour que nous poursuivions notre quête. Ce sera *notre* oie.

Silence.

– Vous comprenez ?

– OUI.

– Vous êtes d'accord ?

Silence plus grand encore de la part de Blaine le Mono. Eddie, raide sur son siège, un bras passé autour de Susannah, contemplait le plafond du Compartiment de la Baronnie. La jeune femme pressait sa main gauche contre son ventre, songeant au secret qui y grandissait peut-être. Jake caressait la fourrure d'Ote d'un doigt léger, évitant les nœuds sanglants là où le bafouilleux avait reçu des coups de poignard. Ils attendirent que Blaine – le véritable Blaine, à présent loin derrière eux, vivant sa semi-vie sous une cité dont tous les habitants gisaient morts de sa main – réfléchisse à la proposition de Roland.

– OUI, dit-il enfin. JE SUIS D'ACCORD. SI JE RÉSOUS TOUTES LES DEVINETTES QUE VOUS ME POSEREZ, JE VOUS EMMÈNERAI AVEC MOI À L'ENDROIT OÙ S'ACHÈVE LE CHEMIN DANS LA CLAIRIÈRE. SI L'UN DE VOUS ME POSE UNE DEVINETTE QUE JE NE SAIS PAS RÉSOUDRE, J'ÉPARGNERAI VOS VIES ET VOUS MÈNERAI À TOPEKA, OÙ

VOUS QUITTEREZ LE MONORAIL ET CONTINUEREZ VOTRE QUÊTE DE LA TOUR SOMBRE. AI-JE BIEN COMPRIS LES TERMES ET LES LIMITES DE VOTRE PROPOSITION, RO-LAND, FILS DE STEVEN ?

– Oui.

– TRÈS BIEN, ROLAND DE GILEAD.

« TRÈS BIEN, EDDIE DE NEW YORK.

« TRÈS BIEN, SUSANNAH DE NEW YORK.

« TRÈS BIEN, JAKE DE NEW YORK.

« TRÈS BIEN, OTE DE L'ENTRE-DEUX-MONDES.

Ote leva brièvement les yeux en entendant son nom.

– VOUS ÊTES UN *KA-TET* ; UN FAIT DE PLUSIEURS. MOI AUSSI. LEQUEL EST LE PLUS FORT, VOILÀ CE QUE NOUS DEVONS À PRÉSENT PROUVER.

Il y eut un moment de silence, uniquement rompu par l'incessant martèlement des moteurs à transmission lente qui les transportaient à travers les Terres perdues, les transportaient vers Topeka, l'endroit où s'achevait l'Entre-Deux-Mondes et où commençait le Monde ultime.

– EH BIEN, cria la voix de Blaine, JETEZ VOS FILETS, VAGABONDS ! METTEZ-MOI À L'ÉPREUVE DE VOS QUESTIONS, ET QUE LA JOUTE COMMENCE !

POSTFACE

Le quatrième volume du récit de *La Tour sombre* devrait paraître – toujours en supposant constants la vie de l'écrivain et l'intérêt du lecteur – dans un avenir pas trop lointain. Difficile d'être plus précis que ça ; trouver les portes menant au monde de Roland n'a jamais été pour moi du nanan, et il semble qu'il faille tailler et tailler encore le bois pour adapter clés et serrures successives. Mais baste… si les lecteurs veulent un quatrième volume, on le leur donnera – je *suis* encore capable de trouver le monde de Roland si je m'y consacre corps et âme ; j'en suis toujours l'esclave, davantage, à bien des égards, que de tous les autres mondes que j'ai parcourus en imagination. Et, à l'instar de ces mystérieux moteurs à transmission lente, cette histoire, semble-t-il, accélère à ses propres cadence et rythme.

Je suis tout à fait conscient que certains lecteurs seront mécontents de la fin de *Terres perdues* – tant d'énigmes demeurent irrésolues. Je ne suis pas très satisfait moi-même de laisser Roland et ses compagnons aux soins pas affectueux affectueux de Blaine le Mono, et bien que vous ne soyez pas obligés de me croire, je dois cependant souligner que j'ai été aussi surpris qu'ont pu l'être quelques-uns de mes lecteurs par la conclusion de ce troisième volume. Mais il faut accorder aux livres qui s'écrivent tout seuls (comme ç'a été le cas de celui-là, pour l'essentiel) le droit de s'achever tout seuls, et je puis seulement vous assurer, lecteurs, que Roland et sa bande sont arrivés à une étape frontière cruciale de leur histoire, et nous devons les abandonner un moment à la douane pour qu'ils répondent à des questions et remplissent des formulaires. Tout ce qui précède n'est qu'une façon métaphorique de dire que le récit était, une fois encore, parvenu à son terme provisoire et que mon cœur a été assez sage pour m'empêcher de tenter d'aller plus avant.

Le déroulement du prochain volume est encore flou, même si je peux vous affirmer que la question de Blaine le Mono sera réglée, que nous en apprendrons plus sur la jeunesse de Roland et referons connaissance tant avec l'Homme Tic-Tac qu'avec cet intriguant personnage répondant au nom de l'Enchanteur, ou l'Etranger sans âge. C'est sur ce personnage terrible et énigmatique que Robert Browning fait commencer son poème épique « Le Chevalier Roland s'en vint à la Tour noire », disant de lui :

> *Je pensai tout d'abord : il ment à chaque mot,*
> *Cet estropié chenu, à l'œil plein de malice*
> *Détourné pour épier l'effet de son mensonge*
> *Sur mes yeux, et dont la bouche pouvait à peine*
> *Cacher la joie qui la plissait et la ridait*
> *Devant une victime encore ainsi gagnée.* (1)

C'est ce menteur plein de malice, ce magicien sombre et puissant qui détient la véritable clé du Monde ultime et de la Tour sombre... pour ceux qui possèdent suffisamment de courage pour la saisir.

Et pour ceux qui restent.

Bangor, Maine
5 mars 1991

(1) *Op. cit. (N.d.T.)*

POLAR

Cette collection présente tous les genres du roman criminel : le policier classique avec des auteurs tels que Ellery Queen, Boileau-Narcejac, le roman noir avec Raymond Chandler, Ed McBain et les œuvres de suspense illustrées par Stephen King ou Tony Kenrick. C'est un panorama complet du roman criminel qui est ainsi proposé aux lecteurs de J'ai lu.

Science-fiction

Depuis 1970, cette collection est leader du genre en France. Tous les grands de la S-F sont présents : Asimov, Van Vogt, Clarke, Dick, Vance, Simak mais également de jeunes auteurs qui seront les écrivains de premier plan de demain : Tim Powers, David Brin... Elle publie aujourd'hui des titres Fantasy, genre en plein redéploiement aux Etats-Unis.

Science-fiction

FOSTER Alan Dean	**AlienS** 2105/**4**
	Futur immédiat - Los Angeles, 1991 2505/**3** Inédit
	Alien 3 3294/**4** (Août 92)
FRÉMION Yves	**Rêves de sable, châteaux de sang** 2054/**3** Inédit
GIBSON William	**Neuromancien** 2325/**4**
	Mona Lisa s'éclate 2735/**4** Inédit
GODWIN Parke	**En attendant le bus galactique** 2938/**4** Inédit
HABER Karen	**Le super-mutant** 3187/**4** Inédit
HALDEMAN Joe	**La guerre éternelle** 1769/**3**
	Immortalité à vendre 3097/**5** Inédit
HAMILTON Edmond	**Les rois des étoiles** 432/**4**
HARRISON Harry	**Le rat en acier inox** 3242/**3**
HEINLEIN Robert A.	**Une porte sur l'été** 510/**3**
	Étoiles, garde à vous 562/**4**
	Vendredi 1782/**5**
	Le chat passe-muraille 2248/**6** Inédit
	Au-delà du crépuscule 2591/**7** Inédit
HOWARD Robert E.	**Conan le barbare** 1449/**3** (avec Sprague de Camp)
	Conan le destructeur 1689/**2** (avec R. Jordan)
	Conan 1754/**3**
	Conan le Cimmérien 1825/**3**
	Conan le flibustier 1891/**3**
	Conan le vagabond 1935/**3**
	Conan l'aventurier 2036/**3**
	Conan le guerrier 2120/**3**
	Conan l'usurpateur 2224/**3**
	Conan le conquérant 2468/**3**
	Conan le vengeur 3289/**3** (Septembre 92)
JETER K. W.	**Machines infernales** 2518/**4** Inédit
	Horizon vertical 2798/**4** Inédit
	Madlands 3309/**3** Inédit (Octobre 92)
KEYES Daniel	**Des fleurs pour Algernon** 427/**3**
KING Stephen	La tour sombre :
	- **Le pistolero** 2950/**3** Inédit
	- **Les trois cartes** 3037/**7** Inédit
	- **Terres perdues** 3243/**7** Inédit
KLEIN Gérard	La saga d'Argyre :
	- **Les voiliers du soleil** 2247/**2**
	- **Le long voyage** 2324/**2**
KRESS Nancy	**Le prince de l'aube** 3166/**4** Inédit
LEE Tanith	La saga d'Uasti :
	- **La déesse voilée** 1690/**4** Inédit
	- **La quête de la Sorcière Blanche** 2042/**4** Inédit
LEIGH Stephen	**Le cri du tyrannosaure** 3307/**4** Inédit (Octobre 92)
LEOURIER Christian	**Mille fois mille fleuves...** 2223/**2** Inédit
	Les racines de l'oubli 2405/**2** Inédit
	La loi du monde 2736/**3** Inédit
	Les masques du réel 2976/**3** Inédit
LEVIN Ira	**Un bonheur insoutenable** 434/**4**
	Les femmes de Stepford 649/**2**
LOVECRAFT Howard P.	**L'affaire Charles Dexter Ward** 410/**2**
MAC AVOY R. A.	**Le troisième aigle** 2835/**4** Inédit

3243

Photocomposition Assistance 44-Bouguenais
Achevé d'imprimer en Europe (France)
par Brodard et Taupin à la Flèche (Sarthe)
le 18 mai 1992. 6296F-5
Dépôt légal mai 1992. ISBN 2-277-23243-2

Éditions J'ai lu
27, rue Cassette, 75006 Paris
Diffusion France et étranger : Flammarion